Y0-CJF-388

Date: 2/4/22

SP FIC VALLVEY
Vallvey, Angela,
El alma de las bestias /

**PALM BEACH COUNTY
LIBRARY SYSTEM**
3650 Summit Boulevard
West Palm Beach, FL 33406-4198

El alma de las bestias

El alma de las bestias

Ángela Vallvey

Papel certificado por el Forest Stewardship Council®

MIXTO
Papel procedente de fuentes responsables
FSC® C117695

Penguin
Random House
Grupo Editorial

Primera edición: julio de 2021

© 2021, Ángela Vallvey Arévalo
© 2021, Penguin Random House Grupo Editorial, S. A. U.
Travessera de Gràcia, 47-49. 08021 Barcelona

Penguin Random House Grupo Editorial apoya la protección del *copyright*.
El *copyright* estimula la creatividad, defiende la diversidad en el ámbito de las ideas y el conocimiento, promueve la libre expresión y favorece una cultura viva. Gracias por comprar una edición autorizada de este libro y por respetar las leyes del *copyright* al no reproducir, escanear ni distribuir ninguna parte de esta obra por ningún medio sin permiso. Al hacerlo está respaldando a los autores y permitiendo que PRHGE continúe publicando libros para todos los lectores.
Diríjase a CEDRO (Centro Español de Derechos Reprográficos, http://www.cedro.org) si necesita fotocopiar o escanear algún fragmento de esta obra.

Printed in Spain – Impreso en España

ISBN: 978-84-666-6939-9
Depósito legal: B-6.629-2021

Compuesto en Llibresimes, S. L.

Impreso en Rodesa
Villatuerta (Navarra)

BS 69399

*Para mi sobrino Álvaro:
que la vida te sea propicia.
Y que sea largo el camino,
lleno de aventuras,
lleno de conocimientos*

Cuando yo era niño, hablaba como niño, pensaba como niño, juzgaba como niño; mas cuando ya fui hombre, dejé lo que era de niño.

    Ahora vemos como por un espejo, oscuramente; pero luego veremos cara a cara. Ahora conozco en parte; pero luego conoceré como fui conocido.

    Y ahora permanecen la fe, la esperanza y el amor, estos tres; pero el mayor de ellos es el amor.

Corintios 13:11-13

EL COMIENZO

DE NATURA RERUM

De la naturaleza de las cosas

1

Se quejó mientras se sentaba y miraba alrededor

Tierra Santa
Invierno del año 1059

Selomo había dormido con dificultad. En realidad, lo de dormir era una manera de hablar, porque no había pegado ojo.

—Ya no soy joven —se quejó mientras se sentaba y miraba alrededor con ojos de sorpresa.

Llevaba años inmerso en la intrincada traducción de su libro y las cosas que lograba sacar de él, los secretos que conseguía descifrar, no lo dejaban tranquilo. Al contrario, añadían nuevas preocupaciones a su complicada existencia nómada. La que, por cierto, había elegido él hacía años, sin que nadie lo obligara a ello.

No se arrepentía. No del todo.

El caso es que cada nombre que revelaba gracias a su delicada tarea, toda acción que era capaz de desentrañar de entre las palabras escritas hacía mil años que comprendía el raro ejemplar eran una piedra más que echaba sobre sus hombros.

Así se sentía en ocasiones: transportando la abrumadora carga que su padre había puesto sobre él liberándose, de esa manera, a sí mismo.

Aunque fueran piedras preciosas, pesaban mucho.

«Cuando tenga mi propio hijo, yo también podré descansar. Cuando ese día llegue, le pasaré el testigo...», se dijo intentando con poco éxito calmar la agitación que sentía.

Había pasado la noche sobre un jergón de pieles de olor penetrante, en una tienda montada en la ladera de una de las montañas que bordeaban la ciudad. Su refugio estaba hecho de piel de cabra y aunque la textura que lucía era tosca, ordinaria y un poco maloliente, al menos servía bien para proteger de los vientos desapacibles del invierno.

Se asomó por uno de los laterales de la tienda, que se recogían para permitir la ventilación. La piel de cabra, que se mostraba porosa cuando estaba seca, al recibir las primeras lluvias se comprimía, haciéndose impermeable: la de su tienda tenía el aspecto de haber pasado más de un invierno a la intemperie.

Su compañero de campamento, que lo había recibido como anfitrión al ser pariente de uno de sus muchos allegados en la región, ayudado por sus tres hijos, le había montado la tienda la noche anterior con la sencillez de quien está acostumbrado a hacer una tarea que a Selomo se le antojaba complicadísima. Colocó unos postes de madera recogidos de entre las ramas caídas de los árboles de alrededor, instaló unas cuerdas como tirantas y luego dejó caer unas largas tiras de piel a ambos lados, hincándolas en la tierra con ayuda de unas estacas a las que ató otras cuerdas para tensar los postes. La tienda era pequeña, dispuesta solo para él, pero otras cercanas estaban ocupadas por varios miembros de una misma familia y divididas en pequeñas habitaciones con cortinas verticales también de piel. Era una manera buena y barata de ahorrarse el alojamiento en Jerusalén, en alguna posada probablemente infestada de liendres y piojos enojados.

Miró con una despistada preocupación los dibujos simples de la gastada alfombra que le servía de suelo.

Un nombre de mujer acudió de repente a su cabeza, llenándola como una vaharada de aire caliente y perfumado.

«María, María, María...»

Tras sus estudios había llegado a la conclusión de que mil años atrás ese era un nombre común, usado para nombrar incluso a muchas de las mujeres que se contaban entre sus antepasados.

Pero ahora sabía que aquella María que aparecía en su libro, propietaria del mismo y en buena parte autora, no era un personaje común.

En absoluto.

Acomodó el libro bajo su manto.

El picor y el dolor de su pecho se habían vuelto insoportables después de varios días de alivio que coincidieron con su estancia en el campamento.

Desde allí podía ver el contorno amarillo violento que dibujaban las aristas de los edificios de la Ciudad Santa bajo las primeras luces del día.

Antes de salir al aire libre y polvoriento del amanecer vio la silueta de unas mujeres rodeadas de niños alborotadores que colgaban en un trípode varios pellejos de animal rellenos de leche. Luego los agitarían para batirla hasta obtener una rica mantequilla, probablemente aplicando un método idéntico al que hacía mil años se usaba en aquellas mismas laderas.

Sus acompañantes también estaban de visita religiosa en Jerusalén. «Parece mentira cómo pasa el tiempo y qué pocas cosas cambian en realidad», se dijo mientras se fijaba en aquellas figuras femeninas, alegres y atareadas a esas horas en las que el sol aún no había asomado su verdadero rostro fiero.

«María, María...», repitió en voz baja saliendo de la tienda para reunirse con sus parientes y amigos.

Luego se estremeció, pero no por el frío de la madrugada, sino de verdadero miedo.

2

Nunca más tendría suficiente

Alrededores de Sahagún. Imperio de León
Invierno del año 1061

Le gustaba cazar, pero no tenía suficiente.

Él sabía que nunca más tendría suficiente, que hasta el fin de sus días sería así. Se inclinó hacia el suelo y husmeó entre los despojos de unas presas de animales carniceros. Mientras hurgaba entre los restos, se decía a sí mismo que no había tanta diferencia. Había cazado de todo a lo largo de su vida. Desde grandes cérvidos hasta jabalíes. Desde osos hasta caza menor, con la que tenía que conformarse cuando llegaban tiempos duros. Conejos y pájaros, algún corzo extraviado.

Aunque, llevado por la necesidad, recurrió a las trampas y a los cebos, prefería las armas blancas. Las redes y los lazos le resultaban repugnantes. Ni siquiera los arcos servían a sus urgencias.

Alguna vez había cazado *à forcé*, en alguna ocasión se sumó subrepticiamente a una montería de los grandes señores confundiéndose con los perros mientras dejaba acariciar sus oídos por el sonido de los cuchillos y las espadas.

Aquello era música para su alma.

Tenía la vista de un halcón. O mejor: de un gavilán entrenado para descubrir a la presa y arrastrarse por el suelo hasta dar con ella y atraparla entre las garras. Pero él no esperaba luego a los perros ni a los hombres.

Él era el lobo, el hombre y el perro.

Todo a la vez.

No obstante, sabía que era preciso tener cuidado. Llevaba años actuando con prudencia. Procuraba esperar al levantamiento de las vedas y era un experto en camuflarse entre los matorrales.

Allí, tan lejos de su tierra natal, los bosques eran diferentes. Parecían más claros, pero la caza seguía siendo fuerte.

Acercó de nuevo sus narices hasta los despojos sanguinolentos. A falta de algo mejor, aquello le serviría.

No había otra cosa, la situación se había complicado últimamente, y él tenía que guardarse bien de ser descubierto. Cogió un puñado de vísceras con sus manos sucias y agrietadas y se las llevó a la boca. Luego lamió con lenta delicadeza, como acariciándolas con la lengua, cada una de las gotas de sangre.

Hacía años que solo comía carne.

Aquel día tendría que conformarse con la de un animal. Pero al siguiente se llevaría una sorpresa tierna, joven, sollozante... a los dientes. Sin duda, un bocado exquisito.

3

Son capaces de ver ángeles

Nazaret. Galilea
Año 9 después de Cristo

A María le gustaría hablar con los ángeles.
Muchas personas son capaces de ver ángeles. Los mensajeros de Dios. Los que se sientan a su lado en el trono celestial y son portadores de la sabiduría divina...
Su madre ve ángeles.
No es la única. En Nazaret, donde viven, conoce a muchos que han hablado con ángeles. Tiene amigas que pueden verlos, escuchar sus palabras. Servirse de ellos como guías para andar los caminos de la vida.
Por desgracia, no es su caso.
Aunque son espíritus y están por todas partes, ella jamás se ha tropezado con uno. Ha hecho todo lo posible. Ha cerrado los ojos con fuerza y ha rogado, le ha pedido a Dios a través de sus oraciones que le envíe uno para que le cuente qué tiene que hacer, cómo debe obrar. Para que le dé consejos. Pero los ángeles se esconden en el regazo de la tierra, o de las nubes, siempre ocultos a sus ojos.
María siente que ella no es digna de dialogar con un ángel. De escuchar sus promesas, sus palabras radiantes, de sentirse llena de la confianza y la fe que inspiran.
Por eso, el libro que le ha regalado su marido es para ella una alegría sorprendente. Un sustituto de las palabras divinas de los

ángeles. Algo a lo que se puede aferrar. Una puerta hacia el futuro, un tesoro donde las palabras son música y huelen como flores en primavera.

A partir de ahora, mientras tenga con ella ese libro, nunca estará sola. Siempre echará a andar con el pie derecho. Podrá escoger su futuro, llenar su vida con las pequeñas alegrías de un alma que camina segura y es capaz de sonreír.

4

Ecos de su propia voz desesperada

Alrededores de Sahagún. Imperio de León
Invierno del año 1061

—¿Y los gemelos? ¿Dónde están los gemelos?

Germalie lanzó un grito para llamarlos, pero no obtuvo respuesta. Tan solo el silencio del campo, que le devolvió ecos de su propia voz desesperada.

Era la encargada de cuidarlos y se había distraído.

—¿Dónde se habrán metido? Cuando los encuentre, les daré una paliza hasta hacerlos sangrar. —Se consoló con la idea, aunque sabía que nunca reuniría las fuerzas suficientes para pegar a sus hermanos. Tenían una cara redonda, sucia y curiosa, la mirada turbia, de un verde infantil, y las manos siempre pegajosas. Ni siquiera sabían hablar.

Miró hacia el cielo gris, con trozos de un azul tan vivo que hería los ojos, buscando ayuda de Dios. Pero no la recibió.

Los niños tenían casi dos años, cuatro menos que ella, y nunca estaban quietos. La suya no era una tarea fácil, a pesar de que su madre había asegurado lo contrario.

—Son solo dos renacuajos, encárgate de ellos, tú eres la mayor —le ordenó con voz agria poco después de que nacieran—. Si han sido capaces de sobrevivir al parto y de no matarme a mí, podrán salir adelante.

Sus padres se ganaban el pan en los bosques, haciendo carbón de leña. Pero allí la foresta no era tan espesa como la que recordaba Germalie, al otro lado de las montañas. Aun así, abundaban las zonas de monte bajo y tupido. Eso la había confundido. Por eso los perdió de vista. Se había confiado. Pensaba que bastaría con echar un vistazo alrededor para localizarlos. Era fácil ver las cosas en aquel lugar. Los animales, los conejos saltarines, las perdices desconfiadas... ¿Por qué no a un par de niños que apenas sabían andar?

—¿Dónde estáis, pequeños? Venid aquí. Mamá me castigará si no volvéis pronto.

La mayoría de la gente a la que conocía sentía pavor en los bosques, pero su familia había encontrado en ellos un buen refugio y sustento, quizá por eso Germalie no tenía miedo. Además, aquel no era cerrado y misterioso, sino claro y...

—¡Volved aquí!

Oyó unos ruidos detrás de unas matas y se acercó corriendo, mirando al suelo con prudencia por si había serpientes. Apartó unos matorrales a tiempo de ver un bulto que le pareció el cuerpo de su hermana y percibió unos gemidos ahogados.

—¡Alix! ¿Eres tú? ¡Ven aquí ahora mismo!

Pero nadie respondió. Y Germalie nunca volvió a ver a Alix, ni a su gemelo.

—Gemelos, mala suerte... —solía decir su padre—. Habrá que hacer lo posible para que nadie sepa que nacieron del mismo parto. El niño es un poco más grande que la niña. Diremos que vinieron al mundo con siete meses de diferencia. Es mejor ocultar que llegaron a la vez. Para esconderlos de la mala fortuna.

Pero Germalie no se fiaba del todo de las cosas que vaticinaba su padre. Al hombre le gustaba comer y beber como si no existiera nada más en el mundo. No siempre hacía juicios atinados. *Chapon en rost et vin qui fu de boene grape, plain pot, covert de blanche nape...* «Capón asado y vino de buena cepa, olla llena, mesa cubierta de blanco mantel...» Esa parecía ser la única oración que se sabía. ¿Quién podría fiarse de las cosas que decía? Ni siquiera ella, que era su hija, lograba sentir plena confianza en su padre.

—¡Alix, Émile! ¡Salid de ahí! ¡Venid conmigo!

Fue en ese preciso momento cuando Germalie empezó a sospechar que la mala suerte se los había llevado consigo a ambos.

PRIMERA PARTE

LOCUS AGRESTI

Lugar salvaje

El amor nunca deja de ser; pero las profecías se acabarán, y cesarán las lenguas, y la ciencia acabará.
Porque en parte conocemos, y en parte profetizamos; mas cuando venga lo perfecto, entonces lo que es en parte se acabará.

Corintios 13:8-10

5

Serpenteando por unos bosques

Imperio de León
Invierno del año 1061

La escuálida comitiva de dos hombres se alejaba con paso lento de la ciudad, serpenteando por unos bosques ralos y húmedos que el padre Bernardo de Sedirac pensó que debían de ser también insalubres. Aquella humedad le resultaba casi dolorosa. Y se estremeció de frío.

Una de las mulas parecía agotada y su ayudante, Samuel, un monje vestido de seglar, entrado en la treintena y con una cara que, lejos de ser bondadosa, parecía dibujar siempre un gesto de aflicción, llevaba tosiendo por lo menos dos días. Quizá por eso no lo oyó cuando Bernardo dio la orden de detenerse.

Un sendero se abría junto al río y el carromato donde portaban los enseres necesarios para el viaje chirrió.

Aunque le costó obedecer, Samuel tiró por fin de las bridas de las bestias.

Los dos hombres hablaban en la lengua vulgar de los francos, aunque el monje había nacido en aquellas tierras que ahora atravesaban cansinamente. Sin embargo, no parecía recordarlas, al menos no con agrado, pues desde hacía varios días mostraba un desapego rayano en la apatía hacia todo lo que le rodeaba.

—Samuel, hay algo que se mueve al borde del camino. Acércate y echa un vistazo.

—Pero, padre mío, ya vamos bastante retrasados. Deberíamos llegar al monasterio...

—Obedece y deja ya de quejarte. No haces otra cosa cada vez que abres la boca, que, por otra parte, deberías mantener cerrada todo el tiempo. —Bernardo suspiró profundamente intentando insuflar paciencia a sus pulmones y pensó que ojalá también la resignación pudiera respirarse.

Por su parte, Samuel luchó contra la tos y los pensamientos turbios que en ese momento le embargaban, cualesquiera que fuesen, y descabalgó del pescante; le propinó un cogotazo a uno de los mulos a la vez que tomaba impulso para acercarse con precaución a la orilla siguiendo las indicaciones de su superior.

Tuvo ganas de maldecir, pero se contuvo. No era algo que se esperase de un monje.

Sentía los ojos pesados y unos picores atroces en la garganta.

—Llegaremos tarde. Si vamos parando en cada recodo del camino, ten la seguridad de que no llegaremos a tiempo a nuestro destino —gruñó sin poder remediarlo.

—Llegaremos cuando tengamos que llegar.

—Hace días que tendríamos que haberlo hecho.

—Deja de renegar y dime qué ves. —Bernardo se frotó los ojos con cansancio. Los notaba irritados últimamente.

Samuel hurgó con una vara entre los matorrales, temeroso de encontrarse con algún animal herido y enfadado que no dudase en saltarle al cuello como represalia por haber sido molestado.

Finalmente encontró el motivo que hacía que los matojos se movieran con tanta agitación.

—Es una criatura.

Bernardo se acercó hasta donde estaba el monje, estrechándose la capa y agarrándola firmemente sobre su pecho. Llevaba razón Samuel: el frío atravesaba los paños y hasta los hierros en aquella comarca desolada.

—Déjame ver...

En efecto, un niño de aproximadamente dos años, que parecía haber dejado de usar pañales, o al que quizá nunca se los habían puesto, los miraba aterrorizado.

Estaba cubierto de sangre de la cabeza a los pies. Ofrecía una imagen tan sorprendente como estremecedora. Sentado sobre la hierba helada, apenas lo envolvían unos andrajos que dejaban a la intemperie sus brazos escuálidos y unas flacas piernecitas. Tenía el pelo sucio, lleno de coágulos espesos, y los párpados ennegrecidos, mucho más que el resto de la cara, que también parecía haber sido pintada con carbonilla.

Los miró sin hablar, a uno y a otro.

—Santo Dios, ¿está herido?

Samuel lo levantó y lo observó, dictando sentencia con rapidez.

—La sangre que lo cubre no es suya. No se ven heridas.

—Menos mal —se santiguó el padre.

—¡Campesinos miserables y fornicadores! —se quejó Samuel entre toses. Sus ojos se agrandaron y lanzó unas angustiosas imprecaciones, impropias de su condición religiosa y recatada.

Bernardo lo reprendió diciéndole que guardara su lengua en el bolsillo hasta que tuviese mejores palabras que decir.

—Pero, señor, padre mío, lo que tú ves no es sino la obra de esos insensatos, que se ayuntan sin pensar en las consecuencias y traen hijos al mundo sin darse cuenta de que todos ellos vienen con la boca abierta.

El padre Bernardo se agachó para examinar de cerca al crío.

—No parece enfermo —susurró, y le dedicó una sonrisa que el niño no le devolvió—. Debe de ser fuerte si ha sobrevivido a lo que... No sé, a lo que sea que le haya sucedido. Y con este frío...

—Mi señor, la enfermedad es como Dios, si me permites el atrevimiento. No deja ver su rostro fácilmente.

—Samuel, voy a hacer como que no he oído nada. Pero si tus palabras llegaran volando a otros oídos menos piadosos que los míos, te aseguro que tendrían consecuencias. Te tengo dicho que la lengua puede ser como una espada. Guarda la tuya a buen recaudo antes de que hieras a alguien.

Samuel sacudió la cabeza y se encogió de hombros. Tuvo otro ataque de tos. Dejó al niño donde estaba y se incorporó para volver al camino, donde las mulas aguardaban pacientemente.

—Espera, me parece que hay otra...

—¿Otra qué?

—Otra criatura, ¿qué si no?

—Dos abandonadas al borde de un camino. Y aún me parecen pocas. —Samuel alzó de nuevo los hombros, esta vez por el frío más que por la incredulidad—. Vamos, no es asunto nuestro. Dios los guiará por el camino que les tenga asignado. Por lo menos no tienen pinta de moros...

—Es una niña. —El padre Bernardo sonrió ampliamente mientras se acercaba a la pequeña, que mostraba un aspecto similar al de quien sin duda era su hermano—. Mira, Samuel, se parecen como dos gotas de agua. Seguramente son gemelos.

Samuel se santiguó escandalizado.

—¡Gemelos, nada menos! —Carraspeó y su reseca garganta, estragada por la intemperie, dejó escapar una voz titubeante y chillona—. Obra del diablo, vayámonos de aquí. Además, la niña está muerta.

—Creo que la sangre del niño procede de su hermanita. Está herida. Oh, Señor nuestro... Mira, Samuel. ¡Oh, Dios mío! El vientre, ¿qué le puede haber pasado a esta desgraciada?

—Que Dios acoja su alma. Pero me atrevo a asegurar que no es en absoluto de nuestra incumbencia, señor.

—No podemos dejarlos abandonados. —Bernardo se rascó una pierna y, con andar vacilante, dio unos pasos hacia su compañero de viaje.

—Pero, padre, no somos nosotros quienes los abandonan, sino sus progenitores, que seguramente andarán ya lejos de aquí a estas horas. Mal nacieron y mal morirán, ya te digo yo.

—Quizá no los han abandonado, a lo mejor se han perdido. —El prior se volvió hacia el niño y le preguntó en la lengua vulgar del imperio cristiano—: Dime, ¿dónde están tus padres?

—Es demasiado pequeño. Seguro que ni siquiera sabe hablar.

Si sabía algunas palabras, el niño no respondió, aunque miró atentamente a don Bernardo y en sus ojos pareció asomar un atisbo de curiosidad que inmediatamente se apagó en sus iris como una llamita aterida por la humedad del ambiente. La criatura tenía unos ojos adultos y vacíos, como si ya lo hubiera visto todo.

Bernardo se fijó en unos matorrales cercanos. Algo se movía allí detrás.

—¿Lo has visto, Samuel?

—Sí, ahora que lo dices... Pero tenemos que irnos.

—Había algo ahí. Un bulto. Se ha ido. Se ha ido por allí...

El prior señaló hacia lo profundo del bosque y Samuel supo, como si el mismo Dios se lo hubiese susurrado al oído, que, en caso de que el bulto fuese uno de los padres, no tenía intención de regresar.

—Hay que enterrar a la niña. Le daremos cristiana sepultura. —Miró a su alrededor buscando un lugar apropiado—. Ahí mismo puedes empezar a excavar. Y al niño lo llevaremos con nosotros al convento.

Samuel se mostró escandalizado.

—¡Pero, padre! Permíteme que te diga que... —La tos le cortó el discurso de manera contundente.

—Es muy pequeña. No te costará nada cavar una tumba.

—No podemos llevarnos al crío, será una boca más. Y está en una edad en la que necesita mucha leche todavía —protestó Samuel hablando con dificultad entre ahogos y toses.

—No digas tonterías, es muy joven. Si lo dejamos aquí, morirá pronto. De hambre o entre las garras de algún animal salvaje.

—No nos incumbe, lo repito por si no me oíste antes.

—La obra de Dios, toda ella, es de nuestra incumbencia.

Samuel suspiró de nuevo y los surcos de su cara parecieron ahondarse, inflamados por el disgusto y la melancolía.

—Llegaremos tarde y con buen recado.

Al final claudicó y sus ojos siniestros destellaron un brillo de impotencia mientras se dirigía al carro para sacar una pala de entre el equipaje.

El niño estuvo callado y muy quieto, con los ojos sucios y abiertos y la boca apretada, mientras el fraile cavaba la tumba para su hermana. En más de una ocasión, restos de tierra húmeda le salpicaron en la cara.

6

Herodes el Grande sintió una punzada de dolor

Judea
Año 7 antes de Cristo

—¡No puede ser! Soy yo quien dice lo que hay que hacer, ¡no ellos! —Herodes el Grande sintió una punzada de dolor y se sujetó el vientre haciendo un gesto que le contrajo las facciones, llenándolas de oscuras arrugas húmedas de sudor. Recordó fugazmente a sus hijos muertos, pero desechó el pensamiento con un airado manotazo sobre la cabeza de uno de los esclavos que se había apresurado a acercarse a él para atenderlo.

El rey Herodes llevaba tres décadas ejerciendo de tirano en Palestina. Un rey cliente de Roma, a través del cual el Imperio romano lograba gobernar sin desgastarse ni oprimir directamente al pueblo.

No, claro que Roma no precisaba ejercer de forma directa el avasallamiento. Para eso ya estaba Herodes, que hacía ese oprobioso trabajo de mil amores. Aficionado a las grandes obras y a las mentiras, nada podía interponerse entre él y su voluntad.

Por su parte, en Roma, Octavio Augusto llegaría a gobernar doce años junto a Marco Antonio y otros cuarenta y cuatro en solitario. Durante un tiempo en que las fronteras del Imperio se extendieron con la facilidad de las nubes a lo largo de tres continentes y de seis mares. La Galia, Dalmacia y Macedonia, la Cirenaica, Creta y Asia, Hispania...

El Imperio romano marcaba el ritmo de la historia del mundo y eso era algo que no olvidaba Herodes. El mes de agosto era el de Augusto, recordó pensativo el rey. Fue un día 29 cuando se inauguró el Senado romano. Bajo el templo de Saturno se guardaba el erario público. Los romanos hacían ofrendas a los dioses del Olimpo sin olvidar que en la tierra siempre gobierna la voluntad de quien posee la riqueza, que da forma a sus deseos. Él procuraba imitar a los romanos también en eso: teniendo cuidado de los templos, sin olvidarse nunca del tesoro.

Mientras Roma soñaba con extender su dominio sobre el orbe, como un manto de nubes claras, Herodes, rey de Judea, acababa de dictaminar que sus dos hijos, Aristóbulo y Alejandro, protegidos por Augusto y que habían estudiado en Roma, fuesen condenados a la estrangulación. Dos hombres jóvenes y sanos, fuertes y hermosos, bajo el dictado de un padre que cultivaba las sospechas dentro de sus entrañas como si fueran trigo verde y que era conocido por su falta de compasión. Herodes reservó para sus hijos el mismo destino que le ofreció a Mariamna, su madre. La mujer a la que, según juraba el rey, había amado más que a ninguna otra, pero que también mató.

Mariamna era la segunda de las cinco mujeres con las que Herodes tendría descendencia. Gracias a aquella mujer, el idumeo había emparentado con la dinastía asmonea, heredera de los macabeos. Pero su descendencia, tan deseada, cayó injustamente ejecutada a manos de un hombre que no tenía reparos en asesinar a los suyos. Incluso Roma se hizo eco del linchamiento parricida, llamando «cerdo» a Herodes. Al fin y al cabo, murmuraron, todo el mundo sabía que no era más que un judío falso, que se había convertido en tal por conveniencia. Que no engañaba ni a los suyos. Sanguinario e hipócrita.

Pero sus hijos no serían los únicos parientes de Herodes víctimas de su crueldad, que no distinguía a inocentes de culpables. La lista de sus crímenes llegaría a ser prolija. Antes que a su mujer y a sus hijos, había hecho ejecutar al primer esposo de su hermana Salomé, a la que dejó viuda. Ordenó ahogar a Aristóbulo, hermano de su esposa, en Jericó, solo porque había alcanzado un gran prestigio como sumo sacerdote. Otro de sus rivales, Antígono, fue exterminado, junto con cuarenta y cinco partidarios suyos. Herodes dio órdenes también de ejecutar a su suegra Alejandra y a Hircano II, abuelo de Mariamna, que había sido rey y supremo sacerdote.

Para Herodes el Grande, el mundo político en que vivía oscilaba entre la desconfianza y el crimen.

Su otra gran afición eran las obras públicas como, por ejemplo, la reconstrucción del Templo, con el palacio del rey y la piscina de Siloé, y con su fortaleza Antonia, un recinto amurallado fuerte e impresionante que no era más que el reflejo de cómo el rey quería aparecer ante su pueblo. Un león que, sin embargo, se convertía en gatito cuando tenía que tratar con Roma.

La vida de su pueblo, en cambio, estaba marcada a todas horas por la religión y sus ceremonias. Servir al dios de Israel era el único propósito. Así, a cada grupo le caía en suerte un turno para ofrecer incienso. Las ceremonias se repetían por la mañana y por la tarde, con sacrificios matutinos y vespertinos. Incansablemente. Apelando a Dios a todas horas. Llamándolo de forma porfiada, terca, perturbadora. Los sacerdotes esparcían las brasas y el incienso sobre el altar y, mediante rituales, volaban al cielo las palabras mientras el humo sagrado se diseminaba desde las ascuas. Aquel olor inconfundible llenaba de arrepentimiento las pecadoras expectativas de los que acudían a la casa de Dios y se colaba en las almas de los fieles que habían sido previamente convocados por el sonido de la magrefá. Exactamente igual que en los tiempos de Zacarías. Como en los tiempos de César Augusto, emperador de Roma. Como en los de Quirino, gobernador de Siria. Y como en cualquier tiempo del que fuera testigo la Tierra... Porque hay cosas que nunca cambian, que no deben modificarse jamás.

Sin embargo, nada es tan previsible como pretenden los seres humanos, por piadosos que estos sean. Por ejemplo, Cayo Julio César Octavio Augusto se reveló como un gobernante excepcional que asombraría al mundo y lo cambiaría por completo. Un hombre que, en palabras de Horacio, estando presente garantizaba que el buey arase los campos con seguridad, que se enriquecieran las granjas y que los marinos surcaran los mares sin ser molestados por los piratas.

En efecto, Augusto parecía el amuleto que lograba que el honor público permaneciese íntegro, que los hombres castos no tuviesen mancha de adulterio y que los crímenes fueran rápidamente castigados. Mientras él estuviese a salvo, ni germanos ni hispanos, ni partos ni escitas, harían temblar a Roma. La *pax augusta*, garantizada por un buen administrador como César, traería la prosperidad al Imperio.

Pero la mente bien organizada del emperador requería de la elaboración de censos de súbditos. Así pues, ordenó un censo de ciudadanos de Roma que arrojó la cifra de cuatro millones. Aunque este no incluía a toda la población y Augusto quiso saber cuántos más había en realidad, también en Judea.

Roma mantenía un ejército permanente que alcanzaba las veintisiete legiones y los trescientos mil hombres, y que suponía un elevado coste sostenido por el gobierno. Un registro detallado de los habitantes y sus propiedades bien podía impedir la evasión de tributos y hacer que se aprovechara con sensatez cada denario gastado.

Al conocer los deseos de Augusto, Herodes, convencido adulador del Imperio, ordenó sacrificar diariamente en el Templo dos corderos y un buey por la salud de César y del pueblo romano.

—Es un buen esbirro y está dispuesto a seguir las órdenes de su señor —comentaron sus detractores.

Pero en voz muy queda, deseando no ser escuchados ni por sus propios oídos.

—¡Haced el censo! —ordenó el rey a sus servidores.

—Señor, los judíos soportarán el censo con mucho disgusto —le contestó uno de sus administradores.

—No sabemos por qué, pero hay miles de fariseos que han negado el juramento a Augusto —susurró de forma taimada otro.

—Insaciables alborotadores, ¡siempre creando problemas! —bramó Herodes con fastidio.

—Judea aún no es una provincia romana. El malestar es comprensible.

—Roma quiere tributos, no le interesan las tierras ni las propiedades. Solo los denarios.

—Publio Sulpicio Quirino conoce de manera minuciosa el terreno, es la persona indicada para llevar a cabo esta incómoda tarea. Y teniendo en cuenta que la primera vez que se realiza un censo suele ser la que más violencia necesita para llevarlo a cabo, las cuatro legiones de Siria deberían respaldar a los encargados de elaborarlo. Aunque no creo que sea una tarea fácil... —El jefe de las arcas de Herodes se mesó la barba con preocupación. Era un hombre anciano y tenía continuas molestias en las tripas. Estar delante del rey le alarmaba cada vez más, a pesar de que había logrado la hazaña de llegar a su edad sin perder la cabeza. O quizá por eso.

—Los israelitas deberán acudir a sus lugares de procedencia, allí donde se encuentran los registros de familias, linajes, tribus y casas. Veremos qué sucede... —murmuró su ayudante frotándose las manos. Corpulento y con los ojos siempre abiertos de par en par, parecía a punto de presenciar un milagro que nunca se producía.

Por su parte, César Augusto, devoto de Apolo, un dios que causaba furor en todas las capas de la sociedad romana, ni siquiera sospechaba que su edicto sobre el censo de Judea serviría algún día para poner sobre la pista de un hecho que todos los profetas judíos habían vaticinado: el nacimiento del mesías más esperado, el deseado por todas las gentes.

Aquel destinado a hacerle sombra al mismo Herodes...

7

Alimentó a la criatura con las sobras

Imperio de León
Invierno del año 1061

Samuel, de mala gana, alimentó a la criatura con las sobras del almuerzo, con las propias y con las del abad Bernardo, durante los tres días y tres noches que durmieron al raso. El niño se portaba bien, pero se mantenía envuelto en un silencio espeluznante. Caminaba muy callado y firme a pesar de su corta edad, al paso del carro, y solo cuando el prior se daba cuenta de que llevaba mucho tiempo andando y lo subía al carromato descansaba un poco.

—Míralo, es como un perrito. —Samuel lo señaló y tosió sobre su brazo.

Obsequió al chiquillo con una ojeada dura que él no devolvió. El monje sintió que su mirada había resbalado por su pequeña cara como lluvia recién caída, pero sin dejar ni rastro.

Aunque lucía impasible, también parecía estar siempre alerta, sin cerrar los ojos. Bernardo incluso se llegó a preguntar si el crío se daría el lujo de dormir o si permanecería en vigilia día y noche.

La niña a la que habían enterrado era casi una copia exacta de aquel niño, con sus mismos ojos redondos y enormes, de un verde oscuro y profundo. Los del hermano vivo estaban tan apagados como los de la hermana muerta, sin rastro de luz en ellos.

Llegaron a una posada en la que cambiaron a una de las mulas, que probablemente no tardaría en morir, como sentenció Samuel con frialdad mientras descargaba los enseres que el animal había portado pacientemente y los trasladaba al lomo de un asno, una bestia con aspecto joven y saludable que Bernardo suponía perfecta para aguantar el camino que aún les quedaba por recorrer.

Hicieron noche en la hospedería. El niño y Samuel durmieron acurrucados en los establos.

Al llegar el amanecer, cuando se disponían a partir, el crío sintió una necesidad y por fin dio muestras de estar vivo: señaló con sus deditos temblorosos hacia el otro lado de la vía, pidiendo permiso para alejarse un momento.

Por toda respuesta, Samuel se encogió de hombros, tal y como era su costumbre. Era un gesto que hacía para demostrar indiferencia, aunque en realidad parecía que trataba de sacudirse cualquier responsabilidad que pesara sobre él, dejándola caer al suelo con aquel movimiento instintivo.

Cuando el padre Bernardo salió de la posada y tomó su asiento en el pescante del carromato, preguntó si ya estaban preparados y Samuel volvió a hacer su típico gesto de descargo y desinterés.

—Podemos irnos —dijo con voz ronca.

El niño, unos metros atrás, se sujetaba las piernas y miraba con la cabeza torcida hacia la oscuridad que todavía envolvía al mundo. Abrió la boca como si quisiera decir algo, pero de ella no escapó ni una sola palabra.

El padre Bernardo, que había pasado una mala noche durmiendo sobre la tabla húmeda de la hospedería, entrecerró los ojos y se dejó llevar en un duermevela incómodo durante un buen rato de aquella mañana neblinosa.

Cuando se dio cuenta de que faltaba el niño, ya era demasiado tarde para volver a buscarlo, según Samuel. Pero Bernardo, a pesar de sus protestas, le hizo detener el convoy y esperar.

Poco después apareció la criatura por el camino. ¿Cuántas habría como él, perdidas entre veredas, atajos y viejos senderos cubiertos de maleza más alta que ellos? ¿Cuántas abandonadas, desechadas o simplemente perdidas, extraviadas a merced de su suerte? Llenar con comida aquellas bocas no era fácil. Complacer sus estómagos, tampoco. Bien lo sabía él. Los padres no daban abasto. No querría darle la razón a Samuel, siempre vehemente, pero quizá no estaba del todo equivocado cuando los acusaba de inconscientes fornicadores. Se santiguó mientras rumiaba esas inconvenientes reflexiones.

En fin, ¿qué podía hacerse? ¿Qué podía hacer él? Todo eso también formaba parte de la obra de Dios. Toda aquella crueldad. La miseria del mundo.

El crío apareció como salido de la nada y fue entonces cuando, ante la sorpresa de Bernardo, que llegó a pensar que quizá era mudo, habló por primera vez. Había corrido para alcanzarlos, aunque no daba muestras de fatiga.

«Es un hombrecito duro y decidido. Sobrevivirá, si Dios quiere», pensó Bernardo dejando escapar un extraño suspiro de alivio.

—*Bleizh!* —le dijo el crío a Bernardo con su media lengua en uno de los idiomas del otro lado de los Pirineos, de donde también el abad procedía—. *Bleizh!*...

—¿Qué dice este? —inquirió Samuel sin poder contener un gesto de recelo. Estaba decidido: no le gustaban los mocosos.

Bernardo le ordenó que subiera al pequeño al carro. Samuel obedeció, esta vez sin refunfuñar.

—¿Y bien?

—*Bleizh* en bretón significa «lobo» —tradujo Bernardo—. Así que eso es lo que ha dicho: «¡Un lobo, un lobo!».

A él no le daban miedo los lobos, pero al oírlo, sin saber por qué, Samuel se estremeció. Le echó la culpa al frío. Aunque, más que la carne, le tembló un poco el alma.

8

Sintió de nuevo el deseo

En algún lugar de los Pirineos hispanos
Invierno del año 1078

Selomo sintió de nuevo el deseo. Una fuerza que le roía las tripas y que a menudo no era capaz de distinguir de la enfermedad. Ese era su primer pensamiento cada día.

A su alrededor, en la cuadra donde había pasado la noche, oyó los ronquidos de Samuel, el fraile que lo acompañaba en el viaje, y el rechino bajo e inquieto de los animales, que los caldeaban con su calor.

Abrió rápido los ojos, como solía hacer al despertar, y su primer movimiento consistió en palpar el libro, para asegurarse de que estaba ahí, junto a su pecho, acompasando su respiración. El precioso libro que atesoraba desde que era niño. Su herencia, la historia de sus antepasados, su fortuna. La joya cuyo valor nunca había sabido calcular.

—Tiene mil años de antigüedad. Es todo lo que somos, lo que es nuestra familia. Este libro eres tú, Selomo. Por eso tienes que defenderlo con tu vida. Guárdalo, porque aquí está el misterio de nuestra estirpe, aquí va mi corazón, lo que yo soy y lo que tú serás. Lo que fueron las generaciones de tu propia sangre y de la mía, que nos precedieron. Es tu filiación, tu patria. Tu lugar en el mundo se ha ido escribiendo durante siglos en este libro, que es nuestro testigo... —Las palabras de su padre aún resonaban en su memoria, frescas y cadenciosas, con una vaga música que siempre parecía adornar su acento enigmático—. El último nombre que hay escrito en él es el tuyo, yo mismo lo he puesto ahí con cuidado. Y tú deberás añadir el de tu hijo, llegado el momento. Le pido a Dios que sea un hijo varón, pero si no puedes concebir uno, bastará con una hembra. No sería la primera que escribe en él su nombre... Mil años dan para muchos nombres escritos.

—Sí, padre. —Todavía se veía a sí mismo, un niño enclenque y confuso pero serio y decidido, obediente, tomando entre sus manos aquel tesoro.

Desde entonces, el libro, menos frágil de lo que podía parecer dada su antigüedad, lo escoltó en su vagar por el mundo. Con él fue atravesando desfiladeros y montañas, ríos y desiertos. Caminó sin destino en alguna ocasión y casi siempre con un objetivo del que no se desvió ni unos pasos... Jamás se había separado de él ni un instante. Ni bajo el ensañamiento del sol de Oriente, ni en medio de las tormentas furiosas de Occidente. Lo llevaba colgado al cuello, bien protegido dentro de una funda metálica, herrumbrosa pero impermeable.

Solo le faltaba tener un hijo para traspasarle, como su padre había hecho con él, aquella maravilla. Selomo deseaba un hijo más que nada en el mundo. Daría lo que fuera por tener un vástago. Pero encontrar mujer no era cosa fácil. ¿Quién iba a quererlo, feo, maduro y enfermo como era?

Se rascó el pecho y apretó dulcemente el libro contra él. Aún no había amanecido, pero debía levantarse ya, sacudirse las nieblas del sueño y espabilar. Faltaba poco para ponerse de nuevo en marcha.

9

Se había dejado devorar por la sospecha

Judea
Año 7 antes de Cristo

El rey Herodes, poco a poco, se había dejado devorar por la sospecha, que crecía dentro de su pecho alta y hermosa como un campo de mies. Todo el mundo parecía hacerle sombra, o al menos intentarlo. Se sabía burlado incluso por el sastre que le tomaba medidas para confeccionarle un manto magnífico. Podía verlo con claridad. Estaba rodeado de traidores y de imbéciles que no percibían que él se daba cuenta de todo.

—¿Tú de qué te ríes?

—Mi rey... —El pobre sastre se sacó unos alfileres de la boca—. Tan solo frunzo los labios para sostener en ellos estas piezas con las que marcar la bastilla de tu traje.

Herodes hizo un esfuerzo sobrehumano por contener la ira. Su primer impulso fue rebanarle el pescuezo a aquella alimaña, pero sabía que no encontraría un artesano de las telas tan bueno como él, de manera que se conformó con patearle la cara hasta dejársela ensangrentada. Tampoco demasiado, y no por falta de ganas, pero le fallaban las fuerzas.

Luego se despojó de sus ropas, aún hilvanadas y sin terminar, y salió de la estancia seguido por unos aterrados servidores.

Se encaminó a las habitaciones de sus esclavas. Le daba igual la que fuera. No le gustaba casarse, así que tenía muchas. Jacob se había casado con Lea y Raquel, pero se acostaba con las siervas de sus esposas... Era la mejor solución al problema del matrimonio también a su parecer.

El rey pensó que un marido tenía que ser muy rico para permitirse mantener a más de una esposa. Incluso él, que vivía en una casa real, procuraba no llegar al extremo de David, quien había tenido muchas mujeres, entre ellas Abigaíl, Mical y Betsabé, hembras con excesiva personalidad para su gusto.

Las mujeres consumían demasiado tiempo. Él no era partidario de tener más de dos. Y aunque no era judío, sí intentaba parecerlo, de modo que no estaba de más tener en cuenta que los rabinos, por lo general, recordaban que Moisés, Noé e Isaac habían sido monógamos. Por no hablar de que la posesión de más de una siempre traía problemas.

—Mi señor, sé bienvenido... —lo saludó la esclava, tensa y visiblemente nerviosa ante su presencia.

Ya no era tan joven, tendría unos veinte años, y era judía. De pronto Herodes sintió que crecía su enojo, aunque no fue capaz de identificar el motivo, así que, en esa ocasión, se limitó a cerrar los ojos y a tumbarse sobre el lecho.

Le ardía el estómago, como si tuviera una multitud de pequeños animales salvajes royéndole las tripas.

—Mi señor, ¿te sientes mal?

El rey apretó los ojos con más fuerza y se frotó con furia la frente.

—¿Crees en la magia, mujer?

—Solo en la que tú eres capaz de realizar con tu poder, mi amo. Es la magia que todos podemos ver, siempre con tu permiso.

—Unos magos han llegado con el cuento de que el mesías que espera tu pueblo ya ha nacido y que lo ha hecho aquí, en mis dominios. ¿Tú crees que eso es posible?

—Lo que yo creo, mi amo, es que no hay nadie más poderoso que tú. Y que nunca lo habrá.

—¿Cómo crees que será el mundo cuando yo no esté?

—Eso no ocurrirá pronto, pero cuando suceda, el mundo llorará tu ausencia, mi amo.

—No estoy tan seguro...

En ese mismo instante, Herodes concibió una idea que le mejoró notablemente el dolor y le apaciguó la ira: decidió mandar encerrar en el hipódromo de Jericó a los principales mandamases, jefes y cabecillas del reino.

—En cuanto salga de aquí ordenaré a mi hermana Salomé que los mande ejecutar en el caso de que yo muera —dijo con voz queda, satisfecho por unos instantes de su sagacidad.

—¿Qué dices, mi señor?

—¡Nada que te importe! Será la única manera de asegurarme de que alguien llore a mi muerte. Esos blanditos soltarán fuertes aullidos en cuanto sepan que van a ser degollados. Balarán como corderos. Así, Dios oirá sus lamentos y sabrá que este mundo me echa de menos. —Dejó escapar una risa perruna.

—Por supuesto, mi amo.

—¿Ves como yo también hago magia?

Ni siquiera consiguió fornicar con la esclava. Hacía tiempo que notaba un hormigueo insano en sus partes. Además, le habían aparecido unas llagas de aspecto preocupante alrededor del miembro que olían mal. Y a pesar de que mantenía a un buen puñado de esclavos rezando por su salud día y noche, el aspecto de su piel no mejoraba.

Aunque Herodes sintió ganas, el cuerpo no le respondió. Si aquel cuerpo vencido y enfermo suyo hubiese sido el de un esclavo, lo habría azotado hasta que hubiese muerto desangrado.

Se levantó malhumorado y con dificultad y abandonó los aposentos de las esclavas con paso brioso pero también renqueante. De pronto le pareció que tenía demasiadas y se dijo que le gustaría deshacerse de algunas de aquellas mujeres pronto.

Pero no era un asunto prioritario en esos momentos.

El rey tenía otras preocupaciones.

Llevaba años construyendo su propia tumba a unas leguas de Jerusalén, un palacio-fortaleza elevado sobre un monte. El Herodión, su propia montaña del paraíso. Deseaba que su última morada fuese magnífica, que estuviese a la altura de su vida, para que Dios no confundiera su alma con la de algún esclavo o un soldado vulgar. Pero aún faltaban algunos detalles y había pensado que le gustaría ir a supervisar las obras. Sitiado por todo un ejército de inútiles, entre los cuales incluía a la mayoría de los miembros de su familia, a menudo se veía obligado a vigilar él mismo las construcciones que emprendía. Había sido así durante toda su vida.

—Solo la piedra permanece —solía decir a quienes lo rodeaban, en especial a los arquitectos, muchos de los cuales carecían de verdaderas aspiraciones. Seres patéticos y temblorosos, consumidos y mediatizados por la mezquina ambición de meros albañiles—. Mientras la carne muere y enmudece, los minerales hablan para la eternidad.

El único problema era que se necesitaban hombres para dar forma y palabras al granito. Por eso prefería encargarse de todo por su cuenta con el fin de asegurarse de que las cosas se hacían de la manera correcta y pensando en su duración.

Por otra parte..., casi se le olvidaba... El maldito dolor lo distraía... Mandó llamar a los jefes de su guardia. La idea del supuesto mesías no se le iba de la cabeza. Tenía que hacer algo antes de que fuera demasiado tarde.

—Según el censo, en Belén viven ahora mismo unos veinte niños menores de dos años. Quiero que vayáis allí y acabéis con todos ellos. No puede quedar ni uno vivo —les comunicó cuando finalmente hicieron acto de presencia.

Se secó el sudor y contempló la reacción de los hombres. Los judíos detestaban los infanticidios, bien lo sabía. Él carecía de tantos escrúpulos.

—Pero mi rey... —protestó uno de ellos.

Herodes se dio la vuelta. Sus ojos ardían de ira.

—¿Te atreves a cuestionar mis órdenes?

—No, señor.

—Bien.

10

Encaramado sobre su montura

Hacia el campo de batalla, en algún lugar del
Imperio de León
Año 1069

Encaramado sobre su montura, el rey Alfonso contempló el horizonte. Su mano izquierda, curtida por el sol, acarició el cuello del caballo. Alfonso entrecerró los ojos, tratando de fijar la vista en la lejanía. Su cuerpo, que era recio y musculoso, permanecía quieto como una estatua, sin apenas moverse. Detrás de él, sus hombres aguardaban conteniendo la impaciencia de los caballos. Alfonso tenía el aspecto de un montañés tostado por los vientos y las solanas de aquel reino que nunca le parecería lo bastante grande.

Volvió la cabeza y contempló a la reina, montada sobre un potrillo a su derecha. Acababa de llegar del otro lado de los Pirineos. Tenía diez años, pero se mantenía erguida y digna, gobernando su montura con la decisión de un hombre. La observó un momento, con una mezcla de esperanza y disgusto. Ella notó su mirada y se la devolvió, sin sonreír.

El rey pensó que ojalá aquella criatura tuviese tres o cuatro años más para poder meterla en su cama esa noche. En fin, tendría que conformarse con lo que había. Le tocaba esperar unos cuantos inviernos para eso. Luego se preguntó si la niña extranjera sería capaz de darle un hijo algún día y si el muchacho tendría la misma curva en forma de corazón invertido que se dibujaba sobre su labio superior.

A Alfonso le gustaba pasar los inviernos en Sahagún, pero estaban en primavera. También en eso la vida le llevaba la contraria en aquellos instantes.

Era tiempo de guerra, de conquista.

Pese a su malestar, el rey entendía mejor que nadie y respetaba el rigor de las estaciones. Bajo el yelmo se encontraba escondida su larga y espesa cabellera del color del trigo en el verano. Su rostro se había esculpido al compás de la guerra como las estalactitas en una caverna. El pelo, enredado como un suave ramaje, ansiaba descubrirse para cabalgar acariciado por el viento. Pero Alfonso sabía que no era momento para esas cosas.

Tenía la frente espaciosa y las cejas anchas y rubias. Unos ojos azulones enormes y rodeados de espesas pestañas amarillas se fijaban en todo con un barniz sombrío y atento. La nariz recta y las facciones vigorosas, entre las que destacaba una boca de expresión a menudo desdeñosa y propicia a la risa insolente.

—Acamparemos aquí —le dijo en voz baja y lentamente a Pedro Ansúrez, que inmediatamente transmitió la orden.

Don Pedro era alto y de cabellos negros y brillantes como las aguas de un pozo. Tenía una nariz abultada cuyos orificios nasales se veían acosados por la espesa barba, encrespada y entreverada de canas. Su ancho cuello parecía inflarse como el de una res herida cada vez que levantaba la voz para dar un aviso.

A pesar de su aspecto rudo, había algo en él que sugería delicadeza y diplomacia. Sin embargo, la espada que colgaba en su costado indicaba todo lo contrario: que era un hombre con el que más valía andarse con cuidado, incluso fuera del campo de batalla.

Había cambiado la capelina azul de lana y el jubón de piel invernal por la armadura de guerra. Giró la cabeza hacia sus hombres y extendió el brazo con el que solía sostener a su azor favorito cuando se encontraba en casa.

—Aquí paramos, señor —asintió Ansúrez.

—Así haremos —dijo Alfonso. Se mesó la barba, completa pero corta, y se pasó una mano por el cuello sudoroso, ancho como el de un toro, animal del que también poseía el nerviosismo.

Poco después, habiéndose despojado de su armadura y de sus instrumentos de guerra, el rey dio un paseo por el campamento.

Alfonso era un hombre de estatura imponente. Sus hombres se veían obligados a buscar para él caballos que aguantasen su envergadura. Y no siempre era fácil. Él prefería los árabes que solían enviarle sus siervos moros, sabía apreciar lo que valían.

Liberado de su traje de guerrero, el criado lo había vestido con una especie de gabán que le permitía llevar descubiertos los brazos, las piernas y una parte del pecho, sembrados de cicatrices. Sus atavíos estaban confeccionados en una lana tupida y teñida de algunos colores difícilmente identificables, pero que, tiempo atrás, podían haber sido negros o verdes.

«Las telas, los cabellos, la piel de las mujeres, las espadas... Nada que exista bajo el sol puede permanecer ajeno a su influencia. Todo pierde color y textura con el andar de los años. Todo se desgasta, menos la tierra», pensó con la vista fija en el horizonte de los campos mientras se sacudía los ropajes, duros y arrugados.

Llevaba una tira de cuero rodeándole la cintura de la cual colgaba un cuchillo curvo, con una hermosa empuñadura de asta de ciervo labrada, encerrado en una vaina de piel sin curtir.

El rey tenía la mirada feroz, aunque teñida de agua, y miraba a un lado y a otro buscando con impaciencia, oteando, planeando la batalla. Le hubiese gustado ser una de las águilas que en ese momento surcaban el cielo por encima de su cabeza, para tener una vista cabal de la zona. De cada uno de los montículos y árboles, de los peñascos y posibles escondrijos, de las planicies y los altozanos. Así nada escaparía a su control. Aunque sus cartógrafos le habían dibujado mapas confiables, Alfonso nunca acababa de estar seguro del todo.

Frunció el entrecejo y se cruzó de brazos. Puso oído atento a las suaves ráfagas de viento que agitaban los árboles de una alameda que se extendía unas leguas al norte del campamento. Se mordió el labio inferior, tal y como solía hacer cuando estaba impaciente, un gesto que evitaba siempre que se encontraba en compañía de otros. Pero ahora estaba solo. No demasiado lejos del campamento, pues aún sentía en su espalda las miradas atentas de sus hombres, clavadas como alfileres. Se permitió componer una expresión de disgusto.

Al día siguiente, en aquellas mismas tierras que ahora pisaba, tendría lugar una batalla campal.

Cenó con Agnes —su reina, su esposa de diez años— igual que lo haría un padre con su hija.

—Mañana volverás a León con tu aya y dos de mis hombres. No quiero que estés aquí mientras luchamos. Ya has tenido bastante solaz viniendo a este sitio.

Agnes se mostró contrariada y amagó un puchero, pero estaba bien educada y enseguida se recompuso.

—¿No puedo quedarme y observar desde lejos? —Sus ojos eran tan claros que parecían dos trozos de agua.

—No, es peligroso. Tendrás que volver.

—Yo también puedo luchar. Tengo una espada. Mi padre me la regaló antes de partir. No es muy grande, pero puede hacer una buena herida. Mi padre me dijo que Dios me perdonaría si mataba a todo aquel que quisiera hacerme daño. —Los ojos de Agnes brillaron encendidos bajo la luz de las estrellas.

La niña era preciosa. De eso no cabía duda. Hija del conde Guillermo VIII, había llegado desde Aquitania. Alfonso decidió llamarla Inés. Cuanto antes se adaptara a su nuevo hogar, mucho mejor, y el cambio de nombre era importante. Como si Agnes naciera de nuevo. Ahora que Alfonso se encontraba enfrascado en sus contiendas con su hermano Sancho II, el rey de Castilla, Agnes era una luz de esperanza que iluminaba su futuro. Y aunque había que darle tiempo, sin duda podría convertirse en la madre de sus hijos.

El aya, Willa, una mujer metida en carnes que se movía con una sorprendente agilidad y que ponía atención para aprender el idioma al que debía acostumbrarse, estuvo rondando a los reyes durante toda la cena.

Después de esas palabras, Agnes y Alfonso hablaron poco. La niña le resultó agradable al rey, que pensó que pronto, pues el tiempo pasaba rápidamente, podría unir aquella joven vida a la suya de la misma manera en que esperaba unir el reino de Castilla a su título de rey de León.

Juntos, ellos y sus futuros hijos, serían más fuertes.

11

Me han dicho que vienes de Persia

Judea
Año 7 antes de Cristo

—Me han dicho que vienes de Persia.

Herodes contempló con una mezcla de temor y desprecio al hombre que tenía frente a él. Se fijó especialmente en su pelo pajizo, de un rubio que se le antojó afeminado, un signo de debilidad. Tenía la piel muy blanca y sus mejillas eran tan doradas como la cabellera de una de sus favoritas.

El hombre asintió suavemente inclinando un poco la cabeza, lo suficiente como para parecer respetuoso, pero no lo bastante como para rendirle sumisión.

Herodes sospechó que mentía.

Aunque no podía estar seguro.

—Tú, que estudias las estrellas, debes saber dónde se encuentra Dios.

—Es cierto que miro las estrellas, pero encontrar a Dios no es fácil. El cielo es grande y la tierra, inmensa. Esperaba que en tu reino se encontraran algunas de las respuestas a las preguntas que me hago desde hace tiempo.

—¿Y qué clase de sabio eres que no conoces las respuestas?

—Conozco algunas preguntas, no todas. Eso es todo cuanto puedo decirte.

—He oído contar que haces magia y que tienes compañeros con el rostro negro y los ojos rasgados.

—Solo soy un humilde hombre de estudios que conoce su pequeñez. Y la magia, como tú sabes, está severamente prohibida en los libros sagrados. No soy un hechicero, si eso es lo que preguntas.

Se encontraban en una amplia sala del palacio-fortaleza que el propio Herodes el Grande mandara construir en Jerusalén. A pesar de la amplitud de la estancia, él siempre se había sentido cómodo allí; era un hombre grande, tanto como el mismo edificio, que estaba flanqueado por tres enormes torres, la que sería su última morada. En aquel lugar, Herodes había dominado como señor incuestionable delante de cualquiera, incluso de los romanos. Sin embargo, ante aquel hombre, el rey se sintió más pequeño que nunca. Y eso lo irritó.

Echó a andar y ordenó al forastero que lo siguiera. Paseando el uno a cierta distancia del otro, llegaron a un atrio, en el centro del cual había un estanque a ras de suelo. El pavimento era de mármol tan pulido que espejeaba a la luz de la mañana. El techo se encontraba abierto al exterior dejando ver un trozo de cielo caldeado por un sol tan furioso y polvoriento que apenas se distinguían en él las nubes. Las vigas se encontraban sustentadas por columnas colocadas en paralelo respecto a las paredes, formando una galería. Una profusión de dinteles tallados, capiteles decorados y basas de postes ricamente adornadas engalanaba el ambiente. Cualquier hombre, pobre o rico, habría apreciado la magnífica elegancia del lugar, pero el que tenía frente a él lo miraba todo con ojos desapasionados, como si no se dejase impresionar por la suntuosidad que lo rodeaba.

El palacio era el segundo edificio más importante de la ciudad, después del Templo de Jerusalén. Herodes lo construyó sobre la Torre de David, una antigua ciudadela que había sido destruida y reconstruida sucesivamente, como si todos los que fueron pasando por aquel territorio hubiesen querido permanecer en él dejando sus huellas, pero ninguno hubiera conseguido en realidad apropiarse de su alma.

Herodes había sumado tres grandes torres para que sirvieran de defensa de la ciudad, a la vez que salvaguardaban su propia vida. No se fiaba de nadie. Pretendía asegurarse de que estaba a salvo de sus enemigos, que eran incontables. No importaba a cuántos asesinara, siempre parecía haber más dispuestos a odiarlo. El palacio real, en las inmediaciones del monte Sion, era una de sus obras magníficas. Herodes puso nombre a cada una de las torres. A la primera la llamó Fasael, en memoria de su hermano, que todo el mundo creía que se había suicidado. A otra le asignó el nombre de su segunda esposa, Mariamna, a quien había amado con la misma violencia con que la odió, y a la que terminó ejecutando. Estaba enterrada en una cueva cerca de la construcción. La última lucía el nombre de uno de sus leales, Hípico. Herodes tenía escasos amigos, tan pocos que podía darse el lujo de construir una torre para cada uno de ellos. Bautizar edificios con los nombres de algunos seres a los que, a su manera, había amado quizá fuese uno de los exiguos actos sentimentales que se pudo permitir en toda su vida, incluyendo su infancia más tierna.

Tuvo un nuevo momento de debilidad y se preguntó, mientras examinaba fijamente al hombre que permanecía delante de él, y que no temblaba ante su presencia, si realmente había contado alguna vez con un amigo. Uno de verdad. Recordó a Hípico. Se llevó la mano a los genitales, que justo entonces estaban incordiándole, como le pasaba cada vez más a menudo en los últimos tiempos.

Siguieron caminando hasta llegar a una sala donde había mobiliario propio de un hombre poderoso como Herodes.

Hizo un gesto hacia el visitante para indicarle una cama equipada adecuadamente con almohadas y cojines.

—Quizá quieras reposar las piernas.

—Estoy bien, he podido descansar en los últimos días. Pero te agradezco la hospitalidad.

Herodes se aproximó al hombre hasta que pudo sentir su aliento calentando de cerca su propia boca. Los esclavos y varios criados armados que servían de testigos mudos de la escena permanecían inmóviles, como estatuas de madera o figuras de un juego.

—Eres un nómada.

—No lo he sido antes, en toda mi vida, y no lo seré mucho más. Ir de un lado para otro es algo que solo he hecho en estos tiempos. Pero estoy cansado. Como ves, ya no soy un hombre joven.

Herodes asintió y se acercó a un candelero que proporcionaba una luz innecesaria, ya que la mañana estaba mediada y faltaba mucho para el anochecer.

—Dime qué buscas en mi reino.

—Ya lo sabes, busco a un niño que quizá naciera hace algún tiempo y que está llamado a un destino espléndido.

—¿Dirías que ese niño llegará a ser más poderoso que yo?

—Sí. Si se cumplen las profecías, él será el rey de reyes. Pero con eso no quiero ofenderte, por supuesto.

Herodes sonrió con un rictus amargo que le deformó la cara por unos instantes. Al contrario que el forastero, su rostro era de facciones duras y de piel oscura. Todo en él emanaba fuerza y decisión. La suya era una familia en la que los hombres no habían carecido de energía y ambición. No podía presumir de linaje, pertenecía al pueblo idumeo, no era un judío, sin embargo, su abuelo y su padre se las habían arreglado para ser influyentes en el gobierno de los judíos, y él, a los veinticinco años, ya había sido nombrado gobernador de Galilea gracias a su progenitor. Su cuerpo era recio todavía. En el pasado fue muy fuerte, siempre preparado para la lucha, como un gladiador. Cuando era joven habría podido pelearse con una fiera salvaje y probablemente hubiese vencido. Su cuerpo fibroso y esbelto estaba en proporción con el rostro oscuro y aguileño de rapaz humana. Su sangre árabe le ardía en las venas y la belleza de su madre nabatea, mezclada con la de su padre idumeo, dieron como resultado un rostro que parecía cincelado por un geómetra.

Pero se hacía viejo.

Las arrugas le pesaban como piedras. Estaba enfermo, su vida se extinguía. Él se negaba a ello, con todas sus fuerzas, que eran muchas, y sin embargo perdía la batalla contra el tiempo cada día. Eso era algo que no podía soportar.

¿Qué quedaría al final de su belleza, de su poder, de su fuerza?

12

Miró de arriba abajo a la hermana de su marido

Sahagún. Imperio de León
Invierno del año 1072

Agnes miró de arriba abajo a la hermana de su marido. Mientras que ella seguía siendo todavía una niña, Urraca era una dama adulta, joven y poderosa. La niña sentía unos terribles celos de su cuñada.

Aunque ella era la legítima esposa, ya sabía perfectamente que el matrimonio no era un instrumento lo suficientemente eficaz como para protegerla de todos los males que la acechaban.

Los maridos siempre tenían el poder. Así se lo había enseñado su aya. Un día incluso le había contado una historia sobre un rey y los problemas que le había ocasionado su matrimonio porque, en el matrimonio, cuando no mandaba el hombre, mandaba la Iglesia. Los reyes se casaban por interés y Alfonso así lo había hecho contrayendo nupcias con ella. Si bien, también algunos se casaban con amor, como ese de la historia que le contaba el aya... Claro que el arzobispo se negó a concederle permiso para el casamiento. A pesar de ello, el rey se casó con su amada. Los eclesiásticos, como castigo por su desobediencia, lo condenaron a dejar a su mujer y a someterse a siete años de penitencia por sus pecados. Pero, esta vez, el rey también desoyó el veredicto. En consecuencia, toda Francia fue excomulgada por sus pecados y entonces fue tanto el dolor de la gente que el rey se vio obligado a despedir a su esposa y a casarse con otra. Aunque, según su aya, lo que realmente convenció al rey para separarse de la mujer que amaba era que tuvo con ella un hijo monstruoso, con cuello y cabeza de ganso: ¡el castigo divino por realizar un matrimonio que no gustaba a los príncipes de la Iglesia!

Había que tener cuidado con los príncipes de la Iglesia. Esa era la lección que Agnes sacaba de aquella historia. Su aya no recordaba el nombre del rey, pero aseguraba que no había pasado tanto tiempo desde aquello.

—El arzobispo se había opuesto firmemente a esa unión alegando que el rey y su esposa eran primos y que, por lo tanto, el matrimonio era incestuoso. ¿Sabes lo que es el incesto?

Agnes respondió que no.

—Incesto significa que dos personas de la misma familia duermen juntas e incluso tienen hijos en común. Ya sabes lo que te he contado sobre ese asunto...

Agnes bajó la mirada.

Esa misma tarde, mientras mordisqueaba una manzana, contemplaba devorada por los celos y por la envidia a Urraca junto a su hermano.

A su infantil y desordenada manera, Agnes también reflexionaba sobre el incesto. La mirada de Alfonso hacia su hermana la turbaba incluso a ella y no entendía los gestos de su marido. Sentía que sus entrañas estaban siendo roídas con la misma facilidad con que ella daba mordiscos a la fruta.

Urraca era alta y llevaba un traje de tonos muy vivos. Sus preciosos cabellos, de un castaño oscuro y reluciente, estaban trenzados y enrollados sobre su cabeza. Había traído consigo a un paje que a menudo le acercaba una jofaina para que se lavase las manos. Agnes nunca había visto a una mujer lavarse las manos con tanta frecuencia.

Urraca apretó y besó en las mejillas a Alfonso. Pero no contenta con ese saludo, ahora le besaba la boca y los ojos. Se estrechaba contra él y hasta Agnes llegaba el intenso olor a nardo que despedía.

—Estoy tan emocionada que tengo ganas de llorar —dijo Urraca con voz profunda aferrándose a los hombros de un desconcertado Alfonso.

—Querida hermana, me alegro tanto de verte...

Urraca tenía un hermoso rostro, con una piel blanca y pura. Agnes supuso que se tapaba bien la cabeza y la cara cuando estaba al aire libre. Sus ojos eran enormes, muy verdes y llenos de lágrimas en ese momento. Tenía los labios carnosos y el mismo dibujo de mentón que su hermano. Las cejas eran finas y bien definidas y subían y bajaban a cada instante, según pasaba de la risa al llanto.

—Ven hasta la ventana, hermano, quiero que te bañe la luz del día y que Dios, desde los cielos, pueda observarte bien, porque estoy segura de que hay pocos hombres tan hermosos como tú en este mundo e incluso en el otro.

—Quizá estás cansada del viaje, son muchas leguas las que has cabalgado...

—No hay leguas suficientes que consigan separarme de mi hermano más amado.

Urraca dejó escapar una carcajada juvenil.

Agnes pensó que solo le faltaba cantar a pleno pulmón para celebrar su alegría. «Un poco exagerada», pensó con una mezcla de sorpresa y desprecio. Dirigió la mirada al exterior, al otro lado de la ventana, al cielo de un color azul casi violento que le recordaba a los ojos de su marido, y masticó con furia su manzana.

Cuando hubo terminado, pasó sus finos dedos por las pesadas trenzas que le había hecho su aya por la mañana y se dio cuenta de que aún tenía las manos manchadas con el jugo de la fruta. Se levantó y se acercó a su marido. Cogió entre sus manos el pico de la capa de color frambuesa forrada de piel que llevaba Alfonso y se secó en ella las manos hasta que se dio por satisfecha.

Pero Alfonso estaba tan ocupado admirando la belleza de su hermana que ni siquiera se percató de lo que hacía su joven esposa.

13

Las mujeres siempre lo habían recibido bien

Palacio de Herodes el Grande, Jerusalén
Año 7 antes de Cristo

Las mujeres siempre lo habían recibido bien entre sus piernas, incluida su esposa más amada, Mariamna, a la que cada día de su vida recordaría con un estremecimiento muy parecido al amor. Casarse con ella había sido una estrategia política para legitimarse en el poder. Al fin y al cabo, Mariamna era nieta de Hircano II, que fue recompensado por César, reconocido etnarca y sumo sacerdote de los judíos a título hereditario. El mismo que logró que los judíos no se vieran obligados a dar alojamiento a las tropas romanas durante la temporada de invierno ni a comprar la exención de hacerlo con multas o tributos. Ella era la nieta del hombre que consiguió también que los judíos quedaran exentos del servicio militar, pues así lo mandaba su religión, dado que la milicia era incompatible con la observancia del sábado y con el cumplimiento de las normas de alimentación de su pueblo.

Al principio, Herodes pensó que gracias a Mariamna y a los hijos que esta le daría acabaría siendo amado por los judíos. Pero el amor siempre había sido algo esquivo en la vida de Herodes. Nunca supo cómo conquistarlo. Creyó que la mejor manera de hacerlo era utilizar la espada y tampoco eso le dio resultado. Sus intentos, por lo menos en el pasado, no salieron bien. Ahora, siendo un hombre viejo, cansado y enfermo, ya no se hacía ilusiones de que el futuro se presentase más complaciente.

Le habían dado a Mariamna por esposa cuando todavía era una

niña y hubo de esperar tres años largos, hasta que se convirtió en una joven, para compartir su lecho. Durante aquel tiempo de espera, Herodes la había visto crecer y formarse. Cada curva de sus caderas y de sus piernas, el bello ángulo de su cara... Era la princesa judía más hermosa que jamás hubieran visto ojos humanos. Su recuerdo todavía lo torturaba. Veía a su fantasma pasear por las habitaciones de palacio, riéndose de él, de su crueldad y de su pena.

Los largos cabellos del rey estaban empapados de sudor. Herodes era capaz de morder como un tigre y arañar como un león, pero la edad y la enfermedad empezaban a vencerlo. Además, saber que un simple niño podía arrebatarle el poder que él ejercía en esos momentos sobre los judíos era algo que lo estaba consumiendo, un peligro al que debería hacer frente. Cayera quien cayera.

Claro que también era un hombre sagaz y nunca se había engañado a sí mismo, ni siquiera en su vida personal. Por ejemplo, cuando ascendió al trono, sabía que no contaba con el favor de los judíos piadosos, por lo que renunció desde el principio ejercer el cargo de sumo sacerdote que le correspondía, un puesto para el cual se aseguró previamente de contar con testaferros, a pesar de que no siempre le salieron bien ese tipo de jugadas. Nadie podía acusarlo de no ser capaz de renunciar a un privilegio. Por supuesto que lo hacía, lo hizo a menudo y seguiría haciéndolo. Siempre en aras de un bien mayor.

Se preguntó si, en ese instante, también debía jugar la carta de la renuncia con el hombre que se encontraba frente a él.

De la renuncia o del engaño.

—¿Y cuántos años crees que tendrá ese niño en caso de que haya nacido tal y como sospechas?

El hombre vaciló.

Herodes pudo oler su inquietud y cómo la duda inundaba su alma. Hizo un esfuerzo por sonreír, pero no tenía demasiada costumbre y sus labios se atropellaron a la vez que las palabras salían de su boca.

—Yo también quisiera rendirle homenaje a ese rey, por eso te lo pregunto. Si me dices dónde está, me encaminaré hacia su casa y me arrodillaré ante él.

Era la hora sexta del día, el momento más caluroso de la jornada, pero el extranjero sintió un escalofrío que no escapó a la mirada escrutadora de Herodes.

—¿Podría beber un poco de agua?

Herodes hizo un gesto y un esclavo acudió al momento con una jarra de plata labrada.

—Si lo deseas, puedo ordenar que traigan un cuenco para tus pies. Y si tienes hambre y no quieres esperar hasta la cena, puedo decirles a mis criados que te sirvan un asado de carne. Yo prefiero la carne asada antes que hervida y mis cocineros saben prepararla de manera deliciosa. Estoy seguro de que nunca has probado nada semejante.

—No te molestes; al igual que Daniel, yo tampoco como carne. —El extranjero se limpió los labios, aliviado.

—No me digas que eres como los judíos, que piensan que hay animales impuros.

El otro sonrió, pero no dijo nada.

—Eres mi huésped y deseo tratarte bien. —Herodes se acercó a una mesa de piedra sobre la cual descansaba una bandeja llena de fruta—. Pues sírvete tú mismo —le ofreció al sabio.

—No es necesario. Me conformo con este poco de agua. En realidad, es mi alma la que tiene sed, y bebiendo intento refrigerarla, aunque no siempre lo consigo. —El hombre hizo una mueca desmayada y Herodes pensó que parecía un animal silvestre del valle del Jordán que acabase de caer en una trampa.

Cuando terminó de beber, el hombre pidió permiso para retirarse.

—Mis compañeros me esperan y debo seguir mi camino junto a ellos, si a ti no te importa.

—Pero no has respondido a mi pregunta.

—Porque no tengo respuesta para ella, señor.

La tranquilidad y el hermetismo de aquel hechicero lo sacaron de quicio. Herodes se acercó a él y le sacudió los hombros, como si quisiera así despojarlo de sus errores, de su desdén.

—Pues dime por qué no soy yo el rey de reyes, por qué no consigo que me amen a pesar de lo que he hecho por este pueblo de ingratos.

El invitado, sorprendentemente, no dio muestras de sentirse intimidado por la violencia física del rey.

Herodes lo soltó por fin, sospechando que al intruso no se le escapaba su enfermedad, su decadencia. Sí, quizá por eso no lograba amedrentarlo. La idea lo sacó de quicio aún más.

—¿Quién sino yo creó Cesárea, asegurando la posibilidad de comerciar a lo largo y ancho de todo el mar Mediterráneo? —Rugió su frustración y su ira sobre el forastero—. ¿Acaso no he sido yo quien restableció la seguridad y reprimió a los bandidos? Tú quizá lo ignoras, por muy mago que seas, pero eso mejoró el comercio interior y dio tranquilidad a las gentes, a esos desgraciados que olvidan lo que he hecho por ellos. —Herodes se rascó sus partes, molesto por la picazón y el incesante dolor. El sudor le caía a chorros por las mejillas, como si estuviera llorando copiosamente—. Y dime, durante aquella hambruna de hace ya más de veinte años, ¿no fui yo quien mandó fundir su propia vajilla de plata para comprar alimentos y distribuirlos entre los necesitados, evitando así que muriesen de inanición? ¡Ingratos, estúpidos, bestias! Y por las mismas fechas, un poco más tarde, por si no lo sabes, también reduje los impuestos a una tercera parte de lo que me debían, y luego a una cuarta transcurridos seis años. Pero ¡de nada sirve, de nada vale lo que hago por ellos!

—Sin duda has sido un buen gobernante. Yo no soy quién para juzgarte, no conozco todos los...

—¡Cállate, cierra la boca! Desprecias mi hospitalidad y ahora te niegas a reconocer mi grandeza. Aún así, soy el mismo que gozó de la confianza de Augusto, el mismo que le demostró fidelidad siempre. Arrodíllate ante mí. —El hombre titubeó, si bien finalmente hizo una inclinación que, a pesar de lo humillante de la postura, no logró despojarlo de dignidad—. He levantado edificios increíbles en su honor, ¡para mayor gloria del representante del poder de Roma! Y yo y solo yo, con mi poder y mi gloria y con el poder de mis arcas, he reconstruido el Templo para este pueblo desagradecido. No fue fácil, créeme, tuve que hacer que mil levitas aprendieran el oficio de albañiles; de lo contrario, los simples obreros hubiesen profanado la parte reservada a los sacerdotes. He tenido mucho cuidado en satisfacer todas sus absurdas exigencias religiosas, y te aseguro que no han sido pocas. Este es un pueblo que tiene enormes necesidades, todas ellas caídas del cielo, provenientes de un dios que los somete a rituales desquiciantes. Y yo me pregunto dónde está ese dios al que tanto he ayudado a ensalzar y adorar. ¿Puedes decírmelo tú? No he recibido ningún pago humano ni divino a cambio de mis esfuerzos.

—Todos buscamos a Dios, cada uno a nuestra manera. —El

mago se volvió a poner de pie lentamente—. Tú eres un hombre poderoso y tu grandeza queda patente, por ejemplo, en el puerto de Cesárea, en la increíble Masada o en ese hipódromo magnífico que dicen has construido. Hay gente que te ama porque organizas juegos cada cuatro años en honor de Augusto, en Cesárea y en la propia Jerusalén. Y me han dicho que tratas con eruditos que conocen las letras griegas, como Nicolás de Damasco, de cuya imaginación tengo entendido que ha salido una *Historia* que me sería grato poder leer...

Herodes, que siempre había sido un hombre sagaz, capaz de leer con claridad las situaciones políticas en las que se hallaba inmerso, sin embargo, a veces se sentía ofuscado en el trato personal con quienes le rodeaban. En esa ocasión se dio cuenta de que hacía rato que había perdido los nervios, a pesar de que no era eso lo que deseaba transmitirle al forastero. No quería amedrentarlo, sino obtener algo de él. Las amenazas y la humillación no eran el mejor método para conseguir sus propósitos con hombres como el que tenía delante.

Aunque no estaba en su naturaleza pedir disculpas, con gran trabajo se excusó ante el extranjero. Hizo un ingente esfuerzo por apaciguar su cólera. Bien es cierto que el ardor de su estómago y de su bajo vientre no estaban contribuyendo a aplacarla precisamente.

—Te ruego que no tengas en cuenta mis excesos, hoy no es un buen día.

El mago asintió fijándose en el tono macilento de la piel del rey y en sus muecas de dolor mal contenido. Tampoco perdió detalle cuando Herodes se palpó el abdomen y cerró los ojos, como si fuese víctima de un comienzo de desvanecimiento.

—Te sientes mal, no quiero molestarte. Si me lo permites, me retiraré.

Herodes hizo un gesto con la mano.

—Vete en paz, pero vuelve pronto trayéndome las noticias que ambos esperamos sobre ese mesías tan deseado. Te recompensaré.

En cuanto el hombre se perdió al traspasar la puerta de la estancia escoltado por un par de esclavos, Herodes llamó a uno de sus esbirros.

—Quiero que lo sigas y que me cuentes con detalle cada uno de los pasos que da. Que sus pies no pisen el polvo de ningún camino sin que yo lo sepa. Si no cumples escrupulosamente esta orden, te mataré. Pero eso tú ya lo sabes. ¡Vamos!, ¿a qué estás esperando?

14

Agnes detestaba aquella tierra

Sahagún. Imperio de León
Invierno del año 1074

Agnes detestaba aquella tierra de la que le habían dicho que era reina. Ella no se lo creía: no tenía ningún poder, ya lo había comprobado. El rey mandaba sobre todo. Sobre lo humano y también sobre lo divino.

El monasterio de Sahagún se había convertido en el mayor centro de poder, un territorio enorme que abarcaba desde la montaña hasta el Duero y que su marido el rey estaba transformando en un auténtico reino independiente.

Ella lo sabía. Lo llevaba viendo desde hacía mucho tiempo. Desde que, con diez años, la desposaron con Alfonso VI.

Durante unos años, el rey se limitó a esperar que ella se convirtiera en una mujer con la que poder acostarse y tener hijos. Eso ya había sucedido, pero tanto la intimidad como los vástagos brillaban por su ausencia.

Sí, claro que el lugar y su situación le resultaban insoportables. Echaba de menos el sitio donde nació y se crio, a su familia, a sus amigas de infancia, a los sirvientes... Agnes había dejado tanto atrás que le daba miedo pensarlo. La estaban convirtiendo en alguien que ni siquiera sabía cómo ser. Incluso le habían cambiado el nombre, la llamaban Inés, y todavía le costaba responder cuando lo oía.

Sentía tanta rabia y desconfianza que a veces le resultaba casi imposible levantarse de la cama. Alfonso le había recomendado que rezase, que se encomendara a los hermanos Facundo y Primitivo, unos santos que se habían negado a renegar de su fe, por lo que habían sido decapitados y sus restos, echados al río Cea, que se los llevó aguas abajo, como despojos de animales que se quedan enganchados en los recodos del cauce.

Pero Agnes, la mayor parte del tiempo, se sentía incapaz hasta de rezar. Solo el odio la consumía, a la vez que parecía alimentarla y darle fuerzas. Rabia y envidia. Porque quizá se trataba de eso. De la envidia que sentía de su cuñada Urraca y, sobre todo, de doña Jimena, la amante de su marido, una mujer mayor que ella perteneciente a la nobleza hispana. Una mujer que no sabía lo que era sentirse extranjera como Agnes se sentía. Que pisaba el suelo como si la tierra se pusiera ante ella a cada paso que daba, rindiéndole pleitesía.

Aquella zorra altiva...

Junto con su aya, que la acompañaba desde el día en que vino al mundo, Agnes conspiraba cada día contra Jimena.

—Me gustaría que se volviera fea. Que se levantara una mañana y tuviese una cabeza de asno sobre los hombros.

—Pero, mi reina, eso no es posible. Solamente en los cuentos ocurren esas cosas... Y solo los niños se las creen.

—Solo los niños —repitió Agnes—, pero ¿acaso no podemos hacer brujería, lanzarle alguna maldición a esa condenada mujer? ¿No puedes usar tus runas para ocasionarle algún mal?

—Las runas sirven para asomarse al futuro, no para cambiar el presente. El día de hoy solo podemos transformarlo, en lo posible, usando nuestra voluntad, aquello que está a nuestro alcance... —reflexionó el aya, nerviosa, frotándose las manos con movimientos rápidos. La mujer sospechaba que todo consejo de prudencia que le diese a la reina era una manera de desperdiciar las palabras que salían de su gaznate.

Por supuesto, la propia Agnes sabía que, con quince años bien cumplidos, ya era una mujer y que no podía permitirse perder el tiempo con fantasías. Aun así, insistía.

—Podemos envenenarla. —Acercó los labios hasta la oreja de su aya de manera que incluso la rozó, como si la besara.

La dama era una mujer gruesa que empezaba a dejar atrás la

mediana edad. De aspecto lustroso, denotaba una vida llena de entrega, pero poco fatigada.

Miró a la reina con ojos relucientes, achicados por la emoción.

—Mi señora, no creo que...

—Quiero que muera. ¡Que esa zorra desaparezca! Y que el rey regrese a mi cama.

—Pero si Dios quiere que ella viva, ¿quiénes somos nosotras para decidir otra cosa?

—Ni siquiera Dios puede estar tan ciego que permita que alguien como Jimena deambule por este valle de lágrimas. Ella me lo ha robado todo. Es una ladrona. Su castigo debe ser ejemplar. Además, yo soy la reina. ¿Es que mi voluntad no sirve de nada?

—Si el rey don Alfonso descubre tus pensamientos, y mucho más tus intenciones, te castigará de manera cruel. No le hables a nadie nunca jamás como ahora lo has hecho ante mí, niña mía, o te pondrás en peligro. En un grave aprieto.

—He oído que la mujer de un noble mozárabe que vive a unas leguas de Sahagún, Sancha Peccenini, sabe preparar medicinas que llevan dulcemente a quien las toma al otro mundo, sin ningún sufrimiento. Como si se echaran a dormir y a soñar por toda la eternidad... Quizá podríamos pedirle una pequeña muestra.

—Pero, mi señora, tienes que pensar...

—¡Estoy harta de pensar! Las nubes no piensan y descargan su rabia contra el suelo en forma de agua y de granizo. El viento no piensa y arranca los árboles cuando se interponen en su camino. El agua no piensa y, cuando desborda los ríos, hace daño, inunda las cosechas, echándolas a perder... Yo no soy mejor que las nubes o que el viento o que el agua.

La mujer asintió, no quería contrariar a su dama. Sabía por experiencia que sus rabietas eran difíciles y ella no tenía ganas de aguantar ninguna que no fuera estrictamente necesaria.

—La mataremos. Acabaremos con Jimena —aseguró la reina, súbitamente más animada—. Borraré esa sonrisa estúpida de su cara para siempre.

Agnes no podía sospechar que, en la carrera hacia la muerte, ella llegaría mucho antes que su rival.

15

Quizá podría haber salido huyendo

Belén
Año 7 antes de Cristo

Si la mujer hubiese estado en ese momento subida al tejado, los hubiera visto llegar y, quizá, podría haber salido huyendo. Aunque eso, que hubiera tenido éxito en la fuga, también era algo dudoso.

En cualquier caso, no los vio.

Y ocurrió lo que tenía que pasar...

En Belén, Raquel se tapó el pecho después de dar de mamar a su hijo de dos años y se alisó las ropas en un gesto de coquetería y decoro. Aprovechó que no la veía nadie para colocarse bien el *kolbur*, la ropa interior corta que procuraba mantener siempre limpia metiéndola en el arroyo y dejando que la suciedad se fuese junto con el agua, que hacía esfuerzos por atravesar el basto tejido.

Disfrutaba poniendo las escasas ropas de su familia sobre lisas piedras y golpeándolas luego para quitarles bien la suciedad. Lavar era una buena cosa, una acción purificadora, semejante a expiar los pecados. A Raquel le gustaba especialmente utilizar un jabón que ella misma fabricaba con aceite de oliva y álcali vegetal.

Con veinte años tenía tres hijos que eran su orgullo y el de su esposo. Se colocó una tela de forma cuadrada, doblado con cuidado, para protegerse los ojos del sol y lo dejó caer suavemente sobre los hombros y el cuello, ordenando unos graciosos pliegues y sosteniéndolos mediante un cordón trenzado.

Tenía especial cuidado con las ropas de su familia. Las suyas y las de sus tres hijos, incluido el más pequeño, al que acababa de amamantar. No era fácil conseguir vestidos. Ellos tenían suerte, pues disponían de una muda que usar cada vez que había que lavar la otra. Sus tres hijos varones parecían versiones en miniatura de su padre y a Raquel le producía una especial satisfacción mirarlos cuando estaban juntos. Como muñecos que alguien hubiese fabricado fijándose en el patrón que era el padre.

Su marido había sido obsequiado con una túnica de muchas piezas que su familia le había ofrecido. Pero las largas mangas que tenía resultaban un verdadero incordio a la hora de trabajar, de modo que él las ataba detrás del cuello para liberar sus brazos. Raquel pensó que si alguien le preguntara, no podría cuantificar el amor que sentía por el padre de sus hijos, y si no fuese pecado, habría dicho que el sentimiento que le producía era de devoción.

Le hubiese gustado disponer de alguna túnica más, una *istomukhvia* elegante y quizá ornamentada, pero se conformaba con lo que tenía. Su suerte no era tan mala. Aunque carecía de brazaletes y colgantes o de pendientes con piedras preciosas engastadas, podía darse el lujo de vez en cuando de utilizar aceites con pigmentos para colorearse las uñas de las manos y los pies. En esas ocasiones ponía buen cuidado en aplicarse los ungüentos con el dedo o con una pequeña espátula de madera que era uno de sus tesoros. Como también lo era su largo cabello, que procuraba tapar pudorosamente cuando salía a la calle, ya que solo las prostitutas exhibían claramente sus melenas y sus rostros para atraer así a sus clientes hombres.

Raquel pensó con una sonrisa pícara que, aunque no estaba bien, no podía negarse a sí misma que le gustaban las cosas hermosas.

En Jerusalén, los jardines estaban prohibidos, sin embargo había una rosaleda de la que se extraía aceite de rosas. Ella sabía mejor que nadie cuál era el valor de aquella esencia. Su marido se dedicaba a cultivar el bálsamo de Judea, que tanto gustaba a los romanos. Él trabajaba para ellos, cultivando en la demarcación imperial, y Raquel conocía la delicadeza de su trabajo. Sabía que las cosas hermosas necesitaban ser tocadas con cuidado.

Su marido trabajaba la planta haciéndole una incisión a través de la cual salía el jugo. Era una suerte de herida de la que sangraba belleza. El corte se realizaba tres veces cada verano y luego se podaba el arbusto. La planta se aprovechaba entera; no solo el jugo, que era lo más valioso, también los brotes, la corteza y la madera. Cada bote de bálsamo valía muchos denarios.

Y los dedos de su esposo sabían acariciarla a ella con la misma gentileza con que obtenían el bálsamo en su trabajo.

Sacudió la cabeza tratando de alejar aquellos pensamientos y de concentrarse en sus tareas diarias.

—Hay que trabajar, hay que trabajar, no te distraigas... —le dijo sonriendo a su hijo, un rollizo vástago de rizos castaños y rostro dorado por el sol.

Tenía un carácter amable, como su padre, pensó Raquel. Sus otros dos hijos ya acompañaban al padre en el trabajo. Los tres eran la bendición de su casa.

Raquel daba gracias porque su marido era un hombre responsable, que estaba enseñando un oficio a sus hijos. Ella se encargó del cuidado de los dos mayores hasta que cumplieron los tres primeros años de vida y los destetó. Ahora era el padre quien se ocupaba de su educación.

—Ya dijo el rabino que quien no enseña a su hijo un oficio útil lo está criando para ladrón. Pero ese no será tu caso, pequeñuelo... —Alborotó el pelo de su hijo y dejó que los dedos resbalasen por los suaves rizos de la criatura.

Durante los primeros días de la semana, sus hijos acudían a la Casa del Libro, donde escuchaban la lectura de las Escrituras y su interpretación. Con un poco de suerte, incluso podrían aprender a leer, aunque ese era un sueño que Raquel no sabía si vería cumplido.

—Al fin y al cabo, los sueños, sueños son —se dijo soltando un suspiro.

Echó un vistazo alrededor de la vivienda que la protegía a ella y a su familia de las inclemencias del tiempo. Su amado hogar. De forma cuadrada, con un tejado plano y una escalera exterior, se había construido con mucho esfuerzo con bloques de limonita blanca. También construyeron una parte con ladrillos que secaron al sol y algunas piedras de basalto negro. La casa tenía diez pies de lado y las paredes eran gruesas, con nichos para guardar alimentos y utensilios domésticos. Una pequeña ventana situada en la parte alta del techo servía de ventilación, y su marido había conseguido hacerse con una celosía de hierro gracias a la cual evitaban la entrada de intrusos.

En el tejado podían disponer frutos para que se secaran cerca del tragaluz, que en invierno tapaban con una piel, pues el frío y la lluvia ocasional también eran visitantes entremetidos y no deseados. Cierto que la techumbre no era del todo impermeable y que en muchas ocasiones sufrían las temidas goteras. Durante la estación lluviosa, entre noviembre y marzo, el interior de la casa era frío y Raquel se sentía desdichada cuando los niños tosían a su lado. A veces incluso las semillas germinaban entre el barro y el tejado florecía de alguna manera. Un día Raquel descubrió, con una mezcla extraña de pesar y alegría, una pequeña plantación de grano no deseada que ella recolectó con placer poco después.

Aquel tejado dúctil y plano también les servía como terraza fresca o como atalaya para vigilar. Tenía, pues, sus ventajas. Carecía de un pretil para evitar que alguien cayera, por ejemplo, los niños, pero, aunque la ley exigía que se construyera uno alrededor de todo el perímetro, sus recursos no habían dado para tanto y Raquel había añadido aquella necesidad a la lista de las muchas que guardaba preparadas para el futuro.

«El futuro...», pensó con confianza sin saber que la muerte estaba a punto de llamar a su puerta.

16

A pesar de que su cuerpo no era recio

Ciudad de León
Año 1075

Ansúrez era un hombre apuesto. O al menos eso había oído decir Alfonso. Él se sentía incapaz de distinguir a un hombre de esas características del resto de sus homólogos menos agraciados. Solo pensar en ello le resultaba algo incómodo, propio de mujeres.

A pesar de que su cuerpo no era recio, sus pasos resonaron con un eco imponente en el pasillo. Alfonso conocía el sonido de sus tacones, llevaba toda la vida oyéndolo, de modo que no se sorprendió cuando apareció detrás del mayordomo real, que ni siquiera se molestó en anunciarlo.

Su fiel Ansúrez venía agitado. Pasaba mucho tiempo controlando la sofisticada red de espías que tenía dispuesta a lo largo y ancho de gran parte de la península. No debía de ser un trabajo fácil.

—¡Al-Mamún está muerto! —exclamó incluso antes de haber entrado en la estancia.

Aquella noticia no era precisamente el tipo de información que hubiese deseado oír Alfonso.

—¿Qué dices? ¡Habla!

—Lo han envenenado, según cuentan mis informadores.

Yahya ibn Di-l-Num Al-Mamún era, en muchos sentidos, como un padre para Alfonso. Lo acogió como a un hijo y el joven que Alfonso fue en su destierro no pudo encontrar un lugar mejor para reponerse, consolarse y planificar el futuro que los palacios toledanos de aquel rey moro bravo y sin embargo delicado, valiente y honesto.

No hacía muchos meses que el monarca toledano había completado uno de sus grandes éxitos militares conquistando Córdoba con la ayuda que el propio Alfonso le había prestado. Le resultaba tan extraño como inquietante y vergonzoso que el rey moro hubiera muerto de esa manera. El envenenamiento era una humillación para quien había vivido toda su existencia abriéndose paso a golpes de espada.

—No me lo puedo creer. —Alfonso se llevó las manos a la cabeza y se mesó los cabellos abrumado por el dolor, pero sin dejar de hacer cálculos.

—Como sabes, mi señor, su sucesor será su nieto, Al-Qadir.

Alfonso movió la cabeza afirmando. Precisamente esa era una de sus grandes preocupaciones. El primogénito del rey, Hisman, había fallecido y Alfonso tenía las más viles referencias del nieto. Se temía lo peor.

—Esto lo cambia todo, mi señor. El nieto es sobradamente conocido por su insensatez. Pronto los toledanos echarán de menos a su abuelo.

—Sí, ya lo creo que lo cambia todo...

—Mis informaciones dicen que un cortejo se encamina hacia Toledo llevando a hombros el cadáver del emir. Quieren darle sepultura junto a la mezquita mayor.

—He perdido a un buen aliado. Mi corazón llora su pérdida. Y me temo que, dentro de poco, tendremos nuevos motivos para lamentarnos y gemir.

—Debemos estar atentos, majestad, este es el comienzo de un nuevo tiempo. No debemos bajar la guardia, nadie puede fiarse de Al-Qadir.

Alfonso estuvo de acuerdo. Se quedó pensando a solas largo rato después de que Ansúrez hubiese abandonado la habitación. Reflexionó que ya no estaba obligado a mantener una relación pacífica con la taifa de Toledo. Aquel no era un lugar adecuado para cruzar la península hacia el sur. Pronto se convertiría en un reino inestable, que le generaría problemas no solo a él, sino a su propio pueblo.

Debía prepararse para aprovechar la situación.

17

Entraba la luz del día

Belén
Año 7 antes de Cristo

La puerta de su casa solía permanecer abierta todo el día, a través de ella entraba la luz. Por la noche se iluminaban con una lámpara de aceite colgada en una de las paredes. El piso estaba aplanado y Raquel soñaba con poder añadir unas baldosas algún día.

Cuando terminaron de hacer la casa, su esposo y ella llevaban ya casi dos años casados. Construirla había sido como dar forma a su familia.

Los rabinos decían que los israelitas habían heredado la tierra directamente de Dios. Era el lugar donde vivían y el que ya se describía en el libro de Josué. En la zona de Canaán se hizo una división por suertes. Cada suerte era un disco que se lanzaba al aire como una moneda con la esperanza de que Dios lo controlase. «La suerte se echa en el regazo, pero es Jehová quien decide», rezaba el proverbio. De manera que nadie era afortunado por Dios, sino que las suertes habían caído en lugares buenos.

Raquel y su familia también vivían en un buen lugar, en Belén, y su heredad estaba marcada con un montón de piedras por el lado del norte y con dos surcos de arado por el sur. Aunque pasaron muchas dificultades, la familia nunca planteó la posibilidad de vender la propiedad de su tierra. Que la tierra saliera de la familia era una desgracia en la que Raquel no quería ni pensar. Ella pertenecía al «pueblo de la tierra» y su posesión pasaría a sus hijos. El mayor recibiría el doble que cada uno de sus hermanos. Incluso el hijo pródigo de la Biblia había podido hacerse con su parte de la herencia al regresar a casa.

Sí, pensó Raquel, sus hijos heredarían su tierra; y como no tenía hijas, no debía preocuparse por ellas. En caso de que no hubiese hijos, una familia podía transmitir su herencia a las hijas, pero, por fortuna, ese no era su caso. Y cada día daba gracias a Dios por no tener que vivir en una cueva, tal como había hecho Lot después de huir de Sodoma.

Lo que Raquel no sabía era que si su hijo pequeño hubiese sido una niña, no habría tenido lugar en su casa la tragedia que se avecinaba...

Ella pertenecía a una estirpe acostumbrada a escuchar a los profetas, que les advertían sobre el pasado, sobre su historia de peregrinación y desierto. Por eso era bueno disponer de un hogar, que además estaba repleto de jarras y de cestas para guardar alimentos y bebidas. No, no podía quejarse de cómo la vida la estaba tratando.

Todavía.

Pensó con ternura en su hogar hecho de barro.

Aprovechaban una depresión en el suelo de tierra para encender el fuego para cocinar en la casa. Ella lo alimentó con estiércol seco y añadió un poco de heno y zarzas espinosas para que prendiese bien.

Pasaría el día preparando la cena. Una de las dos comidas que la familia realizaba. Mientras, el niño jugueteaba por el suelo. Raquel tuvo que reñirle al pequeño cuando se puso a trastear con una piedra de pedernal.

—¡Deja eso! —le ordenó.

Fue en ese preciso momento cuando los hombres llegaron.

Raquel estaba tan entretenida en sus tareas que apenas se dio cuenta de que habían entrado en el patio de su casa. Pero una sombra que cayó sobre su cuerpo la sacó como un golpe frío de sus pensamientos y le hizo levantar la mirada.

Un hombre armado, uno de los guardias de Herodes, la miró desde su imponente altura y Raquel supo que algo andaba mal.

—¿Qué quieres? —preguntó con temor. De repente se dio cuenta de que su voz se estrangulaba al salir de su boca.

El guardia no dijo nada. O quizá es que también había perdido la voz.

Hizo un gesto a los otros tres hombres que lo acompañaban y señaló al niño, que los miraba sonriente, ofreciéndoles unas piedras que tenía en las manos, como un inocente y humilde regalo de bienvenida. Los cuatro hombres dudaron, hasta que el jefe de la cuadrilla ordenó a uno de ellos ejecutar la orden de Herodes. El menos corpulento se dirigió a Raquel, que en ese momento tenía los ojos muy abiertos y se encontraba paralizada por el horror.

—No te preocupes, será rápido. Tu hijo no sentirá nada. Y tú todavía eres joven, podrás tener muchos más hijos...

—¡¡No, no, no...!! ¡Fuera de mi casa! ¡Detente, animal!

—Es una orden de Herodes —añadió fríamente el jefe.

El que había recibido el mandato se limitó a ejecutarlo de manera rápida, cerrando los ojos en el instante fatal, después de haber colocado el cuchillo en la garganta del pequeño. Sujetó al niño, que seguía sonriendo, por la nuca, lo levantó en el aire y lo degolló de un limpio tajo. Solo entonces las piedras que sostenía en la mano la criatura cayeron al suelo.

—Nunca había matado a un niño —balbuceó el hombre. Soltó el arma ensangrentada, que cayó al suelo con un sonido metálico, y depositó con suavidad el cadáver del infante cerca de su madre, en el suelo.

—Pues este solo es el primero. Nos quedan todavía veintiuno —respondió su jefe.

En ese momento se oyó el grito estremecido de Raquel llorando a su hijo. Un clamor que pareció oírse en todo Ramá. El llanto de una mujer que sollozaría el resto de su vida. Que lloraba a su hijo porque ya no existía. Y a la que ni siquiera Dios podría ofrecer consuelo.

Los hombres salieron de la casa. Un soldado se acercó a caballo hasta ellos. Venía con prisas.

—Por orden de Herodes, detened la matanza de los niños. El rey lo ha pensado mejor y no quiere provocar un levantamiento por la muerte de todos estos críos. No desea revueltas.

Los que acababan de ejecutar al pequeño se miraron entre sí confundidos. El verdugo intentó secarse la sangre fresca restregándose con fruición las manos en sus vestiduras.

De haber llegado aquel jinete unos instantes antes, el hijo de Raquel habría salvado la vida. Pero ya nadie lograría deshacer lo hecho ni meter dentro del cuerpo de la criatura su sangre derramada. El dedo del destino lo había escrito y ni el mismo Dios sería capaz de borrar esas líneas del libro de la vida.

18

Nadie podría quitarle eso

Ciudad de León
Año 1077

Agnes había sido la primera.
Nadie podría quitarle eso.
La primera de las mujeres de Alfonso. Aunque le había cambiado el nombre por uno que a ella no le gustaba, Inés, nada más llegar a sus dominios, a pesar de que entonces no era más que una niña..., desde el primer momento se sintió prendada de amor por él. Claro que también tuvo miedo de ligar su cuerpo al de su marido. Intentó superar ese temor con todas sus fuerzas. Nadie podía reprocharle no haberse esforzado, nadie podría hacerlo en este mundo ni en el otro. Tenía pánico y, sin embargo, un día supo sin duda que había llegado para ella el tiempo de besar.
Mantenía la conciencia tranquila y en su fuero interno solo rogaba que el rey fuese lo bastante sensato como para no acercarse a conocerla durante los días del Señor, las fiestas o en los momentos de su menstruación. No quería concebir hijos anormales para su rey y había oído que aquellos que se gestaban en una noche de sábado a domingo tenían posibilidades de nacer ciegos o mudos.
Ella sabía cuánto ansiaba Alfonso tener un hijo y estaba dispuesta a complacerlo. Aunque eran numerosas las indicaciones de la Iglesia respecto a las relaciones sexuales, y a pesar de la piedad que el rey manifestaba, no parecía ser muy cuidadoso en el coito.

—¿No te das cuenta de que las relaciones conyugales mancillan a los esposos? —se atrevió a preguntarle un día.

Alfonso se enfureció al oírla.

—Espero que Dios no intervenga también en esto. Me ocupo de contentarlo en todo lo que puedo. Lo menos que cabe esperar es que se quede fuera de mi alcoba.

De nada valieron sus esfuerzos por satisfacer a Alfonso desde que se casó con él: Inés no lograba sentir placer durante el acto sexual ni tampoco engendrar los hijos que él anhelaba. Ni aun siguiendo los consejos que le daba su aya, que era experta en fórmulas mágicas y le susurraba al oído secretos y sortilegios. Si Alfonso se hubiese enterado de las cosas que le decía la mujer, se habría enfurecido.

Todos los conjuros del aya estaban prohibidos y condenados por la Iglesia. En sus intentos de intensificar el ardor amoroso de su marido, Agnes llegó incluso a beberse su esperma, pero ni así consiguió enardecerlo. En otra ocasión se arrodilló, con la cara contra el suelo, descubrió su torso y le dio de comer sobre su espalda desnuda. Pero aquellas artimañas no dieron resultado.

—Tu esposo es demasiado ardiente y todo el mundo sabe que ese tipo de hombres siempre son adúlteros —le decía su dama, arrugando el ceño de manera acusadora—. Tiene a otra. A otras...

—¡No digas tal! Alfonso sabe que eso es pecado mortal. Nunca lo haría. Hasta un campesino es conocedor de que las relaciones íntimas y la procreación tienen lugar a su debido tiempo, igual que la siembra y la labranza. Lo contrario sería oponerse a la voluntad divina.

—Ofrece tantas prebendas a la Iglesia que está claro que intenta comprar el perdón divino. Eso se cree él, ¡que lo logrará! Pero yo te digo que el rey es inmoderado.

Agnes sabía que el rey se acostaba con otras, pero no le daba importancia. Mientras fueran criadas, ella no tenía nada que temer. ¿Qué diferencia había entre una criada y una prostituta? Ella era la reina, su legítima esposa. El matrimonio la mantendría a salvo, pensaba. Solo necesitaba un hijo para consolidar su posición, pero el deseado embarazo no llegaba...

Era consciente de que Alfonso había buscado en ella la cuna y las buenas costumbres. Su belleza la había ayudado, pero, sobre todo, el rey quería que su vientre pariera, para aumentar su poderío con un heredero varón.

En aquella corte extranjera, Inés de Aquitania se sentía muchas veces proscrita, apartada. Si no fuese por su dama de compañía, procedente de su mismo país, conocedora de su misma lengua y de sus costumbres, a veces se dejaría llevar por la melancolía de manera fatal.

Su dama le recordaba sin cesar quién era.

Eso la reconfortaba.

Era la hija de Guillermo VIII, duque de Aquitania, y de Matilde de la Marche. Se desposó con Alfonso en el año del Señor de 1069, pese a que su matrimonio no se celebró hasta finales de 1073, cuando Agnes cumplió por fin los catorce años. Varios diplomas del rey la confirmaron como reina. Ahora, con dieciocho, sabía que sus privilegios podían no durar para siempre. Atrás quedaban los gloriosos tiempos en que Agnes, junto con su rey, otorgaron el fuero de Sepúlveda. Parecía mentira, pero apenas había pasado un año desde aquello.

—El rey ya no me quiere —le dijo a su aya, la única con quien podía compartir su intimidad.

—Tu Alfonso aprendió costumbres poco cristianas mientras estuvo viviendo en Toledo con el rey moro Al-Mamún. Ese gobernante musulmán de la taifa de Tulaytula debió de suministrarle mujeres. Quizá allí se aficionó a cambiar de dama con mucha más facilidad que de montura.

—Alfonso no cambia de montura así como así. Ningún guerrero lo hace.

—Claro, para ellos son más importantes los caballos que las mujeres. No lo olvides, mi reina.

—Es verdad que en Toledo estuvo mucho tiempo sin hacer nada. El ocio es enemigo del negocio.

—Ahora dicen que anda trotando por la cama de una tal doña Jimena Muñoz. El tuyo es un rey aficionado a tener amigas. Pero esta, además, está preñada. Al contrario que tú, mi señora, esa tiene una barriga propicia a llenarse de vida. Dicen que es pariente del obispo de Astorga, y ya sabes, majestad, la afición que tiene el rey por esas cuestiones religiosas. La llaman «nobilísima» y también «la muy noble», pero, a mi entender, es sobre todo una puta. Muy nobilísima, eso sí...

—¿Y si tiene con ella un hijo?

—Roguemos al cielo para que sea una niña y no pueda cumplir

sus deseos. Haremos un conjuro para que no conciba un varón. He aprendido unas artes que dicen que no defraudan...

Agnes sentía que todo estaba fallando. Que ninguno de sus esfuerzos, por mágico que fuera, daba resultado. Lo principal era que el rey no la quería. De haber tenido un hijo con él, probablemente todo habría cambiado. Pero a veces sentía que su vientre era estéril. Podía percibir un vacío dentro de su cuerpo que ni siquiera los envites del rey cuando estaba con ella en la cama conseguían llenar. Y eso que ella se había esforzado. Cuando estaban juntos, cosa que ocurría cada vez más raramente, le acariciaba el cuello y lo abrazaba con un ardor que en el fondo no sentía. Agnes quería servir bien a su marido. Besarlo y someterse a la voluntad del amor de su señor. En la cama, su boca y sus manos no tenían descanso. Se lo comía con los besos y con los ojos. Lo rodeaba con los brazos y lo estrechaba. Buscaba ansiosamente complacerlo, que el deleite lo convirtiera en su esclavo. Sin conseguirlo nunca. Alfonso parecía limitarse a tolerar sus besos y atenciones. Y a pesar de que ella podía aguantar toda la noche en vela tendida junto a él, esperando el albor del día, se daba cuenta de que el rey no encontraba consuelo a su lado.

Agnes se decía a sí misma, y lo comentaba con su dama, que solo su torpeza podía ser culpable de la situación. La mujer, no se sabía si por agradarla o porque lo pensaba sinceramente, siempre le llevaba la contraria.

—No es culpa tuya, mi señora. Su cabeza está en otro lado, no es culpa tuya... El rey piensa en el coño de otra. Y eso es todo.

—¿Qué tiene la otra que yo no tenga?

—Es alta y rotunda, de espesos cabellos de color castaño oscuro, como a él le gustan. Mientras que tú eres rubia y delgada. Quizá sea eso. Aunque todos pueden ver que tu belleza es incomparablemente mayor que la de la otra. Sin embargo, he oído que, en realidad, lo que pasa es que...

—¿Qué?

—Que la amiga le recuerda a... su hermana. A lo mejor ahí radica el secreto de seducción de esa furcia. Tú, por el contrario, no te pareces a doña Urraca. Para tu fortuna, por cierto.

La amante del rey, doña Jimena, tenía formas llenas de mujer, entretanto la reina aún parecía una chiquilla delgaducha y sin desarrollar. Agnes había visto de lejos a la altiva doña y se había fijado en ese hiriente detalle. Caminaba con la cabeza muy alta, como si la legítima esposa fuera ella. Era mayor, Agnes no sabría calibrar su edad. ¿Veinticinco, treinta...? A Alfonso le gustaban las mujeres bien hechas, aunque se hubiera casado con una a medio crecer. Por sus movimientos, aun en la distancia, Agnes intuía también en Jimena una seguridad de la que ella carecía.

La mañana en que la vio por primera vez, atravesando una calle de lado a lado, sintió una punzada de envidia. Se preguntó si no sería mejor ser amante de un rey o de un gran señor que su legítima esposa. Tenía entendido que esas mujeres que prestaban su amor por afán de lucro recibían grandes sumas de dinero y prebendas como tierras y dominios, por no hablar de buenos cargos para sus familiares. Además, no estaban obligadas a dar herederos a esos hombres que las consentían. Mientras, ella, una mujer de buena familia, que había sido parida en una alta alcoba, se veía sometida a una humillación cuyas consecuencias apenas era capaz de calibrar.

—Tonterías, mi señora, no eres estéril, únicamente ocurre que tu cuerpo todavía no está bien formado. Necesitas tiempo para convertirlo en el de una auténtica mujer. Algunas tardan menos y otras, como tú, se retrasan, pero luego crecen como árboles frondosos. Llegará el día en que tu belleza será fértil y dejará a su majestad el rey con la boca abierta. Solo hay que tener paciencia...

Agnes estaba dispuesta a esperar. A tener paciencia. La paciencia era una virtud y ella quería convertirse en la mujer más virtuosa del mundo. También en la peor de las rameras si eso era lo que quería su esposo. Sin embargo, a veces sospechaba que ya era demasiado tarde...

Si tenía poco con Jimena, ocurrió que una mañana malhadada empezó a cumplirse, sin que ella lo supiera, su destino.

Cuatro hombres llegaron a Sahagún. Portaban un carro sobre el cual llevaban una jaula hecha de gruesos barrotes de madera atados con cordeles. Al aparecer por una de las calles, los aldeanos formaron un tumulto alrededor esperando ver dentro algún animal salvaje. Un espectáculo que sin duda llamaría la atención de todos.

Pero no era una bestia quien se afanaba dentro de la jaula.

Era una mujer.

Una mora bella y salvaje, con el cuerpo y la cara sucios de barro, de hollín y de sangre. A pesar del tizne que la cubría, su belleza hería la vista como una puñalada. Tenía el pelo abundante y moreno, ondulado y rizado, tan largo que le hubiese tapado la entrepierna de haber ido desnuda. Pero no lo iba, aunque sus vestidos estaban tan raídos que se transparentaban. Parecía una gata silvestre que acabasen de cazar los palafreneros.

Se trataba de un regalo. La mujer era un obsequio de uno de los reyes moros, súbditos de Alfonso, para el emperador. Agnes estuvo a punto de llorar cuando la vio pasar. Estaba segura de que aquel presente complacería sin duda a su marido.

Una sonrisa amarga se dibujó en su rostro cuando pensó con malicia que quizá aquella mora esclava podría acabar con el dominio de doña Jimena. Que tal vez su piel tostada y sus ojos profundos y oscuros constituyeran una amenaza para ella y la echaran a patadas de la cama del rey, cosa que no había conseguido ella misma como su legítima esposa.

Esa noche, en sus aposentos, acució a su aya.

—Saca las runas. Haz una tirada. Dime qué cuentan del futuro.

Willa, el aya, tenía unas runas hechas, según decía ella, con huesos de santa. Varias piezas pulidas con símbolos indescifrables para Agnes, pero que el aya era capaz de interpretar con naturalidad. La mujer las extrajo de la bolsita blanca de primorosa tela bordada donde las guardaba y se las entregó a la reina, que las agitó y las lanzó sobre el suelo de fría piedra negra de la habitación.

Willa se quedó callada mirando los símbolos esparcidos en el pavimento.

«De verdad semejan trozos de huesos humanos...», pensó Agnes, y se abrazó a sí misma.

—¿Qué? ¿Qué dicen las runas? ¡Habla ya!

La mujer se quedó mirando la runa Inguz, la de la fertilidad, que presagiaba lo peor. La runa Thurisaz, la del amor, hablaba de reveses del destino. Hagalaz advertía de un granizo que caería sobre Agnes como sobre una cosecha, destrozándola por completo... El panorama no era halagüeño, pero la dama no quería intranquilizar aún más a su reina. Ya tenía bastante con sus propias preocupaciones y su carácter nervioso e inseguro. Intentó ver algo positivo en la disposición de las piezas.

—La runa Raido indica que pronto harás un viaje. ¡Alégrate!

Agnes asintió.

—Quizá ha llegado el momento de dejar este lugar y volver a nuestra patria. Regresar al hogar, abrazar a los nuestros...

Las runas dijeron la verdad, pero ni la reina ni su aya llegaron a sospechar jamás que el viaje que les aguardaba a ambas sería el último. El eterno.

19

Se lo decía a sus hombres

Sahagún. Imperio de León
Invierno del año 1077

Alfonso se lo decía a sus hombres y a los magnates que lo rodeaban, a los abades y obispos, a los párrocos, a sus amantes... Era algo que repetía de vez en cuando.

No era fácil, por supuesto que no. La tarea era monumental.

A pesar de lo que unos y otros le aconsejaban, él no buscaba imponerse a los musulmanes. Lo que intentaba era establecer una organización, esto es: construir un reino. Integrar todos aquellos territorios tan dispersos y diferentes bajo un único mando. Desarrollarlos, ver cómo crecían en gentes y en bienes. Ese era su sueño y no otro. Pero se encontraba con el obstáculo de tierras y poblaciones que entraban en conflicto con su idea, que le contestaban y lo rechazaban. Rebeliones vasconas o gallegas, litigios de toda índole, pleitos por presuras... Por no hablar de las resistencias campesinas. Desde el Duero hasta la cordillera Cantábrica, desde Galicia hasta Vasconia... todo eran problemas.

Pues claro que no era fácil ser un emperador como él lo era.

Trataba de evitar la desertización y la despoblación, y, aunque no tenía miedo de las campañas musulmanas, sabía que era mejor economizar recursos.

Procuraba organizar su Estado alrededor de los monasterios, pero también era sensible a la idea de que había que explotar la propiedad privada y colonizar agrícolamente los territorios.

Claro que siempre faltaban hombres, y mujeres.

Cada vida era preciosa; aun así él siempre estaba dispuesto a sacrificar algunas en aras de un bien mayor.

Necesitaba pobladores llegados del norte cristiano, pero también del sur mozárabe. Era preciso cuidar las fundaciones monásticas, roturar la tierra, crear nuevas explotaciones agrarias... La repoblación espontánea de campesinos libres, no sujetos a cargas señoriales, también tenía sus inconvenientes, sus amenazas para el futuro. Y por otra parte, hacer depender jurídicamente a los campesinos de las instituciones eclesiásticas o de algunos señores laicos podía suponer un problema a la larga.

No, no era fácil tomar decisiones.

No era sencillo mirar al futuro.

Hasta allí solo llegaban los ojos de Dios.

La única verdad que atesoraba en su corazón era su amor por aquellas tierras, su pasión por el páramo y los valles fríos y pedregosos, por los montes atravesados de pequeños ríos y por la desolación de los campos y altozanos. Si algo sabía seguro, era que amaba los oteros y los castros, las mesetas y las curvas de un paisaje que se le había agarrado al corazón como un amor interminable.

Y, hablando de amores, esa noche encaminó sus pasos hacia el dormitorio de su esposa Inés.

A pesar del tiempo que llevaba viviendo a su lado, aún se empeñaba en que la llamaran por su nombre franco, Agnes.

—Mi señor, no te esperaba esta noche... —Inés le dio paso ella misma a su aposento.

Alfonso pensó que, por fortuna, la dama que la acompañaba a todas horas y que la había criado no andaba rondando. No le gustaba esa mujer extranjera; demasiadas miradas esquivas, demasiado vieja. De mirada insoportablemente penetrante.

Aunque Inés fingió sorprenderse de su llegada, él la había avisado con tiempo, de modo que su aya estaría escondida por alguna parte.

Alfonso deseaba tener un hijo. Esa era, por orden de preferencia, la mayor de sus voluntades. Y tenía muchas, entre ellas la aspiración de construir un reino, que no era algo menor. Sin embargo, no sabía cómo depositarlo dentro de las entrañas de aquella mujer que, a pesar de todos sus esfuerzos, seguía pareciendo una niña, casi como el día en que había llegado procedente de un lugar más allá de los Pirineos. A veces sentía que se comportaba más como una hija que como una esposa. Que pese a todas las ocasiones en que habían copulado, su infantil naturaleza se negaba a procrear como era su obligación.

Alfonso llevaba, según podía recordar, al menos cinco años esperando a que aquella mocosa creciera. Él hacía esfuerzos ímprobos por sentirse atraído hacia su figura, pero lo cierto era que cada vez que estaba a su lado se veía obligado a cerrar los ojos y soñar con Jimena, su amante, o con cualquiera con caderas más redondeadas que las de Inés, con unos pechos más llenos, con una mirada más cálida. Soñaba con todo lo que le faltaba a su cuerpo y a su alma, con lo que él necesitaba y que, al parecer, no era posible que se desarrollara en la reina.

Penetró en la habitación pobremente iluminada. Mejor, la falta de luz favorecía sus propósitos. Empezó a desnudarse cansinamente. La verdad era que no tenía ganas de acercarse al cuerpo de Inés. Hubiera dado cualquier cosa por estar entre los brazos de Jimena a esas horas de la noche.

Agnes, o Inés, en un primer momento se mostró zalamera, aunque Alfonso podía notar el fingimiento que se ocultaba a duras penas detrás de su voz juvenil y caprichosa.

—Mi señor...

Cerró los ojos y se echó sobre ella, tratando de poseerla cuanto antes. Si no fuera porque sabía que tenía que concluir aquel trabajo, pues como tal se lo tomaba, hubiera disimulado para salir rápidamente hacia los aposentos de su amante y desahogarse de verdad.

Había bebido vino antes de llegar y tenía la cabeza embotada.

Así todo pasaría más deprisa.

Sin embargo, su aturdimiento debía de ser mayor de lo que suponía, pues en un momento dado, cuando todavía se encontraba entre las piernas de Inés, se le escapó una inconveniencia. Se arrepintió al momento de haberlo dicho, pero ya era tarde. Aquella puñetera se había dado cuenta

—Jimena, mi amor... —dijo Alfonso.

Al oírlo, Agnes se quedó quieta. Como si acabara de caer muerta en mitad del lecho.

—¿Qué has dicho, mi señor? Me has llamado Jimena.

—No, no he querido decir...

Pero Agnes ya estaba llorando.

Justo en el peor momento, en el menos adecuado. Aquella mujer no tenía ningún cuidado. Ni la más mínima delicadeza. De manera que Alfonso no pudo concluir lo que había ido a hacer y eso aumentó su frustración. Sintió crecer dentro de sí la ira.

Como la reina no paraba de llorar, histérica, y de hablar de manera incongruente en su lengua materna, Alfonso se retiró y se sentó al borde del lecho.

—Jimena, ya sé que solo piensas en ella. En esa zorra.

Aquello fue mucho más de lo que estaba dispuesto a tolerar el emperador. Se acercó a Agnes y la cogió por los hombros, zarandeándola como a una muñeca. Nunca hasta entonces se había dado cuenta de lo pequeña que era, parecía una auténtica moña. Lo sacó de quicio con sus gimoteos, así que le dio una bofetada capaz de tumbar a un hombre.

En ese instante, nada más golpearla, se arrepintió.

Pero, de nuevo, era tarde.

—No vuelvas a poner su nombre en tu boca jamás —le dijo con una rabia que no creía haber sentido ni siquiera en el campo de batalla.

Agnes bajó el tono, pero siguió sollozando.

Alfonso cogió sus ropas de forma descuidada, dejándose la mitad encima del diván en que las había puesto al llegar, y salió desnudo de la estancia mientras los lamentos desesperados de Agnes lo perseguían como un infatigable fantasma.

Apenas tres semanas después, cuando ya apuntaba la primavera, mientras Alfonso se encontraba fuera, en una de sus campañas para matar o para recaudar impuestos —Agnes ni siquiera estaba segura—, la amante del rey sufrió una terrible indigestión que la postró en la cama.

Cuando Alfonso regresó a Sahagún fue informado de que su amante probablemente había sufrido un intento de envenenamiento. Pedro Ansúrez, su mano derecha todopoderosa, no paró hasta averiguar algunas cosas que enseguida comunicó a su rey.

—Me temo que han intentado acabar con ella. Por fortuna, le han sacado la ponzoña del cuerpo con algunas pócimas y sangrías. Vivirá, señor, Jimena vivirá. Al parecer tomó una dosis pequeña.

—Mátalas —le ordenó Alfonso a su segundo.

Ansúrez dio un respingo, pero no tardó en comprender las razones de su señor.

—¿Al aya, señor mío, o...?

—No, no solo al aya. A las dos. También a Inés. Hazlo con discreción. Encárgaselo a algún criado, a un mercenario... Tú sabrás. Confío en tu prudencia. A nadie le gusta enterarse de cómo muere una reina, por muy estéril y caprichosa que sea. Y tampoco nadie tiene por qué saberlo.

20

Se perdió por las calles de la ciudad

Jerusalén
Año 7 antes de Cristo

Cuando el hombre consiguió por fin abandonar el palacio de Herodes, se perdió por las calles de la ciudad. Tenía la impresión, y era una sensación casi física, de que lo estaban siguiendo. Pero procuraba disimular su temor y andar con la naturalidad de alguien sin preocupaciones que se encamina tranquilo hacia su destino.

Era día de mercado y fue acercándose con paso normal a la puerta de la ciudad, donde se emplazaba el mercado. Las calles que conducían hasta allí estaban repletas a esas horas. Los comerciantes solían vivir por la zona.

El hombre anduvo por la calle de los Panaderos, con intención de ir hasta el valle de los Queseros, pero en un momento dado pareció pensarlo mejor y se introdujo en un callejón fresco pero sin salida. Se colocó de espaldas a la pared de una de las casas y trató de respirar, refrescando su aliento y aguardando por si veía acercarse a uno de sus perseguidores.

Cuando consiguió que su respiración se tranquilizase, salió de nuevo a la vía principal. Allí se encontraban los vendedores, que habían distribuido sus productos en el suelo y se sentaban en el centro del pequeño círculo de cosas que vendían.

Todos los compradores regateaban ferozmente. Eran de aquellos que se quejaban ante el comerciante del alto precio que habían pagado por la más mínima fruslería y que cuando llegaban a casa presumían del buen negocio que habían hecho gracias a sus habilidades.

Vio a un tendero llenar una medida con grano, remecida y rebosando. Y la sonrisa de medio lado del hombre que acababa de comprarla.

Se vendían aceitunas e higos tempranos, aceite y el famoso bálsamo de Judea, trigo y miel. Muchos de aquellos productos llegaban desde Tiro. Otros, como el aceite y el vino, se importaban de Egipto. Los artículos de lujo, las joyas y el oro, la seda y las especias, se vendían en establecimientos cubiertos y se exponían de manera más cauta ante los posibles compradores, siempre vigilados atentamente por el comerciante y sus ayudantes.

Las calles bullían llenas de gente presurosa y discutidora, atribulada y feliz.

El sabio se encaminó hacia la puerta y, cuando se encontró muy cerca de ella, no pudo contener un estremecimiento. No era solo por la sensación de ser perseguido y vigilado, todavía no sabía con qué intención... Lo que sí parecía evidente era que Herodes no lo perdería de vista. Sospechaba de aquel rey con fama de astuto y de salirse siempre con la suya, costara lo que costase. Pero, por otro lado, se dijo que sus esfuerzos por ocultarse serían vanos, no podía esconderse de sus todopoderosos ojos, que controlaban toda la ciudad.

Pensó que lo mejor era actuar como si no pasara nada y se detuvo delante de un puesto en el que un hombre, tuerto y con una de sus piernas llena de llagas, ofrecía unos tarros deliciosamente olorosos, con esencia de rosa, tallados con delicadeza. Le gustó más el envoltorio que el contenido y no se resistió a comprar uno. Aquellas miniaturas habrían salido sin duda de las manos de un artista. Eran de barro cocido, pero tan pequeñas que parecían juguetes.

—¿Cuánto pides por uno de estos? —le preguntó al tendero.

—¿Cuánto me das tú? —respondió él.

Iniciaron así un regateo que al sabio se le hizo interminable. Incluso cuando aceptó el precio que le proponía el vendedor, en dos ocasiones este rehusó venderle la mercancía solo para seguir porfiando un rato más.

Cuando por fin se pusieron de acuerdo, el hombre casi había olvidado sus preocupaciones.

—Supongo que de eso se trata todo esto.

Guardó el pequeño frasco en uno de sus bolsillos y se quedó mirando la puerta, admirado. Conocía la cultura del lugar y sabía que, desde tiempos inmemoriales, la posesión de una ciudad se definía por la manera en que se controlaba la puerta de entrada. Incluso entre los cananeos fue habitual la salvaje práctica de ofrecer un sacrificio humano al edificar una. De este modo, Segub, hijo de Hiel, perdió la vida durante la reconstrucción de Jericó que realizó su padre, ya que Dios dijo que todo el que reconstruyera la ciudad perdería a su hijo.

El hombre sabio y estudioso sacudió la cabeza con pesar.

—Bárbaros sangrientos y supersticiosos, siempre excusándose en Dios para cometer delitos de sangre que se les han ocurrido a ellos mismos... —musitó en su lengua materna despertando la curiosidad del tendero, que lo escudriñó con suspicacia.

Se dirigió hacia la parte del mercado a la que los campesinos llevaban sus productos. Le habían dicho que era un mercado diario donde la gente compraba los alimentos que necesitaba. Estaba lleno de mendigos, muchos de los cuales esperaban hasta el final de la jornada para apropiarse de los restos de frutas y productos desechados que ya estaban podridos o a punto de estarlo. Algunos camellos se movían por allí con dificultad, cargados de fardos llenos de mercancías. Unos carros intentaban moverse, no sin apuros, guiados por porteadores que entraban o salían del mercado. Había personas que pretendían dar charlas para aleccionar a las gentes en esto o en lo otro o para tratar de enseñar lo que fuera. Unos niños jugaban aquí y allá sus típicos juegos de bodas y funerales. No muy lejos encontró el horno público, donde las gentes hacían cola. Pudo también ver a varios desempleados preguntando si había trabajo y recibiendo negativas.

Como no tenía nada especial que hacer, se dedicó a observar y a aprender de todo lo que le rodeaba. En sus viajes había visto muchos mercados, en distintos lugares, y todos se parecían un poco. Cambiaba el tono de piel de las gentes que los frecuentaban, los sonidos de sus lenguas quizá, aunque en realidad se asemejaban en lo básico. El mundo era diverso, pero también uno solo.

Deambuló por las calles sin pavimentar y llenas de desperdicios, de restos de jarras rotas y con algunos ladrillos que alguien había abandonado y que no tardarían en encontrar nuevo dueño.

Se preguntó si sus perseguidores se habrían aburrido, pero se respondió a sí mismo que eso no importaba. Tenían una misión y nada les impediría ejecutarla. Seguro que lo acechaban todavía.

Vagabundeó por las calles estrechas y el trazado irregular del recinto le hizo ponerse en guardia. Sabía que aquellas tortuosas esquinas eran propicias a los asaltos violentos.

Al volver una de ellas se encontró con un perro suelto y fiero que le enseñó los dientes y le hizo retroceder de espaldas.

—Tranquilo, tranquilo... —murmuró en su lengua materna.

Los perros no estaban muy bien vistos en aquellas tierras y en ese momento entendió el porqué. Llamar «perro» a alguien era el peor insulto que se podía proferir. Por fortuna, el animal no se movió del sitio en el que estaba. El hombre pudo ver que detrás de él había unos desperdicios que quizá el can estaba defendiendo. Cuando vio que se encontraba lo suficientemente lejos se dio la vuelta muy despacio y echó a correr hasta alejarse de la vista del chucho.

—Entre tú y los perros de Herodes tengo más que de sobra... —jadeó. Pensó en los dientes del rey y en los del perro que acababa de dejar atrás. Se sentía demasiado viejo para recibir tantas sorpresas en un mismo día.

Cuando por fin llegó a la posada donde le esperaban sus compañeros estaba cansado y apenas si le importaba que quienes lo seguían supieran dónde pasaban la noche él y el resto de su grupo.

Sus amigos le preguntaron por la experiencia y les contó su charla con Herodes. Bajó el tono de voz hasta que fue casi inaudible y les habló de sus temores. Les dijo que les daría más detalles cuando se encontrasen lejos de allí, pues sabía que los estaban vigilando y no quería poner a sus perseguidores sobre la pista de sus futuros planes.

Luego añadió, elevando de nuevo la voz hasta resultar casi chillona, que no le gustaba demasiado aquella ciudad.

—Jerusalén es tortuosa e insegura. Hay mendigos y perros sueltos. Y me desagrada la basura acumulada por todas partes.

—Llevas razón, las ciudades que planifican los romanos, al igual que hacían los griegos, son mejores para la vida —respondió alguien asintiendo.

Uno de sus compañeros, aficionado al urbanismo, explicó que una buena ciudad necesitaba calles principales, además de plazas en las confluencias y delante de los edificios públicos.

—Cesárea, construida por Herodes para mayor gloria de los romanos, tiene una calle mayor con tiendas y baños y teatros.

—Hay ciudades maravillosas en las que incluso existen sistemas de alumbrado público, como Antioquía. El mundo es extraordinario.

—Pues a mí me gusta Jerusalén, precisamente todas esas cosas que le criticáis son parte de su atractivo —arguyó otro.

El hombre, maduro y de facciones elegantes y refinadas, se recostó cerrando los ojos y disfrutando por fin del primer momento de relajación de ese día.

Se concentró en sus pensamientos.

Allí, en su mente, mientras estaba rodeado por sus amigos, ni siquiera el poderoso Herodes sería capaz de entrar, reflexionó con regocijo.

Todos ellos buscaban al mesías, que ya debía de tener entre dos y seis años. Y sí, aquella era una tarea complicada..., caviló frotándose los párpados; por primera vez en su largo viaje, que ya duraba un año, se preguntó si lo encontrarían. Con los ojos todavía cerrados se dijo que tal vez era mejor olvidar el asunto y dar media vuelta. Porque, además, si tenían éxito en su empeño, sus mismos pasos conducirían a los sicarios de Herodes hasta la casa del niño.

Verdad que Júpiter y Saturno llevaban meses brillando muy cerca el uno del otro. Aquella luz que encendía los cielos era una señal de que algo extraordinario estaba ocurriendo. Y no era la primera vez: en los últimos años, Venus, Júpiter y Saturno lanzaban mensajes acuciantes y misteriosos. Lástima que la luz de las estrellas, pensó el hombre con pesar, no tuviese la fuerza suficiente como para iluminar la mente de Herodes y de tantos otros como él.

21

Alfonso hubiese preferido que fuesen soldados

Frontera del Imperio de León, campo de batalla
Finales de la primavera del año 1077

Alfonso hubiese preferido que los nobles que lo acompañaban fuesen soldados en vez de guerreros. Pero tenía que contar con la dificultad de mandarlos y con la posibilidad de que se insubordinaran.

En eso, Rodrigo Díaz le llevaba ventaja. Había establecido una clara jerarquía de mando entre sus hombres gracias a la cual conseguía mejores resultados. El Cid no toleraba la indisciplina y había aleccionado a los suyos para que no se dejasen llevar por la temeridad y obedecieran órdenes. Así se permitía salir victorioso de incursiones y cercos, de marchas y de asedios contra los enemigos.

Él, sin embargo, luchaba con otras armas y otros hombres, a su pesar.

Apenas pudo dormir.

Detestaba la primavera. Si por él fuera, la pasaría en Sahagún, dedicado en cuerpo y alma a fornicar y a cazar. Pero resultaba que no era temporada para ninguna de las dos cosas. La primavera era tiempo de lucha. El ciclo del año pasaba por la guerra primaveral. Todos los reyes del mundo salían a guerrear con sus ejércitos o a conquistar tierras rebeldes cada primavera. Por no hablar del verano, que era el momento central para las contiendas. Los inviernos sí los pasaba en Sahagún, pero incluso en ese breve paréntesis que daba el frío sobre el mundo había que evitar que los enemigos labrasen o sembraran viñas.

La primavera le ofrecía el esplendor de los campos, que él y sus hombres se apresuraban a regar de sangre. Le había dado el color de las flores, pisoteadas por las pezuñas de sus caballos. Y el canto de los pájaros pronto quedaría eclipsado por el sonido de las espadas al cruzarse.

No dormir le ponía de mal humor.

Le ocurría cada vez que se enfrentaba a un combate. No le gustaban las batallas campales. Las evitaba siempre que podía porque requerían una concentración de tropas y, por lo tanto, de recursos difíciles de conseguir. La consecuencia era siempre una pérdida de vidas humanas mucho mayor de la que suponían un cerco o un saqueo. Pero esta vez no tenía más remedio.

Se veía obligado a recurrir a la estrategia de expulsar de aquellas tierras a los que las habitaban, para lo cual tenía que debilitarlos y después enfrentarlos frontalmente, como se disponía a hacer en ese momento. Utilizaría el cerco como último recurso para hacerlos capitular.

Antes de cabalgar hacia su destino les dijo unas palabras a sus hombres.

—Atacad el cuerpo de cada uno de nuestros enemigos. Acabad con ellos usando la espada. Que cada uno de vuestros filos busque su objetivo impulsado por el valor y la desesperación. Solo tenemos dos alternativas: la victoria o la muerte. Elegid cuál de ellas queréis para acabar el día, solo está en vuestras manos. Si sois hombres, todos vosotros saldréis vivos. El que no lo sea perecerá.

Por toda respuesta se oyó un rumor de voces masculinas indescifrables.

Apenas el sol hubo apuntado en el horizonte, los dos bandos se encontraron. Los enemigos habían estado vigilando toda la noche. Igual que ellos. Pero quizá su general al mando había dormido bien, relajado y tranquilo. Al contrario que Alfonso. Aunque lo cierto era que él necesitaba esa tensión para librar una batalla. La falta de sueño no le perjudicaba al fin y al cabo.

El choque fue brutal y, aunque Alfonso presumía de ser prudente, aquel día estuvo osado. Los escuderos se movieron hacia la derecha en el curso de su avance. Cada hombre procuraba cubrir la parte expuesta de su cuerpo gracias al escudo del compañero de línea situado a su lado. Realizaron un ataque dirigido en oblicuo y centrado en una línea enemiga que, como respuesta, cambiaba y se deshacía cada vez que recibía una arremetida.

La caballería se desplazó en ángulo contra la línea más fuerte del ejército rival. El impacto tuvo lugar contra la posición del centro. Alfonso trató de rodear los flancos y sorprender al enemigo por detrás. Había dividido sus fuerzas en pequeñas unidades que se movían ágilmente lanzando flechas a la vez que la caballería empujaba a retroceder.

El olor a sangre cortó la respiración de Alfonso.

Por último, los arqueros lanzaron sus andanadas contra un ejército desorganizado y en retirada. Alfonso tenía aleccionados a sus hombres para que intentaran no herir a los animales del enemigo. Las bestias nunca se implicaban demasiado en las batallas. Dejarlos heridos suponía un trabajo extra de matanza, mientras que si podían apresarlos de una pieza, constituían por sí mismos un valioso botín.

Uno de sus capitanes le gritó a pocos metros, chorreando sangre, aparentemente ajena, desde la cabeza hasta los pies.

—Mi señor, el enemigo no tiene mando. Su general los ha abandonado. En cuanto se den cuenta, dejarán de oponer resistencia y podremos hacerlos prisioneros.

Alfonso le hizo una señal de aprobación. Estaba de acuerdo en ahorrar fuerzas en la medida de lo posible. Una vida tardaba mucho en crecer hasta poder empuñar una espada. Más valía no malgastar las de sus hombres.

Antes de que cayera la noche, un grupo de los hombres de Alfonso recorrió el campo. Tenían órdenes de su rey de enterrar a los muertos, fuesen de los suyos o no. A veces no encontraban cadáveres enteros, sino miembros seccionados. Piernas y brazos. Cabezas y manos. Otro grupo cavaba una amplia fosa donde terminarían sepultados, los enemigos y los compañeros. Todos juntos en la muerte.

Alfonso rondó, vigilando cada una de las tareas. El maestro que lo había educado siendo un niño, junto a su querido Pedro Ansúrez, le había enseñado que un general debe tener cualidades que Alfonso siempre había cultivado, sin estar seguro en su fuero interno de haberlo conseguido.

—Un hombre que manda un ejército debe ocuparse de sus soldados. Incluso aunque estos sean nobles caprichosos e indisciplinados. Cuando seas rey tendrás que dedicarte a proveer suministros a tus hombres. Deberás equiparlos militarmente. Tienes que aguzar el ingenio y tomar decisiones. No puedes permanecer quieto durante mucho tiempo. Y debes ser resistente como el hierro; mejor dicho, como el acero. Afina tus sentidos. Ten amabilidad con tus hombres, pero también deberás ser capaz de mostrar brutalidad con ellos cuando sea necesario. Nunca te andes con rodeos. Habla claro y sé directo. Intriga si así lo requiere la situación. No olvides la cautela. Y que la sorpresa sea para ti un arma de guerra, lo mismo que el hacha y la espada. Sé generoso, pero también mezquino si lo ves preciso, si ello conviene a tus objetivos.

Las palabras del maestro todavía acudían a su cabeza, estaban grabadas a fuego en la piel de su alma. El viejo se las había hecho aprender de memoria, como si fueran una oración.

Cuando estaba en el campo de batalla, Alfonso era un hombre que no pensaba en Dios. Solo pensaba en él cuando terminaba la matanza. Sobre el terreno invocaba las palabras de su añorado maestro, desaparecido años atrás. Lo mantuvo con él, a su lado, cuidándolo como a un padre, hasta que se consumió. Su cabeza se apagó como una vela. Y pocos meses después le siguió su cuerpo. Fue él quien le enseñó que Jenofonte estudió con Sócrates y vivió como un soldado. Así tuvo tiempo de aprender que ninguna fuerza militar sobrevivía sin un comandante. Que un ejército sin dirección era como un pollo sin cabeza.

Mientras se paseaba por el cementerio en que se había convertido el campo de batalla, pisaba firme y lo examinaba todo con una mirada feroz. Como el comandante que sus hombres esperaban que fuera.

Alfonso prefería la guerra de asedios antes que una lucha frontal como la que acababan de librar. A pesar de que las fortificaciones mostraban una gran capacidad de protección, también la ofensiva era más eficaz. Los instrumentos y las armas que se podían utilizar en un cerco salvaguardaban las vidas de los atacantes, mientras que las batallas campales resultaban una carnicería como la que en ese momento contemplaba. No solo él, sino el comandante de cualquier fuerza que supiese que estaba en inferioridad de condiciones, rehuiría el campo de batalla y la confrontación directa con el enemigo y buscaría antes refugio en un lugar bien pertrechado desde donde compensar su desventaja numérica o armamentística. Ninguna tierra se podía conquistar si estaba bien protegida con castillos, todos los cuales precisaban meses para verse sometidos. Pero con esa táctica, ayudada de incursiones para saquear, lograba debilitar el bloqueo.

Suspiró de manera honda. El olor de la sangre era insoportable.

—¡Tú, ahí! —señaló a uno de los enterradores los restos descuartizados de alguno de los enemigos, del que apenas quedaba nada que pudiera identificarlo, salvo unos pocos jirones de sus vestimentas ensangrentados y empapados de barro.

Mantener un ejército no era fácil.

Su viejo maestro lo sabía.

La financiación de una hueste, su aprovisionamiento, por no hablar del propio reclutamiento, eran tareas que ya de por sí resultaban complicadas. Alfonso era un conquistador, pero también era prudente. Cuando se trataba de enfrentar musulmanes, se lo pensaba dos veces. No le gustaba solventar tantos problemas materiales de abastecimiento como se producían: vaciaban sus arcas y, por lo tanto, luego le hacían difícil la repoblación de los territorios ganados, lo cual, por si fuera poco, aumentaba la tensión con sus propios vecinos. La población en esos casos se resentía, quedaba exhausta de pagar tributos... La guerra era un desgaste para sus recursos económicos. Era más práctico y barato la cabalgada de saqueo, incendiar cosechas y presionar de forma constante, minando el frente hasta que se rompía.

Por eso, en el año de 1075, cuando tuvo la posibilidad de anexionarse Granada, que se encontraba tan lejos de sus dominios que casi parecía un sueño, llegó a la misma conclusión que en ese mismo instante.

—¿Qué razón tendría yo para tomar Granada? No deseo hacerlo. Sería imposible someterla sin combatir y, si hago la cuenta de los hombres que voy a perder y del dinero que tendría que gastar para ello, las pérdidas son mucho más grandes que lo que obtendría en caso de vencer. Por otra parte, sin una buena ganancia no podría conservarla si no es contando con la fidelidad de sus pobladores, que no habrían de dármela, estoy seguro, como tampoco sería posible que yo matase a todos los habitantes de la ciudad para luego repoblarla con gente de mi religión... No. Prefiero aplicar una política de fuertes tributos que vaya arruinando progresivamente a mis adversarios. La mejor arma para combatir al enemigo es la escasez de recursos, la falta de provisiones. El hambre y la necesidad realizan todo el trabajo de un ejército bien preparado.

Alfonso VI no era Rodrigo Díaz de Vivar. Era un rey. Aunque ambos entendían la guerra como una actividad económica lucrativa y sabían que saquear y estragar era una forma de vida, Alfonso pensaba de manera diferente al Cid. Porque él no era un mercenario, sino un rey. Y como tal tenía que comportarse.

No estaba dispuesto a consentir que la guerra mermara sus recursos. Tenía muchas otras cosas que hacer. Crear nuevas rutas, reparar caminos, algunos de ellos romanos. Construir puentes y establecer posadas. Acabar la catedral de Compostela... Objetivos esenciales para activar el tráfico de mercancías, para que viajaran de un lugar a otro la sal y el vino, los cereales y los paños. Los ahumados y la seda, las especias.

No quería ver a sus pobladores inmersos en la pobreza, pues era sabido que la necesidad llevaba a los hombres a la codicia, considerada por la Iglesia la raíz de todo mal.

Observó con detenimiento cómo en un aparte, lejos de la fosa común que habían cavado, sus hombres hacían una pila con el botín. Armas y oro, botas y corazas, yelmos y espadas. Todo ello pegajoso de sangre. Habían corrido riesgos combatiendo por su vida en aquella batalla que él hubiese preferido no librar. Era de ley que obtuvieran su pago correspondiente.

22

Miró atentamente la figura del legionario romano

Palacio de Herodes
Año 7 antes de Cristo

Asomado a uno de los balcones de su palacio, Herodes el Grande miró atentamente la figura de un apuesto legionario romano, con su yelmo coronado por un penacho que se agitaba con la brisa de la tarde.

Estaba inquieto y se sentía cada vez más enfermo. Y tenía grandes preocupaciones que no aliviaban sus pesares precisamente.

Reflexionó sobre la situación política.

Sabía que Roma era la dueña del mundo. Poseía legiones con un poder destructor que nunca se había visto, capaces de atravesar distancias inconcebibles, de conquistar reino tras reino, haciendo suyas ciudades que en otro tiempo fueron ricas y poderosas. Que brillaron para la historia cuando Roma no era más que siete esmirriadas colinas punteadas de chozas.

Roma, sí. ¿Qué sería él de no ser por Roma? ¿Sería más grande o más pequeño?

Caviló sobre el ejemplo de Cartago, que dominaba el norte de África, que había osado hacer frente a Roma, con su orgullo marinero y su fiereza, y que fue destruida por completo, hasta tal punto que no quedó nada de ella.

Nada.

Solo polvo y sombras.

Roma la había arrasado hasta dejarla convertida en olvido. Eso era Roma. Cuando los romanos saqueaban y vencían, no conformes con agitar su bandera sobre los escombros del enemigo, echaban sal en ellos, para que ni siquiera la hierba volviese a crecer. Las águilas de Roma se habían paseado por Grecia y por Egipto. Por Atenas y Britania. Nada se resistía a su poder. Ni el oscuro norte ni el oriente. Ni Asia ni las tierras lamidas por el Mediterráneo.

Los ejércitos de Roma trataban con la misma brutalidad al ciudadano y al campesino, al nómada y al miserable esclavo. Cuando asolaban una ciudad tenían mucho cuidado de llevarse sus obras de arte, que trasladaban a Roma en barco. Grandes piezas griegas adornaban ahora los patios de las villas de los aristócratas romanos. Restos mortales de naciones convertidos en bagatelas para su mundano placer.

Herodes había aprendido a temer el poder de las legiones romanas. Pero también a admirar su eficacia, la sencillez rotunda con que imponían orden y ley. Por supuesto, romanas.

Conocía lugares donde, hasta que Roma llegó, no existía más que guerra. Príncipes asesinos rebanando el pescuezo de sus hermanos (como él mismo hizo con su familia), que se sentaban en un trono para, acto seguido, caer víctimas a su vez de otros parientes más rápidos o avezados o de insaciables carniceros que les cortaban la cabeza a ellos... Ciudades-estado que solo sabían guerrear, que emprendían batallas por dos palmos de tierra que acababan regados con la sangre de las tres cuartas partes de sus ciudadanos en edad militar. Rutas marítimas llenas de piratas, ratas de mar que las infestaban y las hacían impracticables para el comercio. Caminos donde reinaban los salteadores, que impedían a los viajeros transitar en paz, robando y asesinando...

Sí, claro que Roma terminaba de un plumazo con todo eso.

Si los pueblos conquistados aceptaban al final el gobierno romano, era porque los conquistadores les ofrecían el bien más precioso que se podía encontrar sobre la faz de la tierra: les proporcionaban paz.

Después de arrasarlos y quemarlos, también les imponían pesados tributos, pero a cambio respetaban las costumbres locales, las leyes propias, que hacían compatibles con las romanas. Eran especialistas en eso.

Herodes admiraba la sagacidad de los generales romanos. Cuando estos llegaban a un territorio extranjero que acababan de conquistar, no dudaban en realizar sacrificios en honor de los dioses del lugar, a la vez que se ocupaban de que el pueblo tuviera entretenimiento, juegos circenses, distracción, para que estuviesen agradecidos a sus conquistadores. Tampoco tardaban en llegar sus ingenieros para construir acueductos que transportaban el agua hasta las ciudades. Y calzadas y carreteras que facilitaban los viajes comerciales, el intercambio de bienes y conocimientos..., la prosperidad.

Sí, Herodes sabía todo eso. Por supuesto.

Pero también sabía por qué los romanos eran odiados en muchos sitios, allí donde no les perdonaban su supremacía. Como en Palestina, en el confín oriental del mar Mediterráneo.

Las cuatro regiones, Idumea, Judea, Samaria y Galilea, eran una suerte de escalones que iban desde el sur hasta el norte y que habían sido conquistados por Pompeyo. A cambio de su fidelidad a Roma, les habían permitido tener sus propios dirigentes, con un poder supeditado al Imperio y con la misión de asegurarse la paz y la fidelidad.

Y sí, pensó Herodes, quizá eso hubiese sido posible en otro lugar, pero Palestina era diferente. Estaba dividida, enfrentada. No había en ella unidad.

En Galilea y Judea, casi todos los habitantes eran orgullosos judíos que despreciaban a quienes no eran como ellos y que rehusaban mezclarse con los extraños. Malditos judíos... Su religión era antigua y le rendían culto a un único dios, al contrario que los otros pueblos, que poseían multitud de ídolos a los que adorar. No estaban dispuestos a considerar las leyes romanas superiores a los preceptos de la Torá, a las suyas.

El dolor de cabeza se le antojó insoportable. Pensar en la situación política no era el mejor remedio para aliviarlo.

—¡Tráeme un vaso de vino! —le ordenó a uno de los criados.

En Idumea y Samaria, sin embargo, los romanos habían sido bien acogidos, siguió reflexionando Herodes.

Los idumeos ya se habían visto obligados a convertirse al judaísmo antiguamente y, de alguna manera, tal vez ya estaban preparados para ser forzados a cambiar su estilo de vida, mientras que los samaritanos estaban mezclados y solo seguían algunas costumbres de la religión judía, seguramente las que más les convenía en cada momento. Tanto los unos como los otros estaban más predispuestos a abrirse al mundo, desconfiaban del aislamiento y creían que Roma unificaría a los países de la ribera del Mediterráneo y que eso traería una prosperidad de la cual querían beneficiarse. Deseaban su parte del botín y Herodes los comprendía.

Él, por su parte, nunca había sabido cómo alegrar a los judíos.

Eran un pueblo difícil de contentar, como las mujeres, insatisfechas, siempre pidiendo más y más. Los maldijo para sus adentros entretanto daba un largo trago al cálido y oloroso vino. ¡Había transformado tantas cosas por ellos! Y no había recibido en compensación ni un ápice de reconocimiento, de respeto.

Los judíos también se resistían a aceptar la ley de Roma. Querían mantener su identidad y consideraban que el enorme poder imperial los avasallaba.

—Están tan apegados a sus costumbres, a sus leyes y tradiciones que nadie puede sacarlos de ellas. Son de ideas fijas. Cerriles, estúpidos judíos...

Los romanos y los judíos tenían un largo pasado de luchas y conflictos. También de guerras. A pesar de que los judíos perdieron muchas, nunca fueron derrotados del todo. Lograron algo de lo que ni siquiera Cartago fue capaz: sobrevivir.

Herodes se rascó con rabia. El picor se le extendía por el cuerpo como un escalofrío doloroso.

—Estos malditos creen que su religión sobrevivirá por los siglos de los siglos, por muchas calamidades que les ocurran. ¡Qué equivocados están! Tan ciegos como su Dios, que ni siquiera se inmuta cuando son masacrados, degollados igual que los corderos que ellos le ofrecen en sacrificio.

Había pasado tanto tiempo desde que Herodes fuera elegido para ocupar el trono de Judea que también a él le parecía mentira haber podido resistir.

—Dicen que soy un títere, pero ¡he aguantado más que quienes manejan mis hilos!

Cuando los romanos decidieron que era el candidato apropiado para sentarse en el trono de Judea, Herodes tenía apenas treinta años. Su cuerpo era grande y atlético, el propio de un cazador, de un guerrero que no teme enfrentarse cada día a la muerte.

—Los romanos no son idiotas, sabían que yo sería un buen perro guardián de sus fronteras orientales —había dicho el elegido en alguna ocasión.

El Imperio veía con buenos ojos a su familia, que se había convertido al judaísmo. Eso, pensaron ingenuamente los romanos, sería bueno. Haría que el nuevo rey fuese mirado con simpatía por el pueblo hebreo.

Pero ¡cuánto se equivocaron!

Y eso que él se había esforzado de verdad. Intentó combinar las acciones de un gobernante poderoso con el halago y la adulación, con los buenos modales y la diplomacia. Al fin y al cabo, él poseía una buena educación a la griega. Estaba mejor preparado que nadie para ser un príncipe en un mundo convulso. Trabó amistad con hombres poderosos de Roma y cultivó relaciones que valían su peso en oro con los países árabes que rodeaban a Palestina. Se empeñó en ser un gran constructor para rivalizar con Roma. Si el Imperio era capaz de levantar grandes obras públicas, Herodes pensó que él no debía ser menos. El poder se demostraba así. Y él aspiraba a ser algo más que un simple constructor de carreteras... Por eso reconstruyó el Templo, para que su poder llegara hasta Dios. Para que aquellos desgraciados judíos viesen lo que era capaz de hacer: hablar de tú a tú con su único y altivo Dios.

Había nacido en la capital del desierto, que poseía el control de las rutas de caravana que unían Arabia con las costas del Mediterráneo. Por parte de madre, estaba emparentado con la clase alta de la ciudad. Y su padre, Antípatro, le enseñó a tratar con los romanos. Por algo fue gobernador de Idumea, los conocía bien. Era todo un especialista en el asunto. De hecho, logró que sus dos hijos, Herodes y Fasael, gobernaran respectivamente Galilea y Judea.

—Pero los judíos no me quisieron porque yo no pertenecía a la familia de los asmoneos, la dinastía que había regido sus destinos durante más de un siglo. Se quejaron de que, además, no soy judío de sangre. ¡Siempre se quejan! Y yo, queriendo complacerlos, tan solo he conseguido que me odien a muerte. —A veces Herodes hablaba a solas y lo hacía dirigiéndose al fantasma de su esposa muerta, Mariamna, convencido de que ella lo estaba escuchando.

Era cierto que Herodes había recorrido un largo camino hasta llegar a ese día. Mucho más viejo y enfermo que en sus momentos más gloriosos, no podía dejar de dudar, de atormentarse.

Pero ¿acaso no lo hizo todo bien? Incluso los romanos reconocieron su valía cuando, siendo gobernador de Galilea, hacía décadas, reprimió una revuelta. ¡Ah, sí! Porque Galilea era una tierra de pesadumbre. Llena de cavernas y de huecos sinuosos donde los rebeldes siempre conseguían encontrar cobijo. Allí, en aquellas rendijas de piedra, entre peñascos agrietados en los que no lograba colarse ni siquiera el viento, se agazapaba la rebelión. La revuelta. Los bandidos que se negaban a pagar impuestos a los romanos por considerarlos extranjeros. Y al propio Herodes, al que también tenían por un intruso.

—Sin embargo, no dudan en ahorrar quitándole el pan de la boca a sus hijos para juntar diezmos para entrar en el Templo. El mismo Templo que yo les he reconstruido...

Herodes recordó con pesar los problemas que había tenido en la frontera entre Siria y Galilea, donde los rebeldes eran animados y apoyados por los judíos mientras aterrorizaban a los sirios.

—Eso es todo lo que puede salir de ese agujero galileo: insurrectos y bandidos... ¡Problemas y más problemas!

Pero no habían podido con él. Claro que no. No sabían a quién tenían enfrente.

Herodes reunió un contingente de soldados y realizó una campaña rápida. Batió uno a uno todos los escondrijos, hasta que consiguió casi acabar con los rebeldes. Los que sobrevivieron a la batida fueron condenados a muerte. Las ejecuciones gustaron a los romanos, siempre dispuestos a apreciar la solución definitiva de un problema. Sin embargo, en Jerusalén hubo un clamor contra él. Los rebeldes muertos tenían muchos amigos y simpatizantes entre los demás judíos. Reprochaban a Herodes haber quebrado la Ley al ejecutar a los presos sin un juicio previo, un crimen aborrecible para ellos, mucho más que el delito de rebelión. Los judíos, en su mayoría, no aprobaban la pena capital, pero Herodes no poseía tanta tolerancia y no le tembló el pulso cuando los condenó a muerte.

Sacudió la cabeza con desagrado, recordando.

Entre los romanos y los judíos, nunca se había sentido libre, sino aprisionado, a pesar de ser un rey.

Los judíos seguían conservando sus propios tribunales, por muy limitados que estos fueran, y obligaron a Herodes a acudir a Jerusalén a rendir cuentas de sus actos. El rey sufrió la humillación de ser enjuiciado ante el sanedrín, setenta ancianos que, junto con el etnarca, formaban el más alto tribunal que regía la vida de los judíos. A pesar de que contaba con el favor de los romanos y de que el propio gobernador romano de Siria había amenazado poco sutilmente al tribunal, cuando se presentó allí, Herodes no las tenía todas consigo. Pero no estaba dispuesto a inclinar la cabeza delante de aquellos fantoches y lo demostró claramente. Sabía que todos los reos que comparecieran ante aquel tribunal, si querían tener alguna posibilidad de mover a la lástima y a la compasión a los jueces, debían presentarse ante él envueltos en un manto negro, con la barba y el pelo descuidados, como pobres hombres menesterosos, como tullidos o mendigos que suplican clemencia.

—Pero yo, Mariamna mía, me negué a darles esa satisfacción —rememoró con una sonrisa torcida.

Herodes había entrado en la sala con la ferocidad de un león y con sus mismos modales. En los sitiales de piedra que adornaban el hemiciclo se encontraban sentados los sanedritas, que se quedaron estupefactos al verlo llegar rodeado de esbirros. Como un ciclón. Como un animal salvaje. Como el rey del desierto que era. Con la mirada firme y el porte arrogante. En vez de con un pobre manto negro, se había adornado con uno lujoso de color púrpura, el color de la realeza. Los aristócratas, sabios rabinos y sacerdotes que formaban el sanedrín se sintieron intimidados por la presencia del león que era Herodes. Porque si Roma era un águila, Herodes era un león.

Sesenta y nueve de los setenta miembros lo absolvieron.

—Solo un rabí, de nombre Shemaiah, me condenó —recordó Herodes conteniendo a duras penas la furia retrospectiva.

Un viejo tembloroso que se había puesto en pie y se había enfrentado a Herodes con insolencia. Lo reprendió como si fuese un niño, echándole en cara sus ostentosas vestimentas, que llevase un séquito para intimidarlos y que se burlase así del tribunal. Y advirtió, con una voz frágil como la de una mujer, sobre el comportamiento futuro de Herodes.

—Ahora os parece que no tiene fuerza suficiente, pero, cuando la consiga, se hará con las riendas de Jerusalén y os condenará a todos, uno a uno. A todos los que ahora tenéis en vuestras manos hacer justicia y acabar con la serpiente antes de que crezca, con el escorpión antes de que haga acopio de veneno..., ese será el pago que os dará por haberlo absuelto. No podéis convertir a un tigre en un manso gatito. Y cuando os deis cuenta será demasiado tarde.

Las proféticas palabras del viejo aún resonaban en su memoria. Podía oírlas a través del tiempo. Como si acabara de suceder todo.

—¡Vosotros, ratas depravadas con hocico de cerdo, no sabéis lo que hacéis!

Un clamor estruendoso e indignado retumbó por las paredes, como si las voces de protesta fuesen puños que golpeaban el mármol.

—¡Cállate, viejo!

Pero el viejo no se calló.

Y Herodes no pudo dejar de admirar el valor de aquel anciano sarnoso. Además, su profecía no había tardado en cumplirse: unos años después, en cuanto Herodes se hizo con el poder de Jerusalén, condenó a muerte a todos los miembros de aquel tribunal que aún vivían. Los mató uno tras otro por haberse atrevido a convocarlo a un juicio.

Únicamente el viejo Shemaiah, que lo había increpado, sobrevivió a su sed de venganza. El suyo era el único nombre que recordaba de todos aquellos. El único nombre que rememoraría de nuevo, quizá pronto, en su lecho de muerte.

—¡Mariamna, vida de mi vida! —gritó mirando furioso a su alrededor, salpicando sus propias manos con gotas de saliva negra y pestilente. Pero, como siempre que llamaba a su amada, nadie le respondió.

23

Prefería la compañía de sus hombres

Monasterio real de San Benito, Sahagún. Imperio de León
Invierno del año 1078

Alfonso no disfrutaba demasiado de las audiencias. Si tenía que elegir compañía, prefería la de sus hombres, por ejemplo la del alférez real Fernando Díaz o la de Pedro González. Prefería a Marín Adefónsez, señor de Simancas y Tordesillas, a algún villano quejumbroso. La charla de los suyos lo complacía a pesar de que a veces sentía el fétido calor de alguna lengua maledicente tratando de acariciar su voluntad.

Pero la visita que esperaba era interesante, llevaba días ansiándola. Solo una salida de caza lo había distraído de programarla antes. Samuel era uno de sus espías. Había vuelto de Tierra Santa, de un viaje de varios años de duración. ¿Cuántos? Ni siquiera podría asegurarlo. Tampoco importaba demasiado. De lo que sí estaba seguro era de que el recién llegado le traería noticias sustanciosas.

—¡Samuel de Córdoba! Adelante, siéntete en tu casa. Al final, esta es la casa de Dios mucho más que la mía, y ya sabes que Él abre los brazos para todos, no digamos para sus hijos más dilectos, como tú...

Alfonso pensó en la primera vez que llegó procedente de Burgos a aquellos muros donde en ese momento recibía al monje, tan distintos entonces de cómo eran ahora. Había sido derrotado en el año del Señor de 1072 en la batalla de Golpejera, contra su hermano Sancho y su portaestandarte, Rodrigo Díaz de Vivar. Se recordó a sí mismo con la cabeza rapada al cero y llena de heridas supurantes. El símbolo de su derrota y humillación. Sus labios tardaron meses en curarse. La pierna izquierda cicatrizó con dolor y le quedó mal cosida por usar un puñal como aguja y un ramal de verguera negra por hilo. Le pusieron una casulla, obligándolo a permanecer encerrado en un lugar donde, por extraño que parezca, encontró consuelo en vez de prisión.

Por eso amaba aquel santo rincón.

De no haber sido por la paz que halló en el monasterio y por la ayuda de su hermana Urraca, seguramente entonces habría perdido el juicio para siempre.

Pasado el tiempo, sentía que matar a un hermano y secuestrar al otro de por vida era un peso nada ligero para su conciencia, que ni la confesión lograba calmar del todo.

Claro que él la tenía bien domada. A su conciencia.

Igual que hacía con todo y con todos a su alrededor, tarde o temprano.

El monje penetró en la estancia, llenándola con su presencia. Con más aspecto de soldado del mundo que de los cielos. Con apariencia de no haber practicado nunca la mortificación corporal, sino más bien lo contrario. Con el aire de un tallador de piedras, de un leñador, de un asesino, más que de monje pío. El rey se fijó en que su piel, ya de por sí morena, había oscurecido un poco más con el paso de los años, mientras que en su cara seguían resplandeciendo como siempre dos ojos de un azul ardiente.

—Mi señor Alfonso...

—No te inclines, solo Dios merece que un hombre como tú baje la cabeza.

—Ha pasado el tiempo, *rex Spanie*, señor mío.

—Así ha sido, pero yo sigo pendiente de tus confidencias igual que ayer.

El monje conversó con el rey de algunas historias vividas durante su periplo, le contó anécdotas, lo ilustró con canciones y cuentos aprendidos en diversos lugares lejanos y exóticos e incluso le habló de un compañero de viaje con el que había hecho muchas leguas, llegando a pasar más de dos años en su compañía.

—Es un hebreo un poco extraño, algo achacoso... Pero también es un sabio, aunque como todos los auténticos sabios ni siquiera sabe que lo es.

A Alfonso le gustó la ironía.

—Cuando recuperes Toledo, necesitarás convertir la ciudad en un centro de saber y tendrás que contar con personas como él para hacerlo brillar de verdad.

—¿Y quién te ha dicho que voy a recuperar Toledo? De momento, las cosas están bien así. No soy partidario de derrochar recursos.

—Serían capitales bien empleados en todo caso.

Samuel le entregó una carta del patriarca de Jerusalén en la que el hombre daba cuenta, con floridas expresiones de angustia, de la persecución que según él sufrían los cristianos sin recibir ayuda de Roma ni de los reyes europeos.

—¿Es esto cierto? ¿Los musulmanes hostigan a los creyentes en la fe verdadera, a nuestros hermanos cristianos, en la tierra natal de Jesucristo?

—Mi señor Alfonso, ten en cuenta que los musulmanes de los que te habla el patriarca no son árabes, sino turcos. No tienen nada que ver con los que tú tratas aquí, en tus dominios.

—¿Y eso qué significa?

—Bajaron de las estepas asiáticas con un hambre feroz que todavía no han saciado. Constituyen una población mongólica, en sus venas corre la sangre de guerreros despiadados y de pastores nómadas acostumbrados a viajar por las vastas soledades del mundo sin que nada los detenga. Buscan pastos y cometen pillajes desde que tienen memoria. Se juntaron con los árabes, que en ese momento estaban exultantes porque habían descubierto su nueva fe... —Samuel abrió los brazos y en ese instante un hilo de sol lo envolvió y le dio el aura de un santo a pesar de sus ojos feroces—. Se convirtieron al islam o se sumaron a él como mercenarios.

—Es una religión fuerte. Su dios es poderoso, sí, lo sé.

—Una dinastía, la de los selyúcidas, se levantó contra el califa de Bagdad, fundaron un emirato independiente y en el año del Señor de 1070 se apropiaron de Jerusalén.

—Todo eso ya lo conozco, Samuel.

—Me consta, pero intento seguir un razonamiento para decirte que, hasta entonces, Jerusalén había sido una ciudad clara, con los brazos abiertos a todas las creencias. Los árabes soportaban bien las otras religiones que, al igual que ellos, creen en un solo dios: la hebraica y la cristiana. Ambas tienen en Jerusalén sus lugares santos.

Pero los selyúcidas se acaban de incorporar al islam. No saben y tampoco quieren saber. Su fervor es un recién nacido gritón que patalea y vomita a todas horas. Son nuevos en la fe de Mahoma. No paran mientes.

—Ya veo...

—Son desalmados e intransigentes.

—El Imperio de Occidente se tambalea, pues.

—Así es, mi señor. Los selyúcidas campean en Antioquía, en Tarso y Nicea, en Edesa... Se asoman ya al Bósforo.

—Pero ¿el patriarca no es un hereje? ¿Por qué me pide ayuda?

—Sí, lo es con respecto a Roma, no con relación a Cristo. Seguirá pidiendo ayuda hasta que alguien lo escuche y se la preste. Y si este no lo consigue, lo hará su sucesor o el que suceda a su sucesor. La situación es desesperada.

—Después del año 1000 hubo una campaña del papa Silvestre II para recuperar la patria de Jesucristo, según tengo entendido.

—Sí, y también Gregorio VII hubiese empeñado sus fuerzas combatiendo para liberar los Santos Lugares... de haber podido, claro. El islam, señor, es una amenaza para la Europa cristiana. Ya sé que tú tienes a los musulmanes por aliados, pero no siempre podrá seguir siendo así. Un día dejarán de pagarte las parias o querrán que tú se las pagues a ellos.

Alfonso observó a Samuel con curiosidad, intentando calibrar cuánto de lo que le decía el monje tenía visos de convertirse en cierto con el paso del tiempo. Tierra Santa se le antojaba un lugar muy lejano, ¿de qué modo los problemas de un lugar que estaba en el fin del mundo podrían afectarle a él, al menos en esos momentos?

Tendría que reflexionar sobre todo ello.

—Estoy a tu servicio para decirte la verdad, señor.

—Te pago para eso. Y de manera generosa, según reconocerás.

—Constantinopla es un muro que se levanta en Asia y protege a Europa, a tus tierras también. Sin ella, caerán a su vez los Balcanes y nadie podrá frenar a los selyúcidas.

—¡Eso no ocurrirá nunca! —protestó el rey—. Nuestra religión es la verdadera. Siempre estaremos por encima de ellos. Además, las repúblicas marítimas de Génova, Pisa, Amalfi y la poderosa Venecia desean dominar el Mediterráneo oriental, acaparado por las flotas musulmanas. Ellas se encargarán de acabar con el peligro selyúcida, aunque solo sea por la cuenta que les trae.

Samuel calló. Su silencio inquietó al monarca.

—¿Tú qué crees?

—Tú no has visto con tus ojos lo que yo he visto.

—Pero ¡te pago para que seas mis ojos!

—Te aconsejo que recuperes Toledo. Que hagas lo que esté en tu mano para ayudar a la obra de Dios. Yo te digo que algún día ocurrirá. Constantinopla caerá. No sé decirte cuándo, pero sucederá, señor. Ellos vencerán.

—Ojalá te equivoques.

24

Mientras se encaminaba a la audiencia con el rey

Sahagún. Imperio de León
Invierno del año 1078

Selomo ha-Leví no tenía un buen día.
Mientras se encaminaba a la audiencia con el rey, su majestad don Alfonso VI, se rascaba pensativamente la cabeza. Cierto que la mayor parte de sus días eran aciagos. Había contraído hacía tiempo, en los lejanos días de su infancia, una grave dolencia y los físicos a los que había consultado no sabían decirle con seguridad de qué se trataba. Una tuberculosis de la piel o una furunculosis crónica. O probablemente las dos cosas, tal y como sospechaba él en sus peores horas. Lepra no era, aunque a veces también lo parecía. En cualquier caso, la enfermedad se apoderaba de su ánimo hasta el punto de convertirlo en una persona tímida y melancólica cuya vida espiritual y social se veía mermada por aquel padecimiento.
Acababa de llegar de Tierra Santa acompañado de un monje, Samuel, con el que hizo la mayor parte del trayecto. A pesar de todo el tiempo que pasaron juntos, no hablaron demasiado entre ellos, aunque él sospechaba que sí lo suficiente como para que aquel charlatán pudiera irse de la lengua respecto a algunos secretos que guardaba Selomo.
«El libro, mi precioso libro...», pensó mientras recorría los austeros pasillos de la estancia real, más semejante a una parca hospe-

dería que al hogar de un monarca, por muy provisional que este fuera.

Se había tropezado con Samuel hacía ya tiempo. «¿Cuánto?», se preguntó. No lo sabía. La noción del tiempo se le escapaba últimamente. Quizá un año, quizá dos. Tal vez más. Lo había conocido lejos de las tierras hispanas, en el camino desde Tierra Santa, una noche de viaje tan fría como la piel de un demonio, en la que no dejaba de llover.

Samuel y él llegaron a la vez a una posada, pero la propietaria se negó a admitir al hebreo. Sin embargo, a Samuel, con su indumentaria raída de monje, sí lo dejó entrar.

—Pasa tú, pero tú te quedas fuera —dijo señalando a Selomo con un gesto de desprecio al que, por otra parte, el judío ya estaba acostumbrado.

El primer impulso de Samuel fue entrar y ponerse a cubierto dejando atrás al ocasional compañero de camino. Pero, Selomo no sabía si por interés o por compasión verdadera, en el último instante pareció titubear y, finalmente, como si acabase de llegar a la conclusión de una complicada operación, intercedió por él ante la posadera.

—Viene conmigo, déjalo pasar, buena mujer.

—Pero tú eres un hombre de Dios, un cristiano, y él un sucio hebreo.

Samuel asintió, y probablemente no disimulaba, pues estaría de acuerdo con las palabras de la señora, pero el caso es que insistió.

—Yo respondo por él.

Llevaba consigo un certificado de penitente a modo de pasaporte, una carta tractuaria que sin duda le había otorgado facilidades para alojarse en distintos monasterios y hospederías religiosas a lo largo del camino y también para presentarse delante de autoridades feudales, duques y condes, o alcaldes de municipios. El documento hacía un llamamiento a todos los señores, desde abades y abadesas hasta centuriones y dezeneros, para que cuando Samuel se presentara ante ellos le concedieran lecho, fuego, pan y agua sin pensar mal de él. A cambio de recoger y alimentar al monje, prometía que Dios y san Pedro lo tendrían en cuenta en la otra vida, considerando esa hospitalidad un mérito para la redención de sus almas.

Samuel le mostró el documento a la mujer mientras le explicaba de qué se trataba. Aunque era evidente que ella no sabía leer, ni el latín ni, probablemente, su lengua materna ni ninguna otra.

A regañadientes, la posadera aceptó que Selomo pasara la noche allí. Pero el disgusto de la mujer quedó patente cuando alojó a ambos en una habitación provista de un serón roto como única cama y de la albarda mojada de un burro que a todas luces habría estado acarreando cargas de leña hasta aquella misma tarde. Selomo no pudo pegar ojo, aunque estaba acostumbrado a dormir poco. Encontrarse con Samuel había sido para él un alivio, pero también una contrariedad. Ambos se dirigían hacia el mismo lugar, si bien el monje pensaba quedarse en León mientras que Selomo pretendía llegar hasta Zaragoza. Y aunque el monje no le resultaba particularmente grato, se dio cuenta de que era conveniente viajar a su lado. Las rutas eran largas y vagar de forma solitaria constituía una manera segura de atraer a los bandidos y ladrones. Los peregrinos casi nunca marchaban a solas, sino que esperaban un grupo para protegerse mutuamente de las asechanzas y penalidades que pudieran surgir.

Mientras que Samuel le había confesado que volvía a León tras un viaje de expiación de sus pecados a Tierra Santa, que Selomo no conocía y tampoco tenía curiosidad por descubrir, el suyo era un periplo nostálgico, de indagación sobre sus raíces, de búsqueda de la salud y la esperanza perdidas, de influencia cristiana en cierto modo, de erudición, de ansia interior... ¡De tantas cosas! Finalmente, Selomo pretendía volver a su tierra más amada, Zaragoza —*Saragosse!*, decían los francos con justa admiración—, para cumplir su destino y morir en ella. Pues a pesar de que había salido huyendo de allí, la madurez y la enfermedad lo incitaban a regresar al sitio del cual había emigrado, tan joven aún y escarmentado, hacía mucho tiempo.

Llevaba con él algunos objetos preciosos con los que pretendía comerciar y obtener buenas ganancias. Por no hablar de su posesión más querida: un pequeño libro, antiguo como el mundo, un ejemplar extraordinario que conservaba desde los doce años bien atado contra el pecho, bajo sus vestimentas.

El libro era su vida. Toda la promesa y el consuelo que Selomo poseía.

25

Tiene algo más de seis meses

Jerusalén
Año 7 después de Cristo

El cordero es macho y tiene algo más de seis meses.

Jesús puede sentir su miedo, como una tiniebla que le mancha los ojos. El animal tiembla de forma asombrosa, sin embargo se queda quieto, apenas hace intentos de luchar. El hombre que se dispone a matarlo se cubre con un manto raído que parece a punto de pulverizarse. Sus harapos no están en consonancia con la magnificencia del Templo donde se dispone a verter la sangre del animal.

Jesús percibe el pavor recorriendo las venas del pequeño animal, despedazándose en su interior en trozos que viajan por su sangre y le mandan un mensaje de la muerte.

Anoche soñó con ese momento.

La sensación de vida que transmite el bicho, de inocencia, lo conmueve. No puede contar lo que siente a nadie, porque todos se reirían de él. Excepto a María, claro. Pero ella no se encuentra a su lado en ese momento. La belleza del animal, su mansedumbre, le parecen en ese instante más importantes que las de una estrella. Sus balidos le atraviesan la conciencia como puñales.

Pero sus pensamientos son como cenizas en un horno, no sirven de nada.

Más tarde se verá obligado a comer carne de cordero, la de ese animal que ahora mira a su alrededor angustiado. Sus ejecutores no desperdiciarán nada de su cuerpo. Se prepararán con él comidas y el banquete será compartido como un manjar. Pero el sacrificio magnífico del cordero pascual le produce a Jesús una náusea que apenas es capaz de contener. Cuando llega el momento del degüello, que ha presenciado en muchas otras ocasiones, cierra los ojos y procura imaginar que se encuentra lejos de allí, en un lugar en el que nunca antes ha estado, donde las bestias de seis meses de edad sobreviven. Lo mismo que los hombres y las mujeres.

Jesús no entiende que el acto de matar a un animal sirva para dar las gracias. ¿A quién se le ha podido ocurrir algo parecido? ¿Nadie se da cuenta de que las bestias también tienen alma?

Así es como debe hacerse, se lo han explicado muchas veces, pero no le entra en la cabeza. No sabe si algo dentro de él está mal, desajustado, y le impide comprender el mundo tal como es, le imposibilita aceptarlo y sumarse a él. El caso es que no entiende por qué la alegría necesita sangre, por qué el agradecimiento necesita dolor para ser expresado. No lo entiende.

Quiere buscar a María para contarle las cosas que piensa y que siente, que lo turban, pero ella no está. Últimamente apenas pueden estar juntos y eso le duele casi tanto como mirar al cordero pascual. Contempla unos instantes los ojos del pequeño animal, ahora ya sin vida y nublados por la incomprensión de la muerte, y luego cierra los suyos. Con fuerza.

Más tarde, cuando llega a casa, su madre ya ha dispuesto todo para la cena. Jesús se lava las manos bajo un chorro de agua antes de comer. No le gusta, pero su madre lo obliga. Luego dan juntos las gracias con una pequeña oración. Una marmita común está colocada encima de una alfombra y alrededor de ella se ha sentado toda la familia, con las piernas cruzadas. Jesús ase un trozo de pan, fino y no muy consistente, con el que ir tomando la comida a modo de cuchara. Pero finalmente no consigue mojarlo y se lo lleva a la boca seco y duro.

—Jesús, ¿por qué no comes? Estás muy delgado y es tu época de mayor crecimiento. Come un poco de cordero. Aprovecha, los vecinos me han dado un trozo de carne. Esto es un festín y debes comer, igual que tus hermanos. Haz lo mismo que ellos.

Su madre lo mira con preocupación. Es el hijo que más quebraderos de cabeza le da. Sabe que es extraño, que no se adapta, como si el mundo le pareciese insólito y no lograse sentirse parte de él.

—No tengo hambre, madre.

—Jesús es demasiado escrupuloso —se burla su hermano Santiago—, no le gusta el agua con que guisas, madre.

Jesús va a decir algo, pero al final se calla.

Quisiera sacar de su error a su hermano, decirle que no se trata del agua, sino de la carne. Es verdad que el agua parece impura a sus ojos. En ella los animales beben y dejan los hombres y mujeres sus residuos y excrementos. Si pudiera, él bebería a todas horas vino en vez de agua. Pero su madre no se lo permite. A pesar de que ya se encuentra cerca del final de su niñez, ella lo sigue tratando como a un ser pequeño e indefenso. Eso lo irrita, aunque pocas veces manifiesta su enfado. Los ojos enormes y bondadosos de su madre por lo general lo desarman. Cuando lo mira, él no la obedece porque sea un buen hijo, sino porque sus ojos operan una magia extraña sobre su voluntad. Por mucho que se sienta furioso con ella, sus ojos lo dominan y ponen freno a su osadía.

Su padre, su *abbá*, José, no dice nada.

Mastica lentamente, con su peculiar dignidad. Jesús lo mira con preocupación. Sabe que no se siente bien. Aunque hace esfuerzos, finalmente come mucho menos incluso que su hijo, que apenas ha tocado el plato de guiso de cordero.

Jesús se siente orgulloso de su padre, le gusta ser el *fabri filius*, el hijo del artesano. Trabaja bien a su lado y él le ha enseñado todo cuanto sabe sobre su oficio. Es un hombre reservado y laborioso. A Jesús le gusta que sea así. Su sobriedad es para él un signo de masculinidad que admira. Protege a su familia y trata a su madre como si fuese una altiva princesa extranjera, a pesar de las risas de su progenitora. Si algún día tiene una familia, a Jesús le gustaría que fuese parecida a la que José, su *abbá*, ha logrado formar.

José tose y Jesús lo mira angustiado.

María, la madre, le ofrece un poco de vino. José se lleva la copa a los labios, pero apenas bebe como un pajarito.

—Padre, deberías ir a ver a Matías, dicen que tiene hierbas que aplacan la tos. —Jesús intenta contener la ansiedad de sus ojos y busca con anhelo la mirada de su padre, que rehúsa mirarlo de frente mientras niega mansamente.

—Los males del cuerpo son voluntad de Dios.

José come despacio, hace un nuevo intento de tragar y luego sacude la cabeza, como desechando una idea disparatada.

—Lo único que puede salvarnos es la oración, la medicina es una pérdida de tiempo e indica pérdida de fe en Dios. —Habla Santiago, que parece que siempre tiene algo que decir.

Todos asienten como si acabasen de oír una verdad revelada. Pero Jesús no está muy seguro de que las oraciones de su madre tengan demasiada eficacia, a la vista de cómo empeora poco a poco la salud de su padre.

—El guiso está salado. Espero que sea de vuestra satisfacción —dice María, la madre, tratando de cambiar de tema.

La sal que utilizan para guisar ha sido recogida cerca del mar Muerto. Es del tipo que a ella le gusta, una sal buena para salar y cocinar y no de la otra, que no tiene sabor. De esta última guardan una buena cantidad en la casa. No la han tirado porque piensan llevarla al templo de Jerusalén aprovechando el viaje que deben hacer para celebrar el *bar mitzvá* de Jesús, que pronto dejará de ser un niño para convertirse en un hombre.

Una vez en el Templo, cuando lleguen las lluvias de invierno y los atrios de mármol se vuelvan resbaladizos, se usará la sal que ellos lleven, junto con la de otros, para evitar que la superficie se ponga resbalosa y los niños y los ancianos, o cualquiera un poco despistado y poco ágil, sufran un accidente. La sal que ya no tiene sabor será así pisada, hollada por los fieles. Cumplirá su función en este mundo.

Esa noche, su madre ha preparado un verdadero festín para cenar. Cuando ya no queda cordero en la marmita, dispone unas algarrobas dulces y pegajosas. Y ahora sí, Jesús las prueba. Para él, el acto de comer y beber es importante. Sin embargo, está delgado como su padre. Hay pocas cosas que tolere ingerir o que mastique con gusto.

Piensa en los ojos del cordero y mira el resto de sus huesos descarnados flotando en la marmita.

Se levanta antes de que los demás hayan terminado de comer.

26

Con la mirada perdida en el camino

Sahagún. Imperio de León
Invierno del año 1078

Alfonso volvía de León a Sahagún con la mirada perdida en el camino, intentando vaciar su cabeza de todo pensamiento que no fuesen los sonidos de los cascos de los caballos del cortejo.

Viajaban más ligeros desde que no los acompañaba una reina.

Se preguntó si echaba de menos a Inés y no supo qué responderse. Cuando pensaba en ella, sus pensamientos se teñían de negro.

Aquel espacio de fronteras naturales marcado por ríos y cruzado por caminos y calzadas antiguas y nuevas era su reino tan amado, se dijo con satisfacción tratando de no pensar en su difunta esposa, que Dios la tuviera en su gloria.

Allí estaba la esencia de todo lo que adoraba. Un lugar en el que abundaban los nudos viarios y también las cruces cristianas que marcaban los asentamientos; un reino construido poco a poco por márgenes y ríos, por tierras que invitaban a soñar a un lado y al otro de los cauces. Si algo apreciaba Alfonso, era el sonido del agua. El tortuoso trazado de los incontables arroyos que regaban el manto vegetal otorgaba a la tierra una paleta de colores distintos y llenos de contrastes. Su reino transcurría entre el *paramus* y el *campus* de aquellas latitudes, unas llanuras salvajes que eran sus favoritas. Donde se podía atisbar el peligro con solo una mirada a la altiplanicie desabrigada, áspera y salvaje.

Volvía de León, donde se había confesado con el obispo. Evitaba por todos los medios hacerlo con el abad de Sahagún. Sabía que era absurdo, pero le consolaba la sensación de que sus pecados quedaban lejos de su hogar, donde él recogía cada invierno sus anhelos. El monasterio de Sahagún estaba demasiado cerca de donde él dormía cada noche de invierno.

Pero el obispo no era tonto y, aunque estaba obligado por el secreto de confesión, después de oírlo le deslizó sutilmente sus demandas. ¿Acaso no estaban contentos ya con todo lo que él le había dado a la Iglesia para engrandecerla, para extender sus dominios y riquezas, que competían con las de los potentados de su reino? Pues no. No tenían bastante. Nunca estaban satisfechos aquellos príncipes de los cielos, siempre preocupados por agrandar las extensiones de los suelos que pisaban.

La precipitada muerte de su esposa doña Inés le había costado, pues, la concesión de algunas inmunidades al coto monástico, exenciones y autonomías que lo convertirían de hecho en un señorío.

Tenía serias dudas de si ofrecer tantos privilegios a alguien, aunque se tratara de la Iglesia y su obra fuese para mayor gloria de Dios en la tierra, no le traería en algún momento serios inconvenientes. Y si no a él, a sus descendientes, si es que con la ayuda de Dios algún día conseguía tener un heredero varón. Las hijas que había tenido con su amante, Jimena, no bastaban. Y ahora que era un hombre viudo, un emperador sin esposa, se veía obligado a buscar otra nueva.

Fantaseó con las posibilidades que se le ofrecían y dejó que sus pensamientos fueran y vinieran de la necesidad de encontrar una nueva cónyuge al peligro que suponía otorgar tanta autonomía y riqueza a un territorio eclesial dentro de su propio reino.

La idea de llegar a su amado Sahagún le alegró el ánimo.

Su propósito era concederle también a la villa un carácter mercantil y proteger su comercio y su artesanía. *Quoniam quidem oportet de vestris artibus et mercaturis vivere...*

Lo más conveniente sería generar un equilibrio entre el peso de la religión y el de la vida terrenal, en medio de los cuales él consiguiera gobernar sin ser molestado demasiado por unos o por otros.

Para cuando entraron en la villa, él ya había conseguido distraerse con otras preocupaciones. Paseando por sus calles en dirección a sus alojamientos se fijó con satisfacción en las gentes que andaban arriba y abajo por las callejuelas y viales y que inclinaban la cabeza a su paso. Eran de procedencia muy diversa. Acudían con sus géneros al mercado, que los atraía como la miel a las moscas. Mercaderes de regiones vecinas y otros llegados de tierras extrañas, somozanos y campesinos de villorrios lejanos, además de un poderoso contingente de francos. Y luego estaban los moros y los judíos. Y, por supuesto, los monjes.

Para Alfonso, todos ellos constituían un bien, aunque no sabía si en el futuro continuarían rozándose unos con otros de manera cordial. En fin, él se conformaba con ir viviendo, con ir reinando día tras día. Uno después de otro. Y ese, en concreto, iba a ser complicado, pues esperaba la visita de Rodrigo Díaz de Vivar. Y, cuando ambos estaban juntos, siempre surgía alguna pendencia.

27

Leyendo los rollos que se acumulan allí

Nazaret
Año 7 después de Cristo

Jesús ha aprendido muchas cosas en la Casa del Libro, leyendo los rollos que se acumulan allí, propiedad del maestro. Conoce las costumbres antiguas, muchas de las cuales lo estremecen. Antaño había tribus que, sabiendo que la carne no se podía conservar, cortaban partes de un animal para comer y lo guardaban con vida hasta que necesitaban más. La crueldad de esa práctica le revuelve el estómago y siente que, de nuevo, se le ha amargado la cena. Las leyes de su religión indican que hay que eliminar la sangre de la carne antes de consumirla. Intuye que eso puede estar relacionado con los viejos tiempos y contiene las náuseas.

Sonríe a su madre, que mueve la cabeza reprobadoramente.

Mira con atención a su padre, el jefe del pequeño reino que es su hogar. Nota su cansancio, sabe que él es su primogénito, su sucesor. Que en el caso de que José falte, será Jesús quien tenga que sacar adelante a la familia. Claro que él no tendrá las mismas facilidades que José para hacerse obedecer. Sus hermanos no lo respetan y su madre lo vigila con precaución. No se fía de él. No porque piense nada malo, sino porque siente miedo de que la locura anide en su corazón. Jesús es un hijo que no respeta las reglas, las leyes, los dictados bajo los que viven, al que el mundo le parece extraño y francamente mejorable.

El chico trabaja en el taller de carpintería de su padre. Muchas veces viajan juntos, sobre todo a Seforis, para participar en algunas obras en las que les pagan bien. Su padre es un experto artesano, pero su oficio es duro y requiere fuerza física tanto como habilidad y delicadeza. Él se da cuenta de que su padre flaquea, de que cada vez dispone de menos energías. Como si tuviese unas reservas que poco a poco ha ido agotando a lo largo de su vida.

—Padre, aquí tienes el formón —le dice, y aprovecha para tocarle la mano mientras le pasa la herramienta.

Es entonces cuando lo siente. De nuevo. Un latigazo que lo sacude, que conmueve todas las fibras de su ser.

Se había hecho la ilusión de que desaparecería. Pero no.

Al tocarlo percibe que dentro de su padre aún circula el mal. Siente el dolor y la debilidad de José, que pasan a su propio cuerpo y lo recorren con una sacudida. El mal se manifestó hace semanas. Y sigue creciendo...

Jesús está a punto de marearse, conmocionado por su visión, por su sensación. José está enfermo. Su *abbá*. El hombre grande y poderoso que ha guiado su vida desde que llegó al mundo se está muriendo. El muchacho lo sabe y eso le produce una tristeza que hace que le tiemblen las piernas.

Se deja caer al suelo, intentando disimular, para que su padre no note su turbación. Coge una azuela y hace ver que está trabajando, pero en realidad está tratando de recomponerse y de que su padre no se percate de que conoce lo que tiene dentro.

No sabe si lo consigue, porque José lo mira de medio lado, como sospechando algo.

En su oficio hay dos tipos de trabajo. Por una parte, construyen edificios, y eso les obliga a viajar a menudo. Por otra, en el taller de casa fabrican mobiliario y pequeños objetos que algunos de sus parientes comerciantes venden luego a cambio de una comisión.

Hasta hace poco también construían tejados con vigas de madera que iban de pared a pared; luego rellenaban los huecos con ramaje y unos albañiles recubrían de barro la techumbre, que nunca llegaba a ser impermeable del todo.

Un día, después de pasar la mañana cortando árboles y desbastándolos para poder emplearlos como vigas, a Jesús se le ocurrió algo.

—Padre, ¿y si en vez de engarzar la viga en un lado y otro de la pared, la ponemos inclinada? Los arquitectos romanos...

José lo miró con extrañeza.

Tenía unos ojos verdes y turbios, como aguas fangosas, y, a pesar de todo, su mirada transmitía siempre claridad.

—Qué cosas se te ocurren, hijo... La influencia romana. Vaya.

José estuvo a punto de seguir con su tarea, manejando el taladro de arco que tenía entre las manos, cuando de repente lo pensó mejor y volvió a mirar a su hijo con curiosidad e interés.

—Ya sé a qué te refieres. Sí, sí, ¡ya lo sé! —Y una sonrisa franca y abierta, algo poco habitual en él, se dibujó en su cara, donde unos profundos surcos le marcaban las mejillas como hachazos cicatrizados.

—En el tejado de barro y ramajes se acumula todo tipo de suciedad. Cuando el agua que se recoge en la cisterna pasa por ahí, lleva muchas cosas indeseables. Si inclinamos el tejado, la lluvia se escurrirá, y la mugre también...

—Sí, ahora entiendo...

Jesús pensó que en ese momento no había nada más hermoso en el mundo que la sonrisa de su padre. Como si acabara de tener una iluminación.

—Con el tejado inclinado —continuó José siguiendo el curso de sus pensamientos alborozados—, el agua resbalaría y se iría decantando. Además, sería mucho más difícil que hubiera goteras. Como el agua que viene de los montes hacia el río Jordán. Baja pura y cristalina, porque fluye hacia abajo...

A partir de entonces empezaron a construir tejados a dos aguas. No fue fácil porque sus clientes se resistían a la innovación, pero una vez edificaron el primero, todo el mundo pudo ver sus ventajas. Pronto, otros artesanos empezaron a imitarlos.

—Las buenas ideas hay que reconocerlas y recogerlas allí donde surgen, igual que se cogen las piedras preciosas incluso en el barro —decía José con la alegría de un niño.

28

Todo el mundo sabía

Sahagún. Imperio de León
Invierno del año 1078

Todo el mundo sabía que el rey era un hombre de temperamento. Alfonso VI había demostrado con creces ser fuerte y astuto. Ni siquiera el Cid se atrevía a minusvalorarlo. Algunos aseguraban que caía sobre la tierra como una plaga de langostas enviada por Dios para acabar con todo con la excusa de hacer justicia; otros, que para él no existía tiempo ni compás. Lo cierto era que nada se interponía entre su voluntad y el curso de la historia. Más que un hombre, era un águila. Un águila de acero. Magnífica y extraña, testaruda y promiscua. Cruel y falsa, pero también mortalmente eficaz y certera. Tenía claro que él era el Estado y no pararía hasta consolidarlo y extenderlo, haciéndolo tan fuerte y seguro como él mismo se sentía.

Sus inseguridades, si es que las tenía, pues no dejaba de ser humano, vivían escondidas bajo su pecho, donde él las mantenía amenazadas, adormecidas.

Al fin y al cabo, ganaba batallas que ningún hombre de su tiempo habría logrado vencer. ¿Acaso no fue capaz de sobreponerse a sus hermanos? Especialmente a Sancho, a quien se conocía como Sancho II de Castilla el Fuerte. El primer rey de Castilla nada menos. Y luego de Galicia y de León. Su hermano tenía todo lo que él deseaba, lo que Alfonso ambicionaba con una pasión hambrienta y salvaje. Con su desaparición consiguió arrebatarle aquello que siempre despertó la envidia de su corazón, aunque ni siquiera quería confesárselo a sí mismo.

Pensar en su hermano le hacía sentir una mezcla de terror y de alivio. Ya no tenía que preocuparse de él. Estaba desaparecido de la faz de la tierra, por fortuna... Pero su muerte escondía muchos secretos que Alfonso confiaba en que permaneciesen enterrados para siempre, igual que el cadáver de Sancho. Rezaba a veces para que, a pesar de todo, las ocultaciones que guardaba al respecto no le ennegrecieran el alma. No demasiado al menos.

Si su hermano Sancho había sido el primogénito de su padre, Fernando I de León, y de su esposa, la reina Sancha de León, lo cierto era que Alfonso había sido su favorito. Quizá por eso le había dejado en herencia el reino de León, que llevaba aparejado el título de emperador y los derechos sobre la taifa de Toledo.

Alfonso veía que pasaba el tiempo y seguía sin soportar la memoria de su hermano Sancho. Le preocupaba especialmente que su alférez, Rodrigo Díaz, a quien llamaban el Campeador, se hubiese convertido en una molestia más grave de lo que quería reconocer. Ni él ni Sancho habían confiado nunca en Alfonso. Con razón. Ni siquiera cuando Sancho se unió a él para entrar en Galicia y derrotar al tercer hermano, a García, a quien primero encarcelaron y luego exiliaron. Fue fácil deshacerse de él. El más débil, el peor de los hijos de su madre. Eliminarlo equivalía a que Alfonso y Sancho ocuparan el trono de Galicia en el año del Señor de 1071 y que firmaran una paz frágil que lograría mantenerse, sin saber cómo, durante tres años. Mucho más de lo que Alfonso hubiese imaginado.

Luego Sancho, a quien Alfonso amaba, envidiaba y odiaba a la vez, había roto aquella débil tregua. Ansiaba el título imperial: quería el reino de León. De la misma manera en que Alfonso codiciaba el condado de Castilla. Para conseguir sus propósitos, Sancho tenía algo de lo que carecía Alfonso: la fidelidad de Rodrigo Díaz, el Campeador, un soldado mercenario, imbatible, a la cabeza de un ejército. El mejor estratega que había conocido el mundo, porque, si Alfonso era de acero, Rodrigo Díaz era de hierro, antiguo e indomable.

No pudo con ellos.

Juntos, Sancho y el Cid, no eran dos: eran demasiados.

Alfonso no consiguió defender su reino de León. Su título imperial. Cayó preso después de una batalla cuya sangre derramada todavía le parecía oler cuando cerraba los ojos.

Perder su corona le dolió más que un tajo de espada en el muslo. Logró engatusar a su hermana Urraca, que intermedió con Sancho para que le permitiese refugiarse en la corte de quien era entonces su vasallo, el rey moro Al-Mamún de Toledo. Y el moro no solo lo acogió con los brazos abiertos, sino que lo trató bien, sin duda. Alfonso nunca olvidaría aquella hospitalidad. Aunque los franceses, que acompañaban a su nueva esposa y que llegaron a inundar su corte, no entendían el trato que Alfonso dispensaba a los musulmanes, él no olvidaba que pudo recogerse allí, en los dominios de su vasallo moro, donde encontró refugio y consuelo por la derrota humillante que acababa de sufrir ante su hermano. Cierto que muchos nobles leoneses no aceptaron a Sancho: algunos de ellos incluso siguieron a Alfonso al exilio, pero a su hermano nada podía detenerlo en su sed de conquista. Y contaba con Rodrigo Díaz de Vivar, lo que aseguraba sus expediciones militares. En poco tiempo vio como Sancho se convertía en un héroe de cantar de gesta, mientras que en él crecía el odio, que espoleaba su corazón de la misma manera en que él acuciaba a su caballo en sus jornadas de caza.

Nunca pensó que fuese posible odiar a un hermano con la intensidad con que él detestaba a Sancho. Ni siquiera Caín debía de haber sentido la misma violencia que Alfonso latiendo en su pecho.

Odió a Sancho el conquistador, el unificador, el rey de reyes. El primogénito. Hasta la aparición sobre el mundo de su padre, nunca un rey había tenido un primogénito como él, que cumpliese todos los requisitos que un monarca necesitaba para hacer historia.

—Cuando tenga un hijo varón, lo llamaré Sancho, en recuerdo de mi hermano —le dijo con sorna a Ansúrez, que se limitó a enarcar las cejas.

Por otro lado, Alfonso querría ser como su padre, que había tenido cinco hijos para cumplir con su destino. Sancho, el mayor de todos, el fuerte y poderoso. Alfonso, el segundo, que no le iba a la zaga a su hermano. Emperador y regente de las taifas de Toledo. García, el tercero, el más débil, pero firme en su puesto en el escalafón de los hermanos. Tres hijos varones que aseguraban la sucesión de su padre. Y luego las dos hermanas, Urraca y Elvira. La primera había recibido de su padre la ciudad de Zamora, con un título real; y Elvira, la ciudad de Toro, también con título real y sus rentas correspondientes.

Sí. Por supuesto. Su padre había cumplido haciendo que su madre pariese los hijos suficientes para garantizar la sucesión. Ese era el modelo que tenía Alfonso en su cabeza. Estaba impaciente por empezar a engendrar hijos. No pudo hacerlo con su primera esposa, la rebelde y estéril Inés, que pagó por su falta. En ese momento, con la segunda, esperaba enmendar cuanto antes esa carencia familiar, pero sobre todo política, de Estado.

—Si una mujer no sirve para darle hijos varones a su marido, no veo qué otro papel vendría a cumplir en este mundo —solía murmurar en tono amargado cuando alguno de sus hombres le anunciaba que había sido padre.

Acabar con su hermano Sancho fue una decisión sencilla, pero finalmente encontró a la persona adecuada para clavarle un puñal en el costado. A traición, es verdad, y por la espalda.

Sancho se convirtió en una auténtica molestia. Enloqueció de ira al enterarse de que su hermana Urraca lo había ayudado a él a huir hasta Toledo. Sancho nunca supo tratar a las mujeres, ni siquiera a sus propias hermanas. Al contrario que él.

Y claro que la muerte de Sancho no fue una operación honorable, de esas que gustan a los literatos, pero por lo menos había sido eficaz. Si Alfonso no iba a ser un héroe de canciones, al menos le quedaría el consuelo de que su hermano tampoco lo sería.

—Ahora está muerto y bien muerto —se repetía a sí mismo en ocasiones, cuando despertaba empapado de sudor, apestando a malos sueños.

Sus restos reposaban en un sarcófago de madera de nogal adornado con un zócalo lleno de motivos vegetales y animales. Los centauros de su sepultura estaban tallados, no podían hacerle daño a él ni a nadie. Solo custodiaban el sueño eterno de Sancho.

—Mientras tú duermes para siempre, yo apenas puedo pegar ojo —murmuraba Alfonso al amanecer, tras una noche de insomnio, dirigiéndose a su hermano muerto.

Aunque, a esas horas de la tarde, mientras se paseaba por los aposentos como un león enjaulado, apenas pensaba en él. En el fondo tenía otras preocupaciones más acuciantes. Necesitaba evadirse, olvidar sus obsesiones, dejar la compañía de sus demonios y escuchar al silencio.

Respiró intensamente, con gesto brusco, soltando un sonido más propio de un ronquido que de un suspiro, más alterado que de costumbre.

Se le antojaba que la visita que estaba esperando se retrasaba demasiado y a punto estaba de salir para gritarles a los criados una orden cuando oyó que por fin golpeaban la puerta.

—Mi señor, tienes una visita.

—Jimena, mi amor, Jimena... —dijo Alfonso abriendo de par en par los brazos.

29

Ya no viajan a la hermosa Seforis

Nazaret. Galilea
Año 7 después de Cristo

Claro que ya hace tiempo que Jesús y su padre no salen a construir muy lejos de su morada. Ya no viajan a la hermosa y siempre emocionante Seforis. Ahora, por lo general, trabajan en el suelo, en encargos de poca entidad. Casi no salen de casa.

    A José le fallan las fuerzas. Jesús ve en su *abbá* la misma cara de preocupación que aquella vez en que se le soltó la cabeza de un hacha de hierro y sin darse cuenta la perdió. Estuvo buscándola durante todo un día, hasta que logró rescatarla de debajo de un montón de escombros, sin que nadie supiese cómo había ido a parar ahí. Le costó mucho volver a hacer que la herramienta tuviese una sujeción estable. Cuando lo consiguió, su alegría era como la de un niño.

    Jesús echa de menos esa felicidad en su padre. Pero sabe que la enfermedad es la culpable, que devora sus entrañas y su fuerza. Desde hace unos meses solo se dedican a cometidos pequeños, sí, es verdad. Construyen puertas o, más a menudo, marcos de puertas. También celosías y cerraduras. O los preferidos de Jesús, los baúles, muy apreciados en las casas para guardar todo tipo de productos, fundamentalmente los más estimados. A veces hacen mesas bajas y taburetes. Normalmente trabajan por encargo, aunque también hacen cosas porque sí, porque José no puede estarse quieto.

Sus herramientas son burdas y Jesús no deja de admirarse de la capacidad de su padre para conseguir producir finas piezas, más ayudado de su habilidad que de otra cosa. Así es José: alguien capaz de sacar belleza donde solo hay una materia prima basta y grosera.

—*Abbá*, deberías descansar. Yo haré el trabajo, mi hermano Judá puede ayudarme. Ya es lo bastante alto.

—Deja a tus hermanos ser niños. Tú mismo deberías dedicarte a serlo. Pero me ha salido un respondón.

José le da un suave capirote a su hijo. Intenta seguir trabajando, sujeta una lezna con la que trata de agujerear la madera. Luego usará unos clavos del mismo material, pequeñas piezas que ya tiene preparadas y que se acumulan por centenares en el taller. José prefiere los clavos de madera a los de hierro o bronce. No solamente le resultan más baratos y fáciles de adquirir, sino que además acaban siendo invisibles, incorporándose al mueble como si fuesen parte de su alma. Eso es lo que le dice a Jesús al menos: que las cosas formadas con una sola materia tienen más entidad que las que están compuestas de elementos diferentes.

Jesús no deja de pensar en cómo ayudar a su padre. Se siente impotente ante su enfermedad y no quiere perderlo por nada del mundo. Lo ama de una manera atropellada, casi violenta. Si él se va para siempre, no imagina cómo podrá seguir viviendo.

José le cuenta a Jesús historias mágicas, lo ha hecho siempre, que este recuerde. Todos los niños preguntan de dónde vienen y a Jesús su padre le ha respondido la pregunta con cuentos maravillosos, diciéndole que ha llegado del cielo. La verdad es que Jesús siente que José es su único padre, su *abbá* querido. Lo quiere de una forma casi furiosa. Le gustaría dar la vida por él. Pero no sabe cómo, cómo podría transformar su enfermedad, echarla de su cuerpo a cambio de algo que él pudiera hacer. De un sacrificio.

Uno de sus parientes, un niño algo mayor que él, le ha contado que José pudo haber repudiado a María, su madre, cuando estaba embarazada de él, pero que no lo hizo. De haberlo hecho, María habría sido apedreada, siguiendo la Ley de Moisés. La Torá dispone que las mujeres que se quedan embarazadas sin tener un marido deben morir de una manera indigna. Pero José amaba a María aunque aún no se había casado con ella. Seguía amándola y había conservado su amor con el mismo empeño que en su momento había puesto en negarse a someterse a aquella ley cruel e injusta. Ese era su *abbá*. El que hacía hermosos muebles que fabricaba con sus manos. Porque José tomaba entre las manos algo basto, incluso sucio, y lo convertía en dulzura. Ese era su padre. El mismo que ahora se estaba muriendo sin que Jesús pudiera hacer nada...

Ante las insinuaciones de su pariente, que le contó aquella historia extraña y malvada, Jesús no reaccionó como su padre. No supo hacerlo. Al contrario: se lanzó sobre el otro niño y no se detuvo hasta que le rompió la nariz dándole varios puñetazos.

—Padre, he pensado que también puedo trabajar de albañil.

Jesús ha visto cómo los albañiles colaboran con los carpinteros en las tareas de construcción. Los ha observado lo suficiente como para conocer el oficio. No le parece que tenga grandes secretos.

—Los judíos no somos buenos albañiles —se queja José.

—¿Por qué, padre?

—Antes se nos daba mejor destruir que construir. Los judíos que fueron nuestros antepasados se esmeraron bien en destrozar las ciudades cananeas, y eso que no era una tarea fácil, ya te digo, porque estaban bien fortificadas, llenas de edificios sólidos como rocas. Pero hicimos un buen trabajo. Ahí tienes un ejemplo.

Jesús se ríe a carcajadas.

Le encanta cuando su padre hace bromas.

Ese humor suyo es algo que él ha heredado, aunque todavía no lo sabe.

—Pero reconozco que, en el fondo, destruir es mucho más fácil. Nuestro pueblo, con ayuda de los fenicios, empezó a conocer los secretos de la construcción. Los carpinteros y los albañiles hacemos eso, construir, justo lo contrario de lo que hemos recibido como herencia.

—¿Ves como ser albañil es parecido? ¡Yo podría serlo!

—Los albañiles cavan los cimientos, los rellenan con roca y con cal y los dejan asentarse. Luego levantan las paredes maestras sobre ellos. No es un trabajo tan difícil, en eso te doy la razón. Desde luego, es mucho menos complicado que el que nosotros hacemos.

—Yo soy fuerte, podría pedirle trabajo a Simón, que es pariente tuyo. Tiene un buen negocio en marcha.

José responde como siempre:

—Ya veremos, ya veremos... Anda, pásame la hacheta y calla, que tienes la cabeza llena de nubes.

—Padre, ¿por qué si a nuestro pueblo se le ha prometido que tendrá salud si obedece las leyes de Dios, tú estás enfermo?

José, al oír a su hijo, empalidece. Su rostro, ya demacrado de por sí, adquiere una tonalidad lívida.

—No estoy enfermo, hijo mío, tan solo soy viejo. Y los viejos tienen que morir algún día.

Es en ese momento cuando Jesús se da cuenta de que su padre sabe que va a morir. Una enorme tristeza lo aplasta, como una montaña que se hubiera derrumbado sobre él. Pero en esta ocasión, en vez de sentarse como suele hacer cuando no puede más, se pone en pie, firme y decidido, enfurecido con el destino, elevando su pequeñez humana, en la cual se siente atrapado.

—No es verdad, no eres viejo. Lo que pasa es que hay algo dentro de ti que te consume. Y a mí me gustaría curarte.

—Curar es algo que solamente puede hacer Dios. Y en sus manos estamos todos.

Jesús se siente irritado al oír la letanía de siempre. Que Dios lo arreglará todo. Sin embargo, él mira a su alrededor y ve que no hay nada solucionado. La enfermedad, la crueldad y la suciedad se acumulan en todos los rincones. Se siente impotente. No sabe qué hacer para mejorar las cosas. Para devolverle la salud a su padre. Para que el mundo florezca.

No quiere contrariar a su progenitor, así que cambia de conversación volviendo al asunto anterior.

—Yo podría ser albañil, igual que tú lo has sido en tu juventud. No hay que pensar mucho para ser bueno en ese oficio.

—Para todo hay que pensar, hijo. Los edificios necesitan solidez y forma. Buenos cimientos, con grandes piedras bien talladas en cada esquina. Hace falta fuerza y precisión para construir una casa. Y para crear cualquier cosa. Incluida una vida.

—En los lugares donde hemos trabajado he visto los grandes bloques de limonita traídos desde la cantera. La limonita es más fácil de cortar cuando está bajo tierra, ¿verdad, padre? Parece que el contacto con el aire la endurece.

—Por eso es importante el trabajo de la cantera. ¿No querrías ser cantero también? Allí las piedras resultan más manejables y se les puede dar forma cuando aún están blandas. Construir es un oficio interesante. —Al hombre le cuesta respirar, trabajar, hablar...

Jesús piensa que con la enfermedad ocurre lo mismo que con las piedras. Siente, de una forma que no puede expresar, que la dolencia de su padre podría ser tratada, moldeada ahora que está dentro de su cuerpo, igual que un bloque de limonita en la cantera; antes de que el mal llegue a su destino: al templo, a la construcción final, a la muerte. Pero no consigue explicarle a su padre nada de eso. El fracaso lo irrita.

—Tú ya tienes un buen oficio. Con lo que yo te he enseñado podrás ganarte la vida y alimentar a una familia con dignidad. —José mira a su hijo a los ojos.

Jesús duda, pero le devuelve la mirada.

30

Todos sus sentidos estaban alerta

Sahagún. Imperio de León
Invierno del año 1078

Amanecía cuando Roberto oyó un ruido extraño.

Hacía ya tres horas que se había levantado y todos sus sentidos estaban alerta. Como casi todas las noches tuvo sueños malos que le hicieron revolverse con ansia en su jergón. Por fortuna, despertar muy pronto suponía poner fin al suplicio de las pesadillas. Cada día, al abrir los ojos, se sentía aliviado de que los sueños no fueran reales.

Caía una mansa lluvia sobre los tejados de paja y dio gracias a Dios porque la virulencia del agua había amainado. En Sahagún el clima era distinto y él lo prefería así. Todavía podía recordar los años pasados en la Galia: los otoños malsanos, pestilentes, y las primaveras demasiado secas que destruían las cosechas y luego daban paso a veranos tan calientes y tórridos como infructuosos. Cuando eso ocurría, el joven pensaba que el cielo no quería que los campos dieran sus frutos cuando estaba previsto, tal y como había sucedido siempre.

—A veces, Dios quiere que el azote del hambre dure años —se dijo restregándose los ojos y quitándose unas legañas secas.

Por su parte, agradecía poder librarse de la miseria y la escasez de pan. Se sentía dichoso de saber que el cielo lo protegía. Había crecido en la abadía, donde los monjes pasaban sus días sin sufrir excesivas penalidades; aunque uno de los hermanos de Cluny, Benoit, le contó una vez que todavía recordaba el sabor, ácido y repugnante, de las tripas de asno y de la carne de caballo descompuesta que se vieron obligados a comer un Viernes Santo al no poder disponer de pescado y tampoco de verduras porque el huerto se encontraba arrasado.

Él tenía más fortuna que Benoit. Gracias al padre Bernardo no sufrió la necesidad que abatía de forma recurrente al común de las gentes, frailes incluidos. Y eso que era alto y fuerte y necesitaba alimentarse, pues si no, perdía un poco el equilibrio y no conseguía rezar ni trabajar bien.

—Pero bueno, vamos a dejar de pensar en el hambre, que no es lo mejor a estas horas...

Sacudió la cabeza, como intentando deshacerse de los pensamientos aciagos. Era un joven alegre a pesar de todo. Según el padre Bernardo, ya tenía alrededor de diecinueve años y, durante la mayor parte de su existencia, la vida solo le había dado motivos para sonreír. Aunque el mundo no fuese en general un lugar apacible, él había sido favorecido por el milagro de la buena suerte, era un elegido de Dios.

Asomó la cabeza y aspiró con delicia el aire húmedo de la mañana que llegaba del río.

—La tierra verdea y el cielo inmenso pronto se verá despejado de nubes. Parece mentira, pero ya estamos en el año 1078 desde la Pasión del Señor.

El canto del gallo, con su quiquiriquí cotidiano, anunció el comienzo del día.

—Enseguida el hermano Pedro hará sonar las campanas del monasterio para indicar a los campesinos que viven cerca que ha llegado la hora en que el sol se levanta, aunque sea detrás de esas nubes cerradas que espero que pronto clareen... —murmuró para sí, y se frotó las manos mientras daba un repullo de frío y de felicidad.

Echaba de menos la grandiosidad de su monasterio de Cluny, el lugar donde se había criado, pero aquel otro que ahora los cobijaba a él y a don Bernardo tampoco estaba tan mal. Era cierto que Cluny no tenía parangón en el mundo romano y que hacía un trabajo inaudito salvando almas. El hermano Roberto estaba convencido de que Cluny había ayudado a tantas almas que con ellas se podrían repoblar los campos del reino que ahora se extendía ante su vista, vacío y en calma pese a ser escenario de tantas disputas y pasiones humanas.

Pensó en el reloj solar y en la clepsidra, dos preciosos objetos que para Roberto eran un lujo que, estaba seguro, no se podían encontrar en ningún otro lugar del mundo y que señalaban las horas con mayor precisión que la garganta del gallo que escuchaba en ese momento. Rememoró con una apacible añoranza la clepsidra, que desde pequeño había logrado atraer su atención de manera mágica mientras se iba vaciando gota a gota con la delicadeza de un reloj de arena. Para completar la medida del tiempo, los monjes disponían también del reloj solar, no siempre eficiente, pues las nubes, mucho menos poderosas que el sol, eran capaces de eclipsarlo.

—Y así pasa también en el mundo humano —meditó el joven monje disfrutando sin poder evitarlo del simple placer de estirar las piernas al amanecer.

Se encaminó a la capilla para asistir al ángelus del alba.

«Recuerda, Roberto, que a veces un hombrecillo es capaz de derrotar a un poderoso, como una nube al sol. Nunca hay que subestimar un alma, por pequeña que sea. Como tampoco hay que despreciar la ayuda del poder del demonio...» En su cabeza resonaron las palabras del abad Bernardo.

En el nuevo monasterio, los monjes se ayudaban de las candelas para medir la duración del tiempo. Aunque también parecía evidente, pensó Roberto, que para aquellos monjes, y para la mayor parte de la gente de los alrededores, el tiempo era un asunto que más o menos les traía sin cuidado. Solo cuatro listillos y otros dos ociosos grandes potentados se preocupaban de algo tan impreciso y difícil de medir. Entre ellos, por supuesto, se contaba Roberto, para quien era muy importante. A lo mejor aquella obsesión tenía algo que ver con el hecho de haber sido un niño abandonado, de edad imprecisa, al que hacía ya diecisiete años había recogido por caridad el abad don Bernardo. Su padre, su mentor, su maestro. Un alma misericordiosa.

O tal vez se debía a los estudios que el padre le había obligado a hacer. Aunque Roberto no tenía mucha cabeza para las cosas del pensamiento y el latín se le atragantaba, sin duda algo de la meditación de los sabios latinos que había memorizado de carrerilla se le habría quedado.

En cualquier caso, Roberto se fijaba con mucha atención en el transcurrir del tiempo, en el cambio de las estaciones, que siempre se le antojaba un pequeño milagro.

Quizá por eso, cuando su maestro le preguntó al respecto, pudo señalar el momento, todo lo exacto que era posible, en que encontró el cadáver horriblemente mutilado de la muchacha.

31

Le gusta hablar con su padre

Nazaret. Galilea
Año 7 después de Cristo

A Jesús le gusta hablar con su padre cuando están trabajando a solas, algo que ocurre raramente. Esa tarde los dos se encuentran alejados de los demás en el taller. Tanto Santiago como sus tres hermanos pequeños, Simeón, Judá y José, están fuera de casa. Los jóvenes se encargan de conseguir madera para sus trabajos. Volverán dentro de un par de días, con suerte, y, mientras, Jesús acompaña a su padre.

Le agrada preguntarle cosas. Historias antiguas que le hacen soñar. Por ejemplo, la crónica de cómo él mismo lo circuncidó a los ocho días de haber nacido.

—Hay que santificar al dios de Israel. La circuncisión conlleva un derramamiento de sangre y eso significa que el pequeño ha sido admitido en la alianza de Abrahán —explica su padre.

—Pero, padre, no entiendo por qué Dios hace de la sangre una ofrenda.

—Bueno, hijo mío, somos pobres seres humanos, no podemos entender los designios de Dios.

Jesús asiente. Esa tarde no está muy discutidor. No quiere llevarle la contraria a su padre. Lo ve débil y preocupado.

A Jesús le gustaría decirle tantas cosas que no sabe por dónde empezar. Ama a su padre y su dolor le sorprende como una pedrada.

—Cuéntame otra vez qué pasó cuando me llevasteis al Templo de Jerusalén.

José suspira, levanta la mirada de su tarea y se pasa una mano por los cabellos largos y plateados mesándolos con suavidad, como si también intentara darle forma a su melena, igual que hace con la madera.

—A los treinta y dos días de tu nacimiento marchamos al Templo de Jerusalén. Pero no al que construyó Salomón. Ese, como ya sabes, lo destruyó Nabucodonosor, que fue rey de Babilonia hace ya seiscientos años.

—Y hace quinientos, Zorobabel y Josué también construyeron otro del que he oído hablar mucho.

—Sí, hijo mío, templos levantados en honor de Dios. Y de los que no queda nada. Porque los hombres vienen y van sobre la faz de la tierra. Y lo que unos hacen, los otros lo deshacen. Así se construye poco a poco la historia. Con mucha dificultad, como verás.

—Entonces, me llevasteis al Templo de Herodes... —Sintió un estremecimiento al pronunciar la palabra. El nombre de aquel rey, que ya estaba muerto, pero del que se oían contar cosas terribles, le producía escalofríos—. Era un rey peligroso, ¿verdad?

—El feroz Herodes lo hacía todo a lo grande. Unos años antes de que tú nacieras ya había inaugurado su Templo. Puso a diez mil operarios a trabajar en el exterior y tuvo que enseñarles el oficio de albañil a mil sacerdotes para que pudiesen construir las zonas sagradas del interior, prohibidas a todo aquel que no hubiese sido ordenado. Pero a él eso le parecían bagatelas.

Jesús asintió y sopló suavemente sobre las virutas de madera de su trabajo. Pulir era algo en lo que empezaba a ser un especialista.

Conocía el Templo de Herodes, que había visitado en más de una ocasión junto a sus padres y hermanos. Un auténtico bosque de columnas de mármol blanco adornaba los edificios. Jesús no las había contado, pero se decía que eran casi mil. Era la obra más grande conocida bajo el sol, formada por galerías y pórticos reales, por columnas en hilera cuádruple... Era evidente que, como constructor, Herodes no tenía parangón. Jesús admiraba aquella capacidad para levantar grandes obras del que fuera un temible rey. Conocía bien los secretos de la construcción y sabía cuánto trabajo, dolor y esfuerzo había detrás de cada piedra levantada, en honor de Dios, pero sobre todo en el de reyes como aquel.

—Llegamos por la mañana y atravesamos contigo la triple Puerta de Hulda, que relucía como si la hubiesen bruñido con oro. A través de un pasadizo, caminamos hasta llegar a la explanada del Templo y al Atrio de los Gentiles. Tu madre también relucía, brillaba con un esplendor de piedra preciosa. —José se esforzó por sonreír.

Jesús solo lo veía realmente viejo cuando estaba al lado de María, su madre. Mientras que ella había visto pasar ya veintiséis primaveras, su padre las contaba por más de setenta. Y, sin embargo, Jesús se negaba a considerarlo un hombre viejo, como él no paraba de repetir que era, una vez tras otra.

—Atravesamos la balaustrada y subimos las doce gradas que, como sabes, tienen más de tres metros de altura y conducen al Atrio de las Mujeres por la cuarta puerta meridional. Te digo, hijo mío, que a pesar de que solo hace doce o trece años de aquello, mis piernas tenían mucha más fuerza de la que hoy Dios me permite disponer para subir escaleras. Luego, otra escalinata, esta vez de quince gradas y semicircular, y al final ascendimos hasta la gran puerta, la llamada de Nicanor, la superior. Allí, ante esa puerta y la de los Primogénitos, cumplimos las prescripciones legales.

Jesús pensaba que había demasiadas leyes y se preguntó si no sería más sencillo que hubiera pocas, pero claras y buenas. No veía el sentido a muchos de los rituales que las leyes divinas y las humanas les obligaban a cumplir. Pero no dijo nada.

—Cuando una mujer da a luz a un varón tiene que guardar una cuarentena mientras se purifica su sangre. Hasta que no transcurre ese tiempo, no puede pisar el Templo.

—Lo sé, eso dice el Levítico, en el capítulo doce.

Jesús era un buen estudiante y se sabía de memoria todas aquellas reglas que detestaba cumplir.

—Y el Éxodo, en el capítulo trece, nos ordena que consagremos a los primogénitos al Señor, sean hombres o animales.

—Y yo soy tu primogénito, el único que has tenido con mi madre. Tus otros hijos, mis hermanos, a estos efectos no cuentan...

—No, porque nacieron de mi primera mujer, Melcha, que me dejó viudo al morir de parto, dando a luz a tu hermana María.

Jesús calla.

—Cuando la madre que acaba de dar a luz es rica, ofrenda un cordero para holocausto y un pichón o una tórtola por el pecado.

Si es pobre, lleva dos tórtolas o dos palominos. Hay que seguir lo establecido en el Levítico.

—Sangre, siempre sangre... —musita Jesús sin poder esconder su disgusto.

—Es lo más sagrado que tenemos. Y por eso se le ofrece a Dios.

—Sí, padre, pero la sangre derramada es muerte, no es vida...

José reprende a su hijo, siempre con su voz suave y cansada.

—Ni tú, ni yo, ni nadie, hijo, somos quiénes para contradecir lo que afirma el libro de los Números. Los libros son sagrados. Y si no nos rigiésemos por ellos, viviríamos en el caos.

—Pero, *abbá*, ¡ya vivimos en el caos!

—Pues sería peor, créeme.

—Supongo que mi madre hizo la ofrenda de las mujeres pobres.

—Supones bien.

—¿Y qué testigos aportasteis cuando me llevasteis al Templo?

—Dos ancianos que andaban por el lugar. Él se llamaba Simeón y ella, Ana. Eran dos personas justas y temerosas de Dios que vivían en Jerusalén. La mujer, pobre y honorable, se había casado muy joven y enviudó pronto. Desde entonces rondaba por el Templo noche y día. Orando y ayunando. Y el anciano se sintió conmovido al vernos. Ahora lo comprendo: debíamos de ofrecer una estampa singular. Un hombre que ya peinaba canas, como yo, y una madre de catorce años, como la tuya, con los ojos enormes y hermosos, sorprendidos y esperanzados. Y tú, que también nos dejabas a todos con la boca abierta porque apenas te oíamos llorar. Únicamente lo hiciste cuanto ofrecimos los animales para su sacrificio. Supongo que ya eras un inconformista, como ahora.

Jesús se ríe a carcajadas y su risa resuena por la estancia atronadora y descarada.

Si pudiera arrancarle el mal a su padre de dentro del cuerpo con sus propias manos... su felicidad sería completa en esos instantes.

32

Sometiéndose a la obediencia

Sahagún. Imperio de León
Año 1078

Bernardo había sido abad de Cluny, sometiéndose a la obediencia, el rigor y la disciplina de humildad del que llegó a ser un enorme ejército de Dios.

A pesar de haber comandado a aquellos soldados del Señor, Bernardo tuvo agrias disputas con el obispo de Lyon y con el rey. Llegó a enfurecer al obispo con su manía de sermonear a los grandes señores y de amonestar a los canónigos. En resumen, de causar molestias a cualquier persona importante que tuviera a su alrededor.

Antes de que sus diferencias se convirtiesen en riñas sangrientas, Bernardo decidió trocarse en un abad viajero, tal como habían hecho antes que él otros monjes de Cluny.

Había pasado mucho tiempo viajando, desde luego, aunque en esos momentos atisbaba un panorama sedentario en su futuro, sin saber bien por qué.

Se encontraba al servicio de Constanza de Borgoña, que se disponía a contraer matrimonio con el rey Alfonso VI de León. Constanza era sobrina del imponente Hugo, que comandaba los destinos del monasterio de Cluny, un hombre santo al que Bernardo admiraba, una fuerza inaudita, pura y religiosa, dispuesta a hacer frente a la corrupción de la sociedad, a enfrentar a todos aquellos depravados miembros de la élite cristiana que habían abandonado la virtud y el temor de Dios.

No era tarea fácil, pero Bernardo se había prometido a sí mismo, no solo a Dios, servir también, haciendo su parte, en aquel noble empeño.

En Cluny, muchos monjes dejaban los muros del impresionante conjunto arquitectónico para salir al mundo exterior. El antiguo abad había tenido por muchos años la costumbre de viajar, visitando los incontables monasterios a su cargo o respondiendo a la invitación de algún príncipe que buscara asesoramiento sabio y divino gracias al cual gobernar mejor sus territorios. Aunque ya no era abad, Bernardo tenía la impresión de haber emprendido un viaje que parecía interminable, que duraba ya una vida y en el cual Roberto se había convertido, con los años, en su ayudante más fiel. Crio al joven monje como a un perrillo abandonado, siempre a su lado desde que lo encontró en el campo, cerca de los Pirineos. El chico había crecido bien, pensó Bernardo apoyándose en el brazo fuerte y seguro del joven.

Aunque la regla no les permitía hablar, él casi siempre vivía en circunstancias que forzaban el reglamento.

—Ten cuidado de dónde pones los pies —le dijo a Roberto.

Acompañar hasta Sahagún a la futura reina Constanza no era sino uno más de los incontables trayectos que Roberto, estaba seguro, recorrería a su lado.

—Se diría que el que debe tener cuidado eres tú, señor.

—Tú eres joven, ves mejor que yo. —Bernardo señaló hacia el lugar donde se encontraba el cadáver de la joven—. Dime qué ves.

Roberto contuvo las náuseas y sacudió la cabeza con terror.

—Padre y señor mío, te ruego que no me obligues...

Se encontraban de pie, en el suelo cubierto de hierba y resbaladizo por la lluvia reciente, apenas a un par de metros del cadáver.

Hablaban entre ellos en la lengua vulgar de los francos, aunque el abad —todo el mundo lo llamaba así— era un experto lingüista y estaba haciendo grandes progresos a la hora de dominar el lenguaje de la tierra que iba a acoger a una nueva reina dentro de poco.

—Descríbeme su vestimenta —insistió Bernardo.

—Mi señor, no hay gran cosa de interés, lleva unas sayas raídas. Sus ropas son pobres; evidentemente se trata de una campesina. —Roberto se santiguó luchando por mirar y no mirar a la vez.

El joven se acercó al cuerpo con cautela. Instintivamente se tapó la boca con un trozo de la manga de su hábito. Murmuró una corta plegaria y se santiguó varias veces más, congratulándose de que la vista de su maestro no le permitiese al hombre observar en detalle aquellas muestras de temor y respeto por su parte, pues se le podían antojar poco viriles. Pero, sobre todo, se alegraba de que no pudiera ver el horror del aspecto destrozado del cadáver.

—Como ya te dije cuando fui a buscarte, mi primera impresión al verla fue que la muchacha estaba despedazada. Y ahora puedo confirmarlo. Sus harapos han sido arrancados y quedan a la vista las partes pudendas de su cuerpo.

Roberto nunca antes había vista una mujer desnuda y sintió una profunda tristeza al pensar que la primera vez que lo hacía era en aquellas circunstancias, presenciando el cadáver de una hermosa muchacha que a todas luces había sido profanada, antes o después de muerta.

Bernardo entrecerró sus ojos cargados de nieblas.

Roberto lo miró de soslayo. Su maestro le inspiraba tanto respeto como ternura. Sabía lo importantes que eran para él los libros, pero desde hacía un tiempo presentía que se estaba quedando ciego. Cada día, los velos de sus iris se cerraban con más decisión que las nubes del cielo, que, por el contrario, ahora clareaban conforme el día iba abriéndose paso por encima de las piedras que coronaban el monasterio.

—Roberto, hijo, dime si está bien nutrida, la joven.

—No, padre, su cuerpo es flaco, seguramente como los de la mayoría de las de su clase. Ha comido de manera deficiente y, a juzgar por su vestimenta, no se encontraba protegida de las inclemencias. Pero su cuerpo es duro y firme.

De nuevo sintió que se le revolvía el estómago y esta vez no pudo contenerse. Se alejó unos pasos dando traspiés y vació el vientre que, a aquellas horas de la mañana, se encontraba más bien desocupado después de la larga noche de sueño.

—Roberto, ¿dónde estás? Vuelve aquí y continúa informándome. Mis ojos ya no me obedecen. Confío en que tú tengas mejor disposición que ellos para servirme.

—Sí, mi señor.

—Ahora quiero que te fijes en todo lo que ves y me lo describas con detalle. Esta joven desgraciada probablemente llevaba consigo todo lo que poseía, lo que había ganado con el sudor de su frente. ¿Crees que alguien ha podido robarle alguna pertenencia que portara en su cuerpo?

—No lo creo, excelencia. Imagino que su mayor tesoro se ha quedado con ella en su estómago, si es que tuvo la suerte de poder comer algo en el día de ayer.

—Este es un lugar de suave pendiente entre dos ríos, según tengo entendido. Lo recuerdo con viveza de mis anteriores viajes. Sus colores, muchos de los cuales ahora se me escapan por culpa de esta vista mía, eran hermosos y cálidos. En uno de esos periplos te encontré a ti. Pero tú ya no te acuerdas de aquello. Es mucho mejor así.

Roberto pareció meditar un poco antes de hablar. Sus sueños estaban tan nublados como los ojos de su maestro. Unas brumas entre las que él creía adivinar algunos velados recuerdos. Pero no dijo nada al respecto.

—Sí, mi señor, este es un lugar de ribera. Llueve mucho o poco, según le da, y a veces cae granizo o hay tormentas en los meses de verano. Los inviernos son fríos, como estamos viendo, con heladas frecuentes y nieblas. El calor llega luego, en verano. Pero, en conjunto, es un lugar donde se puede vivir bien. Y mal morir, según se deduce mirando a esta pobrecilla...

—Es una mujer joven, pero ¿cómo de joven?

—Yo ya tengo diecinueve veranos, creo..., más o menos, padre. Y yo diría que la muerta es de mi edad. Aunque con las mujeres nunca se sabe...

—¿Estás seguro?

—Tanto como se puede en estas circunstancias.

—Dime si es rubia o morena.

—Es castaña, padre, con el pelo largo y suave, aunque algo sucio, recogido en unas trenzas gruesas.

—Dime cuál es el color de sus ojos.

—Pero, padre mío, para eso tendré que...

—¿Es que tiene los párpados cerrados?

—Sí, padre.

—Pues ábreselos.

—Quizá Dios ha dispuesto, ya que los tiene cerrados, que no seamos nosotros quienes se los abramos...

El padre Bernardo dio un manotazo en el aire con disgusto.

—No sé a qué vienen tantas tonterías. Sigue mis instrucciones y deja de hacer aspavientos. Te comportas como un niño asustadizo.

Roberto tragó saliva y pensó que nunca había vista una mujer tan bella. Quizá su señora Constanza podría igualarla, bien pensado, pero es que la muerta era más joven y tenía el lustre salvaje de una campesina.

—Tiene los ojos verdes como el bosque al atardecer...

Bernardo le pidió que describiese el estado del cuerpo. Él mismo intentó con dificultad agacharse y palparlo, con unos dedos nerviosos, mientras Roberto se santiguaba al ver a su superior tocando a la joven.

—Mi vista va y viene hoy a mayor velocidad que las nubes. No soy un buen testigo esta mañana, pero hasta yo puedo ver que está mal vestida. ¿No notas algo raro? Ese desgarrón en su vientre... Como si la hubiesen embestido a toda prisa... —Bernardo tragó saliva horrorizado—. Antes o después de matarla. Porque es evidente que no se ha muerto por su cuenta. Alguien la ha ayudado a dejar este valle de lágrimas antes de tiempo. Y por las bravas.

—Date prisa, padre, antes de que vengan el resto de los hermanos. Habrá que llamar al alguacil.

—Sí, tienen que darle cristiana sepultura. Pobre infeliz. Qué corta estancia ha pasado en este mundo.

—Señor —Roberto sintió que la sangre acudía a sus mejillas y se agolpaba presionando contra su piel y volviéndola roja como uno de los tomates del huerto que tan celosamente cultivaban en la congregación—, ¿has visto sus..., su pecho?

—¿Qué quieres decir?

Las manos de Bernardo acudieron al torso de la joven y lo palparon con detenimiento. Sus dedos se mancharon de sangre. Un líquido frío le tiñó las falanges como si acabase de enfundarse un guante fino.

—Llevas razón. Parece que le hubieran mordido los pechos... hasta arrancarle la carne. Se han ensañado con ella, como si le hubiese mordido una fiera salvaje.

33

Ha viajado junto con su padre

Nazaret. Galilea
Año 7 después de Cristo

Jesús ha viajado junto con su padre y sus hermanos mayores a muchas ciudades de la comarca. Son buenos artesanos y por eso siempre tienen trabajo. Han estado en Magdala, Genesaret, Capernaum, Tiberias, Seforis... Todas ellas son ciudades que viven gracias al lago, al mar de Galilea. Jesús piensa que este pequeño mar interior es algo así como la otra cara del mar Muerto. Su contrario, su antítesis. Uno es dulce y el otro tan salado que se puede flotar libremente en él; uno está lleno de vida y en el otro únicamente la sal parece existir en su corazón. Como si el agua se negara a la vida. Para Jesús, ambos mares representan el bien y el mal. El mar de Galilea, con su dulzura, es el paraíso, mientras que el mar Muerto parece una condenación.

En las ciudades donde padre e hijo han trabajado, junto con Santiago y sus otros hermanos, florecen la pesca y el comercio. Jesús tiene recuerdos de esos viajes tan dulces como el agua del mar de Galilea; le hacen sentir el cálido sol del verano acariciando su cara mientras puede notar que el agua se eleva hacia el cielo y él piensa que el sol es como un fuego que pone a hervir los mares. Claro que también hay en su memoria un aire fresco que llega desde un mar que él todavía no ha visto, aunque a menudo sueña con sus aguas. Dicen que es enorme, lleno de turbulencias, y que en él se puede navegar hasta las ciudades del Imperio romano, lejanas y opulentas, llenas de peligros, pecados y tentaciones.

Sin embargo, su pueblo no es muy dado a embarcarse en esos grandes viajes. Él no conoce tanto mundo como le gustaría. Algunos de sus parientes sí que han recorrido largamente la tierra y siempre le cuentan historias. Por ejemplo, José de Arimatea, que le promete que algún día lo llevará más allá de Betsaida y Corazín.

La familia está trabajando en un taburete que les han encargado. Lo ha mandado hacer Jacobo, el hijo de Bartolomé, que a su vez es padre de Tadeo, un muchacho de más edad que Jesús. Tadeo no le gusta. Hay algo en sus ojos que le espanta profundamente.

Como Tadeo ya es un hombre se encarga de los sacrificios. Siempre está dispuesto para la tarea. Es un voluntario entusiasta para los ritos que requieren sangre. Jesús ha visto en su mirada sangre derramada. Tadeo despierta violencia en su propio corazón. En sus sueños, Jesús hace con él las mismas cosas que este hace con los corderos pascuales el día de sacrificio. De modo que se levanta espantado y, cuando por fin abre los ojos y logra tranquilizarse al darse cuenta de que todo ha sido un sueño, siente que el corazón se le escapa por la boca, lleno de furor y de miedo.

Tadeo y su padre recolectan miel silvestre, ese jugo extraño tan azucarado como las aguas del mar de Galilea y que a Jesús le encanta comer cuando puede. Las abejas se instalan en los troncos huecos y en los agujeros de las rocas, aunque también pueden hacerlo junto a los cadáveres de algún animal. Siempre que atisba el cadáver en descomposición de uno, Jesús intuye que Tadeo puede andar cerca. De todas formas, no se explica cómo ese muchacho brutal y sanguinario tiene la paciencia y la habilidad necesarias para recolectar esa dulzura.

Los libros sagrados dicen que las palabras de Dios son dulces como la miel y como la sabiduría para el alma. Y Jesús está de acuerdo con ello.

Ahora mismo, nada le gustaría más que poder llevarse a la boca un dedo previamente untado de esa pegajosa melaza. Su color le recuerda a los ojos de su madre, esos que lo reconvienen a cada momento, preocupados y claros, casi translúcidos, como si alguien los hubiese tenido guardados mucho tiempo en un lugar seco y fresco.

Jesús mira a su padre, con una pieza de afilar en las manos que utiliza habilidosamente. Siempre se maravilla de cómo los dedos de José, llenos de bultos y algo temblorosos, consiguen realizar trabajos que a otros les requerirían mucho más esfuerzo.

—Tienes que dejar las tapas y el travesaño suaves como una piel de cordero —le ordena José.

Santiago ha sido el encargado de cortar las piezas y ahora Jesús tiene que pulirlas, un trabajo que le deja los dedos ásperos y agrietados. Pero él no se queja. Aunque ser carpintero no es el oficio que hubiese soñado, tampoco le disgusta. Lo prefiere a ser pescador, tal y como ha visto que hacen algunos jóvenes de su edad en las ciudades del lago. Y eso que el pescado es uno de los pocos alimentos que tolera bien.

—Santiago, taladra unos agujeros bien redondos, nos servirán para hacer las cajas —le indica José a su hijo mayor.

Santiago asiente y sonríe. Es un joven bien dispuesto. Casi nunca protesta. A pesar de que le tocan siempre los trabajos peores, ha asumido que ese es su papel.

—Yo no tengo madre como tú —suele decirle Santiago a Jesús con socarronería—. Una madre siempre es una ventaja, no lo olvides. ¡No le des tantos disgustos a la tuya!

La envidia de Santiago siempre es alegre. Sus sentimientos son claros, como la miel y como los ojos de José. Él siempre consigue hacer reír a Jesús y sabe utilizar una lezna y un formón casi tan bien como su padre.

Le han dado a la encimera del taburete una forma curvada y elegante. Aunque a Jesús le está costando pulirla, no puede dejar de admirar la sinuosidad agradable del mueble, hecho con golpes delicados de la azuela. La madera pertenece a un árbol, una acacia que Santiago, José hijo y Jesús han cortado y luego desbastado valiéndose de una sierra de mano y de un mazo, que son algunas de las herramientas más preciadas del taller.

Cuando unos días después Tadeo llega a recoger el encargo, Jesús se resiste a dárselo. No quiere ni pensar que una pieza tan hermosa, con el dibujo grabado que Santiago y su padre han conseguido estampar para adornarla, acabe en manos de aquel rústico y estúpido muchacho.

—Dame la pieza que ya ha pagado mi padre. —Tadeo siempre mira a Jesús de forma esquiva; como sin darse cuenta, gira la cabeza y lo observa de medio lado.

Igual que un pájaro. Un ave de rapiña, piensa Jesús.

Pero Jesús se queda quieto, inmóvil y callado, mirando de frente a Tadeo, como si nunca lo hubiese visto. Como si no lo conociera, como si un extraño acabase de llegar reclamando algo que no le pertenece. Se queda así, parado y con los ojos, grandes y del color de la miel como los de su madre, mirando al recién llegado.

Santiago aparece detrás de él y saluda a Tadeo. Tiene un carácter tranquilo y más diplomático. Aparta a Jesús con un leve empujón y se dirige al joven cliente asegurándole que su padre y él quedarán admirados con la pieza que han confeccionado para ellos.

—Esperamos que podáis disfrutarla con salud, gracias a Dios —le dice mientras lo guía hacia un rincón del taller donde se encuentra el precioso taburete.

La mayoría de sus vecinos no tienen muebles. Y mucho menos uno como ese. A Santiago también le cuesta desprenderse de él. En cierta manera considera, como Jesús, que es un desperdicio. Pero termina dándoselo a Tadeo. Además, el trabajo, como acaba de recordarles el muchacho, ya está pagado.

Jesús anda muy despacito, taciturno y mudo todavía, detrás de Santiago y de Tadeo y asiste a la despedida. Ve alejarse al segundo con el taburete bajo el brazo, ufano y presumido por la calle, dando grandes pasos y moviendo la cabeza como un hombre que acaba de cumplir su destino. Lleva el tesoro que tantos días de trabajo cuidadoso les ha costado a su hermano, a su padre y a él mismo. Un bruto con una maravilla que probablemente maltratará y a la que dará mal uso.

La vida no le parece justa. Y Jesús cree que nadie tiene, en realidad, lo que merece.

34

A media mañana

Sahagún. Imperio de León
Invierno del año 1078

A media mañana, los sepultureros de la población ya habían retirado el cadáver.

Los hermanos se encontraban escandalizados ante el hecho de haber descubierto a una mujer muerta en tan extrañas condiciones, y además pegada a los muros de su santo recinto. Roberto los había oído cuchichear, a pesar de estar obligados a seguir la regla del silencio, haciendo todo tipo de especulaciones, a cada cual más imaginativa.

—Sus bocas hablan con el acento del temor y de la superstición —le explicó el padre Bernardo con voz queda.

Algunos de los monjes, informados del estado en que se encontraba el cadáver de la muchacha, murmuraban sobre cosas que resultaban horribles para el entendimiento del joven Roberto. Hablaban de prácticas de magia sexual, de asuntos que lo azoraban y en los que no se sentía preparado para pensar.

Es verdad que no era la primera vez que Roberto oía ese tipo de conversaciones relacionadas con el mundo de la carne. Su propio superior, el padre Bernardo, lo había aleccionado sobre las supercherías que, según él, eran habituales en la época. Por ejemplo, se decía que las mujeres que temían ser abandonadas por sus amantes o maridos intentaban conjurar ese peligro recurriendo a una gran variedad de prácticas pecaminosas, tales como tragarse el esperma del varón al que amaban o introducirse un pescado vivo en sus partes íntimas, dejándolo que agonizara allí para después cocinarlo y servírselo al hombre al cual deseaban a su lado.

—Dios santo, perdónalas...

—Otras veces —le había contado el padre Bernardo años atrás—, pueden darle de comer a su esposo pan que han mandado amasar sobre la piel desnuda de su trasero. Algunas también mezclan en alimentos y bebidas la sangre de sus reglas. Pero yo te aseguro que ninguna de esas prácticas disparatadas tiene el más mínimo viso de producir el efecto deseado. Claro que la gente se lo cree porque es pobre no solo de riquezas y poder, sino de alma, y la pobreza nunca trae nada bueno.

—Pero, mi señor, ya sé lo que dispone la Iglesia al respecto y sé que el acto sexual no es bueno y que lo mejor para las gentes, tanto pobres como ricas, sería que lo practicaran cuantas menos veces mejor. Mas..., por otro lado, y a pesar de lo que recomiendan los moralistas cristianos, yo creo que puede haber un afecto entre las personas... Que no todo es..., vamos, no sé, digo yo, que quizá un hombre y una mujer pueden... —balbuceó Roberto, y luego se quedó mudo de repente, sin saber qué más añadir.

—Tu cometido en este mundo no es especular sobre la obra de Dios, sino servir a tu orden y a mí mismo, que tengo grandes necesidades de tu ayuda —zanjó Bernardo la cuestión.

Se llevaron el cadáver en un carro tirado por un par de mulas de aspecto famélico y agotado. Roberto intentó taparlo con una capa raída que había encontrado en los establos, pero uno de los monjes se negó en redondo a tamaño despilfarro.

—¿No te das cuenta de que si tapas a la mujer con esta capa, la perderemos para siempre? Nadie va a venir a devolvérnosla y ella ya está muerta, no la necesita.

El hermano Pedro, un joven con un lobanillo cerca de la nariz y apariencia de estar enfermo, se santiguó mientras el carro avanzaba hacia la población con su funesta carga.

—Pobre mujer —dijo con un hilo de voz.

—La conozco —afirmó Casto, otro de los monjes—. En su familia todavía cultivan tradiciones de paganos. Adoran al Sol y a la Luna y creen que el curso de las estrellas indica el porvenir. Ellos procuran ocultarse bien, pero los vecinos murmuran, y además hoy día todo se sabe.

El que hablaba era un monje maduro con el ceño permanentemente fruncido, como si unas cicatrices producidas por un hacha le hubiesen hundido el entrecejo.

—Pero ella, en realidad, no es hija de la familia que tú dices, la muchacha era una huérfana y ellos la recogieron. Lo sé porque tengo parientes que los conocen desde que se instalaron aquí, hace ya tiempo. Venían del norte, de muy lejos, del otro lado de las montañas.

—Los campesinos como esa pobre mujer creen que existen artimañas que sirven para mejorar las cosechas y tejer la lana, pero hay que ser indulgentes con ellos. Pecados como ese quedan absueltos con veinte días de ayuno. Hay cosas peores.

—Es muy raro que una muchacha como ella anduviera por la calle a esas horas en las que ha aparecido muerta. ¿Habría dejado hacía poco su casa o llevaría mucho tiempo ahí tirada? Normalmente, las mujeres procuran no salir antes del canto del gallo por miedo a los espíritus y a los peligros de la noche. ¡Y fíjate si hay peligros! Que se lo pregunten a ella —apuntó Casto sacudiéndose las sayas del hábito. Su coronilla, recién afeitada, relucía con un brillo aceitoso.

—Su cuerpo aún estaba blando, debe de haber muerto no hace mucho. No es buena señal que haya aparecido aquí, al lado de la iglesia misma...

—¿Crees que habrá sido algún franco, u otro extranjero?

—Cualquiera sabe. La villa está llena de gentes de todo tipo. Muchos vienen de la Galia, pero también hay judíos y moros. Tanto gente de poco fiar como de mucho confiar. La viña del Señor está siempre en flor. ¿Tú qué crees, Roberto? Tú la has encontrado.

—No sé nada, en realidad. —Roberto se sentía inquieto y nervioso—. Pregúntale a mi maestro, que la ha visto mejor que yo.

—¡Pues con la vista que tiene el pobre!

Roberto pensó que aquel grupo de murmuradores estaba violando la regla del silencio con más empeño que ningún otro día. Pero también reflexionó que las normas se adaptaban en cada comunidad según las necesidades del momento, así que no le dio tanta importancia a eso como al hecho de que, en un mundo en el que abundaba la muerte, casi siempre violenta, esos hombres, acostumbrados a relacionarse con el pecado, estaban tan conmocionados como él mismo por lo que acababan de presenciar.

Y se dijo que eso no era nada bueno.

35

La familia se dispone a viajar

Galilea
Año 7 después de Cristo

La familia se dispone a viajar a Jerusalén para celebrar la fiesta de la Pascua. Ya lo han hecho otras veces, y además Jesús y los demás, sobre todo Santiago y José, están acostumbrados a acompañar a su padre por trabajo lejos de casa.

El día en que salen, Jesús no deja de admirarse —como suele ser habitual en él, a quien casi todo le sorprende— de la gran caravana que componen entre todos. Son parientes y conocidos, todos alegres y bulliciosos. Siempre dispuestos a reír y a gritar. Hay adultos y muchos niños.

Jesús está entre un mundo y el otro. Entre la infancia y la época en que un joven como él, un adolescente de doce años, se convierte de repente en un sujeto activo de la Ley de su pueblo. A partir de ahora se le podrán pedir responsabilidades. Tendrá que hacer ayuno y someterse a las leyes, peregrinar y ejecutar todas aquellas obligaciones que le impone su religión.

Los días felices de la infancia empezarán a quedar atrás a partir de ese día en que inicia su marcha junto con los parientes y amigos de sus padres.

Sus hermanos también los acompañan. Santiago, José y Simeón, los hijos de la primera mujer que dejó viudo a su padre, son mayores y no tardan en perderse entre la pequeña multitud alborozada. Salomé también es hija de la primera mujer de su padre, la mayor de las dos chicas que hay entre los seis hijos huérfanos que aportó José a su matrimonio con María. Es una joven espigada y seria que, con dieciséis años, ya está casada, por lo que se junta con las mujeres de la familia de su padre y Jesús pronto la pierde de vista. Los otros dos hermanos, Judá y María, no se despegan mucho de las faldas de su madre adoptiva, María, su *ima* querida, y de la cuñada de esta, con la que se han medio criado, María de Cleofás.

Jesús ama viajar. Su corazón se deja llenar por el espíritu de la caravana igual que una copa por el vino. Le gustaría gritar para expresar su júbilo. Y así lo hace, ante la mirada cómplice de quienes en ese instante lo rodean.

Durante un día entero de viaje, Jesús habla con unos y con otros interesándose por las historias de sus vidas y aprendiendo en lo posible de amigos y desconocidos, de la pequeña multitud que camina junta y con el mismo propósito en dirección al Templo.

Sus padres ni siquiera se preocupan de él. Saben que está cuidado, siempre a la vista de algún pariente o amigo que procurará que no se meta en líos. No siempre con éxito, porque Jesús es inquieto y tiene un espíritu poco convencional.

—Mira, ¿acaso habías visto antes una moneda como esta?

Jacob, que está casado con alguna prima lejana de su madre, o algo parecido —Jesús no acaba de enterarse bien, pues su familia es tan extensa que ellos mismos pierden a veces el hilo de sus relaciones—, le enseña una moneda que lleva en una de sus caras el busto grabado de Octavio Augusto con la leyenda: CAESAR PONT(IFEX) MAX(IMUS). En la otra cara está grabado lo que resulta ser un templo con ángeles sobre dos columnas extremas y la leyenda ROM(AE) ET AUG(USTO).

El primo Jacob le explica que significa A Roma y a Augusto y que César viene a ser el pontífice máximo.

—A César siempre le ha gustado que su nombre vaya asociado al de Roma. Yo creo que él mismo es Roma, o que Roma es el escudo que se pone delante para que todo el mundo lo respete. Todos los templos que se erigen en su honor tienen que estar también dedicados a Roma, así lo ha estipulado.

—Pero eso será en aquellos lugares donde César mande —alega Jesús tocando fascinado la moneda cuidadosamente cincelada.

—Sí, desde luego. Pero es que César manda en todo el mundo. Las monedas que él acuña también nos valen a nosotros, a pesar de que podamos escaparnos de sus leyes de vez en cuando... —El primo Jacob sonríe, satisfecho con su tesoro. No es la única moneda que acumula. Lleva un pequeño hatillo bien provisto porque tiene pensado hacer algunas compras en la ciudad.

—Pero los césares romanos no mandan mucho más que Dios, ¿verdad, primo?

Jacob parece dudar, si bien finalmente asiente.

—Dios manda más porque gobierna el cielo y la tierra. Y César solo la tierra.

Cuando sonríe, deja al descubierto una terrible dentadura a la que le faltan varias piezas.

—Abre la boca —le pide Jesús.

Jacob lo mira extrañado.

—¿Qué soy yo? —pregunta inquieto mientras hace un involuntario gesto de protección de sus monedas, como temiendo que alguien fuese a quitárselas mientras Jesús le mira la boca—. ¿Qué soy yo?, dime. ¿Acaso un asno que te dispones a comprar por un buen precio? Le voy a decir a tu madre que te inmiscuyes en asuntos que no te incumben.

—Solo quiero mirarte los dientes —le responde Jesús, y trata de acariciar su mentón, pero el primo Jacob se echa para atrás—. Como un asno, sí, pero no porque piense que tú eres uno, sino porque creo que he visto que tienes una muela que...

—¡Eres un joven insolente! No tienes derecho a reírte de mis dientes solo porque a ti no te falta ninguno. Cuando crezcas y cumplas mi edad, ya me dirás cuántos conservas...

Y, muy ofendido, se da media vuelta y deja a Jesús parado, mirándolo con curiosidad, mientras muchos de sus compañeros de viaje lo adelantan y levantan una polvareda que perfuma sutilmente con aroma de desierto la túnica infantil de Jesús.

A pesar de que Jacob se ha retirado rápido, Jesús se mira la mano con la que ha tocado la mejilla de su pariente. Allí, en la punta de los dedos, ha sentido un malestar que ahora se pregunta si se le habrá contagiado, porque puede incluso verlo flotando encima de sus dedos. De alguna manera, no sabe cómo, ha notado que su primo está enfermo. Tiene un mal que le ha llegado a los dientes, pero la podredumbre de la dentadura no es lo peor. El mal le viene de dentro. Jesús lo sabe y la impotencia, como suele ocurrirle, lo embarga y lo deprime. Sabe que debería hacer algo, que podría hacer algo para ayudar a Jacob, pero no tiene ni idea de cómo.

36

No podía olvidar su verdadera misión

Sahagún. Imperio de León
Año 1078

Roberto no podía olvidar su verdadera misión: estaba allí para ayudar a la reforma estableciendo en los monasterios la obediencia a la regla elaborada en el siglo VI por san Benito de Nursia. Una regla benedictina por partida doble que se guiaba por los mandamientos: «Reconfortar al pobre, vestir al desnudo, socorrer a quien está en apuros, consolar al afligido».

Pensó en la joven muerta, que al final se había ido desnuda camino del camposanto, solo sus partes más innobles tapadas groseramente con un trozo de saco.

Estaba seguro de que al padre Bernardo, tanto como a él, le había disgustado el gesto cicatero de no cubrir el cadáver mutilado de la joven con una capa tan miserable que seguramente permanecería en los establos sin que nadie la utilizara ni la echase de menos.

Pero también sabía que era mejor hacer las cosas suavemente, con diplomacia, tal y como solía recomendarle su maestro. Era preferible no discutir con los hermanos. De modo que se escabulló discretamente en cuanto pudo, evitando las preguntas fruto de la curiosidad y de la excitación ante lo que sin duda era un crimen a las puertas del monasterio. El mayor pecado ante los ojos de Dios: arrancar la vida a alguien. Y por si fuera poco, profanar el cadáver de aquella manera tan cruel y pervertida, algo que él había podido ver con sus propios ojos.

Recitó una oración para sus adentros rogándole a Dios que le permitiera olvidar lo que había visto.

Roberto llevaba con el padre Bernardo toda la vida, desde que él y el hermano Samuel lo recogieron cuando contaba unos dos años de edad.

Tuvo suerte. Dios lo protegió poniendo al padre en el camino de su desgracia. Desde entonces, Roberto sirvió a su maestro y mentor con la lealtad de un perro fiel. No le importaba tanto la Iglesia como su sentimiento filial hacia aquel hombre al que le debía, literalmente, la vida. Si se convirtió en monje era por el padre Bernardo en primer lugar. Y en segundo, por comer con frecuencia, algo que estaba más garantizado en un monasterio que fuera.

No hubiese llegado a formar parte de los huérfanos oblatos de no ser por la misericordia del abad.

Él apenas recordaba el episodio, pero el hermano Samuel se lo había evocado tan a menudo, con más dosis de recochineo que de caridad cristiana, que a veces creía que rememoraba incluso lo que era imposible. Samuel lo contaba como si fuese un relato de esos que se murmuran a la lumbre en las noches de invierno, antes de que los niños se vayan a dormir. Roberto no había tenido una familia, que él supiera, pero durante años soñó con el rostro improbable de su madre, a la que no recordaba en absoluto y de la que Samuel aseguraba, aun sin conocerla, que estaba hecha de la misma materia pecaminosa que el rabo de Satanás.

—Te recogimos en el camino hacia Oviedo. Y nunca mejor dicho «en el camino», porque allí estabas tú, con tu pelo pajizo alborotado y la cara negra como el carbón. De lo que deduzco que tu familia, que Dios la perdone, se dedicaba precisamente a eso, a hacer carbón y venderlo. —Samuel solía regodearse con el relato sin disimulo—. No sé si te perdiste o te abandonaron. Prefiero pensar lo primero, porque espero lo mejor de los hijos de Dios, pero, desde luego, nos fue imposible encontrar a tus parientes, en caso de que los tuvieras.

—Fuiste afortunado, aún no había comenzado lo peor del invierno —le había contado también Bernardo alguna vez—, de modo que no moriste de frío, algo que hubiera ocurrido pocos días después de no haberte encontrado. Ni que decir tiene que cuando llegué contigo al monasterio que esperaba mi visita, tu presencia causó verdadero horror. Pero una de las ventajas de tener poder es que los que deben obedecerlo a uno se fastidian y se aguantan, aunque no les guste lo que uno decida. Tú no les gustaste nada, pero el monje despensero del monasterio te atiborró de leche de cabra. Luego te llevó junto con el resto de los niños oblatos... Los monasterios parecen nidos de criaturas humanas, hijo mío. Hay muchas, creo yo. Demasiadas. Pero el caso es que desde aquellas primeras leches que te dio el hermano Basilio, ya ha llovido. Y hasta ahora, que luces bien lustroso y llevas el nombre de mi padre. Por eso no se te puede olvidar que has de vivir una vida recta y buena: para no deshonrar la memoria de mi progenitor.

El hermano Samuel, que había vuelto a encontrarse con Bernardo y con él mismo tras varios años separados, se santiguó de manera rápida en su primer encuentro después de tanto tiempo. Luego se miró la palma de la mano y se frotó los dedos como si tuviese algo pegado en ellos. Rezó un padrenuestro en voz alta, en latín vulgar, sin molestarse al menos en disimular que incumplía la regla del silencio. Dijo que Roberto estaba hecho un hombre, cosa que jamás hubiese imaginado posible cuando se lo encontraron, aterido como un pajarillo, en medio de la hierba, hacía tantísimos años. Luego añadió que debía retirarse a sus aposentos a seguir rezando y a pedir perdón por sus muchos pecados.

—Me gusta más la Iberia seca que la húmeda —comentó el hermano Samuel mientras se dirigían juntos, unos días después de encontrar el cadáver de la muchacha, al mercado de Sahagún.

Le explicó que las cosas le parecían diferentes desde la última vez que había visitado el lugar.

—Todo cambia, Samuel —asintió Roberto.

—Me han dicho que las gentes de Valladolid, de Medina del Campo y de Arévalo comercian en la región de Uclés, sobre el Tajo. Allí hay ferias suficientes para saciar las ansias del comercio. Y el Camino de Santiago está lleno de ávidos vendedores. El emporio de Compostela, además, es un final de trayecto ideal para mercadear con la España musulmana.

Roberto asintió, aunque se encontraba inmerso en sus propios pensamientos, distraído por el recuerdo de la muchacha muerta, cuya imagen no podía arrancarse de la cabeza. Era como si una mota de mugre se le hubiese metido por la fuerza en los ojos y no dejase de hacer notar su incómoda presencia. La expresión de sorpresa, incluso más allá de la muerte, se había quedado dibujada en su rostro joven y exánime, y Roberto pensó que sus ojos vacíos se parecían a esos otros que él veía tantas veces en sus sueños. Claro que estos últimos estaban vivos, tan solo oscurecidos por los tiznes de un terror sin medida...

—El vino y el grano de las tierras llanas pugnan por llegar a las periferias montañosas, donde se encuentran las cosas del mar y de los bosques que los otros necesitan. El comercio es como el cuerpo y el alma. Lo que uno tiene, lo precisa el otro. Y de ese intercambio salen insospechadas consecuencias —continuó Samuel.

Roberto gruñó, sin enterarse muy bien de lo que decía el otro.

—La Tierra de Campos está bendecida por el Señor.

—Sí, supongo que así es —concedió el joven.

Samuel le confesó que le venía bien alejarse del monasterio, donde las obras lo incomodaban. Demasiado barullo y demasiada gente que iba de un lado para otro. Le preguntó a Roberto si creía que precisamente aquellos trabajos habrían tenido algo que ver con la muerte de la muchacha, pero él no supo responderle.

Era cierto que había mucha gente rondando por los alrededores, no solamente los albañiles y el resto de los trabajadores que se afanaban en las construcciones, sino toda la corte que solía acompañar a iniciativas como aquella.

El rey Alfonso VI tenía una especial querencia por el monasterio en el que había vestido el hábito benedictino cuando su hermana Urraca lo convenció de que era la mejor manera de salir airoso después de la derrota ante su hermano mayor, Sancho. Las obras eran una de las muchas maneras en que expresaba el agradecimiento que sentía por el lugar.

Roberto tenía oído lo suficiente sobre aquel rey altivo y poderoso como para sospechar que no era precisamente el hábito lo que obraba milagros en su personalidad.

Fuera como fuese, era cierto que la nueva villa de San Facundo, donde se levantaba el monasterio bajo la influencia de la poderosa orden de Cluny, se estaba convirtiendo en uno de los centros más destacados de la época. Y eso hacía que atrajera a todo tipo de personajes, incluido, seguramente, el asesino de la muchacha.

Miró fugazmente algunos de los rostros con los que se cruzaron. Comerciantes judíos y francos, pero también mudéjares, que vestían sus ropas de artesanos y de burgueses y miraban con recelo sus hábitos monacales. Pues bueno, qué se podía hacer... Los villanos del lugar recelaban del poder del monasterio y, por tanto, de sus servidores.

El rey Alfonso quería convertir aquella villa en un foco de interés comercial y también cultural, de manera que había concedido exenciones fiscales y garantías mediante un fuero. Sin embargo, había puesto todo el control y el poder en manos del abad del monasterio. De este modo, aunque las riquezas de los burgueses crecían y desbordaban sus arcas, los hombres que comerciaban miraban mal a aquellos bajo cuyo poder se encontraban. Por eso el monasterio en el que ahora se alojaban como invitados generaba descontento y malestar entre los vecinos. Un malestar que iba creciendo, según las sospechas que le había confesado el padre Bernardo, acumulando rencor y resentimiento.

Samuel, por su parte, decía que aquello no podía traer nada bueno, ni a medio ni a corto plazo. Le reveló a Roberto que confiaba en que, para cuando las cosas se pusieran feas, ellos ya no estuvieran allí.

—Lo bueno de esta vida peregrina que llevamos algunos, joven Roberto, es que, pese a que no conseguimos recolectar los frutos del Señor, que crecen por doquier, también nos ahorramos las hieles. Las cosas cuando maduran se pudren. Igual que las hortalizas del huerto de nuestro amado Cluny.

—Así es.

—El rey sabe que debe proteger a los mercaderes y negociantes. *Tam mercerii quam negotiatores.* Tanto a ellos como sus bienes. Entiendo que las cosas de este mundo pertenecen al mundo, pero no estoy del todo seguro de aprobar el hecho de que la mayor parte de los peregrinos de este bienaventurado Camino de Santiago sean mercaderes y lleven fardos. *Romeis mercatores qui leuent trosellos.* No sé si esa era la idea...

Roberto dejó resbalar la mirada melancólica y escurridiza por la puerta y la fachada de los talleres artesanos y de los obradores, y también por la estampa de los operarios que se cruzaron en su camino. Las puertas de los tejedores mozárabes procedentes de al-Ándalus, los tirazeros, le llamaron la atención; así como las de los orfebres o aurífices —*ostentatum opus, aurifices silentes*—, grabadores que, tenía entendido, eran mayoritariamente siervos u hombres semilibres que ejercían un *ministerium* u oficio y que, según se podía ver, empezaban a concentrarse en los principales centros de población de la España cristiana.

El hermano Samuel buscaba un monedero, pero llevaban bastante tiempo dando vueltas y todavía no habían encontrado uno. Quizá no fuera fácil, pensó Roberto a juzgar por la irritación que empezaba a destilar el tono de voz del hombre.

—Los *monetarii*, en las ciudades italianas, son fabricantes de moneda, pero en estas tierras ejercen sobre todo de cambistas —le explicó el hombre mayor.

El hermano Samuel se mostraba prudente y evitaba preguntar a los lugareños, por lo que su tarea se volvía más complicada al dar vueltas sin ton ni son esperando que el azar y la voluntad de Dios los condujeran a buen puerto. Pero ni uno ni otro, ni Dios ni la fortuna, parecían estar de su parte aquel día infausto y no encontraron a nadie que profesionalmente pudiese cambiarles los dineros francos que el hermano recién regresado de su largo peregrinaje llevaba en el bolsillo.

—Siempre podrás utilizar las monedas francas, estoy seguro de que no faltará quien las acepte. El dinero es dinero —sugirió Roberto, que tampoco entendía para qué necesitaba Samuel disponer de monedas locales. No tenía nada que comprar ni que vender. Su vida religiosa lo alejaba todo lo posible de las necesidades materiales del vulgo, al menos mientras permaneciera en el monasterio.

El *mercatum publicum* se extendía extramuros; incluso en aquel lugar desastrado empezaban a florecer algunos establecimientos mercantiles permanentes.

—Ni siquiera *foris murum* se detiene la actividad —observó Samuel. Roberto pensó que hablaba más como un comerciante que como un servidor de Dios. Seguro que sus viajes habían cambiado la forma en que miraba al mundo, se dijo.

En efecto, fuera se había formado ya un barrio comercial fundamentalmente habitado por mercaderes llegados de lejos.

Samuel recordó entonces la visita que había hecho a la ciudad de Barcelona.

—Ah, hijo mío, *Barchinona!* Allí los burgos se acumulan. La ciudad crece, hermosa y junto al mar. Pronto estará rodeada de burgos y *villas novas*. Igual que Carcasona. Y entonces será algo digno de ver. ¡Ya lo es ahora!

Roberto escuchaba los nombres de aquellos lugares con fascinación; aunque se sentía dichoso por haber tenido el privilegio de viajar mucho, desde luego sus periplos no habían dado tanto de sí como los de Samuel, que tenía en su haber el logro de haber alcanzado Tierra Santa.

Tuvieron suerte al final, o Dios se puso de su parte, porque lo cierto fue que el lugar resultó estar lleno de francos; su colonización del Camino de Santiago era evidente. Samuel se encontró con un comerciante lombardo recién llegado de San Saturnino de Iruña que se prestó con gusto a cambiarles algunos dineros.

Roberto hizo un cálculo mental, para el cual estaba especialmente dotado, algo que no era muy habitual en los jóvenes, ni en los viejos, y arrugó el ceño cuando vio el puñado de monedas que el franco le tendía a Samuel.

—Tienes que darnos un poco más —se quejó.

Pero Samuel contuvo su malestar.

—Déjalo así, está bien. Te agradezco tu ayuda —dijo dirigiéndose al comerciante, e hizo una señal para bendecirlo de forma algo atropellada—. Vamos, y que le den a este un cuarto de aire fétido en toda la cara esta noche, cuando se acueste con su señora. A Dios no le gusta la avaricia.

A pesar de que estaba acostumbrado a contemplar las maravillas del mundo, debido a tantos años de viajes junto al padre Bernardo, Roberto no pudo dejar de admirarse ante la importante colección de mercaderes y artesanos que poblaban aquel lugar. Carpinteros, peleteros, zapateros, herreros y sastres, fabricantes de escudos y de sillas... Muchos colonos se hallaban incluso exentos del servicio de armas al rey. Y por su parte, Alfonso, el emperador, se había preocupado tanto o más de establecer muchos censos y servidumbres a favor del monasterio.

—Alfonso intenta contentar a Dios y a la humanidad —apuntó Samuel—, pero es mucha su ambición. No siempre se consigue algo así, sobre todo porque Dios y los hombres casi nunca tienen los mismos gustos.

37

Va hablando con su hermana y se queja amargamente

Camino de Jerusalén
Año 7 después de Cristo

Jesús echa a andar taciturno, rodeado de muchos parientes que parlotean. Una de las mujeres, de quien Jesús no recuerda ahora mismo su nombre, va hablando con su hermana y se queja amargamente.

—Dios no quiere que tengamos hijos, hermana mía. Y mi marido me lo reprocha. No me dice nada, pero yo leo en sus ojos que no está contento.

—Pero así son las cosas, hay que aceptar la voluntad de Dios.

Atraviesan una zona de veredas que se abren como venas entre las breñas silvestres. Un estrecho valle serpentea como queriendo encaminar a los peregrinos hacia el río Jordán. Un grupo de niños más pequeños que Jesús corretea por el camino, levantando pequeñas nubes de polvo y la mirada envidiosa y desesperada de la mujer que no consigue tener hijos.

Jesús se pone a la altura de las dos hermanas que comparten confidencias y penas y las saluda. Ambas lo miran extrañadas.

—¿No deberías estar con los muchachos de tu edad? ¿O con tus hermanos?

Jesús le tiende la mano a la mujer que llora en esos momentos y ella la coge con la suya.

—No llores, mujer...

Al tocar la piel de la señora, que empieza a dejar de ser joven, Jesús se da cuenta de que no hay ningún problema en ella que le impida concebir. Medita un poco y resuelve que es su marido el responsable de que el matrimonio no tenga hijos. No sabe cómo algo así es posible, pero sin duda eso es lo que él siente, o por lo menos lo que la piel marchita de la mujer está diciendo a gritos.

—No llores y tampoco te preocupes.
—¿Qué dice este niño? ¡Ay, qué sabrás tú, criatura!
—¿No eres tú el hijo de María, la mujer de mi primo José?

La hermana asiente y le da la razón al chico. Aunque tenía el ceño fruncido hasta hace un instante, ahora apoya a Jesús y sonríe esperanzada. No quiere ver a su hermana disgustada y triste.

—Estamos de celebración, alegra esa cara.

En ese momento, Jesús tiene una inspiración. No puede contenerse y le dice:

—Tendrás un hijo, estoy seguro.

La mujer sonríe entre lágrimas. Hace un puchero al apreciar el esfuerzo de Jesús por tranquilizarla y asiente con dulzura mientras mira al jovencito, que aprieta el paso y las adelanta, andando ahora con aire satisfecho.

Cuando llegan a Jerusalén, en un momento dado la comitiva, que hasta hace poco parecía ordenada y compacta, empieza a disgregarse. Los parientes y los amigos desean hacer recados y compras además de acudir al Templo. Algunos tienen familiares a los que saludar y visitar antes de cumplir con sus obligaciones religiosas.

Jesús mira los edificios y las calles como si los viera por primera vez. Siempre le parecen diferentes, pero en esta ocasión detecta a su alrededor algo que le disgusta. No sabría cómo definirlo. Quizá sea que hay más suciedad. O que la falta de pureza lo tiñe todo de un color que le repele.

—Es como si hubiera cosas... materia donde no debería haberla. Como si las personas y los objetos estuviesen fuera de lugar —se dice arrugando el ceño ensimismado.

Piensa en su madre, con la que últimamente se pelea a menudo, y en su obsesión por mantener la casa familiar limpia y ordenada.

—Cada cosa tiene su lugar. Y solo os pido —suele decirles ella a sus hermanos y a él— que respetéis ese lugar asignado. Yo no entro en el taller de vuestro padre para desordenarlo y amontonar las herramientas en lugares inapropiados. Haced lo mismo con las cosas del hogar. Por favor.

En Jerusalén, Jesús se cruza con ancianos poco aseados y tiene la incómoda impresión de que la pobreza huele mal. Sin embargo, él también es pobre, tal y como le recuerda en alguna ocasión su padre... Se huele las manos y la ropa y percibe los olores del camino, que se han pegado a él como un perfume. El polvo y el sudor de la caminata. El sol requemando una lágrima furtiva de sus ojos irritados convertida en pequeños cristales de sal sobre su mejilla...

Al girar una esquina se tropieza con un leproso. Hace un año no hubiese dudado en apartar la vista, porque la visión lo hiere como un puñal que se clava lentamente en sus ojos, pero esta vez decide no hacerlo. Quiere sostenerle la mirada. Fijarse bien en ese hombre comido por la enfermedad.

Al contrario que su padre, José, a quien la enfermedad está royendo por dentro escondida a la vista, el leproso exhibe su mal. Su dolencia ha decidido hacerse visible, llamar la atención de los ojos de quienes le rodean. Es viciosa y quiere hacerse notar.

Jesús piensa en las regañinas que le ha echado su madre por saltarse la regla de lavarse las manos antes de comer. Piensa si el mal está en la suciedad y si el pobre leproso es también un ser sucio.

Se acerca tanto a él que el hombre lo mira con desazón.

—¡Aléjate de mí! ¿No ves que mi carne abandona mi cuerpo? ¿Quién eres tú que me acaricias la piel herida con tu aliento?

Jesús no responde nada.

Quiere tocarlo con la yema de los dedos, leer su enfermedad a través del tacto. Pero el hombre lo aleja de un manotazo y empieza a gritar.

—¡Vete de aquí! ¡Vete!

No tardan en arremolinarse a su alrededor unos curiosos que increpan al joven Jesús conminándolo a marcharse de allí.

—Los leprosos son pecadores terribles —asegura un hombre maduro con el rostro quemado por el sol y los ojos brillantes de ira—, son culpables de pecados abominables, como el asesinato y la idolatría. ¡Aléjate de ellos, pequeño trastornado!

Una mujer que se encuentra cerca de ellos pone cara de repugnancia y suelta una maldición que Jesús no sabe si va dirigida a él o al leproso, quizá a ambos.

—¡Os deseo lo mismo que el rey David deseaba a sus enemigos! —suelta la señora con el ceño fruncido y la cara cubierta de arrugas, enrojecida de indignación.

Jesús se aleja, tal y como le han ordenado. Pero lo hace con reticencia, dando pequeños pasos hacia atrás, volviendo por el camino que lo ha conducido hasta allí. Mientras, medita sobre las cosas que ha aprendido relativas a la pureza y la impureza. Sabe que el contacto físico con los cadáveres de algunos animales, como reptiles y cuadrúpedos, lo pueden volver impuro, pero es algo que se soluciona con un baño y una pequeña espera. Sin embargo, comer animales impuros es más peligroso. Son criaturas que pululan por tierra y agua, pero detestables a ojos de Dios. Él no corre ese peligro, pues hace tiempo que no prueba la carne, que, por otra parte, tampoco es habitual en la dieta de la casa de sus padres. No son tan ricos y a su madre le repele el olor de la sangre muerta; por lo general es incapaz de guisarla.

Como Jesús no toca la carne, no considera necesario lavarse las manos. La impureza, cree él, proviene de la carne de los animales. Sin embargo, empieza a pensar que tendrá que tomar un baño en cuanto regrese a casa y lavar su cuerpo como se hace con una vasija después de usarla. Siente que el aire de la ciudad lo contamina. No porque haya leprosos, sino porque percibe algo que brota de los corazones de la gente con la que se cruza, algo que parece negro, inmoral e impuro como un excremento.

38

Aquel día quedaba ya muy lejos en el pasado

Sahagún. Imperio de León
Año de 1078

Aquel día en que conoció a Samuel quedaba ya muy lejos en el pasado. ¿Cuánto tiempo había transcurrido? ¿Casi tres lustros, trece inviernos...?

En ese momento, lo único que importaba era la llamada del rey Alfonso. No tenía ni idea de cómo un emperador conocía su llegada ni para qué lo convocaba. Estaba tan nervioso que los picores regresaron, torturándolo en el peor de los momentos posibles.

Se preguntó por enésima vez si no habría sido mejor dejar el libro en casa, a buen recaudo. ¡Por una vez en la vida! Pero él le había hecho a su padre una promesa al respecto que debía cumplir costara lo que costase: no separarse jamás del libro para evitar el riesgo de perderlo. Y, por si fuera poco, la posada donde se alojaba no le resultaba un lugar confiable. No se fiaba de nadie. Por todos lados había manos demasiado largas, ladrones al acecho, gentes dispuestas a beneficiarse malamente de lo ajeno.

«Debí buscar un lugar seguro o confiárselo a alguien para que me lo guardase hasta mi vuelta. Jamás debí traerlo hasta aquí conmigo. Es como entrar con una gallina bajo el brazo en la cueva del zorro.» Estaba al tanto de la fama del rey y eso aumentaba su nerviosismo.

No podía concretar por qué, pero tenía el presentimiento de

que había cometido una imprudencia, una de las pocas de su vida. Toda su existencia había transcurrido con el propósito de tener cuidado. Pero en ese momento, quizá porque se sentía más enfermo y cansado que nunca y por la inseguridad de estar pisando aquella tierra que le era ajena y extraña, se dijo que tal vez estaba empezando a cometer errores.

El padre de Selomo era natural de Córdoba y, junto con muchos otros de su pueblo hebreo, cuando se dio cuenta, no sin sorpresa, de que había logrado sobrevivir al asalto bereber del año 1013, escapó de la ciudad para establecerse en Málaga, donde nació él en el año 1023.

Lo peor que le sucedió en la vida, aparte de la enfermedad que vino después, que no era poca cosa, fue quedarse sin padre y sin madre. La orfandad todavía lo atenazaba con su garra de desamparo inconsolable. Entonces se trasladó a la Zaragoza de la dinastía de los tuyibíes, donde aún alcanzó a vivir años dorados.

Supo sacar partido de su habilidad para los idiomas. La ciudad era un foco de atracción para filósofos y científicos de las dos culturas, para gramáticos y poetas, y él consiguió aprovecharse de ello hasta que la enfermedad, como siempre terminaba por suceder en su vida, lo trastocó todo.

Durante mucho tiempo escribió poesías por encargo para magnates, y sus composiciones eran muy bien recibidas en las comunidades judías, incluso en las de Oriente. Y a pesar de que Zaragoza estaba abarrotada de plagiarios, de competidores con malas artes y de envidiosos profesionales, él supo arreglárselas para subsistir. Una tarea que no había resultado ni fácil ni grata.

Sucedió que todos aquellos que lo menospreciaron se convirtieron para Selomo en una molestia tan desagradable como la enfermedad. Quizá por ello su carácter se había vuelto irascible, propicio al sarcasmo y a los dicterios.

Pero la pesadumbre que había acumulado en su vida no le impidió buscar la belleza a través de algunas composiciones memorables. Su estilo era brillante y, de haberse empeñado, hubiese llegado a ser el mejor poeta de su generación. Mas llegó un momento en que pensó que no merecía la pena competir con una pandilla de asnos. Pudo haberse convertido en un literato insigne, en un autor magistral. Tenía un espíritu poético y delicado que recordaba a los modernos poetas árabes, pero no le había dado la gana de componer canciones cantando la belleza y el amor mientras su cuerpo se consumía y su alma se agriaba.

Además, cada una de las poesías laudatorias o elegíacas, meditativas o profundas, amorosas o satíricas que publicaba era plagiada acto seguido por sus peores enemigos.

Se sentía como pasto para los animales, dando de comer a todos aquellos a los que odiaba. Cada hallazgo, cada verso luminoso que él escribía y publicaba —y eran muy pocos—, se los apropiaba aquella cuadrilla de necios, publicándolos a su vez como si fueran propios. Desde entonces, cuando alguien recitaba algunos de sus versos, le aplicaba la autoría a uno de sus enemigos. Parecía un castigo demasiado cruel para alguien como él, que siempre procuró vivir una vida recta. Algo que le costó grandes esfuerzos.

Tenía la impresión de que todo se lo habían robado. Todo.

La infancia, que le quitó a sus padres tan amados; la fortuna, que se le hizo esquiva y lo obligó a trapichear, a comprar y vender de manera mezquina para ganarse la vida; la inteligencia, que era incapaz de controlar la cólera que lo estaba pudriendo por dentro hasta que el malestar le salía por la piel... Todas aquellas frustraciones existenciales eran razones que lo habían llevado a intentar dejar atrás Sefarad y partir hacia Tierra Santa. Y el año 1055 fue el apropiado para llevar a cabo su proyecto.

Veintitrés años le llevó el viaje entre la ida y la vuelta. Y hete aquí que regresó al lugar al que tenía pensado que, con algo de mala suerte, jamás volvería.

Durante esos años continuó viviendo bajo el signo de una fortuna que parecía burlarse de él. A pesar de que estaba hecho de una recia fibra moral, o quizá por eso, toda su vida la había pasado en una intranquilidad e inestabilidad económica y, por lo tanto, emocional. Aunque se lo propuso, estimulado por su acendrada fe y su alma de filósofo, no consiguió mejorar su suerte. Sus días habían sido mundanos y desprovistos de hermosura. La mayor parte de ellos hasta que, por supuesto, el milagro de la existencia de su libro lograba, en los últimos instantes de cada jornada, sacarlo de un estado vegetativo para ascenderlo a otro de nobleza y éxtasis místico.

Su libro. ¡Su libro!...

Se palpó el cuerpo con nerviosismo para ajustarlo contra su pecho. Precisamente la posesión de aquel objeto maravilloso era lo que en ese momento lo tenía en ascuas.

No se sentía tranquilo. El monje se había enterado de su secreto y él creía que desde entonces su tesoro no estaba a salvo. Cuantas más personas participaban del conocimiento de un secreto, más difícil era este de guardar, se dijo con aprensión. Eso era algo que sabía incluso un niño.

39

Se siente como un fariseo

Galilea
Año 7 después de Cristo

Jesús se siente como un fariseo que lleva escrito en una tira sagrada, en una filacteria, los versículos de la Ley que según los profetas sirven para librarse de todas las impurezas legales que se pueden contraer. Igual que un fariseo escandalizado ante la vista de los incircuncisos que lo rodean. «No puede ser —piensa—, no puede ser...»

Por eso quizá, distraído como está, tarda en darse cuenta de que se ha perdido. Lleva mucho rato sin ver a ninguno de sus parientes. Está rodeado del bullicio y el ruido de la ciudad, llena de extraños que apenas reparan en él cuando se tropiezan.

«Creo que mi madre dijo algo sobre visitar a Pahnuel, su primo», piensa, abstraído.

Intenta preguntar por la casa de su pariente a varias personas, pero ninguna le presta ni un momento de atención.

Jerusalén, a pesar de ser una población más bien pequeña, se le antoja un lugar inmenso comparado con su aldea. Construida sobre tres colinas, se eleva por encima del nivel de los valles de Hinón y del Cedrón. Es un espacio mágico e insondable para el chico.

«Debería buscar el Templo.» Jesús mira a su alrededor tratando de orientarse.

Sabe que el Templo está edificado en el monte Moria y conjetura que él se encuentra en ese momento en la parte baja de la ciudad. En la parte alta, la más antigua, construida sobre el monte Sion, vive la gente adinerada amparada por el palacio de los asmoneos y por la escandalosa y presuntuosa edificación de Herodes, que le sirvió de morada palaciega.

Por primera vez, Jesús se da cuenta de que la ciudad ha sido construida y derruida varias veces; por distintas manos y en cambiantes épocas. Su ojo entrenado aprecia las edificaciones con sus diferencias y las estrechas calles que forman sinuosos barrios que se adaptan al terreno, lleno de pendientes que suben y bajan.

Algunas de esas calles están pavimentadas con piedras enormes y otras sencillamente dejan al aire la piedra natural que forma las colinas donde se asientan los edificios. Las casas se amontonan unas sobre otras, construidas en adobe o ladrillo, y rematadas por pequeñas cúpulas. La ciudad alta se comunica con el Templo a través de algunos puentes que recorren apresurados peatones. Jesús atraviesa una zona donde los arcos parecen multiplicarse y que lo conduce a una calle tan empinada que la han construido en forma de escalera de piedra. Es una calle y a la vez una escalera.

Se nota que la población ha aumentado con la avalancha de peregrinos; miles de ellos pululan por todos los rincones de la ciudad. Algunos se alojarán en esa zona, pero otros se irán al barrio de Betsaida y allí se hacinarán en tiendas provisionales.

Sin saber cómo, Jesús termina precisamente en ese barrio, fuera de los muros, en la colina de Ofel. Ha deambulado sin pensar, tan solo mirando, empapándose de todo lo que le rodea.

Le pregunta a una mujer que lleva de la mano a varios niños, esperando despertar su instinto maternal antes que su desconfianza.

—Mujer, ¿sabrías decirme cómo se llama este lugar?

Ella lo mira con curiosidad. Hay un punto de risa contenida en los ojos de uno de los niños que agrada a Jesús. Ella hace una pausa antes de responder, como si se lo estuviera pensando.

—Muchacho, estás en el Gólgota, aunque solemos llamarlo la colina de la Calavera. Aquí se suele ajusticiar a los condenados a muerte. ¿Qué hace un joven como tú en un lugar como este?

—¿Y qué haces tú con tus hijos en este mismo sitio?

—Soy sirvienta en una mansión no muy lejos de aquí. Mi señor es vecino del sumo sacerdote del Templo. Este lugar me pilla de camino hacia mi casa. Espero que tú también te encuentres de paso...

Jesús se queda en pie viendo como la mujer se aleja tirando de sus hijos pesadamente.

De repente siente que no puede moverse, como si sus pies estuvieran soldados al suelo. Una extraña inmovilidad lo atenaza y tarda algún tiempo en poder echar a andar de nuevo.

Cuando lo logra se aleja de allí, como si huyera de algo.

Después de andar un rato que le parece interminable, se encuentra frente a una casa con un huerto hermoso, repleto de rosales y de higueras que sobresalen por encima de la tapia. Un transeúnte le indica que aquella es la residencia de un fariseo rico. Él, confiesa el hombre, es un aguador que sirve en la hacienda. Su amo le ha ordenado repartir agua entre los peregrinos y le ofrece a Jesús una jarra que él acepta y que el hombre llena del pellejo curtido.

—En la casa de mi amo aprovechamos las lluvias que caen a principios de octubre, también las de diciembre y, ni que decir tiene, las de marzo y abril. La casa dispone de un enorme aljibe y de una gran cisterna. Por eso el agua, para mí y los míos, no es un problema. Gracias a Dios.

—¿Y cómo se suministra el agua al Templo? ¿También los aguadores y los fontaneros se encargan de llevar allí el agua acarreándola como haces tú ahora mismo?

—No, bajo los cimientos del Templo hay muchas cisternas. —El hombre nota, complacido, el interés del chiquillo, siempre atento a los secretos de las construcciones en las que está acostumbrado a trabajar, aunque no sean tan importantes como esas—. Yo diría que casi cuarenta. Una de ellas es enorme, aunque yo no la he visto. La llaman el Mar de Bronce y no queda lejos del altar...

—Vaya, ¡cuarenta!, son muchas cisternas, sí.

—En el Templo no hay problemas de provisión de agua, pero durante las fiestas, cuando los peregrinos abarrotan la ciudad, los aguadores tenemos mucho trabajo. También se puede traer agua desde los estanques de Siloé o de las mismas Fuentes Gemelas; incluso de la piscina de Salomón...

Jesús se da cuenta de que ha pasado mucho tiempo desde que se perdió porque siente que las tripas le rugen y el sol está alto en el cielo. Se despide del hombre después de probar con delicia su agua y continúa andando sin detenerse, observándolo todo, pero queriendo abarcarlo a la vez y sabiendo que no dispone de tiempo suficiente para ello.

Se interna en una zona de calles pestilentes en las que el aire huele a corrupción de frutas, a incienso y a estiércol.

A esas horas, el sol ha puesto la ciudad entera a hervir como si fuese una cazuela sobre el fuego. Las gentes, acostumbradas al calor y también a los olores de las callejas, se mueven sin parar, como si no pasara nada excepcional, como si la vida fuese justa y lógica, yendo a sus asuntos sin fijarse en otra cosa que no sean sus propios pasos.

Jesús no puede detenerse mucho rato en aquel lugar porque le molestan las moscas, que sin pudor se le posan en la cara al menor descuido.

Es en medio de aquel ambiente donde la ve a ella.

A una joven que lo conducirá a encontrarse, frente a frente, con el horror del mundo.

40

Encogida por la edad y las preocupaciones

Sahagún. Imperio de León
Invierno del año 1078

—Pasa por aquí y siéntate. Mi señor estará contigo enseguida —le dijo la criada, una mujer arrugada y un poco encogida por la edad y las preocupaciones, pero de voz melodiosa y maneras delicadas.

Selomo tenía entendido que el rey Alfonso, que posiblemente hacía gala de modales de patán —como todos los reyes, por otra parte—, era un tipo astuto con el que más valía tener cuidado. Pero él no necesitaba ninguna advertencia al respecto para estar en guardia. Siempre lo estaba, con cualquiera. Únicamente había relajado su atención, ante su sorpresa, en presencia de su compañero de viaje, Samuel, pese a que todo indicaba que era mejor hacer lo contrario.

Suspiró y se remetió las mangas, sintiendo un poco de frío.

Miró a través de la ventana descubierta las nubes que se congregaban formando figuras esponjosas en el cielo limpio. Le pareció distinguir una hermosa paloma de alas de oro atravesándolo como si fuera a alguna parte. Pero ya sabía él que las nubes eran caprichosas y se deshacían de la misma manera que el destino de los hombres. Ni paloma, ni oro, ni nada. Solo nieblas tapando el firmamento, eso era lo que estaba mirando.

Él no se hacía ilusiones con nada que no fuera su libro o esperar abrazar algún día a un hijo y verlo crecer lo suficiente como para poder pasarle su legado.

Cuando Alfonso hizo irrupción por fin en la estancia, Selomo se sintió intimidado, como siempre le ocurría ante un hombre de apariencia física poderosa. Aun a su edad, cincuenta y cinco años bien cumplidos, todavía temblaba como un pajarillo cuando se encontraba en ciertas situaciones que no podía controlar. Que eran la mayoría, por cierto.

Alejó los pensamientos aciagos que se acumulaban en su cabeza sacudiéndola de manera imperceptible. Su carácter pesimista y melancólico no era la mejor arma para enfrentarse a un rey poderoso como aquel. Y aunque nadie le había dicho por qué lo había llamado ante su presencia, él tenía una sospecha dolorosa que no tardaría en comprobar si era cierta...

El rey, por todo saludo, pronunció su nombre, unos sonidos que resultaron amenazadores a oídos de Selomo.

—Selomo ha-Leví...

—Mi señor... —Se inclinó levemente y sintió el alivio de poder esconder durante unos instantes su mirada de los ojos azules y penetrantes como rayos divinos del rey, del emperador.

Cuando Alfonso se acercó a él pudo sentir el olor, intenso y masculino, de lo que se le antojó un suave perfume como de hierbas y sangre. Sin duda era un guerrero curtido en mil batallas. Su mirada clara y sus cabellos levemente rojizos le parecieron los de un demente que no se detendría ante nada.

Alfonso no se fue por las ramas.

—He oído que eres una eminencia, que manejas por lo menos cuatro lenguas esenciales: el hebreo, el árabe, el latín y esta romance, tan vulgar y preferida por mis súbditos, en la que yo estoy hablando. También que ya a los diecinueve años compusiste una gramática en cuatrocientos versos acrósticos... —La voz del rey era recia, pero hablaba en un sorprendente tono suave, casi acariciador, que asombró a Selomo.

—Sí, excelencia. Fue un milagro, sin duda, que no he tenido capacidad de repetir desde entonces, mi señor...

—Pero tengo entendido que la obra es tan perfecta que rivaliza incluso con las que se han escrito en lengua árabe.

Selomo recordó los días ya lejanos de su juventud en que había compuesto aquella creación. Le pareció que el hecho pertenecía a otra vida, una muy ajena, algo que bien había podido salir de otra pluma que ya no era la suya. Por entonces oía en sueños voces misteriosas que le indicaban que debía propagar el conocimiento del hebreo porque Dios así lo quería. Pero ya no escuchaba aquellas voces, ni ninguna otra. «Los ángeles están mudos en lo que a mí respecta», pensó con un ramalazo de añoranza, pero también de alivio.

En cualquier caso, cuando tenía diecinueve años su cabeza ya pensaba como la de un viejo. Y conforme se encaminaba a la vejez, su cabeza seguía envejeciendo. Amontonaba vejez sobre vejez. Se sentía tan anciano que podría morirse en ese mismo instante si se lo propusiera.

Solo su libro le impedía hacerlo.

El rey y él siguieron hablando un rato, una charla que sorprendió a Selomo, quien nunca hubiese dicho que un rey como aquel fuera capaz de hablar de filosofía neoplatónica, de la astronomía de los autores musulmanes, de poesía sagrada o de la cábala...

El tono varonil del rey era suave y persuasivo, hasta tal punto que Selomo se sintió incluso cómodo, olvidando que no sabía por qué había sido convocado, aunque tenía al respecto presentimientos oscuros.

Estaba comentándole lo que él pensaba sobre el *Cantar de los Cantares*, sobre la exaltación de la mutua fidelidad de los amantes y sobre cómo la poesía mantenía vivo el fuego en los corazones que querían confiar en la llegada del mesías cuando el rey pareció perder todo el interés que hasta entonces había mostrado en mantener una conversación culta y refinada.

—Se trata de una composición *piyut*, un poema litúrgico tradicional, con rima, añadido a las oraciones del oficio sinagogal... —dijo con un mal disimulado entusiasmo Selomo.

—Bueno, bueno, basta de cháchara.

Al levantarse el rey, el hebreo sintió su poderosa presencia física, su superioridad y su fuerza en comparación con la breve estatura y la delicadeza de su propio cuerpo, y dio un respingo involuntario, incontenible.

Se preguntó qué edad tendría Alfonso. Parecía andar mediada la treintena. La diferencia entre un hombre que pasaba largamente del medio siglo de vida y otro que se hallaba en la plenitud de su potencia lo estremeció. Sus ojos, aún más claros que los del rey, espesaron su color y se hicieron resaltar en su piel oscura, bronceada por años de vida en los caminos, a la intemperie.

—Me han dicho que posees... —Alfonso se interrumpió de repente y fue a buscar a la criada—. Aguarda un momento aquí. No queda agua en la jarra.

«¡Ya está!», pensó Selomo. Por su mente cruzaron, en un simple instante, un sinfín de suposiciones atropelladas, a cada cual más horrible. «Ahora me va a decir que quiere poseer mi libro mágico, que Samuel le ha dicho que tengo algo maravilloso, que me ha visto protegerlo y llevarlo hasta Tierra Santa, defendiéndolo con mi vida, pegado a mi piel. Siempre he sospechado que Samuel no era un mero penitente, sino un espía de este rey. Me pedirá que se lo entregue para satisfacer algún capricho, para hacerle un regalo a alguna de sus queridas, que no tardará en manosearlo, en romperlo o perderlo...» La idea le horripiló, y frunció los labios con fuerza.

Tenía preparada y aprendida su respuesta, a pesar de que todo su cuerpo temblaba de una forma incontrolable y de que ahora no conseguía recordarla bien.

Los nervios lo estaban traicionando, pero aunque le fallaba la memoria, respondería defendiéndose, le diría al rey: «Mi señor, no debes creer todo aquello que oyes. No es cierto, no..., no es verdad que yo tenga un libro con versículos bíblicos y secretos de hace mil años que ni siquiera he logrado traducir del todo. Tampoco contiene magia que pueda decirle a todo aquel que le hace una pregunta lo que le va a suceder en el futuro... Es solo un vulgar librucho antiguo sin valor ni interés, un simple recuerdo familiar que contiene una lista con los nombres de mis antepasados...».

¿Todo eso iba a decirle? ¿Toda esa cháchara delatora?

¡No! No. No...

No debía darle pistas. Aquel hombre poderoso no era un ignorante, sabría leer en sus disculpas vacilantes la información que precisamente Selomo quería ocultarle.

Tendría que... Debería decir... Habría que...

Rogó a Dios que lo ayudara, ya que él no sabía cómo auxiliarse a sí mismo.

Pero, ante su sorpresa, cuando regresó a su lado, el emperador no dijo nada de eso. No hizo ni la más mínima referencia a su libro mágico. Selomo llegó a pensar que quizá era su día de suerte y que el rey no sabía que el libro existía. Tal vez Samuel no le había dado tanta importancia como él creía. El monje no era un hombre de letras, ni siquiera espiritual, por muy clérigo que fuese. Era sobre todo una persona de acción. Cuando descubrió a Selomo, cuando lo sorprendió acariciando su preciado libro, se le habían achicado los ojos de interés, pero Selomo creía recordar que también había visto despuntar en ellos un brillo apagado de decepción. Los libros no le interesaban demasiado a Samuel. Y aquel era tan pequeño que tal vez ni siquiera había identificado el objeto. A lo mejor pensó que no era exactamente un libro, sino un relicario judío. Quizá las sospechas de Selomo eran, después de todo, totalmente infundadas y su secreto seguía estando a salvo...

Que Dios lo quisiera así.

—Me interesa ese don de lenguas que tienes. Y tus talentos de poeta. Me gustaría contratarte para que escribieras algo, una obra grande. La más grande de tu vida y de cualquiera que pise en este momento la tierra.

Selomo volvió a temblar y empezó a rascarse de forma compulsiva. Estaba nervioso y tan desconcertado que no sabía dónde fijar la mirada.

—Mi señor, no sé cómo yo podría...

—¿Crees que soy un héroe, pequeño judío asustado?

—Mi señor, todo el mundo lo cree, tus hazañas son legendarias —respondió Selomo con cautela.

—Tendrás que demostrarme tu valía. Cuando recupere Toledo de las manos musulmanas en las que ahora está, tengo intención de construir una escuela.

—Una gran idea digna de tu grandeza, mi señor emperador.

—Quiero que haya un lugar donde se traduzcan libros que luego puedan ponerse a disposición de las distintas escuelas y universidades de mi reino. Los árabes traducirán del árabe y los cristianos, del castellano; todos ellos al latín, que es el idioma que hablan las gentes cultas, el que permite intercambiar conocimientos. Tú hablas bien el árabe. Eres un erudito, según tengo entendido. Quiero que en mi escuela estén representadas las tres culturas: la cristiana, la musulmana y la judía. Hay mucho saber que se nos escapa, pues las lenguas son como las fronteras: si no las conoces, no puedes penetrar en sus saberes. Y yo quiero ampliar las fronteras de mi reino, y eso pasa también por acabar con las barreras infranqueables que suponen las distintas lenguas. ¿Qué te parece? ¿Te interesa el asunto? Tú podrías dirigir esa escuela si justificas y me pruebas tu talento.

—No se me ocurre nadie que pudiera decir que no a semejante proyecto. Sin embargo, me pregunto qué has visto en mí para ser elegido como partícipe en una empresa tan colosal. Soy tan solo un humilde...

—No sigas, no me gusta la falsa modestia. Aunque veo que tú estás bien provisto de grandes reservas de ella. Tan solo dime qué te parece. Hay pocos como tú, capaces de desenvolverse en tantas lenguas. Al saber que estabas aquí, he querido consultarte.

—Por supuesto, estoy a tu entera disposición.

—Pero antes tendrás que demostrarme que eres merecedor del encargo que, por supuesto, todavía no podemos poner en marcha, pues Toledo sigue estando en manos musulmanas. Son mis vasallos, pero llega un momento en que el vasallaje ya no basta. Todo termina en este mundo.

—Claro, mi señor.

—Como te digo, te pondré a prueba...

—No faltaba más...

Selomo trató de desviar la mirada sin parecer esquivo o taimado y sabiendo que bien se le podía calificar de ambas cosas, y con mucha razón. Se puso la mano debajo de la casulla, como rascándose o buscando el lugar donde latía su corazón desbocado. En ese momento pensó que no había sido mala idea llevar con él el libro. Era una miniatura, en realidad, y no abultaba lo bastante para hacerse notar. Lo llevaba prendido cerca de su corazón, el cual, desde que lo tenía, parecía encontrar impulso para latir. Gracias a él tenía fuerzas para respirar.

Al contrario de lo que pudiese parecer, no lo había utilizado buscando en él fáciles respuestas adivinatorias, al menos no muy a menudo. Tenía la suficiente fe en sus poderes como para no abusar de ellos, para no gastarlos... Además, teniendo en cuenta la fragilidad física y psíquica de la que adolecía, el tempestuoso ritmo de su corazón y la inclinación que sentía hacia la culpa, el sufrimiento y la soledad, era dolorosamente consciente de que cualquier cosa que le dijera el libro trastornaría de manera grave su existencia. Así que hacía lo posible por no tentar a la suerte. Le bastaba notar su presencia cerca de él, en su pecho, para sentirse tranquilo, dentro de lo posible.

Sabía que no era prudente jugar con el hombre que tenía frente a él, de sobra conocido por sus pocos escrúpulos a la hora de arrancar la vida a todo aquel que se le ponía por delante e interrumpía su camino.

Si Selomo había llegado a su edad, era porque se había mostrado siempre prudente. Decidió que era mal momento para empezar a jugarse la vida de forma temeraria. Aún le quedaban algunas cosas que hacer, proyectos que concluir. Tener un hijo para que cuidara de su libro, por ejemplo. Y versos que escribir, de esos que se quedaban con él y nunca se hacían públicos, de los que guardaban su secreto y permanecían callados a oídos del mundo, hablando y contando sus misterios solo para él.

Así que dio un gran suspiro antes de responder, sin saber que pocos instantes después todo cambiaría para él de una manera horrible.

—Mi señor... Lo que quieras para mí será un honor. A tu servicio quedo.

SEGUNDA PARTE

LOCUS SANCTUM

Lugar sagrado

Cuando se agotó el agua del odre, colocó al niño debajo de unas matas; se apartó y se sentó a solas, a la distancia de un tiro de arco, diciendo: «No puedo ver morir al niño».

Genesis 21:15-16

41

Toda la mañana deambulando por el encinar

Dehesa del monasterio de Sahagún
Invierno del año 1078

Llevaba toda la mañana deambulando por el encinar. Tenía cuidado. Sabía que aquellos campos eran celosamente tutelados por los monjes. A veces veía a alguno de ellos por la zona poniendo trampas o recogiendo hierbas y setas de temporada.

Los hombres no le interesaban, procuraba huir de ellos. Si no había más remedio, los soportaba a su alrededor cuando trabajaba ocasionalmente en las obras del monasterio para obtener algunos recursos. Claro que él no necesitaba mucho para vivir. Los hombres eran fuertes y él prefería a los débiles. Mujeres jóvenes, niños... No, los hombres no le atraían.

De vez en cuando también se tropezaba con campesinos que recogían leña. Se escondía de ellos, aunque de todas formas no hubiesen podido distinguirlo entre los arbustos. Porque él era parte del paisaje. Asumía el color de las matas de hierba en invierno y de los pastos en verano. Se camuflaba como un animal. Se sabía de memoria cada recodo de cada arroyo, cada curva de los montes grandes y pequeños. Le pertenecían con más derecho que a los monjes.

Era capaz de distinguir el color de cada águila calzada que volaba recortándose contra el cielo añil de la mañana. Había compartido el terreno con gatos monteses, tejones y jabalíes. Les había enseñado los dientes a los corzos y a los ciervos, a los que había desgarrado su carne tibia. Oía por las noches, si dormía al raso porque no hacía demasiado frío, cómo se quejaba el búho real. Cárabos, chotacabras y alcotanes respiraban el mismo aire que él. Y una manada de lobos le disputaba la propiedad del territorio.

Pero aquella madrugada solo se cruzó con un huidizo tejón cerca de un riachuelo, que se escabulló pronto de su vista, perdiéndose entre ramas húmedas.

No, él no necesitaba mucho para vivir.

Solo un poco de carne caliente de vez en cuando.

42

Debe de tener su edad

Jerusalén
Año 7 después de Cristo

Debe de tener su edad o, como mucho, la de su hermana María, que es apenas un año mayor que Jesús.
 ¿Es judía? No le cabe en la cabeza que pueda serlo.
 Un hombre viejo le dice procacidades, pero la joven parece inmune a ellas.
 Otro hombre, sentado en el centro de una alfombra rebosante de frutas, se dirige a él, pero señala a la muchacha con una mano manchada y pegajosa por los restos de los jugos.
 —Puede que te parezca bella, pero tiene dentro de sí el demonio de la enfermedad. Es una prostituta. Y, por lo que veo, ha ascendido. Su último trabajo era de *bustuariae*, vigilante de tumbas. Se ganaba el sustento trabajando en el cementerio.
 Jesús observa a la chiquilla embelesado. Viéndola, nadie diría que está enferma. Aunque sin saber por qué, no duda de la palabra del frutero.
 Decide tocar a la joven. Sabe que si toca su piel, podrá sentir su mal. Y aunque no desea conocerlo, aunque detesta la idea de saber lo que le pasa, un impulso incontrolable le hace acercarse a ella.
 Mientras la joven habla con el viejo, que aúlla y la insulta, Jesús roza la mano lánguida de la mujer joven de ojos abstraídos. Y es verdad, la enfermedad se transmite a su cuerpo como si Jesús aca-

base de contagiarse, este se da cuenta de que a aquella belleza tan joven le quedan pocos meses de vida. Con suerte.

La muchacha tiene algo malo en los genitales y acaba de dar a luz no hace mucho. Probablemente eso ha hecho que baje el precio de sus servicios, por más que el tendero de frutas asegure que ha ascendido en su oficio. Prueba de ello es ese cliente viejo y desdentado, con la cara llena de pústulas, que ahora la está reclamando.

En un momento dado, por la esquina de la calle se oye pasar a un grupo de soldados romanos. El ruido que producen sus arreos militares resulta inconfundible. Se hace un silencio extraño y congelado hasta que la comitiva desaparece y solo quedan los ecos apagados de su paso.

—¡Devuélveme lo que te he pagado! —le ordena de nuevo el viejo, pero la chica permanece impasible.

—No me has pagado nada. Hace mucho que no lo haces. Yo no consideraría un pago el hueso roído que me diste la última vez.

Cuando nota el roce de la mano de Jesús, la chica se da la vuelta. Lo mira fijamente. Por un instante, ambos advierten la calidez del aliento del otro. Están muy cerca. Pero no se tocan.

—¡Eh! —gruñe el viejo—. Si lo que quieres es beneficiártela, ponte a la cola y prepara unas monedas. Esta puta es cara.

—Pues yo creo que no, viejo, yo creo que te equivocas. A mí me parece que esta fulana es de las que te hacen de todo por dos denarios... —alega el frutero secándose las manos en el pecho de su túnica cochambrosa.

Jesús permanece inmóvil durante lo que se le antoja una eternidad. Finalmente sale de su estupor cuando el viejo le da un empujón a la chica y esta echa a correr. Entonces también Jesús corre como un loco detrás de ella. Por sus movimientos se da cuenta de que no se encuentra bien. Aunque ya lo ha notado con apenas rozarla, en ese momento sus andares se lo confirman.

La sigue a través de un laberinto de callejuelas que huelen a rancio, a melones y sandías corrompidos. De vez en cuando pisa charcos de agua sucia donde las moscas disfrutan las inmundicias y sacian su sed. Conforme se internan en lo que parece un interminable rompecabezas de callejas, la gente es cada vez menos numerosa. De pronto se cruzan con una mujer que grita como si hubiese perdido la razón.

—¡Apedread a esos dos adúlteros! —dice desgañitándose de

indignación—. Yo los acuso de infamia y de pecado. Uno de ellos es mi marido, apedreadlo junto a la mujer con la cual me ha sido infiel. ¡Esa ramera...!

Pero Jesús mira a su alrededor y no ve a nadie. Ni a los pecadores a los cuales la mujer acusa, ni a quien pueda acudir a su reclamo de justicia.

Es verdad, recuerda Jesús un tanto distraído y sin perder de vista a la muchacha, que ha aflojado su paso y que en ningún momento ha mirado atrás. La ley condena a los adúlteros. No solo a la mujer. El Deuteronomio dice claramente que «si un hombre pecare con la mujer de otro, ambos dos morirán, el adúltero y la adúltera, para quitar el escándalo de Israel».

Hace poco, en una de sus lecturas, su hermano Judá recordó ese pasaje y José, el padre, reconoció ante sus hijos que, sin embargo, sus gobernantes a veces cometían adulterio delante de todos sin que fueran castigados por ello.

—Y entonces —había preguntado Jesús—, ¿de qué sirven las leyes si unos no las cumplen y otros son obligados a obedecerlas por los mismos que no lo hacen?

—El mundo es hipócrita —había respondido José con sencillez, y luego le había pedido a Jesús que le pasara una lezna.

Jesús repasa mentalmente el rostro de su padre José mientras persigue a la joven. Es un ejercicio que lo sosiega cuando está inquieto. La cara de José es familiar y dulce, y cuenta una historia vieja y tranquilizadora.

El chico tiene sed y piensa en higos silvestres, frescos y dulces; su pensamiento viaja de la cara de su padre a la imagen de la fruta para consolar la sequedad de su garganta. Cuando está a punto de darse por vencido y de dejar de seguir a la joven, por fin desembocan en un callejón que no tiene salida y donde se acumulan las basuras. Allí al fondo, rodeado de detritos, hay un hatillo de tela basta y oscura, dentro del cual algo se remueve.

La muchacha se acerca, se arrodilla. Podría tratarse de un gatito recién nacido. Pero Jesús sabe que no es eso.

—Quédate aquí tranquilo, Dios te llevará consigo dentro de poco —dice la joven. Pero no toca lo que oculta el bulto, tampoco llora ni besa a la criatura que evidentemente está adormecida.

La joven se pone de nuevo en pie, se sacude la túnica y se da la vuelta.

Cuando pasa junto a Jesús no lo mira. Él se da cuenta de que ni siquiera lo ha visto. La mira alejarse con paso vacilante, como si estuviera embriagada. Jesús sabe que nunca volverá a verla. Esa misma noche morirá o, con suerte, a la mañana siguiente. Lo hará sola, quizá en ese mismo callejón que ahora acaba de dejar con pasos fatigados después de la carrera que ha consumido sus últimas fuerzas. Lo hará rápido, como si fuese una mujer anciana, como si hubiese recorrido un gran espacio de tiempo hasta llegar allí y encontrarse con su destino.

José les ha hablado a sus hermanos y a él, en alguna ocasión, de esa práctica. Sirve para controlar la natalidad: exponer a los hijos recién nacidos, abandonarlos hasta que mueren. Sobre todo a las hijas, que valen mucho menos que los hombres. Pero, por lo general, el bebé se deja desnudo a la intemperie, para que el frío o el calor acaben con su vida, y con el cordón umbilical sin atar, para que se desangre lentamente.

—Solo nuestro pueblo y algunos bárbaros no practican esa salvaje costumbre —asegura José muy serio cuando sus hijos le preguntan al respecto—. Los demás lo hacen con naturalidad. No le dan importancia al hecho de dejar morir a su descendencia, a la carne de su carne, a la sangre de su sangre, perdida encima de una piedra.

La joven prostituta ha dejado a su bebé envuelto en unos harapos, señal de que le duele el infanticidio.

Pero Jesús no la juzga. No se siente capaz de hacerlo, tampoco tiene fuerzas para ello.

Se acerca al bulto donde se rebulle la criatura y aparta los detritos. El bebé no llora, no se queja. Parece resignado a su destino, tranquilo. No teme a lo que vendrá, en cualquier caso.

Retira las telas que lo cubren. Están sucias de sangre. El cordón umbilical está atado de manera rudimentaria, pero no sangra. Ese es otro detalle que revela que la madre sufre por lo que ha hecho y que en el fondo no deseaba acabar con la vida de su niño. Porque es un varón. Jesús le pone la mano en el pecho, que apenas se mueve. Sus dedos sienten al instante el corazón del pequeño y una corriente de fuerza incontenible le traspasa la piel. Está sano; si alguien lo cuida, vivirá. Y probablemente tendrá una larga vida. Eso es lo que siente Jesús, aunque no podría explicarlo si alguien le preguntara.

Coge con cuidado a la criatura entre sus brazos. Ahora ya sabe por qué se ha perdido. Todo está escrito. Y sus pasos le han conducido a donde debían. Por eso no encontraba el Templo, por eso lleva dando vueltas tanto tiempo... Está seguro de que ahora le será mucho más fácil reencontrarse con sus parientes y amigos.

—Es mejor que lo dejes donde estaba.

El viejo que hace un momento discutía con la joven prostituta reprende a Jesús.

—Esa criatura es una escoria más de esta ciudad que no deja de producir restos —asegura el anciano, y se frota con satisfacción el vientre abultado mientras aleja a unos mosquitos empeñados en cebarse con su nariz.

Jesús no hace caso del hombre y envuelve con delicadeza el pequeño bulto lleno de vida donde se debate la criatura.

—Esa zorra se ha acostado con tantos legionarios romanos que probablemente no sabría decirte a quién pertenece el bastardo que tienes en los brazos. Quizá vino de Macedonia, o de Salónica, de Galacia o de Iliria... A lo mejor ni siquiera es genuinamente romano el cerdo que la ha preñado.

Jesús se encoge de hombros, el bebé acapara toda su atención. Las palabras del viejo no son para él mucho más importantes que los aleteos de las moscas.

—¿Qué vas a hacer con él? ¿Para qué lo quieres? —pregunta como si masticara las palabras. Por su acento, Jesús tiene la impresión de que podría ser sirio.

Se va sin responder.

Ahora, por fin, ya no anda como si alguien lo estuviera persiguiendo. Camina tranquilo en compañía del bebé, que respira sosegado contra su pecho. No parará hasta llegar al Templo. Aunque en el intento se quede sin aliento para siempre.

43

Había que atravesar un rodal de hierbas

Sahagún. Imperio de León
Primavera del año 1079

Para llegar hasta donde el niño encontró el otro cadáver había que atravesar un rodal de hierbas, restos de un bosquecillo que nacía pegado al monasterio y detrás del que se levantaba lo que quedaba de una muralla que antaño tuvo empalizadas y almenas. Quizá en tiempo de los romanos, tal vez antes. Muy cerca corría un arroyo que se aprovechó como foso en tiempos, pero todo el espacio se encontraba abandonado. Un puente lo cruzaba y conducía a un portal que años atrás se hallaba en medio de lo que habían sido unas imponentes torres.

El padre Bernardo suponía que él procedía de tierras hispanas.

—Pero no estoy seguro de ello, ya que la primera y única palabra que salió de tu boca en mucho tiempo fue en idioma bretón —le había confesado.

Roberto no tenía demasiados recuerdos, por no decir ninguno, que le hiciesen mirar aquel terruño con un sentimiento especial. Bien es cierto que apreciaba el paisaje, una especie de reino intermedio entre los páramos y las campiñas. Castros despoblados asolados por el viento y otras villas intensamente ocupadas, con mercados y establecimientos religiosos, excelentes lugares para la defensa a la vez que para la oración. Tierra de lisonjas y de mártires torturados. Tierra de leyendas y portentos, de épica y sacrificio, de batallas y reliquias.

No, no se sentía del todo extraño en aquel sitio.

Pero tampoco tenía la impresión de que el paisaje le perteneciera. Pudiera ser que, dada su historia, estuviese condenado a sentirse siempre forastero en cualquier lugar.

Lo mejor allí era que los poblamientos parecían estar creciendo, que se estaban creando villas aldeanas, aunque algo cambiantes e inseguras, ligadas a la tierra y al monasterio. Pero la falta de almas era evidente. Se necesitaban gentes para poblar aquella inmensidad verde, amarilla y azul que lo rodeaba. Su corazón se alegraba cada vez que veía huertos, eras y corrales, o viñedos y pastizales, y se entristecía cuando solo el abandono y el silencio resonaban a su alrededor.

No se encontraba muy lejos del monasterio.

El joven Roberto solía ir por allí en ocasiones con la intención de buscar conejos con que alegrar el menú que el cocinero preparaba para los enfermos. De hecho, había dispuesto varias trampas que le suministraban recurrentemente carne para esas cenas. En realidad, el auténtico trampero era Samuel. Él era quien le había enseñado aquellos trucos. Roberto no pasaba de ser un aficionado.

Superadas las ruinas, el bosque se espesaba. Aquella no era tierra de grandes florestas y las pocas manchas de verde frondoso que había parecían surgir de la nada, retando con su verdor a las soledades amarillas del entorno.

Desde donde estaba en ese momento, Roberto ya no podía ver el santuario dedicado a los mártires Facundo y Primitivo, que se encontraba en obras.

La villa estaba creciendo a expensas de este. Las gentes acudían y formaban una comunidad en aquel espacio entre los ríos Cea y Valderaduey al que la orden de Cluny, de la cual su maestro era un excelso representante, estaba insuflando vida propiciando el comercio y la influencia del monasterio en toda la comarca. Aunque, según le había comentado don Bernardo, las cosas no eran fáciles. Claro que en los tiempos en que les había tocado vivir no lo eran nunca.

—Me he enterado de que algunos vecinos de la villa están descontentos con los fueros. Mis confidentes me dicen que se sienten asfixiados, que protestan continuamente por la obligación que les han impuesto de utilizar el horno del monasterio, pues hubiesen preferido usar otros más baratos. Tampoco les agrada la prohibición de vender vino y pescado.

—Dios no dispone a gusto de todos.

—El descontento en las gentes que habitan este lugar irá creciendo. Eso sospecho yo. Les han dado muchos privilegios para que vengan a visitar el lugar y, conforme los vayan perdiendo en favor de la Iglesia, crecerá la protesta. Es algo lógico.

El monopolio del horno era injusto, según creía Roberto, pero Bernardo lo justificaba diciendo que era una manera de ingresar rentas para la Iglesia.

Entre unas cosas y otras, la importancia del monasterio real de San Benito era mucha. Sus posesiones llegaban desde la Tierra de Campos hasta Segovia.

Roberto sentía una admiración que lindaba con la reverencia por todo el poder que representaba su maestro, Bernardo de Sedirac. Casi podía llamarle «padre», no en términos religiosos, sino filiales, puesto que él lo había criado.

Estaban en aquel lugar para introducir la regla de Cluny con la anuencia del rey Alfonso VI. Este rey había tomado allí los hábitos antes de convertirse en monarca. Y gracias a su nueva mujer, la reina Constanza de Borgoña, la influencia francesa que también encarnaba su mentor estaba dejando sentir su benéfica mano.

Roberto sabía que había sido en aquellas tierras donde lo encontraron siendo todavía un niño. Pero se crio en un continuo viaje con su señor y no sentía que perteneciese a ningún lado. Llegó allí como monje benedictino al ser requerido Bernardo por el rey y su esposa, quienes querían aplicar la reforma gregoriana poniendo orden y disciplinando al clero, expandiendo el método cluniacense, depurando las malas costumbres y la degeneración y sustituyendo el rito hispánico mozárabe por el romano, el cual pronto se establecería como obligatorio en un concilio en Burgos, según le había avanzado su maestro.

Pero en ese momento Roberto no pensaba en las cosas que tenían que ver con las ceremonias del reino de Dios en la tierra. Con su burocracia y su poder. No, Roberto únicamente ponderaba cómo buscar las trampas y encontrar algún conejo sabroso que echar a la cazuela. A pesar de que estos salían más cuando empezaba el buen tiempo, los de la zona aguantaban bien el frío, que llegaba peleón y combativo desde el norte espeso de nieves; incluso en invierno caía alguno de vez en cuando en sus trampas. Cada vez que Roberto aparecía con un par de conejos en las cocinas del monasterio, el monje cocinero le obsequiaba con una amplia sonrisa que dejaba a la vista el espectáculo de sus dientes cariados. No era una visión agradable, pero el resultado de los potajes era casi pecaminoso para los enfermos del establecimiento comparado con las tristes verduras viudas que solían comer a diario el resto de los monjes.

Claro que él no podía probar la carne. Era un punto esencial de la regla no tomarla; hasta los enfermos que estaban autorizados a comer un poco eran aislados sistemáticamente de sus hermanos, con la capucha echada sobre la cabeza, y los días que la comían no podían celebrar misa ni comulgar. Una vez que abandonaban la enfermería para continuar con su vida habitual, debían acusarse ante el capítulo de haber pecado mucho con los alimentos. El abad absolvía al enfermo, por supuesto, pero no sin antes hacerle cantar siete salmos como penitencia.

La prohibición no se llevaba bien y, según él había comprobado, tampoco se seguía al pie de la letra cuando la necesidad acuciaba, e incluso cuando no apretaba tanto. Pero, en fin, como decía Bernardo, los hombres eran poco duchos en seguir las reglas que complacían a Dios.

Don Bernardo no estaba tan enfermo que debiera mantenerse echado en una cama, atendido por los enfermeros del monasterio, pero sí lo suficiente como para tener preocupado a Roberto. Había perdido mucha vista y eso le dificultaba la tarea de leer, traducir y clasificar los libros de la biblioteca, una labor a la que se aplicaba durante buena parte de sus jornadas. La carne que cazaba Roberto era, en realidad, para él, para que recobrase sus fuerzas, aunque casi nunca la comiera. El joven monje se culpaba a sí mismo por no confiar la recuperación de su maestro a la voluntad de Dios y sí a una comida sustanciosa con la que alimentar sus ojos débiles. Murmuró una oración pidiendo perdón por su falta de humildad y de piedad, pero sin dejar de prestar atención a la tarea que le había llevado hasta aquel rincón del bosque.

A pesar de que había aprendido a ser trampero y a desollar las piezas que caían en los cepos, pocas veces había probado la carne desde que dejó de ser un niño. Sabía que el objetivo de la abstinencia, la privación absoluta de carne para los monjes, era lograr que la castidad en la época primaveral fuese menos difícil. Porque la primavera, tal y como era sabido, intensificaba las demandas de los sentidos. Las hacía más acuciantes. Convertía a los hombres en bestias, por lo menos a muchos de ellos. No era el caso de Roberto, que presumía de templado, aunque a su edad había experimentado bastantes cambios en su naturaleza humana como para saber lo dificultosa que podía resultar la continencia para un hombre. No comer carne ayudaba en el empeño.

El joven Roberto hablaba en una de las lenguas de los francos, la de Bernardo, que le resultaba propia y agradable para dar curso a sus pensamientos. Por eso lanzó una exclamación en tal idioma cuando vio a su primera presa, un conejito de tonos blancos y pardos con los ojos vacíos y abiertos, muertos y sorprendidos. Ni siquiera soltó sangre bajo el cepo, el pobrecillo. Pues bien, tocarían a poco, pues había muchos monjes enfermos, pero al menos ya tenían sustancia para el potaje de la noche...

Se encontraba inclinado recogiendo la presa y canturreando de satisfacción, cuando un niño apareció ante sus narices como salido de la nada.

—¡¡Señor, señor, la han matado, ven conmigo, ven!!

Roberto lo observó con tanta irritación como curiosidad. Era un pequeño que no llegaba a los nueve años. *Sarrasin* seguramente. Un joven moro con el rostro desencajado por el pánico.

—¿Qué dices? Para un momento y explícate. No te entiendo.

El niño tenía la cara cubierta de churretes. La suciedad se había mezclado con sus lágrimas. Cuando Roberto por fin consiguió comprender lo que decía se dejó guiar por él, que lo llevó hasta una zona donde proliferaban las zarzas.

Se quedó mudo de horror.

—*Mon Dieu*... ¡No, otra vez no!

El chiquillo señaló la fúnebre sorpresa, que permanecía casi oculta entre la maleza. Su manita escuálida indicó el lugar temblando de miedo.

A Roberto le llevó unos instantes ser del todo consciente de la presencia del cadáver de la niña tendida en el suelo; entonces sufrió una fuerte impresión que lo hizo trastabillar y caerse de espaldas.

—¡Otra no, por favor, otra vez no!... *Mon Dieu!* ¡Dios mío!

El propio niño tuvo que ayudarlo a levantarse, cosa que hizo con dificultad.

Él no estaba acostumbrado a ver demasiadas mujeres, y mucho menos en aquellas circunstancias, completamente desnudas y a todas luces muertas, y tuvo la espantosa sospecha de que nadie podría habituarse a algo así. Jamás.

Oyó al niño gimotear a su lado, salió de su abstracción y le dio un afectuoso capirote. Intentó insuflarle un ánimo que él mismo no sentía.

—La conozco, señor monje. Era mi vecina... Se llamaba Diot.

La muerta era todavía una criatura, con el vientre terso y liso, pero horriblemente mutilado. Con la piel del color de las perlas, que podía apreciarse a trozos debajo de la capa de sangre espesa y negra que la cubría. Era tan hermosa que su primer impulso fue lanzar unos gritos doloridos. Se contuvo a duras penas, solo para no despertar la incredulidad y la posible burla del niño.

Aquella belleza se había escapado del mundo. Nadie podría verla crecer y convertirse en una mujer. Con seguridad los ojos de Roberto y los del pequeño musulmán serían los últimos, o casi, que podrían contemplarla.

Era aún más joven que la anterior.

—Le han hecho cosas malas —aseguró el niño tartamudeando al hablar y rehuyendo la visión del cuerpo.

Roberto se santiguó con dedos temblorosos. Le costaba trabajo respirar. ¿Por qué Dios ponía aquello en su camino? ¿Por qué lo había elegido a él, dos veces nada menos, para certificar con su presencia un mismo pecado terrible? ¿Acaso no había tenido bastante horror la primera vez?

La blancura de la muchacha contra el verde del suelo formaba un contraste perverso que lo subyugó. Y lo peor fue cuando miró sus ojos, que permanecían abiertos, como contemplando el cielo al que seguramente su alma había volado ya, a no ser que hubiese muerto en pecado mortal, como su desnudez indicaba.

La visión lo trastornó. Le trajo un recuerdo de infancia, el único que atesoraba y que lo atormentaba, que lo acompañaba desde que tenía memoria; el mismo que solía aparecer en sus sueños casi cada noche. Aquellos ojos eran idénticos, o muy parecidos, a los que él buscaba desde su niñez inútilmente. Un recuerdo que no sabía qué significaba siquiera.

—*Mon Dieu, et gardez-moi et de mort et de honte!*

Lo primero que pensó fue que tenía que decírselo a don Bernardo. De nuevo. Él sabría lo que había que hacer. Porque sabía juzgar y distribuir penitencias. Con sus acciones borraba el pecado del mundo. Conocía las sentencias de los antiguos y siempre era capaz de encontrar un texto *auctoritativus* con el cual remarcar sus decisiones. Y lo que no sabía lo buscaba en los libros. Se estaba encargando de ordenar la biblioteca del monasterio aun sin tener por qué. Hacía fichas de los volúmenes y los clasificaba recopilándolos en cánones, obteniendo preceptos de las Escrituras y también de las actas de los concilios y de los papas.

Sí, Bernardo siempre tenía una respuesta para todo.

Además, conocía diferentes lenguas y, aunque su vista fuera cada vez peor, todavía era capaz de estudiar y de extraer los grandes textos. Incluso se había propuesto hacer una compilación de textos normativos, un *Decretum*, para que otros prelados o pobres monjes como él fuesen capaces de saber qué hacer ante las diversas vicisitudes y pruebas a que los sometía la vida.

Fue Bernardo quien lo instruyó sobre las grandes preguntas. Por él conocía la gravedad de las infracciones que un hombre puede cometer por orden decreciente, desde el homicidio hasta los pecados veniales, como omitir ofrecer el pan bendito. Y, o mucho se equivocaba él, o aquella chiquilla también había sido asesinada. Como la otra. Destrozada con saña.

Miró a su alrededor, buscando algo que le ofreciera una pista sobre lo que había pasado. Justo en ese momento le pareció ver que un bulto se escurría no muy lejos entre las matas.

—¡Eh, tú! —gritó con todas sus fuerzas.

Pero las lágrimas no le permitían ver con claridad.

—A lo mejor era un animal —dijo como para sí—. Un jabalí seguramente.

—No, un lobo —aseguró el niño en voz tan baja que apenas era audible—. Un lobo terrible... Siempre hambriento.

Roberto se frotó las manos con rabia. La muerte era la peor impotencia. A partir de ahí, solo Dios conseguía disponer de lo que sobrevivía a la carne, que era el espíritu.

«El asesinato es la falta mayor y produce un cruce de venganzas que lleva a alterar el orden de la vida...» repitió en su cabeza, casi sin pensar, las palabras doctas que había oído en boca de su maestro tantas veces y que, hasta hacía poco, con el descubrimiento del cuerpo de la otra joven, no se había parado a pensar que se refiriesen a muertes de verdad.

Se santiguó de nuevo varias veces seguidas y contuvo con dificultad las náuseas. La visión de la desnudez le provocaba pensamientos confusos, tan inquietantes y pecaminosos que luchó por despejar su mente y concentrarse en la simple tragedia que contemplaban sus ojos. Los de la niña, también evidentemente campesina, como la otra, lo conmocionaron para siempre. Sin vida ya. Sin remedio.

No hacía tanto que se había celebrado el milésimo aniversario de la Pasión de Cristo, pero el mundo seguía empeñado en condenarse, se dijo con angustia. La prueba era aquella muchacha.

Roberto había sido educado en el convencimiento de que existía un campo de batalla donde se debatían la materia y el espíritu y en el que los más sabios doctores de la Iglesia habían llegado a la conclusión de que todo lo carnal era cosa del diablo, de su reino del mal en la tierra. Ver a la niña le hizo reafirmarse en sus ideas. Se preguntaba si habría sido una víctima más de los pecados de la fornicación a pesar de ser tan joven. Y aunque le habían inculcado una repugnancia instintiva hacia la copulación y los humores corporales, no sintió tal cosa mientras la miraba con más detenimiento.

Todo lo contrario. Parecía un ángel. Un ángel muerto. No había en su piel ni rastro de impudicia pese a que se encontraba sucia, manchada de barro, de tripas sueltas y de sangre.

Tartamudeando, equivocándose y llorando, fue capaz de terminar de rezar un padrenuestro mientras el chiquillo, a su lado, lo miraba con ojos serios e interrogantes. Con los suyos cerrados y las manos entrelazadas, rezó de nuevo, con la cabeza elevada hacia el cielo, siguiendo la dirección de la mirada de la muchacha muerta, buscando ser oído por un dios que parecía impasible a esas horas del día. Luego se dirigió al niño:

—Ve al pueblo y avisa al alguacil o a alguno de los alcaldes.

—No sé dónde vive esa gente.

—Pues pregunta. ¡Vamos, vete! Corre y no te detengas.

Lo miró irse a paso ligero hasta que desapareció de su vista.

Luego, Roberto se sacudió el hábito y echó a correr en dirección al monasterio. Como alma que lleva el diablo.

44

Se dirige a la parte oriental de la ciudad

Jerusalén
Año 7 después de Cristo

Jesús se dirige a la parte oriental de la ciudad. En el curso superior del valle del Cedrón hay un huerto junto al lagar de Getsemaní. Jesús ama el olivar, le gusta comer aceitunas y aprecia mucho el aceite que se obtiene en aquel sitio extraordinario. Para él es un oasis, un lugar bendecido por Dios.

Piensa en ese huerto increíble, se concentra en el recuerdo de la brisa olorosa que siempre lo envuelve.

Aprieta contra su pecho el pequeño bulto de vida que lleva consigo. Se dice que el bebé es como una aceituna, valiosa por sí misma, pero con la promesa, creciendo dentro de su alma, de convertirse en un adulto apreciado como el aceite. Con la esperanza de que esa diminuta vida pueda destilar algo más. Una ofrenda que mejore el mundo de los humanos. De alguna manera, está seguro de que ese niño lo logrará. De que será bueno. Y de que cuando muera, quizá a una edad avanzada, habrá mejorado las cosas a su alrededor, la existencia de quienes lo rodeen en su caminar por la tierra y la suya propia.

Sigue andando. Se pregunta si será capaz de llegar a donde pretende.

En el camino entre Jerusalén y Betania, hacia el este, hay un grupo de árboles entre los que destaca una higuera que parece muy desgraciada. Es la única, rodeada de otras especies que nada tienen que ver con ella. Por ello, se distingue del resto de plantas que crecen a lo largo del camino. Pero da unos higos verdes, jugosos y apetecibles como pocos de los que Jesús ha probado. Su diferencia es precisamente lo que la hace especial, rara y preciosa.

—Así, una vida puede ser absurdamente una maldición si no es consciente de que aquello que la distingue de los demás es precisamente lo que la hace ser valiosa. —Eso suele decir su padre, José, en referencia a la higuera—. La higuera piensa que pesa sobre ella una maldición, y, sin embargo, para todos aquellos que hemos comido alguna vez sus higos, su rareza es una bendición del cielo.

Jesús sabe que el niño que lleva en brazos ha nacido con una maldición, pero confía en que podrá superarla gracias a su voluntad y a una pequeña asistencia suya. Con la ayuda de él, que ahora lo está cambiando de sitio.

—¡Chis!... Tranquilo, niño. Estabas en el lugar equivocado. Pero yo te pondré en otro mejor, donde puedas crecer libre de maldiciones —le dice, y lo acuna de forma torpe. El niño se remueve un poco, como un gatito malherido contra el pecho infantil de Jesús.

Si la higuera maldita estuviese en Betfagé, piensa Jesús en esos instantes, si hubiera nacido en el lugar conocido como «la casa de los higos verdes» en vez de rodeada de árboles tan diferentes, probablemente no se habría sentido tan desgraciada, pero tampoco nadie hubiese apreciado sus frutos.

Mientras camina se va cruzando con personas atareadas que acarrean niños y animales, productos diferentes y su propia miseria o alegría.

Las fiestas lo llenan todo de gentes que vienen y van alrededor del Templo. El Templo es la casa de Dios y todos quieren hacer méritos ante el Todopoderoso.

—Se preocupan más por la otra vida que por esta —le dice al bebé, que permanece ajeno a sus palabras y emociones bajo su manto.

Echa un vistazo tan curioso como enfadado en torno a él.

—Claro que es evidente que en esta vida ya no tienen demasiada esperanza.

Va tan distraído que está a punto de tropezar con un leproso. En otro momento, Jesús se habría detenido para hablar con él. Los mendigos y los enfermos acuden a las grandes celebraciones con más esperanza que el resto. Esperan conmiseración y limosnas, que su pobreza o su enfermedad les proporcione un sustento. Pero en esta ocasión Jesús no se detiene. Todo lo contrario, agarra con fuerza al niño y se aparta del enfermo que le dirige primero una mirada suplicante y luego otra de contenido desprecio.

A Jesús no le importa. El leproso no podría ofenderle aunque quisiera. Sabe que no es él quien actúa o habla, sino su enfermedad y su desgracia, a las que no puede reprocharles nada.

Mira sin demorarse demasiado las grandes manchas de la piel del hombre, su cara deformada y de gesto agrio, las orejas desfiguradas por el mal. Inspira profundamente y procura pensar en otra cosa, distraerse. Alejar al niño de la enfermedad cuanto antes.

Acelera el paso.

Su imaginación vuela hacia el valle del Cedrón, un *wadi* que solo tiene agua en invierno. Que, al igual que un enfermo de lepra, solo se alivia con las limosnas de las nubes, que son como los pecadores que rodean el Templo.

Aunque Jesús sabe que el niño está sano, le preocupa la hemorragia constante aunque débil que sale del trozo de cordón umbilical que aún tiene colgando de su barriga.

—No lo he cerrado bien. No era lo bastante largo para hacer un buen nudo.

De modo que su intención es encontrar al médico del Templo para que lo mire.

Jesús no tiene dinero, pero espera que el hombre se apiade de él y con sus manos hábiles y experimentadas suture correctamente al bebé. En caso necesario, encontrará la manera de pagarle. Siempre ha sido hábil en eso.

Mientras busca al médico, piensa de nuevo en el valle del Cedrón, tan seco y sin embargo tan fértil.

—Un riego especial formado por la sangre de las víctimas procedente del Templo hace que este valle tenga una extraordinaria fertilidad —le ha contado su padre más de una vez.

Y mientras se acerca al Templo, Jesús es consciente de que realmente un mar surge de él. Un caudal de sangre en vez de de agua riega los campos. La explanada del Templo está enlosada y ha sido construida con un ligero declive para que se pueda lavar fácilmente la de las víctimas de los sacrificios.

Un canal de desagüe comienza justo donde está el altar. La sangre de las víctimas que no son aptas para los sacrificios se canaliza directamente hacia el alcantarillado, que se dirige bajo tierra, serpenteando con su carga espesa y rojiza, hacia el valle del Cedrón.

Los hortelanos la aprecian como un abono sagrado. En ese instante puede ver a alguno de ellos comprar un poco a los tesoreros del Templo para utilizarla como fertilizante. Jesús sabe que se paga bien, que es un producto cotizado. Con ella se riegan las colinas occidentales del valle, al sur de la explanada del Templo, donde incluso hay vides.

Más hacia el sur, debajo de las piscinas, los huertos reciben las aguas de la fuente de Siloé. Su padre dice que en la confluencia de los valles del Cedrón y de Hinón se encontraban antiguamente los jardines reales, entre los cuales nacía una fuente.

Suspirando por la larga caminata apurada por la urgencia del niño, Jesús se para en medio de la multitud. Sin darse cuenta apenas de lo que hace, tantea la barriga del bebé y presiona con sus dedos el resto de cordón umbilical, deteniendo así la hemorragia.

De repente, rodeado de sangre y de personas que van y vienen con animales vivos o con los restos descuartizados procedentes de los sacrificios, con el niño entre los brazos y sabiendo que este está perdiendo trozos de vida, el olor que lo envuelve penetra hasta su alma y la conmueve.

Un hedor a carnicería, a sacrificio.

Le invade la ira por un momento. Lo paraliza la rabia.

—¿A qué viene todo esto? —se pregunta en voz alta en su lengua materna, en arameo.

Pero nadie le responde.

Si en vez de tener en las manos un niño tuviese un látigo, lo lanzaría contra los fieles que van y vienen llevando vida y volviendo a casa solo con muerte entre los brazos. Carne y más carne. Sangre y más sangre.

¿Acaso su dios, el único verdadero, está tan sediento de sangre como las viñas del valle? ¿Acaso no se conforma con agua, igual que los pájaros y las flores? ¿Acaso es un dios sangriento?

¿Para qué todo aquello...?

El derroche de vida. Los bueyes y los pichones sacrificados. Los corderos recién nacidos que aún no han tenido tiempo de vivir, que apenas han sido bendecidos con unos días de vida, igual que el niño que él lleva.

Jesús ve, no muy lejos de donde se encuentra, el gran altar, hecho de piedra sin tallar con la intención de que las víctimas no resulten impuras de acuerdo con las prescripciones. Es el lugar utilizado para los sacrificios de animales.

—¿Por qué Dios no se conforma con las ofrendas de pan y harina, o con el incienso?

Al lado hay un lugar donde se degüellan y desangran los animales antes de depositarlos en el fuego del altar, una serie de mesas de mármol dispuestas para facilitar esas tareas.

Carneros de Moab, terneros de Sarón, corderos de Hebrón, palomas de la Montaña Real... Todas son criaturas de Dios, pero todas mueren para satisfacer al mismo que las ha creado.

—¿Cómo puede un padre reclamar tan ligeramente la sangre de sus hijos?

Piensa con disgusto en los diferentes mercados de animales que hay en Jerusalén. Hay uno donde se vende ganado vivo y otro de ganado cebado, donde se pueden encontrar también gallinas. Jesús tiene entendido que la cría de gallinas está prohibida en Jerusalén, pues se teme que los animales, al escarbar, saquen de la tierra cosas impuras.

—Pero escarbar está en la naturaleza de las gallinas, como en la de los hombres mirar al cielo y hacerse preguntas.

Por si fuera poco, existe un mercado de bestias profanas, animales para los sacrificios.

Él ha visitado el monte de los Olivos, donde hay dos cedros legendarios. Bajo uno de ellos hay cuatro tiendas que venden todo lo necesario para los rituales de purificación, lo que significa que tienen carneros, corderos, palomas, aceite y harina. Bajo el otro se pueden encontrar pichones para las ofrendas.

Su familia conoce a un criado de la sinagoga que prepara lámparas para el sábado. Va a rezar al Templo y regresa a tiempo de encenderlas. Vive cerca de Jerusalén y está delgado y carniseco. Jesús sabe que su vida se consume igual que las lámparas a las cuales ha dedicado su existencia.

El chico siente una oleada de náuseas que nace en lo más profundo de su ser. No en el estómago, sino en el alma. Tiene que hacer un gran esfuerzo para no tambalearse y caer. El niño, más que un inconveniente, supone un asidero. Es su tabla de salvación en ese momento. Si no fuese por el bebé, no sabría qué hacer. Probablemente habría perdido el juicio y se habría puesto a gritar y a blasfemar, a dar puñetazos y patadas, lanzando latigazos e improperios a todo el que se interpusiera en su camino.

Porque lo cierto es que le gustaría derribar las mesas de los cambistas y las de los comerciantes de bueyes y ovejas, los puestos de vendedores de palomas... Todos ellos, de una patada. Le gustaría ser grande como Goliat para, con su fuerza, arrasarlo todo a su alrededor. Purificar, igual que el fuego del altar, destruyendo.

Sin embargo, la dulzura y la indefensión del bebé calman su ira. Lo apaciguan. Sus ojos, de color casi amarillo como los de su madre, se van aclarando conforme la turbiedad de su alma se deshace.

—¿Para qué? —se pregunta.

Pero tampoco nadie le responde esta vez.

El niño rompe finalmente a llorar. Su llanto lo saca de su ensimismamiento. Es extraño, porque hasta ahora el pequeño no se ha quejado. Jesús sabe que, hasta hace poco, estaba resignado a su suerte. A morir, igual que los corderos que se acercan hasta el altar sabiendo que ha llegado su hora. Absurda, inútil, la última hora de verdad, la hora de la verdad.

Comprende que algo ha cambiado en el bebé, que desde que se encuentra en brazos de Jesús sabe que su suerte puede ser diferente. Y por eso ahora llora. Intuye que ha llegado el momento en que debe quejarse, reclamar la atención de su salvador. Sacarlo de su aturdimiento y meterle prisas. «Busca ayuda, tú puedes hacerlo, corta del todo mi hemorragia y preserva mi vida. Dame una oportunidad...», son mensajes que el chico recibe con claridad, palabras que le traspasan la piel.

Jesús lo mece y lo mira, y abre su manto con cuidado. Siente que ha tardado miles de años en despertar de su sueño de furia y volver a los asuntos terrenos, a la urgencia con que la vida lo reclama.

—¡Chis!, calla pequeño. Encontraremos al médico.

Le pregunta a un levita que va de un lado para otro con aspecto desorientado. Jesús pone una mano sobre la suya y el hombre, joven y demacrado, se vuelve para mirarlo, como si fuese un fantasma.

Al tocarlo, Jesús siente que se alimenta mal. Que no vivirá mucho tiempo.

Su padre, José, le ha dicho que algunos sacerdotes como ese que ahora mismo tiene frente a sí solo se alimentan de carne. Su aspecto delgado y nervioso no es señal de buena salud.

—Que Dios te bendiga. ¿Sabrías decirme dónde está el médico del Templo?

A Jesús le gustaría decirle a ese joven intranquilo que se cuide, que coma pan y se olvide de la carne por un tiempo. Y que beba un poco de vino, a pesar de que sabe perfectamente que este les está prohibido a los levitas y a los sacerdotes. También sabe que el hombre lo miraría con extrañeza, que quizá lo reprendería e incluso lo tomaría por un loco. No puede permitirse perder tiempo. En su interior lo bendice y espera que la muerte, que ya lo está esperando, sea compasiva con él.

—¡El médico, dices! Ese borracho, que Dios lo perdone, se encuentra en este momento cerca del *hekal* atendiendo a una viuda que se ha mareado.

—Te doy las gracias.

El *hekal* o «santo» es el lugar donde se encuentra la menorá, el candelabro de siete brazos y oro macizo que se halla no muy lejos del gran altar. Allí también se encuentran la Mesa de los Panes, para la proposición u ofrenda, y el altar del incienso. Están en una sala separada de las demás por una gruesa cortina de seis colores.

Es ahí donde se supone que reside la gloria, la presencia de Dios, y en otro tiempo también fue el rincón donde se guardaba el arca de la alianza y las tablas del decálogo.

Ahora, sin embargo, es una cámara que está vacía. Penetrar en ella es algo que solo se permite al sumo sacerdote, una vez al año, durante el gran día de la expiación, el Yom Kipur. Ese día, rodeado de un absoluto silencio producto del recogimiento de los fieles, se susurra en voz baja el nombre divino de Dios: Yavé.

José, el padre de Jesús, dice que acercarse al Santo de los Santos requiere que el sumo sacerdote tenga un grado extremo de pureza de acuerdo con la Ley. Sin embargo, Jesús no entiende cómo la pureza puede habitar en un rincón rodeado de sangre.

—Incluso los pies del sumo sacerdote deben estar salpicados de sangre cuando atraviese ese recinto...

En cualquier caso, a pesar de que su padre siempre tiene palabras piadosas para su pueblo y sus leyes, para su religión y sus oficiantes, Jesús cree que los sumos sacerdotes muchas veces no son más que astutos comerciantes, simples hombres de negocios. Eso lo saca de quicio: pensar que el comercio de animales para los sacrificios sustenta a las familias del sumo sacerdote. Y, de ahí para abajo, a todos los demás. Jesús no soporta la idea.

Aprieta con dulzura al bebé y mientras camina le canta una nana que aprendió de su madre.

—Donde tú vayas, iré yo y donde tú mores, moraré yo. Tu pueblo será mi pueblo y tu dios será mi dios. Donde tú mueras, moriré yo y allí seré sepultada... —Son las palabras bíblicas de Rut, a las que su madre inventó una música cadenciosa y algo impertinente, pero que a él le servía para llamar al sueño cuando era un bebé.

Jesús lleva andando mucho tiempo, vagando de un lado para otro. Ha recorrido la ciudad alta y la ciudad baja, ha pateado algunos recovecos del valle del Cedrón y disfrutado la sombra de la Primera Muralla. Sin embargo, no se siente cansado. Si acaso, en algunos momentos, desengañado y vencido, incluso asqueado. Se pregunta si eso es lo que sienten los viejos.

Se detiene a mirar a su alrededor.

No muy lejos de allí, en la fortaleza Antonia, una imponente fortaleza de cuatro grandes torres, la guarnición romana que tiene acceso al Atrio de los Gentiles vigila el monte del Templo. No pierden detalle de las idas y venidas de la muchedumbre de fieles. Los soldados siempre están atentos a que se guarde el orden público.

—Son también los romanos quienes custodian las vestiduras solemnes del sumo sacerdote —le ha enseñado su padre—. Así, los invasores de nuestro pueblo nos recuerdan su poder. Solo entregan esas ropas con ocasión de las grandes fiestas. Luego las vuelven a recoger y las ponen bajo siete cerrojos.

Echa a andar de nuevo.

Mientras avanza con pasos dubitativos, hurgando con la mirada en busca del médico, Jesús se dice a sí mismo que en ese momento pediría ayuda incluso a un romano. No los considera más bárbaros que quienes ofrecen dos holocaustos diarios en el Templo, en la casa de Dios.

45

En compañía de sus hombres

Fronteras del Imperio de León
Primavera del año 1079

Rodrigo Díaz, subido sobre su caballo y en compañía de sus hombres, hizo un alto en el camino para contemplar el paisaje desde el altozano en que se encontraban.

Lo que vio le complació mucho.

Aunque sus pensamientos estaban puestos en otra cosa, no dejó de apreciar la magnífica panorámica. Había que reconocer que el rey Alfonso sabía elegir la tierra. Y también las mujeres, como diría alguno de sus compañeros de armas.

En ese momento pensaba en la importancia de la disciplina. Alrededor de ella se podían sentar las bases de una vida. O de una guerra. Sin disciplina, todo era caos. Y había situaciones que requerían de manera ineluctable aplicarla con severidad. La sentencia era la muerte en los casos en que se cometían infracciones que solo podían ser reparadas con la máxima pena. La traición era una de ellas. Uno de esos motivos que merecen que se haga justicia.

Rodrigo no era demasiado alto, no tanto como el rey Alfonso, sin embargo, su apariencia resultaba impresionante. Tenía un amplio pecho y unos hombros robustos, todo su cuerpo resultaba bien proporcionado y armonioso. El largo cabello de color castaño claro contrastaba con la barba algo más oscura. Parecía un sabio, a pesar de ser un guerrero. Cualquiera que lo hubiese contemplado desprovisto de su coraza, de la cota de malla de acero, del hierro con que protegía sus extremidades y de la sólida espada que siempre llevaba consigo podría haberlo confundido con un estudioso, un consejero real o un noble que tuviera la caza y la equitación como sus aficiones más arriesgadas.

Qué falsa era la apariencia que le mostraba al mundo.

Porque su corazón latía con el sonido de un entrechocar de espadas.

Rodrigo sostuvo el yelmo bajo el brazo izquierdo mientras sujetaba las bridas de la montura con la derecha. El casco tenía una estrecha ranura que facilitaba la visión y ventilaba la pieza que remataba la armadura con una cimera holgada en la parte superior. Aunque era incómodo y pesado, estaba tan acostumbrado a llevarlo que cuando se lo quitaba lo echaba de menos. Como si formase ya parte de su naturaleza.

Jugueteó con el yelmo que le protegía la cabeza de los roces y continuó mirando fijamente al frente. Solo se oían los resoplidos de las bestias, debido al cansancio de la larga caminata que habían dejado atrás. Ningún otro sonido. Ni siquiera el viento. Sus hombres estaban acostumbrados al silencio, igual que él.

Estaba orgulloso de su comitiva. La mayoría de sus hombres estaban unidos por lazos de parentela. Aunque su composición variaba ligeramente de una temporada a otra, los principales continuaban fijos en su sitio, acatando su mando, siempre presentes en cada campaña. Bravos y prudentes. Hombres de verdad a los que la guerra todavía no había logrado vencer. Para ellos, la vida ociosa en sus casas tenía el mismo efecto que el agua en el vino. No aguantaban mucho tiempo en el hogar con sus mujeres, los que tenían una, leyendo libros piadosos y soñando con batallas. La guerra a sueldo no siempre era un buen negocio, pero ellos continuaban fieles a Rodrigo.

Ponían por escrito un acuerdo antes de cada campaña. Firmaban un contrato. A Rodrigo le gustaba que las cosas estuvieran claras. Se hacían patentes las condiciones y los términos, la promesa de la paga, la duración del servicio. Así es como debía hacerse.

Para Rodrigo aquellos hombres no eran simples soldados, sino hermanos de armas. Se preocupaba por ellos, los cuidaba y ayudaba. Les prestaba consejo siempre que se lo solicitaban. Compartía con ellos los beneficios y las pérdidas, los riesgos..., y de estos últimos había muchos. En la vida que llevaban abundaban más que las ganancias.

Rodrigo dio la orden de acampar en aquel claro, un altozano con buenas vistas a los cuatro puntos cardinales.

Todos y cada uno de aquellos hombres sabían a qué se arriesgaban cuando echaban a cabalgar detrás de Rodrigo Díaz, Sidi, el Cid. Ninguno volvía la vista atrás.

Eso, en lo que atañía a sus hombres.

En cuanto a él, precisamente en esos momentos estaba tentado de dirigir la mirada hacia el mundo que dejaba a sus espaldas. Sabía que, si daba un paso al frente, ya no podría volver...

46

Eran otros tiempos

Ciudad de León
Primavera del año 1079

El emperador se sentía razonablemente satisfecho, pero también estaba muy preocupado.

Habían pasado años desde aquel día 20 de agosto de 1076, cuando firmó una escritura de donación para el monasterio de Silos. Antes se llamaba de San Sebastián, pero gracias a él se había dedicado a la memoria de santo Domingo, en el valle de Tabladillo.

Eran otros tiempos. Otros santos. Otras mujeres... Los años pasaban deprisa, no había manera de detenerlos. Eran como un caballo enloquecido y desbocado en medio de una batalla.

A Alfonso siempre le gustó que los santos fuesen no solo sus patronos, sino testigos presenciales de sus actos. Al convocarlos se aseguraba su presencia notarial. Quería que Dios tuviera constancia, por medio de los santos que él escogía, de sus obras. Para que luego le abriera las puertas del cielo cuando le llegara la hora. Su trabajo y su dinero le estaba costando, pero a esas alturas estaba seguro de que iba por el buen camino, de que las puertas se le abrirían en cuanto él llamara.

Gracias a su cuidado y a sus inversiones, muchas iglesias se iluminaban con luces procedentes de la cera para sustento espiritual de los pobres y de él mismo, para mayor gloria de la civilización.

Le gustaba levantar iglesias, pero repoblar ya era otra cosa. Escaseaban los hombres y, lo que era peor, las mujeres. Sin mujeres que trajeran hijos al mundo las fronteras no se podían consolidar. Alfonso sabía que las villas necesitaban su clero y sus santos, sus iglesias, pero también sus pecadores.

Llevaba toda la vida empeñado en proveer a aquellas tierras de todo lo que precisaban para convertirse en un auténtico reino.

Suspiró, embargado por la nostalgia de Silos. Del pasado.

Era el momento de olvidar el pasado. Le recordaba demasiado a su mujer Inés, ya difunta, junto a la que había levantado actas en el nombre de la Santísima Trinidad que imponían prebendas y privilegios a moradores de villas que ya no visitaba. Su interés se concentraba en esos momentos en Sahagún. Quería imperar en León y Castilla y abrirse al mar mediante las costas de Galicia. Aunque tampoco podía olvidarse de Toledo, donde aguardaba una parte de su corazón... Soñaba con Toledo de la misma manera en que podía soñar con el mar. Toledo era el puerto interior de una cordillera que atormentaba su voluntad. Su ambición. Al igual que, más allá de las fronteras de Navarra, otras montañas se interponían entre sus esperanzas y el monasterio de los monjes benedictinos de Cluny, a quienes también se esforzaba en contentar porque no tenía duda de que sus plegarias eran influyentes allá arriba, en el cielo.

—No hay tierra conquistada si no hay hombres. No hay reinos seguros si no hay mujeres trajinando arriba y abajo por las hileras, con muchos hijos pegados a sus sayas.

Pensar en hijos le hizo meditar sobre sus amores de juventud, sobre la ausencia de un hijo varón propio. Él, que había de reinar en toda esa tierra hermosa, carecía de un heredero, y eso le torturaba.

Se santiguó pensando en su hermano muerto y cerró los ojos haciendo memoria. La visita que esperaba era incómoda. Rogaba a Dios para que saliera bien.

Ni siquiera podía quedarse sentado, tan impaciente estaba. Daba vueltas arriba y abajo mientras su ayo, su compañero de toda la vida, apenas un par de años mayor que él, el conde Pedro Ansúrez, *eius nutricio comitatus*, con el que había compartido armas y bocados sabrosos, mujeres y batallas, lo observaba intranquilo.

—Señor, ¿quieres que te traiga algo de comer?

—No digas tonterías, Pedro. Sabes que no soy un tragón. Y menos en estas circunstancias.

Pedro era un hombre de tez morena y rostro bien definido.

Bebía los vientos por su señor. Era diplomático e intrigante, político y casamentero, hombre de confianza que antes se traicionaría a sí mismo que a su rey. Alfonso estaba tan seguro de él como de su mano derecha. Pero en esos momentos le molestaba su solicitud.

—Deberías irte un rato a tu casa. Quizá Eilona agradezca más tu presencia que yo.

—Señor, mi mujer está perfectamente y no me necesita. Al contrario que tú.

—Me dijiste que estaba a punto de dar a luz.

—Sí, en esas anda. Yo creo que para mañana o pasado habrá concluido sus trabajos de parto.

La mujer de Pedro, que pertenecía a la vieja aristocracia visigoda, no echaba cuentas de los horarios de su marido. De haber sabido que en esos momentos estaba preocupado, habría sido la primera en decirle que hiciera lo posible por calmar al rey antes que por ocuparse de su parto. Pedro lo sabía, estaba tranquilo.

El pensamiento del rey viajaba de la visita que estaba esperando a sus problemas como gobernante. Deseaba que su reino formase parte de una corriente de crecimiento que ya intuía en el resto de Europa. Sahagún no tenía murallas porque, a su entender, no las necesitaba, pero sí contaba con una guarnición de caballeros, grupos de guerreros que procedían de los alrededores y que se renovaban periódicamente, siempre que era posible, dada la escasez de habitantes.

Allí, en uno de sus lugares favoritos, tenía él sus habitaciones, donde residía junto a su comitiva. Allí le gustaba pasar los inviernos. Incluso había nombrado a un alcaide, un *castellanus*, que poseía autoridad sobre las obligaciones de la Administración. Y estaba decidido a hacer florecer las iglesias. No se conformaba, como ocurría en algunos rincones de las tierras francas, con una simple iglesia y un campanario. No le bastaba con proveerse de un local destinado a las asambleas judiciales, cuyos miembros venían ocasionalmente de fuera. Quería que, con sus aportaciones, la arquitectura y las oraciones, la piedra y las palabras, hablaran con Dios, llamaran su atención. Más que un granero y unas bodegas, más que unas murallas, para Alfonso era importante asegurarse las condiciones necesarias para el perdón del Señor.

Sabía que tenía pecados que resultarían difíciles de perdonar. Se esforzaba por hacer méritos para la otra vida mientras en esta se debatía como un animal salvaje. Aun así, él no era un rey como otros, que invocaban al arcángel Gabriel y a san Pedro en su combate contra los infieles y contaban sus gracias por el número de cuellos de sacerdotes de Mahoma que conseguían rebanar. Alfonso apreciaba los tesoros que poseían las otras religiones. No era insensible al misticismo exótico que desprendían y mucho menos a los ventajosos tratados comerciales y riquezas consiguientes que podía establecer con ellas. Las conocía demasiado bien como para despreciarlas. Sentía respeto por los moros y por los judíos, a pesar de que creía firmemente que las suyas eran religiones equivocadas, no verdaderas.

Para distraer la espera, el conde Pedro Ansúrez le contó algunos chascarrillos. Uno de ellos llamó su atención: el empeño de algunos monjes del monasterio, incluido el propio abad Bernardo, de encontrar al culpable de la muerte de unas jóvenes a las que habían descubierto asesinadas de forma brutal.

—Es malo que mueran mujeres en edad de parir —aseveró el rey, y apenas le tembló la voz al pronunciar la última sílaba de tal sentencia—. Me parece correcta la búsqueda de un culpable. Este reino necesita hombres, mujeres y caballos. Y niños. Para hacerse cada vez más grande.

—Señor, sabes que la llamada de la prosperidad surgida de tus obras ha llegado más allá de nuestras fronteras y atrae a gentes de todo tipo. Por todos lados hay un número considerable de individuos de vida errante y azarosa en estos tiempos. Quizá uno de ellos ha pasado por la localidad y ha querido saciar su ansia con las muchachas.

—Hay demasiados vagabundos que pululan arriba y abajo y que viven de las limosnas de los monasterios. Tengo la esperanza de que las épocas de cosecha les den trabajo o de que la guerra los lleve a alistarse en el ejército.

—En muchos casos, esa es una esperanza vana. Se trata de gente que no sirve para nada.

Alfonso negó mostrando su desaprobación.

—Todo hombre puede ser un padre de familia y tener hijos con los que repoblar mis tierras y engrandecer mi reino.

—No creo que esos desgraciados, aventureros y desarraigados, sirvieran para ese elevado propósito. Aquí llegan atraídos por los mercados. A otros lugares se van buscando ferias y puertos. La mayoría no se asienta en ningún lugar. Tienen un carácter poco propenso al orden.

—Algo tendrán de bueno, Pedro. Muchos conocerán lenguas extranjeras y pueden traer noticias de países y costumbres que no conocemos.

—Señor, la inmensa mayoría solo habla el lenguaje del hambre, cuyo vocabulario, como te puedes imaginar, está compuesto, en el mejor de los casos, de peligrosos mordiscos...

Don Alfonso se levantó y se dirigió hacia un mueble donde reposaba, primorosamente tendido sobre un paño, un crucifijo que sus padres habían encargado en el año de 1063. La cruz estaba delicadamente labrada y sobre ella se hallaba un Jesucristo con unas piernas largas que acababan en unos pies monstruosos, pero que tenía, sin embargo, unos brazos débiles, delgados, propios de quien nunca ha tenido que empuñar la espada, pensó Alfonso. Muy al contrario que los suyos. Acarició la cruz con los dedos, un gesto que siempre lograba calmarlo; lo hizo con la misma sutileza con que podría haber tocado una piel tibia. Inició una oración en su pensamiento, pero estaba demasiado distraído y no pudo terminarla. Además, el conde no dejaba de hablar; probablemente estaba más nervioso que él, y aun así trataba de tranquilizar a su señor.

—... porque matar a mujeres es algo que a veces sucede, como tú ya sabes, mi señor...

Alfonso asintió, embargado por una infinita tristeza. Pensó en su primera mujer, Inés. Y luego en Rodrigo Díaz, que llegaba con retraso.

47

Un joven que tiene una herida

Jerusalén
Año 7 después de Cristo

Finalmente encuentra al médico.
Quizá haya atendido a una viuda hace unos momentos, pero cuando llega Jesús a su lado, el hombre examina con aburrida atención a un joven que tiene una herida sangrante en la cabeza.
—¿Qué quieres? —pregunta con irritación.
Jesús le muestra al bebé y el médico asiente sin hacer preguntas.
—Espera un momento. Tengo que evitar que este muchacho se desangre, antes de que también lo haga tu mocoso.
Jesús observa con atención la operación del cirujano. El joven grita cuando lo cose.
—Lo han apedreado —explica el médico—. ¡Cierra el pico y pórtate como un hombre! Apenas tienes un rasguño.
Cuando termina de curarlo, el muchacho está mareado, la cabeza embotada por el dolor, apenas tiene sensibilidad. Jesús no quiere acercarse a él. Aunque la herida no tiene buen aspecto, él parece fuerte y, en cualquier caso, Jesús empieza a estar harto de saber cuál será el destino de todos aquellos que le rozan la piel y le comunican sus males. Está más que saturado de sentir el mal. Solo quiere que el médico se ocupe del bebé, cuyo cordón umbilical él sujeta pellizcándolo con dos dedos firmemente apretados y ensangrentados.
Cuando finalmente el médico sutura el cordón umbilical de la

criatura, Jesús mira atentamente la operación. Es muy sencilla. Podría haberlo hecho él mismo de haber sabido cómo. Se da cuenta de que su ignorancia es enorme y de que ese hombre, de apariencia basta y zafia como un leño, que se encuentra a disposición del Templo realizando funciones de curación, a pesar de su rudeza es alguien que despierta su admiración.

—Dime, hermano, ¿cómo es tu trabajo?

—Si pudiera, lo cambiaría por cualquier otro. Te lo aseguro. Pero no tengo otras opciones profesionales. A mi edad, no sabría qué otra cosa hacer. —El hombre dibuja una sonrisa que más parece una mueca de miedo y que deja al descubierto una boca desdentada por completo—. ¿Echas de menos mis dientes? Yo no. Son una fuente de problemas, de malos humores y de dolor. No todos tenemos una dentadura sana y fuerte como la tuya, jovencito. Pero espera a hacerte viejo y ya verás.

Jesús sujeta al bebé, ayudando.

—Pero tu trabajo es útil, ¿por qué estás cansado de él?

—Sí, verdaderamente parece útil. Mientras Dios se encarga de curar las almas, a mí me ha dejado el trabajo de los cuerpos, que es mucho más desagradable.

Jesús no está tan seguro de eso, pero no dice nada. Medita un poco sobre lo que acaba de oír.

—A ti nunca te falta trabajo, imagino.

El médico deja escapar una risotada.

—¡Y a Dios tampoco!

Jesús, que trabaja en la construcción, sabe lo que es sentirse provechoso. Sin embargo, la labor que su padre, sus hermanos y él realizan parece insignificante comparada con la de ese hombre que ahora tiene enfrente. Que no parece inteligente y que, desde luego, ni siquiera es simpático. Pero tiene unos dedos ágiles que controlan la salida de la sangre, como en un milagro. Mientras los sacerdotes favorecen y provocan su derramamiento con sus sacrificios, el médico tapona las heridas.

—Supongo que tendrás pocos días de descanso.

—No tengo ni siquiera un rato. Mi clientela es amplia. Solo con los sacerdotes ya tendría bastante. No necesitaría a mocosos como tú que me hagan perder el tiempo.

—¿Los sacerdotes enferman mucho?

—Como sabes, andan descalzos incluso en invierno, pisando

las losas de la explanada del Templo con la tranquilidad que demostrarían para andar sobre mullidas alfombras. Solo eso ya asegura una fuente permanente de enfermedad.

Jesús asiente comprensivo.

—Supongo que no tienes dinero para pagarme, mozalbete.

—Supones bien.

—Pues podrías haber llevado a este comino tembloroso a que lo atendiese un barbero, en vez de entretenerme con estas tonterías.

Jesús recoge el bulto donde se agita el pequeño.

Aprieta los labios, que nota resecos y algo agrietados.

—¿Podrías enseñarme a curar?

Es una idea que se le acaba de ocurrir. Ha llegado a su mente como un relámpago. Ni siquiera sabe por qué lo ha dicho, pues él ya tiene un oficio. Si le dijese a su padre que quiere aprender a ser médico, probablemente José lo miraría con reprobación, con el ceño fruncido. Y aunque no diría nada, en su fuero interno desaprobaría la decisión. Jesús incluso puede oírlo quejarse: «Solo Dios cura realmente. ¿Y por qué cambiar la madera y el barro por la sangre?».

Sin embargo, esa idea germinará a partir de ese momento en la voluntad de Jesús. La de la curación. La de la medicina.

A pesar de que el hombre es repulsivo, Jesús lo mira con respeto. No le ha dicho al muchacho al que acaba de vendarle la frente que rece para curar sus heridas. Se ha limitado a hacer una sutura cosiendo la carne, cerrándola con sus manos, impidiendo que la vida se escape por la abertura. Ese gesto práctico impresiona a Jesús, que siente el impulso de quedarse con él y aprender todo lo que sabe mirándolo.

Pero el médico al final se aburre y lo espanta a patadas. No quiere perder más tiempo en una cháchara absurda con un muchacho galileo sin dinero ni nada que pueda compensarlo por las molestias. Además, mientras ha estado entretenido con él y con el recién nacido, una pequeña cola se ha formado a sus espaldas.

—¡Vete de aquí, vamos! Lleva al niño con su madre y dile que lo lave y que luego lo alimente. Está hambriento.

—Sí, señor.

48

Rodeada de un pequeño ejército

Sahagún. Imperio de León
Primavera del año 1079

La reina doña Constanza había llegado a Sahagún rodeada de un pequeño ejército de sirvientes, porteadores, escuderos y carreteros, que sudaban la gota gorda para trasladar de un lado a otro el abultado equipaje de la dama y sus acompañantes. No solamente llevaba con ella su vestuario, que no era mucho en realidad, sino también colchones de pluma para ella y sus dos damas, manteles y toallas primorosamente bordados e incluso cortinas de telas labradas con delicados hilos de oro.

Roberto estuvo a punto de tropezarse con uno de los flecheros que acompañaban a la reina, que le lanzó una mirada amenazadora y le devolvió un empujón, sin ningún respeto por sus hábitos. Su cara de jovencito imberbe suponía, por lo general, que fuese tratado con más ligereza de la que a él le gustaría.

Se abrió paso como pudo en medio de la confusión multitudinaria y apenas se paró a preguntarse si la reina y sus acompañantes acababan de llegar o si partían de nuevo hacia la corte de León. No tenía tiempo. Tan solo pensaba en encontrar a su maestro y contarle lo que había visto.

En un momento dado se topó de nuevo con otro hombre y le dijo en su lengua que acababa de encontrar el cadáver de una muchacha. Ante su sorpresa, el otro se encogió de hombros, quitándole importancia al hecho trágico

—¿Y qué pasa? Todos los días muere alguien. Y no precisamente porque Dios haya decidido que le ha llegado la hora, sino porque así lo ha resuelto algún rufián.

—Pero esta es una mujer muy joven, otra más... Una niña que a todas luces ha sido... —trató de encontrar la palabra— asesinada con violencia.

Ni siquiera eso llamó la atención del villano, que continuó andando sin volver la vista atrás y haciendo un gesto de despreocupación.

—Mientras no se trate de mi hija...

El interior de la iglesia estaba a oscuras y Roberto entró dando un traspié. Hizo una genuflexión que estuvo a punto de hacerle perder el equilibrio. Varias lámparas parpadeaban en la oscuridad recordándole al Santísimo que en la tierra quedaban hombres tan confusos como Roberto, necesitados de la inspiración divina.

El silencio del templo siempre había confortado su alma. Propiciaba el ensimismamiento a pesar del coro de pájaros que piaban fuera, revoloteando alrededor de los aleros.

Roberto recorrió la nave principal y las laterales. Las figuras sagradas se camuflaban entre unas tinieblas que también parecían borrar las columnas a un lado y a otro.

—Padre Bernardo, ¿dónde estás? —murmuró suplicante.

Las abundantes lágrimas le nublaban la vista tanto que tardó mucho en darse cuenta de que allí no había nadie, salvo él y su llanto desconsolado.

49

La mujer del escriba de Nazaret

Jerusalén
Año 7 después de Cristo

—Busco a Lissia, la mujer de Ben Tisot, el escriba de Nazaret, que es primo de mi padre José —dice Jesús cuando por fin consigue llegar al Templo y encontrarse con algunos de sus parientes.

Todavía sostiene el pequeño bulto de vida contra su pecho, bajo su capa adolescente. El niño apenas se mueve, ha vuelto a dormirse y respira tranquilo. El latido de su corazón es claro, rápido y casi tan fuerte como el de Jesús, que es un gigante en comparación.

A nadie le extraña la forma que se adivina debajo de su capa y no le preguntan siquiera qué esconde ahí. Algunos incluso puede que piensen que lleva un pequeño cordero pascual listo para morir. En las puertas del Templo, todo el mundo se prepara para el sacrificio vespertino.

A Jesús le molestan los olores y trata de concentrarse en cumplir la misión que se ha asignado, sin pensar en nada más.

Por el rabillo del ojo observa el paso de un sacerdote vestido con una túnica sin costuras. Le llega hasta los pies, incluso le arrastra un poco. Su mirada es seria, de censura, y Jesús mira para otro lado.

En el Templo hay mucha actividad. Cantores y músicos, guardas y porteros, cada cual se dirige a sus tareas con un empeño disciplinado.

Jesús sabe que está ocultando a un bastardo, a un bebé considerado por los rabinistas como de ínfima condición. Pero para Jesús solo es un niño hambriento al que habrá que suministrar calor, leche y cuidados, y pronto.

—Puedes encontrarla junto con su hermana y otras mujeres allí abajo —le señala por fin un hombre anciano de mejillas arrugadas.

Jesús da las gracias y se dirige hacia el sur, cerca de donde se encuentra la pila, una zona donde la ingeniería ha hecho maravillas para suministrar agua al Templo. Un acueducto de bajo nivel trae agua de tres fuentes de los montes de alrededor de Hebrón, de Etán y de los tres estanques de Salomón. La extensa longitud que recorre el agua, tantas leguas romanas, es difícil de imaginar, todo un prodigio del ingenio humano. Jesús piensa en el oficio de aguador y en cómo el agua, que parece suave y dulce, consigue dar forma a la dura roca.

Finalmente encuentra a la mujer estéril cerca de una de las cisternas, la conocida como el Gran Mar, que contiene incontables millones de litros del preciso líquido.

Lissia abre mucho los ojos cuando ve acercarse al joven galileo, un pariente tan lejano en el que no se hubiera fijado nunca de no haberse acercado el muchacho hasta ella en la caravana al reclamo de sus lágrimas.

Sin saber por qué, abre los brazos para recibirlo.

Jesús la mira serio cuando se separa de su abrazo. Descubre al pequeño, que en ese momento está profundamente dormido, y se lo entrega.

—Mujer, aquí tienes a tu hijo.

Lissia tiene un pozo de duda en sus ojos oscuros, pero es una nube pasajera que se deshace en cuanto mira la carita sucia del niño.

—¡Qué hermoso es! Blanco como una paloma.

La criatura abre los ojos en ese momento y la mujer queda deslumbrada.

—Sus ojos son azules como el agua del mar —señala su hermana.

La madre adoptiva del bebé se encuentra junto a su hermana y una de sus parientes, una tejedora que trabaja para el Templo. Los artistas tejedores, que realizan labores de punto, confeccionan todos los años cortinas de veinte codos de ancho por cuarenta de largo, unas piezas que se cuelgan en trece lugares del Templo. Cada una está tejida con setenta y dos cordones de veinticuatro hilos y seis colores cada uno. Ochenta y dos doncellas elaboran cada año dos cortinas. Entre ellas se encuentra la prima de la madre adoptiva.

—Tendrás que darle leche de cabra o encontrar una nodriza —recomienda la tejedora con una hermosa sonrisa y unos ojos oscuros como el cielo de noche.

Jesús les recuerda que incluso Abrahán adoptó a Eliezer de Damasco como esclavo y último heredero.

—¿Por qué no podrías adoptar tú a este? Está hambriento, dale de comer.

Lissia acoge entre sus brazos al bebé. Quisiera hacer preguntas, pero no está segura de querer oír las respuestas.

Asiente lentamente y estrecha al pequeño entre sus brazos sintiendo, a través de la tela, un calor que le llega de su cuerpecillo con delicadeza hasta las entrañas y se las reconforta.

50

La comitiva hace un alto en el camino

Regreso de Jerusalén
Año 7 después de Cristo

La comitiva hace un alto en el camino de Jerusalén. A poco más de tres leguas de distancia de la ciudad se encuentra El-Bireh, un sitio donde los peregrinos que regresan de Jerusalén suelen efectuar una primera parada. Cerca de allí se halla Betel, que dicen que fue el lugar donde se construyó el primer santuario dedicado a Yavé en Palestina.

El espigado adolescente galileo que es Jesús se ha perdido de vista. Sus padres no lo encuentran. Lo buscan con un punto de tensa desesperación, bien disimulada al principio, mal escondida conforme va pasando el tiempo y no logran localizarlo. Se han dado cuenta de que ha desaparecido cuando viajaban ya de vuelta, a la altura de El-Bireh.

Preguntan a unos y a otros hasta que un pariente, Jacob, les dice que la última vez que lo vio estaba en el Templo.

María suspira y ruega al cielo para sus adentros que siga allí. No quiere ni pensar lo que puede haberle ocurrido en caso de que se haya mezclado con gente inapropiada. Con algún romano peligroso o con gente de mal vivir, poco temerosa de Dios.

Se ven obligados a abandonar al resto de sus parientes y amigos, y José y María desandan sus pasos hasta Jerusalén mientras la gran familia regresa al hogar. Lo hacen no sin antes apalabrar la vuelta junto a unos pocos conocidos, que esperarán en El-Bireh a que ellos lleguen para no dejarlos solos en su viaje de regreso.

Retroceden por el mismo camino hacia la gran ciudad. A María le preocupa que José tenga que hacer ese esfuerzo suplementario, pero procura no hablar del tema para no incomodarlo a él ni ponerse ella misma más nerviosa. Aunque está angustiada, no quiere que su marido lo note. Intenta no darle preocupaciones. No más de las estrictamente necesarias al menos.

Cuando llegan de nuevo a la ciudad alta, en la parte más agradable y menos sucia del mercado, la madre nota que el aire allí es menos espeso y pestilente y lo respira con delicia.

Hacen un alto en la tienda de un conocido.

Tiene una casa grande en la que vende distintos objetos artesanos considerados de lujo. En el gran patio central, rodeado por un peristilo, María bebe un poco de agua y trata de recuperar el aliento. No es que esté cansada. Ella es joven y fuerte. Es que su alma se acongoja y preocupa por los disgustos que le supone la crianza de su hijo. Rebelde y malcriado. Mimado por su padre y sus hermanos. Consentido por Salomé, la hermana mayor de todos, que ya es madre también; amado hasta el exceso por su otra hermana, María...

—Cuando lo agarre, ya verás.

José, su esposo, intenta tranquilizarla, pero es evidente que se siente indeciso, temeroso de lo que pueda haberle pasado a Jesús. Los tiempos son duros y los peligros acechan. Cualquier cosa puede haberle ocurrido a su hijo. Quizá en ese momento se culpa a sí mismo por permitirle tantas cosas, por no atarlo corto como ha hecho con el resto de sus hijos, mucho más disciplinados que él. Lo ha mimado y tal vez así lo haya echado a perder. Los jóvenes adolescentes como él no se dan cuenta de los riesgos a los que se exponen. Jerusalén es una gran ciudad por la que circulan no solamente hombres santos y mujeres piadosas, sino depravados y gentes de todo jaez.

—No te asustes, seguro que está bien. Se habrá distraído, ya sabes cómo es. —El hombre trata de consolar a María, que se queja sin parar y se culpa a sí misma por haberlo perdido de vista.

—Por mi culpa, por mi culpa.

—No digas eso, mujer.

José hace un esfuerzo a pesar de que sus huesos ya no responden como antaño. Les lleva la mitad de una jornada llegar de nuevo al Templo. Cuando por fin, después de dar vueltas desorientados, subiendo y bajando escalinatas y pasillos, consiguen encontrar a Jesús, lo ven sentado en medio de un círculo de hombres sabios, los doctores de la ley. Parece que lo estuvieran sometiendo a un examen. Solo que es Jesús el que hace las preguntas y ellos quienes responden y escuchan al mocoso.

—Tienes un hijo muy bien preparado —le dice uno de ellos a María, que se ha llevado la mano al pecho como intentando sujetarse el corazón.

—Yo creo que lo mejor es que quien tenga dos túnicas le dé una al que vaya desnudo y no tenga con qué cubrirse. Y al que le sobre comida que haga lo mismo... —está diciendo el chico en ese momento, ante el asombro de los hombres que lo rodean.

—Ah, claro, el mundo sería mucho mejor si obrar así fuera tan sencillo —se queja uno de ellos.

—Pero es que es así de sencillo —insiste Jesús.

María está asustada, no solo por haber perdido a su hijo, sino por verlo en aquella situación tan extraña en la que él parece el maestro y los ancianos sabios del Templo, sus alumnos.

Piensa en darle una regañina en cuanto salgan de allí

—Cuando lleguemos a casa, este niño se va a enterar... —le susurra a José, pero su marido le quita importancia al hecho.

—Mujer, ¿qué prefieres: tener un hijo espabilado y sabio o un tarugo que solo sepa comunicarse con las ovejas?

María, que ha visto también con preocupación a Jesús hablando con las ovejas, no sabe qué responder.

51

Aquella mañana, cuando se levantó

Sahagún. Imperio de León
Primavera del año 1079

Aquella mañana, cuando se levantó con dificultad del duro jergón en que pasaba las noches, Selomo no las tenía todas consigo.

Ser llamado de nuevo por el emperador a su presencia no era algo que hubiese elegido como actividad preferida. Cuando su amigo el fraile le comunicó la cita, sintió un temblor exasperante. Él no era de esos que se congratulaban de relacionarse con las altas esferas. Más bien se había dado cuenta a lo largo de su vida de que actuar con discreción era lo más apropiado para sobrevivir en buenas condiciones.

Al levantarse se palpó como siempre las rodillas. Sentía que ya no funcionaban como antes. Se estaba haciendo viejo. En realidad, ya lo era. Mucho más de lo que habían llegado a serlo sus padres. Sus huesos crujían y parecían acumular humedad, volviéndose espesos y poco flexibles.

Si bien, y a pesar de todo, no echaba de menos los años de juventud, demasiado convulsos, dolorosos y, en muchos sentidos, humillantes, sí guardaba una grata memoria de lo que fue su cuerpo, el cuerpo del joven espigado y ágil que llegó a ser y que ya estaba desaparecido por completo.

Suspiró con resignación.

Se preparó para ir a ver de nuevo al emperador.

Alfonso VI era un monarca extraño, que prefería instalarse en un monasterio antes que en un palacio. Ese afán por lo religioso también escamaba a Selomo, aunque mientras le dejasen vivir en paz no le importaba demasiado lo que hicieran los reyes o sus vasallos en cuestiones divinas.

La corte de Alfonso VI no era ni erudita ni refinada, sino más bien una escuálida compañía itinerante compuesta por un capellán, una *curia regis*, un halconero y un perrero, un bufón que, según tenía entendido, no hacía demasiada gracia, y algo más de una docena de sirvientes encargados de atender las necesidades de los reyes y de sus amigos notables. No llegaban al medio centenar las personas que formaban ese séquito, a las que había que añadir otras ciento veinte de escolta militar, aproximadamente.

Sí, la corte de Alfonso era errante y estaba basada en valores físicos, en la corpulencia y la potencia del cuerpo. Y en la agilidad de la lengua. En esta última habilidad, Selomo podría haber destacado en caso de que hubiese pertenecido a la comitiva alfonsí.

«Pero por fortuna no es así. No soy un cortesano. Todavía...», pensó con sorpresa, horrorizado ante la idea.

Por lo que él sabía, el rey prefería las actividades bélicas y sexuales, y sus escasas efusiones dialécticas las reservaba para la cosa legislativa, siempre envuelta en un cariz religioso que obviamente a Selomo no le interesaba demasiado.

Como la corte tenía que desplazarse habitualmente, no disponía de una estructura cultural sólida. Por eso le sorprendía que Alfonso estuviese pensando en construir una escuela de traductores en Toledo. De momento, la ciudad permanecía bajo el poder moro, así que el proyecto que acababa de proponerle era a largo plazo. Y Selomo estaba acostumbrado a comprobar amargamente lo difícil que era hacer planes en la vida. Sin embargo, se mostró todo lo colaborativo que pudo con el rey.

Se presentó a la cita a la hora convenida y no tuvo que esperar mucho para hallarse en presencia del señor del reino.

Aquel era un hombre extraordinario, un guerrero, justo lo contrario de Selomo. Por eso no podía dejar de mirarlo con una fascinación subyugada. Pero ese hombre, por mucho que se llamara emperador, no dejaba de ser humano. Le gustaba vivir en el monasterio de Sahagún, al que amaba mucho más que a cualquier palacio. Selomo se preguntó qué extraña afección despertaba en el rey aquel recinto cristiano.

—La reina doña Constanza quiere edificar un palacio próximo

al monasterio —le dijo el rey como si le hubiera leído el pensamiento—. Le gustaría también levantar una iglesia dedicada a santa María Magdalena.

Selomo asintió con una sonrisa difícil que transformó su rostro haciéndolo parecer torcido y desviado.

La mención de la santa lo sacó de su estupor.

—Estoy seguro de que será una obra extraordinaria —dijo con una inclinación de cabeza que, más que un gesto de aprobación servil, tenía como objetivo ocultar la visión de su cara demacrada y descompuesta.

—La reina quiere llenar el palacio con un rico mobiliario y la iglesia, con el espíritu de su santa preferida. Pero supongo que ya sabes cómo son las mujeres. Les gustan los adornos, las cosas bonitas. Buscan a sus semejantes entre la hermosura del mundo.

De repente el rey calló, como si hubiese agotado toda su reserva de palabras. Selomo apreció su esfuerzo dialéctico. Estaba claro que era un hombre acostumbrado a hablar con la espada, no con la lengua. Pero, por lo que se veía, tampoco esta última la usaba mal, aunque quizá la tenía poco entrenada.

—Mi buen Selomo, no dejo de darle vueltas y casi no me lo creo. ¿Es verdad que cuando tenías diecinueve años escribiste dos poemas en arameo?

—Obras menores todas, mi señor. Si a mi provecta edad no soy capaz de concebir obras extraordinarias, ¿imagina su excelencia lo que podía hacer siendo apenas un niño?

—No seas tan modesto, maestro. Las noticias que tengo sobre ti dicen todo lo contrario.

Selomo calló. En realidad no era una persona humilde, ni mucho menos, pero había aprendido que ante los demás era mejor ofrecer una imagen de sencillez y recato. Y más ante un hombre como aquel, un emperador poderoso y guerrero.

Se fijó en que llevaba unas calzas adornadas con franjas de color verde y una capa parda de un color semejante pero algo más apagado. En la cabeza, en vez de portar la corona, se había puesto una gorra amarilla bajo la cual sobresalía una cabellera abundante, larga y rubia de aspecto un poco aceitoso. Sus ropajes eran de hilo fino y el manto le llegaba hasta los pies. Los zapatos tenían adornos de oro. Una espada que pendía de su talle con naturalidad remataba el conjunto, impresionante y magnífico.

Se le notaba incómodo de aquella guisa. Seguramente se sentía más suelto con su traje de batalla o de campaña. El soberano estaba tan ricamente ataviado que hacía visible la molestia que le producía su atuendo. Era un hombre mucho más familiarizado con la espada que con los oropeles. Parecía estar haciendo un esfuerzo por aparentar, a través de su indumentaria, una majestad en la que se revolvía con desagrado. Dejaba traslucir a las claras que se hubiese sentido más a gusto dentro de un traje modesto, como si supiera que la estética y el orgullo eran cosas diferentes que no tenían por qué ir juntas.

Eso complació a Selomo; se dijo que quizá su apariencia deslumbrante tenía que ver con el hecho de que acababa de contraer nupcias. Tal vez quería impresionar a su esposa, de la que había oído hablar mucho desde que llegara a la ciudad. Él, por su parte, estaba más acostumbrado a las vestimentas sobrias. Encontraba que la inclinación de algunos hombres importantes a adornar excesivamente sus trajes tenía un reprochable influjo oriental que no era de su agrado. Las gentes tendían a vestirse cada vez más con prendas pesadas, rígidas y, sobre todo, costosas. Un gusto que no estaba hecho para él.

Sin embargo, en esos momentos de tensión, sujetándose contra el pecho su pequeño libro adorado, deseó por un instante haber ido vestido con grandes y complicadas capas que pudieran ceñir a su cuerpo el objeto precioso.

—¿Sabes, Selomo? Tú, que entiendes de letras, me darás sin dudarlo la razón en algo: tenemos que hallar una nueva grafía para redactar los códices. Convendrás conmigo en que las escrituras uncial y semiuncial son muy penosas de reproducir. Tú tienes experiencia en ello y sabes lo que cuesta darles forma. Además, los errores se pagan caros cuando se usan pergaminos delicados y costosos de adquirir... La letra visigótica requiere demasiados esfuerzos para los beneficios que reporta. Al igual que en la guerra, en esto también el coste debe ser proporcional al provecho. Si no, no merece la pena la molestia.

—Estoy de acuerdo, señor mío. —Selomo era sincero.

Estaba al tanto de que la letra minúscula carolina estaba desplazando rápidamente a las escrituras nacionales en buena parte de Europa, precisamente por los motivos que acababa de exponer Alfonso. Incluso allí, en las tierras de ese rey poderoso que ahora lo miraba con sus ojos de ave rapaz, él sabía que había muchos extranjeros que usaban su propia escritura carolina. Los francos, sin ir más lejos, empezaban a implantarla a lo largo de todo el Camino de Santiago, donde se establecían y formaban sólidas y prósperas colonias. A la vez, traían de lejos manuscritos ya redactados con la nueva caligrafía. Estaba de acuerdo con el rey: había que adaptarse a los tiempos y simplificar la escritura. Ello redundaría en una mayor facilidad para la copia y la traducción, para el acúmulo de conocimientos... Se dijo que, seguramente, el empeño de Alfonso tendría mucho que ver con su nueva esposa, llegada del otro lado de los Pirineos.

—Espero contar con tu ayuda para acometer este gran cambio. Conozco a mis súbditos, no reciben bien las novedades. Especialmente la feligresía y el clero. Tendremos que convencerlos, además de obligarlos.

Cuando finalmente el rey se dio por satisfecho, después de un rato interminable de hacerle preguntas sobre temas que evidentemente no comprendía del todo y de intercambiar opiniones sobre su proyecto educativo, perdió de súbito el interés y despidió al poeta. Lo emplazó a una nueva conversación, cuyo momento y lugar le comunicaría a través de un mensajero, quizá de nuevo mediante el monje Samuel.

Selomo respiró tranquilo por un instante.

«Hasta la próxima, vale. Por momentos da la impresión de que dispone de tiempo para hablar de literatura, caligrafía y filosofía porque ya está aburrido de su nuevo matrimonio. Y eso que acaba de casarse...», meditó distraídamente.

El criado le hizo una señal hacia la puerta y él se despidió del emperador con grandes reverencias, tan contento estaba de poder largarse...

Procuró llegar a la salida sin darle la espalda al gran hombre. Cuando incorporó el torso porque empezaba a marearse un poco por la reverencia, apenas notó que el libro se deslizaba por su pecho abajo. Había adelgazado tanto en los últimos tiempos, durante su viaje de regreso... Quizá fue por eso. Ni siquiera se dio cuenta de que su tesoro había caído al suelo hasta que oyó la voz del rey y se paró en seco.

—Espera, buen Selomo. Se te ha caído algo...

El criado corrió a recoger el objeto, pero se detuvo ante una señal del rey. El propio monarca se agachó con un movimiento tan grácil y ligero que Selomo no pudo dejar de advertir su buena forma física. Una punzada de envidia lo atravesó. Le hubiese gustado tener las articulaciones ágiles y flexibles del monarca.

Abstraído en ese pensamiento y sin poder concebir que el librito que llevaba aprisionado contra su pecho, porque no se fiaba de dejarlo en ningún sitio, se le había soltado de la cadena y caído al suelo, al principio le costó entender al rey.

—¿Qué quieres decir, mi señor?

—Que has perdido algo, se te ha caído una cosa.

Selomo miró el volumen que sostenía el rey entre los dedos y abrió los ojos, horrorizado.

—Mi señor, sí, llevas razón, se me debe de haber caído...

Extendió las manos para recibirlo de vuelta. Un temblor insoportable lo invadió mientras sus ojos se salían de las órbitas contemplando su libro amado.

—Qué objeto más curioso. —El rey habló en tono apreciativo, evitando devolvérselo a su propietario.

Selomo rezó para sus adentros, deseando con todas las fuerzas de su cuerpo, que no eran muchas, que aquel patán no distinguiera lo precioso del pequeño objeto que sostenía entre sus manos.

—Oh, es una chuchería sin importancia que compré en... —Intentó disimular como pudo, aunque él mismo se daba cuenta del patetismo con que trataba de recuperar el libro. Extendió de nuevo la mano para hacerse con él, inútilmente.

Alfonso lo hojeó con curiosidad.

—Está escrito en un extraño lenguaje.

—Sí, en arameo. También hay partes en griego y...

—Pero entonces tú puedes leerlo, ya que incluso eres capaz de escribir en esa lengua, ¿no es cierto?

—Bueno, está un poco borroso en algunas partes.

—¿Y dices que es una baratija?

—Sí, probablemente.

—Ah, me gusta, pues entonces me lo quedo. Si no tiene ningún valor para ti...

Selomo estuvo a punto de desmayarse en ese instante.

—Pero, señor, es que...

—No te preocupes, buen Selomo. Si lo has adquirido barato puedo comprártelo a un buen precio. Así harás un gran negocio.

—No se trata de hacer negocio, mi señor.

—Vaya, pues si no te mueve el interés, estoy seguro de que no tendrás ningún inconveniente en que yo me lo quede. Un regalo para tu rey. A partir de ahora serás mi súbdito, según hemos convenido, ya que aceptarás mi propuesta y te convertirás en un hombre importante de mi reino.

—Tengo que pensarlo, mi señor. Como te acabo de decir, yo...

—Está bien, sigue pensándolo. Eso es bueno. Me gustan los hombres que saben meditar y calcular. Adiós, mi buen Selomo. Estoy seguro de que a la reina le gustará este pequeño librito que me acabas de regalar. Le diré que, gracias a ti, podrá ella disfrutarlo. Como te he contado, le gustan las cosas raras y bellas. Y esta que tú tanto desprecias a mí me parece que tiene un encanto que ella sí sabrá apreciar.

Selomo hizo un esfuerzo sobrehumano por no desvanecerse. Todo le daba vueltas. Se dejó guiar por el criado hasta la salida conteniendo el llanto y la rabia, como si fuera un niño. Un crío que por su torpeza y su inconsciencia ha perdido algo muy valioso. Que lo ha perdido todo seguramente...

52

Cumple años un día de verano

Camino de Capernaúm
Año 9 después de Cristo

Jesús cumple años un día de verano que a todos los efectos es como otro cualquiera para él y para su familia. Solo repara en ello porque su madre se lo recuerda con una sonrisa de incredulidad.

—Parece que fue ayer cuando viniste al mundo...

Roma está gobernada por Tiberio, hijastro, hijo adoptivo y yerno de César Octavio Augusto. Tiberio no es un mal gobernante, porque tiene muy en cuenta las necesidades del Imperio, no las olvida. Pero a esas alturas de su vida, rondando los setenta años de edad, pasa la mayor parte del tiempo en la villa de Júpiter, el más suntuoso de los doce palacios que ha construido en Capri, cada uno de ellos dedicado a una divinidad.

El poder no le interesa tanto como entregarse a una vida de molicie y perversión sexual, con la que quizá intenta acallar los gritos de su conciencia. Si es que la tiene.

En efecto, ha asesinado a Julia, su esposa, la hija de Octavio. También ha puesto fin a la existencia del amante de su mujer, Sempronio Graco, y ha liquidado a Agripa Póstumo y a Germánico.

Los fantasmas de todos los parientes y amigos con los que ha acabado se pasean por las lujosas estancias de la villa participando en las orgías de Tiberio e insultándolo.

A su alrededor crecen el miedo y el asesinato.

Seyano es el prefecto del pretorio y conduce las riendas del Imperio. Al manejar tanto poder por su cuenta, ya que el emperador se encuentra entretenido en otras ocupaciones más carnales, empieza a sentirse importante y se atreve a cosas que jamás hubiera soñado. Por ejemplo, a envenenar a Druso, el hijo del propio Tiberio, y a pedirle al emperador la mano de la viuda.

Pero, como suele decirse, quien a hierro mata, a hierro muere, y Seyano termina siendo víctima de Macronio.

Una serie de episodios homicidas se acumulan en la conciencia y el recuerdo de Tiberio, que comienza a obsesionarse con la idea de una muerte trágica. Ha matado a tantos que teme acabar corriendo el mismo destino.

Sin embargo, sus veintitrés años de gobierno son de paz y de prosperidad. El poder del Senado se consolida y el erario público acumula sestercios en sus arcas. Tiberio es un pervertido, un asesino y un paranoico, pero también un buen administrador. A través de los procuradores de su Imperio recauda buenos dineros. Para él, sus contribuyentes son como las ovejas para un pastor: no quiere desollarlas, sino solo pelarlas y ordeñarlas.

—Las moscas que llegan hambrientas a chupar las llagas de un herido sorben su sangre con más avidez que las que ya están ahítas —suele decirles a sus consejeros.

Desde el monte Hattin, en el camino de Jerusalén a Magdala, una enorme planicie de agua brilla hacia el oriente cruzada sin cesar por embarcaciones a vela que la puntean como lunares del color de la espuma.

—Es el mar de Genesaret —explica su pariente, José de Arimatea—. Puedes quedarte sin aliento mirándolo desde aquí bajo el sol de la mañana. Y por las noches, cuando lo ilumina la luna, uno siente que Dios está hablando...

—Pero un primo de mi padre dice que este es el mar de Tiberíades... —alega Jesús.

—Le han puesto ese nombre en honor del emperador romano Tiberio, que no es un gobernante digno de admiración para alguien temeroso de Dios. El verdadero nombre de este mar nuestro es el que acabo de decirte. Significa «arpa», pues tiene la forma de ese instrumento musical. Y en verdad el agua de este mar es música celestial. Una consolación en medio del desierto.

—Pero es un mar pequeño en comparación con el que dicen

que se encuentra al oeste y que se atreven a surcar las naves de los romanos.

—Yo no diría que es pequeño, a mí me parece grande como una bendición. Además, ¿quién es capaz de medir las aguas de un mar? Yo no podría hacerlo con la palma de mis manos. Tampoco conozco a nadie capacitado para pesar los cielos. Solo Dios podría con sus dedos sostener el mundo y evaluarlo en una balanza. Lo que sí sé es que a veces una gota de agua es mucho mayor que una montaña de polvo; más importante por lo menos. Este mar está lleno de pescados, lo que permite a las poblaciones de su ribera tener una próspera industria. Y ahí donde lo ves, tan aparentemente pequeño y tranquilo como luce, a veces se agita en violentas tempestades debido al viento que baja de las montañas y arrebata las aguas.

Jesús piensa que eso mismo ocurre con los seres humanos, que, a pesar de simular ser insignificantes, pueden sentir en su pecho violentas pasiones que los trastornan y conmocionan. Luego, José de Arimatea señala con el dedo a una población de casas blancas que apunta sobre el lago.

—Es Betsaida de Galilea y más arriba, hacia el norte, se encuentra Betsaida Julia. El nombre significa «casa de los pescados», o sea, pescadería.

—Dos Betsaidas y dos mares, como si todo estuviese duplicado —dice Jesús, que vuelve a pensar en el mar salado y muerto y en el mar dulce y vivo que tanto le han impresionado siempre. Como si el mal y el bien vivieran frente a frente encarnados en la forma y en la esencia de dos grandes lagos.

—Por otro lado, Capernaúm significa «ciudad de la consolación»; y hacia allá nos dirigimos.

«Consolación...» Jesús asiente muy serio mirando al infinito. Su vista se pierde en ese punto impreciso en que se juntan el cielo y el suelo. Su pensamiento también.

53

No dejaba nada al azar

Monasterio real de San Benito, Sahagún. Imperio de León
Primavera del año 1079

Lo que más admiraba Roberto de su padre y maestro, don Bernardo, era su carácter serio y responsable. Era un hombre santo que no dejaba nada al azar. Un claro ejemplo de aquellas personalidades extraordinarias que había forjado el espíritu de Cluny. Alguien con todas las virtudes necesarias para mantener a su alrededor una clara idea de jerarquía y autoridad, de orden y disciplina, que lograban que todo aquello que se proponía fuese realizado de una manera eficaz y rápida.

Acudir a él era siempre hacer una llamada segura. Al contrario que Dios, que parecía sordo la mayor parte del tiempo, Bernardo siempre atendía los reclamos del joven Roberto. Era para él mucho más que un padre.

Cuando lo encontró por fin, Bernardo se encontraba en una dependencia del monasterio en compañía de otros hermanos. Aún no había sido nombrado abad en sustitución del actual, pero pronto lo sería. Roberto estaba seguro de ello. El propio Bernardo actuaba ya como si lo fuera de pleno derecho. Siempre, por supuesto, con sus maneras diplomáticas y exquisitas, que hacían que casi nadie se diera cuenta de los cambios que iba introduciendo en el día a día. Como consejero real que era, emanaba la suficiente autoridad como para hacer respetables sus decisiones, siempre ponderadas en cualquier caso. Su objetivo era disciplinar al clero, pero muchas veces había comentado con Roberto su creencia de que nadie obedecía de verdad si no era por voluntad propia.

—Y ganarme las voluntades de estas buenas almas de Dios es mi cometido, para el que siempre precisaré de tu ayuda —solía decirle—. Junto con la del Altísimo.

Roberto hacía todo lo que estaba en su mano por auxiliarlo. Aunque no fuera mucho en realidad.

Bernardo se encontraba en compañía del sacristán, quien, entre otras cosas, era el encargado de la preparación de las hostias. Por lo general, estas se amasaban cada Navidad y durante la Pascua. En esas épocas se hacían provisiones suficientes seleccionando un trigo de buena calidad que se examinaba grano por grano. Unos monjes estaban lavando y guardando el trigo en sacos especiales que luego trasladarían al molino.

—Dile a Domiteo que tiene que lavar bien las dos piedras de la muela y colocar arriba y abajo unos trapos... —El sacristán era un hombre de carnes abundantes que sudaba copiosamente mientras daba instrucciones.

Evidentemente, no se fiaba de los monjes que debían realizar el encargo, al ser nuevos ese año.

—Disculpa, excelencia, pero debo asegurarme de que se haga bien el proceso. Tenéis que poneros un alba y cubriros la cara con el amito; anudadlo bien en torno al cuello, que solo queden visibles los ojos. Podéis hacerlo atando uno el trapo del otro y viceversa. Que no salga ni un hálito de vuestra boca, y mucho menos una gota de saliva. ¡Pureza, pureza, ese es vuestro único objetivo! Estas hostias van a recibir al cuerpo de Dios Nuestro Señor y no pueden estar contaminadas por vuestro aliento mañanero.

Era evidente que el sacristán no se veía precisamente constreñido por la regla del silencio. Claro que esta también preveía otros mandatos que no se podían cumplir a rajatabla. Era comprensible que preparar hostias de manera conveniente llevara acarreadas algunas explicaciones verbales, sobre todo para los legos en la cuestión.

Roberto irrumpió en la escena. Apenas era capaz de contener el resuello, su pecho estaba agitado por la carrera. Pero no sabía cómo comunicarle a don Bernardo la aciaga noticia.

El hombre, sentado en una silla de la sacristía, miraba a su alrededor sin ver. Roberto sabía que apenas distinguía unos bultos a su alrededor, como fantasmas que lo envolvieran con su presencia y sus palabras. Por fortuna, aunque sus ojos empezaban a quedarse yermos, Bernardo tenía buen oído.

El joven monje recordó la visión de los ojos de la muchacha muerta y se santiguó varias veces. Aprovechó para tratar de rezar mientras aguardaba la ocasión de poder hablar a solas con su maestro. Muy quieto en un rincón, cerca de la puerta, observó cómo uno de los monjes se llevaba para lavar los paños sobre los que se colocaban las hostias una vez consagradas en la misa.

Roberto intentó rezar unos salmos o las horas de la Virgen, pero no fue capaz de concentrarse lo suficiente.

—*Jube domine benedicere...* —musitó al fin.

Se dijo que la primavera, que empezaba a reventar en las flores y los árboles, en el exterior, no logró atravesar los muros del edificio sagrado. La pureza del aire se quedó fuera y allí dentro reinaba una atmósfera pesada y cargante, la propia de un espacio cerrado y frecuentado por muchos hombres que no prestan un gran cuidado a su aseo personal.

El monje que se encargaba de los trapos los puso dentro de unos baldes de cobre con agua de lejía que solo se utilizaban para ese menester.

A pesar de que el sacristán parecía un charlatán, Roberto lo disculpó porque no pertenecía a la orden del monasterio, por la cual los monjes estaban obligados a guardar silencio, por lo menos con algo más de éxito que aquel hombre. La necesidad de intercambiar mensajes sobre cuestiones prácticas les había llevado a todos ellos a utilizar un lenguaje de signos que se practicaba sobre todo en Francia desde la época del primer abad de Cluny, Bernon. Los monjes leoneses, sin embargo, eran un poco menos dados al silencio. Pero Bernardo confiaba en que poco a poco se iría imponiendo la regla. El código que utilizaban los cluniacenses era todo un diccionario de unas cien palabras que servían para hacer referencia a alimentos, utensilios para comer, ropa de cama..., además de vocablos que designaban ideas, acciones e incluso categorías de personajes de la vida monacal. Mas por aquellos lares los monjes todavía no se habían mostrado demasiado entusiastas con el sistema franco. Por el contrario, se limitaban a hablar poco entre ellos o, cuando lo hacían, a utilizar el susurro o a bajar el tono lo suficiente como para que diese la impresión de que se estaban contando secretos unos a otros. Claro que tampoco Roberto y su maestro Bernardo eran buenos ejemplos, pues siempre que se los veía juntos estaban hablando, haciéndose confidencias o planteando preguntas el joven y respondiéndolas el hombre mayor.

Mientras una parte de los paños se ponían a lavar, otro monje espolvoreaba los que ya estaban limpios con harina blanca y fina para absorber lo que les quedaba de agua. Luego se dispuso a plancharlos con una bola de vidrio sobre una mesa de madera.

A Roberto toda aquella ceremonia se le antojó eterna, pero se sentía incapaz de interrumpir las actividades cotidianas del monasterio, y mucho menos para contar las noticias que traía. Pasado lo que a él le pareció un tiempo interminable, reunió el valor suficiente para acercarse y susurrarle al oído el mensaje.

—Mi señor padre, tengo que decirte...

Cuando por fin le contó lo que había visto, Bernardo lo miró con los ojos abiertos y escandalizados, con una intensidad tan vehemente que, si no fuese porque Roberto sabía que su vista era muy deficiente, hubiese pensado que aquella mirada lo había traspasado hasta llegar a su alma, que, en ese momento, parecía querer escapar de su cuerpo.

54

Cuando aparece la visión de la ciudad

Jerusalén
Año 8 después de Cristo

Jesús, que ya ha visitado Jerusalén en otras ocasiones, nunca deja de admirarse cuando la visión de la ciudad aparece ante sus ojos. Despierta en él recuerdos de su más temprana niñez y le hace evocar y soñar cosas que ni siquiera ha vivido todavía.

Cuando se encuentra frente al Templo imagina que la vida en él, a pesar de todo lo que ha ocurrido dentro y fuera de aquellos muros sagrados, no debe de haber cambiado mucho a lo largo de mil años.

—Me pregunto qué soy yo comparado con todo ese tiempo —se dice a sí mismo mientras se mezcla con la gente que ocupa los atrios.

La multitud ha llegado procedente de todo Israel y de la diáspora, como siempre ocurre en las grandes celebraciones religiosas.

Jesús mira fascinado a los sacerdotes vestidos con lino blanco que se disponen a ofrecer los sacrificios de holocausto y de comunión en medio del estruendo de las trompetas. Aspira el olor a incienso, que llega hasta sus sentidos mezclado con olores que él es capaz de discriminar y cuya percepción le repugna, aunque procura no decir nada a nadie. Mucho menos a su padre. A José le rompería el corazón conocer todas las críticas del muchacho.

Cierra los ojos y se deja acunar por los himnos y el murmullo de la recitación de los salmos de alabanza. El pueblo baila y bate las palmas al son de las cítaras, de las arpas y las flautas, de los platillos que vibran con un sonido acuciante. El sentimiento piadoso y la devoción a Dios pueden sentirse llenando el aire, de la misma manera que el humo procedente del incienso carbonizado empapa los cuerpos y los sentidos.

Su padre, José, señala con orgullo hacia la explanada del Templo.

—Mira, hijo, aquí está la historia de Israel. De nuestro pueblo.

Jesús asiente, obediente. Aunque su pecho hierve de emociones contradictorias, ante su padre no quiere expresar dudas.

José continúa hablándole. Lo ha educado como un maestro. Ha sido sacerdote y conoce mejor que nadie los secretos de la religión que profesan y que condiciona sus vidas desde el nacimiento hasta la muerte.

—Hace treinta siglos que Salomón ordenó construirlo. Hicieron falta siete años de trabajos. —José sabe que a su hijo le interesa la arquitectura, los secretos de los albañiles, la manera en que se levantan obras increíbles donde antes no había nada que no fuese polvo y aire—. El rey Salomón trasladó el arca de la alianza desde la ciudad de David hasta esta casa sagrada. Así consagró la casa de Yavé. Hubo una gran fiesta para celebrarlo que duró una semana. En ella se sacrificaron veinte mil bueyes y ciento veinte mil ovejas.

Jesús arruga el ceño con disgusto. Su cabeza pugna por calcular a cuánta sangre derramada equivale eso y trata de contener las arcadas. Se calla, mira hacia el suelo, se contempla los pies, no sabe dónde posar la vista.

—Las gentes cantaban alegres y alababan al Señor por su amor eterno. Pero sucedió que, cuatro siglos más tarde, aquel magnífico Templo que contenía tesoros maravillosos para nuestro pueblo fue saqueado e incendiado por Nabucodonosor, el rey de Babilonia. Entonces desapareció el arca de la alianza. Nadie sabe dónde se encuentra o si fue destruida. Quizá fuese pasto de las llamas, igual que lo fueron el palacio real y las casas de Jerusalén, porque la ciudad no soportó el saqueo, incluso las murallas cayeron.

—Las murallas, claro —susurra Jesús.

—El rey Sedecías también cayó prisionero. Tuvo que presenciar la matanza de todos sus hijos. Y después de obligarlo a contemplar el espectáculo, le arrancaron los ojos. «¿De qué me sirven los ojos si he visto ya lo peor y lo mejor que puede ofrecerme el mundo?», les dijo a sus captores. Se llevaron secuestradas a las personas más notables del reino hasta Babilonia. Todos esclavos. Pobres y ricos, piadosos o impíos. Jerusalén fue arrasada. Así que se quedó vacía y olvidada durante cincuenta años. Medio siglo transcurrió hasta que volvió a ser habitada. Durante esas décadas apenas las fieras se atrevían a recorrer sus calles.

Jesús piensa en la desolación de esa ciudad muerta que le rememora su padre. Imagina las calles sin gente, sin mercados, sin oraciones, sin gritos y sin suciedad.

—Pero la vida cambia, los hombres nacen y mueren, lo que a uno le parece bien el otro lo reprueba. Y lo que uno levanta el otro lo destruye. Más tarde, en la época de Ciro, el rey de los persas, se autorizó a los judíos de Babilonia a volver a su tierra prometida, regresar a estas calles de Jerusalén. Los que volvieron se propusieron reconstruir la ciudad y levantar de nuevo sus murallas. Y así terminaron el segundo Templo, que se llamó de Zorobabel.

—Debió de ser un trabajo impresionante. —Jesús habla desde el punto de vista del profesional que calibra los esfuerzos de los constructores.

—Lo fue, hijo. No te quepa duda. Y todo para nada... —Los ojos de José, un hombre viejo que ha visto muchas cosas, parecen vacíos por un momento, cansados, como si el esfuerzo que está relatando lo hubiese realizado él mismo—. Más tarde, en tiempo de los griegos, el rey Antíoco IV Epifanes, quiso helenizar a nuestro pueblo. Ya sabes que somos tercos, que nunca nos hemos plegado a las reglas de otros, vivimos bajo nuestras propias leyes. Pero aquel rey impío estaba obsesionado con convertirnos a su forma de vida, a sus religiones paganas y a sus costumbres, de modo que comenzó una sangrienta persecución contra nuestro pueblo y profanó el Templo. Levantó en él un altar a su dios Zeus; lo mandó construir en el Altar de los Perfumes, y eso fue como hacerlo en nuestro corazón, en el centro de todo lo que somos. Y allí mismo ofreció sacrificios a sus dioses.

Jesús piensa en lo que eso significa, da vueltas mentalmente a las palabras de su padre. Medita despacio sobre los acontecimientos que relata José. Se da cuenta de que los sacrificios son los mismos, aunque los dioses sean diferentes; que incluso probablemente el altar pagano del rey griego fuera muy parecido al altar judío; y que en ambos tenía lugar la misma ceremonia sangrienta...

—Fue entonces cuando un sacerdote, Matatías el Asmoneo, que tenía cinco hijos fuertes y piadosos como él, decidió que ya estaba bien y le declaró al intruso la guerra santa.

—Y una vez que la ganó, seguramente celebró su victoria ofreciendo holocaustos y sacrificios de comunión y de acción de gracias, ¿verdad, padre?

José detecta un tono que no sabría definir en la voz de su hijo. Lo escudriña de reojo, pero no dice nada al respecto. Prefiere continuar con su charla educativa.

—Fue el detestable Herodes el Grande, ansioso por ganarse el favor de nuestro pueblo, quien reformó y enriqueció de manera fastuosa este hermoso Templo. Unas obras que todavía no han concluido. Cuando lo hagan, será la maravilla del mundo y todos sabrán que nuestro dios es el más grande. El único.

Sin saber cómo, Jesús siente que las luchas y matanzas y el derramamiento de la sangre de los sacrificios y de los hombres que han peleado por mantener intacto ese Templo todavía no han terminado, igual que las obras de rehabilitación. Nota un estremecimiento y cree ver el futuro en una imagen fugaz que le embarga el pensamiento y lo conmueve. No sabe cuándo ocurrirá, pero seguramente la violencia volverá a empapar con su miseria aquellas piedras santas que ahora contempla. Habrá hambre, un sitio feroz que obligará a las gentes a intentar calmar el rugido de sus tripas cometiendo actos infames. Se comerán las correas de los zapatos y los escudos que protegen sus cuerpos. Y habrá madres que maten a sus hijos para...

Jesús no puede soportar las náuseas esta vez.

Trata de contener una convulsión. Su padre se da cuenta de que algo sucede. Le pone una mano sobre el hombro y lo aprieta contra él. Son casi de la misma estatura. José es consciente de que se encoge mientras su hijo crece. Será un hombre espigado. Quizá demasiado delgado, pero fuerte.

—¿Te pasa algo?

—No padre, es solo que me emocionan estas celebraciones. —Mientras dice esas palabras, que le salen de la boca sin pensar, se da cuenta de que no miente.

55

Mientras esperaba a la reina

Sahagún. Imperio de León
Primavera del año 1079

Mientras esperaba a la reina, el que pronto sería abad y más tarde arzobispo, Bernardo, daba pasos arriba y abajo a lo largo de la estancia; los ecos resonaban con la rotundidad de las campanas. Desde que había llegado a esa tierra no hacía más que darle vueltas a la situación política, intentando sacar de ella el mayor provecho para su señora, pero sobre todo para sí mismo. Y para Dios, por supuesto.

—Estas fronteras que existen entre los musulmanes y los cristianos no son las que yo imaginaría teniendo en cuenta la superioridad militar de los cristianos... —De repente se detuvo y se giró en dirección al viejo abad, al cual estaba a punto de suceder en el cargo, un hombre de mediana edad con cara de huevo y ojos saltones que lo acompañaba a todos lados como una sombra—. Beltrán, ¿no estás de acuerdo conmigo?

—Por supuesto, pero es que para sellar las fronteras hacen falta gentes con las que repoblar. Y eso escasea en esta tierra desolada.

Bernardo asintió, pues era cierto.

Si se exceptuaban algunas poblaciones aragonesas y la ciudad de Toledo, que había sido la capital del reino visigodo y que estaba en el objetivo del rey Alfonso a pesar de su diplomática relación con el rey moro que la gobernaba, la verdad era que los reinos cristianos dedicaban pocos esfuerzos a consolidar sus límites. Solo cuando el peligro almorávide los obligaba establecían líneas defensivas.

La repoblación era otra cosa, y las fronteras acababan abandonadas. No servía de nada la ocupación militar si faltaban personas capaces de establecerse en los territorios y si no se aseguraban de que estas continuaban siendo cristianas. Además, tanto los reyes como los nobles preferían el dinero de las parias antes que la ocupación porque de las primeras obtenían buenas rentas, mientras que la segunda vaciaba sus arcas.

Los reyes moros que pagaban las parias eran buenos clientes. Una suerte de inquilinos que contribuían con regularidad. Los reyes cristianos se enfrentaban entre sí en guerras interminables con el único objetivo de conseguir ese dinero. Y mientras ellos luchaban, los reinos musulmanes sobrevivían; pagaban un precio, pero eso les permitía mantenerse.

—Tú mismo sabes que incluso ese hombre al que llaman Sidi, el Cid, apoya a los reyes moros de Zaragoza y Valencia. Y que los catalanes, los aragoneses, los navarros y los castellanos se disputan las parias de Zaragoza, Lérida y Tortosa, Valencia... Esta es una tierra dividida. El interés les impide juntarse, les sale más a cuenta la separación. Solo se unirían si tuvieran más que ganar, y eso no parece probable; de ahí que los moros saquen ventaja.

—Como siempre, me asombras, Beltrán, tu mirada es peculiar. Sobrevuela por encima de la realidad.

El abad hizo un gesto desdeñando el halago que a Bernardo le pareció sincero.

—Por si fuera poco, los reyes cometen la necedad de dividir su legado entre sus hijos. A veces preocupados por la herencia de los nacidos en un segundo matrimonio. Pero no hay que reprochar a otros un interés que a nosotros mismos nos mueve. El dinero musulmán es el reclamo que ha traído hasta esta península a muchos grupos de francos, entre los que quizá deberíamos incluirnos nosotros mismos...

—Una cosa buena, que alegra a Dios Nuestro Señor, es que el dinero de las parias está sirviendo para fijar una ruta del Camino de Santiago, en la cual se ha empeñado nuestro rey Alfonso VI. Demos por ello gracias al cielo, desde el cual nos vigilan todos los santos y mártires.

—Me complace saber que va a eximirse de peajes y portazgos a los peregrinos y que se va a garantizar su seguridad durante el viaje reparando los caminos y los puentes y creando hospitales y ciudades donde puedan encontrar todo lo que necesitan —asintió ¿Beltrán?

—Sí, eso es una buena cosa...

—Pero llevas razón, este es un lugar de confines y división. Demasiadas fronteras para mi gusto. Deberíamos hacer algo para cambiar las cosas. A pesar de que algunos, como Sancho Ramírez de Aragón, hayan concedido a nuestros compatriotas francos privilegios para poblar la capital de su reino, Jaca, y también para comprar bienes inmuebles o muebles; a pesar de que les hayan garantizado su seguridad dotándolos incluso con la excepción parcial del servicio de hueste y de que todo esto me hace mirarlos con buenos ojos; a pesar de ello... no puedo dejar de pensar en todo lo que se podría hacer y no se hace por esta tierra.

—Sí. Desde luego.

Beltrán se sacudió las sayas, se puso en pie y comenzó a dar paseos arriba y abajo con pasos ágiles e intranquilos.

—He oído que muchos francos están creando baños y hospitales, posadas e incluso un mercado semanal.

—Pero la prosperidad se ve trabada por las distintas divisiones. Incluso en cuestión de lenguas es difícil arreglárselas por estos caminos de Dios. Muchas ciudades están habitadas por gentes que no tienen ni tiempo ni deseos de aprender el latín, aunque podrían, dado que pueden permitírselo. Con el idioma hay tanta confusión como con la política. Siento curiosidad por esa lengua romance que se deriva del latín..., ¿cómo la llaman? Ah, seguro que ni le han puesto nombre todavía. Pero hay tantas otras que una persona como yo, de natural curioso, necesitaría varias vidas para lograr dominar las suficientes como para hacerse entender en todas partes.

—Si ya es difícil entenderlos a ello, imagínate intentar hacernos entender nosotros.

—Pero también me han contado que hay algunas manifestaciones escritas del todo interesantes, glosas y notas puestas por los clérigos en palabras latinas de difícil comprensión. Me resulta tan atrayente pensar en poder revisar algunas un día de estos...

—Sí, sí, ya me hablaste de ello... Creo que la iniciativa salió de los monasterios de San Millán y de Silos.

—Resulta curioso, aunque algunas palabras son traducidas directamente de la lengua vulgar...

—En fin, un lugar de locos este... Aunque tiene algo, tiene algo esta tierra que se te mete en el alma y allí...

En ese momento, uno de los criados anunció la llegada de la reina y la conversación se vio interrumpida.

—¡Su majestad imperial, doña Constanza!

56

Los dos hermanos caminan juntos

Nazaret. Galilea
Año 8 después de Cristo

Los dos hermanos caminan juntos, Jesús unos pasos por delante de María. El calor es bochornoso y, aunque en algunas zonas Galilea se halla bajo la influencia de los vientos húmedos que vienen del mar, a esas horas en Nazaret solo el polvo parece cobrar vida.
    El polvo y las moscas.
    Y eso que todavía no es la hora más calurosa del día. Ambos caminan mientras la sequedad del aire realiza trabajos bruscos en la piel de sus mejillas.
    A María le gusta preguntarle cosas a Jesús en los escasos momentos en que se encuentran a solas. A pesar de que es consciente de que su hermano todavía es un niño, cada vez que lo mira y lo escucha hablar tiene el presentimiento de que se convertirá en un sabio. En un rabí. Para María, Jesús sabe tantas cosas que parece viejo. Solo su padre José lo supera en conocimientos.
    —¿Nosotros somos pobres, hermano?
    —No, por lo menos no exactamente. Desde luego, no somos ricos. Los ricos son poderosos, conservadores. Casi todos los ricos son saduceos. Es gente que se lleva bien con los romanos. Y la clase alta está llena de ricos comerciantes. Luego están los jefes de los recaudadores de impuestos, los terratenientes y, por supuesto, los romanos.

—Entonces, está claro que no somos ricos, porque no pertenecemos a ninguno de esos grupos que dices.

　　Jesús sonríe abiertamente, asintiendo.

　　Una de las cosas que más le gustan a María de su hermano es su sonrisa. Cuando sonríe, Jesús abre una puerta al cielo. Le gusta reír a carcajadas y tiene un humor incomprensible, unas veces refinado y otras ramplón, que contagia a todo el mundo a su alrededor. Hace chistes tan malos que no queda más remedio que reírlos.

　　—Nosotros somos normales, ni tan pobres como un leproso que mendiga, ni tan ricos que podamos permitirnos una vida acomodada. Estamos en el mismo sitio que los artesanos. Somos trabajadores manuales. Nuestro padre ha sabido mantener un negocio con el que sacar adelante a una gran familia. Nos ganamos la vida. No somos pobres.

　　—Doy gracias a Dios porque no pertenezcamos a la mayoría, a los pecadores...

　　—No los juzgues severamente. Los más pobres incumplen la ley porque no la conocen.

　　—Pero son impuros, prostitutas y ladrones, cuidadores de camellos y jugadores...

　　—La mayoría de ellos no ha tenido la mínima oportunidad de enterarse de nada. Ni siquiera saben qué hacen en la vida. No saben lo que está bien o lo que está mal porque simplemente nadie se lo ha enseñado. Pasan por el mundo como estas moscas que ahora mismo revolotean alrededor de tu cabeza. Ignorantes, acuciadas por el calor y la necesidad. No piensan en nada, ¡parecen publicanos!

　　María sonríe divertida y da unos pasos hacia su hermano, aunque no los suficientes como para ponerse a su misma altura.

　　—Lo raro es que las gentes de diferente origen y situación nunca se ven juntas. ¿Por qué ocurre esto, hermano, por qué nunca vemos a los ricos con los pobres?

　　—Supongo que quizá les ocurre lo mismo que a las cabras y a las ovejas. A cada una le gusta transitar por un sitio diferente. A las cabras les gustan las laderas de las montañas, pero las ovejas prefieren los valles y las planicies. Las cabras pastan todo el día, mientras que las ovejas dejan de comer cuando el calor es agotador, como ahora mismo; entonces se resguardan a la sombra de un árbol. Las cabras, en este ejemplo que te pongo, podrían ser los ricos. Son mucho más difíciles de controlar que las ovejas.

—Entonces ¿las ovejas serían los pobres?
—Posiblemente.
—Pero las cabras a veces irrumpen en los sembrados, los destrozan. Da la impresión de que están un poco locas.
—Sí, pero también de la cabra se obtiene leche y carne.
—Y a las ovejas se las trasquila y ordeña...
María se dispone a decir algo más cuando, de repente, se queda quieta, parada, mientras su hermano sigue andando unos pasos por delante, dándole la réplica.
—Bueno, es que...
María se deja vencer por la rigidez, tan conocida pero igual de aterradora que siempre. Su cuerpo comienza a convulsionar. La niña gime cuando siente que algo va mal. No es la primera vez que ocurre. Cuando Jesús se da cuenta, se gira alarmado a tiempo de oír quejarse a María.
—¿Qué te pasa, hermana?
Demasiado tarde.
Ella ya está ausente.
Se ha desvanecido y Jesús teme que se haya golpeado. Se acerca rápido y la incorpora un poco sobre la tierra seca y amarilla. María sigue convulsionando. Y Jesús, impresionado, le acerca la mano y se la pone en la frente. Al tocarla nota la ausencia que ya conoce, algo así como un bulto de vacío que se forma dentro de la cabeza de la niña. Pequeño y duro como una piedra. Es una cicatriz, y es dolor. Puede sentir cómo se mueve, agitándose como un pez que se escurre dentro del agua y pugna por salir. Encerrado y furioso.
Una baba de espuma se forma alrededor de los delicados labios de María, que tiene los ojos cerrados y se estremece con espasmos agónicos.
Jesús sabe que dentro de ella se encuentra un mal inaccesible. Le gustaría poder alcanzarlo con sus dedos y arrancárselo. Sacarlo fuera. Expulsarlo como un demonio maléfico al que se condena al frío de la intemperie, del mundo.
Pero no puede.
Se da cuenta de que María castañetea los dientes y corre el riesgo de cortarse la lengua. Le introduce en la boca un trozo doblado del manto de sus vestidos y acaricia su pelo hasta que la crisis va remitiendo poco a poco. La limpia con cuidado. Tiene un poco de sangre en la frente.

Con ayuda de dos de sus vecinos, lleva a María a casa, donde su madre percibe alarmada que la niña, su amada hijastra, a la que ha criado desde que era un bebé, ha vuelto a tener uno de esos episodios extraños en los que parece perder la conciencia, como si estuviese poseída por mil demonios. No quiere que los vecinos sepan que le ha ocurrido otras veces. No desea correr el riesgo de que hablen sobre el asunto y extiendan el rumor de que su hija está poseída. Eso la condenaría. Tan joven...

Les da las gracias y confía en que no dirán nada. Le quita importancia al incidente.

—Se ha caído y se ha dado un golpe —les dice mirando severa a Jesús, que está callado y serio—. Se le pasará pronto. ¡Mi niña, tienes que mirar por dónde pisas!

Jesús, en su interior, sospecha que el mal que tiene María es una lesión, el recuerdo de algún golpe malo, quizá de mucho antes de que naciera y viera la luz. Es algo que obliga a su cuerpo a desentenderse de su mente y a hacer cosas que nadie le ha ordenado.

—Prepárale una infusión de corteza de tilo, madre.

La mujer, que acuna a su hija entre sus brazos, mira al chico con cara de preocupación. A veces, aunque gracias a Dios Jesús tiene buena salud, le preocupa tanto o más que María, que en esos momentos parece extenuada por una enfermedad demoniaca.

—No tiene que tomar nada, tan solo debemos rezar a Dios por ella, para que expulse los demonios que la habitan.

Jesús no quiere discutir con su madre y asiente mansamente. Sabe que la oración es algo bueno, pero la infusión también.

—Sí, madre, pero es que María tiene sed, eso es todo, prepárale lo que te digo. O mejor, ¡lo haré yo mismo! Quédate ahí con ella.

Y se dirige al hogar para poner agua a hervir.

La oración es un hechizo, por supuesto. Una fórmula.

Jesús sabe que los griegos creen en la magia, en la eficacia del *epodé* o ensalmo. Él también recurre a la oración porque vive en un mundo donde todo son signos de Dios y los seres humanos se enfrentan a ellos mediante el ruego y la plegaria.

—Pero también creo en el poder benéfico y calmante de la corteza de tilo —susurra para sí mientras contempla cómo hierve la poción.

57

Miraba hacia lo alto con la vista perdida

Sahagún. Imperio de León
Primavera del año 1079

La luz parecía de mármol aquella tarde. Y las nubes eran figuras sepulcrales arcaicas y pétreas en el cielo.

Bernardo miraba hacia lo alto con la vista perdida, nublada, y una extraña respiración agitaba su pecho debajo de la túnica. Sus pensamientos, a pesar de que se dirigían hacia arriba, no estaban centrados en Dios o en los espíritus, sino en cosas mucho más terrenales. Por ejemplo, en el cadáver de esa otra niña cruelmente mutilado que habían encontrado en el campo.

—Este es el segundo. Que sepamos...

También pensaba, por supuesto, en su majestad el rey, un tema que difícilmente olvidaba, ni de día ni de noche. Alfonso VI era un hombre peculiar, no cabía duda. Todavía no sabía qué pensar sobre el monarca. Admiraba su figura política, pero conservaba dentro de él un mínimo sentido del escándalo que lo prevenía contra el soberano.

—Dicen que es el hombre de las dos religiones. Que no tiene nada que envidiar a los ingleses como político. Claro que las malas lenguas también lo califican de oportunista y de libidinoso en su vida privada. No retrocede ante nada. Carece de escrúpulos. Es un ser exótico en este país. Y su conflicto con el Cid deja muchas sospechas... —le confesó el abad del monasterio, a quien Bernardo había sucedido ya de hecho, aunque no formalmente.

Bernardo había llegado a los dominios de Alfonso de la mano de la mujer por quien estaba preocupado, doña Constanza, hija de Roberto, el duque de Borgoña, y viuda del conde francés Hugo. Constanza acababa de casarse con Alfonso y, según le había dicho en confesión, ya estaba esperando un hijo del rey. Ojalá Dios lo trajera al mundo sano. Y, sobre todo, ojalá fuera un varón. Él rezaría por ello todos los días hasta el momento del parto.

—Este no es un simple matrimonio de Estado. Tú lo sabes... —le dijo el abad saliente bajando la voz.

Que no lo fuera era precisamente lo que inquietaba a Bernardo de Sedirac, que asintió distraído.

—Doña Constanza no es una joven virgen, y casarse con ella tampoco le supondrá a su majestad una alianza política importante que asegure su reino o su poder. Lo ha hecho porque los rumores sobre la belleza de Constanza han atravesado los Pirineos hasta llegar a sus oídos. Veremos cuánto le dura el capricho. Cualquiera sabe que Alfonso no aguanta en la misma cama mucho tiempo...

Bernardo asintió, esta vez de manera más vehemente.

Desde que llegó a Castilla acompañando a su señora y reina, en ese momento ya emperatriz, dos cosas le habían turbado sobre todo. La primera, la manera en que el rey se enfrentaba al problema de los musulmanes invasores, muy distinta a la suya y a la de la reina. La segunda, la afición del monarca a meterse entre las faldas de las mujeres que se le ponían cerca. De todas ellas.

A don Bernardo le parecía que tanto la vida privada como la pública de Alfonso VI eran demasiado extraordinarias. A pesar de que, según parecía, había enviudado solo una vez, muchas mujeres habían pasado por su vida. Y Bernardo sabía que seguirían haciéndolo. Tenía espías bien pagados que lo mantenían informado de todo lo que pasaba. Pero las amigas del rey eran una preocupación que bien podía evitarse. Tenía mucha información que no estaba dispuesto a compartir con la emperatriz Constanza.

—Para qué despertar sus inquietudes... —Pensó en los celos, que eran demonios que se sabía cómo entraban en la cabeza de la gente, pero no cómo hacerlos salir una vez que tomaban acomodo en el pensamiento.

Entendía que el destino de esa mujer estaba ligado al suyo y se había marcado el propósito de trabajar para que este fuese lo mejor posible para ambos. Aunque él era un hombre comedido, humilde y estudioso, tampoco era imbécil y estaba convencido de que la mejor manera de usar el poder era poniéndolo en las manos adecuadas. Como las suyas.

Cuando llegó a León, y luego a Sahagún, no imaginaba lo que encontraría alrededor de Alfonso. Cierto que jamás supuso que la vida sería fácil, pero no tenía ni idea de hasta qué punto podría complicarse.

—Los caminos de un reino no son sendas suaves, sino pendientes escarpadas y llenas de peligros —meditó.

La primera mujer legítima de Alfonso, doña Inés, murió en 1078 sin descendencia y fue enterrada en la abadía de Sahagún.

—Todavía no sé por qué el rey tiene tanta querencia por esta abadía.

—Sufrió mucho y aquí encontró refugio cuando más lo necesitaba —le respondió el abad.

—Será por eso.

Era evidente que la fama de la belleza de Constanza había atravesado fronteras hasta embriagar los sentidos, siempre lúbricos, del rey. A Bernardo le constaba que muchos consejeros, dotados de lenguas viperinas, le habían aconsejado a Alfonso que no se desposara con ella.

—Es una princesa de segunda mano, viuda, y desde luego de segunda categoría. Además, tengo entendido que es aficionada a meterse en camisas de once varas... —le había dicho textualmente, según sus informaciones, uno de sus hombres al rey. Quizá Ansúrez, aunque no podía estar seguro.

Lo que aquellos intrigantes entendían por entrometerse en asuntos que no incumbían a la reina era para Bernardo simple celo y escrúpulo religioso. Su reina era una mujer piadosa y si eso la llevaba a ser intransigente en cuestiones de tolerancia con los moros, a Bernardo no le parecía mal. Degollar prisioneros moros sin compasión era un acto que Dios aprobaba según la mayoría de los príncipes de la Iglesia, que estaban seguros de eso, como si el Altísimo se lo hubiese susurrado al oído. Aunque detestaba el derramamiento de sangre, Bernardo no había meditado lo suficiente sobre las consecuencias cuando esta era infiel.

—En fin, vivimos tiempos difíciles... —suspiró.

—¿Acaso no lo han sido siempre, desde que el mundo es mundo? —respondió el abad sentándose y secándose unas gotas de sudor que le escurrían barbilla abajo.

A pesar de las maledicencias de los personajes de la corte, que iban y venían, hablaban y malmetían, siempre intentando sacar provecho económico, político o del tipo que fuese, Bernardo estaba casi seguro de que el rey amaba a Constanza, su señora. La prueba era su reciente embarazo. Hacía pocas semanas que se habían casado y ella ya estaba preñada. Bernardo no se cansaría de rezar todas las noches pidiéndole a Dios que diese a su señora un heredero sano y fuerte. Y que ambos, no solo el pequeño, sobrevivieran al parto.

Sí, estaba convencido del amor que Alfonso sentía por Constanza, pero un auténtico pesar le nublaba el ánimo a esas horas. Poco antes de reunirse con el abad para hablar sobre asuntos de intendencia del monasterio, había recibido a uno de sus chivatos, que le había traído malas noticias.

—Se llama doña Jimena Muñoz. Es alta y rubia, la hija menor de un noble de la casa de los Guzmanes. Por parte de madre, desciende del rey Bermudo II de León. Es lo que se dice una auténtica dama... Eso si olvidamos el asunto de que se ha encamado con Alfonso sin ser su esposa. Se acuestan juntos desde hace un año más o menos. Yo diría que más, porque cuando murió la anterior reina, Alfonso ya la visitaba. Toda una señora, así se los digo. Pero ya sabéis, excelencia, que en la cama no hay dama, que solo hay lana.

—Pero mi señora doña Constanza se ha casado con el rey hace apenas dos meses...

—Las lunas de miel de su majestad suelen ser especialmente dulces, según parece.

—O sea, que el rey tiene una concubina.

Su informante, que se las daba de hombre ilustrado, le respondió con una aclaración filológica.

—Digamos que es una mujer con la que comparte el lecho, *cum cubit*, de manera que... sí, podríamos denominarla así. Aunque también hay quien asegura que una concubina es una esposa casada morganáticamente con un rey, lo cual quiere decir que no puede ser legitimada por las leyes, pero que, sin embargo, es esposa.

—¡Bah! Pamplinas. Un rey cristiano solo puede tener una esposa, y esa es mi señora doña Constanza. A no ser que las tendencias moras de tu señor lo inclinen a tener más de una, tal y como hacen sus enemigos musulmanes en las tierras que él asegura querer conquistar de nuevo aunque no termine de ponerse a ello por una cosa o por otra.

—Lo que no da un alto nacimiento se adquiere cuando una se casa con un hombre de alto rango. Y si ese hombre del que hablamos es un rey, ¡ni digamos!

—Para mí que esa doña Jimena no es más que una prostituta; una amiga, si nos ponemos respetuosos. Que Dios la perdone.

—Sí, pero la dama es noble, de las que más.

Bernardo calló apesadumbrado por el inconveniente y se dispuso a despachar al chivato después de pagarle.

La lujuria de aquel hombre lo sacaba de quicio.

Bernardo era poco dado a los pecados de la carne, si se exceptuaban los que tenían que ver con el estómago. Él era un hombre de poder, más propenso a las debilidades que conducían a hacerse con las riendas y las voluntades de todos aquellos que lo rodeaban antes que a perder la cabeza por la entrepierna perfumada, para disimular su verdadero olor, de una furcia.

Por eso no era capaz de comprender del todo la personalidad de Alfonso, aunque había conocido a suficientes hombres como él para hacerse una idea.

—Bueno, esperemos que se le pase pronto el arrebato.

—Yo no estaría tan seguro —negó con rotundidad el hombre—. Esta doña Jimena no es de esas que van y vienen. Su amor no es humilde, creedme. He visto a muchas entrar y rápidamente salir de la cama del rey para no volver jamás. Pero doña Jimena se quedará. Hacedme caso. Esta es de las que inscribirán su nombre en una lápida con un largo epitafio grabado en mármol.

El confidente dejó escapar una risa siniestra que puso a Bernardo los pelos de punta, a pesar de que aún no sabía lo proféticas que eran aquellas palabras.

Justo al mismo tiempo que Bernardo se preocupaba por su esposa doña Constanza, Alfonso, el emperador, se apretaba al cuerpo de otra mujer.

Sabía que doña Constanza estaba preñada de su primer hijo.

El rey confiaba en que se tratara de un varón.

Se inclinó y besó largamente a su amante, doña Jimena, mientras repetía su nombre de forma ahogada contra sus labios. Sentía un placer perverso cada vez que llamaba a la mujer por su nombre. Sí, era un goce infantil pensar que su querida tenía el mismo nombre que la esposa de Rodrigo Díaz, el Cid. Esa broma, que solo él conocía, no dejaba de alegrarle.

Amaba los sonidos que dejaba escapar en la cama Jimena, sus quejidos y gritos de pasión. Lo hacían sentirse burbujeante y arrojarse sobre ella como un lobo hambriento.

—Mi señor, me gustaría recibirte en un lecho de flores.

—Cállate, mujer, prefiero montarte en esta cama. Las flores son incómodas. Mira las rosas, llenas de espinas...

—Cuando vienes a mi cámara, tu amor me alegra más que el vino.

—Siempre sabes decirme las palabras adecuadas. Bésame hasta que me quede sin fuerzas.

La mujer, que estaba envuelta en complicados ropajes, se remangó hasta dejar a la vista su entrepierna.

—Eres un manojo de mirra, mi querida.

—¿Quieres que me tumbe boca arriba o boca abajo?

—Me gusta tu espalda y todo lo que hay en ella, así que será mejor que te des la vuelta. Pero no antes de cargar tus piernas encima de mis hombros. Tus piernas son bellas, álzalas para que yo las vea.

58

Se alojaba en una humilde pensión

Sahagún. Imperio de León
Primavera del año 1079

Mientras que Selomo se alojaba en una humilde pensión de la ciudad que solía ser frecuentada por peregrinos, su compañero de viaje, Samuel, encontró acomodo en el monasterio, donde los monjes lo habían recibido como a uno más. Selomo admiraba el cristianismo por su capacidad de organizarse para facilitar el peregrinaje a los lugares santos. «El judaísmo tan solo favorece la diáspora», pensó entrando en la pensión a la vez que varios hombres malolientes, vestidos con andrajos y de mirada enfebrecida, que sin duda buscaban acomodo provisional en el lugar.

Samuel le había dicho que le llevaría comida del monasterio.

«Monasterios, qué extraordinarios recintos...» A Selomo le sorprendían esas curiosas comunidades masculinas, y también femeninas, de los cristianos. No le veía el sentido a una forma de vida semejante. No es que él fuese un entusiasta de juntar los sexos en la convivencia diaria, pero tampoco entendía cuál era el motivo de vivir por separado, ni siquiera cuando la excusa era Dios. Se le antojaban vagamente parecidos a las antiguas comunidades esenias que habían proliferado en Tierra Santa hacía ya mil años... Pero es que a esas tampoco les encontraba razón de ser. Claro que él era un alma solitaria y la vida en grupo no le llamaba demasiado la atención.

Cuando aquella tarde, a punto de anochecer, recibió la visita de Samuel se encontraba en el modesto cuarto que había logrado rentar gracias a la recomendación del monje, evitándose así, al menos provisionalmente, dormir en las cuadras o en los dormitorios colectivos, como era lo habitual.

Estaba tumbado en el catre, encogido sobre sí mismo en posición fetal y a punto de tener un colapso nervioso. Si es que no lo había tenido ya.

—Soy yo, Samuel, ¿puedo pasar?

La voz conocida lo sacó de su ensimismamiento y su tristeza. No tenía ánimo para hablar con nadie y le costó levantarse de la cama para desatrancar la puerta.

—¡Dios bendito! Tienes muy mala cara, ¿qué te ha pasado?

—No me encuentro bien.

—¿Tienes fiebre? ¿Es esa lepra tuya que...?

—Te he dicho mil veces que mi mal no es la lepra. Y no, no es por eso. Es que no me siento bien.

Samuel hizo un intento de ponerle la mano sobre la frente, pero Selomo la esquivó con más agilidad de la que nadie le hubiera supuesto, ni siquiera él mismo.

—¡Quita ahí!

La pérdida del libro le estaba causando un dolor inconmensurable. Mucho peor que si le hubiesen amputado un miembro de su cuerpo. Selomo estaba seguro de que, de haberle cortado una mano o un pie, no sentiría tanto dolor ni tanta ausencia como le embargaban en esos momentos.

Volvió sus pasos hacia el catre mientras oía la cháchara mezclada en varios idiomas de Samuel sin concentrarse mucho en ella.

—¡Unas muertes terribles, terribles! ¡Jóvenes, casi niñas! Eso no puede ser obra de Dios, sino del diablo, y tú tienes que ayudarnos, Selomo. Tú sabes leer cosas que la mayoría no podría descifrar ni en mil años... —le pareció oír que decía Samuel. Pero sus palabras no despertaban bastante curiosidad en él. Ninguna, para ser sinceros.

Samuel siempre le había parecido un personaje incongruente. Si bien le estaba agradecido, no sentía por él nada que pudiera llamarse verdaderamente afecto, ¿o quizá sí?, no sabría decirlo. Pero el monje penitente y peregrino tampoco le era del todo indiferente. Habían pasado juntos demasiadas fatigas a lo largo de su penoso viaje por el mundo como para no tenerse en cuenta el uno al otro.

Aun así, Selomo no se sentía capaz de contarle su secreto. Ni a él, ni a nadie. Tendría que seguir sufriendo solo, en silencio...

59

Una noche gélida y ventosa

Nazaret. Galilea
Año 8 después de Cristo

Una noche gélida y ventosa de finales del mes de nisán, o abril, llaman a la puerta de la casa de José y María. Cuando oye los golpes, María, la hija, cierra los ojos como si acabara de recibirlos ella misma en el pecho. Jesús la mira desde el otro lado de la estancia y nota su preocupación.

Uno de sus hermanos abre la puerta y la visita inesperada se presenta. Es muy raro recibir visitas a esas horas de la noche y Jesús se da cuenta de que algo importante está a punto de suceder.

—Que Dios sea con vosotros —dice un hombre moreno y nervudo. Tiene un porte elegante y seguro, de persona importante. Sus ropas denotan un estatus social elevado.

Jesús no sabía nada al respecto, pero es obvio que sus padres esperaban ese encuentro.

Al momento aparece José, que se encamina con una sonrisa a recibirlo. El hombre, aproximadamente de la misma edad, quizá algo más joven, de alrededor de setenta años, abre los brazos en señal de alegría.

—Mi querido pariente, que Dios te bendiga. Tienes muy buen aspecto.

José sacude la cabeza y parece que va a decir algo, pero lo piensa mejor; está claro que no tiene ganas de hablar de él.

—Zacarías, mi querido primo. Cuánto tiempo sin verte.

La puerta se queda abierta, dejando pasar un viento que susurra con inquietud.

Mientras acompaña a Zacarías al interior de la casa, José se prepara para obsequiarlo.

—Nosotros ya hemos cenado, pero María y mi hija pueden disponer una colación para que repongas fuerzas.

—Te lo agradezco, primo, pero ya estoy servido. Comí en una hospedería por el camino y no deseo causaros ninguna molestia.

—Ya sabes que para nosotros es un honor recibirte en esta humilde morada.

Jesús tiene la impresión de que su padre se avergüenza de la casa donde viven. Es evidente que el hombre que acaba de llegar está acostumbrado a los lujos. Así lo indican sus ropas y sus maneras de hombre poderoso. Quizá Zacarías está habituado a pisar suelos más lujosos y engalanados que los de su casa de artesanos de clase media, de trabajadores que se ganan la vida con sus manos, como siempre le dice él a su hermana.

—María... —José se dirige a su hija, que intenta confundirse con las sombras de la casa evitando las zonas donde la luz de las velas crea espacios de claridad—, trae un poco de vino para nuestro ilustre invitado.

—Eso no seré capaz de rechazarlo. Muchas gracias. Un poco de vino me reconfortará el espíritu en esta noche desapacible.

Al poco, María aparece con un jarro de vino y una copa hecha del mismo barro cocido. Zacarías y José apenas miran a la niña cuando sirve la bebida.

María tiene catorce años. Lleva su larga cabellera bien cubierta, signo que indica que ya es una mujer, pero bajo su tocado se adivina la recia melena ondulada que tan bien conoce Jesús, de un castaño claro y llena de reflejos rojizos. María tiene los mismos ojos que su padre. Tanto ella como Jesús y Judá, aunque no sean hijos de la misma madre, han heredado de José la mirada del color de la miel, y los ojos de la niña ahora relucen como incendiados por una pequeña hoguera cuando la luz de la lámpara consigue acceder a ellos.

—Hace mucho tiempo que no nos vemos.

Los hombres sonríen y demuestran complicidad.

En un momento dado, José llama a Jesús y al resto de sus hijos y se los presenta a su primo.

—Este es mi primo Zacarías, de la tribu de David. Es un hombre importante que se dedica al comercio.

Jesús se acerca al recién llegado y se muestra respetuoso. Los desconocidos siempre despiertan su interés. Mirarlos le hace soñar con otros lugares y otras gentes, con otros climas y otros cielos. Con sitios donde la vida de las personas seguramente transcurre de manera muy diferente a como lo hace en su tierra.

Los jóvenes y los adultos conversan animadamente. Los mayores están riendo y recordando anécdotas de la infancia que vivieron juntos cuando María, la madre, hace acto de presencia de forma sorprendente. No es habitual que las mujeres se aproximen así a los hombres que están reunidos, como si quisieran formar parte de la conversación. Se acerca a ellos. Jesús piensa que siempre llena la estancia cuando aparece, como si borrase a todos los demás para quedarse ella sola.

La diferencia de edad entre sus padres es mucha. José es cuarenta años, o más, mayor que María, de manera que ella, que tiene veintiocho, se encuentra en la plenitud de su belleza. Incluso su hijo puede darse cuenta, azorado.

El primo Zacarías celebra la llegada de María con grandes aspavientos de felicidad.

—Hija mía, hasta hoy no había vuelto a verte, no desde que te casaste con mi primo. Y aquí estás ahora, aquella pequeña huérfana, hija de Ana y de Joaquín, de la tribu de David. La misma que convirtió a mi primo José en un hombre joven... —Deja escapar una sonora carcajada que intimida a María hija.

—Me complace verte con buena salud, Zacarías.

Quizá por efecto del vino, Zacarías comienza a hablar y a recordar. Jesús piensa que incluso un poco más de la cuenta. A él no le gusta saber hasta el mínimo detalle de ciertas cosas.

—Todavía me acuerdo del día en que el sumo sacerdote convocó a mi primo José para decirle que María, una preciosa chiquilla, se había quedado sola en el mundo y que necesitaba un tutor que se hiciese cargo de ella. El sumo sacerdote enseguida pensó en mi primo José, porque era perfecto. Un hombre sobrio, mayor y que había sido sacerdote, alguien que tenía lo necesario para servir de guardián a una muchacha tan hermosa. Mi primo José era viudo y casi todos sus hijos estaban ya criados, excepto los dos pequeños. A la pequeña María la cuidaba María de Cleofás, ¿no es cierto?, y a

Judá, que aún gateaba casi todo el tiempo, también... —Se acercó el vino a los labios, pero no bebió y lo dejó de nuevo donde estaba—. Hete aquí que cuando él pensaba que ya había terminado para siempre su vida doméstica, se encontró con que Dios, en su sabiduría, le tenía reservado un destino de felicidad familiar, ¿verdad, primo?

Pero José no dice nada, se limita a mirar fija y seriamente a su pariente. Ni siquiera asiente, tampoco niega. Todos se sienten incómodos con el relato de Zacarías, pero guardan un prudente silencio por no contrariar a su visita.

La joven María busca refugio al lado de su madre adoptiva, que es la única madre que conoce, y se pega a ella como si tuviera frío. Jesús nota que ha enrojecido como una amapola. Sabe que no le gusta que le recuerden que no es hija de María. Aunque siente un enorme afecto por María de Cleofás, considera que su verdadera madre es la que ahora abraza como si temiera caerse.

«Tres Marías», piensa Jesús, y los ojos le brillan mientras contempla a su madre y a su hermana.

—Menos mal que esa santa, la de Cleofás, se encargó de los más chicos y los protegió cuando emigraste para huir de aquel desgraciado Herodes. Estuvieron con ella al menos un año o dos, ¿no es así?, hasta que pudo mandarlos de nuevo con vosotros. ¡Ah, sí, el terrible Herodes! Todos lo maldijeron cuando se supo que había ejecutado al menos a uno o dos chiquillos de pecho en una de sus locuras... Aunque he de decir que los hijos que ha dejado no son mucho mejores que su padre.

José aprovecha la mención para hablar de política y cambiar de tema.

—Recuerdo perfectamente los viejos días en que incluso tú contribuiste a los trabajos del Templo, primo —dice José con una voz en la que hay un matiz de nostalgia, pero también de cansancio—. Tus obreros proveían de madera de cedro para construir las vigas del Templo. Hasta yo trabajé allí como carpintero durante un tiempo. Fui elegido junto con un millar de sacerdotes que habían sido entrenados por Herodes para construir los lugares sagrados que no podían ser hollados por pies infieles.

—Sí, menuda época... Yo enviaba partidas de cedro desde Ascalón. Entonces comerciaba con ese tipo de mercancías, pero hace tiempo que ya no me dedico a abastecer las necesidades de los arquitectos. Mejor, menos problemas. El beneficio era grande, pero las dificultades de esa industria... ¡Qué te voy a contar yo a ti, José querido! Bien sabes tú que está atestada de bribones.

Jesús sabe la prevención y el desprecio que siente su padre por la familia de Herodes, que los obligó a vivir lejos de su país y de su tierra para huir de la crueldad del gobernante, tan impredecible como implacable. Mira con detenimiento cada movimiento en la cara de José y ve como la sola mención del nombre de Herodes hace que se dibuje la tensión en cada arruga de su rostro, que cambia según las oscilaciones de la luz.

El muchacho se da cuenta, en ese preciso instante, de que tanto él como su hermana María están entrando en una nueva etapa de sus vidas, una muy importante en la que darán por concluida su infancia. Ocurrirá de un día para otro y ya no habrá vuelta atrás. Jesús será responsable de sus actos, se convertirá en un sujeto de derecho ante la Ley. Y María, su hermana querida, hermosa y pequeña, frágil pero fuerte como una flor del desierto, estará lista para tomar marido.

60

Siendo la menor de los diez hijos

Sahagún. Imperio de León
Invierno del año 1079

Matilde de Amberes había nacido en el seno de una familia flamenca noble y bien acomodada. Era la menor de los diez hijos de un caballero que la consideró lo suficientemente importante dentro de la familia, o lo bastante insignificante, para entregarla como oblata y consagrarla desde su nacimiento al servicio de Dios, a la vida religiosa.

Con ese fin, un día se encontró viviendo junto a Constanza, la que acababa de convertirse en reina o, mejor dicho, en emperatriz de León.

Vivieron juntas, entregadas al estudio del latín y a los rezos del salterio, desde que Matilde era una niña de siete años y Constanza apenas un año mayor. Aunque su existencia hubiera transcurrido recluida en un monasterio, lo cierto era que, hasta entonces Matilde, había llevado una vida de austeridad y de ascesis, pero no monacal, sino palaciega. En cualquier caso, los lugares en los que habitó en el pasado no tenían nada que envidiarle a un monasterio.

Al llegar a la adolescencia se comprometió con una asociación de mujeres cristianas que llevaban una vida contemplativa pero asimismo activa, dado que dedicaban todo su tiempo a auxiliar a los enfermos y a los desamparados, a todas las personas débiles que requerían del apoyo que no encontraban en ningún sitio y que solo ellas podían prestarles. La suya era una orden un tanto especial. No tenía una casa ni una regla bien determinadas. Esas mujeres se hacían llamar «beguinas» y solían rondar los alrededores de los hospitales y las iglesias, donde se establecían llevando una existencia humilde para la que solo necesitaban una habitación en la que rezar, dejándole constancia a Dios de su pobreza y de su servicio a Cristo.

Pero Matilde era una beguina especial en todos los sentidos.

Había estudiado medicina y servía a Constanza como asistente personal. Sí, era bien consciente de que ponerse al servicio de una mujer noble no era precisamente lo mismo que atender a enfermos desahuciados, pero es que Constanza era un ser extraordinario que merecía la dedicación que ella le profesaba. Sobre todo porque vivía para contentar a Dios, a su servicio. Matilde no conocía a ningún clérigo o monja que pudiese demostrar una fe tan ardiente y poderosa como la de su señora. Además, asistir a la reina le permitía dedicarse a la que era de verdad su vocación: los libros de medicina y de religión. Solo Constanza era capaz de comprender que también a través de las obras literarias se podía establecer una relación con Dios, darle voz e interpretar las palabras divinas.

Samuel, que conocía la naturaleza humana y recopilaba todo tipo de información para su señor el rey, había conseguido averiguar algunas cosas sobre ella. Por ejemplo, que era más partidaria de las hierbas, infusiones y pomadas que procedían de las plantas del campo y de las virtudes curativas del agua que de otras más comunes y aceptadas, como la orina de vaca, el meado cristalizado de joven efebo o los conjuros mágicos a la luz de la luna. Al monje eso le agradaba, sin poder explicar bien por qué. Aunque de natural receloso respecto a todo lo que tenía que ver con las mujeres, Matilde le parecía una figura más cercana a la santidad o a la sabiduría que merecedora de desprecio por su relación con la lubricidad y la ignorancia.

Matilde era consciente de que tenía mucho trabajo que hacer, como traducir del latín clerical a las lenguas vulgares algunas obras que merecían ser conocidas no solamente por los eruditos y estudiosos que se alojaban por lo general en monasterios. El latín clerical, pensaba la joven mujer, debía ser traducido, divulgado. Y tanto Constanza como ella estaban convencidas de que en las lenguas vulgares latía la verdadera pasión, el espíritu del pueblo, una fuerza que no podía ser desatendida.

En realidad, incluso la vida de Matilde se había convertido en una obra mística que celebraba el amor a la divinidad.

Pero ahora se encontraba concentrada en atender a Constanza, que a veces tenía crisis en las que experimentaba unas visiones muy peculiares que podían ser tomadas como vivencias de orden sobrenatural, pero a la vez como delirios producidos por la enfermedad, lo cual no significaba en absoluto que Matilde olvidase cuál era el propósito central de su vida: el servicio a los desahuciados del mundo.

La efímera existencia humana era complicada, en fin..., y apenas podía una fijar la atención que merecía esto o lo otro. El tiempo de una mujer sobre la tierra era corto, y eso ella lo sabía. Sin embargo, al no estar expuesta a los peligros de un matrimonio, y de sus consiguientes partos, su esperanza de vida era mayor que la de su ama y señora, embarazada en esos momentos.

Su entrega a los demás era, en todo caso, plena. Por eso, cuando recibió la visita de Roberto, acompañado del abad del monasterio, don Bernardo, y de otros dos hombres que le eran por completo desconocidos —no pudo dejar de fijarse en su aspecto estrafalario; uno era monje, el otro no—, Matilde tuvo pocas dudas.

—Pero debo consultarlo con la reina —le respondió al abad mientras miraba de reojo, sin poder evitarlo, al hombre delgado y nervioso, de aspecto hebreo, que cerraba la comitiva.

—Por supuesto, doña Matilde —convino Bernardo—. Esta tarde mandaré a Roberto y le podrás dar el recado. Si su majestad está de acuerdo, podemos ir a ver a la... muchacha fallecida inmediatamente. He dado orden de que alojen su cuerpo presente en un sótano de la sacristía del monasterio.

61

Mira con atención a su hermana

Nazaret. Galilea
Año 8 después de Cristo

Al día siguiente, cuando las risas de Zacarías ya se han desvanecido en la casa y solo quedan sus habitantes de siempre, Jesús mira con atención a su querida hermana. Probablemente no es mucho más joven que la prostituta de Jerusalén con la que se encontró hace poco.

Le parece injusto y prematuro que María tenga que casarse. No quiere pensar en ella como una mujer expuesta a los asuntos, a los desafíos, muchas veces violentos, de la sexualidad de un hombre. A quedarse encinta y a morir en el parto si no tiene la suerte de las mujeres bendecidas que paren muchos hijos con facilidad y se reponen pronto.

No quiere hablar con ella de estas cosas. Siente pudor y tampoco desea incomodarla. Pero, como hermano menor que María, se sabe responsable, tanto de ella como de su hermano Judá, aunque este último es un hombre y fuerte por demás; siempre sonriente, seguro, preparado para ayudar..., Judá se las arreglará bien solo. Jesús lo sabe. Cuando piensa en su futuro, ve una familia grande que crecerá por los siglos.

Sin embargo, casar a María no le parece la manera más conveniente de poner a resguardo a su hermana. Y así se lo hace saber a sus padres. Como de costumbre, su madre se enfada con él.

—¿Y quién eres tú para decirnos a tu padre y a mí lo que hay que hacer con tu hermana? ¡Solo pensamos en su bienestar!

—Precisamente, madre: yo soy su hermano, y por eso lo digo.

José, que sostiene en ese instante una ramita de menta entre los dientes y cabecea de forma reprobadora, trata de apaciguar a madre e hijo. Cada vez le resulta más difícil mediar entre ambos. Conforme Jesús se va haciendo mayor, la relación con su madre se hace más complicada. Ambos tienen una personalidad fuerte y ninguno de los dos está dispuesto a ceder fácilmente. Las trifulcas domésticas son agotadoras. No respetan ni siquiera el *sabbat*.

—De todas formas, está decidido —resuelve María con un gesto serio que la hace parecer mayor.

Cuando lo mira así, Jesús tiene la impresión de que sus ojos se vuelven de color amarillo.

—Hijo mío, buscamos lo mejor para tu hermana. Un lugar donde pueda ser feliz y estar a salvo en este mundo no siempre amable con una mujer.

Es al mirar a los ojos a su padre cuando Jesús confirma sus sospechas.

—Así que... la vais a casar con Zacarías de Magdala...

—Sí, y tu hermana ya lo sabe. —El rostro de su madre hace un esfuerzo notable por resultar conciliador—. Tu hermana tiene una enfermedad. —Baja la voz al hablar de ello, por si alguien ajeno a la familia puede oírla—. Zacarías lo sabe y no le importa. Es rico, la cuidará, le dará lo que necesite.

—Pero... —A Jesús le tiembla la voz, algo que no le ocurre con frecuencia—. Pero... ese hombre es viejo, ¿cómo la cuidará si muere pronto?

—Sí, lo es, pero también es muy rico. Dios liberará su alma cualquier día de estos. Aunque bien es cierto que es fuerte, como todos los varones de mi familia, tampoco creo que esté hecho de la misma naturaleza que Matusalén.

La madre sonríe, incapaz de resistirse al macabro sentido del humor de su marido. En cambio a Jesús no le hace ninguna gracia.

—¿Estáis buscándole un destino de viuda rica?

—¡No es verdad! —José muda su semblante y de repente se pone serio, cosa que hace pocas veces con su hijo, al que en ese momento piensa que quizá tiene demasiado consentido, como asegura su esposa—. No quieras verlo así. No mires las cosas desde el punto de vista más miserable. Zacarías es un buen hombre. A pesar de ser unos años mayor que yo, jamás se ha casado. No tiene, pues, hijos o familiares que molesten a su futura esposa. Ha pasado la vida viajando de acá para allá, haciendo negocios y construyendo una riqueza que cuando muera no será de nadie. Los políticos y los sacerdotes se harán con ella. No tiene a quién dejársela. Y si tuviera un hijo con tu hermana...

La sola idea le revuelve el estómago a Jesús, pero no dice nada y asiente dócilmente porque no quiere disgustar a su padre. Luego se da la vuelta y se va sintiendo la mirada de su madre clavada como una herida en la espalda.

62

Cuando abandonaron la estancia

Sahagún. Imperio de León
Invierno del año 1079

Matilde era rubia, con el pelo, que asomaba limpio y brillante bajo su tocado, y las cejas del color del trigo ya maduro. Llevaba unos vestidos sobrios, sin ningún adorno.

Cuando abandonaron la estancia, precedidos por el mayordomo de palacio, Diego Muñoz, Selomo se dijo a sí mismo que la austeridad con que vestía la beguina no hacía sino remarcar su extraordinaria belleza.

Él, que había recorrido el mundo a lo ancho y a lo largo, que había visto distintos países y razas, los colores diferentes de las gentes y las costumbres y las lenguas que nada tenían que ver unas con otras, debía reconocer que jamás vio unos ojos como aquellos. Además estaba el óvalo perfecto de la cara. Los labios, ni gruesos ni delgados, pero de un color que difícilmente podría producirse en ninguna flor que se criara en la tierra.

Dejó escapar un quejido involuntario, preguntándose qué habría hecho él para merecer verse involucrado en aquel lío que le era por completo ajeno. Se rascó la piel por encima de sus ropas.

La visión de Matilde le dejó trastornado el ánimo, como si no estuviera ya bastante conmocionado por la pérdida de su libro, y apenas recordaba con qué propósito había salido de la pensión ese día.

«Ay, mi libro. Quiero estar de nuevo en contacto con él. Volver a tocarlo. Y si es posible... ¡robarlo! —pensó mientras caminaba con el gesto torcido—. Qué injusta es la vida, que me pone en una situación que me convierte en un ladrón por querer recuperar lo que es mío.»

Se sentía tan perturbado que tropezó varias veces con Samuel.

—¡Mira por dónde andas!

«¡Matilde!... Es ella. Lo sé. La madre de mi hijo aún no nacido, la elegida. Mi amada Matilde», suspiró para sus adentros Selomo temblequeando como nunca.

Se rascó el pecho. Le picaba algo menos, pero el dolor todavía lo seguía acompañando a todas horas. El libro era su compañero fiel. No sabía por qué no era capaz de quitarse la cadena con la cual lo sostenía desde su niñez, a pesar de que ya no lo llevaba colgando.

«Porque tengo la esperanza de recuperarlo pronto y reponerlo en su lugar. Igual que pienso en Matilde como la madre de mi hijo...»

63

Se ha considerado responsable de ella

Nazaret. Galilea
Año 8 después de Cristo

Jesús acompaña a menudo a su hermana María a buscar agua.

Siempre se ha considerado responsable de ella, a pesar de que no hay demasiado tiempo de diferencia entre el nacimiento del uno y el de la otra, y ella es la mayor. Pero él es consciente de la dificultad de ser una niña y desea hacer todo lo posible para protegerla. Aunque apenas se atreve a confesárselo a sí mismo, sabe que su padre es un hombre mayor, que en cualquier momento puede faltar de casa. Lo sabe porque siente que dentro de su padre está creciendo algo malo.

Le corresponde a él ejercer de cabeza de familia, velar por su madre y por su hermana y, aunque en menor medida, también por su hermano Judá.

—*Ima* me ha dicho que no me preocupe —susurra María. Sus grandes ojos, ribeteados por unas pestañas negras y espesas, miran al suelo, como si quisiera calibrar con exactitud cada uno de sus pasos—. Nuestra madre dice que Zacarías es algo así como un aristócrata, que vive en una casa mucho mejor que todas las que la rodean, con vigas de cedro en el techo y madera de ciprés en lugar de arcilla o lajas en el piso. Dice que tiene habitaciones grandes y provistas de ventanas.

—Pero tú, hasta ahora, nunca habías necesitado una casa así. La nuestra te valía perfectamente.

—Madre tiene miedo por mí. Dice que las mujeres no estamos seguras en nuestros tiempos. Que ni siquiera Dios se encarga de vigilarnos con cuidado. Que hay muchos peligros...

—¿Y el matrimonio con un viejo te salvará de esos peligros que, según madre, acechan a las muchachas?

—Es lo mejor que se le ha ocurrido. Y, de todas formas, un día u otro tendría que casarme. Más vale que sea pronto, antes de que parezca demasiado vieja.

—Tienes trece años. Yo podría haberle dado algunas otras ideas a madre sobre tu destino —dice Jesús con rabia.

—Madre me ha hablado de muchas cosas.

—¿De cuáles? Si puede saberse...

—Me ha dicho que no debo dejar que mi corazón se vea cautivo de sueños estúpidos. Y también me ha contado cómo debo obrar cuando se presente el parto de mis futuros hijos.

—Pero... llamarás a la comadrona si tuvieras la ocasión, imagino. —A Jesús le turba hablar de cosas de mujeres, pero hace un supremo esfuerzo solo porque piensa en el bien de su hermana.

—Sí, desde luego, pero también tengo que estar preparada para no necesitar demasiada ayuda. Las mujeres israelitas debemos aprender a atendernos solas. Según dice madre, no es demasiado difícil. Cuando el niño nace hay que bañarlo y frotarlo con sal para protegerlo de los ataques de los malos espíritus. Luego hay que envolverlo en pañales.

Jesús mira a María y no puede creerse lo que está oyendo. Es una niña. ¡No es más que una niña! Debería estar pensando en jugar, en rezar y en soñar, no en la manera en que se trae al mundo a otro niño.

Piensa en la prostituta de Jerusalén y se siente tan confuso que tropieza con una piedra, pierde el equilibrio y está a punto de caerse al suelo. Sin embargo, es su hermana María quien lo sujeta y evita la caída. En ese momento, Jesús la mira como si la viera por primera vez. Se dice que quizá es más fuerte de lo que él imagina. Que no podrá protegerla siempre. Que también él es apenas un proyecto de hombre y que su voluntad es poca enfrentada a la de sus padres.

—Dice que lo mejor de tener hijos es que son la bendición que nos da Dios. Todos los parientes y amigos celebran cada nacimiento. La noticia de la llegada de un hijo se difunde por el sistema de las azoteas y enseguida acuden todos a felicitar al padre y a participar de la alegría.

María mira a su hermano con sus enormes ojos risueños tan llenos de ternura que Jesús se siente conmovido por su inocencia. Piensa que si los ojos de su hermana fueran un mar enorme, como el de Galilea, un mar de alegría, habría barcas surcándolo. Todo un ejército de barcas de tristeza.

—No te preocupes por mí, hermano.

Pero Jesús se preocupa y siente una rabia inaudita creciendo dentro de él, como si esta fuera otra niña más que pugna con fuerza por ser mujer.

—No es fácil ser mujer. Tú lo sabes. Debes tener cuidado.

Mira a María, ataviada ya como una mujer adulta. Jesús sabe, porque ha oído cuchichear a su madre y a su hermana, que María es una mujer desde hace poco. Se viste diferente y también se comporta de manera distinta a cuando era tan solo una niña. Cuando sale de casa, igual que ahora, lleva el rostro cubierto con un tocado de dos velos y en días señalados se adorna con una diadema sobre la frente, con cintas colgantes hasta la barbilla y una malla de cordones y nudos, de manera que apenas se pueden reconocer los rasgos de su hermosa cara.

Jesús piensa en algunos chismorreos que corren por ahí y que dicen que una vez, en Jerusalén, uno de los sacerdotes principales aplicó un procedimiento proscrito a su propia mujer al no distinguirla de las demás por ir vestida de esa forma que la hacía irreconocible.

—¿Madre te ha hablado de los problemas del matrimonio, por ejemplo, del adulterio?

—Ya lo creo. —A María se le entrecorta la voz, se ruboriza, sus mejillas parecen dos tomates en verano—. Me ha dicho que debo tener cuidado y ceñirme al cumplimiento de las buenas costumbres. Que si hago eso, todo irá bien. Mi marido no podrá quejarse ni despedirme o divorciarse de mí. Mientras cumpla con la Ley, no pasará nada.

Para Jesús no es justo que María deba ocultar su cabellera. Tanta belleza ¿para qué, si el mundo no puede admirarla? Se acuerda de aquella mujer de la que le han hablado en la escuela, una tal Qimjit, que solía presumir de su virtud y ni siquiera se descubría dentro de su propio hogar. «Que venga sobre mí esto y aquello si las vigas de mi casa han visto jamás mi cabellera», solía decir.

Los cabellos de María son largos y sedosos, parecidos a los de su madre, pero solo reciben la luz del sol del patio de su casa. Jesús se pregunta por qué las mujeres deben esconderlos. Ha interrogado a su padre al respecto y José, con su proverbial benevolencia, le ha respondido que la belleza debe estar guardada para que no se estropee. Pero Jesús no está de acuerdo.

Le vienen a la memoria las sentencias de los antiguos escribas, algunos como Yosé ben Yojanán de Jerusalén, de cuya existencia hace ya un siglo y medio, que aconsejaban no hablar mucho con una mujer; un consejo que era más bien una ley y que servía también para la propia mujer, aunque especialmente para la mujer del prójimo.

A Jesús le irritan tantas normas que considera absurdas. Hablar con las mujeres es uno de sus mayores placeres, pues le parece que unos seres tan bellos como ellas tienen muchas cosas interesantes que decir, pero sobre todo porque las ama. Ama a su madre y a sus hermanas, a sus tías y demás parientes. A su media hermana Salomé le profesa un afecto entrañable. Ella, a pesar de estar casada, es una mujer discreta pero luminosa, cuyo brillo ni siquiera sus ropas y mantos consiguen apagar.

Pero sabe que las gentes tienen la Ley muy interiorizada y que la buena educación prohíbe encontrarse a solas con una mujer. Mirar a una casada o incluso saludarla es un deshonor para cualquier hombre.

—Ya sabes que una mujer que se entretiene hablando con todo el mundo en la calle o que hila en la puerta de su casa puede ser repudiada sin recibir el pago estipulado en su contrato matrimonial.

María asiente y de repente su rostro se enciende como si acabase de ser abrasado por el sol.

—¿Qué te pasa, hermana? ¿De nuevo sientes el mal?

María se encoge sobre su estómago. Sus facciones se contraen. Jesús puede ver como aflora un malestar inmenso que la hace doblarse sobre sí misma.

Están de nuevo en plena calle, bajo el sol ardiente del mediodía. No ve a nadie a quien pedir ayuda. Jesús se inclina sobre María y le pone la mano en la frente. La niña está ardiendo. Le gustaría descubrirla y aliviar el calor malsano que parece nacer de su interior, pero no puede.

Cuando la toca, nota bullir su malestar y sabe que procede de la cabeza, de un sitio profundo donde el dolor se hace un ovillo y crece y se revuelve como un animal pequeño y asustado que le royera las entrañas del pensamiento.

—Vamos, tenemos que volver a casa. Aguanta.

María gimotea silenciosamente. Sabe que es mejor no gritar, no llamar la atención. Jesús coge el odre de su hermana y se lo echa a la espalda junto con el suyo. Irán a por agua más tarde, cuando ella se sienta bien.

—¡Rápido, hermano!

Cuando llegan a casa, su madre acude al momento a la llamada de Jesús.

—Madre, María se siente mal de nuevo.

—Ay, Dios mío... ¡Otra vez no, pobre niña mía!

Una vez entregada su hermana a los cuidados de su madre, Jesús siente que sobra, que debería apartarse. No puede hacer nada. Tampoco evita mirar cómo su hermana, encogida como una vieja, camina hacia la estancia donde se encuentra su cama. Lleva el manto manchado de sangre, una mancha que empieza a extenderse como una oscuridad amenazadora capaz de cubrir la tierra y el cielo.

Su madre la acompaña orando, suplicándole a Dios que la libere de sus males, que la ayude a expulsar el demonio que le atenaza el cuerpo. Jesús piensa que seguramente hay algo más que podrían hacer por María, además de dejarlo todo en manos de Dios.

Se acerca al hogar y calienta un cuenco con leche de cabra y otro con las hierbas de tilo que le suele preparar con tan buen resultado. Cuando está caliente el segundo, se lo da a beber a María, añadiéndole previamente una generosa porción de miel.

—Iré a buscar manzanilla también —le dice Jesús a su hermana, que parece no oírlo—. Se te pasará, como otras veces. En esta ocasión ha sido más suave, no has perdido el sentido. Te curarás.

María está recostada de lado, con las rodillas en el pecho. No grita ni llora porque es fuerte, pero su rostro está desfigurado por el mal.

«No es más que una niña —piensa Jesús—, una niña enferma obligada a convertirse en mujer cuando ni siquiera es capaz, por culpa de su padecimiento, de disfrutar de su niñez.»

64

Lo acompañó de vuelta a la pensión

Sahagún. Imperio de León
Primavera del año 1079

Samuel lo acompañó de vuelta a la pensión aquella tarde.

A pesar de que le molestaba el ruido y de que tenía la cabeza a punto de estallar, Selomo se quedó mirando atentamente al monje, que ni siquiera vestía como tal desde hacía semanas, que más bien semejaba un campesino, grande, avieso y maltrecho. Le prestaba una atención que desde luego no se sentía capaz de dedicarle ni a él ni a nadie.

En ese momento, una sensación extraña se había apoderado de su ánimo. Desde que perdiera el libro se sentía muy raro, no recordaba haber experimentado nada igual en su vida. Ni siquiera cuando perdió a sus padres. Un enorme agujero crecía debajo de su pecho, le hería el interior de una manera bien distinta a como lo hacía la enfermedad de su piel, pero igualmente eficaz.

De pronto le vinieron a la memoria algunos recuerdos de su viaje de ida a Tierra Santa. Fue muy largo y tuvo tiempo de recorrer lugares que habían dejado en él una huella imborrable.

En el norte de África, a orillas del Mediterráneo, al pie del monte Gouraya, pasó varios meses, imposibilitado para seguir su camino a causa de la enfermedad. Allí aprendió el sistema de numeración árabe, que le había fascinado. Le pareció que era muy superior al romano. Sencillo y elegante. Como todas las cosas que Selomo amaba.

Como Matilde, a la que apenas había visto una vez y a la que ya creía conocer pese a que los separaba un mundo. La religión, el lugar de nacimiento, el pensamiento quizá, la hermosura del cuerpo y, con algo de mala suerte, también las distintas pasiones del alma.

Samuel entró en su aposento y se sentó en la única silla que había. Él se recostó en el jergón, con la mirada vacía.

Mientras el monje hablaba dejó su mente vagar. No podía contenerla. No en esos instantes. Se acordó de que fue allí, en aquel lugar que en ese momento le venía a la cabeza sin ninguna razón aparente, donde había aprendido el valor de un dígito numérico que los cristianos ni siquiera conocían y cuyo valor, a pesar de su significado, él intuía.

El cero.

Le llevó varios días comprender su importancia, lo que significaba el vacío, el cero, la nada, para una operación matemática. Entonces se dio cuenta de que el hallazgo era extraordinario, aunque, como él no era matemático, porque nunca se interesó demasiado por los números y tenía centrada su atención en las palabras, no sabía muy bien qué hacer con algo así. Lo que sí sabía era que estaba experimentándolo dentro de su cuerpo, de su espíritu: el vacío total, la pérdida, la nada.

El cero.

Miró a Samuel, que seguía parloteando a su manera, mezclando expresiones de distintos idiomas y gesticulando con ademanes fuertes. Parecía que las manos le iban a salir volando de tanto agitarlas.

Se dijo que por fin comprendía lo que aquellos hombres sabios, que vivían a la orilla del mar más hermoso que soñarse pudiera, le habían enseñado durante su periplo: lo que de verdad era un cero. Perder su libro lo había convertido a él en un cero árabe. En un valor nulo.

Por fin lo entendía todo...

Selomo observó atentamente la cara de Samuel, cuya piel tenía las marcas que le dejaron en el pasado unos bubones inflamados, después de sobrevivir a una enfermedad que lo postró durante meses con altas fiebres. Fuese lo que fuera la infección, el hombre la soportó y desde entonces parecía más fuerte, como si se hubiese inmunizado no solo ante aquel mal, sino frente a cualquier otro.

Mientras Selomo se cuidaba y procuraba alejarse de la suciedad,

Samuel era capaz de vivir en un sitio lleno de ratas o de levantarse en compañía de las pulgas contaminadas de los roedores sin que le produjesen la más leve molestia.

Lo admiraba, pensó. En el fondo lo admiraba. Acababa de darse cuenta, no sin sentirse verdaderamente molesto por ello.

Samuel era lo contrario de un cero, jamás dudaba, en tanto que Selomo parecía tan delicado como el culo de un príncipe.

—Dime entonces qué te parece —le insistió Samuel.

Selomo, por supuesto, no se había enterado de nada y tuvo que pedirle que repitiera lo que había dicho.

—¿Qué quieres que te repita?

—Lo que acabas de decir.

—¿Todo o una parte?

Las discusiones que tenía con Samuel eran tan estúpidas que conseguían irritarlo, pero hacía lo posible por disimular su impaciencia. Aquel monje, testarudo y obviamente cristiano —aunque quizá solo lo justo, según le parecía a él—, lo ponía a prueba como si fuese un niño nervioso.

—Lo que consideres.

—Te pregunto que qué piensas. Qué te parece.

—¿Qué me parece el qué?

—Venir conmigo a ver a la reina.

Selomo hizo un gesto de enfado. ¡No se lo podía creer! Primero el rey y ahora la reina...

—A la reina y al abad don Bernardo.

—Ya he visto al abad. No creo que arda en deseos de volver a encontrarse conmigo. Ni siquiera soy cristiano. Ya te he dicho que os ayudaré en lo que esté en mi mano con ese asunto de las niñas muertas.

—No es solo un asunto. Es una cosa muy fea. Hasta tú, que estás siempre en las nubes, puedes darte cuenta.

—No es algo que se pueda ignorar. Este mundo no anda tan sobrado de vidas jóvenes que pueda andar derrochándolas de esa manera. Pero insisto: ¿por qué debería reunirme de nuevo con el abad? Ya hemos hablado lo necesario. Tenéis mi ayuda. Y la de..., la de Matilde. Mmm... —Pronunciar el nombre de la mujer hizo que le ardieran las mejillas—. No sé qué más podría yo hacer.

—Puedes hacer mucho porque sabes arameo.

Selomo asintió con prudencia.

—¿Y qué tiene eso que ver?

—¿Estás sordo? Acabo de decírtelo. Te he estado hablando desde que entramos por la puerta, pero ya veo que no me prestas atención. ¡Siempre haces lo mismo! No tengo ninguna duda de que has estudiado más que yo, pero eso no te da derecho a ignorarme de esta manera

—Discúlpame, Samuel, no quería ofenderte. Me siento enfermo, ya sabes... Distraído... —Se levantó un poco las mangas para enseñarle el aspecto lacerado de su piel, siempre irritada, en carne viva. Pero Samuel estaba molesto y no se dejó impresionar, así que tuvo que hacerse perdonar con lisonjas.

La cara enfurruñada de Samuel le llevó a recordar unos días buenos que pasaron juntos en tierras de los francos, en una zona de bosques y monte bajo en la que encontraron fácil suministro de avellanas y almendras, bayas rojas y castañas. Selomo pasaba por una de sus crisis y Samuel se dedicó a recolectar provisiones; incluso consiguió miel de unos enjambres silvestres, que ambos degustaron con glotonería.

—No hay mejor sitio para vivir que un bosque —le aseguró entonces Samuel—. El bosque puede estar dedicado *ad pascendum*, a los pastos, pero es a las personas como yo a quienes viene bien. ¡Mucho mejor que a las cabras y a las ovejas! En la época de descanso, cuando acaba el verano y el otoño ya se deja ver, se pueden soltar cerdos por el bosque que no disfrutan tanto de él como yo lo hago.

Selomo le había dado la razón.

En verdad, los bosques eran lugares llenos de personas que iban y venían o que permanecían en él porque era su hogar o su lugar de trabajo. Pastores y recolectores de bayas, leñadores y desbrozadores, rebuscadores de cortezas o cenizas, carboneros y arrancadores de raíces... Todos disfrutaban de su maravilla.

También él había llegado a apreciar las ventajas del bosque, pero, al contrario que Samuel, prefería el confort de la ciudad. Estaba más cómodo durmiendo en una cama absurdamente maloliente como la que en ese momento tenía antes que en mitad de la nada, con las estrellas por techo, oyendo como los jabalíes montaban a las cerdas, que al poco se encontrarían con una extraña prole... Los ruidos de los animales que se atacaban entre sí no eran su música favorita. Él era un hombre de ciudad, refinado y de corazón trémulo, no un salvaje habituado a dormir a cielo abierto.

Pero ese no era el momento de discutir con Samuel, del que solo pretendía entender qué diablos quería.

Realmente, el monje era un personaje fatigoso.

—Y bien, la reina, dices...

—Sí, y mi señor el abad don Bernardo, al que deberías hablar a solas, porque yo le he hablado de tus cualidades.

—Agradezco tus recomendaciones, Samuel, pero mi salud es frágil. No doy abasto.

Selomo pensó que sería mucho mejor que no le hubiera hablado jamás a nadie de él, y en especial al rey, en vista de la desgracia que le había acarreado aquel contacto, pero se abstuvo de hacer cualquier comentario que pudiera ofender aún más al monje. No quería molestarlo. Sabía que tenía un humor inestable y había visto de lo que era capaz cuando perdía los nervios.

—Tienen un libro que quieren que les ayudes a traducir...

—¿Qué libro?

—El rey se lo ha regalado a la reina. Es muy viejo e indescifrable.

Selomo se incorporó como impulsado por un resorte.

«Mi libro. ¡Es mi libro! Estoy seguro... ¿Qué otro podría ser? En arameo, ¡mi libro!»

Selomo no le explicó sus sospechas a Samuel, por supuesto. Sin embargo, la posibilidad, aunque fuese remota, de volver a tocar aquellas palabras adoradas, escritas hacía mil años por sus antepasados, lo reanimaron enseguida. Fue como si acabase de tomar una milagrosa medicina. Sintió que sus picores disminuían, que su vista se aclaraba y sus articulaciones parecían haber sido engrasadas con aceite de oliva. Por lo general podía oír como sus huesos chirriaban al rozarse unos contra otros, pero en ese momento semejaban haberse puesto de acuerdo para bailar dentro de su cuerpo bien coordinados.

Su libro, su precioso libro perdido... ¡Robado! Apenas podía respirar desde el instante en que se lo habían quitado.

No veía la hora de volver a acariciarlo.

—Estoy a vuestra disposición. Díselo así al abad. Y a la reina.

65

Ayuda a su madre a preparar la cena

Nazaret. Galilea
Año 8 después de Cristo

Mientras ayuda a su madre a preparar la cena, María tiene pensamientos extraños. Por fortuna, el dolor ha pasado. Ahora, a sus desvanecimientos habituales —¿estará endemoniada? ¡Eso dirían sus amigas si lo supieran!— debe sumar la molestia que siente cada mes desde que tiene sus reglas.

Es el precio de ser mujer. Guarda el secreto de su mal, pero el de su feminidad no puede esconderlo, porque su ropa la delata: con el pelo cubierto, más púdica y escondida, sin la antigua libertad descarada de la niñez, que puede permitirse mostrar la belleza a los ojos del mundo.

En esos momentos en que los demonios le aprietan las entrañas castigándola por ser mujer, piensa que le gustaría ser un hombre. Como sus hermanos. Así podría ir a la escuela como ellos. Y así el diablo no se cebaría con su cuerpo, atormentándola por su debilidad femenina. Envidia secretamente a Judá y a Jesús. Al dulce Judá, que es el chico más hermoso que ella conoce, y a Jesús, que es el más sabio y profundo. O a sus hermanos mayores, tan fuertes y poderosos que parecen no tenerle miedo a nada. Ni siquiera a la cólera de Dios.

La escuela se le antoja un sueño dorado, inalcanzable para ella. Su hermano Jesús le ha contado una y otra vez el primer día que fue a la escuela. Ella no se cansa de escucharlo. Dice que caminó hacia la sinagoga cuando todavía estaba oscuro, regocijado porque sabía que en aquel lugar aprendería cosas maravillosas, por ejemplo, la historia de cómo Moisés recibió la Ley. Jesús se ufana cada vez que repite la historieta, pavoneándose de que el maestro lo llevara a su casa para desayunar junto con el resto de los niños. Allí disfrutaron de un festín todos ellos, no menos sabroso por pequeño, de tortas con las letras de la Ley escritas sobre cada una de ellas.

A su hermano le han dado una tablilla con pasajes de las Escrituras, que, untada con cera y miel, sirve para marcar las letras en ella. Tanto Judá como Jesús saben escribir porque les han enseñado en la escuela. Pero ella, que no es más que una mujer, no puede acudir allí para recibir esas enseñanzas que les están permitidas a los hombres.

—Pero Jesús y mi padre me han enseñado a leer —se regocija María con una sonrisa traviesa.

No puede presumir de ello, pues no estaría bien visto en una mujer, pero María sabe leer. ¡Sí, sabe hacerlo! Es capaz de leer los mandamientos, uno a uno, y los repite en su cabeza para no olvidarlos. Su padre dice que repetir es la única manera de que la memoria funcione.

A María le funciona incluso demasiado. Hay cosas que le gustaría olvidar, pero es mejor que no lo haga, por su bien.

Jesús, que es un joven espigado de mirada profunda y con un sentido del humor extraño, casi inapropiado, no cesa de decirle que tenga cuidado, pero que no deje de intentar ser libre. El mundo está lleno de bienes y no le parece lógico que Dios los haya dispuesto solamente para que los disfruten los hombres. Cada vez que lo oye hablar así, María deja escapar una risita juguetona.

Hoy se siente feliz al pensar en sus hermanos, pero sobre todo porque se encuentra libre del dolor de su vientre, y del de su cabeza. Ahora tiene por delante muchas jornadas en las que su cuerpo le dará alegrías y no tristezas. Hasta que llegue el próximo demonio a torturarla, siente que un coro de ángeles canta dentro de sí.

Recuerda el último viaje a por agua que hizo con su hermano. Ella llama «viaje» incluso al hecho de ir a la fuente. Por el camino vieron a uno de sus vecinos con un cordero casi recién nacido entre las manos. El cordero llevaba las patas atadas y apenas tenía fuerzas para quejarse. Pronto moriría y lo sabía, se había resignado.

—Es tan pequeño... —dijo Jesús—. ¿Por qué siempre escogen a los más chicos?

—Porque son débiles e inocentes y su carne es tierna —respondió María casi sin pensar.

Jesús negó con pasión. Se agachó y recogió una piedra del suelo.

—Mira esta piedra, María, ¡mírala!

—¿Qué pasa?

—¿Puedes imaginarte que es un cordero?

—No se parece mucho a un cordero, ni a ningún animal.

—Pero ¿puedes cerrar los ojos y pensar que es un cordero?

—Es posible.

Jesús parecía darle vueltas a algo que solo él conocía.

—¿Qué preferirías ser, un lobo o un cordero?

María no supo qué responder.

Cuando volvieron a casa con el agua, Jesús buscó un trozo de pan y se lo dio a su hermana.

—¿Y si te digo que esto es un cordero?

—Bueno...

—¿Podrías comértelo pensando que es un cordero para el sacrificio y evitando ver morir al animal?

—Es mejor que una piedra, desde luego.

—Abre la boca y mírame a los ojos.

María hizo lo que le dijo su hermano.

Jesús le dio el trozo de pan, que María masticó con una sonrisa.

—Mmm... ¡Delicioso!

—No es pan, piensa que es un trozo de cordero. Siente este pan en tu corazón como si fuera un poco de la inocencia de un cordero pascual. De su pureza.

Fue entonces cuando María descubrió el poder de la imaginación, del pensamiento. Y fue algo tan fuerte que casi se mareó. Pero no como cuando tiene uno de sus ataques. Aunque, en esa ocasión, también estuvo a punto de perder el conocimiento. Tal fue la conmoción que sintió.

Dentro de un año, María dejará de ser una niña del todo para convertirse en una mujer casada. Sus esponsales se celebrarán pronto y al año siguiente ella se convertirá en una adulta. Y quizá Dios la bendiga con algún hijo que pueda heredar la fortuna de su padre.

Sí, es verdad que Zacarías no es el marido con que ella había soñado, pero la cuidará. Eso es lo que importa. La protegerá del mundo, siempre hostil para las mujeres, según sus hermanos.

Dice Jesús que los mercados, tribunales y consejos, las procesiones festivas y reuniones de grandes multitudes..., que la vida pública en general, con sus discusiones y negocios, está hecha para los hombres, pues han sido ellos quienes la han organizado. Los mismos hombres que recomiendan a las mujeres quedarse en casa y vivir retiradas. Incluso las mujeres casadas tienen la puerta del patio como límite.

A Jesús le parece injusto, pero María no sabe qué pensar al respecto. Sencillamente, es demasiado joven y se ha encontrado con que así es el mundo en que le ha tocado vivir. Ella no sabría qué hacer para cambiarlo.

Su madre, aunque no la ha parido, la aconseja bien, pero en un sentido muy distinto al que lo hace su hermano. Dice cosas que María a menudo preferiría no oír. Con palabras que no suenan extrañas y rebeldes, como las que dice su hermano, sino con otras que pertenecen a lo privado y que la llenan de sonrojo.

—Evita por pudor la mirada de los hombres, incluso la de los parientes más cercanos —suele decir la madre.

—¿También la de mi futuro marido?

—Esa la que más.

A María le parece que Jesús será un hombre sabio. Quizá ya lo sea. Al contrario que su hermano Judá, que disfruta trabajando con las manos al lado de su padre, Jesús tiene un carácter pensativo y sabe cosas que otros como él, de su misma edad, a pesar de haberlas aprendido, ya han olvidado.

—Hace ya siglos, por lo menos dos, Ptolomeo Filopátor fue a entrar en el *Sancta Sanctorum* de la casa de un notable —Jesús sonríe cuando habla y todo a su alrededor se ilumina—, y las jóvenes que estaban encerradas en aquellos aposentos salieron fuera junto con sus madres, escandalizadas y profiriendo lamentos agudos y chillones, como pajarillos a los que se molesta en sus jaulas; incluso se cubrieron la cabeza de ceniza y polvo y salieron a la calle como una procesión de suplicantes enloquecidas. Es divertido pensar que vivimos bajo leyes tan exageradas que nos convierten en seres patéticos...

Si su madre lo oyera hablar así, se escandalizaría, pero a su hermana María le divierte mucho.

—Menos mal que hay otras mujeres como la reina Alejandra, que mantuvo el poder entre sus manos sin titubeos. En eso no se distinguió de las princesas de los ptolomeos o de los seléucidas. María, tienes que ser como la reina Alejandra y no como esas jóvenes que viven encerradas en casa y se suben a los muros y que cuando salen a la calle van vestidas de luto. Por mucho que digan que las mujeres resplandecen en el interior, abandona tus aposentos cuanto puedas. Disfruta del aire libre y que solo el viento mese tus cabellos.

—¿De verdad puedo hacer eso?

—Pues claro.

María sabe que ella no es una mujer de clase alta, de rango elevado, de esas que siempre están rodeadas de criados o esclavos. Pero tampoco es una joven del campo que no puede mantenerse encerrada por razones de economía y necesidad. Como asegura su hermano, ella está entremedias, entre el arriba y el abajo de las jóvenes de su misma edad que viven en Galilea. Claro que, cuando se case, no se verá obligada a ayudar a su marido en su profesión como deberán hacer algunas de sus amigas, trabajando de vendedoras, por ejemplo.

Las mujeres más pobres trabajan mucho, es verdad, pero para ellas hay más espacio y aire libre, como diría su hermano Jesús, porque no tienen que seguir las costumbres más estrictas de su pueblo. ¡Y eso es un alivio! Muchas de sus amigas van a la fuente, como hace ella, aunque suelen hacerlo acompañadas de algún hombre de su familia. A María le gusta que Jesús la ayude en esa tarea. Sus paseos hasta el pozo son divertidos. Jesús sabe contarle historias y le abre los ojos para que mire cosas en las que nunca se había fijado.

Las madres de sus amigas y las niñas de su edad trabajan en el campo junto a sus maridos, hijos y hermanos. También venden aceitunas en sus puertas. No están enclaustradas tras las tapias de los palacios esperando cualquier ocasión para mancharse los cabellos con cenizas.

«¡Qué horror, cenizas!», piensa María, e involuntariamente se rasca la cabeza sintiendo un picor ilusorio.

En el campo, no todas las mujeres se velan los cabellos, a pesar de que suelen estar rodeadas de los hombres de su familia.

María asume que su situación, al ser una mujer, es inferior a la de un hombre. Así lo debe de haber dispuesto Dios, imagina.

Cuando vuelven de la fuente siempre deja pasar delante a los muchachos de su familia. Y qué decir de su padre, al que sabe que debe venerar. Su deber de hija es alimentarlo y darle de beber, vestirlo y cubrirlo, sacarlo y meterlo de la cama cuando sea aún más viejo y ya no pueda valerse por sí mismo, lavarle la cara, las manos y los pies... Claro que su madre es tan joven que probablemente no necesite la ayuda de María cuando llegue ese momento.

—¡Que no llegue nunca, por favor, Dios!

María no quiere pensar en ello. Su padre siempre se queja de su edad, pero esta no lo ha hecho peor, si acaso más sabio y más tranquilo. El tiempo que ha pasado, los muchos años que tiene, tan solo han ralentizado sus movimientos. José ya no puede trabajar de albañil, tal y como hizo de joven en el Templo. Ahora se centra en los trabajos de carpintería dentro de su taller y ya no viaja a otros lugares, ha delegado en sus hijos mayores esa tarea. Mientras, los pequeños, Judá y Jesús, le ayudan en casa.

María piensa que, aunque no se vea obligada a cuidar de su padre cuando lo venza la edad, sí deberá hacerlo con su marido, Zacarías, que aparenta tener miles de años.

Al principio, María se sintió furiosa cuando supo que le habían encontrado un marido tan viejo como su padre, pero ya ha aceptado su destino. Y eso a pesar de que sabía de sobra, pues sus hermanos se lo habían contado, que las leyes dicen que las hijas que no han alcanzado los doce años y medio de edad no tienen mucho derecho a disponer de sí mismas. Su padre puede anular sus votos y aceptar o rechazar una petición de matrimonio en su nombre. María sabe que su padre podría haberla casado hasta con un deforme, de modo que...

—Gracias, Dios mío...

Pero su padre le ha encontrado un hombre rico, un primo lejano suyo, que pertenece a su casa, a la casa de David. Jesús dice que incluso es un aristócrata. María, que no tiene doce años y medio todavía, es consciente de que podría oponer alguna resistencia dentro de unos meses. Sin embargo, para cuando eso ocurra, ya estará casada. Sus esponsales ya han sido decididos. Además, el primo Zacarías ha aceptado tomarla por esposa sin que sus padres le den ninguna dote. Eso significa un gran ahorro para la economía familiar. Y habla de que Zacarías es generoso.

—Aunque no sé qué generosidad puede haber en eso. Teniendo

en cuenta que es muy rico, cualquier dote que mi padre pudiese ofrecerle por mí sería para él una mísera propina...

Sí, María ya se ha resignado a su suerte.

Al fin y al cabo, es una simple mujer. Por mucho que diga su hermano Jesús, ella sabe que es un pájaro enjaulado y que nunca podrá volar alto.

66

A pesar de la pobreza de sus vestidos

Sahagún. Imperio de León
Invierno del año 1079

El cadáver de la joven ofrecía un aspecto desolador. Matilde se santiguó cuando entraron en la estancia. A pesar de la pobreza de sus vestidos, los paños parecían bien cuidados, con el dobladillo intacto todavía. Como si no hiciese mucho tiempo que la mujer había adquirido la vestimenta.

Repuesta del impacto inicial que le supuso contemplar a una criatura tan joven difunta y envuelta en una especie de halo negro que, sin duda, le proporcionaba la muerte, se acercó a ella intentando aparentar un paso firme.

El abad Bernardo no los acompañaba. Se había excusado amablemente, aunque Matilde suponía que para él no era un buen trago y que prefería ahorrárselo. Tampoco lo hacía Selomo, el hombre que la miraba con aquellos ojos tan abiertos y sorprendidos y cuyo nombre consiguió entender finalmente. No quiso darse el disgusto de descender hasta el lugar donde se guardaba el cadáver. Sin embargo, Samuel y Roberto no pusieron ninguna objeción y en ese momento la escoltaban, provistos ambos de unas velas de sebo.

La estancia estaba en penumbra, no entraba allí luz natural, pero el sótano era fresco, lo que convenía para resguardar el cuerpo sin vida del fenómeno de putrefacción que pronto se iniciaría en su interior. La niña ya estaba rígida por la muerte, lo que indicaba que esta se había producido hacía más de medio día. Roberto le había contado a Matilde que, cuando recogieron el cadáver, aún estaba blando y se podía doblar, tanto como para que se les escurriera de las manos a él y al joven que le había ayudado a transportarlo.

—¡Que Dios nos guarde de todo mal! —dijo Roberto al recordar el momento.

—Hermano, acerca la vela para que pueda ver... a la muchacha —sugirió Matilde con la voz ronca por la emoción.

—No lo entiendo, señora. No sé cómo estas cosas pueden ocurrir sin que nadie se espante —parloteó Roberto desconcertado por la impresión—, sin que los cristianos salgan a la calle a reclamar justicia, enojados porque alguien esté destrozando a sus hijas con la saña de un animal salvaje. ¡Mírala, por Dios santo! ¿Qué le han hecho a esta pobre chiquilla? ¿Quién ha podido hacerle algo así? Por su edad, yo diría que ni siquiera ha tenido tiempo de pecar...

Samuel, que ya se había acercado y miraba por su cuenta, señaló que la niña tenía en el rostro una expresión de horror.

—Como si algo la hubiese sorprendido...

—No fue una muerte plácida, eso está claro —asintió Matilde.

Roberto parecía a punto de echarse a llorar.

A pesar de ser un joven alto y fornido, sus ojos estaban llenos de agua, que él hacía esfuerzos inauditos por no derramar. No quería parecer débil, y mucho menos al lado de Samuel, que semejaba un gigante inconmovible con el rostro de piedra.

—Con las obras del monasterio, hay mucha gente que viene y va últimamente. Albañiles y carpinteros y un sinfín de artesanos mucho más numerosos que los propios monjes. El lugar es frecuentado por personas ajenas al lugar, cualquiera sabe si alguna de ellas...

Samuel señaló a la joven y se encogió de hombros, como diciendo que pudo haber sido cualquiera, probablemente alguien de paso en Sahagún, alguien que nunca en su vida volvería por aquellos lares.

—Pero esta no es la primera criatura mortificada y matada que encontramos. Han pasado ya meses... y el horror se sigue sucediendo. Esto lo han hecho las mismas manos, que a mí se me antojan garras. —Roberto, experto en trampas y caza menor, creía poder leer algunos signos en los cuerpos destrozados de las víctimas—. A veces pienso que el autor de estas muertes ha sido un animal.

—No lo creo. Le han cortado el cuello, le han rebanado el pescuezo. Por eso su expresión es de terror. Eso no puede hacerlo un animal —afirmó Matilde examinando atentamente el cuerpo a la tenue luz de la vela.

—Ya empieza a notarse el hedor de la muerte.

—Cuando hayas terminado, doña Matilde, diremos que la metan dentro de un ataúd y que lo cierren con clavos —apuntó Samuel girándose hacia el rincón donde el féretro se encontraba ya preparado.

—Pero no deberían enterrarla hasta que sepamos quién es. Deberíamos saber de quién se trata antes de darle sepultura —señaló Matilde—. Quizá sus parientes, en caso de que los tenga, podrían disponer del cuerpo.

—Sabemos quién es. Un crío musulmán la ha identificado, pero sus parientes no pueden pagar el entierro. Los alcaldes han accedido a hacerse cargo de sus restos por caridad.

Samuel continuó especulando sin dejar de mirar con curiosidad el cuerpo, como si el médico fuese él en vez de la joven beguina. Roberto llegó incluso a molestarse por el interés morboso que el fraile parecía demostrar. Le resultaba algo impúdico y así lo dijo, aunque Samuel hizo oídos sordos, desechando sus débiles protestas con un gesto descuidado que aprovechó para cambiar la vela de mano.

—Aquí hay mucha gente que cruza los ríos y viene atraída por el mercado y por las obras. Personas que pueden traer con ellas todo tipo de cosas extrañas.

—¿Cómo han traído el cadáver hasta aquí? —preguntó Matilde.

—Yo ayudé a un chico que tiene un par de mulas y un carro y que cargó el cadáver como un fardo —dijo Roberto recordando el momento con un escalofrío, pues él mismo había acabado empapado de sangre—. El muchacho todavía está quejándose y diciendo que los inconvenientes y las molestias causadas no les compensa el pago que le hemos dado.

—El aire empieza a estar muy viciado aquí dentro... —Matilde se tapó la nariz con las mangas de su vestido—. Tiene el cuello roto —aseguró después de palpar con cuidado la nuca de la niña—. Quizá no se conformaron con rompérselo y luego se lo cortaron... ¡Santo Dios!

—El cadáver resbaló varias veces desde el carro hasta que conseguimos acomodarlo encima —dijo Roberto—. Aunque la chica parece pequeña y frágil, no fue sencillo cogerla entre los dos. Pesaba mucho. Se nos escurría como un pez, estaba empapada en sangre y... Una de las veces oí como sus huesos crujían. Puede que se desnucara entonces. Pero desde luego el tajo de navaja en el pescuezo ya lo tenía cuando la recogimos, cuando yo la descubrí.

—Ah, puede ser...

Roberto se quedó mirando fascinado las manos de Matilde, que tocaban delicadamente el cadáver envueltas en una tela suave de una calidad que él no conocía, levantando el vestido hecho jirones, palpando, observando con cuidado, examinando con el mismo esmero que pondría si la joven estuviese viva. No había visto nunca unos dedos tan finos y suaves como los de Matilde. Aquel pensamiento lo ruborizó.

La cripta donde se encontraban tenía un techo bajo en forma de bóveda y las luces de las velas proyectaban las sombras de los tres, haciéndolas parecer fantasmas sobre los grandes pilares de piedra. Roberto desvió la mirada hacia las paredes y sintió una opresión extraña en el corazón, como si la estancia se estuviese haciendo más pequeña por momentos, como si se fuese a cerrar sobre ellos igual que una mano que se convierte en un puño, aprisionándolos, destruyéndolos.

La muchacha reposaba encima de una tabla que había sido colocada sobre unas borriquetas. No había clavos que la sujetaran, sino que las piezas estaban ensambladas. La carga que soportaban no era tan valiosa. Parecía una mesa macabra.

A pocos metros se encontraba el ataúd ya dispuesto, esperando recibir los despojos de la joven asesinada.

—Será mejor que salgamos. Nos convendría respirar un poco. El aire se espesa aquí dentro y el olor es cada vez más potente. Volveré a examinarla dentro de un rato. Quiero traer conmigo algunos instrumentos —dijo Matilde.

—Sí, salgamos... —asintió Samuel a pesar de que parecía el menos afectado de los tres por la espantosa visión—. Este es un sitio en el que hace frío tanto en verano como en invierno. Y también da frío en el corazón.

67

Que vive en una tierra prometida

Nazaret. Galilea
Año 8 después de Cristo

A veces, María siente que se ahoga, que vive en una tierra prometida en la que todo el mundo espera la encarnación, como dice la Biblia, pero en la cual, sin embargo, nadie se ocupa de mejorar el presente.

La abruma la idea de que Dios esté por todas partes. Mirándola, vigilándola. Incluso más allá del horizonte, los ojos de Dios contemplan la obra de la tierra.

Todo habla de él, de su divina voluntad, de su divina furia. Por todos lados se ven sus señales. Una nube con forma extraña parece un mensaje divino. Un viento que llega del mar y de repente se detiene es un mal augurio. Una enfermedad como la suya, que la paraliza y la trastorna sacando su alma afuera y dejándola bailar sobre su cabeza durante unos instantes, se entiende como una posesión maléfica...

Aunque es consciente de las ventajas de vivir en Galilea, a María le gustaría vivir en otro lugar. Claro que ella nunca le confesaría ese sentimiento a su madre. Y mucho menos a su padre. Lo cierto es que tampoco le gustaría vivir en Samaria o en Judea, donde las cosas son todavía mucho más difíciles. Al fin y al cabo, Nazaret es tranquilo y apacible comparado con otros lugares en los que la violencia resulta estremecedora para todos, y en especial para una joven tan curiosa, sensible, hermosa y enferma como ella.

Allí, en su pueblo, al menos es posible recorrer la verde llanura de Esdrelón o cruzar montañas escarpadas de estratos sinuosos donde la hierba trepa incluso por algunos árboles.

A María le gusta ver pastar a los rebaños de ovejas y de cabras negras. Nazaret es la flor de Galilea, circundado de colinas luminosas, de una claridad verdosa, en las que pueden prosperar los naranjos y los cipreses, los almendros y las higueras.

Ah, sí... María ama los huertos y los jardines. Le producen paz y una encantadora sensación de descanso. Si por ella fuera, se dedicaría a cultivarlos. Viviría jugando eternamente, rodeada de verdor, regando y podando, aunque tuviese que acarrear ella misma el agua cada día.

También sabe que su aldea es insignificante, que la Biblia no la nombra ni una sola vez, y tampoco el Talmud. Pero para ella es el centro del mundo. Le gustan las pequeñas casas que la componen, las grutas naturales que sirven de dependencias para las viviendas. Algunas de ellas contienen cisternas para recoger el agua de la lluvia y silos escalonados en forma de campana donde se almacenan los productos del campo, la cebada y el trigo, pero también las frutas secas, el vino y el aceite. A María le complace el olor de los lagares y le gustaría bañarse más a menudo en las piscinas para los *mikvaot*, los baños rituales, que son una oportunidad para la delicia. A través del gozo, cree María que también se puede encontrar a Dios. Aunque eso es algo que nadie le ha enseñado y que ella nunca compartiría con otra persona, excepto quizá con su hermano Jesús.

El suyo es un pueblo de gente humilde, de agricultores y artesanos. Probablemente, entre todos no suman más de ciento cincuenta almas. Se conocen todos y tratan de cuidarse unos a otros. Saben que la felicidad y la prosperidad de una familia repercuten en la del vecino. Y que cuando alguien tiene una desgracia, de alguna manera esta también llega a quienes le rodean. Por eso procuran que las cosas vayan bien para todos.

María sospecha a veces que sus vecinos conocen su mal, pero que prefieren no darle demasiada importancia. María es joven, apenas una niña. Quizá esperan que el mal acabe saliendo de su cuerpo y yéndose a otro lugar, que se aleje de la niña como quien deja atrás el pasado y emprende nuevas metas.

68

Cuando llegó al monasterio

Sahagún. Imperio de León
Invierno del año 1079

Al día siguiente, cuando llegó al monasterio en compañía de Samuel, Selomo se encontró con que era sábado, el día elegido para que los monjes limpiasen su calzado.

Él habría preferido quedarse en su cuarto escribiendo y estudiando disimuladamente, quizá rezando para cumplir con el *sabbat* a su manera un tanto descuidada y culpable, poco ortodoxa pero lo bastante respetuosa como para que Dios lo perdonase por no ser un buen creyente. O no del todo.

Sin embargo, no hubo manera, Samuel se empeñó en que ese era el momento de ir a hablar con el abad.

En el monasterio, los monjes estaban atareados. Realizaban sus cometidos en silencio y los que tenían mala vista o estaban aquejados de reumatismo pedían ayuda a sus hermanos.

—Se lavan los pies y se cortan las uñas cada sábado. La cara y las manos se las tienen que lavar a diario —le dijo Samuel gruñendo con sus maneras bruscas y señalando unas cubas de agua previamente calentadas al fuego de donde los monjes tomaban la necesaria para completar su aseo—. Esto es mucho trajín, me parece a mí, ¡tanta agua no puede ser buena para el cuerpo! Además, aquí las gentes se bañan dos veces al año. No quiero ni imaginar lo que esto que estás viendo significa... Pobres ellos. Con tanto chapoteo solo pueden ponerse enfermos. Pero el abad está empeñado. Son las nuevas normas que han traído los francos de Cluny. Yo los conozco bien, sobre todo a Bernardo, a quien, como sabes, he acompañado por esos mundos durante años. No cejará hasta que no los despelleje a todos de tanto lavarlos.

La regla prohibía que los monjes llevasen barba, de manera que también tenían que afeitarse. Según Samuel, lo hacían unas catorce veces al año, especialmente durante las festividades de los santos principales y más a menudo en el verano que en el invierno. Aquella debía de ser una de esas ocasiones en que estaban obligados a rasurarse. Selomo pudo ver como los religiosos estaban organizados en dos filas, una de ellas junto a los arcos del claustro y la otra a lo largo del muro. El hermano capellán les daba navajas de afeitar mientras que un monje ayudante los proveía de un recipiente para recoger la barba. Sentados de dos en dos, cada uno afeitaba al que tenía enfrente. Lo hacían con la cogulla puesta el que ejercía de barbero y sin ella el afeitado. Una música de salmos envolvía el ambiente y Selomo pensó que en su vida había visto un espectáculo parecido. Se quedó fascinado mirando a su alrededor, más interesado en la manera en que los religiosos limpiaban su cuerpo que en el entorno arquitectónico, que en otras circunstancias hubiese atraído su atención.

—Las vestimentas las lavan por la mañana, antes del capítulo. Los hermanos dejan la ropa en remojo en un barreño de agua calentada en la cocina y la van lavando a lo largo del día, durante los ratos en los que tienen permitido hablar. Luego la secan en el claustro. Después de la cena o de las vísperas, la tienden. Como te digo, amigo Selomo, demasiada agua me parece a mí toda esta función... Pero bueno, ellos sabrán lo que hacen. Quizá yo solo soy un viejo monje de otro tiempo. Para mí ya es tarde para adquirir ciertas costumbres cuya utilidad no acabo de vislumbrar.

Selomo asintió mansamente. No tenía ganas de discutir. Ni de nada.

Cuando Samuel y Selomo se encontraron con el abad, este hablaba con Roberto, el joven monje que tan preocupado estaba con los cadáveres de muchachas que llevaban un tiempo apareciendo por los alrededores.

Roberto era alto y robusto. Selomo se fijó bien en él esta vez y se dijo que parecía más un hijo de la nobleza que del pueblo. Ni siquiera uno de aquellos niños oblatos que eran enviados al monasterio por sus padres, casi siempre campesinos, comprometiéndolos con una vida de monacato, tenían por lo general su aspecto fuerte y sano. Podría incluso decir que bello si hubiese estado en condiciones de apreciar dicha cualidad en un hombre. Que no lo estaba.

—Roberto, hijo mío, seguiremos hablando luego...

Pero Roberto no parecía estar conforme con aplazar la discusión que mantenía con su superior, fuese esta la que fuera.

Don Bernardo, a todas luces incómodo, saludó a los recién llegados y trató de disculparse.

—Bienvenidos a esta santa casa. Tenéis que excusarnos, pero Roberto, que es para mí más bien un hijo que un padre, se encuentra alterado.

Selomo y Samuel mostraron sus respetos ante el abad saludando con una inclinación de cabeza a Roberto.

Selomo no se atrevió a preguntar el porqué de la inquietud del joven monje, pero Samuel era mucho más dicharachero que él y no tenía miedo de hacer el ridículo o de contravenir las normas de educación, ya que jamás en su vida había seguido ninguna de ellas. Además, era un viejo conocido del abad, de modo que no dudó en preguntar qué sucedía.

—Roberto no deja de pensar en las jóvenes que han aparecido, seguramente, asesinadas. Todo esto lo está trastornando de una manera increíble, como podéis ver.

Samuel se santiguó en señal de abominación y repulsa. Selomo lo miró incrédulo. Lo había visto manejar un cuchillo con naturalidad y sabía que aquel viejo monje, curtido por la edad y por las mil aventuras en tierras lejanas, era menos dado a rezar que a repartir mandobles cuando las circunstancias así lo requerían.

—El alguacil de la ciudad se ha hecho cargo del último cadáver. Creo que lo han retirado y que la desgraciada muchacha será enterrada en una fosa común del cementerio del municipio. No veo qué más podemos hacer nosotros, aun así Roberto no se resigna.

—Pero, padre...

—Que Dios perdone y luego condene inmediatamente al asesino —dijo Samuel con su expeditiva manera de desear justicia.

Selomo se preguntó cómo Dios, tanto el cristiano como el suyo propio, podría perdonar y condenar a la vez a nadie, pero se abstuvo de hacer ningún comentario. Todos los allí presentes hablaban varias o muy distintas lenguas. Esperaba que las sutilezas del mensaje de Samuel pasaran inadvertidas entre los problemas de la traducción. No tenía la cabeza para otra discusión filológica.

—Intento explicarle a Roberto que la sociedad no es severa con el homicidio, al menos no de la misma manera en que lo es la Santa Madre Iglesia. Dicho esto con el debido respeto —agregó el abad dirigiéndose educadamente a Selomo, que era un hebreo reconocido por todos ellos, por mucho que no brillara por su devoción religiosa.

—Sin duda las autoridades se encargarán de enterrar de forma decente a la muchacha.

—Entonces el problema, padre, es que no hay costumbre de castigar el homicidio. Desde luego no de castigarlo con la muerte como merece.

—Roberto no sabía que los asesinatos se penan con una indemnización monetaria, cuyo monto depende del rango de la víctima. Acabo de explicárselo —señaló don Bernardo—. Todavía no sabemos quién era la primera joven que apareció muerta, pero me temo que no debía de ser muy importante. Y aunque descubriésemos quién la mató, a esa y a esta última, tampoco serviría de mucho...

—Pero, padre, mi señor abad —protestó Roberto—, estas costumbres brutales no son razonables. Dios reprueba la violencia. Nuestro Señor Jesucristo así nos lo dejó dicho.

Samuel intervino dando su opinión y haciendo que Selomo se estremeciera.

—Como he dicho, Dios se ocupará de hacer justicia. Pero también debes saber, hermano Roberto, que los que matan suelen tener buenas razones para ello y que ya tienen bastante con intentar escapar de la cólera de los parientes de la víctima. En cuanto estos se enteren, se encargarán de hacer justicia, y para eso no necesitan ni alguaciles ni jueces. Así que olvídalo y tranquilízate. Esta muerte no es cosa tuya. Ni esta, ni la otra, ni...

Roberto lo miró escandalizado.

—¡La misericordia de Dios no puede permitir eso! Y tú, que eres un monje, deberías saberlo. La joven de la que hablamos no podía tener más de doce años. Y la otra no había cumplido los dieciocho seguramente... ¡Y alguien les ha arrebatado la vida! Pasaron horas tiradas en el bosque, como presas de una cacería que nadie se decide a recoger. No creo que eso sea cristiano.

—Pues lo es, según tú has podido comprobar con tus mismos

ojos —insistió Samuel con una expresión dura—. Nada ocurre sin que Dios dé permiso.

—Pero ¡qué dices, no seas bestia!

—Le he dicho a Roberto que la Iglesia condena, por supuesto, el asesinato. Impone penitencias; por ejemplo, cuando alguien comete un homicidio para vengar a sus padres, está obligado a ayunar cuarenta días al año durante siete años, pues el Señor ha dicho que a Él, y solo a Él, le incumbe la venganza. Solo Dios devuelve a cada cual lo que le corresponde. —Don Bernardo cabeceó frotándose los ojos con cansancio.

—No creo que las muertes de esas jóvenes hayan sido cometidas para vengar a unos padres. Más bien parece otra cosa. Las dos estaban casi desnudas y... —Roberto se estremeció—. Mi señor, padre mío... —Su voz se volvió temblorosa y Selomo se sintió impresionado ante la vehemencia y la conmoción del muchacho—. Matilde, la beguina, dice que la última que hemos recogido parece... mordida.

—Mi buen Roberto, has vivido toda la vida pegado a las sayas de mis hábitos. Hay muchas cosas malas del mundo que no has visto porque yo estaba en medio y te impedía hacerlo. Me alegro, porque ese es un sufrimiento que te he evitado, pero ahora eres un hombre hecho y derecho y ni siquiera yo podré evitar que veas el mundo tal y como es.

Selomo se sintió incómodo. Le parecía estar asistiendo a una conversación íntima entre padre e hijo. Y por lo que le había dicho Samuel, así era. Roberto fue adoptado de alguna manera por Bernardo, que lo encontró cuando viajaba precisamente en compañía de Samuel, hacía ya mucho tiempo. Tuvo una punzada de nostalgia que le hizo recordar a sus padres perdidos y se sintió desgraciado. No existía un amor más perfecto que el de un padre hacia su hijo. Ese era otro tesoro que él tuvo en su momento y que también le fue arrebatado. Igual que el libro.

«El libro, el libro, mi libro...», se repitió a sí mismo.

No quería olvidarse de por qué estaba allí, de manera que, aun a riesgo de parecer brusco, cambió de tema. Estaba dispuesto a todo con tal de volver a acariciar su precioso tesoro.

—Mi señor abad, Samuel me ha dicho que quieres que examine un libro...

—Sí, aunque ya lo debes conocer perfectamente porque, según tengo entendido, es tuyo.

—Lo era —dijo con una tristeza infinita Selomo.

69

Hijo de la segunda mujer de su padre

Nazaret. Galilea
Año 8 después de Cristo

María nació en un hogar bueno, no en Nazaret, donde ahora vive con su familia, sino en la ciudad de Capernaúm. Vino al mundo un año y medio después de que naciera su hermano Judá y catorce meses antes de que lo hiciera su hermanastro Jesús, hijo de la segunda mujer de su padre, que se había quedado viudo por culpa suya. María había matado a su madre en el parto. Ella cree que fue culpa suya, pero Jesús no está de acuerdo.

—Quítate esa idea de la cabeza. —Cuando la mira tan serio consigue intimidarla un poco—. Las mujeres tienen la desgracia de tener que parir. Muchas mueren porque no lo soportan. Dar a luz no es una cosa fácil. Tenlo en cuenta para cuando llegue el momento. No todas las mujeres consiguen hacer ese trabajo sin perecer. Dios condenó a las hembras al dolor. Los embarazos son peligrosos para las muchachas. Y ni siquiera las mujeres que han parido muchos hijos y han logrado contarlo están libres de fallecer en sus partos tardíos, cuando creen que su cuerpo ya ha aprendido a hacerlo. Eso le ocurrió a tu madre. Tú debes procurar que no te pase a ti lo mismo que a ella y dejar de pensar en necedades.

Cuando María nació, su padre, José, tenía un negocio que le permitía ganarse el sustento y mantener a su numerosa familia. Aunque su hermano Judá era muy pequeño todavía, José empleaba en su negocio a sus hijos mayores; en alguna ocasión incluso podía permitirse contratar a algún jornalero.

Ahora María tiene ya trece años. Es toda una mujer. Siente adoración por su padre y por su segunda madre, que se han preocupado de que ninguno en casa pase penurias.

María tiene una amiga de su edad, una joven bella y discreta a la que echa mucho de menos. Se llama Simona y vive en Capernaúm. Es hija de un pescador que se afana echando sus redes en el mar de Galilea. El lago también le proporciona un medio de vida bueno. Con sus pescados abastece a una fábrica de escabeches situada en Tariquea. Los barriles de pescado en escabeche que se producen en Galilea son famosos en todo el Imperio romano. Su amiga Simona le ha contado historias que a su vez ha oído de boca de su padre que hablan de que sus pescados viajan a lugares remotos y se pueden conseguir a buen precio en todos los bazares del mundo.

—¡El mundo, ay, el mundo!...

Cuando están juntas, en las pocas ocasiones en que pueden estarlo, María y Simona sueñan con viajar igual que un barril de pescado escabechado.

—¿Te imaginas lo que sería aparecer al otro lado del mundo, transportadas dentro de un barril, donde nadie nos pudiese ver ni oír? —le pregunta María a Simona en alguna de esas contadas veces en que puede verla.

Incluso aunque sus sueños no se cumplan nunca, María será dichosa. Se lo ha prometido a sí misma. Tiene demasiadas cosas por las que dar gracias a Dios. Y, si no fuera por su enfermedad, por esos demonios que la recorren y que a veces pugnan por salir produciéndole un terrible mareo, dolor de cabeza y hasta espuma en la boca, se dice a sí misma que sería completamente feliz.

Pero ahora otra sombra se ha cruzado en su camino hacia la felicidad total: el matrimonio. Sabe que su padre ha estado dándole muchas vueltas al asunto y que no ha sido fácil para él buscarle un marido. Siempre ha querido casarla bien, con un hombre bueno, pero al que también sonría la fortuna. Demasiados requisitos. Ni él ni nadie hubiese conseguido que, además, fuera joven y sano. Con su hija Salomé, que es mayor que María, no tuvo tantos problemas. Pero con ella... José la sabe frágil, enferma (¡endemoniada seguramente!), y ha debido meditar mucho su decisión.

María se pregunta si finalmente terminará viviendo en Capernaúm con su marido. Al menos así podría ver a Simona más a menudo... Intenta imaginar cómo será su vida de casada, pero no lo consigue.

—Quizá sea mejor no pensar en ello —se dice, ya que tampoco ha logrado reunir el valor suficiente para hablar de sus dudas con su madre.

Tiene miedo de molestarla, de que el malestar que ella le transmita a María, que le hace de madre, acabe en los oídos de su padre. José es viejo y más frágil, por tanto, que ella misma. A pesar de que Jesús se empeña en decir constantemente que su padre es todavía un hombre joven, ella sabe que no es así y le preocupa que cualquier disgusto pueda terminar con su vida.

Capernaúm, en todo caso, es un buen lugar para vivir. Está situado al norte del mar de Galilea y una rama de la gran carretera que va de Egipto a Babilonia pasa en línea recta hacia su lado noreste.

El rey Herodes Antipas, a quien su padre detesta, tiene allí un representante personal. Los romanos siempre han considerado la ciudad un lugar importante, no como la pequeña aldea de Nazaret, donde ahora vive María.

Sin embargo, José se siente más seguro y tranquilo en Nazaret que en una gran ciudad. En Capernaúm siempre hay un cuerpo de tropa al mando de un centurión romano y una aduana abierta y vigilada. Es una ciudad por la que pasan muchas cosas, personas, mercancías... A María le gustan sus casas construidas con bloques de lava negra, una piedra generosa que se extiende por toda la superficie de las colinas y de la cual pueden servirse sus habitantes para construir sus hogares.

Claro que también hay algo allí que le da un aire sombrío y que ella no sabe muy bien de dónde procede.

—Es un fuego dentro de la tierra —le ha dicho su hermano Jesús alguna vez, aunque la niña no está segura de que eso sea posible.

¿A quién se le ocurre que dentro de la tierra pueda haber nada, ni siquiera fuego? ¡Enseguida se apagaría, como cuando cierran la ventana en una estancia y el humo del hogar se agota pronto!

—¿Quieres decir que la tierra se está quemando por dentro? ¡Es horrible pensar eso!

Pero Jesús, después de meditarlo un rato, siempre responde de manera decepcionante:

—Creo que puede ser, pero no lo sé seguro.

María admira a su hermano porque piensa que es docto e inteligente, a pesar de ser más joven que ella. Siempre ha soñado con que Jesús terminará siendo un rabí que la llenará de orgullo, un sabio.

—En realidad, ya lo eres...
—¿El qué? ¿Qué soy?
—Nada. Cosas mías.

70

Estuvo a punto de olvidarse

Sahagún. Imperio de León
Finales del año 1079

Llevaban tanto rato dando vueltas por el monasterio, mientras Bernardo le enseñaba —con todo detenimiento— el lugar, que estuvo a punto de olvidarse del propósito de su visita.

Cansado, medio mareado, así se notaba. Turbado, inquieto.

«Mi libro. Santo cielo, no puedo más. ¿Dónde lo tendrán escondido?»

Y, sin embargo, era extraño, porque hacía mucho tiempo que Selomo no se sentía tan esperanzado como en esos momentos. La enfermedad no daba tregua, pero quizá la visión de Matilde había resultado para la piel de su alma algo parecido a un bálsamo medicinal, aunque no hubiese obrado los mismos milagros en su cuerpo.

¿Qué le estaría pasando? ¡Y a su edad! No lo sabía ni le importaba, tan solo deseaba disfrutar del instante. Y eso a pesar de los terribles picores que normalmente lo acuciaban y que apenas le dejaban concentrarse en lo que hacía.

Esos días, su cabeza estaba llena a todas horas del ansia de recobrar su libro y entreverada de imágenes de la mujer que lo había subyugado. Algo dentro de él le decía que luchara, que siguiera buscando, que tendría éxito en su empeño... Curioso, porque él no era de natural optimista, sino todo lo contrario.

«Demasiados asuntos que atender...», pensó frotándose las manos con efusión.

Apenas podía concentrarse en lo que le estaba diciendo el abad cristiano, don Bernardo, que ahora le hablaba en latín explicándole cuánto amaba el rey, don Alfonso, aquellas tierras atravesadas por dos ríos, fecundas en gentes, algo tan extraño, y también en calzadas y caminos.

—A don Alfonso le gusta estar aquí, entre el *paramus* y el *campus*. Y hay muchas cosas que hacer todavía...

Se encontraban, por fin, en la rica biblioteca del monasterio. Selomo la escudriñaba con frenesí intentando localizar su ejemplar robado con descaro y malas artes. ¡Estaba seguro de que había ido a parar allí! Solo faltaba averiguar dónde lo habían puesto y hacerse con él de nuevo...

Aunque el lugar poseía obras preciosas que también llamaban su atención y despertaban su acuciante curiosidad. Existían tres copias diferentes realizadas en el siglo VIII por un monje del monasterio de San Martín de Turieno, que el abad le enseñó de manera demasiado rápida. Los ojos se le fueron detrás de los ejemplares, sin tener tiempo para apreciarlos como habría querido. El libro contenía las explicaciones del Apocalipsis de San Juan y se compuso con la intención de llevar algo de paz a todos los creyentes cristianos, aterrados ante la inminencia de lo que creían sería el fin del mundo y, con él, el del reino cristiano visigodo, derrotado por la invasión musulmana.

Selomo acompañó al abad, acoplando sus pasos a los del religioso. El hombre no dejaba de hablar y, a pesar de que su voz era pausada y relajante, a veces Selomo no entendía del todo lo que decía.

Estaba al tanto de que Bernardo de Sedirac, que por fin se hizo cargo del monasterio de manera plena, era muy apreciado por el rey. Eso se lo contó Samuel. Procedía de Aquisgranum, que en sus tiempos, según tenía entendido, fue la residencia favorita de Carlomagno. El hombre llegó allí acompañando a la que se convirtió en esposa del rey, doña Constanza de Borgoña, después de una vida itinerante dedicada a la orden a la que servía. Claro que ya conocía el lugar, pues lo había visitado hacía años. Algunos de aquellos viajes los hizo en compañía del propio Samuel. El rey lo nombró abad en sustitución del anterior, Roberto, que también era cluniacense.

El rey no estaba contento con él y el tal Roberto se vio desplazado de hecho en cuanto llegó don Bernardo.

Selomo trató de escuchar con atención, con respeto. Sabía que Bernardo era un consejero real y, por tanto, merecedor de que tuviera en cuenta sus palabras. Pero es que, además, el abad parecía extrañamente sensato y Selomo no estaba acostumbrado a eso. Vivía en un mundo violento y caótico, donde la locura se imponía a la lógica por lo general. Resultaba apacible escuchar a aquel hombre cuya mente parecía bien ordenada y llena de ideas prudentes y sabias. Era un buen cambio, para variar.

Don Bernardo le enseñó el *scriptorium*, el lugar donde se copiaban los manuscritos.

—Tengo a varios escribas trabajando aquí, entre ellos, el joven Roberto, demasiado nervioso en estos momentos como para poder concentrarse debido al asesinato de las muchachas. Espero que logre aprender algo con el tiempo, aunque cada vez tengo menos esperanzas. Me da la impresión de que Dios no lo ha llamado por el camino de los libros y el pensamiento, sino por el de las manos... Pero tendrá que averiguarlo él mismo.

Selomo citó la Biblia y vio como los ojos de Bernardo se encogían de placer al oírlo.

—«Baruc escribió al dictado de Jeremías, en un rollo, todas las palabras que el Señor le había hablado...» Pero no todos oyen al Señor, y mucho menos tienen pulso para la caligrafía...

Siguió dócilmente a Bernardo. El abad le mostró unos cuantos cubículos puestos en fila donde tres monjes se encontraban trabajando entonces.

—La *scriptoria* que producimos no es muy numerosa, pero sí delicada. Tengo un monje, Otón, que Dios lo bendiga, especialmente dotado para la iluminación de los libros. Aquí podéis ver algunas de sus ilustraciones.

Selomo abrió unos ojos como platos, deslumbrado. El monje se encontraba situado detrás de su mesa, cerca de una ventana. Era grueso, con el pelo muy negro pulcramente rasurado en la coronilla, y tenía una verruga en la punta de la nariz. Estaba tan concentrado, como si se hallara en otro mundo, que dio la impresión de que no los había oído llegar.

Allí se respiraba una atmósfera seca que indujo a Selomo a preguntarse si quizá no dispondrían de un sistema de calefacción de suelo: el hipocausto romano del que había oído hablar, aunque nunca había tenido ocasión de verlo.

—Mis monjes, Dios los bendiga, copian la Biblia de Jerónimo y comentarios y cartas de los primeros Padres de la Iglesia. Sobre todo para nuestro propio monasterio, aunque también nos servirán, si Dios quiere, en el futuro, para intercambiar con otras casas libros u otros elementos que alivien necesidades.

Selomo asintió maravillado.

El abad le permitió tocar algunos manuscritos y sus dedos se sintieron felices, igual que su piel cuando dejaba de tener dolor y picor. Experimentó un placer solo comparable al que le proporcionaría tocar la piel del cuello de Matilde.

Se fijó con agrado en las lámparas de aceite y en un reloj de sol y una clepsidra que completaban el confort de la estancia principal. Los monjes tenían los útiles necesarios para trabajar sobre sus mesas. Tinteros y navajas, plumas y pergaminos. El olor que flotaba en el ambiente era tan diferente al que corría por las calles y mercados que Selomo suspiró, absolutamente embriagado. Allí, lejos de la putrefacción y del olor violento de la sangre, se sentía sano y feliz. Incluso pensó que no le importaría nada ser uno de aquellos monjes que se inclinaban sobre su tarea concentrando la mirada y dejándose los ojos por trocitos, día a día.

Las habitaciones eran en realidad un corredor que se abría a la luz del patio central. Protegidas del frío y de la lluvia por un muro trasero y un abovedado situados muy cerca de la entrada de la cocina.

—La agradable temperatura de este espacio motiva a los hermanos a convertirse en escribas. Cuando llega el invierno, es mucho más agradable encontrarse aquí cómodamente sentado y con buena temperatura que trabajando en el campo u ordeñando cabras, por ejemplo.

El cautivador entorno en el que se producía la escritura de los manuscritos, pese al daño que podía ocasionar en los monjes, muchos de los cuales acababan ciegos o con la espalda y el cuerpo entero destrozado, casi hizo olvidar a Selomo su propósito. Le costó trabajo preguntarse si tendrían allí el precioso libro que le había sido arrebatado.

—Ten en cuenta, mi buen Selomo, que hacer este trabajo no es solamente una delicada artesanía, sino un acto de oración y de comunión con Dios. La meditación y el recitado son muy importantes.

—Sí, sí... Por cierto, el libro que querías enseñarme...

—Ah sí, tu libro. Perdóname, casi lo había olvidado.

—Estoy a tu disposición para lo que quieras.

—Es que tengo entendido que sabes leer, e incluso escribir, el arameo, que es la lengua en la que parece haber sido compuesto. Y dime, el librito es muy viejo, ¿verdad?

—Sí, o por lo menos me lo parece.

«Mil años —pensó Selomo con amargura—, la historia de mi familia durante mil años...»

—¿Cuánto tiempo crees que ha pasado desde que se compuso? ¿Y cuál crees que es su objeto, qué pretendía el que lo escribió?

Selomo pensó cuidadosamente su respuesta de nuevo, aunque ya había meditado sobre lo que tenía que decir cuando llegara el momento de ser interrogado.

Sabía que se trataba de un libro de adivinación. Lo había ido descifrando con amor y paciencia durante años. Las letras a veces estaban difusas, estragadas por el tiempo. Pero si de algo sabía Selomo era del tiempo y sus estragos. Tenía los conocimientos suficientes y poco más que hacer en la vida, de manera que, cuando el rey Alfonso se lo robó, ya tenía traducido buena parte del texto. Con la copia, por supuesto, no fue tan cuidadoso como con el original, pero ahora se consolaba con ella de la pérdida del primitivo manuscrito. Pero no era lo mismo. «Que me aspen si es lo mismo...»

Como no era cristiano, su manera de entender el libro era bien diferente a la que tendría don Bernardo si le contara las cosas que había leído en él. Claro que no pensaba hacerlo. Por nada del mundo. Aunque aquel hombre le gustaba, no dejaba de ser un príncipe de la Iglesia cristiana. No era tan tonto como para arriesgarse a relatarle algunas, solo algunas, de sus sospechas...

El libro en realidad, según creía él, eran dos. O dos más un listado de nombres que constituían la genealogía de su familia. El último era el suyo propio, escrito por la mano de su padre poco antes de entregárselo en custodia.

«Padre mío, perdóname por no haber cumplido con mi deber, por haber dejado que me arrebataran tu tesoro, tu legado...», gimió para sus adentros mientras dudaba antes de responderle al fraile, que lo contemplaba curioso, con sus ojos de un inquietante azul oscuro insondable.

Sin duda el volumen contenía dos libros. Eso lo sabía desde hacía mucho tiempo. Uno estaba escrito por el anverso y el otro por el reverso, aunque las palabras muchas veces no casaban y él era incapaz de desentrañar del todo su sentido último. La mano que había escrito el segundo libro no era ni mucho menos la que había escrito el primero. Pero era aún más preciosa. Desde luego, lo era para Selomo. Y si él le contara a Bernardo lo que sabía..., también lo sería para el afable abad. Y para el mundo entero.

Pero Selomo guardaría silencio. Costara lo que costase.

El propósito principal del primer libro era adivinar el futuro y ofrecía al lector que escogía unas líneas al azar una respuesta a sus preguntas. Ese libro era, sobre todo, un amuleto. El íncipit, sus primeras palabras, eran una suerte de salmos que pretendían tener una fuerza protectora que, desde luego, no había funcionado con Selomo precisamente. No siempre, al menos.

Selomo creía que esa parte era un ejemplo del papel que tenía la adivinación en el antiguo Egipto, que más tarde sería cristiano. El libro era viejo, de la época en que había aparecido por el mundo el mesías que ahora los cristianos adoraban como a un dios. Tenía manchas de grasa en los bordes, lo que indicaba que había sido muy utilizado, muy consultado.

«Ve y haz tus votos, y lo que prometiste cúmplelo inmediatamente. No tengas una mente doble, pues Dios es misericordioso. Él es quien cumplirá tu petición y aliviará la aflicción de tu corazón», decía por ejemplo el oráculo veinticinco.

Selomo encontró información sobre ese tipo de libros durante sus investigaciones en distintas bibliotecas del mundo. Sus viajes le proporcionaron la oportunidad de llegar a sospechar que para obtener las respuestas que ofrecía el libro se podían utilizar distintos métodos, como usar unas fichas en las que se inscribía la pregunta y conseguir las respuestas mediante un juego de azar. Otros consultantes emplearon dados o astrágalos; al ponerlos en marcha, ofrecían un número que indicaba la respuesta, tal vez la página o el verso que la contenía. Los paganos, en terminología cristiana, usaban fragmentos de papiro, hojas de palma con las que invocaban a Isis a través de su mensajero Hermes...

Existían muchos libros parecidos al suyo. Parecidos, pero muy distintos. Selomo había tenido la ocasión de examinar tres más o menos semejantes, que le dieron pistas con las que completar el enigma que representaba. Claro que había algunos más de adivinación egipcia de comienzos de la era cristiana diseminados por la tierra. Pero ninguno era como el suyo. Porque aquel libro, su libro, era un libro cristiano. No pagano. Tanto que si el abad lo supiese, probablemente se desmayaría de la impresión.

El segundo libro que contenía era lo que lo hacía especial.

La otra característica que lo diferenciaba del resto de los libros que existían bajo el sol era que sus predicciones eran ciertas, el libro lograba hacer magia. Pura maravilla.

El abad, por supuesto, hablaría de milagros...

El consultante elegía una línea al azar que marcaba su futuro. El método recordaba a san Agustín cuando recibió un mandato procedente del mismo cielo que le decía que abriese una página cualquiera de la Biblia. Así lo había hecho el santo y la suerte le llevó a tropezar con el pasaje que relataba la conversión de san Pablo, lo que le indicó el camino. Su propio camino.

Selomo se aclaró la garganta antes de responder. Sabía que era mejor decir parte de la verdad, lo bastante como para resultar convincente, pero no tanto como para despertar el interés del abad.

—Es un vulgar libro de brujería egipcia.

—¡Oh, ya veo! —Bernardo arrugó el ceño al oír la palabra «brujería».

—Tendrá siglos, ese es su único encanto: que es muy viejo. No sabría decir cuántos años le han pasado por encima con exactitud, pero no pienso que sea algo que importe. Tampoco creo que lo más apropiado sea traducírselo a una reina cristiana. Ni a nadie. Pero lo que tú digas... Lo que ordene el rey.

71

Vuelve sus pensamientos de nuevo a la ciudad

Nazaret. Galilea
Año 8 después de Cristo

María devuelve sus pensamientos de nuevo a la ciudad en que nació. Le gusta recordar cómo se extiende, estrecha y alargada, siguiendo la costa del norte, rodeada de un paisaje severo y sombrío que el brillante lago azul y unas montañas en forma de teatro romano convierten en una pieza oscura y rutilante.

A María le gusta el sonido de las olas contra los botes, que siempre rememora cuando quiere encontrar paz.

Pero ahora se encuentra en Galilea y ahí es donde debe estar.

—Galilea fue durante un tiempo una provincia pagana. Echaron a los hebreos que vivieron en la región hace mucho tiempo. Luego, Juan Hircano volvió a repoblarla con judíos. Pero en la época de Jacobo había tantos forasteros que los galileos tenían un acento muy diferente al que tienen hoy —suele decir su padre, José.

Una tierra amada, Galilea, donde incluso los niños tienen conocimiento de la Ley y aprenden a leer y a interpretar, en la medida en que sus pequeñas mentes son capaces de hacerlo, los textos sagrados.

María está satisfecha de los miembros de su familia porque, entre otras cosas, se han ocupado de darle una educación, algo que no ocurre con las hijas de todas las familias judías. Lo normal es que nadie se interese por esas cosas. Los padres se preguntan para qué necesita una hija saber leer si acabará casándose con un hombre que ya ha aprendido y que le explicará todo lo que debe saber, de esta vida y de la otra.

Sin embargo, su padre no es de la misma opinión. Y su madre tampoco. José ha enseñado a sus hijos, a todos ellos, los rudimentos de la lectura y la escritura. Ahora está cansado y es viejo, pero en los años en que era un hombre fuerte, trabajador y decidido, le robaba horas al sueño para que sus hijos aprendiesen a leer y a contar.

—Aunque solo sea para ganarse la vida con un oficio y llevar un negocio, por modesto que este sea, hay que saber descifrar las letras y hacer sumas y restas. Además, la voluntad de Dios está escrita y quien no sabe leer tiene que fiarse de lo que otros le cuentan por boca humana...

De modo que sí, ha sido José quien les ha enseñado lo suficiente como para arreglárselas en ese sentido. Lo ha hecho con Santiago y con José, con Salomé y Simeón, sus hijos más mayores, y luego con Jesús, con María y con Judá, los pequeños. Es verdad que ya no tiene las mismas fuerzas ni el entusiasmo de cuando era un hombre en la flor de la vida, pero ha hecho su trabajo igual de concienzudamente.

También los ha educado en la práctica de la piedad, que es más importante todavía. María, la madre, ha ayudado a su marido en lo que ha podido, aunque ella no es una mujer de letras precisamente. Se ocupa más de otras cosas, igual de necesarias que los misterios de la escritura, como a temer a Dios y respetar sus mandamientos. También les ha hecho memorizar el *shema* o credo y ha estado de acuerdo con su marido en que los temas más técnicos los aprendan los niños en la escuela de la sinagoga.

Un lugar al que, por supuesto, no asiste María, pues allí solo van los varones.

María conoce al maestro, una persona humilde pero bien considerada a quien todos sus alumnos llaman rabí. Entre ellos está Jesús, que empezó a asistir cuando tenía seis años. Su hermano, que es un parlanchín, le contó aquel primer día con pelos y señales en cuanto regresó a casa. Con sus palabras de niño pequeño, que ella todavía recuerda.

María sonríe al darse cuenta de que Jesús era tan pequeño entonces que reía y temía al mismo tiempo, que estaba tan preocupado como contento en su primer día de escolar. Que su pequeño corazón no sabía qué sentir. Y que, por tanto, su alma se llenaba de todo lo que era posible experimentar: lo bueno y lo malo, la alegría y la inquietud, la curiosidad y a la vez el desasosiego ante lo desconocido...

Ella, por su parte, se nota así a menudo. Cada día. Y no sabe tampoco por qué emoción decidirse cuando las sorpresas se amontonan frente a la puerta de casa al comenzar el día.

Por la mañana, su padre lo tomó de la mano y lo condujo hasta la escuela. Dentro, en la pequeña y modesta estancia, el rabino estaba sentado sobre sus piernas cruzadas en una estrecha plataforma de un pie de alto. Delante de él, sobre un soporte bajo, había un rollo de la Ley que, junto con otros escritos escogidos del Antiguo Testamento, constituían el único libro de texto.

El ánimo de Jesús empezó a agitarse en cuanto vio a aquel hombre sentado. Un torbellino de emociones lo hicieron quedarse de repente quieto, agarrado con fuerza a la mano de su padre. No quería soltarla. No era capaz de dar un paso adelante o atrás. No es que quisiera alejarse de allí, es que no sabía cómo reaccionar. Se quedó contemplando al resto de los niños, que estaban sentados en el suelo formando un semicírculo frente al maestro.

—Aquí aprenderás a leer la Ley en hebreo —le dijo su padre a Jesús, que continuaba estupefacto y estremecido de pies a cabeza.

Le habló, por supuesto, en arameo, y Jesús, ante la posibilidad de tener que leer en una lengua extraña cuyos rudimentos José todavía no le había enseñado, tuvo la sensación de que se encontraba perdido y sus mejillas se incendiaron.

—Pasa, joven, y toma asiento —lo invitó el maestro.

—¿Por qué no ha venido Judá hoy a la escuela? —quiso saber Jesús pensando que si su hermano mayor estuviera con él, el trago que le esperaba no sería tan amargo.

—Ya sabes que está enfermo. Tu madre ha querido que se quede en la cama.

Jesús oyó la voz, firme y poderosa, del maestro y se sintió aún más desconcertado.

—Quiero irme a casa, padre...

—No, te quedarás aquí. Aquí conocerás el Levítico, que es algo que debe ser familiar a todo judío que pretenda ajustarse de modo aceptable a los mandamientos de Dios.

Jesús hizo un puchero.

De repente, la voz de su adorado padre, siempre cariñoso y de trato amable, también resonó en sus oídos con palabras severas que reverberaron a su alrededor como el zumbido de unas moscas gigantes.

El hebreo era una lengua extraña para Jesús. No solo en su casa, sino también con sus compañeros de juegos, él hablaba en arameo, ¿por qué habría de aprender otra cosa? Su lengua le gustaba, le servía bien. No tenía necesidad de saber ninguna otra.

Conocía a todos los niños que estaban frente al maestro, pero eso no le hacía más apetecible la idea de sentarse y unirse a ellos.

—¿Por qué tengo que aprender hebreo? ¡No me servirá para nada!

—Porque también es el idioma que se usa en la sinagoga.

—No lo entiendo...

—El alfabeto hebreo es muy divertido. Su letras, *aleph*, *beth*, *gimmel*..., te servirán para recitar. En casa ya te has aprendido un versículo de memoria. Ahora, el maestro te enseñará a identificar cada palabra por separado.

Después de aquellas explicaciones, José soltó la mano de su hijo, con gran esfuerzo por su parte, y se dio la vuelta, marchándose y dejándolo solo.

Jesús nunca había pasado tanto miedo en su vida.

Además, según le contó a su hermana al regreso de la jornada escolar, le molestaba el ruido de los demás niños. Todos estudiaban y recitaban en voz alta, de manera que la clase era un barullo de acentos y palabras sonoras.

—Nadie puede recordar mucho tiempo lo que aprende si no repite las lecciones en voz alta una y otra vez —le aseguró el rabino, y Jesús pensó que era un embustero. ¡Él las recordaría sin necesidad de tantas insistencias! Aunque no tardó en darse cuenta de que, por desgracia, el maestro llevaba razón...

Finalmente, su hermano Jesús terminó adaptándose a la escuela. Cuando Judá mejoró y volvió a clase, le sirvió de apoyo y todo fue para él más fácil, hasta tal punto que empezó a asistir a las clases con cierto entusiasmo disimulado.

—Pero si tú decías que no te gustaba aprender a leer...

—No, no me gusta mucho —murmuraba Jesús—, pero es bueno hacerlo. Hemos empezado a escribir en hebreo, también en arameo. Y después de la escritura, el rabino nos ha prometido que nos enseñará los números. El rabino dice que un buen alumno es como una cisterna que no deja perder una sola gota del agua que contiene.

Jesús le confesó a María que lo que más miedo le daba era la vara de castigo que tenía el rabino siempre cerca de él, a mano, preparada por si acaso.

—Pero también es verdad que hasta ahora nunca la ha usado, que yo sepa.

—Más te vale que no te dé un varazo. Así que pórtate bien.

La muchacha sonrió al recordar lo poco que, al principio deseaba Jesús ir a la escuela y cómo pataleaba incluso, oponiendo resistencia. Casi podía escuchar sus quejas y sus amagos de llanto como si hubiese sido ayer. Desde luego, los pucheros de Jesús no lograron conmover a su madre ni a su padre. Al final, su hermano no tardó en adaptarse a la rutina de las clases. Él, que no quería ser escriba, sino médico. Hasta hacía poco se conformaba con seguir el ejemplo y continuar con el negocio de su padre, pero, cuanto más sabía, cuanto más aprendía en la escuela, más cambiaba de opinión. Un día el rabino le sugirió a Jesús que ingresara en el colegio de escribas de Jerusalén.

—Pero ¡yo no quiero ser escriba! No tengo paciencia para eso.

—También puedes entrar en una escuela griega, en Scythopolis o en Gadara, que son ciudades que pertenecen a la Decápolis griega —le sugirió el rabino años después de sus primeras rabietas—. Son lugares donde se puede estudiar música, además de geometría, poesía o gimnasia.

Sin embargo, Jesús negó con la cabeza, pensativo.

—En realidad, no soy tan buen estudiante —le confesó a su hermana—. Y lo que a mí me interesa aprender no estoy seguro de que puedan enseñármelo en una escuela griega.

—¡Ya te imagino en una escuela griega! —sonrió María.

—Y no necesito hacer gimnasia, tan solo aprender a nadar en el lago lo bastante como para no ahogarme —insistió Jesús con sonoras carcajadas.

72

Ella desconfiaba de sus métodos

Sahagún. Imperio de León
Invierno del año 1079

Eilona lanzó un grito desgarrador.
—Yo creo que la criatura no respira —dijo una de las mujeres.
Era morena y de aire decidido. Tenía las manos ensangrentadas y Matilde había oído decir que era una buena partera; sin embargo, ella desconfiaba de sus métodos.
—¿Qué es eso que le has dado de beber? —preguntó mientras palpaba con cuidado el vientre de la mujer.
—Ha tomado una infusión de raíz de verbena.
Matilde arrugó la nariz y se acercó uno de los vasos, que desprendía un olor que no le recordaba para nada a una hierba.
—¿Y esto qué es?
La mujer se puso a dar explicaciones muy ufana de su conocimiento.
—Como lleva de parto desde ayer, le he hecho este preparado de lombrices con vino de pasas.
Matilde la miró horrorizada.
—¿Lombrices?
—Sí, aunque también lleva algún que otro ingrediente secreto.
Matilde no quería saberlo, así que no le preguntó más. Imaginaba que podía haber añadido polvo de cuerno y pelo u orina de cabra. No quiso contrariar a la mujer, pero retiró el vaso lejos de la parturienta.

Sacó un compuesto de raíz de sínfito que había llevado con ella y se lo dio para aliviarle el dolor. Lo había preparado con nuez moscada y ámbar gris, junto con una pizca de huesos de pescado. Intentaba con ello que la mujer tuviese unas contracciones menos dolorosas.

—¿Por qué no me han llamado antes? —preguntó.

—Este es su segundo parto, no debería tener problema. Pero, según me parece, hace horas que tendría que haber salido la criatura. Por eso creo que ya no se mueve.

Eilona había dejado de gritar, sencillamente desmayada por el dolor. Ya no ayudaba. Matilde la volvió a palpar con cuidado y decidió que la criatura respiraba, al contrario de lo que indicaba la partera.

—Puedo decirle a una de las criadas que vaya a por un poco de tierra del atrio de la iglesia. Le podemos dar un vaso con agua y un poco de tierra procedente de una tumba reciente. Creo que hay una muchacha que ha fallecido hace poco, hace menos de cuarenta días. Con eso y un poco de suerte...

Pero Matilde no la oía. Espabiló a la mujer y le dio un poco más de su compuesto.

Cerca de ella, la reina Constanza observaba la operación con los ojos muy abiertos, horrorizada por lo que veía, pero a la vez fascinada y sin perder detalle.

—¿Esto es lo que tendré que pasar yo cuando tenga hijos? —preguntó asombrada.

—Sí, mi señora, pero no te preocupes por eso ahora, todo irá bien. Si Dios quiere.

—Tendré que rezar mucho para no padecer un parto tan largo como esta pobre... ¿Cómo se llama? Es la mujer del ayo de mi marido.

—Eilona.

—Su majestad el rey también rezará.

—Agua caliente, por favor.

La partera hizo un gesto de desagrado, pero se retiró para dejar que Matilde continuara. Una muchacha de aspecto apocado le pasó a la beguina un caldero con agua tibia.

Matilde ayudó a la mujer a recobrar el conocimiento. No era el primer parto que asistía. Incluso había ayudado a su propia madre a parir a varios de sus hermanos. Tenía experiencia, pero no conseguía dejar de asombrarse ante un nacimiento. Algo tan frágil y tan fuerte a la vez... Había visto morir a varias mujeres en el intento. Se alegraba de haber dedicado su vida a Dios, eso le evitaría tener que pasar ella misma por ese trance.

—Vamos, vamos...

Aquella criatura llegaba tarde, pero ella no dudaba de que vería la luz. Podía oír cómo le latía el corazón dentro de su madre. Su ritmo no era fuerte, pero parecía decidido a continuar. Introdujo la mano y se dio cuenta de que venía con el cordón umbilical enrollado al cuello.

—Ha llegado el momento de que salgas de ahí, pequeño —le dijo en su lengua materna.

Con unos rápidos movimientos apresó por fin el cuerpecito y tiró de él con suavidad.

La madre aún estaba inconsciente.

—Es una niña, hermosa y bien formada.

—¡Otra niña! Pues ya son dos. Seguramente su padre hubiese preferido que fuera un varón.

—Dios nos da lo que le parece a él, no lo que nos conviene a nosotros.

La ayudó a respirar sacudiéndola ante los ojos horrorizados de la partera, que tenía por costumbre no mover mucho a los recién nacidos.

—Mirad qué maravilla, con los ojos abiertos.

La partera se santiguó.

—No te preocupes, eso es buena señal.

Matilde aseó a la recién nacida y luego apartó, disimulando un gesto de repugnancia, la piel de cordero recién desollado que la partera había movido hacia los pies de la madre. Le parecía poco higiénico, pero se guardó mucho de decir lo que pensaba. Mientras atendía a la niña se dio cuenta de que su señora doña Constanza estaba a punto de perder el conocimiento.

Matilde tenía entendido que las mujeres eran por naturaleza más débiles que los hombres, que se encontraban sometidas a indisposiciones que ellos nunca sufrían, sobre todo en aquellos órganos que tenían que ver con su naturaleza prestadora de vida. Sin embargo, ella no acababa de estar del todo convencida. Demasiado a menudo había podido observar que las mujeres daban a luz haciendo esfuerzos sobrehumanos y sobrevivían como si tal cosa. Cierto que los trabajos del parto eran dolorosos, imaginaba, ya que nunca había sido madre, que lo eran mucho más incluso que ir a la guerra y luchar cuerpo a cuerpo contra el enemigo, sufriendo heridas y desgarramientos. Claro que tampoco se atrevía a contradecir a quienes antes que ella, siendo mucho más sabios y experimentados, habían deducido que las partes íntimas de las mujeres eran algo tan vergonzoso como delicado.

Matilde le preguntó a Constanza si podía hacer algo por ella. La había llevado consigo para que se acostumbrara. Tarde o temprano tendría que enfrentarse al acto que acababa de presenciar, y más valía que fuese pronto, dado que ya estaba preñada...

Además, la reina era una mujer madura, no se podía llamar a engaño. Matilde se encargaba de cuidarla. Era su médica, pero también sabía proveerla de cosméticos y ayudarla con el cuidado de su cuerpo. Sin olvidar nunca su alma.

La beguina había dedicado toda su vida al estudio de la naturaleza femenina. Todavía no podía comprender cómo esa fragilidad innata que todo el mundo les atribuía a las mujeres era capaz de aguantar el esfuerzo de un parto. Imaginaba que una parte del dolor se escapaba a través del sudor, en forma de calor, y que la menstruación purificaba el cuerpo femenino. A las reglas se les solía llamar, por parte del pueblo bajo, «las flores», en la creencia de que las mujeres eran una suerte de árboles que cuando perdían sus flores ya no daban frutos, es decir, ya no eran capaces de concebir hijos.

Matilde, siendo apenas una niña, empezó a escribir un tratado sobre todo aquello que observaba. Versaba sobre las enfermedades de las mujeres antes, durante y después del parto. *De passionibus mulierum ante, in et post partum*, así se llamaba. A veces temía que nunca lograría concluirlo o que sus observaciones no eran del todo seguras. Sin embargo, el empeño valió para tomar algunas decisiones sensatas, especialmente respecto a la salud de la reina, que estaba tan contenta con sus servicios que se refería a ella como *quasi magistra*.

La partera farfullaba a su alrededor muchas palabras desconocidas para Matilde, que no acababa de entenderla, pues sus sonidos guturales estiraban las sílabas en un tono que dificultaba la comprensión.

—Cuando el parto se presenta difícil, lo primero que debemos hacer es encomendarnos a la ayuda de Dios, por supuesto —dijo

Matilde dirigiéndose a cualquiera que pudiera prestarle atención en esos momentos tensos a la vez que aliviados y sosteniendo a la pequeña, que ya había dejado de llorar, entre sus brazos—. Pero nunca debemos olvidar los remedios humanos, y estoy convencida de que una mujer con dificultad para parir encuentra más ayuda en los paños de agua donde se ha cocido previamente malva, semilla de lino y cebada, además de un poco de fenogreco, que en los ángeles del cielo, que ya tienen bastante trabajo allí arriba... Se la puede ayudar, a la parturienta, untándole con ese emplasto las ingles y los muslos, las caderas y el vientre, o frotándole aceite de violetas y de rosas, antes que ponerle la piel desollada de un cordero recién sacrificado debajo de las posaderas. No me parece conveniente tal cosa. También es bueno hacerla estornudar para ayudarle a las contracciones; para eso vale con algo de polvo de incienso o de pimienta.

Las mejores observaciones sobre los alumbramientos las había obtenido Matilde de boca de las propias mujeres, que, por lo general, no revelaban de buen gusto a ningún hombre los secretos de su naturaleza, mientras que se podían confiar a ella.

—Eilona ha despertado. —Constanza batió palmas aliviada—. ¿Cómo bautizarás a tu hija? *Son corps est tout gracieux...* Qué delicia de criatura.

—María; la llamaré como la madre de Nuestro Señor. M-María P-Pérez... —Eilona suspiró y cerró los ojos, consumida por el esfuerzo y animada por haber puesto fin a aquel trabajo que, desde luego, era una maldición bíblica.

La parturienta estaba exhausta y Matilde ordenó a la joven criada y a la partera que la lavaran y le pusieran un poco de raíz desecada de consuelda, comino y canela en otro emplasto que había llevado consigo.

—Introdúceselo en la vulva, para que cicatrice mejor.

La partera arrugó el ceño, pero finalmente hizo lo que le ordenaba la beguina.

En el pasado, gracias a ese emplasto, evitó ella que una mujer muy joven, después de sufrir un enorme desgarro en el parto, se desangrara por sus órganos genitales, que quedaron en muy mal estado.

La criatura recién nacida comenzó a llorar con fuerza otra vez, lo cual era una buena señal. Cuando logró que la madre se espabilara del todo les dio algunas instrucciones a la sirvienta y a la partera y decidió que era mejor irse de allí. Volvería al atardecer para ver cómo evolucionaban madre e hija.

La reina cogió entre sus brazos a la pequeña y se dispuso a llevársela a su padre, que se encontraba con el rey y algunos más de sus hombres. Entonces sintió la mano de Eilona agarrándole el brazo con una fuerza sorprendente. La mujer murmuró unas frases en tono bajo, para que no la oyesen la partera o las criadas, que la reina apenas fue capaz de entender.

—Juro por Dios Todopoderoso que no quiero parir ningún hijo más, que esta será la última. Dile a tu monja que venga y me arranque las entrañas ahora que estoy abierta como un caballo en una batalla. Dile que me dé una pócima para que mi marido no vuelva a meter en mi cuerpo el suyo y que... —Pero no pudo seguir hablando porque se desmayó de nuevo.

—No sé qué ha dicho. ¡Matilde, arregla a la criatura para ponerla presentable! Toma. *Gardez-la bien...*

Matilde regresó a su habitación. Allí tomó nota de algunos de sus pensamientos y observaciones antes de que se le olvidaran. Escribió sobre los distintos tonos del color de la sangre, que parecían corresponderse con los diferentes aspectos de la piel del rostro de las mujeres. Le parecía que había algunas muchachas que tenían un pensamiento cambiante e inestable, que coincidía con sus venas delgadas y transparentes. Estas jóvenes padecían un humor desdichado, tendente a la angustia y a la melancolía. En su ciclo mensual tenían un abundante flujo sanguíneo y parecían ser débiles y frágiles. Como su señora doña Constanza, que no fue capaz de retener la simiente de su primer marido. Por fortuna, con el segundo las cosas habían mejorado. Ella esperaba que gracias a su ayuda...

Creía en el poder de los astros, en el imperio que ejercían sobre la naturaleza humana, aunque estaba segura de que finalmente era el designio de Dios quien los guiaba, que solo eran meros intermediarios entre la voluntad divina y la carne y que gracias al Todopoderoso y a las estrellas podían los hombres y las mujeres caminar por el mundo.

También escribió que creía que los poderes naturales de la Luna gobernaban la vida del cuerpo de las mujeres y que, bajo las órdenes de Dios, la guía del Sol regía el organismo de los hombres, aunque ese aspecto lo tenía menos estudiado. No había visto jamás a un hombre desnudo, exceptuando a niños recién nacidos o algo mayorcitos, pero siempre en edad inocente, como sus hermanos pequeños, y no se hacía idea de los misterios de su naturaleza carnal. Al contrario, el cuerpo femenino le resultaba un amigo conocido. Había explorado con cuidado el propio y el de su señora, a cuyo servicio se encontraba desde que ambas eran niñas, en busca de los escondrijos del dolor y de la fecundidad, de la enfermedad y del placer. De todos sus misterios, que ansiaba comprender, aunque, cuanto más investigaba, más confusa se sentía.

Mientras intentaba ordenar sus ideas, Matilde no dejaba de pensar en el cuerpecito de la niña recién nacida, tan perfecto y delicado. También ella estaba destinada a convertirse en una mujer, con los problemas derivados de su naturaleza, que se enfrentaría un día al momento del parto.

Estaba ensimismada en sus reflexiones cuando alguien llamó a su habitación. Tenía asignado un pequeño recinto con paredes de piedra, frío y austero, pero ella lo convirtió en un refugio acogedor solo con unos libros, una mesa y unas lámparas. No necesitaba más para concentrarse, para ser feliz. Los golpes en la gruesa puerta de madera resonaron como aldabonazos urgentes en la antesala del infierno. Y en efecto, traían noticias diabólicas que Matilde no hubiese querido conocer.

Recorrió detrás de la criada los pasillos fríos hasta llegar a la estancia donde la aguardaban Roberto y Samuel, ambos con cara de ser portadores de malas nuevas.

—Ha aparecido un niño esta vez... —dijo Roberto con los ojos desencajados y el hablar balbuceante.

Samuel apenas abrió la boca, cosa rara en él.

Mientras escuchaba el relato, Matilde pensó en el asesino del niño y en cómo era posible que el Señor soportara la existencia oscura de tantas gentes bárbaras, que se encontraban sumidas en una vida devastadora y bestial. Se dijo que no solo la guerra constituía un peligro desgarrador para ese tiempo que les había tocado vivir, sino que la historia estaba llena de claroscuros donde se refugiaban mentes perversas como la que había ejecutado a la muchacha a quien ya habían enterrado y que ahora les arrojaba a la conciencia los restos de otra víctima, cuya imagen, después de examinarla, seguramente se quedaría grabada en la mente de Matilde durante el resto de su vida, persiguiéndola con la amenaza de un arma afilada.

—Es una criatura pequeña. Tienes que verlo, señora. Por favor.

Sabemos de quién se trata. Su madre estaba buscándolo desesperada desde hacía dos días. Lo han encontrado unos pastores no muy lejos del pueblo. Tienes que venir. Tus ojos pueden ver cosas que nosotros somos incapaces de vislumbrar.

—¿Lo habéis movido del sitio donde estaba, del lugar donde lo han hallado los pastores?

—No, esta vez no hemos hecho como con la muchacha. Hay tres hombres guardando su cuerpo. Nadie ha tocado nada.

Matilde asintió y sin coger siquiera una capa los siguió en silencio al lugar donde la esperaba la visión macabra. Aquel sería un día extraño, se dijo, porque había comenzado con una vida que nacía, pero terminaría con otra que había abandonado de forma prematura, y para siempre, el mundo.

73

Es un edificio imponente

Capernaúm
Año 8 después de Cristo

La sinagoga de Capernaúm es de verdad imponente, no como la de Nazaret, que no se distingue apenas del resto de las construcciones de la aldea. La de la ciudad tiene forma de basílica, con nave y alas. La entrada principal mira hacia el sur del lago y el luneto se abre hacia el lugar donde se halla Jerusalén.

—Es un lugar hermoso —dice María.

En el arca se guardan las Escrituras, y la galería para mujeres y niños se extiende sobre tres lados. En la parte este hay un patio con columnas.

A María le impresiona tanto como los edificios que hay en el propio Jerusalén, pero, según recuerda, esta sinagoga no es lo bastante grande como para dar cabida a toda la gente que acude allí; además, se encuentra en pésimas condiciones de conservación. María ha oído muchas veces decir a su padre que es una ruina y que resulta urgente construir una nueva. Y José sabe de lo que habla. Pero a pesar de ser un sitio tan desvencijado, a ella le gusta.

Cuando vivían en aquella ciudad, a María le parecía impresionante, una edificación más alta y más grande que cualquiera de las casas particulares que ella había visto, pues no se permitía la construcción de edificios más altos que la sinagoga. La puerta principal, la que miraba al lago, cuya superficie espejada podía adivinarse a unas leguas de distancia, permitía que el lector que daba la lección, al levantar la vista, mirase hacia Jerusalén.

María todavía recuerda que cuando ella y su familia iban a la sinagoga, su padre atravesaba de forma majestuosa el patio frente al edificio y allí se lavaba las manos a modo de preparación para la ceremonia. Luego entraba por la puerta central con otros hombres de la congregación. Pero su madre, María, y todos los hijos, que todavía no tenían la edad legal de doce años, se encaminaban hacia la parte occidental y posterior, donde encontraban una escalera que conducía al segundo piso. Por allí accedían a una galería sostenida por pilares que abarcaba los tres lados del edificio. Estaba adornada con una verja de madera con el propósito de que los ocupantes pudiesen mirar hacia abajo, donde se reunía la congregación; de este modo, podían ver y oír al lector. El sitio se llamaba la Galería de las Mujeres.

Desde aquellas alturas, velada tras la reja, María podía contemplar cómo su padre se instalaba en la primera fila de asientos. En el centro del enorme recinto, una construcción alta, probablemente dos veces la estatura de su padre, llamaba la atención el cofre o arca. Dentro, dispuestos en forma conspicua, se encontraban los rollos de la Escritura a la manera de un tesoro. Luego, el jefe de la sinagoga subía los escalones y tomaba asiento detrás de los rollos.

—Todos los niños temen a los jefes de la sinagoga porque, aunque no sean exactamente los encargados de imponer la disciplina, cuentan con muchos especialistas en dar palizas. Son los comisionados para esa tarea.

—¿Eso es todo lo que hacen, dar palizas a los niños que se portan mal?

—En realidad, su deber religioso consiste en mantener los rollos en buenas condiciones y en decidir quién será el lector y orador del día.

—Ah, bueno —decía ella no muy convencida.

María recuerda la imponente figura del delegado de Capernaúm para las golpizas, tan distinta de la bonachona y benevolente encargada de la misma tarea en Nazaret: un hombre decente y con sentido común, especialista en joyería, que había abandonado la vida de Jerusalén, fulgurante y ajetreada como las piedras que estaba acostumbrado a trabajar, por la más tranquila de su aldea.

En Nazaret, la suprema necesidad para todos es construir el camino hacia Dios de forma callada y sencilla, discreta. Es un lugar sin grandes desasosiegos, donde el paso de los días es dulce y sin precipitaciones, como el crecer de la hierba. Qué distinta de la gran ciudad de Capernaúm, donde todo iba más deprisa y también estaba algo más sucio y cansado, necesitado de reparaciones, como la sinagoga...

A María le maravillaba cuántos hombres gobernaban el mundo. Estaban por todas partes. En la sinagoga, por ejemplo, el jefe contaba a los miembros de la congregación, cerciorándose de que habían asistido los diez hombres indispensables, sin los cuales no se podía celebrar el servicio. Cuando estaba seguro de que había *quorum*, daba paso al huésped de honor, un rabino ambulante que pertenecía a la congregación de Jerusalén, encargado de visitar e impartir instrucciones a las congregaciones de provincias. Él solía ser el invitado, o bien lo era algún otro elegido. Ellos dirigían el recitado del *shema*, el credo de Israel, tal y como dice el Deuteronomio:

—Oye, Israel: Jehová es nuestro Dios, Jehová uno es...

María, que tiene recuerdos de la ceremonia desde que era muy pequeña, sentía entonces que aquel era un momento solemne, y las voces graves de los hombres, que cantaban y rezaban al unísono, conseguían estremecerla. Una fuerza increíble nacía de aquella unión y lograban que su alma se arrodillase. Sus voces eran como tábanos revoloteando alrededor del capullo otoñal de las Escrituras del arca. Podía sentir la presencia de Dios en la luz brillante, del color de las uvas, que se derramaba dentro de los corazones de los creyentes.

La muchacha rememora el único día que recuerda de su asistencia a la sinagoga de Capernaúm, aunque no duda de que los demás fueron probablemente muy parecidos. Idénticos.

Aún puede ver al rabino abriendo un plateado estuche cilíndrico adornado con incrustaciones del credo y dibujos extraños, entre los cuales ella podía distinguir la estrella de David. También cómo besaba el paño que cubría el rollo y lo desplegaba sobre un soporte inclinado. Luego separaba con cuidado las dos varillas en torno a las que se encontraba arrollado el pergamino. A María le parece estar viendo de nuevo la manera delicada y cuidadosa en que el hombre manejaba las perillas de plata entretanto una suave música de campanillas envolvía la escena.

Y, más tarde, la lectura del capítulo 20 del Éxodo, los diez mandamientos, leídos con voz autoritaria pero a la vez refinada y reverente... Por supuesto, como leía en hebreo, María no comprendía nada, si bien cada versículo se traducía al arameo para que todos los que no hubiesen aprendido la lengua sagrada, o la hubiesen olvidado, pudieran entender. Y luego llegaba el sermón dirigido a la congregación con una fuerte y bella voz masculina...

Ah, sí. Qué impresionante resultaba aquello.

Durante el sermón, que aún recuerda, porque se le ha quedado grabado en la memoria, el rabino les dijo que el cuarto mandamiento prohibía trabajar en sábado y que eso era algo que estaba suficientemente claro; los inconvenientes de interpretación se encontraban en definir la palabra «trabajo». Para los grandes rabinos de Jerusalén, la Ley decía que el trabajo podía ser de treinta y nueve clases; entonces enumeró una serie de actividades tales como sembrar, cosechar, arar, planificar, hilar... Luego añadió que cada uno de esos títulos tenía también casos especiales que habían de ser considerados; por ejemplo, cosechar, una labor que no consistía tan solo en recolectar grano en grandes cantidades con una hoz, sino también en espigar unas pocas simientes al pasar por un sendero cruzando un trigal. También frotar las espigas entre las manos para separar la barcia o mascar los granos podían considerarse en realidad trillar y moler, de manera que eran actividades prohibidas.

María recuerda que su hermano Jesús, que en esos momentos se encontraba junto a ella porque era demasiado pequeño para estar junto a los demás hombres, movió la cabeza reprobadoramente al oír esas palabras del rabino. María le dio un codazo para que permaneciese quieto y atento, callado y conforme, no le gustaba pensar que su hermano podía no estar de acuerdo con las palabras del hombre santo que les hablaba. Le daba miedo esa actitud de Jesús, y una inquietud extraña llenaba de pesadumbre y de auténtica preocupación su alma.

—¡También debemos aprender a diferenciar los distintos tipos de labores, como las que comprende la acción de atar un nudo! —continuó el rabino con su voz atronadora—. Es pecado hacer un nudo de camellero o uno de botero. Pero si un hombre pudiese hacerlo con una mano, eso no podría ser considerado trabajo y, por consiguiente, tampoco pecado. El hombre no pecaría de este modo. Una mujer puede atar una prenda de vestir o asegurar un odre de aceite también sin caer en la culpa.

—Y yo me pregunto si se podría comer impunemente un huevo que haya sido puesto en sábado por una gallina ignorante de la Ley... —le dijo más tarde, ya en casa, Jesús a su hermana.

—¡Qué dices!

María, sin embargo, le expuso la duda a su padre sin entender la broma de su hermano. Y ante su sorpresa, José le respondió:

—Hija mía, ese es un tema de gran debate entre los sabios que todavía no ha sido dirimido.

—¿De verdad los sabios hablan sobre si las gallinas son pecadoras por poner huevos en el *sabbat*? —María abrió mucho los ojos.

—Así es.

—Pero, *abbá* —se sumó Jesús a la conversación con un resto de risa incontenible que le cerraba la comisura de los labios—, con todas estas sutilezas, yo me pregunto cómo un hombre sencillo, como tú o como yo, puede trabajar y mantener a una familia y seguir siendo un buen judío. Todas esas consideraciones religiosas hacen perder el tiempo. Son excesivas, padre.

José miró a su hijo con reprobación.

—Eres demasiado joven e insolente. Te tengo dicho que debes aprender de los sabios, no de los necios.

—Pero hay muchos que piensan como yo. Por ejemplo, Zebedeo, tu primo...

—Que Dios nos libre de los primos que piensan. Sobre todo si son como Zebedeo. Y que nos libre también de los hijos preguntones. —José cambió de tema, no sin antes dirigirles una sonrisa cómplice a sus dos hijos pequeños—. ¿Dónde está vuestra madre?

—Padre, tú sabes que hay mucha gente que considera ficticias las argumentaciones de los rabinos. Están empapados de las enseñanzas de los salmos y de los profetas, de los escritos apocalípticos, y no dejan de pensar en el mesías que debe llegar, esperando que con él puedan vivir la consolidación de Israel.

—Esas que hablan así son gentes simples, y tú sabes bien que se trata de los pobres y de los mansos de la comarca. Así les llaman. Aunque también ellos estén predispuestos a cultivar la piedad y la paciencia. A veces...

—La paciencia... Eso es fácil de decir.

—Para ti, hijo, es más fácil decir la palabra «paciencia» que hacerla crecer en tu corazón. Ven aquí, te daré un cachete por impertinente.

Pero María y su hermano echaron a correr entre risas, dejando al padre con las ganas de consumar su reprimenda.

74

Oyendo el roer de las ratas

Sahagún. Imperio de León
Invierno del año 1079

Selomo había pasado mala noche oyendo el roer de las ratas no muy lejos de su jergón. Se levantó de un humor oscuro y levantisco, añorante.

Lo primero que pensó al abrir los ojos y enfrentar el nuevo día fue cuánto echaba de menos los paisajes de su infancia. La nostalgia le dejaba el corazón trémulo y la mirada errante. ¡Córdoba, qué hermosura! ¡Zaragoza, qué recuerdos! Sentirse tan cerca de los lugares donde había crecido y sido feliz mientras vivían sus padres le hacía notar una mezcla de esperanza y ansiedad.

Le hubiera gustado tener una familia con muchos parientes. Hermanos, sobrinos, cuñadas. Pero estaba él solo. El último de la lista de su libro sagrado. Su familia fue progresivamente diezmada entre el pogromo y las distintas enfermedades, migraciones y pérdidas de todo tipo. Y nunca tuvo amigos dispuestos a interesarse por él. Se dijo, con auténtica extrañeza, que quizá tan solo Samuel, ese monje insólito y penitente que se cruzó en su camino, era, quizá remotamente, digno de ese apelativo de amigo. Aunque no estaba muy seguro de que pudiera aplicárselo con justeza.

La generosidad no era una virtud en unos tiempos en los que cada cual velaba por su cuello y su tripa. Él, que fuera pasto de la indiferencia y la burla, no podía comprender siquiera por qué sentía aquella atracción por las tierras de Sefarad que lo habían visto nacer y convertirse en un joven algo ridículo y de aire abandonado.

Llevaba razón el rey, muchas eran sus composiciones literarias; a través de sus escritos intentó conseguir de la vida todo lo que esta le había negado. Como la admiración de los demás, la cual nunca tuvo, pues esta implica respeto y nadie estaba dispuesto a mostrárselo. También escribió al menos una docena de panegíricos dirigidos a posibles protectores de los que esperaba una ayuda material que jamás llegó. Sus obras, pensó, solo eran pasto con que otros se alimentaban y engordaban. Nada más.

Moraba en la vida como un prisionero: solo sus suspiros eran libres cuando salían de su pecho. Sefarad era su amor más profundo. Porque la tierra nunca le había traicionado. El esplendor de aquellas heredades, el brillo del sol y los resplandores de la luna eran capaces de curar su enfermedad. La de la piel y la que sin duda tenía en el alma.

Fue a visitar al abad Bernardo, pero seguía distraído cuando ya llevaba un buen rato charlando con él. Ensimismado en sus propios pensamientos, perdió el hilo de la conversación en varias ocasiones.

—... muchas cosas por hacer. Y quiero que el rey vaya tomando buena cuenta de cada una de ellas: regular los molinos; establecer una lezda, un impuesto, y multas de hasta sesenta sueldos; estipular la figura del sayón y el duelo, las pruebas de Dios... Por no hablar de que habría que penalizar la extracción de arma blanca.

Selomo asintió con precaución. Don Bernardo le parecía un buen hombre, algo que no podía decir, en absoluto, de la mayoría de los monjes que había conocido. Incluido Samuel y su concepto un tanto original de la ley divina cristiana.

El abad le mostró la biblioteca y él se fue espabilando en cuanto comenzó a ver libros.

Sus ojos se recrearon contemplando los colores intensos e hipnóticos de las iluminaciones que adornaban la copia de una obra de teología, *Liber vitae meritorum*, en la que se explicaban algunos dogmas de la fe católica a través de visiones coloridas y simbólicas. Tonos azules, rojizos y dorados, grises y con la cualidad de la plata formaban dibujos que recordaban unas veces la bóveda celeste y otras, las puertas del infierno cristiano. Aunque él no era la persona más apropiada para interpretarlos, pues el sentido de las ilustraciones escapaba a su comprensión, aquellos dibujos atraían su vista y la hacían prisionera, y Selomo tuvo también su propia revelación.

—Mi buen abad, qué maravilla. ¿Y dónde tienes el libro que debo traducir?

—Tu libro...

«Pues bien puedo hacer yo también una copia de mi libro. Aprovechar que me dan la oportunidad de traducirlo y copiarlo. Y quizá, llegado el caso... ¡sustituir la copia por el original! No creo que el rey note la diferencia. Y tampoco la reina. Sus ojos no están tan entrenados como los míos, a pesar de que las nieblas de la edad los cercan un poco más cada día... Sí, ¡eso es! Lo copiaré. Lo cambiaré. Recuperaré lo que es mío...»

Reconfortado por la idea, dibujó una enorme sonrisa en su rostro que incluso sorprendió al abad.

—Me alegra ver que estás de buen día.

—Estoy seguro de que el rey se dejará aconsejar por tu prudencia en asuntos de Estado. Eres un consejero valioso, no como esos caballeros interesados de los que suele rodearse.

—Eso espero. Aunque la voluntad de los monarcas es caprichosa, como sabes.

—Creo que nuestro señor don Alfonso, sin embargo, puede distinguir perfectamente lo que incumbe a su reino de lo que no.

—Esta es una buena tierra y merece tener las leyes que le convienen. Goza de una situación privilegiada. No sé si sabes que una calzada romana va desde León hasta Italia, porque en esta ciudad estuvo la sede de la Legio VII Gemina. Sí, sí, así es... Va de oeste a este y sobre ella está el camino francés, para el cual esta localidad de Sahagún es tan importante. El rey siente predilección por este lugar y le está dedicando grandes esfuerzos. No hay más que ver las obras. Todo está en marcha, todo mira hacia el futuro...

Selomo hizo una pequeña reverencia mientras intentaba, como era habitual en él, rascarse y esquivar la mirada del otro, todo a la vez. Aunque él no era cristiano, comprendía perfectamente que detrás del interés del abad no dejaba de latir la ambición de convertir aquella villa, con sus palacios e iglesias, en un dominio monástico, en un espacio sagrado que terminaría siendo controlado por completo por el propio abad, con su inmunidad civil y con la consiguiente lista inacabable de privilegios y exenciones que transformarían la comarca en un coto autónomo a todos los efectos.

«En este mundo, cada uno busca lo suyo», pensó. Y mientras él ambicionaba únicamente lo que ya le pertenecía, otros hacían grandes planes de conquista, que, aunque atisbaba a dilucidarlos, no comprendía del todo. Sabía que el rey Alfonso VI se había casado con una sobrina del abad de Cluny, Hugo de Semur, y que intentaba convertir el monasterio de Sahagún en un Cluny del reino leonés-castellano. La presencia de arquitectos y maestros de obra galos así lo atestiguaba. Incluso en la arquitectura, los francos dejaban su impronta.

Samuel le dijo una vez que la devoción que Alfonso sentía por el monasterio galo no solo se debía a que el rey estaba convencido de que consiguió ser liberado en Toledo gracias a los rezos de los cluniacenses, sino a que las gestiones del abad Hugo dieron resultado, hasta tal punto que Alfonso cayó en una especie de fascinación por él y por todo lo que representaba. Tan agradecido estaba que sometió a varios monasterios leoneses a la casa borgoñona y dobló la donación tributada por su padre, de manera que la abadía gala empezó a reconocerlo como *divina gratia imperator totius Hispaniae*.

—Favor con favor se paga...

—¿Qué dices, Selomo?

—Nada, solo admiro la biblioteca.

Favores por favores. Esa era la principal regla entre los poderosos y entre estos y Dios. No había duda de que el monarca quería estar a buenas con su dios cristiano y para ello había encontrado que la abadía de Cluny era un buen intermediario.

Pero los numerosos cambios que se vivían a su alrededor, que se construían incluso piedra a piedra, no podían distraerlo a él de su objetivo.

—Bernardo, habías dicho que tienes preparado el pequeño librito para ser traducido...

—Claro que sí, cómo olvidarlo... Ven por aquí, te lo mostraré. Me tienes que contar con más detalle el misterio de su origen. Para mí resulta una pieza, cuando menos, singular. Tengo la desgracia de no poder descifrar el arameo, pero eso no será inconveniente para ti... Además, mis ojos cada día ven menos, como si Dios se empeñara en hacerme el mundo más borroso y, por tanto, un poco más soportable.

Cuando por fin vio el libro, Selomo sintió un escalofrío que le erizó el vello de la nuca. Fue como si un bicho nervioso y delicado le recorriese el cuerpo de parte a parte: su torturada piel, la punta de los dedos... Nada en el mundo le producía la misma sensación que la posibilidad de volver a acariciar su libro con las manos.

Bueno, salvo quizá contemplar a Matilde de Amberes, de perfil y con el pelo suelto y descubierto, junto a una ventana bañada por el sol.

Sí, quizá eso...

75

Se permite un ejercicio de nostalgia

Nazaret. Galilea
Año 8 después de Cristo

Hoy, a sus trece años, María se permite un ejercicio de nostalgia. Tiene la impresión de que el tiempo va muy rápido. Le gustaría congelar el momento de su infancia, pero está segura de que esta ha terminado. Hace pocas lunas, es verdad, pero ya es mujer. Tiene el deseo íntimo, que ni siquiera ha compartido con sus hermanos Judá y Jesús, a pesar de que ellos conocen todos sus secretos, de poner por escrito las cosas que le suceden a su familia y que pasan por dentro de su corazón como transitando un caminito angosto, misterioso y dulce.

Hoy, viernes por la tarde, día de preparación, antes del *sabbat*, piensa en lo que eso supone.

Todo está en calma, ningún negocio puede ser emprendido si no puede completarse en el día. Su madre se ha pasado la jornada preparando las comidas del día siguiente para no quebrantar el cuarto mandamiento, el que prohíbe trabajar el sábado. El *sabbat* es un día de regocijo, pero no de ayuno, así que María se relame solo de pensar en las deliciosas comidas que degustará mañana. Para ella es el mejor momento de la semana, al menos desde el punto de vista gastronómico.

Su madre, María, lleva a cabo complicados procedimientos con el fin de mantener la comida caliente, ya que ningún fuego puede ser encendido durante el día sagrado. Jesús se queja de tantos inconvenientes.

—¡Deja de rezongar y ayuda! —le responde su madre.

Desde hace un tiempo, desde que Jesús se está convirtiendo en un hombre, suele disputar, más de lo que a María le parece conveniente, con su madre. Esta siempre anda reconviniendo a su hermano, diciéndole que haga esto y lo otro, recordándole que tiene que lavarse las manos. Jesús se hace el remolón y a veces le desobedece. Da la impresión de que se está distanciando de ella. Quizá es su forma de prepararse para volar solo en la vida, pero de todas formas a María no le gusta la situación y se pone tensa cada vez que ambos tienen un encontronazo, cosa que sucede a menudo.

Hoy ha sido el día en que se han encendido las lámparas del *sabbat* y se han recitado las plegarias familiares. Esa misma noche, José relatará a sus hijos las historias del libro sagrado, o bien baladas y otros poemas que siempre hablan de la piedad y del patriotismo de los israelitas. Ese es el ambiente que gusta al dios de Israel, la llama que se debería encender en todos los hogares piadosos.

Aunque pensaba que todavía tenía por delante varios días sanos, María se siente incómoda, con molestias físicas. Le duele la barriga. Pero ya ha aprendido a distinguir su mal de los inconvenientes que le provoca el hecho de su nueva condición de mujer casadera, por la cual sangra con cada luna. De mujer que ha dejado de ser una niña y que está preparada para tener hijos. Le ha venido la regla y sabe que durante el próximo *sabbat* no se sentirá bien. Hará todo lo posible por disimularlo, para no molestar a sus padres.

A la mañana siguiente, toda la familia se dirige a la sinagoga y María siente nostalgia del templo de Capernaúm sin saber que muy pronto volverá allí.

Como mujer desposada.

76

Ahora dormía en el monasterio

Sahagún. Imperio de león
Invierno del año 1079

Selomo dejó su habitación en la posada para trasladarse a las dependencias del monasterio. Cuando recogía sus escasas pertenencias echó una mirada sobre el camastro que había ocupado tantas noches. A veces, cuando abundaban los huéspedes, se veía obligado a compartir el cuarto. No echaría de menos el color raído de las paredes ni las legiones de pulgas enfurecidas que lo visitaban dependiendo de la compañía de los viajeros que tuviese.

Al salir, se tropezó con una de las mozas que solían servirle agua en una jarra por las mañanas para que se quitara de la cara y de las manos la suciedad que parecía impregnarlo cada noche. Pagó su cuenta y se marchó en dirección al monasterio con la mente alerta y los oídos atentos.

Había comenzado ya su supuesto trabajo de traducción del libro, pero lo cierto era que aprovechaba la mayor parte del tiempo para hacer su copia.

Gracias al abad, ahora dormía en el monasterio.
Selomo vestía discretamente. Le gustaba confundirse con los cristianos. No tenía ninguna intención de ir declarando su origen o llamando la atención de alguna manera. No llegó al extremo de

proveerse de un hábito para pasar por un monje benedictino, cosa que habría podido hacer incluso con el consentimiento del abad, pero tampoco utilizaba los vestidos que antaño solía y que lo identificaban claramente como judío. Era mejor la discreción. Esa era una dolorosa lección que había aprendido hacía tiempo. El ambiente no le parecía tan hostil como otros que había conocido, pero se decía que no debía arriesgarse demasiado. Prudencia y cautela. Discreción. Esas eran sus consignas. Por su rostro, nadie adivinaría que era hebreo. Tenía la misma apariencia sencilla que un maduro campesino cristiano más atormentado por una enfermedad que por los problemas de la otra vida.

El lunes salía a pasear por la ciudad, rodeado de gascones y lombardos, de comerciantes y cambistas, y sentía un inesperado placer deambulando por el mercado, dejándose llevar por la atracción de las calles bulliciosas, la mayoría llenas de obras y abarrotadas de inmigrantes extranjeros: provenzales e ingleses, alemanes y bretones, gentes que habían llegado en su peregrinación jacobea, algunas de las cuales decidían quedarse en el lugar para siempre o hasta que la fortuna y el destino se lo permitieran. De alguna manera, ese era su caso. También él era un peregrino. Un exiliado de vuelta al hogar que se había quedado en medio del camino cuando estaba a punto de tocar su objetivo. El azar le había indicado o, mejor dicho, lo había forzado, a permanecer en Sahagún. Pero no se arrepentía. No lo lamentaba. No se quejaba de su amarga suerte como solía.

En cierto sentido, la pérdida de su libro le había traído una época de dicha que no recordaba haber tenido jamás. Había conocido a Matilde, que, aunque estaba tan lejos de su alcance como la adictiva luna, lo consolaba con su sola presencia. Saber que ella pisaba las mismas calles y respiraba el mismo aire que él le llenaba de íntima alegría. Jamás había sentido algo parecido hirviendo en su interior y quería saborear despacio esa nueva sensación. Veía a la beguina muy raramente, pero se sentía extrañamente cercano a ella.

Aquel lunes salió temprano para dar su habitual vuelta al mercado. Hacía frío, el cielo parecía esculpido en piedra y un vientecillo incómodo se filtraba entre los paños de su traje.

Regresó al monasterio cuando ya los monjes habían almorzado. No le importaba. Llevaba consigo una hogaza de pan recién horneada adquirida en el mercado, en el establecimiento de un borgoñés que no era capaz de pronunciar ni una palabra inteligible en ningún idioma conocido, exceptuando las que hacían referencia a precios y monedas. Pero su pan era estupendo. Selomo lo envolvió en un paño después de comerse una buena porción. Le serviría para varios días. No se sentía cómodo compartiendo las comidas con el resto de los hermanos. Algunos lo miraban de reojo, de forma sombría. No le gustaban esas miradas. Prefería no despertarlas, dentro de lo posible. Solo se sentía seguro y a salvo en el *scriptorium*. Allí tenía su lugar de trabajo, y también era su lugar de recreo, el pequeño paraíso a donde no llegaba el ruido del mundo.

—Tengo suerte de que los benedictinos, gracias a don Bernardo, hayan dispuesto este lugar para mi gozo —se repetía.

Bien comido y una vez entrado en calor, Selomo se sentó en su banco, que no tenía respaldo. La mesa estaba inclinada, casi vertical, y la posición lo obligaba a trabajar en ocasiones en cuclillas, apoyando el pergamino sobre su regazo. O incluso de pie.

Miró con satisfacción el ejemplar del libro que estaba copiando. ¡Su precioso libro mágico, por fin entre sus manos! El abad le había ordenado que tradujese al pie de la letra, tal y como debía hacerse, todos los detalles. Selomo se las ingenió para ir copiando al mismo tiempo el manuscrito.

Encontró un recoveco en la piedra de un muro, al lado de su mesa, donde guardaba la copia, lejos de los ojos indiscretos de sus compañeros. La llevaba y traía consigo a su celda cada noche. Pero a veces se veía obligado a dejarla allí y prefería mantenerla apartada de la curiosidad de los hermanos.

En ese momento, otro de los copistas se inclinaba concienzudamente sobre el manuscrito que tenía encomendado, lleno de glosas, comentarios y engorrosas notas que complicaban enormemente el trabajo.

Se dirigió a él en voz queda, susurrando tanto que parecía a punto de ahogarse.

—Que Dios me perdone si te digo, hermano Salomón —los monjes solían llamarlo así, Salomón, y él sentía una extraña sensación al oír su nombre cristianizado de esa manera—, que este libro está lleno de faltas de ortografía. Pero el abad se ha empeñado en que lo copie tal cual. No se le ocurre que se puedan corregir...

Selomo asintió, comprensivo. Su compañero era un copista hábil y tenía una mente lo bastante sagaz como para atreverse a proponer cambios tan radicales que hubiesen espantado no solo al abad don Bernardo, sino a cualquiera.

—En todos los años que llevo ejecutando esta tarea con la ayuda de Dios, me he dado cuenta de que la escritura de los libros que copio no está preparada para ser leída. Es continua y no deja espacios entre las palabras... Yo intentaría separarlas. Que Dios me perdone si me parece que en este texto litúrgico se ha utilizado un tipo de letra degenerada grecolatina, más propia de una tablilla de cera. Hace ya dos siglos que la gramática latina solo permanece viva en los libros, de modo que no entiendo qué mal habría en corregirla.

Selomo oyó amablemente sus quejas.

En varias ocasiones había ayudado al hermano dictándole directamente un texto para que él solo tuviese que escribir, con el fin de avanzar en su tarea. Se daba cuenta de que aquel muchacho era demasiado brillante para que su luz permaneciera siempre dentro de las cuatro paredes del monasterio. Un día de aquellos, estaba seguro, se pondría al servicio de algún mercader rico y trabajaría para él a cambio de un salario. Colgaría los hábitos, buscaría a una mujer. Era joven y experto en leyes, sin duda sería muy apreciado por cualquier pudiente del lugar necesitado de redactar códigos y reglamentos, libros de cuentas y contratos.

Eran pocos los hombres que sabían leer y escribir, y menos todavía las mujeres. A veces un individuo sabía leer, pero era incapaz de escribir. O le habían enseñado a pergeñar con dificultad algunas palabras, pero no podía leer nada que no fuesen esos mismos garabatos aprendidos con mucha dificultad.

El hermano Silvestre, sin embargo, había aprendido el arte de interpretar a poetas y escritores y las reglas necesarias para hablar y escribir con corrección. Conocía los cuatro saberes, la *lectio* o lectura, la *enarratio*, que permitía explicar textos críticos y farragosos, la *emendatio*, que era su favorita, la corrección de textos, y el *iudicium*, mediante el cual se hacía una valoración literaria o moral de la obra.

En opinión de Selomo, el tal Silvestre era uno de esos hombres que hacían que el mundo valiera un poco más con su sola presencia. Y eso que a veces lo miraba de manera rara, como si intentara elevarse en espíritu para espiar por encima de su hombro, revolotear sobre su escritorio y fisgar lo que hacía su compañero. En esas ocasiones, Selomo se sentía vigilado y le devolvía una mirada hosca, pero entonces el hermano parecía darse cuenta de la irritación del sefardita y, quizá por eso o tal vez porque le salía de manera natural, componía una sonrisa educada y cálida que derribaba todos los prejuicios o malos presentimientos que pudiera haber albergado Selomo un instante antes.

Sí, en el fondo daba gusto tener un acompañante como el hermano Silvestre.

La pequeña charla que habían iniciado se fue apagando a la vez que cada uno de ellos se iba sumergiendo en su propio trabajo.

Allí, rodeado de plumas y cálamos, los pequeños tallos de tronco de árbol extraídos con destreza con una navaja que le servían para escribir, Selomo era feliz; incluso su mal parecía aplacarse. Miró con placer sus instrumentos de trabajo. A veces prefería los cálamos a las plumas de buitre y de gallo. Aunque el monasterio contaba con una muy apreciada pluma de ganso que no siempre se podía utilizar.

A su alrededor había también páginas de pergamino y varias tintas. Sabía que el papiro fue desechado hacía tiempo, probablemente siglos, aunque, según tenía entendido, la cancillería papal todavía recurría a él. Aunque conocía bien el material, no acababa de gustarle el pergamino para escribir. Algunos creían que había diferencias entre las distintas pieles de las cuales se obtenía y que no era lo mismo un pergamino de cabra que otro de oveja, de cordero o de carnero, pero para Selomo todos tenían al final una textura repugnante. Especialmente despreciaba el que provenía de los abortos de oveja, muy fino pero innoble para su gusto. Para copiar una Biblia en pergamino era necesario desollar a todo un rebaño, y Selomo creía que, aun tratándose de un libro sagrado, eso era demasiado. Aunque se guardaba muy bien de comentarlo, ni siquiera con su compañero de *scriptorium*, que le había demostrado su tolerancia y amplitud de miras.

Selomo suspiró satisfecho, inmerso en su tarea. Allí respiraba con serenidad, mejor incluso que a cielo abierto. Su enfermedad se aplacaba, su piel se tranquilizaba, su corazón latía tan suavemente como el de un niño dormido.

Acarició su lima y la colocó con cuidado al lado del trozo de piedra pómez y de su diente de jabalí. Luego limpió con delicadeza un cristal de aumento que le servía para apreciar detalles que se le hubiesen escapado a simple vista. Sus ojos ya no eran los de un joven, además.

Como tenía adelantada la tarea de traducción del manuscrito, una labor en la que llevaba sumido toda la vida, trabajaba sin descanso en la copia. Quería que fuese perfecta para que cuando hiciese el cambio nadie lo notara.

En cuanto a la traducción, lo atormentaba la idea de hacerla sin trampa, transcribiendo textualmente todo lo que el libro original decía. Si hiciera eso, las consecuencias serían terribles, y no solo para él... No, tenía que ingeniárselas... Y en ello estaba, cambiando las palabras, dándoles otro sentido. Engañando. No traduciendo, sino inventando. No podía hacer lo que le habían encargado. Nadie le perdonaría si supieran...

Selomo se secó unas gotas de sudor con disimulo. Era mejor no pensar en ello. De todas formas, nadie descubriría su engaño. No había otro traductor de arameo aparte de él. Intentó calmarse, sentir de nuevo la paz que le rodeaba y que para él era un bálsamo. Alejó sus aciagos pensamientos como quien le da una patada a un molesto perro callejero.

Afortunadamente, mientras se encontraban en el *scriptorium*, nadie podía interrumpirlos. Eso le permitió disfrutar de largos momentos de paz aquel día, hasta que salió del recinto sagrado y se chocó de golpe, de nuevo, con la vida. Y con la muerte.

Uno de los monjes se acercó a él corriendo. El hermano Leandro tenía la cara desfigurada, como si alguien se la hubiese retorcido con las manos y le hubiese dejado las facciones un poco fuera de lugar, aunque no lo suficiente como para que no pudiesen seguir ejerciendo la función para la que estaban diseñadas.

Le comunicó las noticias con pocas palabras. Usar estas con el mismo cuidado con que se gastaban las monedas era la forma que tenían los monjes de acatar la absurda, según Selomo, regla del silencio.

—Los hermanos Roberto y Samuel te requieren. Dicen que se trata de algo urgente.

—Gracias, hermano Leandro.

Selomo se encaminó con paso inseguro hacia el lugar que Leandro le había indicado. Estaba lejos.

Una vez llegó se dio cuenta de que hubiese preferido no hacerlo.

77

Ya está dispuesto y preparado

Galilea
Año 8 después de Cristo

A los doce años de edad, Jesús ya estará dispuesto y preparado para convertirse en hijo de la Ley, en un adulto con responsabilidad suficiente como para cumplir los preceptos del Pentateuco.

José, su padre, le ha prometido que para la Pascua, que tendrá lugar en primavera después de que él cumpla doce años, lo llevará a la peregrinación anual a Jerusalén. La Ley exige hacer tres peregrinaciones, pero los hombres modestos como José no pueden permitirse más que una por año, si bien a esta cita la familia no suele faltar.

La Pascua se celebra el catorce del mes de nisán, de manera que una semana antes del gran día, José y su mujer, junto con sus hijos pequeños, Jesús, María y Judá, salen de casa para hacer el trayecto a pie. Llevan un borrico en el que, de cuando en cuando, reposa María de la dureza del viaje.

—De todas maneras, no sé si me cansa más ir subida en el burro que ir andando... —dice ella sonriendo.

Otras familias, entre las que se encuentran amigos, conocidos y parientes, hacen con ellos el viaje, como tantas veces. Descienden el valle donde el río Jordán se deja envolver por el verdor, serpenteando como una culebra de agua.

A la Pascua acuden los judíos de diversos lugares. Salen desde la ciudad griega de Scythopolis, que es más grande incluso que Jerusalén y que ha desarrollado una potente industria de manufactura del lino, un cultivo que crece cómodamente en campos irrigados a las afueras de sus muros.

—En los antiguos muros de esa ciudad, los filisteos expusieron los cuerpos de Saúl y Jonathan —comenta José ante los oídos siempre atentos de Jesús, mientras María y Judá corretean alrededor de sus padres y su hermano menor.

María, piensa Jesús, aunque ya no es una niña, sigue comportándose como si lo fuera, y eso le alegra el corazón.

Hacen el camino desde Nazaret por Endor. Es un trayecto que conocen porque lo realizan todos los años. Se han preparado para hacer frente al calor, que va aumentando conforme el valle se hunde y se acerca al nivel más bajo del mar.

—Me gusta dormir al aire libre, nunca hace frío y se pueden ver las estrellas —le confiesa Jesús a su hermana, que, al contrario que él, detesta pasar la noche al descubierto.

Durante su recorrido pueden contemplar tierras de cultivo, muchas de las cuales son regadas de manera artificial para que produzcan más, dado que el terreno es seco y el cielo no se muestra generoso con las lluvias.

—La mayoría de las tierras pertenecen a la familia de los Herodes y son cultivadas por esclavos.

En los últimos años, a José le gusta evitar el paso por los confines de la región de Samaria y prefiere cruzar el Jordán frente a Scythopolis, tomando el camino que pasa por la ciudad de Pela, en Perea, los dominios de Herodes Antipas. Más tarde, a la altura de Jericó, la comitiva vuelve a cruzar, retomando la ruta común.

Las veinte millas del desierto de Judea que se extienden desde Jericó hasta Jerusalén le encogen el corazón a la pequeña María, acostumbrada a la suavidad benigna de su Galilea.

—Madre, tengo miedo —confiesa la pequeña, agarrándola por la cintura.

—No es nada, mi vida. No sufras inútilmente.

José las mira con dulzura mientras piensa que, a los trece años de edad, su hija es casi tan alta como su madre.

Sabe que el calor seco y polvoriento aumenta la fatiga de su familia, pero también está convencido de que las dificultades son una parte importante de la peregrinación. Sin ellas, nada sería lo mismo y el viaje al Templo no tendría valor. De todas formas, tampoco es capaz de imaginar un mundo sencillo y sin problemas.

—La vida es dura y siempre lo será —murmura sin que ni siquiera su hijo Judá, que camina a su lado, alcance a entender sus palabras.

—¿Qué dices, padre?

—Nada, hijo mío. Que ya no soy joven y me cuesta andar.

Tras el último tramo del camino, empinado y doloroso, una vez que enfilan el monte de los Olivos, su ánimo se serena y se alegra.

A Jesús, que tiene tatuado en el alma el paisaje dulce de Galilea, atravesar el desierto le abate el ánimo. Sin embargo, cuando contempla por fin la Ciudad Santa desde la cresta más empinada del monte de los Olivos, siente que el duro camino que acaban de recorrer merece la pena.

Jerusalén parece recogida sobre sí misma, teñida con el dorado de la luz del cielo. El Templo, que es su objetivo, brilla majestuoso, irradiando poder y fuerza. Desde donde se encuentran ahora puede ver como se elevan al cielo los penachos de humo negro procedentes de los primeros holocaustos de la tarde.

A su lado, un peregrino suspira y reza en voz baja. Da saltos de excitación y agradece a Dios en hebreo que le haya permitido llegar hasta ahí y contemplar el espectáculo. Es un hombre joven y curtido que inicia un canto al que rápidamente se suman sus compañeros de peregrinación más próximos. Pocos minutos después, toda la caravana canta a una. Elevan su clamor hacia los cielos con la esperanza de que Dios pueda oírlos, de que si juntan sus voces, la oración sea más potente y alcance a llamar la atención del Todopoderoso, que se oculta lejos, en la profundidad del cielo.

—«Yo me alegré con los que me decían: "Vamos a la casa de Jehová. Pedid la paz de Jerusalén y que sean prósperos los que la aman..."» —cantan al unísono.

El joven Jesús se deja envolver por la muchedumbre, que, excitada y anhelante, reza. Ve los rostros concentrados, murmurando o gritando, todos a la vez.

María, con su cuerpo delgado y delicado, llega pronto al lado de su hermano. Busca con la mirada, hurgando en el horizonte, sin dejar de rezar junto con sus compañeros.

—Mira, hermano —dice en un momento dado—, pueden verse los patios del Templo. La gente parece un montón de hormigas nerviosas. ¡Míralos cómo se mueven! Son tan pequeños vistos desde aquí...

—No son hormigas. Son almas que buscan.

—El Templo tiene todas las respuestas —asegura María con su sonrisa infantil llena de confianza.

Pero Jesús no responde. Claro que María tampoco ha formulado ninguna pregunta. No exactamente.

En efecto, la panorámica es impresionante.

Hay hileras de hombres, mujeres y animales cruzando las dos puertas de la ciudad y dirigiéndose hacia el Templo. Ver a tanta gente, acostumbrado como está a vivir en un pueblo pequeño, hace que Jesús se alegre y se sorprenda. Le parece que el número de personas que acuden en peregrinación ha aumentado desde el año pasado. Aunque para él, un año es mucho tiempo. Quizá se equivoque o tal vez le falle la memoria.

—La ladera occidental del monte de los Olivos está cubierta de pequeños campamentos de gente llegada de todos los puntos de la diáspora. —José acaba de colocarse al lado de sus hijos.

Sus ojos se muestran fatigados, pero hay un brillo de ilusión en ellos que contrasta con la seriedad que les otorga la edad.

—Sí, padre.

—Acamparemos en un lugar libre que hemos encontrado en la pendiente septentrional. Podéis levantar una pequeña tienda ahí si queréis —les indica uno de los hombres que organizan la caravana.

José asiente. Aunque es probable que finalmente terminen yendo a dormir a casa de alguno de los parientes de su mujer, es mejor no renunciar de entrada a su derecho a ocupar un espacio. Allí tendrían unas vistas privilegiadas: toda la ciudad y el valle del Cedrón como si fuesen el patio delantero de la humilde tienda de campaña.

El valle se estrecha poco a poco. Al frente se encuentra el Estadio de Herodes, y una serie de suaves colinas en el oeste y el sur ejercen como suplentes de la línea del horizonte.

—Pronto saldrá la luna pascual sobre la cresta del monte de los Olivos y los fuegos de los campamentos en las laderas competirán con la luz de las estrellas.

—¡Nada puede competir con la luz de las estrellas! —asegura María con el corazón alegre y con ganas de saltar y reír.

José decide al fin que él se quedará en el campamento con sus hijos Jesús y Judá, mientras que su mujer y su hija pasarán la noche en la ciudad, en casa de sus parientes.

—Pero yo quiero quedarme con vosotros, al aire libre. No me gusta mucho estar al descubierto, pero prefiero vuestra compañía. —protesta débilmente María.

Y José le recuerda que estará mejor bajo techo porque es una mujer.

—Por si se te había olvidado, mocosa...

78

Si algo abundaba en su vida

Sahagún. Imperio de León
Invierno del año 1078

Alfonso pensó que las tierras eran como las mujeres. Si algo abundaba en su vida, eran ambas cosas. Marcadas por el signo femenino, tanto unas como otras esperaban ser conquistadas por él.

Su pensamiento viajó hasta Toledo, lugar que no podía olvidar. Allí residió mientras estuvo exiliado, huésped bien tratado del rey moro Al-Mamún, que continuaba enviándole esclavas, demasiado jóvenes para el gusto de Alfonso, que prefería a las mujeres con las hechuras completadas por el tiempo y una naturaleza fértil. No le gustaban las niñas, al contrario que a algunos hombres con los que se relacionó mientras vivió en la ciudad.

Fue allí donde descubrió la manera de conquistarla. Fortificada, parecía inexpugnable, pero su propia índole le ofreció la clave: la única manera de tomar la ciudad, que era una joya pegada al cauce del Tajo, era someterla a un prolongado asedio, privando a sus habitantes del cereal necesario para vivir. Sin recursos alimenticios, se rendirían pronto. Era un territorio crucial, su conquista sería sin duda un elemento importante para su reino cristiano. Y él, pecador que a pesar de confesarse continuaba errando a diario, tenía que hacer todo lo posible por honrar a Dios si quería que sus faltas fuesen perdonadas y tener una vida eterna lo más alejada posible del infierno que había combatido, pero también propiciado, en la tierra.

El recuerdo de su hermano Sancho lo atormentaba cada día. No pasaba uno sin que acudiese a su memoria. No quería reconocerse a sí mismo que lo habían devorado los celos. Él era el primogénito, algo que a Alfonso se le antojaba injusto. ¿Por qué no había venido al mundo él primero?

Su hermano Sancho recibió de su padre los reinos de Castilla y de Navarra, mientras que a Alfonso le dejó los de León y Asturias. A sus hermanas, Urraca y Elvira, Zamora y Toro respectivamente; y a su hermano García, el reino de Galicia y de Portugal. Este era el más débil de los cinco. Incluso sus hermanas tenían en la entrepierna más redaños de los que García obtuvo como don del cielo.

A veces, Alfonso se preguntaba si las cosas no habrían sido distintas en el caso de que su padre le hubiese dejado todo al primogénito, a Sancho, en vez de desmembrar sus tierras de aquella manera.

Sancho era ambicioso y arrogante, el mejor dotado de todos los hermanos. Alfonso lo sabía y por eso lo odiaba a la vez que lo admiraba y lo amaba de todo corazón.

¿Cómo se podía odiar y querer al mismo tiempo?

Alfonso lo había hecho, con Sancho.

Claro que si pensó alguna vez que por amor él le iba a poner las cosas fáciles, dejándose arrebatar sus tierras y sus dominios y asistiendo impasible al espectáculo de su hermano convirtiéndose en *princeps*, sin oponer resistencia, estaba muy equivocado...

Fue Sancho quien lo hostigó a él hasta conseguir que se enfrentaran en una batalla, la de Llantada. Ganó Sancho, pero ambos derramaron tanta sangre que durante mucho tiempo los campos olieron a matanza. Hacía ya diez años de aquello. Después de la humillante derrota, él se retiró a León a planificar la próxima contienda. Estuvieron de acuerdo en que el vencedor se quedaría con los reinos y pertenencias del vencido. Así, en el año del Señor de 1072, volvieron a verse las caras y a cruzar los aceros, y en esa ocasión fue Alfonso quien consiguió la victoria.

Fue una guerra fratricida la que mantuvieron ambos hasta que Sancho dejó escapar su último suspiro. Porque no se rendía. Con la ayuda del Cid Campeador, lo sorprendió a traición y arrodilló a sus hombres en una dura batalla en la que él perdió su libertad y su reino.

De no haber sido por su hermana Urraca y por su ayo, el conde Ansúrez, su destino habría sido bien distinto. Seguramente, a esas alturas llevaría muchos años muerto. Y la muerte era el fin en esa vida donde él todavía tenía tantas cosas por hacer para ganarse la otra, la eterna, la que importaba...

Ante su sorpresa, el rey moro Al-Mamún lo acogió como a un hijo. Y mientras lo obsequiaba cada noche con una mujer distinta, cuyos olores aún recordaba cada vez que paseaba por un jardín, le hacía redactar pactos y juramentos de no agresión que, en el fondo, Alfonso nunca estuvo dispuesto a respetar.

Recordó los buenos tiempos pasados en Toledo. Las sensaciones eran parecidas a las que disfrutaba en tiempos de paz, dedicado a la caza y a dar largos paseos por las riberas de los ríos.

Su hermano Sancho, seguramente por venganza, se propuso hacerse con Zamora, arrebatársela a su hermana Urraca.

Fue allí donde encontró inesperadamente la muerte.

El Cid estaba convencido de que la mano de Alfonso guio el puñal que mató a Sancho. Desde luego fue una mano mercenaria, la de Bellido Ataúlfo, la que segó la vida de Sancho a traición, pues solo había una manera de acabar con su hermano, y era por la espalda. Sancho era un guerrero poderoso. Nadie podría haber terminado con su vida mirándolo cara a cara, enfrentándose a él como hacen los hombres. Alfonso lo sabía, por eso se vio obligado, con todo el dolor de su corazón, a tomar aquella decisión.

Entre ambos había demasiado rencor, demasiada guerra, demasiada sangre. Solo la muerte de uno de los dos podía poner fin a aquella situación intolerable. Sancho, igual que Alfonso, pensaba en su reino más que en él mismo, en la obra que estaba construyendo en homenaje a Dios. Pero solo Alfonso quedó con los pies sobre la tierra para continuar con la labor, mientras que Sancho la abandonó con ellos por delante.

El conde Ansúrez y Alfonso intentaron por todos los medios que el rey moro de Toledo no se enterase de la muerte de Sancho. Trataron de ocultar la noticia lo máximo posible. Cada mensajero que enviaba Urraca para darle a Al-Mamún la funesta nueva fue interceptado por el conde Ansúrez y asesinado convenientemente. Pero las noticias no siempre llegan por boca de los mensajeros; las verdades son difíciles de enterrar, y el asesinato de un rey no pasa tan inadvertido como el de una joven reina adolescente. Al-Mamún acabó enterándose y, sin embargo, se mostró generoso y comprensivo con Alfonso. Le dio su apoyo y lo animó a recibir la herencia de su hermano muerto y a ampliar así su reino de manera insospechada. A cambio, se empeñó como siempre en firmar una nueva serie de tratados de paz y de pactos de no agresión con él.

Alfonso, que conocía la importancia de las palabras, de los contratos, intentó esquivar todo lo que pudo aquellos compromisos. Estaba dispuesto a hacer concesiones mientras los reyes moros mantuvieran intacta su capacidad de recaudación. Cobrar las parias era imprescindible para ejecutar sus planes. Sus arcas necesitaban los tributos de los reinos musulmanes.

Alfonso sabía también que había que actuar de manera ejemplarizante y así lo hizo en el poderoso reino de Sevilla. En el año 1074 envió a su fiel Pedro Ansúrez a Granada con la intención de recaudar veinte mil dinares, pero el necio rey Al-Ziri, tan distinto al gentil y diplomático rey toledano, se negó a pagar los impuestos que exigía Alfonso. Por supuesto, este se lo tomó como una ofensa imperdonable y atacó el reino uniendo sus fuerzas con las del rey de Toledo. Arrasaron la ciudad y no solo se cobraron los impuestos debidos, sino que consiguieron un botín incalculable. Aquel castigo sirvió de ejemplo para los demás reinos andalusíes y también para el rey musulmán de Badajoz.

Los historiadores musulmanes comenzaron a llamarlo «tirano». Así se referían a él: «el tirano Alfonso, hijo de Fernando, que llegó a dominar a los reyes de taifas de al-Ándalus, que encendió el fuego de la guerra civil entre musulmanes y que aumentó cruelmente el dinero de las parias respecto a las que ya se pagaban a su padre, gracias a la mediación de Al-Mamún». Eso había escrito Ibn Hayyan. Maldito fuera.

Pero sus palabras caerían como polvo en el viento en el curso de la historia. Alfonso estaba decidido a encomendarle el relato de los hechos a alguien que ensalzara su figura, no que la vejara. Y esa sería la versión que quedaría para la posteridad. De ese modo, la historia conocería de él lo que tenía que conocer. Lo que no ya se encargaría Alfonso de ocultarlo.

Poco después de ser coronado había marchado hasta Zamora para reunirse con su hermana, la infanta Urraca, a la que adoraba de una manera que le resultaba difícil de explicar. Después viajó hasta León, donde Rodrigo Díaz de Vivar le hizo jurar ante las Sagradas Escrituras que no había tenido nada que ver con la conspiración y posterior asesinato de su hermano.

Alfonso juró. Por supuesto.

Aun sabiendo que podía condenarse.

Pero para eso tenía bien cebadas las posesiones de sus obispos, para que lo confesaran y lo perdonaran.

Después de aquella humillante ceremonia, fue proclamado emperador de toda España en el invierno del año 1072. Desde entonces, Alfonso no dejó de repoblar y conquistar, engrandeciendo un reino que, estaba seguro, terminaría por no tener parangón.

Pero ya había pasado tiempo desde aquello y en ese momento se encaminaba a un nuevo encuentro con Rodrigo Díaz. Seguramente, tal y como era su costumbre, este llegaría tarde a la cita. Aunque a Alfonso ya no le importaba, pues a esas alturas estaba claro quién era el vasallo y quién el señor.

79

Antes de la salida del sol

Fiesta de la Pascua. Jerusalén
Año 8 después de Cristo

A la mañana siguiente, cuando despierta, antes de la salida del sol, José no tiene buen aspecto. Jesús evita tocarlo. En su fuero interno tiene miedo. Miedo de que al contacto con el cuerpo de su padre tenga una revelación. La de que su muerte no está muy lejana. Sin embargo, no dice nada. Junto con su hermano Judá, se preparan para pasar el día. La Pascua comenzará con la caída del sol.

Preparar la comida pascual es el primer acontecimiento en la semana del pan ácimo. Los dos jóvenes ayudan a su padre.

—Hoy —les dice José—, miles de peregrinos se agolpan en la ciudad. La mayoría de ellos se mueve con la vana esperanza de poder acceder a una sinagoga dentro de los muros, pero yo no me siento con fuerzas para lidiar entre una multitud tan desasosegada.

—Claro que no, padre, pero mi hermano y yo te ayudaremos... —asiente Judá.

Cuando mira a su hermano mayor, Jesús se enternece al ver su buena disposición. Siempre sonriente y despreocupado. Para él, la vida no es ningún problema. Jesús envidia esa sencillez que se trasluce en sus ojos, que desprenden una tranquila luz dispuesta a iluminarlo todo, a aceptarlo todo.

—He decidido que es mejor ser prudentes, así que vamos a orar aquí mismo, en el campamento. Más tarde, os llevaré a los patios del Templo.

Jesús sabe que su padre está dispuesto a hacer ese esfuerzo sobre todo por Judá. Es la primera vez que su hermano mayor viaja a Jerusalén para asistir a la Pascua. Nunca antes ha podido hacerlo porque siempre tenía algún motivo de salud que se lo impedía. Un sarpullido raro, unas fiebres... Termina por curarse siempre, pero mientras se encuentra débil María no consiente que viaje. Así que siempre se ha perdido la fiesta.

—Vuestra madre pasará el día entero junto con su cuñada y vuestra hermana María haciendo visitas. Luego, por la tarde, a la hora del sacrificio de Pascua, se acercarán al Templo y allí podremos encontrarnos con ellas.

Más tarde, después de cumplir con sus rezos, se encaminan a la urbe. Entran por la puerta de Samaria, en el muro septentrional, y luego bajan por la calle que corre a lo largo del valle Tiropeón, que deja su marca en la ciudad de forma que parece que la corta en dos.

Judá camina delante de su hermano y de su padre con su ritmo saltarín y alegre. Aunque es mayor que Jesús, siempre ha parecido más joven y como tal se comporta. Ha sido bendecido con el don de la jovialidad, de la alegría. Tendrá una larga vida, como su padre, y siempre lucirá la misma mirada sorprendida, viva y alegre con que ahora admira el mundo, como si este acabara de ser creado solo para sus ojos.

Pasan bajo un viaducto imponente que conduce directamente, por encima de los bazares, desde el palacio de los asmoneos, en la colina occidental, hasta los patios del santuario. Tienen que hacer esfuerzos para no perderse de vista los unos a los otros.

En un momento dado, rodeados por un revuelo de gente, Jesús no tiene más remedio que asir el brazo de su padre. Lo hace impulsado por el instinto, sin pensar demasiado, para evitar que algún descuidado le haga perder el equilibrio de un empujón.

Y una vez que lo ha tocado, ya es demasiado tarde...

Jesús lo siente todo.

Todo lo que hay dentro del cuerpo de su padre.

El hombre y los dos pequeños se encuentran frente a una escalera que asciende por el muro de contención del área del Templo, orientada hacia el oeste. José sube los peldaños con dificultad, tosiendo de vez en cuando bajo la mirada inquieta y dolorida de Jesús. Al final, encuentran una multitud reunida en el patio exterior. Se trata de un gran espacio limitado entre paredes, una especie de plataforma levantada en el centro. El centro de todo. De la vida, del mismo universo.

—Aquí puede entrar todo el mundo. Judíos y gentiles, excepto aquellos judíos que puedan ser considerados ritualmente impuros por haber tocado un cadáver, por ejemplo...

Judá se queda embobado mirando en torno a él, admirando el patio rodeado de una columnata de blancos pilares de mármol compuesta de una sola pieza y formando un claustro tentadoramente sombreado contra las paredes exteriores.

—Tú, que ya sabes contar, dime, ¿cuántas columnas hay?

Judá abre los ojos y se admira ante la digna majestuosidad del recinto. Murmura haciendo la cuenta.

—Son tres filas de pilares en tres lados y cuatro filas en el lado sur... —responde impresionado.

Mientras su hermano cuenta columnas, Jesús presta atención al artesonado de los claustros y se da cuenta de que en el tejado varios grupos de soldados romanos van y vienen sin perder detalle de lo que ocurre abajo.

No puede evitar preguntarle a su padre.

—¿Y esos...?

—Vienen de la fortaleza de las cuatro torres. Una de ellas se llama Antonia, en honor del amigo romano del rey Herodes, Marco Antonio.

—¿Es el Herodes que tanto te disgusta o el de ahora?

José sonríe y hace un gesto cansado que le hunde los hombros.

—Aquel que tanto me disgusta, aunque sus herederos no son mejores.

En efecto, la guarnición romana de Jerusalén está apostada allí durante la Pascua, momento en el que el número de sus efectivos se refuerza con un regimiento llegado de Cesárea. Un pasaje comunica directamente el fuerte con el tejado de los claustros y unas escaleras llevan desde la fortaleza hasta el patio del Templo. De esta manera, en caso de sedición, los romanos pueden llevar la guarnición de forma inmediata.

—Los centinelas están apostados ahí para mantener el orden e impedir que haya disturbios —les explica su padre a los niños.

Debajo de uno de los pórticos del porche real, se encuentra el mercado del Templo.

—¿Por qué un templo debe contener un mercado, padre?

Pero José no responde.

Anda con dificultad entre los pilares magníficos, dispuestos a la manera de una basílica romana. Una nave central, flanqueada por dos alas más bajas, al igual que en todas las ciudades helénicas, hace las veces de tribunal y de mercado que se extienden a lo largo de todo el muro meridional del área del santuario. El espacio entre los pilares está ocupado por puestos permanentes. Otros se habilitan para mercadeos temporales.

A Jesús le parece que hay una insoportable ironía en esa disposición arquitectónica y así se lo hace saber a su padre.

Judá le pregunta a José si allí venden corderos.

—Solo veo canastos llenos de palomas.

—No venden corderos, eso sería demasiado sucio. Aquí se puede comprar un boleto y el animal es entregado en la entrada septentrional del Templo, frente al altar de los sacrificios.

—Padre, ¿por qué el Templo es el lugar donde mejores negocios se hacen? —quiere saber Judá.

Pero a José sin duda le incomoda la pregunta, porque se limita a revolver el pelo del chico, de un castaño empolvado por la intemperie, y no dice nada. Tan solo enseña a sus hijos el recibo escrito en pergamino que le hace acreedor de un cordero de un año sin mancha ni defectos. Un animal que será reclamado esa misma tarde.

—Hemos comprado este cordero entre veinte miembros de varias familias. El animal ha sido elegido para hacer una ofrenda en nombre de nuestro grupo esta misma tarde.

En ese momento, Judá decide que no tiene más preguntas. Ni siquiera cuando pasan cerca de unos cofres enormes, de gruesas patas, dispuestos en hilera a lo largo de una nave. Una extensa fila de clientes hace cola frente a ellos. Judá siente curiosidad al respecto y Jesús le cuenta, pues ya conoce el sistema, que los cofres pertenecen a los cambistas. Todos los israelitas están obligados a pagar el impuesto anual del Templo, que asciende a medio siclo. El tributo ha de ser pagado con una moneda especialmente acuñada para el Templo y cualquier dinero que se gaste o se intercambie aquí debe tener esa acuñación particular. De este modo, cuando los judíos procedentes de la diáspora llegan para celebrar la fiesta llevando consigo dineros romanos o daricos persas, se ven obligados a cambiarlos por las monedas acuñadas especialmente para el Templo. Eso significa que han de darles una comisión a los cambistas.

—Padre, entonces esto es una guarida de ladrones... —musita Judá como si leyera el pensamiento de Jesús.

—No hables así y camina. Vamos hacia el pórtico oriental, al Porche de Salomón. A Jesús le gustará ver el lugar donde los maestros imparten sus enseñanzas...

80

En un camino que conducía a la montaña

Sahagún. Imperio de León
Invierno del año 1079

El cadáver del niño se encontraba en un camino que conducía a la montaña.

—Por allí —dijo Samuel señalando a lo lejos, hacia el río Cea.

—Tengo entendido que algunos habitantes de estas tierras, aterrorizados por la mala fama del jefe árabe Muza, buscaron refugio en la montaña, dejando atrás su casa y todo lo que tenían. Preferían morir de inanición, según se dice, a toparse con él y sus huestes. Por lo visto, el hambre les parecía más conveniente y amable que el estilo de Muza —relató Roberto.

—Eso fue antiguamente, las cosas han cambiado desde entonces. Hace siglos de aquello.

El valle se encontraba cerrado por el este por unos majestuosos picos llamados Peñas Blancas y por el norte por los de Piedra del Agua. El paisaje semejaba un anfiteatro que los altos montes contenían para que no se derramase hacia el cielo.

Anduvieron durante un tiempo que a Matilde no se le hizo demasiado largo, ensimismada como estaba en el paisaje, tan distinto a los que conocía de su infancia y juventud. Finalmente llegaron a un recodo del camino viejo donde aguardaban unos hombres con aspecto nervioso. El cuerpo del niño se encontraba tendido boca abajo.

Cuando Matilde se acercó a él, vio que estaba justo al lado de una piedra que sobresalía de la tierra. Pidió a los hombres que la excavaran para sacarla a la superficie antes de explorar el cuerpo de la criatura. Parecía una lápida sepulcral y tenía dibujados un caballo, dos árboles y dos hojas de hiedra. Samuel dijo que podía ser romana, de otra época, y que, por lo que él sabía, no había allí ningún cementerio cristiano. Seguramente sí quedaban restos de alguno romano.

—Qué macabra coincidencia morir en un viejo cementerio... —dijo Matilde.

En aquella tierra de monasterios y de pastos, bajo un cielo esplendoroso que parecía irradiar vida, el cuerpecito del niño, medio enterrado en las matas de monte bajo, semejaba una pequeña torre derrumbada que hubiese perdido la fe.

El monasterio de Sahagún era poderoso y colonizaba los territorios siguiendo el curso de los arroyos que se dirigían hacia poniente.

—Este paraje pertenece al coto del monasterio. La marcación es grande. Por el oriente limita con el puente de la Calzada que va a Moratinos y sigue hasta el valle Severo y el otero de Pastores; y por el mediodía, con el camino que va desde Grajal...

Matilde asintió interrumpiendo a Samuel, pero hizo un gesto de agradecimiento del que se desprendía que sobraban tantas explicaciones. El monje se calló y luego ella preguntó en voz muy baja y un poco quebrada:

—¿Lo habéis movido? —Matilde se dirigió a los hombres, que la miraron con extrañeza.

Quizá se hacían preguntas sobre su dignidad y condición. Y tampoco entendían bien algunas expresiones de la lengua que usaba la beguina.

—No han tocado nada, doña Matilde —aseguró Roberto—. La sola idea les da miedo. Se han limitado a custodiar el cadáver del niño.

Eran unos mozos que pastoreaban en dirección al páramo. Sus rebaños se encontraban no muy lejos de donde estaban en ese momento. En aquel margen del río Cea disponían de pastos de verano, pero también de majadas y prados, lo que les permitía administrar su cabaña sin tener que sacrificar cabezas por no poder alimentarlas durante las sequías del estío. El rey había entregado al monasterio majadas pastoriles y los monjes cobraban un impuesto por estas y por las viviendas de los pastores que deambulaban por aquellas suertes. A pesar de que las tercias de los diezmos eran del obispo, el abad de Sahagún mantenía privilegios sobre la recaudación. De ahí la familiaridad de los pastores con los monjes.

Samuel era viejo y conocido por aquellos lares; un monje vagabundo que iba y venía, poco común y más bien indisciplinado, pero de aspecto familiar para cualquiera que anduviese por la región. Aquel hombretón pisó casi todos los caminos, estuvo lejos durante años y regresó de una pieza todavía. Como un jarro de alfarero que ha sufrido golpes y está agrietado, pero que aún no se ha roto del todo.

Ninguno de los hombres, jóvenes y con aspecto atribulado, se atrevía a hablar, quizá impresionados por el porte de la mujer. Cuando lo hicieron, en voz baja y temerosa, se dirigieron a Samuel.

—Insisten en que no han tocado nada. Sus perros encontraron el cuerpo. Y aunque no han movido el cadáver, conocen al chiquillo.

Volvieron a farfullar algo y sus voces parecieron extenderse como el aire sobre la campiña, con un tono a la vez pujante y medroso.

—Dicen que es hijo de una mora viuda que tiene una explotación de carbón en Sahagún. Es su único hijo. El niño tenía unos diez años. Su padre murió de unas fiebres hace cinco. La madre está desesperada. Sus vecinos están intentando retenerla en casa y que no venga para acá, para que no vea este, este...

—Desastre. Este desastre... —terminó la frase Matilde—. ¿Los perros han hozado el cadáver?

Los dos mozos parecieron comprender la pregunta y negaron vigorosamente.

—Dicen que estaban muy cerca de los canes y que estos solo olfatearon. Están completamente seguros.

Matilde asintió con preocupación. A lo lejos, cuando levantó la mirada, vio una zona de rocas trituradas confundidas con las cuales seguramente se encontraban algunas otras lápidas como la que había aparecido en aquel camino. Le resultaba macabro e impresionante contemplar la escena.

—Los restos del Imperio romano salen de la tierra en forma de lápidas funerarias...

Se concentró en la figura del niño. Apenas era capaz de sostener en él su mirada, pero hizo un esfuerzo. No podía venirse abajo. La espalda del chico, en la zona de sus posaderas, estaba tan ensangrentada que parecía estar compuesta por unos simples desperdicios. Si no fuese porque podían apreciarse con claridad su rostro, de facciones hermosas y delicadas, los suaves rizos negros del pelo, con algunas briznas de hierba y pequeños trozos de barro...; si no fuese porque su cabeza daba buena cuenta de la humanidad de la criatura y de su aspecto bello, Matilde hubiera dicho que se encontraba tan solo delante de unos despojos de carnicería.

Observó con mucho cuidado y luego cerró los ojos para tomar aire y evitar de nuevo perder las formas delante de los hombres que la rodeaban.

—Igual que la muchacha que encontramos. Es lo mismo. Idéntico horror. Esta criatura también parece haber sido... devorada. Pero aunque juraría que ha sido un animal, también diría que esto no ha podido hacerlo un animal...

Miró bien para retener en su memoria los detalles. Trataría de apuntarlo todo y de hacer algunos dibujos cuando llegara a su habitación. Para no olvidar lo que había visto. Aunque nada en el mundo le gustaría más que olvidarlo.

81

También el reino de la piedra

Fiesta de la Pascua. Jerusalén
Año 8 después de Cristo

Jerusalén es la ciudad de Dios, pero también el reino de la piedra. La única materia prima que puede encontrarse allí es esa. Para todo lo demás, tanto la urbe como la comarca deben recurrir al comercio con otros lugares. De las montañas de Judea bajan la lana y las pieles obtenidas de sus rebaños, junto con la madera de olivo y las aceitunas. No hay metales ni minerales y hasta la arcilla es de mala calidad. También el agua, por su escasez, constituye un bien precioso; se economiza la de las cisternas, se transporta mediante acueductos... El agua es vida. Sin embargo, la ciudad, que tiene aproximadamente unos veinticinco mil habitantes, ha hecho de la necesidad virtud y el comercio con las regiones vecinas, e incluso con los países lejanos, prospera.

Jerusalén también es rica. Posee los grandes recursos que proporciona el Templo. Proceden de donaciones que llegan de todo el mundo conocido y de las tasas que prevé la Ley, como el impuesto de dos dracmas por el comercio de víctimas, el pago de los votos, las entregas de madera... Es cierto que el Templo también conlleva enormes gastos, especialmente los derivados de su construcción, pero los ingresos no son nada despreciables.

Jerusalén es, además, un lugar al cual afluyen constantemente los extranjeros, peregrinos que llegan para participar en las fiestas religiosas sobre todo. Los israelitas piadosos tienen la obligación de gastar en la ciudad un diezmo del producto agrícola, el llamado «segundo diezmo».

También los soberanos independientes que han residido allí se benefician de impuestos que obtienen anualmente de Idumea, Judea y Samaria. Con ellos se sostienen la corte y las grandes obras públicas.

Así, la Ciudad Santa atrae a los grandes capitalistas, a los recaudadores de impuestos, a los comerciantes, a los judíos de la diáspora que se han hecho ricos y desean retirarse... Es un foco de seducción para el mundo entero.

Los romanos saben bien cuál es la importancia del lugar, donde, además, se fabrican productos de uso diario y artículos de lujo. Jerusalén es relevante no solo por ser la ciudad de Dios, sino por su trascendencia política y económica. Siempre ha tenido pasión por las grandes obras públicas y por el lujo, por los objetos de arte y de placer. Desde Salomón hasta la familia herodiana, los cortesanos y gobernantes de Jerusalén atienden a los asuntos del cielo sin descuidar nunca los de la tierra. Es la ciudad del Templo y la de las durísimas prescripciones sabáticas; de la pureza legal, pero también del derroche.

Y el futuro marido de la niña María ha sabido aprovecharse de todo ello, consiguiendo hacer una auténtica fortuna que no sabría a quién dejarle en herencia porque, hasta ahora, ni se ha casado nunca ni ha tenido hijos.

Zacarías confía en que eso cambie cuando contraiga matrimonio con María.

82

Soñaba con los mismos ojos

Sahagún. Imperio de León
Invierno del año 1079

El joven monje siempre soñaba con los mismos ojos y con una voz infantil que lo llamaba pidiéndole ayuda. Pero él no podía prestársela. La impotencia lo volvía loco. Los gritos de la niña pequeña, de apenas dos años —¿sería una niña?, a veces ni siquiera estaba seguro del sexo de la criatura—, se introducían en su alma y la revolvían durante el sueño. En ocasiones despertaba en medio de la noche con una angustia que le cortaba la respiración. Se sentaba en su camastro, en el dormitorio común, y tardaba un rato en tranquilizarse. Oía los sonidos familiares procedentes de los ronquidos, los pedos y las masturbaciones de sus compañeros y, poco a poco, sentía que su garganta se abría, dejando pasar el aire.

Aquellos ojos húmedos y verdes como la hierba, infantiles y asustados, lo perseguían desde que tenía memoria.

¿A quién pertenecerían? ¿Qué querrían de él?

Redondos e inocentes, aterrados y suplicantes.

—Señor, ayúdame.

Se dijo que ya no sería capaz de volver a conciliar el sueño, de modo que se levantó sin hacer ruido y salió de la estancia, dejando atrás la calidez viciada del recinto y buscando el frescor del aire libre en la calle.

Roberto pensó que se sentía extraño cada vez que dejaba los

hábitos y se colocaba aquellas ropas gastadas, sucias y malolientes propias de un campesino. Se sabía disfrazado y aun así no dejaba de disfrutar la sensación. Nunca conoció otra cosa que la vida de los monasterios, así que los hábitos eran para él la vestimenta habitual de las personas con quienes creció.

Tenía presente los ejemplos de san Benito y san Isidro, pero siempre se sintió fascinado por aquellos monjes errabundos que vagaban por los montes y de los que ya se ocuparon en el Concilio de Toledo hacía cientos de años. Esos hermanos practicaban un modo de vida que llamaban «santo» sin haberse sometido nunca a las reglas de un monasterio, al contrario que los eremitas honestos.

El joven no dejaba de pensar en cómo sería su vida en soledad o al menos en cómo serían sus jornadas si fuera un villano, sin estar sometido a una *regula*, quizá trabajando como cantero o como albañil para las obras del propio monasterio.

Cantero o albañil. Sí, la idea le gustaba. Siempre le había llamado la atención la posibilidad de construir cosas, de dar forma con sus manos a obras que servían para celebrar la belleza del mundo, la obra de Dios, o para dar cobijo a los desgraciados; tanto poniendo un humilde o palaciego techo sobre sus cabezas como levantando iglesias, que eran las casas de Dios en la tierra.

Aunque la regla de la congregación les imponía el silencio, se dirigió a hablar con el abad como hacía siempre que tenía un problema. En ese momento lo tenía, y gordo. Los asesinatos de niños y jóvenes lo estaban perturbando más de lo que él mismo reconocía.

Don Bernardo era un hombre sabio. Roberto se sentía orgulloso y agradecido a Dios por haberle dado la oportunidad de crecer a su lado. Él era el único padre que había conocido. En todos los sentidos. Lo conocía lo suficiente como para saber que, a pesar de su percepción del orden y la disciplina, no llevaba las reglas hasta un límite absurdo. Eso lo distinguía de muchos necios que eran sus iguales y que se dejaban guiar por la locura antes que por la sensatez. Don Bernardo hablaba con Roberto siempre que tenía que hacerlo. Y esa era una de esas ocasiones.

—Buenos días nos dé Dios. Siéntate, hijo mío —le dijo nada más entrar en su despacho.

Se encontraba, según pudo deducir Roberto, examinando algunos planos de las obras. Había cambiado sus ocupaciones en la biblioteca, delegando en cierto modo en Selomo todo lo que tenía que ver con ella, y ahora se concentraba en los asuntos de la construcción. Hasta allí llegaban los sonidos de los golpes y los gritos de los albañiles, y un leve polvillo tamizaba el aire de la sala. Don Bernardo estaba atento a todo, tenía tantas ocupaciones que Roberto se sintió un poco culpable por distraerlo.

—Que sea la paz sobre su excelencia.

Don Bernardo echó una mirada como descuidada a las vestimentas de Roberto y le preguntó si realmente creía necesario quitarse el hábito cada vez que salía a hacer sus investigaciones por la ciudad.

—Maestro, créeme que es mejor así.

—Pues bien que te digo una cosa: si estuvieras en alguno de los reinos de taifas, bajo las órdenes de un rey moro, tendrías prohibido por la ley llevar el atuendo de una persona honorable, o de un alfaquí, o de un hombre de bien...

—Pero Dios ha querido que estemos aquí, bajo el gobierno de nuestro señor el emperador don Alfonso.

—Sí, además, mirándote bien, nadie podría confundirte con un judío, un policía o un alcabalero...

Estuvieron hablando de cosas banales y Roberto prestó gran atención a todo lo que don Bernardo tenía que comentarle sobre las obras en curso. En realidad, no buscaba su opinión, sino que más bien pensaba en voz alta aprovechando la presencia del muchacho. Ellos no hablaban mucho, así que seguramente dar curso a sus pensamientos, poniéndolos en viva voz, ayudaba al abad a reflexionar.

El silencio, a pesar de la regla, a veces era un inconveniente que incluso impedía pensar bien.

—Mis ojos son débiles, me cuesta descifrar los planos aun ayudándome de este trozo de vidrio que pertenece a la biblioteca...

—Gracias a Dios.

Cuando don Bernardo pareció agotar la enumeración de sus preocupaciones, casi todas ellas de índole económica o arquitectónica, guardó silencio.

Roberto tuvo la sensación de que no sabría expresarle al hombre lo que sentía. Don Bernardo le había enseñado que tanto el sufrimiento moral como el físico eran propios de la condición humana. Nadie esperaba que expresase sus quejas, sino que las vigilase lo mejor posible, igual que un plato de carne poco hecha, de esos que le estaban prohibidos.

—Tu tonsura ha crecido, apenas si se nota. Dentro de poco, si sigues vistiéndote así, parecerás un campesino loco, como Samuel, en vez de un hombre de Dios.

—Hago lo posible por seguir siendo un siervo de Dios, padre mío.

En ese instante pensó en Selomo, quien, a su manera, también se disfrazaba; al menos hacía todo lo que estaba en su mano para que no lo identificasen como sefardita. Gozaba de la protección del rey y del monasterio, pero era desconfiado, según había podido observar Roberto. Cualquier precaución le parecía poca. Quizá llevaba razón y era mejor temer que perecer de atrevimiento.

Roberto ya había meditado, aunque descuidadamente, sobre qué tipo de hombre parecía él llegando a la conclusión de que en realidad no le importaba demasiado. Últimamente todo en su vida giraba alrededor de una obsesión: encontrar al culpable de las muertes de los jóvenes. El descubrimiento del cadáver del pobre niño, la última de las víctimas, lo conmocionó igual que contemplar a la primera joven descuartizada, con aquellos ojos, tan parecidos a los suyos según creía...

Llevaba semanas tratando de hacer memoria y de acordarse del día en que don Bernardo y Samuel lo habían encontrado perdido en el monte, hacía ya de aquello más de dos décadass. Sin resultado. No sabía por qué, pero le parecía importante. Creía que ese día guardaba algún misterio que resultaba crucial, aunque Roberto no estaba seguro de para qué.

—Padre —Roberto se rebulló inquieto en la incómoda silla—, cada día que pasa aumenta mi preocupación por los crímenes que están teniendo lugar a nuestro alrededor. Los alcaldes se despreocupan y, excepto las familias de las criaturas, cuando las hay, a nadie parece importarle esta calamidad que ha caído sobre la ciudad y sus alrededores como una plaga egipcia. Qué tiempos más terribles nos han tocado para que debamos ver estas cosas que se graban a fuego en los ojos del alma y que no hay manera de olvidar...

Don Bernardo se frotó los ojos y luego miró al joven con benevolencia y una sonrisa apenas esbozada en sus finos y secos labios.

—Roberto, hijo, nuestros tiempos, tal y como siempre ha ocurrido, son convulsos. En estas tierras todavía quedan muchos lugares en los que los sarracenos oprimen a los fieles cristianos. Todas las regiones de occidente están siendo golpeadas por tribulaciones que provocan mucho sufrimiento...

—Lo sé, aunque se dice que el rey Alfonso hace todo lo posible porque podamos vivir en paz bajo estos cielos.

—Supongo que así es. Esperemos que consiga sus propósitos con la ayuda de Dios.

—Padre, no consigo olvidar los ojos de la muchacha.

—¿Qué muchacha?

—La primera que encontramos...

Don Bernardo se quedó quieto y le dirigió una mirada preocupada.

—Me refiero a la joven que encontramos asesinada, medio devorada. Había sufrido el mismo tormento que los demás, incluido el último niño, el pequeño musulmán. Su madre se ha vuelto loca de dolor. Los vecinos han mandado llamar a unos parientes que por lo visto tiene en Zaragoza, pero no saben si podrán venir a hacerse cargo de ella.

Don Bernardo sacudió la cabeza asintiendo.

—No podemos hacer nada más. Tú ya haces bastante, hijo.

—Pero tú me has enseñado que siempre se puede hacer más.

—No, no siempre. Roberto, tienes que sobreponerte a tus debilidades. Hay que luchar contra los desórdenes de las pasiones y el desenfreno de la carne, y...

—Padre, a veces pienso que los ojos de aquella primera muchacha eran iguales que los míos. Samuel los vio y está de acuerdo. A veces pienso... Ya sé que te parecerá una tontería, pero me despierto en mitad de la noche y... pienso que aquella joven, muerta en tan terribles circunstancias, bien podría haber sido mi hermana. ¿Son estas malas ideas un desorden de la pasión? ¿Estoy pecando, padre?

Como siempre ocurría, cada vez que Roberto tenía una duda o caía en la confusión, don Bernardo trató de explicarle qué era lo correcto.

—No, hijo, no lo es, pero debes dejar de darle vueltas a este asunto o te volverás loco, como dices que le está ocurriendo a la madre de la criatura perecida... Tienes que evitar las conductas insensatas contrarias a la virtud. Tus presentimientos son solo eso, visiones producto de tus pasiones, de tus necesidades. Y eso le hace daño a tu cuerpo, lo puede destrozar. Debes ser fuerte, dominar tu carne y también tu pensamiento, pues ambas cosas son la misma. El pecado es el amigo íntimo de las pasiones. Lo dice Pablo de Tarso en sus cartas cuando habla del hombre viejo que se deja cegar por la concupiscencia y la envidia, por la lujuria y todas esas tendencias humanas que lo alejan de Dios.

—Padre, yo no siento ninguna de esas cosas. Solo la compasión me impulsa a buscar al responsable de tantas desgracias, aunque también me gustaría averiguar quién era esa joven y si puede estar relacionada conmigo de alguna manera. No me parece extraño este sentimiento.

—Roberto, hijo mío, piensa que tu cuerpo es un esclavo de baja naturaleza gobernado por sus pasiones. Tu cabeza es la instancia superior. Ella puede someter con sus poderes a tu cuerpo. Dios le ha dado licencia para condenarlo y someterlo por el bien de tu alma. No te obsesiones. Si tu cabeza deja de ser la dueña, tu cuerpo se derrumbará. No puedes permitirte algo así. Caerías en la locura.

Roberto hizo un esfuerzo por contener las lágrimas. No recordaba la última vez que había llorado. Probablemente lo hizo poco antes de que Samuel y don Bernardo lo recogieran en el monte, siendo un renacuajo.

Guardó silencio.

Pensó en su catre, durante más de una noche de pesadillas, en los instrumentos de control sobre el cuerpo que algunos utilizaban. Cilicio, aislamiento y silencio absolutos, flagelaciones... Roberto no estaba muy seguro de que aquello fuera del agrado de Dios. A pesar de que el amor de Dios lo abarcaba todo, no veía él de qué manera podía incluirse el dolor en ese todo, si bien sabía que su pensamiento no era correcto. Y tampoco se sentía preparado para opinar sobre ciertas cosas.

Se frotó las mejillas con rabia, recogiendo un puñado de lágrimas furtivas.

Don Bernardo se dio cuenta de su tribulación y se acercó hasta él. El joven pudo notar su imponente presencia y tuvo que hacer un verdadero esfuerzo para evitar lanzarse hacia el hombre en busca de un abrazo paternal. Cuando era niño, se agarraba a sus piernas y sentía que nada podía ocurrirle, que aunque el mundo estuviera lleno de lobos, don Bernardo lo mantendría a salvo de sus dientes.

Pero los restos destrozados de los jóvenes, incluyendo a aquella chica con sus mismos ojos, le habían vuelto a recordar que vivía en un mundo peligroso, lleno de colmillos afilados que brillaban en la oscuridad.

—Roberto, hijo, no quiero verte así. Tienes mi permiso para seguir investigando. Distráete todo lo que puedas. Pero no te lo tomes de manera personal. No te hará bien a ti ni tampoco a ninguno de nosotros. Ya tengo demasiados problemas como para añadir uno más a la lista.

—Claro, padre. Haré lo que dices. Te ruego que me perdones.

—Dime, ¿recuerdas cuáles son los siete pecados capitales?

Roberto pensó un poco.

—Por supuesto, padre, la ira y el orgullo, la glotonería y la avaricia, la lujuria y la pereza, y... la envidia. Creo.

—Todos son sentimientos turbios. Aléjate de cualquiera de ellos en cuanto atisbes que se acercan a tu corazón. Huye como si fuese un lobo que te persigue por el monte.

—Así lo haré, padre.

—¿Y cuáles eran las enseñanzas de san Pablo en las comunidades griegas, todas ellas tan distintas, tan llenas de gente que no tenía nada que ver entre sí?

—No me acuerdo bien. Yo...

—Pues yo te las recordaré: alejarse de las prácticas sexuales desviadas y libertinas, no dejarse arrastrar por la concupiscencia, tener compasión por el prójimo y ser firmes en la caridad.

—Es verdad.

—Sé que no eres de los que se dejan tentar por la carne, en eso has salido a mí, que soy tu padre... Pero creo que sientes demasiado enojo y debo decirte que eso no es bueno. Cuando la ira te invada, vuelve tus ojos a la oración, a la reflexión, y medita sobre la palabra de Dios. Lee el sermón de la montaña. Transforma tu rabia en humildad y en esperanza.

Roberto pensó que era fácil decirlo.

—Vamos, Roberto, levanta tu corazón. Que yo lo vea. *Tout cela est l'oeuvre de Dieu.*

Roberto se puso en pie.

—Si de momento no puedo levantar mi corazón, por lo menos me levantaré yo mismo. No quiero robarte más tiempo. Gracias, padre.

Se dio cuenta por primera vez de que, a pesar de la estatura del abad, que era considerable, él lo había superado y en ese momento lo miraba desde varios centímetros más arriba.

Se dispuso a irse, pero antes se volvió y miró al abad.

—Mi señor maestro, ¿confías en Samuel?

—Lo conozco desde mucho antes de que tú nacieras. Le confiaría mi vida, pero también te digo que no creo que nadie llegue a conocer verdaderamente a otra persona, por mucho que transcurra toda una vida junto a ella.

—¿Lo has confesado alguna vez?

Roberto se dio cuenta de que el abad se sentía incómodo por la pregunta.

—No, nunca lo he confesado, pero eso no tiene nada que ver. Aunque lo hubiera hecho, la confesión no se interpondría en nada que yo pueda decir de él o de cualquiera, es un secreto con Dios. El confesor solo es portador de ese secreto, no puede hacer nada con él, pues no debe ofender a Dios, ni tan siquiera al pecador.

—Perdona la impertinencia de la pregunta.

El abad suspiró y pareció pensar. No era un hombre que tuviese un humor inestable, Roberto no recordaba haberlo visto nunca fuera de sus casillas. Se reprendió a sí mismo por hacerle una pregunta tan inconveniente, pero la tristeza lo embargaba y a esta se sumaba la impotencia por no avanzar en sus investigaciones.

Desde luego, cada vez tenía más claro que él no era un santo. A pesar de que había tenido el mejor maestro, era el peor de los discípulos. Quizá no se encontraba en el sitio que Dios le tenía reservado en el mundo. Muchas veces dudaba de su vocación. Y lamentaba mucho decepcionar a don Bernardo.

Como si le hubiese leído el pensamiento, el abad lo amonestó amablemente. Lo previno contra la tristeza, que podía convertirse incluso en envidia cuando era producida por un bien ajeno.

—Pero mi tristeza, mi señor don Bernardo, tiene que ver con la compasión y no con otra cosa. Eso creo yo al menos.

Sí, pensó Roberto, su tristeza procedía de aquellas vidas rotas que se habían interpuesto en su camino, aunque también de los atormentados recuerdos que casi cada noche le producían pesadillas. Imágenes absurdas e inquietantes, borrosas como los ojos de don Bernardo. Y como el futuro del mundo.

Los días transcurrieron de forma apacible. El invierno acababa y la primavera se dejaba sentir en el color del campo que parecía un reflejo verde del cielo. A pesar del empeño que ponían, Roberto y Samuel no habían logrado descubrir quién estaba matando a aquellas criaturas.

Mientras, Samuel y Roberto, vestidos con unos calzones al estilo campesino y autorizados por el abad, pasaban largas horas mezclados con los lugareños, recorriendo tabernas y escuchando conversaciones, haciendo preguntas y tratando de averiguar algo. En ocasiones, Samuel se permitía pedir una jarra de cerveza o un vaso de vino e invitar a alguien para sonsacarle de manera cuidadosa. Luego, informaba al rey. Por la noche, cuando ya el sol empezaba a ocultarse tras el horizonte y las calles se consumían difuminadas por las tinieblas de la oscuridad, volvían al monasterio. Siempre con las manos vacías.

—Deberíamos olvidarlo. Al fin y al cabo, hace tiempo que todos esos huesos que hemos enterrado son solo un recuerdo en esta tierra —decía Samuel con cierta animosidad.

A pesar de ser un fraile, la mayor parte de su vida había vivido sin someterse a la rigurosa disciplina de una orden. Roberto ni siquiera imaginaba por qué se había hecho religioso cuando podía haberse convertido en un mercenario, en un comerciante, incluso en un ladrón... Sin embargo, allí estaba.

Cuando cruzaron los altos portones de la última taberna que visitaron aquella tarde y se vieron de nuevo en la calle, Roberto se sacudió las manos de los restos de vino que le habían teñido las uñas y miró a los criados del hostal, que limpiaban la fila de establos. Suspiró y sacudió la cabeza desanimado.

—A mí sí me importan. Me importan esos huesos.

—Que en paz descansen todos esos pobres desgraciados. Bueno, quizá la beguina de su majestad, esa Matilde, una curandera extraña, también tenga cierta curiosidad por saber quién anda matando críos y jóvenes casaderas... Pero permíteme decirte, hermano, que tu empeño y el de ella no bastan. Este camino atrae a muchas gentes. Deberíamos dejar este asunto. Es una pérdida de tiempo.

A Roberto le irritó el desdén de su compañero.

—Si no quieres seguir haciendo averiguaciones conmigo, no hace falta que vuelvas a acompañarme. Me basto y me sobro yo solo.

—¿Sabes? Yo creo que es muy difícil llegar a encontrar a alguien que no sabemos de dónde vino ni qué hace aquí. Ni si está de paso o si vuelve de vez en cuando para matar... No conocemos su origen ni qué hace en esta vida.

—¿Y no crees que Dios quiere que se haga justicia? ¿No te parece que arrebatarle la vida a un ser humano de esa manera, abriéndolo a bocados como a una res en mitad del monte, es un crimen horrendo?

—Sí lo creo, aunque yo no soy quién para decidir eso. Las leyes de la tierra las escriben los reyes. Y las leyes de Dios solo caben ser interpretadas. Todo está escrito, y ni tú ni yo podemos hacer nada. Necesitarías magia para averiguar...

De repente, Samuel se calló. Él, que era un hombre charlatán, que cuando iniciaba una conversación difícilmente cerraba el pico, intercalando en sus parlamentos frases en latín, en la lengua gala y en otras que Roberto ni siquiera comprendía, de pronto se quedó mudo. Tampoco se movía del sitio.

—Vámonos, es tarde —dijo Roberto y echó a andar en dirección al monasterio.

Las últimas luces consumían las paredes de las casas, que pronto serían tragadas por la oscuridad. Las calles, llenas de basura, estaban pensadas para ser transitadas de día, cuando podían verse los obstáculos y evitar pisar heces, animales o humanas, barro y cenizas, charcos de orina o los restos mortales de algún ser indefinible.

Roberto se percató de que Samuel no lo acompañaba y se dio la vuelta.

—¡No te quedes ahí como un pasmarote! Vamos, te digo.

Pero Samuel seguía sin decir nada.

Roberto volvió sobre sus pasos y se encaró con el hombre.

—¿Te pasa algo? ¿Me vas a obligar a llevarte a rastras?

Por fin, Samuel parpadeó. Parecía salir de un sueño.

—¡Magia, magia...! —susurró al oído de Roberto—. ¡Eso es!

—¿Qué dices? ¿Estás loco? No ofendas a Dios hablando de esas cosas...

—¿Tú has oído hablar de Simón el Mago?

—Sí, dicen que era un profeta de los tiempos de Jesucristo.

—Porque la magia existe...

—Eso son paparruchas. Ni se te ocurra hablar de estas cosas delante de otras personas. Te acusarán de hereje.

Roberto ya sospechaba que la fe de Samuel era más que discutible, pero no le parecía el momento apropiado para iniciar una discusión teológica. Además, él tampoco era un especialista precisamente. Se sentía cansado y tenía ganas de volver al monasterio, que era su casa. No había conocido otros hogares que no fuesen los de su congregación y a esas horas la idea de refugiarse detrás de las paredes monacales no le parecía mal.

—Sí, ya sé que los cristianos no creemos en la magia. Excepto en la que hacía Nuestro Señor Jesucristo, claro está.

Finalmente, Samuel echó a andar, pero con pasos cautelosos. Mientras Roberto intentaba poner el pie en los sitios adecuados, él caminaba sobre nubes, igual que si flotara.

—¡Esa lengua!

—Sin embargo, yo sé de alguien que no es cristiano y que, por tanto, no está obligado a pensar como nosotros lo hacemos, que es la manera correcta. Quiero decir, que nosotros estamos en lo cierto y no él, que es un infiel. Pero ese infiel puede hacer magia, Roberto...

—Nadie puede hacer magia, mi buen Samuel. Solo existen los milagros y los hacen los santos, no los pobres desgraciados a los que tú puedas conocer.

Samuel asintió satisfecho.

A pesar de que cada vez se distinguían menos las formas en la calle, Roberto pudo adivinar un extraño rubor en las mejillas de su acompañante. Claro que quizá era producto del vino más que de la emoción.

El hombre mayor bajó la voz hasta hacerla casi inaudible.

—Selomo hace magia —susurró con voz ronca—. O por lo menos puede hacerla, me lo dijo él mismo. Otra cosa es que quiera, por supuesto.

—¿Quién? ¿El gramático sefardita? Oh, qué cosas dices...

—Sí, Roberto. Él puede hacer preguntas. Y puede obtener respuestas mágicas. Nos puede decir quién los mató, quién ha arrebatado la vida de esos desgraciados. ¡Puede hacerlo, Roberto!

83

Y sus dos hijos pequeños

Fiesta de la Pascua. Jerusalén
Año 8 después de Cristo

José y sus dos hijos pequeños, Jesús y Judá, se dirigen al pórtico oriental, también llamado «Porche de Salomón». Es allí donde los maestros suelen impartir sus enseñanzas. Judá, siempre tan expresivo, da unos pasos saltarines penetrando entre la fresca sombra como si se zambullera en una piscina de oscuridad.

Los rabinos están sentados en una pequeña plataforma con las piernas cruzadas y casi siempre de espaldas a una columna. Frente a cada uno de ellos, la gente se reúne en círculo para escucharlos hablar. Boquiabiertos y atentos, parecen estar recibiendo a través de las bocas humanas que les hablan las palabras de Dios Todopoderoso.

—Padre, ¡vamos a acercarnos allá! —Jesús señala un grupo pequeño de rabinos que discuten frente a la muchedumbre.

—Es como una escuela al aire libre —dice Judá contento.

—*Abbá*, ¿nosotros también podemos hacer preguntas?

—Cualquiera es libre de hacer las preguntas que desee, si bien vosotros sois tan solo unos niños. Es mejor ser prudentes.

Pero antes de que José termine de hablar, Jesús ya ha levantado la mano y planteado una cuestión de manera respetuosa, a pesar de que siente una rabia ardiente que le escarba el pecho.

—¿Creéis que algún día llegará el mesías para poner orden a

este desconcierto que nos rodea? Lo pregunto con la venia, maestros...

Uno de los rabinos se queda mirando fijamente a Jesús. El niño percibe el ceño fruncido del hombre. Piensa que es tan profundo que quizá la piel le atraviese el cráneo.

—¿Acaso crees que nos rodea el desorden, pequeño?

El rabí hace un gesto ampuloso con la mano, señalando la magnificencia del Templo a su alrededor.

—Así lo creo, y me pregunto si cuando llegue el mesías no pensará lo mismo que yo. Recuerdo al profeta Elías, que mató a los sacerdotes de Baal. ¿Creéis que el mesías puede empuñar una espada?

José, aturdido, mira a su hijo y se pregunta de dónde habrá sacado tantas dosis de irreverencia y desfachatez. No sabe cómo detener la discusión ya iniciada.

—Muchacho, mi especialidad son los profetas, pero así y todo te digo que no sabría contestarte.

—Si vosotros derramáis sangre en su Templo, me pregunto por qué el mesías no podría hacer lo mismo...

—Es mejor recurrir al gran rabí Shamai en su comentario del salmo 2:9, que dice: «Los quebrantarás con vara de hierro; como vaso de alfarero los desmenuzarás...» —dice otro maestro metiéndose en materia.

—Pero ¿acaso el profeta Isaías no dijo que «el junco magullado no romperá ni apagará el lino humeante... Conducirá a su rebaño como un pastor»?

Dentro de sí, Jesús se debate también entre las dos posibilidades que quizá se le podrían ofrecer al mesías: desmenuzar el vaso con una vara de hierro o conducir el rebaño como un pastor. Pero no quiere incomodar a su padre, a quien ve con el gesto adusto y preocupado. La enfermedad lo está royendo. El mal es un ratón que se alimenta de sus entrañas poco a poco.

Judá señala asombrado la moneda que uno de los sabios acaricia entre las manos. Como su primo, siente afición por la numismática. Ha sido él quien le ha enseñado a distinguir un dinero de otro. Jesús le advierte en voz baja que se trata de un siclo del Templo, la moneda de plata acuñada por los rebeldes judíos contra Roma hace ya por lo menos sesenta años. Sellado con caracteres hebreos, puede distinguirse claramente en ella un cáliz enjoyado sobre el cual se lee AÑO CINCO en el reverso y en el anverso, «LA SAGRADA JERU-

SALÉN, también en letras hebreas y rodeando un lirio en flor. Jesús ha visto antes otras monedas iguales. Su propio primo le ha enseñado una semejante no hace mucho. Jesús se pregunta incluso si no será la misma que en ese momento acaricia el sabio que trata de aclarar dudas religiosas. Se dice que la vida es como una moneda con dos caras.

—Mi madre dice que es mejor la vara del pastor que conduce a un rebaño y no la de hierro que destroza a golpes el cuerpo del esclavo.

—¡Tu madre dice! ¡Ja, ja, ja! ¿Acaso eres hijo de una mujer?

—Soy un hombre y como tal soy hijo de una mujer, igual que el resto de los hombres.

—¿Y qué sabe tu madre, si es una mujer? Una mujer no sabe nada. Ni piensa ni estudia. ¡Nada de nada! Eso es una mujer.

—No es cierto, una mujer piensa igual que un hombre. A veces incluso más, porque...

Pero el sabio no quiere seguir discutiendo con un niño. Hace un gesto de desdén y se da la vuelta enojado.

José tira de su hijo. Le pone una mano temblorosa pero decidida rodeándole el cuello y lo acerca hacia sí.

—Vámonos de aquí ahora mismo.

—Pero, padre, me gustaría saber...

—A todos nos gustaría saber.

Mientras se abren paso como pueden entre la multitud enfebrecida, José cuenta cómo, aunque él es un hombre pío, no deja de sentir cierta prevención contra aquellos que dirigen el Templo.

—¿De verdad, *abbá*? —Los ojos de Judá, siempre asombrados, lo contemplan con adoración y un poco de desconcierto.

—A veces aumentan sin razón el precio de los animales para el sacrificio. Utilizar la religión para hacer negocios no es algo que a mí particularmente me agrade.

El hombre de paso fatigado y sus dos hijos avanzan por el Atrio de los Gentiles hasta la plataforma central, que se eleva unos catorce pies por encima de sus cabezas.

Jesús aprieta con fuerza a su padre, nota su sangre circulando por sus venas con menos fuerza que la de un pajarillo.

Cuando logran subir, dando empujones para evitar ser aplastados, se encuentran en una estrecha terraza con rellenos distribuidos en grupos de cuatro escalones que conducen a las puertas de los patios interiores, cuyo acceso es exclusivo para los israelitas. Al lado de los escalones, hay unos bloques de piedra, labrados con inscripciones en griego, que marcan sobre el muro el límite del área sagrada. Las señales indican: «Que ningún gentil penetre dentro de los límites y en el recinto del santuario. La culpa recaerá sobre aquel que fuere sorprendido y su castigo será la muerte».

—Padre, no entiendo por qué un templo no puede estar abierto a todo el mundo, incluidos los forasteros.

—Si se atreviesen a penetrar aquí, toda esta gente que nos rodea acabaría con ellos.

—Pero vienen a rezar, a rendir tributo a Dios. ¿De verdad la muchedumbre mataría a un gentil si entrase en este sitio?

José asiente.

—Yo creo que los soldados impedirían que hubiese una matanza, ¿no crees, padre? —dice Judá que, agarrado a la mano derecha de José, avanza satisfecho dando animados saltitos y chocando con todo aquel con que se cruza, como si el mundo le pareciese realmente perfecto.

84

No solo los días

Sahagún. Imperio de León
Invierno del año 1079

Roberto encontró a Selomo en el *scriptorium*, donde parecía pasar no solo los días, sino también las noches.

Después de pasear por la ciudad deambulando, como llevaba haciendo meses, en busca de una respuesta, de una pista, de un indicio que lo condujera a resolver el problema de los asesinatos, se volvió a poner el hábito. Lo hizo por Bernardo, para compensar de algún modo la decepción que su padre adoptivo pudiese sentir por él. Cada vez que se cambiaba el traje, sentía que su personalidad se transformaba. Y aunque eso daba variedad a su vida, también le traía la sospecha de que podía ser algo malo. Procuró no pensar en ello y se dijo que, en cuanto pudiera, volvería a colgar las sayas y a vestirse de campesino.

Le gustaba hablar con el hebreo. Por suerte, lo encontró a solas, pues, siguiendo las indicaciones de Samuel, estaba decidido a requerir su ayuda de una manera que todavía no le habían solicitado. Deseaba pedirle algo especial. Se trataba de un asunto delicado y era mejor que no hubiera nadie rondando alrededor cuando hablaran de ello.

—Roberto, ¿qué te trae por aquí? Tengo entendido que no eres hombre de letras precisamente, así que me da que no es la compañía de estos viejos rollos y tratados lo que andas buscando...

El joven procuró explicarle con pocas palabras, pero certeras, lo que lo había llevado hasta allí.

—¡Samuel habla más de la cuenta! —Los ojos de Selomo brillaron de enojo.

—Pero ¿es verdad o no? ¿Es cierto que tienes un libro mágico que puede ayudarme con sus respuestas?

Selomo hizo un movimiento brusco con la cabeza y agitó las manos de manera disparatada. Luego se rascó con furia hasta el punto de que Roberto pensó que se haría daño.

—¡Supersticiones, solo eso! Al mundo le iría mucho mejor si las abandonara. ¡Si tu padre Bernardo te oyera hablar de magia...! Si la santa madre Iglesia a la que sirves supiera que crees en la magia... ¿Qué crees que dirían, qué pasaría contigo?

—¡Chis! Por favor, baja la voz, pueden oírnos.

Roberto era consciente de que era un ignorante, pero sabía algunas cosas. Pensó que sin duda Selomo tenía más miedo que él de la magia. O quizá sospechaba que Roberto quería tenderle una trampa. Al fin y al cabo, su pueblo siempre había caído en ese tipo de artimañas y cuando querían darse cuenta, cargaban con las culpas, lo que implicaba siempre sangre derramada, dolor y pérdida.

Entre el miedo de Selomo y el suyo —en efecto, no deseaba por nada del mundo que sus hermanos o el abad tuvieran la más mínima sospecha de que estaba buscando remedios mágicos para sus problemas—, entre una cosa y otra, quizá no consiguiera más que añadir dificultades al asunto.

Por su parte, Selomo no se engañaba a sí mismo. Su situación en el mundo era frágil, delicada como su poesía. Tenía pánico a muchas cosas. ¡A volver a perder su preciso libro en primer lugar! Y en segundo, a que se descubriera su enfermedad, que a cualquiera se le antojaría lepra aunque no lo fuera. A que los demás conociesen su mal y lo culparan de él. Demasiado bien sabía que la mayoría estaba convencida de que cualquier dolencia era un castigo divino, la imposición de una penitencia debida a algún pecado, lo que convertía al enfermo en un sospechoso... Y la lepra era la peor.

Por otro lado, había visto con sus propios ojos cómo se desmembraban cadáveres y cómo en ocasiones se hervían, buscando convertir los huesos en reliquias. Desde luego, él no era un hombre santo, ni siquiera era cristiano, pero tenía un miedo cerval a acabar de aquella manera. Tanto como a terminar siendo un apestado.

Procuró calmarse y hablar con voz serena.

—Tú eres un hombre de la Iglesia. No debes caer en supersticiones.

—Solo te pido que me ayudes con tu libro a encontrar la verdad. Samuel dice que puedes hacerlo, que tu libro posee poderes. Igual que las manos del rey pueden curar a un enfermo, tu libro puede darme la luz que necesito. No te cuesta trabajo. No te cuesta nada. Por favor...

—¿Acaso crees que soy un hechicero? ¡Me confundes con uno de esos ancianos solitarios que venden sus recetas y servicios entre el pueblo ignorante! Esos que luego, una vez que se demuestra que los remedios que ofrecen no sirven para nada, son acusados de las enfermedades del ganado y de las malas cosechas. No, gracias. No pienso caer en esa trampa...

—Selomo, sé lo que estás pensando, pero no es así. No es una trampa, créeme. Ni pienso que tú seas un brujo. Ni siquiera tengo en cuenta tu religión y tu raza. Aunque te cueste creerlo, esas cosas a mí no me importan. Don Bernardo me ha enseñado a centrar mi atención en el mandato cristiano. Lo demás solo son detalles sin importancia que resaltan la variedad inmensa de la obra de Dios.

Selomo le dedicó una mirada llena de desconfianza y amargura.

Miró a su alrededor: tres monjes acababan de entrar en el recinto. Todos trabajaban ilustrando las obras. Saludaron con un gesto apenas perceptible de cabeza y se sentaron detrás de sus pupitres, dispuestos a seguir cada uno con su tarea. Uno de ellos se afanaba en ese momento en la copia de una obra a la que estaba añadiendo unas ilustraciones didácticas. Roberto no pudo resistir la tentación y echó un vistazo por encima del hombro del monje. Se hallaba a punto de completar el dibujo de una complicada máquina de guerra.

—Qué buen trabajo, hermano.

—Solo porque Dios guía mi mano —susurró el otro con voz ahogada.

Selomo le hizo una seña a Roberto y ambos abandonaron la habitación, uno detrás del otro, en completo silencio.

En la sala contigua, el sefardita pareció cambiar de tema, como si se hubiese olvidado de la conversación que estaban sosteniendo. Le mostró a Roberto un texto de Flavio Vegecio Renato, del siglo IV, del que se habían realizado allí varias copias, algunas de las cuales estaban ricamente ilustradas.

—No siempre las ilustraciones se corresponden con el texto. Se lo he hecho notar a Venancio, el encargado de esta copia, pero no le ha sentado bien mi observación. La verdad es una música que no acaricia todos los oídos.

—Selomo, me gustaría que respondieras a la petición que acabo de hacerte —insistió Roberto.

En ese momento volvieron a ser interrumpidos por uno de los monjes que trabajaban en la biblioteca. Selomo continuó disimulando sin elevar el tono de su voz; dado que él no estaba sometido a la regla del silencio, se permitió dirigirse a Roberto como si estuviese dando explicaciones.

—Por supuesto que los colores se preparan antes de utilizarlos. Se aplastan y se mezclan con el dedo gracias a la goma arábiga, que sirve de aglutinante. Para terminar, se diluyen en agua. Una vez extendidos en una fina capa, cubren el dibujo con sus bellos tonos. Algunos detalles se perfilan con pan de oro. Es así como se ilumina un manuscrito. Es un trabajo muy delicado y el hermano Anselmo, aquí presente, podría dar prueba de ello. Así y todo, resulta más sencillo iluminar un libro que una vida, mi querido Roberto. —En los ojos del hombre despuntó un chispazo de reprobación.

Roberto se quedó embobado contemplando unas páginas en las que resaltaban los adornos que acompañaban a las iniciales, las cenefas decorativas llenas de animales extraordinarios que él no sabía si existían o no, aunque parecían fantásticos, y de plantas salidas de la cabeza del monje que las había creado más que de la propia naturaleza, según creía él. Especuló sobre si no habría en aquellos dibujos también algo de magia después de todo.

El joven se dio cuenta de que Selomo se encontraba incómodo, no solamente porque le agobiaba la petición que acababa de hacerle, sino porque al parecer algo le picaba. Se fijó en que el hebreo se mostraba siempre inquieto, como si tuviese un gusanillo royéndolo por dentro. Samuel decía que ocultaba una enfermedad bajo su pecho, pero que tenía comprobado por sí mismo que no era contagiosa, pues a él no lo infectó, y eso que tuvo más de una ocasión de hacerlo...

Por primera vez vio a Selomo bajo un prisma diferente, más profundo y completo. Como a un hombre atormentado, errante, y a pesar de ello culto y decidido a soportar lo que fuese.

Cuando por fin se quedaron solos, el joven monje volvió a la carga, pero Selomo le impidió continuar con sus lamentos y súplicas. Aunque se mostraba cada vez más nervioso, sin duda hacía esfuerzos por dominarse.

—Esos pensamientos que tú tienes de adivinar el futuro no han traído nunca nada bueno, Roberto. Desde siempre han existido gentes que creían poder ver el día de mañana. Por todos lados interpretaban signos. Cuando la luna se convertía en sangre, pensaban que habría sequías y epidemias. Los terremotos transmutaban las estaciones. Aparecían peces con letras hebreas y griegas que señalaban fechas fatídicas. El nacimiento de gemelos era una tragedia que anunciaba mala suerte... ¡Tonterías, estupideces!

—¿Cómo dices? ¿De verdad los gemelos traen mala suerte?

Roberto pensó en esa sensación que había tenido a lo largo de toda su vida de que le faltaba una mitad. Le volvieron a la memoria aquellos ojos verdes, tan parecidos a los suyos, que lo miraban suplicantes y que se perdieron en la espesura aquel día en que lo encontró don Bernardo. Esos ojos que constituían el único recuerdo de su vida anterior.

—Si quieres saber mi opinión, no, para nada. Dar a luz doblemente no es una desgracia, sino más bien un milagro. Las mujeres mueren cada día pariendo a un solo hijo. Imagínate lo que supone traer dos al mundo y que sobrevivan... Por eso te digo que las supersticiones no son buenas. Solo hacen daño.

—Pero hay prodigios. La vida de Nuestro Señor Jesucristo, toda ella, es un milagro. ¿Por qué no? ¿Es que no son magia los milagros? A mí me parece que sí, pero se les llama de otra forma.

—Sí, bueno...

—Ya sé que tú no eres cristiano, pero eso no quiere decir que no comprendas la grandeza de Dios. Tú también tienes un dios.

—A veces, esas señales que muchos creen ver son aciagas. Dicen que el rey vándalo Gunderico murió poco después de saquear la iglesia de San Vicente de Sevilla, preso del demonio. Tú eres joven y por lo que veo no has estudiado historia.

—Sí que he estudiado, pero...

—No has tenido tiempo de aprender muchas cosas en cualquier caso. Te contaré algo. Los vándalos arrasaban Hispania hace siglos. Eran bárbaros y crueles. Realizaban matanzas y dejaban los cadáveres de mujeres y niños despanzurrados allí donde los ejecutaban, para que sirvieran de comida a las fieras salvajes. Dicen que los animales se acostumbraron a la carne humana y que luego ya no querían comer otra cosa. Por eso las pobres gentes no solo se tenían que defender de los ataques de los vándalos, sino de las bestias, que agredían a las personas atraídas por el olor de sus cuerpos...

—Que Dios los perdone.

—Dijeron que Gunderico había muerto en malas circunstancias por no saber interpretar las señales. Yo creo que murió porque era un jefe infame y brutal que se mereció el fin que tuvo. Incluso su mujer y sus hijos fueron asesinados por el nuevo rey de los vándalos.

—La historia está llena de sangre y muerte.

—Los cristianos creéis en la magia. Tú mismo lo has dicho, eso es lo que son los milagros. Pero yo no soy cristiano. No me trago ciertos cuentos... —dijo Selomo bajando la voz y acercándose a Roberto.

—Podrías dejar tu fe y abrazar la mía, que es la verdadera.

—¿Mi fe? —Selomo lo miró con escepticismo—. Sí, claro.

Luego se paseó arriba y abajo en busca de un ejemplar. Finalmente, lo localizó. Estaba escrito por Orosio, era una obra vulgar que se encontraba en casi todas las bibliotecas hispanas: *Historiae adversus paganus*.

—Mira, aquí se habla de todos los signos celestiales de la historia del mundo: desde el diluvio universal, que fue un castigo justo para los pecados de los hombres, hasta las plagas de langosta, las tempestades de granizo y los globos de fuego del cielo. Pero, por supuesto, esto solo puedes creértelo si eres cristiano.

Roberto negó con la cabeza de manera contundente, escandalizado.

—No puedes hablar así. Delante de mí puedes permitírtelo, pero no lo hagas frente a otra persona. Te tengo por un hombre prudente y estas cosas que dices me demuestran que no lo eres del todo.

—Sí, perdóname. Llevas razón. Lo que trato de decirte es que las señales solo sirven para aquellos que quieren creérselas o que necesitan hacerlo. No hace mucho, los cristianos pensaban que se acercaba el fin del mundo, pero nada ocurrió. La vida siguió igual que siempre. Entre enfermedades y guerra, entre hambre y desolación.

—Hipólito de Roma dijo que quinientos años después del nacimiento de Cristo tendría lugar el final de los tiempos. Alguna vez le he preguntado a mi maestro sobre esa afirmación, pero él cree que no hay que tomarse las cosas al pie de la letra. Que unas voces tienen más autoridad que otras. Y, desde luego, la de Hipólito no parece de las más afinadas.

—Estoy de acuerdo. Los judíos llevamos esperando la llegada del mesías desde hace mucho tiempo y nadie parece haber adivinado la fecha definitiva hasta ahora.

Roberto se quedó embobado mirando un detalle curioso de un texto que reproducía los Evangelios.

—Fíjate en estas cartelas dobles finamente doradas. Mira el título, *Evangelium* —señaló Selomo sosteniendo el ejemplar como si fuera de oro.

—Por supuesto que lo aprecio, aunque supongo que a ti el Evangelio no te dice nada.

—Todos los libros sagrados me dicen muchas cosas. No me menosprecies por no compartir la misma religión que tú. Hay otras religiones en el mundo además del cristianismo, como sabes.

Roberto concentró la mirada en el libro. Tenía escrito el nombre del autor con gran ornato en una especie de ménsula en la que se habían dibujado los bustos de unos hombres encorvados que llevaban sobre sus hombros las cartelas. Se dijo que así se sentía él muchos días, como uno de aquellos hombrecillos de mentira que cargaban un peso que superaba el propio. Quiso acariciar con la yema del dedo índice una línea tirada sobre un rectángulo de fondo púrpura realzando la escritura en oro, pero Selomo le dio un manotazo antes de que consiguiera tocar la preciosa página.

—¿Me enseñarías tu libro, tu libro secreto, ese que estás traduciendo? Déjame aunque sea solo verlo un momento.

—Te llevarías una decepción, no tiene nada que ver con estos otros que ahora contemplas, llenos de columnas y dorados, de leones y flores ornamentales, de águilas y estrellas. Mi libro es pobre, solo tiene letras. No está iluminado. Y además, ya ni siquiera es mi libro. —Selomo dejó escapar un gruñido de amargura que podría haberse confundido con una risa.

Roberto lo miró con la cabeza inclinada y pensó que ese era un sonido al que él no estaba habituado. La risa. Pocas veces había oído reír. Y aquella le parecía una de ellas, aunque no sabría decirlo con certeza.

—No puedo enseñártelo. Tengo mucha prisa. Si me disculpas, debo seguir trabajando. Ya he perdido bastante tiempo por hoy.

Roberto no se conformó.

Aunque no era su costumbre, agarró al hombre por la manga intentando que siguiera prestándole atención. En ese momento, quedó a la vista un trozo del brazo de Selomo, más arriba de la muñeca, una imagen de deformidad repugnante.

Roberto contuvo una exclamación. No quería que los monjes que se encontraban al otro lado lo escucharan y ahogó el impulso de gritar.

—¡Tienes lepra! Samuel dice que estás enfermo, pero nunca creí que el mal que ocultabas fuese la lepra... —Con un tono de voz nervioso y bajo comenzó a balbucear—. ¡A-apártate de m-mí!

El joven monje señaló con un dedo una mancha blanca que rodeaba los pelos del antebrazo de Selomo, una llaga de aspecto lamentable, mientras se retiraba unos pasos hacia atrás con prevención y un gesto de repulsión en el rostro.

TERCERA PARTE

LOCUS AMOENUS

Lugar ameno, ideal para el amor

Si yo hablase lenguas humanas y angélicas, y no tuviera amor, vendría a ser como metal que resuena, o címbalo que retiñe.

Y si pudiera hacer profecías, y entendiese todos los misterios y toda la ciencia, y si tuviese toda la fe, de tal manera que trasladase los montes, y no tuviera amor, nada sería.

Y si repartiese todos mis bienes para dar de comer a los pobres, y si entregase mi cuerpo para ser quemado, y no tuviese amor, de nada me serviría.

Corintios 13:2-3

85

Distintos tipos de gente que van y vienen

Fiesta de la Pascua. Jerusalén
Año 8 después de Cristo

Jesús se fija en los distintos tipos de gente que van y vienen a su alrededor. Los ricos van engalanados con vestidos de seda y pieles, llevan turbantes de un blanco puro y cadenas de oro pesadas que les rodean el cuello y casi les hacen inclinarse.

—La de oro puede ser una cadena igual de poderosa que la de un esclavo —asegura su padre, que jamás ha llevado ninguna adornando su cuerpo.

—¡Mira ese! —señala Judá de forma descarada y batiendo palmas—. Lleva un anillo tan gordo en el dedo que no puede ni levantar la mano. —Y se ríe a carcajadas.

Unos esclavos negros abren paso a sus amos ricos. Algunos de los más notables miembros de la muchedumbre son saduceos pertenecientes al sanedrín. O fariseos, miembros del Consejo.

—Deja pasar a este hombre, ¡es un saduceo!... —dice con un punto de reverencia en su voz uno que está en esos momentos al lado de José.

—¿Qué significa «saduceo»? —quiere saber Judá.

—Son personas ricas, pertenecen a la aristocracia, al Partido Liberal. Pero no te dejes engañar por esta definición, porque utilizan métodos rudos, incluso brutales. Ellos han introducido las costumbres griegas en nuestra manera de vivir. Como son ricos, tienen más influencia que nadie; mucha más desde luego que los fariseos de la oposición. Cuando llegaron los romanos, los saduceos se aliaron con ellos por interés. A cambio, los romanos les permitían manejar el Templo. —José habla como si estuviera muy fatigado, pero a la vez decidido a dar una explicación que sirva para educar a sus hijos. Es consciente de que educarlos bien es la única fortuna que podrá legarles, y eso incluye las enseñanzas de su oficio—. El viejo Pompeyo eligió al gran sacerdote entre los saduceos. Y cuando alguien te elige para algo..., eso significa que te conviertes en su títere, que estás en su poder, que el poder que ostentas es un poder delegado. Todos los sacerdotes pertenecen al partido de los saduceos y se ganan la vida gracias al sistema de los sacrificios, que a su vez está controlado por el gran sacerdote, que a su vez está controlado por Roma.

—De modo que no son tan religiosos como pueda parecer... —deduce Jesús—. ¿Quizá no hacen lo que hacen pensando en Dios, sino en sí mismos?

—Viven de acuerdo con la Ley de Moisés, pero a la mayoría de ellos no les importan demasiado todas esas sutilezas que tú intentabas discutir hace un rato con los escribas.

El gran esfuerzo de la conversación agota a José. Se apoya contra un muro y mira con disgusto a su alrededor.

—Mirad a esos jóvenes, ahí. Tienen vuestra edad, pero son hijos de los poderosos saduceos. Viven como romanos, se comportan como tales y seguramente piensan como ellos. Van al teatro y al gimnasio... La piedad para ellos es un asunto deportivo como mucho.

—Muchos de nuestros amigos odian a los saduceos. ¿Es por eso, porque son aliados de los romanos? —quiere saber Judá.

—Los fariseos y los zelotes los detestan. Unos usan la religión para ello y los otros, el puñal. No puede salir nada bueno de todo esto. Qué tiempos nos han tocado...

—Si hay un solo dios, no entiendo por qué cada uno tiene una idea distinta de él. —Jesús piensa que ninguna de esas ideas le gusta especialmente.

—Los fariseos creen que si guardamos los preceptos de la Ley en todos sus muchos detalles, Dios mandará a un mesías para que nos redima; mientras que los zelotes opinan que si utilizan sus cuchillos para llamar su atención, organizando, por ejemplo, una matanza a la que ellos llamarán revolución, Dios no tendrá más remedio que mandar a un mesías para sacarnos del atolladero.

—¿Y tú qué crees, *abbá*? —Judá aprieta la mano de José.

—Pienso que la cordura, la sabiduría y la prudencia son bienes escasos en el mundo.

Los tres continúan andando, cada vez más lentamente debido a las dificultades de José. Pronto se ven obligados a hacer una parada. Los dos muchachos sorben las palabras de su padre como si fuesen agua pura y le hacen más preguntas. Tienen sed de conocimientos, quieren descubrir los secretos que esconde el mundo. Son jóvenes. Ni siquiera imaginan que, si llegan a viejos, muchas veces preferirán no saber.

—Ocurrió en Seforis, no hace mucho. Dos exaltados, de nombres Zadduk y Judas, se revolvieron contra el censo ordenado por Quirino.

—¿Censo?

—Una lista donde se apuntó a todas las personas que formábamos parte de nuestro pueblo para saber cuántas éramos y qué hacíamos.

—¿Para protegernos o para controlarnos?

—Imagínatelo. Es igual que en nuestro taller, cuando hacemos recuento de materiales para saber de qué podemos disponer cuando iniciamos un trabajo.

—Las personas no son instrumentos.

—Yo diría que sí... Eso es, al menos, lo que creen algunos.

—¿Y qué pasó con los exaltados, *abbá*? —pregunta Judá.

—Pensaron que el censo era una buena excusa para protestar contra los romanos.

—¿Y qué consiguieron con su revuelta?

—Lograron algo grande desde luego. —José suspira con tristeza y traga saliva antes de continuar—. Los romanos crucificaron a dos mil galileos en represalia. Eso fue lo que consiguieron.

La imagen que acaba de evocar su padre golpea la cabeza de Jesús. Penetra en su imaginación y la llena por completo. Dos mil hombres crucificados ocupan ahora su pensamiento, sin dejar espacio para nada más. Tanto es así que no puede pensar en otra cosa aunque continúa andando como si nada, si bien apenas se fija dónde pisa. Está a punto de tropezar con un hombre pobre; parece un menesteroso y se mantiene junto al pilar de una puerta, orando con una fe que podría calificarse incluso de escandalosa. Lleva la cabeza cubierta con un manto blanco y negro, el apropiado para las plegarias, y sobre su frente descansa una filacteria. Levanta las manos con las palmas hacia arriba, suplicándole al cielo, a Dios, a voz en grito. A pesar de lo teatral de su puesta en escena, no parece que Dios le haga demasiado caso.

Judá empuja levemente a Jesús, evitando así que no se dé de bruces contra el hombre.

—Es un fariseo —explica José bajando la voz.

Su voz cansada pende como un hilo de su boca. Tiene los labios secos y agrietados y una mirada intensa, febril. Aunque Jesús sabe que su cuerpo está frío, demasiado frío quizá.

—Pues no entiendo del todo qué significa ser un fariseo —añade Judá, que ha bajado el ritmo de sus saltos y sujeta con fuerza la mano de su padre.

Jesús teme que José se canse de responder a las preguntas de sus dos insaciables hijos. Sale de su ensimismamiento por unos momentos para reprocharle a su hermano que fatigue al padre con sus interrogaciones, pero José inicia su respuesta.

—Se puede decir que un fariseo es algo así como un miembro de un partido religioso. Son los que se oponen a los saduceos. Los fariseos se creen mejores y los saduceos piensan que ellos son superiores.

—¿Son distintos, pero en el fondo son iguales? —concluye Judá.

—Es posible ahora que lo dices... Tanto unos como otros respetan la Ley y se ocupan de mantener los servicios del Templo, pero para los fariseos la Ley no es solamente la palabra escrita, sino también todas las interpretaciones que los escribas le añaden para modernizarla. Rinden tributo tanto a la Ley antigua como a sus interpretaciones modernas. De esta manera, y no dudo que tengan la mejor intención, no hacen más que aumentar nuestros deberes religiosos y, por lo tanto, la dificultad de la gente sencilla de cumplirlos todos. No es fácil complacer así a Dios. Son tantos los requerimientos...

—Ser fariseo no debe de ser entonces algo sencillo, ¿verdad, *abbá*?

—Ciertamente, no lo es. Pero los fariseos son ilustrados, tienen esa ventaja. Para serlo, hay que asistir a un colegio para escribas y aprenderse todo lo relativo a la Ley escrita y oral. Luego se pasa un examen donde el candidato aprueba siempre que cuente con el voto de tres miembros del tribunal, que le impondrán las manos y lo transformarán en un auténtico fariseo...

—Si el aspirante consigue aprobar...

—He oído decir que hoy día no hay muchos más de seis mil fariseos. —Jesús hace cálculos mentales. Los compara con los dos mil galileos crucificados que les ha recordado su padre. Su cabeza se llena de personas, está atiborrada de gente que reza o que muere en masa.

—Es posible. No parecen muchos, pero ejercen un gran poder. Son unos religiosos tan entusiastas que el pueblo los apoya, pues cree que sus manifestaciones, cada gesto que hacen, son la prueba de una verdadera fe. Por eso suelen triunfar frente a los saduceos cada vez que ambos se enfrentan por asuntos legales.

—¿Quieres decir asuntos religiosos...?

—Sí, hijo, porque no hay más Ley que la de Dios.

—Pues a pesar de que son respetados, no parecen ser amados. —Judá habla y Jesús le dedica una ancha sonrisa.

—Una cosa no tiene que ver con la otra, hijos míos.

—Pero, *abbá*, padre, nosotros te respetamos porque te amamos —dice Judá poniendo en palabras el sentimiento que en ese momento embarga el corazón de Jesús, de modo que este lo mira de nuevo con ojos apreciativos.

—Soy muy afortunado entonces, hijo mío.

—*Abbá*, deberíamos volver al campamento —dice Jesús pensando que sería bueno que José descansara un rato, que se echara a dormir, tal vez después de una pequeña colación.

Detrás del altar, una infatigable columna de humo se eleva hacia el cielo. Jesús es incapaz de alejar de su mente la imagen de los corderos pasando por la puerta hacia el lugar de sacrificio en una fila mansa e imparable. Esa imagen se mezcla ahora con la de los dos mil galileos, sus compatriotas, ejecutados en la cruz por nada. Por no haber hecho nada excepto haber nacido en el mismo lugar que los rebeldes.

Los animales atraviesan aquella puerta y, después de ser matados, se convierten en el humo que asciende a los cielos impasibles. Jesús sabe que sus pensamientos podrían ser tachados de impíos, pero no es capaz de comprender el sentido de todo aquello.

¡Todas esas vidas convertidas en humo! En nada.
El valor del sacrificio...
Tiene miedo de comentar con su padre sus dudas. José ha sido sacerdote, aunque Jesús sabe que está muy lejos de la naturaleza de los que ahora mismo se encuentran en el Templo, rodeándolos con su inconfundible olor a sangre prendido en las vestiduras. Por si acaso, se calla y no dice nada.

86

Como una plaga cuando quiere castigar

Sahagún. Imperio de León
Invierno del año 1079

—No, cállate, por favor. ¡No digas eso!
Roberto tenía una mueca de horror en la cara.
—Dios envía la lepra como una plaga cuando quiere castigar a los pecadores...
—¡Eso lo hará tu dios, no el mío! ¿Acaso tu dios puede castigarme a mí, que ni siquiera creo en él?
El joven se pegó a la pared mirando a Selomo con ojos incrédulos.
—Este no es momento para una discusión teológica. Se lo diré a don Bernardo. Es un peligro que vivas entre nosotros...
Selomo puso los ojos en blanco, todo su rostro se descompuso, como si alguien acabase de borrarle los rasgos de un golpe certero. Se llevó las manos a la cara y soltó unos gemidos ahogados que al menos tuvieron el efecto de templar el ímpetu de Roberto.
—No, no es lepra. Te lo juro por mi dios. Y si quieres también por el tuyo. Los mejores físicos del mundo me lo han certificado así.
—No jures en vano. Eso es pecado. Dios castigó a María, la hermana de Moisés, con la lepra por hablar mal de él. Seguramente te ha castigado también a ti. Algo habrás hecho.
Selomo bajó tanto la voz que Roberto tuvo dificultades para escuchar lo que decía.

—Te ruego que no digas nada. No es lepra. Lo sé con seguridad.
—Pero yo no.
—Nadie sabe cuál es el mal que tengo. He consultado a muchos médicos, a los mejores que he podido encontrar en la tierra que va desde aquí hasta Jerusalén, y todos ellos me han asegurado que no es lepra. Puedes estar tranquilo. No se contagia. Lo he comprobado una y otra vez. Incluso hubo un momento en que deseé que fuera lepra, así por lo menos sabría qué es lo que tengo. Pero no lo sé. Y no saberlo es peor que... Es lo peor de todo.
—El padre Bernardo debería saber que estás enfermo. Tengo que decírselo. Aunque él está al corriente de que algo te pasa, no tiene ni idea de la gravedad de...
—Te ruego que no le digas nada. No es el momento, y sabes que soy un protegido del rey.
«Si supieran de mi enfermedad, mi situación cambiaría. Probablemente me echarían de aquí. O quizá me matarían para evitar un contagio que no se producirá de todos modos...», pensó Selomo horrorizado.
—Si me pasa algo, nadie podría traducir el libro que tú mismo dices que es mágico. Solo yo puedo hacer ese trabajo. Piénsalo. Es conveniente que guardes mi secreto. Si lo haces, a cambio te ofrezco enseñarte el libro y hacerle esa pregunta que quieres formularle...
—Mi deber es...
—Cumplir la voluntad de Dios, pero también la de tu rey.
—El rey no me importa. Solo el bien de la comunidad a la que sirvo.

Selomo terminó de convencer a Roberto cuando le enseñó el libro, aunque en un primer momento los ojos del joven monje no pudieron ocultar su decepción.

Después de contemplar muchas de las maravillas que se producían y copiaban en el *scriptorium*, aquel librito pequeño y viejo de anticuado formato no le llamó en absoluto la atención. Además, estaba escrito en un lenguaje que no le resultaba ni remotamente conocido, aunque bien es cierto que Roberto leía con dificultad. Don Bernardo se había empeñado mucho, pero no consiguió hacer de él un hombre de letras. Sin embargo, sí logró que aprendiese a leer, no tanto a escribir. Siendo como era más aficionado a trabajar con los albañiles que se afanaban en las obras del recinto que a encerrarse bajo cuatro paredes para descifrar los misterios de los libros, le resultó increíble que un objeto tan poco llamativo como aquel pudiese obrar ningún tipo de magia.

—Selomo, ¿estás seguro de que es este el libro dichoso?

—Tan seguro como que estoy hablando contigo.

—Bueno, pues hazle la pregunta. Estoy deseando ver qué responde. En caso de que responda algo, claro, que no las tengo yo todas conmigo... Vamos a comprobar si tu libro hace magia o no.

—Dime cuál es la pregunta.

—Quiero saber quién es el asesino de la primera muchacha que encontramos en el monte y si es el mismo que ha matado al resto de las criaturas. Quiero saber quién es ese asesino despiadado.

—Me parece que es una pregunta un poco complicada. ¿No podrías precisar un poco?

Pero Roberto no era precisamente especialista en concretar, así que fue Selomo quien decidió por él.

—¿Te parece bien que le pregunte quién es el asesino, simplemente?

Roberto sacudió la cabeza afirmativamente. Estaba impaciente por ver qué ocurría.

—¿Quién es el asesino? —preguntó Selomo en voz alta y clara mostrando una seguridad que estaba muy lejos de sentir.

Luego de manejar el libro al azar y completar el antiguo ritual de adivinación egipcia, la respuesta llegó con claridad: «Comiendo y bebiendo carne y sangre humanas».

87

En el interior del Patio de las Mujeres

Fiesta de la Pascua. Jerusalén
Año 8 después de Cristo

En el interior del Patio de las Mujeres se hallan dispuestos trece cofres con enormes embudos adosados en la parte superior. Casi todos los que entran a orar introducen dinero en esas aberturas dispuestas para tragarse las monedas, que desaparecen rápido, igual que detrás de la valla del Templo lo hacen los corderos de camino al altar de los sacrificios.

—He visto una mujer pobre dejando caer ahí dentro una moneda que pesaba menos que el aire —señala Judá.

—Cada uno deja lo que puede. Los ricos, sus monedas pomposas, siclos de plata que tintinean en el gazofilacio con la fuerza de una lluvia divina de piedras sobre el mar. Los pobres, la calderilla que logran arrebatarle a su hambre.

—Los ricos ni siquiera se dignan a echar sus monedas; tienen esclavos que lo hacen por ellos. Quizá no quieren tocar el dinero.

—Es cierto.

Recoger limosnas se ha convertido en un espectáculo. En ese lugar todo parece hecho para el aplauso, para la ostentación. Jesús se siente incómodo y gruñe un poco, pero su padre parece no oírlo.

—Los sacrificios son muchos. *Abbá*, ¿acaso nunca deja de correr la sangre en este Templo?

—El incienso aplaca el olor de la sangre, gracias a Dios —musita José por toda respuesta.

—Deben de ser muchos los pecados para tener que lavarlos con tanta sangre. —Jesús mueve la cabeza reprobadoramente.

—El holocausto se ofrece a cambio de que los pecados de la nación sean perdonados.

—Claro, pero ¿y los pecados de los romanos? ¿Acaso ellos no pecan? ¿Están los infieles libres del pecado...?

—La ofrenda por el emperador también se hace aquí, aunque va a cargo de los impuestos. De hecho, es la primera que se realiza. Tras ella, se hacen los sacrificios particulares, como el que hemos pagado nosotros. Hijo mío, hemos de pedir perdón por nuestras malas acciones, por los pecados que cometemos y por nuestras transgresiones.

—*Abbá*, no creo que tú hayas cometido demasiados pecados a lo largo de tu vida.

—No digas eso. Todos somos pecadores.

—¿Incluso los que acaban de nacer y no han tenido tiempo ni de abrir los ojos?

—Todo lo que nace peca. Y muere.

—Padre, me gustaría volver al campamento. —Judá empieza a cansarse.

A pesar de que su energía da la impresión de ser inagotable, tiene los ojos soñolientos.

—Sí, vámonos. Mi debilidad nos retrasará. Y dentro de poco empezarán a ser sacrificados miles de corderos pascuales.

—Miles de corderos... —murmura Jesús. Y de nuevo la imagen que acude a su cabeza es la de los dos mil galileos crucificados—. *Abbá*, qué derroche.

Cuando echan a andar, los rodea el atronador sonido de un cántico acompañado de trompetas.

—Son los levitas. No dejarán de cantar hasta que terminen los sacrificios de la mañana. Cantan los salmos designados para este día. Cada vez que concluyen uno, dos sacerdotes tocan unas trompetas de plata con las que hacen saber que no pueden ser dichas plegarias privadas. Forman un coro y van cantando por turnos.

José señala con una mano temblorosa a unas personas vestidas de blanco que se mueven nerviosamente entre la multitud siempre con aire ocupado y afanoso. Algunos van de un blanco impoluto, pero otros llevan las vestimentas empapadas de sangre.

—Ayudan en el sacrificio de los corderos. También lo hacen por pequeños grupos, y cada poco tiempo son relevados por otros cuyas túnicas aún no han sido manchadas.

—La sangre deja sus huellas.

Jesús piensa en qué soñarán los levitas después de haber rajado el cuello de cientos de animales cada día. Se pregunta si sus sueños serán tranquilos; si estarán cansados o nerviosos cuando cierren los ojos y se entreguen a la inconsciencia de la noche; o si sus sueños serán turbios, terribles y premonitorios, sumidos en los balidos de terror de los animales.

Los dos niños y su padre pasan por la hermosa puerta oriental, donde los ojos de Judá se quedan prendados de los adornos de las hojas de bronce corintio, tan enormes y pesadas que dicen que son necesarios veinte hombres para abrirlas o cerrarlas.

Una vez que llegan a uno de los pórticos, pueden observar el patio interior y una vista que alcanza más allá de la Puerta de Nicanor y que permite ver la potente e impresionante columna de humo procedente de los holocaustos.

Allí se topan con algunos de los amigos y parientes con los que han ofrecido el sacrificio.

—Tu primo Zedebeo ha ido a la puerta norte de la terraza del Templo, la que llaman la Puerta del Aprisco, para recoger allí el animal que sacrificaremos. En ese lugar tienen reunido un inmenso rebaño destinado al sacrificio —le dice uno de los hombres a José—. Si quieres, tus hijos pueden venir conmigo a verlo. Los animales llenan la parte occidental del patio norte del santuario y luego pasan por la Puerta Tadi. ¡Es un espectáculo portentoso! Les gustará contemplarlo. —Revuelve el pelo, ya de por sí desordenado, de Jesús con un movimiento brusco y tierno a la vez, masculino y rápido.

La posibilidad de contemplar a los animales que esperan para ser sacrificados le revuelve el estómago al chico, que sonríe forzadamente. Tampoco Judá, que suele encariñarse con cualquier ser vivo que no pique, muerda o envenene (e incluso con alguno de estos), parece entusiasmarse con la idea. Además, está cansado y se frota los redondos ojos infantiles llenos de sueño. Afortunadamente, el padre los salva del compromiso diciendo que se encuentra cansado y que necesita a sus hijos para que lo acompañen hasta el campamento. El hombre asiente, los saluda y sigue su camino.

Jesús sabe perfectamente lo que se pierden. Ha asistido a todo el proceso en otra ocasión, pero nunca antes la realidad de lo que sucede lo ha golpeado con tanta fuerza como ahora. Con tanta repugnancia. De manera tan intensa y profunda.

Sabe que el primo Zedebeo aguardará su turno y luego entregará al sacerdote su cupón, a cambio del cual recibirá el cordero que han comprado entre varios. Luego, tomará el animal y, junto al resto de los sacrificadores, penetrará con paso solemne y presuroso en el Patio de Israel a través de la puerta del Aprisco y lo cruzará hasta llegar al lugar del sacrificio. Una vez dentro, los sacerdotes darán tres toques de trompeta. El sonido rebotará en las oquedades de plata del instrumento mientras cada uno coloca la mano sobre la cabeza del cordero para indicar que cargan sobre esa víctima inocente los pecados de todos los oferentes. Después arrojarán el cordero sobre el pavimento, con el cuerpo orientado de norte a sur y con la cabeza desviada para que mire hacia el Templo, sacarán un cuchillo del cinto y degollarán al animal. Los sacerdotes, dispuestos en dos filas y sosteniendo cuencos de oro y plata, recogerán la sangre. Los cuencos pasarán de mano en mano hasta que un último sacerdote derramará el contenido sobre la base del altar.

Jesús puede verlo dentro de su cabeza y se estremece como si el cordero fuese él mismo.

88

Estaba segura de lo que había visto

Sahagún. Imperio de León
Invierno del año 1079

Ahora Germalie sabía. ¡Sabía, se daba cuenta! Estaba segura de lo que había visto. Aquel día de su infancia, cuando perdió a sus hermanos gemelos, lo vio, aunque no fuera capaz de creerlo. Y luego, hacía poco, también pudo percibirlo.

Era igual, igual, igual...

Por fin entendió que había visto lo mismo, aunque hubieran pasado tantos años entre un episodio y otro. ¡Qué tonta era! ¿Por qué no comprendió a tiempo que lo que sucedió en una ocasión podía volver a ocurrir? ¿Y por qué entonces, la primera vez, no hizo caso de sus ojos?

Porque era una niña, claro. Por eso. Se lo repetía una y otra vez porque sentía una acuciante necesidad de perdonarse a sí misma. Si no lo hacía, moriría de pena pensando que ella podría, quizá, haberlo evitado...

Debía de andar entonces por los seis años. Ni siquiera estaba segura por aquellas fechas de poder distinguir la verdad de la mentira. Se creía al pie de la letra los cuentos que relataban los aldeanos y las historias de su madre, dichas con voz alta y agria, para asustarlos y hacerlos dormir, a ella y sus hermanitos... Incluso ahora, que ya era una mujer desde hacía mucho tiempo, a veces todavía le resultaba complicado saber.

Cuando perdió a Alix y a Émile, creyó que sus ojos mentían. Pero los ojos no mentían nunca, eso era algo que había aprendido. Sin embargo, el pensamiento sí podía jugar malas pasadas.

Germalie no podía olvidar lo que vio.

Dijeran lo que dijesen su madre, sus hermanos, sus vecinos o hasta aquellos señores extraños que llegaron desde el monasterio junto con la dama extranjera de la corte del rey y que hablaron con ella después de que ocurriera la segunda vez.

Ella, Germalie, sabía. Ahora sabía. Y tanto que sí.

Hacía ya muchos meses desde esa segunda vez, pero a veces aún sentía miedo de hacer memoria.

Después de aquel episodio las cosas empeoraron, antes de mejorar un poco. Por ejemplo, durante ese tiempo conoció carnalmente, y por la fuerza, al que en ese momento era ya su marido, de manera que podía decirse que ella tenía experiencia en la vida. Pero no podía hablar de todo eso con nadie. ¿Quién la hubiera comprendido si se hubiera atrevido a decir una sola palabra de lo que pensaba? Su madre le pegaría probablemente, a pesar de que ella era más alta, más joven y más fuerte.

A sus veinticuatro años, no se le escapaba que se había casado un poco tarde. Y, si por ella fuese, no habría contraído matrimonio nunca. Lo había hecho forzada, en todos los sentidos. Pero también era verdad que, desde que había firmado el contrato, comía más a menudo que antes. Cuando vivía con sus padres y hermanos apenas disponía de unos rábanos cada día para sustentarse y sus tripas crujían furiosamente día y noche exigiendo algo más sólido.

Cuando era más pequeña, su madre se preocupaba más por ella y por sus hermanos. Todos trataban de tranquilizarla, pero aun así la mujer se levantaba a medianoche para comprobar que estaban seguros mientras dormían.

Después de que los gemelos se perdieran, aún tuvo otros hijos, pero su actitud con ellos cambió. Con el tiempo, Heloise fue espaciando más y más esas revisiones nocturnas hasta que un día, Germalie no recordaba exactamente cuándo, dejó de hacerlo. Como si ya no le importaran o no le concerniese. Su temperamento también viró, haciéndose más desabrido y egoísta.

Pero pese a que se había alimentado con mucha dificultad, había salido adelante. Estaba orgullosa de ello.

Tras la desaparición de los gemelos, la familia dejó de recorrer el mundo buscando bosques y leña y, de alguna manera inconsciente, se asentaron en Sahagún; su madre había confesado una vez que tenía la secreta esperanza de que volvieran, así que no podía irse de allí, por si acaso... Germalie intentó acomodarse a su nuevo hogar y a los recursos del entorno. Aprendió a poner trampas en el campo para atrapar conejos con que saciar el hambre. Nunca había sido demasiado hábil para trabajar en el campo. Prefería quedarse en casa y ayudar con el agua antes que sembrar durante el verano, y eso que acarrear agua hasta la casa era un trabajo insoportable; pero ir a trabajar los campos era todavía peor para ella. Muy distinto de trampear y aprovechar para correr por el monte, sintiendo en la cara el azote del viento en libertad y teniendo por único techo las nubes.

Había sido precisamente volviendo de la siembra cuando se había tropezado con el lobo aquel día que todavía recordaba vivamente. No dejaba de soñar con ello. Cuando el lobo la visitaba en sueños, no descansaba bien y al día siguiente se notaba más débil que de costumbre.

Cuando su marido la tomó por la fuerza antes de casarse con ella para tapar la vergüenza, Germalie se sabía ya demasiado vieja para encontrar un marido apropiado. Ella era consciente de eso: con sus caderas estrechas, que no presagiaban nada bueno a la hora de dar a luz; con su cara llena de pecas que no sabía cómo disimular; y con sus enormes ojos verdes, demasiado inquisitivos, profundos y tristes, no imaginaba con quién podría haberse casado. Con nadie, probablemente.

Por eso, cuando su marido, que por entonces no era más que un desconocido a quien había visto un par de veces desde lejos, cuando Otón la violó, su madre le ordenó que no estuviera afligida. Tenía suerte: acababa de conseguir un esposo. Alguien a quien no le importaría que muriese de parto.

Pero ella no estaba contenta. La rabia fue creciendo en su interior, como si uno de esos rábanos que devoraba diariamente se hiciera más grande en su vientre hasta alcanzar el tamaño de un niño preparado para nacer. Claro que no había niño en realidad. Nunca lo hubo y jamás lo habría, porque dentro de ella solo había rabia.

89

Por los sacerdotes en el gran altar

Fiesta de la Pascua. Jerusalén
Año 8 después de Cristo

Más tarde, el cordero será colgado de un garfio. Su grasa será retirada y quemada por los sacerdotes en el gran altar de los sacrificios y los residuos, barridos con agua de una noria cuyo sistema de cuerdas y cangilones extrae el líquido puro de las grandes cisternas que horadan el subsuelo de la plataforma del Templo.

Jesús piensa en el agua y en la sangre.

En el vino y el color del cielo.

Aprieta la mano de su padre y siente cómo la vida se escapa de su cuerpo cansado y viejo. No sabe qué hacer para impedir que se vaya.

Los corderos son jóvenes y sanos y pierden la vida junto con la sangre que derraman. José es viejo y está enfermo. Su sangre no le sirve de nada. Aunque la conserva toda dentro del cuerpo, nada podrá impedirle morir dentro de poco.

Una furia inaudita revuelve a Jesús por dentro. La ira mana dentro de él con la facilidad del agua que fluye desde la tierra hasta el Templo.

Un toque de trompetas procedente de la fortaleza Antonia hiere la tranquilidad del aire. Jesús levanta la mirada, conteniendo la rabia. Hay un grupo de soldados romanos en posición de saludo en lo alto de la torre, bajo la fugaz sombra de los estandartes de bronce de sus regimientos. José explica a sus hijos que los procuradores romanos residen en la ciudad de Cesárea, en la costa, pero que con ocasión de las fiestas, y teniendo en cuenta que se pueden producir tumultos de miles de personas, se desplazan a Jerusalén para estar presentes por si ocurre algún imprevisto. Jesús puede ver cómo resplandecen las armaduras de los oficiales. No se pierde detalle de todo lo que ocurre en los patios del Templo. Los romanos son bárbaros e impíos, pero observan los ritos y los holocaustos con la misma estupefacción que el propio Jesús.

Con la puesta de sol, desciende la temperatura y las sombras comienzan a teñir el horizonte. En el campamento, aquellos que antes se habían reunido para comprar corderos sacrificiales lo hacen ahora alrededor de una pequeña hoguera, en la cual, luego de ensartar el cordero en una estaca de madera, lo asan.

—¡Debéis tener cuidado! —grita Simón, que es bajo, fornido y de mirada intensa, dirigiéndose a su grupo—. No se puede romper un solo hueso del animal.

A una distancia prudente, Jesús mira cómo se realiza toda la operación. Ve a las familias llegar para la ceremonia de la comida de la tarde. Todos van vestidos con los mejores trapos que tienen, ataviados como si se dispusieran a asistir a un banquete nupcial. De alguna manera lo es. Contempla cómo la carne se va consumiendo sobre el fuego. Una sensación de hambre y asco lo inunda. El olor de la pitanza le acaricia la nariz y él se la restriega con fuerza, como si quisiera limpiarla.

Uno de sus primos lo llama para que se una a la comida.

—Jesús, ¡acércate! Dile a tu padre que venga, y a tu hermano.

Pero José no tiene fuerzas para comer. Se ha tendido dentro de la tienda y tiene los ojos cerrados. Está tumbado mirando a la nada. La tela de la tienda, acariciada por el viento ardiente de la tarde, le impide ver el cielo. Pero los ojos de José la traspasan, consiguen llegar más allá de las nubes, hacia el vacío azul y perfecto del cielo.

—Mi padre no se siente bien —responde Jesús.

Él se acerca, pero se limita a contemplar cómo Simón murmura una bendición tras la cual cada uno toma una copa de vino y bebe, no sin antes lavarse las manos, una ceremonia que se acompaña con otra plegaria. Hay dispuestas hierbas amargas inmersas en jugo de dátiles; también uvas mezcladas con vinagre. El símbolo de la arcilla con que se hicieron los ladrillos en Egipto.

—Es la víctima de la Pascua de Jehová, de cuando Jehová hirió a los egipcios y liberó nuestras casas —resuena potente la voz de uno de los parientes.

Los hombres beben la tercera copa de vino acompañándola de su correspondiente jaculatoria. Las mujeres permanecen aparte y se reparten los panes ácimos. Ellas no beben vino, pero observan cómo sus esposos apuran la última copa mientras entonan el *Hallel*.

La colina está punteada de fuegos rojizos que arden matizados por la luz del atardecer. Dentro de poco, esos fuegos competirán con la luz de las estrellas mientras que frente al campamento se dibujará la Ciudad Santa bajo el claro de la luna.

Jesús puede ver cómo se apaga la oscura silueta de la fortaleza Antonia, con sus cuatro torres poderosas y amenazadoras. No consigue evitar sentirse culpable, porque mientras él se regala con la contemplación del espectáculo, su padre José agoniza en la tienda, a unos pasos de donde Jesús está sentado.

—Pero ¿qué puedo hacer por ti, *abbá*, qué puedo hacer? —murmura para sí mismo.

Su primo Simón se acerca y le tiende un trozo de cordero asado. Jesús lo contempla sin saber qué hacer. Está paralizado y conmovido. El primo aguarda mirando con curiosidad al chico.

—¿Estás bien? ¿Te pasa algo?

En ese momento, Jesús no puede evitarlo. Se gira hacia un lado, se levanta, se aleja unos pasos tropezando y vomita. Vacía sus tripas hasta que no queda nada en ellas. Hasta que le parece que ha expulsado su alma junto a la bilis.

Esa noche, mientras Judá y su padre duermen junto a él, Jesús no puede pegar ojo. Su madre y su hermana María siguen en la ciudad, pasan la noche en casa de unos parientes. Jesús escucha la respiración difícil de José y los murmullos de unos hombres que charlan en voz baja, como si estuvieran conspirando. Levanta con suavidad la tela de la tienda y puede adivinar sus contornos; están sentados con la espalda apoyada en un árbol.

—Somos cada vez más pobres. Nuestro pueblo espera y se cansa de esperar. Reza por su libertad, pero esta nunca llega. Los romanos nos tienen sometidos. Los aristócratas, que se dicen iguales nuestros, acaparan cada vez más tierras y poseen esclavos que trabajan convirtiendo a los hombres libres en inútiles. ¿De qué te sirve a ti ser libre si tu trabajo lo puede hacer gratis un esclavo?

—Sí, eso es cierto. Los esclavos, con sus manos, hacen el trabajo que podríamos hacer cualquiera de nosotros, pero no necesitan cobrar un salario. ¡Menuda ventaja para sus amos!

—Los conquistadores romanos acumulan riquezas desde hace más de veinte años. Ese dinero no redundará en provecho de nuestro pueblo. Todo lo que hizo Herodes el Grande, construir nuevas ciudades como Cesárea, adornar las más antiguas, incluso los trabajos del Templo de Jerusalén..., todo ha sido pagado de nuevo por nosotros. Por cada uno de nosotros.

—Un día llegará un mesías que nos liberará.

—¿Un mesías? ¿Acaso estás loco? Me burlo de todos los mesías habidos y por haber. La liberación solo puede venir de nuestra propia mano. Especialmente si cada una empuña un cuchillo o un hacha. La sedición militar es la única solución. Los zelotes son la solución. Y estoy pensando unirme a ellos.

—Los hombres no pueden hacer aquello que está destinado a ser obra de Dios. Por mucho que se empeñen, ningún partido que utilice métodos revolucionarios logrará lo que un mesías podría hacer solo.

—Hermano, soy tan piadoso como tú, pero no oigo la voz de Dios y sí la de nuestro pueblo. Sus quejas y lamentos, tus oraciones, que se elevan al cielo junto con el humo de los sacrificios sin obtener respuesta.

Las siluetas de ambos hombres parecen las sombras de dos ángeles perdidos en la tierra.

—Dios nos escucha, no está sordo.

—Bueno, pues si no está sordo, desde luego parece mudo, porque yo no oigo sus palabras...

A la mañana siguiente, el primero en despertarse es Judá, como siempre. Está impaciente por pasear por la ciudad. Quiere que su padre, a pesar de lo débil que se encuentra, lo lleve a ver todas las maravillas que aún no conoce de la Ciudad Santa. Antes de que el sol haya asomado del todo, Judá ya se ha puesto en marcha. Le cuesta trabajo despertar a Jesús, que parece sumido en un profundo sueño.

—¡Vamos! Tomaremos ese camino que conduce hasta el valle del Cedrón y luego pasaremos por el monte de los Olivos. Los árboles allí dan sombra, es un buen camino para nuestro padre.

Jesús hace un esfuerzo enorme por abrir los ojos. Estaba soñando, se encontraba en algún lugar hermoso en el que todo era fácil. Estaba con su padre y con su madre en un hogar en el que las paredes eran trozos de cielo y el tejado, una nube transparente. Le cuesta trabajo dejar atrás la sensación de bienestar que le ha producido el sueño.

Pero Judá es insistente, así que por fin abre los ojos y se los restriega con las manos tratando de despejar las últimas nieblas del descanso. El sol todavía no ha despuntado por completo en el horizonte, pero la claridad del incipiente amanecer ya ilumina el campamento.

Lo primero que hace es tocar a su padre, que se encuentra tumbado a su lado. Pone la mano sobre el costado de José e inmediatamente la retira, como si acabase de recibir un golpe.

—¡*Abbá*, padre, padre!

Judá empieza a gimotear como un cachorro apaleado. Jesús llama a su padre una y otra vez llorando, aunque sabe que es inútil, que José ya no va a responder, que se ha ido para siempre.

La mano de Jesús sobre el cuerpo de José es como una mano que golpea una puerta detrás de la cual ya no responde nadie.

90

Demasiado inquieto para ser buena compañía

Sahagún. Imperio de León
Invierno del año 1079

Hacía días que Samuel no buscaba la compañía de Roberto. Se sentía incómodo, tenía la impresión de que el joven monje estaba demasiado inquieto como para ser una buena compañía, de que lo miraba con ojos escrutadores. En realidad, así miraba al mundo entero, pero Samuel, al fin y al cabo, ya era demasiado mayor para aguantar al muchacho y tantas otras cosas que le fastidiaban. A veces se sentía cansado. Comprendía a Selomo. Debían de ser más o menos de la misma edad y el sefardita le había confesado en alguna ocasión durante su viaje juntos que tenía la tentación de abandonarse, de esperar a la muerte, como si ya no quedara nada más que él pudiese hacer en el mundo. «A pesar de que me queda todo por hacer», añadía el sefardita con tono misterioso.

Pero en verdad la mirada de Selomo estaba cambiando en los últimos tiempos. Había algo en ella que antes no estaba y que en ese momento relucía como una pequeña llama.

Por otra parte, a Samuel lo obligaba su fe. Sabía que, mientras tuviese aliento, debía continuar. Adelante, sin mirar nunca atrás. Además, en su pasado quedaban zonas oscuras a las que no deseaba volver a mirar. Durante sus viajes cometió muchos pecados, de la carne y del espíritu, y tenía que ser perdonado antes de dejar la tierra para viajar al otro lado del cielo.

Samuel pensó que su vida anterior era como un bosque, oscura y misteriosa, pero también maravillosa y llena de cosas increíbles a las que ni siquiera podía poner nombre.

En Sahagún, el paisaje no era como otros que conocía. Los bosques no eran tan inmensos, aunque existían cúmulos espesos que bastaban para despertar sus recuerdos. A Samuel lo atraían tanto como lo aterrorizaban. Allí se ocultaban lugares que servían de refugio y de frontera. De allí venía el miedo producido por seres casi siempre imaginarios, aunque también reales. Lo sabía porque él los contempló a menudo. Osos y jabalíes, uros y lobos. Pero también ogros y criaturas semihumanas: hombres lobo, salvajes con los dientes ensangrentados... Samuel los vio con sus propios ojos. Se ocultaban en los mismos sitios en que los antiguos y los paganos decían que se hallaba el hogar de las hadas y de los genios, de seres sobrenaturales. Pero, sobre todo, Samuel sabía que en el bosque habitaba también la criatura más angustiosa, la más temible.

El hambre.

Por culpa del hambre, o gracias a ella, él se había hecho monje. En un monasterio nunca faltaba un plato de comida, aunque fuese escaso. Los monjes no estaban sometidos a la misma necesidad que la gente común, que, cuando no tenía harina, comía toda clase de hierbas malignas o la mierda de los burros, cuando no la propia, para luego morir entre espantosos dolores y con la barriga hinchada.

El hambre venía cada cierto tiempo, cada pocos años. Cada década, con suerte cada dos. El hambre lo azotaba todo como un viento feroz capaz de arrancar los árboles. El hambre lo había echado a él en los brazos de Dios, y en verdad que no había sido lo peor que podía haberle pasado. Por eso se alegraba de su suerte.

Aquella mañana, muy temprano, el cielo tenía un color negro con jirones de amarillo vivo que le recordó los ojos de un conejo. Samuel salió al campo huyendo del ruido de la ciudad. Su alma salvaje lo llevaba a menudo a buscar la soledad. Estando con otras personas no paraba de hablar. En el bosque encontraba su *desertum civitas*, el desierto que necesitaba para sosegarse.

A pesar de la regla del silencio, que tan difícil era de cumplir, el monasterio era una ciudad en sí mismo y, a veces, resultaba un lugar insoportable.

Mientras caminaba entre árboles, respirando con ansia los olores del verdor, se preguntó si no sería mejor hacerse anacoreta, vivir como un salvaje en aquellos campos, a expensas de las ardillas y de los ciervos y con la única compañía de las águilas y de las liebres. Podría convertirse en alguien como Euquerio y dedicar su vida a elogiar el desierto. Lo haría dentro de su corazón, porque no sabía escribir muy bien, aunque era capaz de leer la mayoría de las citas de la Biblia que alguna vez se habían escrito y casi todo lo que tuviese una caligrafía más o menos clara.

De laude eremi.

Experimentaría bajo el cielo limpio todas las teofanías. Y hablaría solo, cuando le diera la gana, sin que nadie lo mandara callar a todas horas. Eso le gustaría. Con un poco de suerte, el diablo no lo perseguiría hasta allí y quizá lo dejara en paz para siempre.

Meditaba sobre eso cuando oyó unos gritos sofocados, aterradores. Eran de mujer sin duda. Se quedó quieto, tan inmóvil que podía oír los pasos de las hormigas cerca de sus pies.

—Una mujer...

Giró la cabeza con suavidad en dirección al lugar de donde provenían las voces. Y entonces vio algo. Una figura nerviosa y oscura que se agachaba sobre el suelo.

No tardó en darse cuenta de lo que ocurría. Miró a su alrededor en busca de una piedra de buen tamaño, encontró una, la sostuvo con fuerza y corrió hacia allí como si en verdad el diablo lo estuviera persiguiendo. Cuando llegó, el hombrecillo estaba intentando abrir a la mujer de piernas.

Samuel se santiguó con la enorme piedra en la mano.

—Perdóname, mi señor Jesucristo.

Luego aporreó con todas sus fuerzas en la espalda al hombre, que se giró gruñendo como un animal al sentir el primer golpe. Samuel se arrepintió de no haberle estampado la roca en la cabeza, pero no veía bien, aún no había amanecido del todo, y además ya era tarde para lamentarse.

Por si fuera poco, el hombrecillo llevaba una capa con una caperuza que le tapaba la cabeza e impedía que se le viera bien la cara, que a Samuel se le antojó tan solo un puñado de tinieblas. Se levantó con la agilidad de una culebra y, antes de que Samuel pudiese reaccionar, salió corriendo y se confundió con los matorrales todavía encorvado, como un perro que huyera...

O como un lobo.

Samuel lo vio desaparecer, sintiéndose impotente y estúpido.

Luego miró a la muchacha. Los regueros de sus lágrimas habían dejado una huella como de pequeños ríos blancos en medio de la cara sucia.

Más tarde, junto con Matilde, Selomo y Roberto, interrogaron a la joven en la entrada de las cuadras del monasterio, a donde Samuel la había llevado. Pero no pudieron sacar demasiada información.
—Estaba en el campo, revisando mis trampas...
Samuel asintió. Él había salido a lo mismo.
—¿Y qué pasó?
—No lo sé. Cuando quise darme cuenta, ese hombre estaba encima de mí. No sé de dónde salió.
—¿Lo viste?
—No lo sé. —Germalie lloró de manera silenciosa.
—Está demasiado agitada por lo que ha sucedido. Debe dar gracias a Dios por no ser un cadáver a estas horas del día —sentenció Matilde—. Dadle algo de beber, una infusión de manzanilla, y acompañadla a su casa. Yo tengo que dejaros.
Selomo observó a Matilde alejarse y suspiró de forma ostensible. Roberto contemplaba a Germalie con una intensidad que sorprendió a Samuel, quien, viendo que empezaba a incomodar a la joven, incluso lo sacudió para que cambiara la trayectoria de su mirada.
—¿Qué miras? ¿Te pasa algo? —le preguntó en un aparte.
El joven se mostró hosco y todo lo que Samuel pudo sacarle fue una frase mascullada con dificultad.
—Tengo la impresión de que conozco a esa mujer. Eso es todo.
—La habrás visto por la ciudad.
—Seguramente.
Roberto estaba raro en los últimos tiempos, por eso, entre otras cosas, Samuel ya no disfrutaba tan a menudo de su compañía. Le resultaba increíble que aquel renacuajo que don Bernardo y él habían rescatado en el bosque cercano al río se hubiera convertido en un hombre aún más alto que él, capaz de mirar el mundo de una manera tan torva...

91

La primera noche duermen en casa de su prima

Fiesta de la Pascua. Jerusalén
Año 8 después de Cristo

María y su madre han dejado a José y a sus hermanos y pasan el día visitando a distintos parientes. María tiene muchos en la Ciudad Santa, eso sin contar a los amigos, que también los hay en gran número.

La primera noche duermen en casa de su prima Marta. María no se separa de su madre, su presencia la tranquiliza. A veces, la madre se refiere a ella con humor como «perrita faldera». Pero es que a María le gusta su olor, la seguridad que transmite la mujer. Admira su belleza, su rostro regular y tranquilo. Excepto cuando se enfada con sus hermanos, que, últimamente, suele ser más a menudo de lo que a ella le gustaría. Pero es que Jesús está entrando en una mala edad y está cada vez más rebelde mientras se hace un hombre, se queja su madre.

Sus primos viven en una casa dentro de la muralla. A María le parece que son ricos. Le gusta mirar las cortinas y adornos con que han embellecido las estancias de su hogar.

Ese día, en la casa de al lado ha habido una desgracia. Ha muerto el padre de familia y eso hace que se escuchen sin cesar las ruidosas manifestaciones de lamento de los allegados. María se asoma a la ventana para ver una continua procesión de amigos y parientes que acuden a la casa para dejar constancia de su pesar y acompañar en el duelo a la viuda y a los hijos. Algunos desgarran sus vestiduras en la puerta de la casa, otros se han puesto sacos sobre sus cuerpos y otros más se quitan las sandalias y se sientan en el patio con la cabeza cubierta de cenizas y de polvo... La mayoría se golpea el pecho y los costados hasta llegar incluso a cortarse. La muchacha puede ver la sangre relucir cuando el sol la roza. Los hijos del fallecido se han rapado el cabello y las barbas, según le ha dicho su madre. El duelo durará siete días durante los cuales los asistentes no dejarán de exclamar gritos de dolor y lamento. A pesar de que hay un banquete fúnebre dentro de la casa, la mayoría prefiere ayunar. El ruido que provocan es escalofriante y la niña se siente inquieta, desgraciada, como si aquello fuera un mal presagio.

—Es el sonido del dolor —dice su madre.

—¿No podríamos irnos a otro sitio?

—No te preocupes, enterrarán al difunto hoy mismo. Mi prima me ha dicho que lo llevarán hasta un viñedo de su propiedad en el oeste de la ciudad. Allí tienen una tumba familiar, una especie de cueva en el muro posterior de una terraza. Cubrirán su cuerpo con un manto lo bastante decente para llevar en *Sheol*, que es a donde irá su espíritu. La viuda dejará a su lado unas cuantas vasijas con alimentos para el viaje de su marido al más allá.

—Pero, *ima*, si está muerto, ya no puede comer...

—Vamos, salgamos de aquí y demos una vuelta por la ciudad. No quiero que pienses cosas raras.

María va con su madre hasta el anfiteatro de Herodes. Allí se encuentran con otros parientes, entre ellos un hombre mayor, aunque no tanto como José, con aspecto de ser próspero y venerable.

—Es el cuñado de una prima tercera mía, se llama Jacobo. Es un rico comerciante —le dice su madre al oído aprovechando el revuelo de las presentaciones.

El primo Jacobo —al final, parece que todos acaban siendo primos, sea cual sea en realidad el parentesco— da la impresión de conocer bien la Ciudad Santa. Aunque no vive allí, tiene una casa a la que va de vez en cuando, sobre todo en las ocasiones de fiesta como esta de la Pascua. Tiene una voz profunda y poderosa, de esas que parecen acostumbradas a dar órdenes, de las que no titubean ni gustan de esperar. A María se le ocurre comparar la voz del primo Jacobo con la de su padre, José. Mientras que la de este es reflexiva y dulce, miel para los oídos, la de Jacobo es incisiva y perentoria como el vinagre.

Han formado un grupo animado y parlanchín que se mueve alrededor de Jacobo, que los dirige por la ciudad como si esta fuese parte de sus dominios.

—Se le llama también «hipódromo» porque aquí se realizan carreras de caballos. El rey lo construyó hace ya treinta años —les dice a las mujeres complacido por saber tantas cosas que ellas ignoran—. Quería imitar los Juegos Olímpicos de Grecia. Cada cinco años, realizaba concursos de atletas en honor del emperador Augusto. Venían de todas las naciones junto con animales salvajes provenientes de lugares que ni siquiera imaginaríais. También había músicos y actores corales. Todo ello para intentar emular la grandeza de Grecia, sus espectáculos.

—La mayoría de los judíos se sintieron horrorizados al ver a su propio rey sucumbir a las modas paganas —comenta un hombre del grupo de parientes. Es mayor que Jacobo y tiene una mirada que parece desengañada con el mundo.

—Lo único que provocaron esas competiciones fueron disturbios.

—Aquel Herodes fue un imitador de las maneras imperialistas. Nos daba una de cal y otra de arena, igual que sigue haciendo toda su progenie.

Caminan luego hacia el sur. María mira fascinada la altura de los muros del Templo, que se elevan trescientos pies por encima del camino, y se siente intimidada.

—Herodes era un constructor. —En ese momento, Jacobo se fija en María como si la viera por primera vez. La niña siente que sus ojos tienen dedos y que se han posado en sus mejillas. Nota un escalofrío recorriéndole la cara a la vez que oye las palabras de su primo. Se coloca el manto sobre el pelo, no le gusta que los hombres la miren así—. El viejo rey, con todos sus defectos, sabía elegir bloques de piedra para levantar construcciones. Estos tienen treinta pies de largo. Y allí podéis ver una tumba. La gente cree que es ahí donde está enterrado Absalón, de modo que muchos arrojan piedras al monumento cuando pasan por delante.

María mira en aquella dirección. No sabe si el primo Jacobo le está hablando a ella directamente, tampoco sabe qué decir o si se supone que tiene que decir algo. Por lo general, las mujeres están calladas y nadie les pide opinión, lo que facilita las cosas a las muchachas como ella, que son tímidas y poco propensas a decir lo que piensan en público, y en privado.

—Al fondo del valle hay una serie de semicírculos construidos en la falda de la colina que conforman un teatro. El viejo Herodes no paraba de intentar que las costumbres griegas y romanas fuesen también las nuestras. Para animarnos, construía todo tipo de edificios. Tenía una auténtica fiebre constructora. Creo que incluso tu padre, el buen y sabio José, trabajó para él en alguna ocasión.

De nuevo Jacobo se dirige a María y la muchacha se encoge. Debajo del manto que cubre sus cabellos nota un extraño picor y el vello sobre la piel de los brazos se le ha erizado. María asiente con rapidez y desvía la mirada hacia su madre, que en ese momento está absorta contemplando la edificación que acaba de describir el primo.

—Un buen judío, uno que siga estrictamente los preceptos de la Ley, no acudiría a los teatros del infausto Herodes ni por todo el oro del mundo.

Continúan andando hasta llegar al lugar en el que el muro, que se eleva sobre la colina, desvía bruscamente su curso. Al pie se encuentra otro edificio majestuoso con cinco columnatas de estilo griego y escalones que conducen hacia lo que parece un rincón secreto.

—Es la fuente de Bethesda, el antiguo manantial de Gihón, donde Salomón fue coronado.

Desde donde se hallan pueden ver, a unos diez pies de profundidad, un brillante pavimento de mármol.

—Pero el lugar está lleno de mendigos y de enfermos...

—Creen que el agua es milagrosa. Hay quien dice que un ángel baja varias veces al día para agitar el agua de la alberca.

—También hay mujeres que llegan desde la aldea de Siloam para llenar sus cántaros, que transportan de nuevo hasta sus casas encima de la cabeza.

María contempla el agua rumorosa que parece hirviente bajo la luz del sol profundo de la mañana. Mira a los enfermos con los mismos ojos curiosos con que estos observan el agua de la cual esperan una curación milagrosa.

El primo Jacobo explica las subidas y bajadas del nivel del agua. Lo que para algunas pobres gentes que rodean la fuente es un milagro propiciado por los ángeles, para él es solo el producto de un mecanismo de ingeniería.

—Es un fenómeno natural. La alberca se alimenta de un depósito provisto de un sifón de desagüe que está en aquella colina. El depósito se va llenando poco a poco y luego se vacía bruscamente, provocando un rápido ascenso del nivel. Por eso se revuelve el agua de la alberca de abajo.

—Pero, primo, eso es un milagro.

—No es un milagro, no hay ningún ángel, como podéis ver.

—Sin embargo, muchos enfermos se curan con esta agua.

—Se curan porque quieren curarse —asegura tranquilamente Jacobo—, es el milagro de la fe.

—La fe mueve montañas.

—Sí, pero muchos dicen haber visto el milagro —asegura otro de los hombres, más joven y de aspecto curioso—. He oído decir que el primero que desciende al estanque después del movimiento del agua, sana de cualquier enfermedad que tenga.

—No siempre ocurre así —insiste Jacobo.

María se pega de nuevo a las faldas de su madre. La sorprende y acongoja la visión de varios tullidos, cerca de donde ellos están, que ríen y lloran, suplican y rezan, entre un gran alboroto. Piensa que ha dejado atrás el ruido del dolor, los sonidos de la pena del funeral en la casa vecina de sus parientes, para encontrarse con el de aquellos que ansían la curación y el milagro y que resultan igualmente desgarradores. El dolor y la esperanza en sus oídos suenan muy parecido. Ambos sonidos le encogen el corazón.

No está cansada, tiene costumbre de caminar mucho cada día, ayudando a su madre en los quehaceres de la casa, de modo que aguanta con entereza las caminatas por la ciudad. Procura no perderse ni un detalle. Habituada a la tranquila vida de su aldea, la ciudad está para ella llena de cosas emocionantes.

En la puerta del rey Sedecías, de quien se dice que escapó cuando Nabucodonosor estaba sitiando la ciudad, agarra fuertemente la mano de su madre. Sentir la suavidad y el calor de su piel la tranquiliza. Para ella, no hay nada en el mundo como tocar a su madre.

Presta atención a las conversaciones que tienen lugar alrededor de ellas.

—En los gimnasios se practican deportes.

—¿Y qué es un deporte?

—Algo completamente pagano.

—Sí, pero hay muchas cosas paganas. ¿Puedes decirme qué significa en concreto hacer deporte? ¿Es algo religioso?

—No precisamente. Aunque cualquiera sabe lo que pasa por la cabeza de los paganos... Creo que al final se trata de aprender a luchar, a boxear o a lanzar un disco. Esas cosas.

—No me extraña que los judíos piadosos rehúsen realizar esas prácticas. Dios ya nos ha dado el trabajo, no necesitamos más distracciones que agoten el cuerpo y la mente.

—Unos practican y otros miran. Y ocurre la situación vergonzosa de que algunos sacerdotes a veces trepan hasta la parte superior del pórtico y desde allí contemplan la arena donde los paganos realizan sus actividades deportivas.

María piensa que ella no ve nada malo en aprender a luchar. Está segura de que a sus hermanos, sin ir más lejos, les gustaría que alguien les enseñara. Tanto Judá como Jesús tienen energía de sobra y probablemente podrían dejarla sobre la arena en unos juegos que los agotaría y tranquilizaría. A veces, su madre tiene que mandarles actividades que requieren mucho esfuerzo con la sola idea de agotarlos y que la dejen tranquila.

La comitiva de amigos y parientes se encamina hacia el oeste por una estrecha calle que al poco se empina. Así, lo que era un callejón estrecho termina convertido en una simple escalera que da vueltas al compás de unos recodos intrincados. Allí se cruzan con distintos grupos de gente que también suben o bajan y con algunas mujeres que vienen del mercado y otras que acarrean agua en cántaros que sostienen en delicado equilibrio sobre sus cabezas. María se fija en una de ellas, morena y de grandes ojos almendrados, que lleva un fardo de heno perfumado y que al pasar por su lado la envuelve con su presencia olorosa.

Finalmente, consiguen llegar a una calle algo más ancha y abarrotada de borricos que portean canastos llenos de carbón y de leña, pero también de carne, que parece rebosar de las albardas. Una carga trágica y espantosa, que sería ridícula incluso sin la sangre. Los asnos también transportan hogazas de pan y materiales de construcción. Al mirarlos, María piensa en el borriquillo de su familia, que se ha quedado en casa, en un cercado bien provisto de alimento y agua, esperando que sus amos regresen. Los cascos de las bestias hacen un ruido que se une al de las pisadas de los transeúntes. El grupo de María y su madre se aparta precipitadamente cuando un camello enorme, cargado con sacos de grano, impone su presencia en la calzada. Lo guía un hombre que va montado en un burro. Detrás de ellos, más borricos los siguen formando una improvisada caravana. María cierra los ojos pudorosamente cuando oye los exabruptos del conductor del camello, a los que responde el propietario de una panadería que en ese momento cuelga panes en la entrada de su tienda. Otro hombre, en la puerta de al lado, coloca un toldo de tejido recio.

—No se protege del sol, sino de las miradas de los compradores. Sus artículos no deben de ser muy buenos —susurra cerca de ella el primo Jacobo.

—Lo que dice tu primo es verdad... ¡casi siempre! Él es un comerciante experimentado. Ha viajado mucho y posee grandes riquezas —le dice al oído su madre con una sonrisa de disimulo, entre pícara y murmuradora—. Sabe de todo.

Poco a poco, la pendiente se va haciendo menos empinada. María se da cuenta de que cada vez hay menos tiendas. El bazar se va quedando atrás. Las casas son más lujosas y algunas sinagogas lucen orgullosas sus cúpulas.

—Ese palacio enorme que veis es la residencia del gran sacerdote. Ahí no podemos entrar.

María, la madre, mira apreciativamente el paisaje.

—Pues el gran sacerdote tiene la ciudad a sus pies —reconoce.

—En efecto.

María mira la pequeña aldea de David en esas estribaciones rocosas de la colina oriental. A lo lejos, el golfo profundo y precioso del mar Muerto. Pero mucho más interesante para ella resulta el palacio de los asmoneos. Así se llamaba la familia real judía que descendía de Asmón y que hacía casi dos siglos había conquistado la independencia para el pueblo judío. Un miembro relevante de esa familia había sido la hermosa Mariamna, que se casó con Herodes por motivos políticos y terminó siendo asesinada por su marido. Esa historia sí se la sabe María.

—La tumba de Mariamna se encuentra ahí, en una colina cercana. Todos los soberanos de la dinastía de los asmoneos han vivido aquí. Herodes tuvo que construir un palacio más grande y suntuoso en otro lado porque los recuerdos de Mariamna lo torturaban. Dicen que estuvo viendo su fantasma hasta el fin de sus días.

María se estremece pensando en Mariamna y se pregunta si los fantasmas sienten, como lo hacen los ángeles.

El sol empieza a estar alto en el cielo. Las mujeres del grupo, distraídas y hambrientas, comienzan a hablar entre ellas. María charla con su madre nerviosa y excitada por todo lo que ha visto cuando, de repente, ve aparecer corriendo hacia ellas una figura que le resulta inconfundible.

—¡Jesús! ¡Mira, *ima*, es mi hermano!

—Espero que tu padre ande cerca y que entre los dos no hayan perdido de vista a tu hermano Judá —dice la madre arrugando el ceño para intentar distinguir la figura de su hijo entre la claridad luminosa del día.

—¡Jesús, aquí! —saluda la niña.

—Habíamos quedado en vernos al anochecer, hijo... —dice su madre. Pero la sonrisa que hasta ese momento se dibujaba en sus labios se va borrando poco a poco con cada una de las palabras que pronuncia Jesús.

«Algo ha pasado.»

Cuando finalmente se encuentra frente a ellas, Jesús apenas necesita hablar para que su madre lo entienda todo.

—¡José! ¿Dónde está tu padre? ¡Dime dónde está!

Pero Jesús no responde. No puede hablar. Se ha quedado mudo. Sería más fácil hacer hablar a las grandes piedras de Herodes antes que a él. Sus labios parecen sellados por un silencio recogido y absurdo, involuntario.

María mira a su hermano y luego a su madre. Su mirada viaja de uno a otra intentando descifrar la escena. Pero no puede. Hay algo que se le escapa, algo que vuela entre los tres como un aire malo, como un viento rancio que llega de lejos y penetra dentro de ellos. María ha oído hoy el sonido del duelo, el del entierro, el del comercio, el del milagro. Pero hasta ese momento no había escuchado el de dos corazones rotos. Tres, contando el suyo propio.

En ese instante, solo es capaz de oír hablar al silencio.

92

Acompañaron a la joven a su casa

Sahagún. Imperio de León
Invierno del año 1079

Roberto no lograba calmarse. A pesar de los esfuerzos de Samuel y de Selomo por tranquilizarlo, se iba agitando cada vez más.

Los tres hombres acompañaron a la joven a su casa. Cuando ella desapareció por la puerta, Roberto miró a sus acompañantes con aspecto enloquecido, parecía fuera de sí.

—¡El asesino sigue ahí, en los bosques, oculto entre la maleza, y nosotros estamos aquí sin hacer nada para detenerlo! ¿Qué mundo es este que no siente ni padece cuando muere un inocente en circunstancias tan horribles? —El joven estaba a punto de llorar, lo que incomodó a Samuel, que miró para otro lado.

—Deja ya de levantar la voz. La gente nos mira. Cállate de una buena vez, por lo menos hasta que dejemos de pisar las calles.

Volvieron al monasterio tarifando entre los tres.

Selomo intentó convencer a Roberto de que debía sosegarse. Estaban haciendo lo que podían. Trató de razonar con él y finalmente concluyó amenazarlo, ya que sus argumentos no parecían surtir ningún efecto en el muchacho.

—¿Qué te pasa? Si no guardas silencio y te tranquilizas, tus compañeros del *scriptorium*, que ahora mismo nos están mirando horrorizados, irán a contarle al abad que no eres capaz de cumplir con las reglas más elementales de este espacio sagrado. Don Bernardo se enfadará. ¡Atente a las consecuencias!

Aunque le costó, poco a poco, Roberto se fue calmando.

Samuel mantenía un gesto enfurruñado.

Selomo les dijo que él tenía que marcharse a trabajar, pero que iría a hablar de nuevo con la muchacha al día siguiente.

—Cuando se calme, quizá pueda decirnos algo que se nos haya escapado. Si voy yo solo, sentirá menos miedo que si nos ve a todos juntos de nuevo. Quizá recuerde algún detalle que nos oriente sobre el asesino. Si es que se trataba de él.

—¡Pues claro que era él! ¿Acaso lo dudas? —gruñó Roberto.

Uno de los novicios llamado Sancho se acercó, curioso, al insólito grupo de tres hombres que desprendía tensión.

—Decidme, ¿qué es lo que pasa? ¿A qué viene todo este alboroto?

—Samuel lo ha visto. Ha visto al asesino. Que te lo cuente él mismo —dijo Roberto agitado todavía y pasándose las manos por la cara nervioso, como si tratara de arrancársela.

—¿El de las muchachas? ¿El del niño? Pobrecillos... —El monje abrió mucho los ojos y se santiguó con rapidez. Su tonsura relucía como si la hubiese abrillantado con aceite.

Samuel se encogió de hombros.

—Fui al bosque a vigilar mis trampas. Ya sabes que cazo algunos conejillos con los que aderezar la olla de los enfermos en la cocina.

Selomo asintió. Él mismo había degustado la carne, ya que no tenía que someterse a la misma disciplina que los hermanos y le estaba permitido darse alguna alegría gastronómica de vez en cuando. Gracias a eso y a que no observaba demasiado escrupulosamente las reglas que imponía su religión respecto a la comida y al sacrificio de animales para la alimentación.

—Muy bien. ¿Y qué más? —El monje entornó los ojos y en ellos destelló la curiosidad.

—Como digo, estaba andando por el bosque cuando la vi. O mejor dicho, la oí...

—¿A quién oíste, si puede saberse?

Selomo sintió que aumentaban los picores de su cuerpo. Tanta lentitud le sacaba de quicio. No sabía por qué la gente actuaba y se explicaba con tanta morosidad. Por lo general, su cabeza iba mucho más rápido que la de la mayoría y eso lo irritaba. Tuvo que hacer un esfuerzo de contención, respirando profundamente, resignado.

—Era una muchacha y gritaba como si hubiera visto al diablo. De hecho, lo había visto.

—¿De verdad la joven vio al diablo? —El monje abrió la boca a la vez que sus grandes ojos, un poco saltones.

—Samuel cree que ha visto al diablo, pero no es cierto, era un simple hombre —apuntó Roberto con rabia—. Un hijo de Satanás, por supuesto.

Selomo suspiró y se rascó con disimulo la piel por encima de la muñeca hasta que notó que se le desprendía una costra y sacó los dedos mojados de sangre y pus. Se los secó con disimulo en una de las capas de su manto.

—Bien, ¿qué más?

«Qué manía tienen los cristianos de ver al diablo por todos lados», pensó. Según le parecía a Selomo, para ellos era más frecuente ver al diablo que a Dios. El joven Roberto, que era menos dado a las visiones religiosas que la mayoría de sus hermanos, no tardó en ofrecer un punto de vista muy diferente.

—¿No os dais cuenta de lo que eso significa? ¡Samuel se ha encontrado con el asesino! Estaba intentando devorar a otra muchacha. ¡Lo ha tenido al alcance de la mano y lo ha dejado escapar! A saber el peligro que eso supone... Ahora mismo anda por ahí, suelto y aullando por el campo como un lobo hambriento. Como lo que es...

—¿Y cómo podéis estar seguros de que era el mismo que mató a los otros?

«No sé si este monje es más ingenuo que acémila», pensó Selomo disimulando su impaciencia.

Samuel guardó silencio antes de tomar de nuevo la palabra. Cuando lo hizo, bajó el tono de su voz hasta convertirlo en un susurro casi inaudible.

—Porque iba a hacer lo mismo que ya ha hecho otras veces. Y era un hombre, sin duda, no un animal como creímos en algún momento. Un hombre con cuerpo de hombre. Pequeño y escurridizo, pero hombre... Se había abalanzado sobre la chica. Ella dice que pretendía violarla. Eso fue lo que conseguí deducir después de muchos gritos y exclamaciones sin sentido por su parte. Aunque no hacía falta más que ver la situación para adivinar las intenciones de aquel malnacido. —Samuel se revolvió igual que un perro que olfatea la tierra antes de tumbarse—. Una vez que lo espanté golpeándolo en la espalda con una piedra, me costó trabajo entender a la mujer. Hablaba una lengua que yo no conseguía comprender del todo, una mezcla de ese latín degenerado y palabras de la lengua vulgar que se me escapaban. Pero finalmente, después de mucho intentarlo, logré entender algo con claridad. Al principio no me creí ni media, era imposible de creer, claro que al final me di cuenta de que acababa de verlo con mis propios ojos.

—¿Qué es lo que no te creíste? Por favor, estoy empezando a impacientarme...

—No me creí lo que decía la chica. Te repito que no fue fácil entenderla, pero hubo una palabra que sí estaba clara.

—¿Y cuál era?

—Lobo. *Lupus*. Ella decía que la había atacado un lobo, pero que también era un hombre. Yo vi claramente que se trataba de un hombre. Mortal, como todos nosotros.

93

La mujer alta, madura y perfecta

Fiesta de la Pascua. Jerusalén
Año 8 después de Cristo

María aferra con fuerza a su madre. Ahora es ella, la mujer alta, madura y perfecta, la que parece enferma, la que semeja estar a punto de desmayarse a cada paso.

La pequeña comitiva toma una calle en dirección oeste y luego se desvía hacia el norte hasta encontrarse frente a una muralla que cierra un recinto que pertenece al Templo. Por los lados norte y oeste, los muros son los mismos que los de la ciudad, pero al sur y al este Herodes construyó modernas murallas que sembró de torres. Una nueva ciudadela. Las paredes de piedra son para María un obstáculo para su dolor, para el corazón roto de su madre. Sabe que los extranjeros que vienen desde tierras lejanas no pueden circular libremente por allí, se encuentran con que los muros les entorpecen el paso. La ciudad es verdaderamente magnífica, pero está vedada. María piensa que su dolor, el suyo y el de su madre, son como dos extranjeros perdidos entre los muros de esa ciudad grandiosa.

—Estos palacios, estos jardines y columnas de mármol... No tienen nada que envidiar a Roma. Mi padre me dijo una vez que Herodes trajo ingenieros romanos para que encontraran la manera de hacer que el agua subiese por la colina, conduciéndola por cañerías de piedra —cuchichea uno de sus parientes, que camina cerca de las dos mujeres afligidas y también se muestra impresionado por lo que ve, como siempre que visita la ciudad.

A María no le parece apropiado que el hombre hable mientras ella y su madre acarrean su dolor como un fardo.

Oye la respiración agitada de su madre y no sabe qué hacer para consolarla.

Ni qué decir.

Una fila de caminantes les obliga a aminorar el paso.

Delante de ella marchan personas asombradas por la capacidad técnica del viejo rey Herodes, ya desaparecido. Su pueblo odia a Herodes tanto como admira las piedras que ha dejado tras de sí. Nunca consiguió el amor de sus súbditos y solo las piedras suscitan el respeto que él nunca obtuvo.

La ciudadela es un homenaje al poder, no tanto de Dios como de los hombres. Incluso María, que es joven y sabe pocas cosas, se da cuenta de eso. Hay hermosos jardines y estatuas de mármol. Fuentes de agua rumorosa y paredes compuestas por grandes bloques cuadrados de piedra revestidos de plomo para mantenerlos pegados y permitirles resistir la insoportable presión. La ciudadela también cuenta con un cuartel y varias casas para la servidumbre, además de con un gran palacio. Hay un patio cuadrado, a poca distancia de donde ahora se encuentran; es el lugar llamado «pavimento», donde el procurador juzga casos en presencia del público. Sentado en la silla del trono, pronuncia sus fallos frente a una multitud que aplaude sus veredictos o gruñe de disgusto y furia.

Jesús camina a su lado en silencio, con los ojos nublados. María tiene miedo de que su hermano tropiece y se caiga. Tiene la impresión de que el chico no ve nada, de que su dolor es, si cabe, más profundo que el de su madre y ella juntos. Y su rabia también.

Cuando abandonan la ciudad, lo hacen por la Puerta Gennath, en la muralla septentrional, al este de las tres torres. Luego bordean el muro de Ezequías para finalmente pasar por la fortaleza Antonia en dirección al campamento, donde el cadáver de José les aguarda.

94

Amaba los bosques

Sahagún. Imperio de León
Invierno del año 1079

Germalie amaba los bosques, que no abundaban demasiado por aquellas tierras en las que los páramos y los campos llanos como el cielo eran más habituales. Claro que había bosquecillos húmedos y zonas de espesura que eran su alegría. Conforme se viajaba hacia el norte, se iban haciendo más frecuentes y poderosas.

En el bosque se sentía libre, allí no le pesaba tanto la soledad. Pero desde que se encontró con el lobo, perdió la ilusión por escaparse a poner trampas, por perderse entre los árboles, rindiéndoles culto, haciendo libaciones en su honor... Los seres del bosque eran los únicos capaces de comprender su pesadumbre, de liberarla de la angustia de vivir cada día en un mundo opresivo. Estaba segura de que allí, entre la espesura, existían espíritus bondadosos que podían cuidarla. Y sin embargo, ninguno de ellos acudió en su auxilio cuando el lobo la atacó. De no haber sido por aquel monje extraño y desgarbado, estaba segura de que la habría devorado, igual que hizo con otras muchachas y niños antes.

—Si vas al bosque, procura al menos que no se entere el sacerdote —solía decir su madre con desgana.

—El bosque está lleno de maleantes. Hay muchos peligros escondidos allí —advertía a menudo su padre.

—Todo el que hace algo malo corre a esconderse al bosque. De allí vienen los seres malignos, los demonios y los bárbaros. Lo mejor de estas tierras es que no tienen demasiados bosques —le había confiado un día una de sus vecinas.

Germalie había oído sentencias parecidas toda su vida, pero ella amaba el bosque más que cualquier otro paisaje. Le producían desazón los campos abiertos, aunque estuvieran llenos de sembrados y prometiesen saciar el hambre del siguiente invierno.

Pero, de una manera triste y terrible, el día en que se encontró con el lobo se dio cuenta de que todas aquellas historias que le habían contado, incluidos los cuentos que servían para asustar a los niños y evitar que se alejasen demasiado de casa, todo eso que ella creía fantasías, eran verdad.

Germalie le vio el rostro al lobo y así supo que existía. Sus dientes enrojecidos por la sangre formaban una imagen que no podía olvidar, a pesar de que lo intentaba con todas sus fuerzas.

Por eso, cuando esa mañana apareció uno de los hombres del monasterio en el taller donde trabajaba, Germalie sintió náuseas por volver a pensar en ello.

No quería hablar del asunto, aunque sabía que era algo inevitable.

Tenía la impresión de que el hombre era un hebreo, pero no podría decirlo, pues sus ropas eran vulgares, iguales que las de cualquier cristiano. Se presentaba como Salomón. Era un hombre delgado y nervioso, aunque tenía unos ojos extrañamente bondadosos, tan distintos a los del lobo...

Germalie trabajaba sustituyendo a su marido Otón, que llevaba meses enfermo en la cama, incapaz de moverse y levantarse. Si alguien hubiese sabido cuál era el origen de su mal... Afortunadamente, nadie conocía su secreto. Germalie no quería en verdad hacerle daño a su esposo, Dios no hubiese permitido que ella lo matara, pero tampoco estaba dispuesta a consentir que la violara todas las noches, como ocurría antes de que ella empezase a suministrarle aquellas hierbas que le había recomendado una de sus vecinas. Le preparaba una cocción que lo calmaba. Otón permanecía postrado, cierto, pero así no podía hacerle daño a ella. O a cualquier otro ser que pululara por el mundo, porque, a su manera, Otón también era un lobo.

Estaba tranquilo desde que tomaba la medicina, pero no servía para nada. Se había convertido en un enfermo, en un inútil, y ella se veía obligada a mantener la casa. No le importaba. Al contrario, había descubierto una felicidad que no creyó que existiera. Por mucho que se hubiese empeñado en buscarla, antes de dar con ella, no imaginaba ni que se pudiera alcanzar algo así.

Ella sabía hacer el trabajo de su marido porque lo sirvió y acompañó cada día durante los primeros meses de su matrimonio, de manera que el dueño del taller aceptó que la muchacha sustituyera a Otón para no perder el sueldo. Bien es cierto que el dueño del taller era el tío de su marido, por eso se declaró favorable a dejar que ella trabajara. Estuvo unas semanas de prueba, hasta que demostró su pericia. En el taller, encontró algo parecido a lo que hallaba en el bosque: un consuelo a la soledad y al hambre. Fabricaban pergaminos. Abastecían al monasterio de la ciudad, pero también los enviaban a otros muchos, algunos incluso tan lejanos que era preciso cruzar los Pirineos para encontrarlos. Los pergaminos servían para escribir las obras que copiaban los monjes y estaban hechos con pieles de animal.

Germalie, sin dejar su tarea, se encontró con los ojos del hombre que había ido a hablar con ella y que decía ser el gramático del rey Alfonso.

—Aquí la tienes —gruñó con desgana el tío de su marido—. Procura no hacerle perder el tiempo. Tenemos que servir un pedido y vamos muy retrasados.

Selomo asintió y dio las gracias amablemente. Luego se presentó y habló con dulzura, dirigiéndose a Germalie con tantos circunloquios que por un momento la joven se sintió como un personaje importante de la nobleza.

—Supongo que te acordarás de mí, estuvimos hablando un poco después de aquel triste episodio...

Germalie bajó la mirada, concentrándola en su tarea, y no dijo nada. La vida le había enseñado a ser prudente y el proceso de elaboración de los pergaminos era delicado y largo. Requería de toda su atención.

Notó la incomodidad del hombre, seguramente poco acostumbrado a tratar con mujeres. O con otros seres humanos, en general.

—¿Sabías que la primera vez que se utilizó la piel de un animal para hacer un libro fue para la biblioteca del rey Eumenes de Pérgamo? —Sus palabras, con un suave acento extranjero, le acariciaron el oído—. Era un centro extraordinario, algunos dicen que muy superior a la biblioteca de Alejandría. Pero la piel como soporte para la escritura ya era utilizada en la antigüedad por los egipcios y los asirios, por los judíos... —el hombre tragó saliva y la joven creyó que respiraba con dificultad— y por los persas...

Germalie, apreciando el esfuerzo del hombre, asintió, un poco por pena.

—Pero fue hace siglos cuando los romanos procesaron la piel y consiguieron producir grandes cantidades. La llamaron *pergamineum*, por Pérgamo.

—Sí, gracias por la información —se atrevió a decir la joven finalmente.

El tío de Otón era el *ercamenarius*, el encargado de fabricar los pergaminos, además del dueño del establecimiento. Permanecía cerca de ellos observando atentamente la escena de reojo. La joven lavaba una piel en agua fría. Luego centró su atención en remover con una pértiga de madera otras pieles que reposaban en una mezcla de cal y de agua.

Además de Germalie, otros dos muchachos trabajaban en el taller. En ese momento, entre ambos sacaron varias tiras de resbaladizas pieles de una de las tinas y las colgaron con el pelo hacia fuera en una enorme plancha de madera curvada y vertical. A continuación, comenzaron a raspar el pelo de arriba abajo con una cuchilla con asas de madera en los extremos, afilada y corva. El pelo se fue desprendiendo de forma rápida y sencilla y apilando en el suelo húmedo en espesos montones escurridizos y de aspecto oscuro, como papillas nauseabundas.

Germalie notó que Selomo miraba embelesado cómo la piel desnuda, de un color rosado infantil, iba apareciendo en los lugares en que el pelo era blanco; donde era castaño, tenía un aspecto más descolorido.

—¡Ten cuidado, no pises ahí! —le advirtió. Selomo se estaba dejando llevar por su curiosidad y se acercaba al charco de agua mezclada con cal que goteaba de las pieles empapadas y hacía que el suelo resbalase peligrosamente.

El pergaminero supervisaba toda la operación y decidía cuándo las pieles debían volver a la tina o si precisaban ponerlas de nuevo en la plancha dejando hacia fuera el lado que no estaba tratado todavía. Con su cuchilla comba, el hombre eliminaba residuos de pelos, mientras que sus ayudantes ponían alguna otra piel sobre la estructura.

—Y tú también ten cuidado, ¿me oyes? No lo hagas con demasiada fuerza —le ordenó el tío de Otón, que se llamaba Ermesindo, a uno de los jóvenes trabajadores.

—Sí, señor —respondió el muchacho agachando la cabeza.

—Te tengo dicho que si aprietas demasiado, puedes hacer un corte en la piel y estropear la pieza.

—Veo que te gusta tu trabajo —le dijo Selomo a Germalie.

La muchacha asintió.

Y era verdad que le gustaba, a pesar de que trabajaba en la primera fase de la fabricación de los pergaminos, la menos delicada. Movió la cabeza sin mirar directamente a Selomo, como si estuviera aprobando lo que en ese momento hacía el amo, que eliminaba con una cuchilla los restos de carne viscosa que todavía quedaban en una de las pieles como pendientes flácidos y casi vivos del animal.

Germalie soñaba con adquirir la suficiente pericia como para trabajar en la segunda fase del proceso, esa en la que la piel se transformaba en un pergamino de verdad. Se realizaba en otra parte del taller, donde se ponía a secar extendiéndola bien sobre un bastidor de madera, tensa como si fuese a servir para un bordado. Pesada y empapada, pero bien sujeta. Era curioso ver cómo al irse secando la piel se iba encogiendo, por eso había que tener mucho cuidado, para que los bordes no se rompieran. El amo en persona se encargaba de colgarla utilizando pequeñas cuerdas sujetas a una serie de clavijas ancladas en el marco de madera. Cada pocos centímetros, rodeando la piel, incrustaba pequeñas piedras y las enlazaba por medio de una cuerda. Era un trabajo fino y delicado. Los bultos y las cuerdas quedaban unidos al marco de manera que la piel llegaba a parecer un trampolín vertical. Había que hacerlo con exquisito cuidado, para no acribillar los bastidores con los clavos. Cualquier corte, por diminuto que fuese, podía malograr la pieza. Aunque a veces, cosiéndolos con un hilo se evitaba que se rompiesen.

Y eso era solo el comienzo del procedimiento. Después todavía quedaba mucho trabajo por hacer hasta convertir las pieles en las hojas en las que los monjes escribían sus libros.

Los pergaminos eran caros, algo que a ella no le extrañaba teniendo en cuenta la dificultad de su elaboración. Cuando pensaba en la cantidad de animales cuyas pieles formaban uno solo de aquellos libros, Germalie imaginaba el montón de carne que eso suponía. Por una parte, sentía un hambre que la devoraba mientras que, por otra, tenía ganas de vomitar.

En fin, aquel era su trabajo en ese momento, mucho mejor que ningún otro que hubiera hecho en su vida. Estaba satisfecha y el dinero que le pagaba el tío de su marido bastaba para alimentarlos e incluso para que ella le llevara a su madre, de vez en cuando, harina y frutas para sus hermanos pequeños.

El hombre que había ido a verla no sabía cómo hacerle preguntas. Estaba claro. Ella supuso que quería hablarle del asunto del lobo. Pudo detectar su inseguridad y su nerviosismo, los cuales no lograba disimular ni siquiera contándole esa historia rara y antigua sobre los primeros pergaminos. Quizá lo que relataba era un cuento, aunque la joven sabía que los cuentos siempre terminan por ser verdad. Y, en cualquier caso, para ella todas las historias eran verdad, sobre todo los cuentos.

Tenía la impresión de que el hombre no albergaba malas intenciones, pero aun así se puso en guardia. No confiaba demasiado en los hombres. Ni siquiera en las mujeres. Además, le habían enseñado a recelar de los sefarditas y estaba casi segura, aunque no del todo, de que aquel hombre que ahora mismo se afanaba por intentar ganarse su confianza era uno de ellos. Así, se dispuso a oír con atención, pero con desconfianza.

—Germalie, es así como te llamas, ¿verdad? Tienes un nombre muy bonito. Tengo que volver a preguntarte sobre lo que pasó. Es importante que hagas memoria, ¿me comprendes?

La chica no respondió.

—Verás, hay una historia que contó Ovidio y que supongo que tú no conoces. Quizá no sepas ni quién era, pero Ovidio escribió un libro hace mil años. En él hablaba de un rey que vivió en una época mala. Aunque, bien pensado, tal vez no mucho peor que la nuestra.

Germalie nunca había oído hablar de Ovidio. Igualmente, le resultaba imposible imaginar una época peor que esa que le había tocado vivir a ella.

Siguió con su tarea sin levantar la vista.

—Era un tiempo terrible, en el que gobernaba la iniquidad. Habían salido corriendo la verdad y la lealtad, el pundonor... Todas esas cosas importantes cuyo lugar ocuparon la mentira y el engaño, las emboscadas y la violencia, por no mencionar el criminal deseo de poseer. El rey se llamaba Licaón.

La joven levantó la cabeza unos segundos y se quedó mirando

al hombre, esperando que continuara. Tenía que reconocer que siempre le habían gustado los cuentos, aunque todos acababan de la misma manera.

—Verás, Germalie, el rey Licaón indignó a los dioses antiguos, quiero decir a esos que reinaban antes de Jesucristo, los dioses paganos. El más importante de todos se llamaba Júpiter y cuando se enteró de las cosas que hacía Licaón se puso furioso, hasta el punto de que quiso destruir a toda la especie humana.

—Pues no se habría perdido nada... —se atrevió a susurrar en voz baja la muchacha mientras se preguntaba qué diría el sacerdote del pueblo si se enteraba de que ella prestaba oídos a historias sobre dioses paganos. Menos mal que no podía oír esa conversación que incluso escapaba de los oídos de su amo, que los miraba con recelo desde lejos, intentando escuchar, pero sin conseguirlo debido al ruido del ambiente del taller.

—Y es que Licaón organizó un vergonzoso banquete en el que se comió algo terrible.

Selomo hizo una pausa que llamó la atención de Germalie.

—¿Q-qué, qué fue lo que comieron en aquel banquete? —Solo la palabra «banquete» ya la hacía salivar y no imaginaba ninguna vianda que fuese despreciable.

Selomo bajó la voz hasta hacerla casi inaudible.

—Comieron..., esto..., carne humana.

Germalie estuvo a punto de tirar al suelo la piel que en esos momentos manipulaba, grasa y chorreante de agua y cal. Con el aspecto de unas vísceras húmedas.

El susto le cortó el resuello.

—Licaón fue para Júpiter la gota que derramó el vaso. El dios comprobó que aquel rey desalmado era capaz de degollar a un rehén y asarlo al fuego para después devorarlo. Júpiter entró en cólera e incendió el lugar, de manera que el rey huyó aterrorizado. El fuego no le hacía tanta gracia cuando lo amenazaba a él... —Selomo dejó escapar un suspiro resignado y se rascó con disimulo—. ¿No lo entiendes, Germalie? Aquel ser representaba el salvajismo y la crueldad del ser humano contra sus semejantes. Eso fue lo que desencadenó la ira divina. Su pecado era terrible... Ya sé que este quizá no sea el mejor lugar para hablar de esto, o tal vez sí... El caso, muchacha, es que la ferocidad no terminó con aquel desalmado, porque Licaón tenía cincuenta hijos que gobernaban las ciudades arcadías, y todos ellos habían heredado su violencia. Todos menos uno. La degradación se transmitía de padres a hijos. Seres impíos y soberbios, despiadados, capaces de comerse las entrañas de sus hermanos.

Germalie lo miró a la cara sin rehuir su mirada esa vez. Tenía las mejillas encendidas y los ojos turbios como el agua de río enfangada.

—Cállate, por favor, no quiero oír tus historias viejas. Los ayudantes del amo están mirando. Vete de aquí. Me molestas. Estoy trabajando.

—Pero escucha, no quiero asustarte. Solo quiero saber cómo era el ser que te atacó en el bosque. Quiero que me digas exactamente cómo era. ¡Es un descendiente de Licaón! Estoy seguro, pero necesito saber qué aspecto tiene. Si queremos detenerlo, debemos saber a quién estamos buscando.

Germalie hizo una pausa que a Selomo se le antojó interminable. Finalmente, reunió fuerzas para hablar, aunque recordar aquel momento todavía la paralizaba de terror.

—Aullaba, pero mientras lo hacía yo pensaba que trataba de hablar, ¿sabes? Su cara estaba llena de ira y sentí que deseaba desgarrar mi carne. Olí su deseo de matanza. Y su sed de sangre. Me hizo algunas heridas y sus ojos se alegraron. Ojos oscuros, como sangre puesta a hervir. Noté que debajo de sus vestiduras tenía pelaje, aún más áspero que los de estas pieles que aquí trabajamos para convertir en pergaminos. Le cubría los brazos. Tenía el pelo cano y una violencia en el semblante fiero y brillante...

—Pero entonces, ¿era un lobo, un animal salvaje, o era un hombre? —preguntó Selomo con voz afable—. ¿Qué crees tú? Cuando hablamos contigo no lo explicaste bien.

Germalie lo pensó mucho antes de responder. No dejaba de trabajar mientras lo hacía y Selomo comenzó a impacientarse.

La chica, por fin, se decidió a hablar.

—Era un lobo. Yo creo que era un lobo. Pero también era un hombre.

—¿Por qué lo dices? ¿Acaso porque iba vestido con las ropas que usamos los hombres?

La joven hizo un gesto de asentimiento. Y luego añadió:

—Sí, por eso y porque... hablaba la lengua de los francos. Dijo algunas palabras entre aullidos. Yo conozco algunas de esas lenguas, mi familia vino desde el otro lado de los Pirineos, donde yo nací. Por eso lo sé.

—¿Qué dijo? ¿Entendiste algo de lo que dijo?

—S-sí.

—¿Qué fue? ¿Lo recuerdas?

—Pues dijo... Creo que fue su nombre lo que dijo, pero no estoy segura. Lobo. Me dijo que su nombre era Lobo. Quiero decir, *Bleizh*. En bretón. Al menos, eso creí entender yo.

95

Ha pasado un año

Jerusalén
Año 9 después de Cristo

El séptimo día de la Fiesta de los Tabernáculos, María se siente feliz a pesar de que ha pasado un año de la muerte de su padre, al que echa de menos cada día, a cada instante. Es una suerte, piensa a menudo, haber tenido al mejor padre del mundo, aunque ya no esté.

Se encuentra en compañía de sus hermanos mayores y de los más pequeños, Jesús y Judá. Su madre continúa invadida por la tristeza y tanto sus hermanos como ella tratan de hacerle más soportable la existencia ahora que su padre los ha dejado para siempre.

María está algo cansada porque ha ayudado en el Templo durante los días de la fiesta lavando las túnicas de los sacerdotes, quitando su sangre con dificultad. Nunca hubiera imaginado lo difícil que resulta extraerla del tejido de las vestimentas.

Los parientes de su madre invitaron a la familia a la fiesta que tiene lugar esa misma noche. Es en casa de José de Arimatea, un hombre importante. Pero, aun siendo impresionante, la fiesta la conmueve menos que mirar desde donde está sentada los fuegos que arden en la ladera, frente a la casa del anfitrión. Las ramas utilizadas en las cabañas provisionales que han levantado los peregrinos en las colinas se queman y, de pronto, conforme cae el anochecer sobre la ciudad y sus confines, las luces de las hogueras animan la tibia noche, brillando como antorchas que lanzaran señales hacia el cielo intentando llamar la atención de Dios.

María es feliz, a sus ojos les agrada esa luz.

Pero, sobre todo, es feliz desde que se anuló su compromiso de matrimonio con Zacarías. Ocurrió poco después de la muerte de su padre y no tuvo que ver con la rescisión del contrato. Sucedió, simplemente, que Zacarías murió. Lo hizo de repente. Amaneció muerto en su cama. El médico dijo que tenía algo debajo de la piel del cuello que se lo había llevado, con el permiso de Dios. También añadió que, además, era bastante viejo y que seguramente Dios había decidido que su tiempo en la tierra tenía que llegar a su fin.

Si hubiesen celebrado los esponsales, María habría quedado viuda con trece años. Y rica. Pero aún no habían formalizado la unión y la niña quedó libre. Es esa sensación, la de la libertad, la que le curva los labios hacia arriba, dibujándole en la cara una hermosa sonrisa.

María es feliz, y es libre.

De momento.

Se sirve un gran festín. Los invitados pueden degustar la carne de los cabritos sacrificados en el Templo, pero María y su hermano Jesús hace ya un año que no prueban la carne. Se conforman con las ensaladas de lechuga y cebolla condimentadas con salsa picante y con el pan de harina de flor horneado sobre las brasas. También comen fruta, melocotones y uvas pasas, y beben jugo de limón al que se le ha quitado la amargura añadiéndole agua y miel.

La fiesta es espléndida. María nunca había asistido a ninguna parecida. Hay música de arpa y salterio, de cítara, y voces roncas y sensuales que agradecen la grandeza de Dios.

En un lugar apartado del jardín, María se sienta y entrecierra los ojos soñadoramente, recordando las sensaciones de las ceremonias vividas esos días y tratando de alejar de su cabeza y de su memoria olfativa el recuerdo de la sangre derramada por los sacrificios.

A ella, como a su hermano, le gustan más las ceremonias como la procesión del Agua, que rememora el momento en que Moisés sacó agua de una roca mientras los padres de su pueblo estaban en el desierto. Por las mañanas, los sacerdotes salen del santuario llevando un ánfora de oro entre las manos. Delante de ellos, los levitas tocan las arpas y cantan himnos. La gente, admirada y curiosa, forma un pasillo para que pasen y la pequeña procesión se encamina hacia la piscina de Siloé, fuera de los muros del Templo. La comitiva llega hasta el manantial donde llena sus ánforas y, en medio de la música de los levitas y de los gritos de su pueblo, regresa y se dirige al altar. Allí vierten el agua en unas regaderas de plata y con ellas rocían el fuego a la vez que echan vino de un vaso de oro.

A la muchacha, esa ceremonia sí consigue tocarle el corazón. Es pura, limpia, alegre. Sin los balidos de terror de los animales ante el sacrificio. Para ella y para Jesús, es su favorita. María, junto con las demás gentes, grita de alegría ante la vista del agua que salta hacia la vida eterna.

También disfruta especialmente de la procesión y el baile de las Antorchas que se hace por la noche, durante el que se encienden grandes candelabros en el Patio de las Mujeres. Las torcidas de las luminarias están hechas con los retazos de las túnicas viejas de lino usadas por los sacerdotes. María y su madre han ayudado a hacer algunas.

Aunque ha asistido anteriormente a esas fiestas, era demasiado pequeña para acordarse de todos los detalles, pero está segura de que las imágenes de ese año permanecerán en su memoria para siempre.

Se deja envolver por el sonido de las trompetas y observa la aparición de los sacerdotes con las antorchas en las manos en el Patio de las Mujeres, moviéndolas de un lado a otro al son de los cantos del *Hallel*: «Yo, el Señor, te he puesto para ser el reconciliador del pueblo y la luz de las naciones. Bendito el que viene en nombre del Señor...».

Hay tanta fe a su alrededor que respirar en ese ambiente le corta el aliento.

Pero ahora no quiere pensar en las ceremonias, tan solo desea contemplar las luces que se ven en la colina y que brillan como las estrellas, alegrándose de que María sea libre.

96

La impaciencia lo quemaba

Sahagún. Imperio de León
Invierno del año 1079

—¿Qué? ¿Qué te ha dicho? ¿Ha dicho algo más? —La cara de Roberto lo decía todo sobre su preocupación. La impaciencia lo quemaba.

Selomo sonrió amargamente. No se tomaba a broma lo que estaba ocurriendo, pero tampoco sabía de qué manera podía contribuir mejor a esclarecer los hechos. Consultar el libro había reforzado su intuición de que se encontraban ante un monstruo y, al menos él, no sabía de dónde sacaría las fuerzas necesarias para enfrentarse a algo así.

Se rascó sin disimulo. Al fin y al cabo, Roberto ya había visto lo que ocultaba, así que no se tomó la molestia de disimular su malestar.

Le indicó a Roberto que tomara asiento con la idea de que así el joven se calmaría. Llevaba días en un estado de agitación que no podía ser bueno. Transmitía intranquilidad solo verlo moverse de arriba abajo, como si estuviera bailando, sin parar un segundo.

—*Insania lupina*, o *rabia lupina*.

—¿Qué quiere decir eso?

—He estado leyendo, buen Roberto, y he deducido que eso es lo que se decía antiguamente de algunos hombres que, al parecer, eran capaces de transformarse en lobos. Aparentemente, claro, porque si me preguntas mi opinión, yo no lo creo. No creo que algo así pueda suceder. Como dice Samuel, él vio a un hombre, no a un lobo.

—¿Y la muchacha qué dice? —Sus ojos se entornaron de una manera extraña al mencionar a la chica.

«¿Estará prendado de ella como yo lo estoy de Matilde?», se preguntó por un instante Selomo. Después se fijó bien y no encontró en los ojos del joven lo que sí sentía bullendo dentro de los suyos. Pero, sin duda, la joven Germalie despertaba algún tipo de sentimiento en él difícil de definir.

—Si tanto interés tenías en saber qué iba a decir la chica, ¿por qué no me has acompañado a verla?

Roberto se encogió de hombros mostrando decaimiento.

—Porque... No sé por qué. No consigo mirarla a los ojos. Me revuelve algo por dentro, algo que no sé qué es.

—Entiendo.

—Bueno, para lo que nos atañe, la chica ha confirmado lo que ya sabemos.

—Explícate, por favor, Selomo.

—La muchacha apunta al mismo camino que ya estamos recorriendo desde hace tiempo, de una manera u otra. A un hombre que, según me parece a mí, se cree un lobo. Que actúa como tal al menos. Los lobos son animales salvajes y pérfidos, reconocidos por su gran voracidad. El lobo es un gran cazador. —Selomo tomó asiento en una incómoda silla de madera y sintió con desazón que sus huesos crujían al hacerlo.

—Un lobo, ¿eh?

—Los antiguos paganos creían que los lobos estaban relacionados con divinidades tales como Marte o Apolo. Y se dice que una loba amamantó a Rómulo y Remo, que fundaron la ciudad de Roma. El Imperio romano, de alguna manera, estaba insuflado del aliento del lobo del que sus fundadores mamaron directamente, desde los orígenes.

—Sí, ya... Pero no comprendo cómo...

Selomo interrumpió al joven. Tenía prisa por terminar la conversación y volver a sus quehaceres en el *scriptorium*.

—Mi buen amigo Roberto, te recomiendo que leas la *Historia de los animales*, de Aristóteles. O bien la *Historia natural* de Plinio el Viejo. Aunque mis favoritas son la *Metamorfosis* de Ovidio y un delicioso tratado que lleva por título *Sobre la inteligencia de los animales* y está firmado por Plutarco.

Roberto negó con la cabeza lentamente. Parecía que sus temblores corporales empezaban a apaciguarse, aunque con dificultad.

—No veo cómo los animales puedan tener inteligencia —replicó el joven retorciéndose las manos con un movimiento que daba la impresión de querer detenerse a sí mismo.

—Pues deberías leer con detenimiento la Biblia o a autores como Isidoro de Sevilla. En esas obras encontrarás pasajes donde el lobo resulta un animal ejemplar, no diabólico como cree Samuel.

—Es diabólico porque en realidad trata de un hombre, no de un lobo. Así es como yo lo veo.

Selomo se estremeció de miedo.

—Precisamente, del bestiario maléfico parece haberse escapado el lobo. Una criatura que solo infunde miedo. Es feroz, pero carece de valentía. Su aspecto no es hermoso. Solo destaca en él su fiero apetito. Además, es cruel. Quizá sea un buen cazador, pero lo que importa es que es terrible y que supone una amenaza porque todo lo devora...

—Pero tú mismo dices que estamos hablando de una persona, no de un animal. ¿De qué sirve que conozcamos las costumbres del lobo si en realidad estamos buscando a un hombre?

—Sí, lo que dices es importante, llevas razón. Pero, verás, yo creo que conociendo la manera de operar del lobo podemos saber qué cosas hace el hombre que ha intentado violar y matar a esa muchacha. Y que ha acabado con todos los demás desgraciados que se han tropezado con él.

—Bueno, puede ser.

—De la misma manera en que podemos encontrar escritos que retratan al lobo de manera benéfica, incluida la Biblia, hay autores que aseguran que son bestias peligrosas y glotonas, capaces de matar a un rebaño entero incluso si no tienen hambre. Que matan por el placer de hacerlo, porque desean la sangre, pues, de algún modo, satisface su rabia a la vez que alimenta su crueldad...

Selomo le hizo una señal a Roberto y ambos se encaminaron a la biblioteca. Allí, Selomo buscó un pequeño tomo de cantos primorosamente repujados y leyó unas frases ante la mirada atenta del joven monje.

—En *Los anales de san Bertín,* Prudencio de Troyes dice que en

Aquitania, allá por el año 846, los lobos atacaron y devoraron con gran audacia a los habitantes de la parte occidental de la Galia. Y que, en algunos lugares, se reunieron hasta trescientos ejemplares con la misma determinación con que lo haría un ejército para luego avanzar en grupo y llevarse por delante todo lo que encontraban.

—Pero ¿es que no había, en esas circunstancias, nadie capaz de hacer frente a su amenaza?

—Bueno, tengo entendido que los campesinos siempre han tenido permiso para cazar lobos. Claro que una bestia así no puede ser abatida por cualquiera. Por otra parte, ese animal tampoco ha despertado nunca interés como pieza de caza. Ten en cuenta que no es una bestia de la cual se pueda aprovechar la carne o la piel. —Selomo acarició un libro hecho de pergamino mientras pensaba en Germalie y en su trabajo—. De hecho, aunque hay quien utiliza su piel, es algo que no suele suceder habitualmente, porque es de muy mala calidad. Una vez tuve ocasión de acariciar un pellejo de lobo y recuerdo que su tacto transmitía sensaciones desapacibles, poco tranquilizadoras. Nadie puede abrigarse con o cubrirse con ella. ¡Ni siquiera sirve para echarla por encima de una mula!

—Pero nuestro lobo es un hombre que iba cubierto por una capa, como hacen los hombres. No tenía piel, sino un manto raído, negro y sucio. Según dice Samuel.

—Estoy pensando que...

—¿Qué?

—Supongo que los campesinos saben cómo dar caza a un lobo. Estoy convencido de que, aunque estamos buscando a un hombre, necesitamos utilizar las trampas y las armas necesarias para capturar a un auténtico lobo, a una bestia.

—Podríamos buscar ayuda.

—Me consta que Carlomagno, en los primeros años ochocientos, en sus *Capitulares de Aquisgrán*, autorizó a los vicarios contratar loberos.

—Loberos, claro...

—Quizá aquí, en Sahagún, también haya todavía alguna persona que ejerza ese oficio.

—No sé, Selomo. Quizá... A lo peor... ¿Tú crees que podemos estar en presencia del demonio, tal y como asegura Samuel?

—Creo que hay muchos en estos tiempos que están dispuestos a ver al demonio por todos lados. Demasiados. Eso es lo que creo.

—No dejo de pensar en el niño, en las chicas muertas...

—Este es un lobo del tipo del rey de Arcadia, Licaón. Ovidio dice que antiguamente aquella región estaba plagada de lobos. No es extraño confundir los gritos de un hombre con los aullidos de un animal. Heródoto habla de unos extraños hechiceros llamados «neuros» que, según los escitas y los griegos que vivían en Escitia, una vez al año se convertían en lobos y actuaban como tales durante varios días, hasta volver a recobrar su naturaleza humana. Podemos estar ante algo parecido. A menor escala, por supuesto, pues se trata de un solo individuo, no de una manada.

—¿De verdad eso es cierto?

—No lo sé con seguridad, son historias que cuentan los antiguos. Plinio el Viejo también hablaba de una ciudad de Arcadia que tenía un lago; cada hombre que se desnudaba y lo cruzaba a nado, al llegar a la otra orilla, se convertía en lobo. Allí vivían luego en manada, durante nueve años, alejados del resto de los hombres. —Selomo se encogió de hombros con un poso de pesadumbre, como si el mundo le pesara—. Claro que esto, mi buen Roberto, no es el Peloponeso. Yo nunca he estado dispuesto a creerme todo lo que leo en los libros, pero sí hago caso de lo que me dicen mis ojos y mi entendimiento. Y lo que creo es que esa pobre mujer..., Germalie, ha sido asaltada por un hombre de carne y hueso que se comporta como un animal. Como un lobo.

Roberto pareció dudar, pero finalmente asintió.

—Yo, sin embargo, estoy dispuesto a creer que existen los anillos mágicos, las varas milagrosas como la de Moisés, las aguas benditas que curan la enfermedad y el dolor... Por eso no me extrañaría que hubiese seres como esos de los que hablan tus libros.

La paz y el silencio de la biblioteca los envolvió por un instante en que el mundo pareció haberse detenido. Ni siquiera se oyó el ruido de las obras, que siempre sonaba de fondo; era como si todo hubiese parado para permitirles apreciar el momento.

Selomo meditó cerrando los ojos y luego habló en voz alta traduciendo sus pensamientos.

—Los germanos dicen que el cuerpo tiene tres entidades diferentes. La primera sería la *fylgja*, la animal; la segunda el *hamr*, el físico; y la tercera el *hugr* o pensamiento. Según ellos, el *harm* podría transformarse y convertirse en otra cosa. ¿Quizá en un lobo...? Como si un hombre se desdoblara, se multiplicara y terminase siendo otro. A lo mejor hay algo en el alma del asesino que lo empuja a cambiar de naturaleza. —Abrió los ojos como si despertara de un sueño—. Pero no lo sé, Roberto, son solo cosas que se me ocurren. Todos sabemos, incluso tú que eres muy joven, que hay hombres con el corazón rebosante de maldad y de furia, incapaces de domar sus pasiones. Tal vez se trate de uno de esos.

—Sí, pero también es posible que todo esto no sean más que ilusiones creadas por el diablo, Salomón..., Selomo. Ese violador y asesino tal vez no es más que un espíritu maligno. Puede que el demonio se haya introducido en su cuerpo adoptando la forma de un lobo. Por eso el hombre cree que es un lobo y por eso se comporta como tal.

—¿Quieres decir que esto no es más que una ilusión demoníaca?

—Sí... Pero el demonio no tiene tanto poder como Dios, que nunca consentirá que se salga con la suya.

—*Deo permittente*...

—¿Ni tu dios ni el mío van a ayudarnos en esto?

—No lo sé, no soy experto en teología cristiana, aunque he leído que san Agustín hablaba de algo llamado *phantasticum hominis*. Según el obispo de Nipona, cuando un cuerpo humano se encuentra en estado de relajación, permite que el demonio se introduzca en él y le dé otra forma bien distinta a la humana. La forma del lobo, por ejemplo. Quizá sea posible que, después de que el lobo se apodere de su cuerpo, un hombre se porte como tal, viviendo en el bosque, escarbando en la espesura, cazando presas y rapiñando vidas inocentes.

—¿Quién sabe? Solo Dios lo sabe.

—Y, de todas formas, ¿qué naturaleza es peor: la humana de un hombre cruel y asesino o la animal del lobo?

—No te puedo responder. Lo que sí sé es que en esta villa hay hombres que deberían poder defendernos de peligros como este. ¿Acaso las pobres gentes no tienen bastante con la guerra? Aquí hay freneros, cordoneros, armeros, herradores, alabarderos... Incontables vasallos de la ciudad. Oficiales de justicia y alcaldes. Hay mercaderes, y un rey, hay caballeros... ¿No son bastantes para defender la vida de unos pocos desgraciados? ¿Para interesarse por sus muertes al menos?

Roberto dejó escapar un gruñido de insatisfacción.

—Lobos, Dios de mi vida.

—Sí, Roberto. ¿No es eso lo que hay en el mundo, al fin y al cabo? Lobos y corderos. En el fondo, todos nosotros somos una cosa o la otra.

—Los lobos son los fuertes, siempre ganan. Su hambre y su deseo son más poderosos. Y su violencia y su fuerza, su ansia...

—No siempre, joven monje. No siempre.

—Y los grandes señores, ¿son lobos o corderos?

—Hay de ambas clases, como en todos sitios. ¿O qué piensas, que son diferentes al resto de nosotros...? —Selomo se acarició la barbilla, donde asomaba una barba rala y cana que hacía días no afeitaba con el cuidado que merecía—. Yo estoy seguro de que al rey estas cosas le importan. Necesita gentes con las que llenar sus reinos. Aunque solo sea por eso.

Roberto contempló a Selomo pesaroso y señalándolo distraídamente —el otro se estaba rascando ahora de forma desaforada— cambió de tema, agotado, y se permitió aconsejarle:

—Deberías ir a ver a Matilde para que examine tu mal. Si es verdad que no tienes lepra, quizá ella pueda ayudarte con tus picores y tus pústulas. Dicen que es una mujer sabia que conoce las hierbas y los remedios de muchos males. No quiero decir con eso que haga magia. Solo que quizá pueda aliviarte.

97

Un hombre de aspecto imponente

Jerusalén
Año 9 después de Cristo

No lejos de donde María evoca en esos momentos las fiestas pasadas, se encuentra Isaac. Un hombre de aspecto imponente, más alto que la mayoría y mediada la cuarentena. A pesar de que peina canas hace tiempo, su cabeza brilla con un aire juvenil empapada de afeites.

Él no solamente ha acudido desde que tiene memoria a las fiestas religiosas de su pueblo, sino que, al ser un comerciante de éxito, también se ha visto en la situación de compartir festejos con los romanos. Se dice a sí mismo que hay grandes diferencias entre las fiestas de los judíos y las de los romanos. Aunque en el fondo, son iguales.

Los paganos romanos tienen tendencia al despilfarro. Isaac recuerda con una mezcla de desprecio y admiración la ocasión en que asistió, en la misma Roma, a un banquete en el que se sirvieron chivos de Ambracia, peces de Pessinus, ostras de Tarento y dátiles de Egipto. Los romanos, que no son precisamente admiradores de las mujeres gruesas, muestran sin embargo inclinación a dejarse llevar por la gula. Admiran los manjares de cualquier rincón del mundo que sirvan para complacer su refinado gusto; tienen un sentido cosmopolita de la gastronomía. Además, aprovechan los banquetes para repartir o sortear regalos entre los invitados.

Isaac casi se cae de espaldas del susto cuando se dio cuenta de que en aquel convite al que había sido invitado se regalaban premios disparatados. Los asistentes podían ser obsequiados con diez camellos, pero también con diez moscas. Con diez gramos de oro o con diez de plomo. Con diez aves o con diez ramos de olivo... Los lotes solían sortearse por pares. Unos muy valiosos y otros absolutamente ridículos.

 Isaac se fijó entonces en que, cuando los invitados se marchaban a sus casas, llevaban entre las manos, siempre que podían, los artículos que les habían tocado. Desde utensilios de tocador hasta instrumentos musicales. Desde jaulas de pájaro hasta muebles y armas. Desde libros hasta animales. Recuerda la visión que tuvo de un azor de caza que parecía paralizado por el terror, encapuchado, y que abandonó la estancia en manos de un asustado esclavo que fue rifado junto con el pájaro... El esclavo era hermoso, particularmente bello, y probablemente estuvo sirviendo a los mezquinos deseos sexuales de su amo hasta ese momento en que enfilaba la puerta en dirección a un destino por completo incierto. Hacia algún lugar donde no sabía si le darían de comer y lo considerarían como a uno más de la familia o si lo violarían y maltratarían a diario. Tanto el ave como el esclavo cambiaban de manos, de dueño, de techo. Al verlos, Isaac no supo quién de los dos era más merecedor de compasión: si el hombre, que con su belleza podría conseguir los favores de alguien importante en su nueva casa, o si el ave rapaz, que con los ojos tapados y su instinto salvaje se encaminaba hacia lo desconocido.

 Mientras lo embargaban esos pensamientos, no pudo dejar de sentirse débil. No era propio de un hombre hecho y derecho sentir compasión por un animal, no en un mundo donde los humanos nacían y morían y sufrían de manera interminable. Pero es que Isaac tenía un concepto de la esclavitud completamente diferente al que habían impuesto los romanos. Mientras que para Roma los esclavos eran una fuerza de trabajo obtenida con su supremacía, para Isaac eran una maldición bíblica.

 La esclavitud era una consecuencia de las victorias militares que lograba el Imperio romano sobre sus enemigos. Cuando conquistaba una ciudad, convertía a sus habitantes en esclavos. Ninguna construcción de las que impresionaban la imaginación de los seres de su tiempo se hubiese podido levantar de no haber sido por la mano de obra esclava. El precio y la manutención de las familias esclavas no eran muy elevados en comparación con los enormes beneficios que proporcionaban.

En los grandes banquetes, como aquel al que había sido invitado, los esclavos no solo eran mano de obra, sino también un lujo exhibido entre los asistentes. Alegraban la vista y daban conversación. Estaban divididos en grupos según su color, raza y edad. Había hermosos mancebos, la flor del Asia Menor, algunos de los cuales fueron adquiridos por una pequeña fortuna, que servían como coperos. Muchos invitados consideraban un placer delicioso poder secarse las manos en los cabellos de estos esclavos.

Los muchachos de Alejandría, sin embargo, ejercían otra función. Estaban bien adiestrados para dar contestaciones irónicas, pues los habitantes de su ciudad eran famosos por su astucia y mordacidad. Expertos en mofas, sus frases y contestaciones malignas eran coreadas con risas y aplausos.

Pero el grupo que más despertaba la curiosidad morbosa de Isaac era el de los enanos, seres diminutos con rostro atormentado. Por no hablar de los gigantes, auténticos cretenses, preferentemente hermafroditas, y otros monstruos que eran expuestos ante los huéspedes en las fiestas. Esclavos patizambos, asexuados, tuertos, cabezones... La deformidad servía de diversión, los esclavos eran figuras para la mofa que exhibían sus jorobas y los distintos retorcimientos de su cuerpo, muchas veces paseándose del todo desnudos entre los comensales, que reían con las bocas llenas.

Aquella fue la primera y única vez que Isaac participó en una fiesta de ese tipo. A partir de entonces, buscó excusas para no acudir a ellas. No le escandalizaba tanto el despilfarro que suponían como la indignidad que conllevaban. No prestó tanta atención al lujo y a la ostentación como a la humillación, que era servida como un ingrediente más entre los platos cocinados.

Pero esta noche, el aire que respira Isaac y las viandas que degusta son bien distintas de las de aquel día tan lejano en Roma. Su amigo José de Arimatea ha preparado una fiesta espléndida. Sin embargo, la boca de Isaac es delicada. Los alimentos y las palabras que entran o salen de ella son cuidadosamente filtrados por su razón.

—Que Dios te bendiga, Isaac, cuánto me alegra verte.

José de Arimatea se lanza a los brazos de su amigo de manera efusiva.

—José, te he echado mucho de menos.

Los enormes ojos grises de Isaac sonríen menos que su boca. Mientras que él lleva el pelo corto, a la manera romana, José de Arimatea oculta sus largas guedejas bajo un manto. Llegará a ser miembro del sanedrín y un pilar importante de la comunidad, pero él todavía no lo sabe, aunque ya sugiere con su apariencia la dignidad que logrará con el tiempo.

Ambos hombres se cogen del brazo y caminan bajo las parras en dirección al huerto. Un muro de piedra desgastada se bate contra la hiedra y rodea un jardín lleno de flores tan hermosas que compiten ante los ojos de Isaac con los caros regalos romanos.

José ha hecho negocios con Isaac a menudo, ambos se dedican a la importación de telas extranjeras. Sí, han hecho buenos negocios trayendo lino de Pelusio, en el norte de Egipto, o seda china, una tela tan delicada y exclusiva que en Roma únicamente puede llevarla la familia imperial: está prohibido por la ley que nadie más se vista con ella.

—Estoy impaciente por conocer a la muchacha —dice Isaac.

José asiente y mira con prudencia el suelo bajo sus pies. El ambiente está iluminado con velas y antorchas, y la luz de la luna clara reparte plata en el aire.

—Como sabes, su padre, José, murió el año pasado. María tiene catorce años. Es una buena edad para el compromiso. Su padre fue un sacerdote muy querido por mi familia. Debo protegerlos ahora que él se ha ido. Los hijos mayores se las arreglan por su cuenta y han hecho lo posible por ayudar a la viuda y a los tres hijos pequeños, pero...

—Te agradezco que seas mi amigo, el amigo del esposo —dice Isaac con un gesto sobrio, inclinando la cabeza hacia el suelo—. Tanto María como su madre deben saber que ya no tengo padre que pida esposa por mí. Soy demasiado mayor. Mi padre murió hace años, cuando yo todavía era un niño. Así que tú eres mi padre y mi amigo en estos momentos.

—María aún no sabe nada. Su madre no ha querido hablar con ella de esto. No se ha atrevido. Desde que falta su marido, no se encuentra con fuerzas. Confía en que su hija tenga el suficiente discernimiento como para aceptar tu propuesta. Lo ha dejado en manos de Dios, y en las de la joven. Además de en las tuyas, por supuesto.

—Pero, José, la joven debería estar informada...

José de Arimatea no responde. Sabe que están haciendo las cosas de manera irregular y eso le inquieta. José es un hombre joven, de veintidós años. Todavía no se ha convertido en el importante miembro de la comunidad que formará parte del sanedrín, pero sí que es una personalidad de relieve. Ha heredado la fortuna de su padre y sabe trabajar con sensatez, así que la administra bien e incluso la ha aumentado.

Quizá porque es un hombre prudente no se siente cómodo con la operación en la que está implicado, aunque sea la manera más sencilla de solucionar un problema. Por una parte, le da seguridad a la joven María y, por otra, ayuda a su madre a subsistir con la dote de la muchacha.

Sus intenciones son honorables, pero no puede apartar de su cabeza la idea de que están utilizando a la muchacha casadera como una mercancía.

A su memoria acuden las palabras legendarias del Génesis cuando habla de los matrimonios de Lea y Raquel, que se quejaron de la mezquindad de su padre, Labán, y hablaron mal de él diciendo: «Él nos vendió y además se ha comido del todo lo que pagaron por nosotras». Labán se había aprovechado de los catorce años de trabajo que Jacob ofreció a cambio de las mujeres.

Esa imagen lo atormenta.

Intenta desechar la idea mirando alrededor, como si buscara algo, y aprovecha para espantar algunas moscas. Los malos pensamientos son como esos insectos molestos y desagradables.

Por lo general, cuando un hombre hace una propuesta de matrimonio, utiliza a su padre como intermediario. Este se encarga de proponer una dote que pagar por la novia; tiene que hacerlo porque quien se lleva a una hija de casa de sus padres está disminuyendo el patrimonio de la familia. Las hijas solteras contribuyen a la economía familiar de sus padres: cuidan el ganado, trabajan en el campo, ayudan de mil maneras. Cuando una se va, sus padres pierden, de modo que el novio y su familia acuden a su hogar y el padre anuncia que tiene un agente que hablará de parte de la familia. A su vez, el padre de la novia designa a otro agente para que los represente.

Pero en este caso no hay padres, por ninguna de las dos partes. Ni el novio ni la novia tienen progenitor que se encargue del asunto. El novio porque es demasiado mayor y la novia porque es huérfana.

José confía en que, dejando el asunto en manos de Dios, la misión pueda llegar a buen fin.

No ha probado bocado en toda la noche, igual que el siervo de Abrahán cuando los padres de Rebeca le ofrecieron alimento y respondió: «No comeré hasta que haya dicho mi mensaje».

—Vamos. María, la madre de la joven, nos está esperando...

98

Una mañana oscura y gélida

Sahagún. Imperio de León
Invierno del año 1079

Una mañana oscura y gélida, como todas durante las últimas semanas, uno de los monjes le contó a un sorprendido Roberto, entre cuchicheos ahogados, que tenía entendido que había otra joven en la ciudad que también logró escapar del lobo.

—Hace ya tiempo. Dos años por lo menos. Me aseguran que es cierto. Hay otra, ¡otra, otra! Y se escapó de sus garras... —El hombre tenía el labio leporino y unos ojos saltones y desconfiados que parecían estar viendo algo que no les acababa de gustar.

—¿Estás seguro?

—Tanto como que hay otra vida.

—¿Y quién es?

El monje le dio las indicaciones y se escabulló entre las sombras, como si acabase de cometer un pecado y tuviese prisa por confesarlo.

Selomo, Roberto y Samuel fueron a comprobar si lo que contaba el monje era cierto.

Selomo se encargó de traducir la explicación confusa de la chica y, lo peor, la de la madre. No fue fácil que la muchacha hablara con confianza. Al principio se negó. La madre, una viuda con tres hijas de entre diez y quince años, les lanzaba miradas furiosas desde un rincón de la humilde casa en la que vivían.

La joven que se enfrentó al hombre se llamaba Domenja y era

la mayor de las tres hermanas. Su madre decía que tenía aproximadamente quince años.

—La madre asegura que son las huérfanas de sus dos maridos. Dice que ha intentado devolver a las dos pequeñas a su abuelo paterno, pero que él las ha rechazado y a ella le resulta muy difícil alimentarlas. Al parecer está intentando buscarles un padrastro. Quiere casarse con un artesano que trabaja en el monasterio reparando estatuas y tallas. Eso sería bueno porque, aunque su oficio no le proporciona grandes recursos, al menos tiene una situación laboral que le permitiría darles de comer a sus hijas de vez en cuando.

La mujer lanzó otra parrafada, en un tono cada vez más airado, que dejó a los tres hombres boquiabiertos.

—Sin embargo, por lo visto no se fía del posible padrastro. Teme que quiera acostarse con alguna de sus hijas. O con todas.

Roberto sacó unas monedas de su bolsa y se las dio a la mujer, que se abalanzó sobre ellas sin siquiera una mirada de reconocimiento. Los dos monjes no iban vestidos con hábitos, sino con ropas vulgares de campesino.

Tras recibir el dinero, el humor de la mujer se transformó milagrosamente.

—Dice que pueden servir de criadas, que son muy limpias. Y pregunta si conocemos a algún señor dispuesto a darles trabajo. Se conformarían con la manutención, algo de comida y de fruta.

—Dile que si nos enteramos de algo se lo haremos saber.

La madre permanecía impasible mientras discutían sobre el intento de violación de su hija mayor, pero cuando vio que Roberto se acercaba a su hija pequeña, se lanzó hacia ella y la agarró con fuerza, acercándola a sus faldas y mirando con hostilidad al joven monje.

—¿No creéis que sus ojos son muy parecidos a los míos?

Selomo y Samuel, casi simultáneamente, se encogieron de hombros. «Está obsesionado con el color de los ojos de la gente», pensó el primero negando de manera inconsciente.

—Ojos grandes y verdes, abundan por aquí. No creo que sean tan extraños... —zanjó Samuel.

La mujer volvió a hablar.

—No deja que se explique la chica.

Selomo hizo un signo de impotencia con las manos, elevándolas lo justo para no descubrir su piel enferma.

Finalmente, consiguieron oír a la joven. Se expresaba con timidez y dificultad, y a Selomo le llevó una eternidad poder hacerse una composición clara de lo que decía.

—Cuenta que el hombre tenía barba del mismo color que los ojos, negros y llenos de pasión. Eso dice, más o menos. Que era pequeño de estatura y que iba vestido con una túnica de lana y sandalias. Cuando lo vio por primera vez, como no adivinó las facciones de su cara y no pudo ver el ardor de sus ojos, lo confundió con un hombre santo, quizá un monje. De esos a los que hay que mostrar respeto besando sus vestidos, de los que andan por las cuevas y las montañas. Dice que estaba quieto en el camino, con la cabeza agachada, cuando ella pasó.

—He oído hablar de la existencia de personajes parecidos a ese que describe la muchacha —afirmó Samuel—. Sobre todo al otro lado de los Pirineos. Son falsos ermitaños que viven de saquear aldeas y robar ganado. Caminan errantes de un lado para otro y usan la fuerza siempre que tienen ocasión. Pero no tenía noticias de que hubieran llegado hasta estas tierras. Si es que el hombre que describe se parece en algo a lo que yo imagino.

Selomo tragó saliva. Su malestar físico iba en aumento y estaba considerando la propuesta de Roberto de ir a visitar a Matilde. El simple hecho de pensar en su nombre le transmitía a todo su cuerpo un calor inédito, una felicidad casi insoportable que desbordaba su corazón. Pero ahora estaba concentrado, o al menos lo intentaba, en otra cosa. Se sentía incómodo, no le gustaba el ambiente, pobre, sucio y opresivo, y tampoco el propósito que los había llevado hasta allí. Samuel y Roberto lo miraban como si de él dependiera dar la misa de la tarde.

—Creo que es hora de irse —musitó con un hilo de voz—. Ya tenemos una idea del aspecto del, del...

—Lobo —dijo claramente la muchacha, que estaba distraída. Conforme pasaba el tiempo, parecía más y más desconfiada.

—Vámonos, ya hemos escuchado lo que queríamos.

—Sí, vamos. Muchas gracias. —Samuel dedicó una inclinación de cabeza a la viuda, que hizo desaparecer las monedas en un bolsillo de sus ajadas vestiduras sobre el que colocó las dos manos bien apretadas. Parecía que intentaba evitar que se le salieran las tripas.

A Samuel no le gustaba la idea de permanecer tanto tiempo dentro de la casa de una viuda. Con tres hijas, además. Bien es cierto que él tampoco se sentía cómodo en las residencias de los grandes señores, ni siquiera en las del rey, de quien era empleado. Pese a haber aceptado la protección de Alfonso, procuraba no llamar su atención demasiado.

Samuel conocía todo tipo de gentes y lugares. De todos los colores y condiciones. Conocía el mundo, con su belleza y su putrefacción. Visitó los Santos Lugares como un peregrino cristiano más. Vio con sus ojos Roma y Jerusalén. Y aunque, a pesar de estar mucho más cerca, todavía no conocía Santiago, sí que había tenido la ocasión de intercambiar impresiones con uno de los arquitectos que trabajaba en la construcción de la nueva catedral, sufragada por el emperador. Y si no se sentía a gusto del todo rodeado de los arcones y el escaso mobiliario real, entre las sillas y los tapices, los objetos de devoción y los tableros que servían para montar en poco tiempo mesas en las que ofrecer banquetes..., mucho menos se hallaba tranquilo en un ambiente como el que ahora mismo lo rodeaba.

Por su parte, Selomo tampoco parecía estar cómodo. Miró de medio lado el rincón donde se amontonaba la paja sobre la que dormía aquella familia de mujeres, cerca del fogón. La pobreza, se dijo a sí mismo, era algo invisible que estaba en el aire y que lo teñía todo con sus propios colores. Una especie extraña de desolación se apoderó de él. Para llegar hasta allí, habían atravesado calles que semejaban cenagales, donde el mal olor resultaba insoportable para su nariz tan sensible como aguileña. Él nunca fue un hombre rico. Tampoco lo deseaba. No habría sabido vivir dentro de un castillo de piedra, detrás de espesos muros fríos y húmedos. Pero tampoco en una choza de adobe como aquella en la que en ese momento estaban, una en que podría incendiarse al menor descuido si nadie vigilaba el fuego con la atención debida.

Se asomó a la puerta y vio pasar animales domésticos que compartían con intimidad la casa de sus dueñas. La de la familia de mujeres no poseía establo. Sin embargo, sus vecinos sí tenían alojados a los animales en la parte de abajo, mientras ellos hacían vida en la planta superior. El olor a estiércol lo mareó. Vio a una niña acarrear agua desde la fuente. Y se quedó mirando una antorcha resinosa que colgaba de la puerta de la casa de enfrente y parecía desprender mucho más humo que luz. Varios perros disputaban a otros tantos mendigos algunos despojos de huesos que alguien había arrojado a la calle.

—Es hora de que nos vayamos —insistió Selomo—. Tengo que ver a Matilde antes de que oscurezca. Ya tenemos lo que vinimos a buscar.
—Un lobo.
—No, un hombre. Con barba y unos ojos negros llenos de odio —concluyó Samuel haciendo una reverencia en dirección a la madre, que ya no le devolvió la mirada.

99

En un rincón del huerto

Jerusalén
Año 9 después de Cristo

José de Arimatea e Isaac se encuentran con María, la madre, en un rincón del huerto. Está sola, con la mirada perdida, su atención va de las estrellas a las luces que rodean el lugar, igual que la de su hija, no muy lejos de ella. Del fuego terrenal a los fuegos eternos que lucen en el cielo.

Es una mujer joven todavía, hermosa y serena como pocas que haya visto Isaac. Al contemplarla piensa que sería más apropiado, dada su edad, contraer matrimonio con la madre antes que con la hija. Al mirarla se dice a sí mismo que podría llegar a amarla. Pocas parejas tienen oportunidad de amarse antes del matrimonio. Pocas son como Jacob y Raquel, que se quisieron a primera vista, pocas tienen la ocasión de saber lo que es quererse antes de casarse, tal y como les ocurrió a Timna y Sansón.

Isaac procura alejar esos pensamientos de su cabeza. Le parecen impúdicos, indecorosos, poco respetuosos para con la mujer que en esos momentos los saluda con la mirada baja.

—Que Dios esté con vosotros.

José e Isaac se sientan en unos tocones de madera frente a María. Envuelta por las brillantes sombras de la noche, la mujer semeja más una diosa que una simple viuda.

Antes de que los dos hombres hayan terminado de acomodarse,

un pariente de María hace acto de presencia como salido de la nada. Su llegada parece casual, pero ambos saben que estaba cerca, aguardando el momento de la reunión. Él será el representante de María en la negociación.

Isaac y José vuelven a ponerse en pie. Sus bruñidos rostros están serios, como corresponde al momento. Tan severos y concentrados que ni siquiera se molestan en espantar las moscas que ocasionalmente revolotean con un zumbido irritante. Se oyen las voces de los chiquillos y los gritos de fiesta de los parientes y amigos de José.

El hombre, ataviado con su toga, impone respeto.

Se nota que María está incómoda. No sabe si debe hablar. Hace un amago, pero su pariente Saúl, recién llegado, le dirige un gesto de cariño y ella se repliega de nuevo en el silencio.

—Prima, yo me hago cargo.

En los ojos de María brillan espejismos que inspiran a Isaac el recuerdo de días más simples del pasado, viajando por lugares extraños y diferentes a su tierra natal. Países fríos y brumosos que nada tienen que ver con el calor tornadizo y apasionado que ahora los envuelve. De pronto, tiene la sensación de que es viejo, de que ha esperado demasiado para buscar una esposa, para fundar un hogar y traer al mundo hijos que complazcan a Dios.

Isaac nota que a María se le humedecen los ojos mientras él piensa que recorrer el mundo no le ha hecho tan experto en descifrar la geografía de las almas como le gustaría.

—Que el Señor os acompañe —repite Saúl el saludo.

Intercambian algunas frases más de cortesía, hablan de las fiestas y del gran número de gentes que han acudido a la ciudad para honrar a Dios. Utilizan el lenguaje figurado y las expresiones exageradas tan habituales en la conversación diaria. Eso hace distender la situación.

—Isaac es un buen hombre, según me ha dicho José.

—Ya lo creo que lo es. Respondo por él. Lo conozco desde que yo tenía la edad que tiene ahora mismo Jesús.

—Te creo, confío en ti.

—Te prometo que Isaac cumplirá con su palabra. Y si no cumplo mi promesa, porque Isaac no cumple la suya, me sacaré el ojo derecho. ¡Y también el izquierdo! —asegura José de Arimatea.

—Como sabéis, mi prima María se ha quedado viuda hace un

año. Su situación no es buena al perder a su marido. Esa es la razón por la cual creo que el futuro esposo debería ofrecer una buena dote por la novia. Incluso Jacob la pagó en su momento; claro que, como no tenía dinero, sirvió siete años a su padre a cambio de la mano de Raquel... No es el caso, conociendo a Isaac. Él no tiene necesidad de ofrecer trabajo, porque posee fortuna —dice Saúl con el semblante serio y concentrado, bronceado por el sol hasta el punto de que podría estar abrasado.

La referencia que ha hecho el hombre a Jacob y Raquel, en los que hace poco estaba él mismo pensando, hace que José de Arimatea se revuelva incómodo en su asiento de madera, un tocón todavía fresco, el residuo de un árbol que han tenido que talar porque estaba consumido por la enfermedad.

Saúl está dispuesto a velar por los intereses de la familia de su prima. Sabe que la dote de una mujer es importante, una riqueza con la que puede quedarse en caso de que el matrimonio sea un fracaso. Para la novia es importante hacer un acopio de monedas o de joyas que siempre le pertenecerán. Muchos padres dotan a sus hijas también. Rebeca, la novia de Isaac, no de este Isaac que ahora tiene delante, sino del de las Escrituras, recibió de su propio padre varias damas de compañía para que la atendieran. Esclavas que la cuidaron. Y Caleb otorgó a su hija un campo con manantiales de agua. Pero su prima María no tiene esas posibilidades. Su familia es humilde y se encuentra en mala situación. De modo que Saúl sabe que es importante obtener una buena dote del novio, una que garantice que la niña, la joven María, sacará alguna ventaja si la situación se torna mala en el futuro. Saúl también es consciente de que el novio es rico; en su casa atan con cordoncillos de oro los *lûlab*, los ramos con que se celebra el rito de la Fiesta de los Tabernáculos. En la casa que posee Isaac en Jerusalén se permiten tantos lujos que incluso beben el vino de mesa en vasos de cristal, y sin mezclarlo con agua. A pesar de que es un hombre de edad madura, o precisamente por eso, podrá encargarse del cuidado de la pequeña María.

—Isaac hace una promesa de matrimonio. En estos desposorios deja claro su voluntad de casarse con la muchacha. Tenéis su palabra, de la misma manera que contáis con la mía —pronuncia lenta y solemnemente José—. Hemos traído un documento escrito y firmado como prueba de que el matrimonio se celebrará dentro de un año, cuando la joven haya cumplido quince. Me parece una edad razonable para que María se case.

María, la madre, continúa en silencio. Asiste con la cabeza baja a la conversación de los hombres. Por su apariencia, nadie sabría decir si está escuchando o si su mente se halla en otra parte. Parece haber delegado en su primo Saúl la responsabilidad de ese acuerdo tan importante. Nadie espera que diga nada, pero, cuando finalmente se llega a un acuerdo, que se sella dejando a los pies de María un cofre con una importante cantidad de joyas como prueba del compromiso de Isaac, la mujer se decide hablar.

—No habrá matrimonio si mi hija no quiere casarse.

—Pero... ¡María! —se queja Saúl—. ¿Qué puede saber una chiquilla de lo que le conviene...?

María levanta una mano y hace una señal a su primo cerrando los ojos, como si tratara de sacar las palabras de dentro de su garganta con mucha dificultad, como agua de un pozo seco.

—Os lo agradezco a los tres, pero así lo he dispuesto: María decidirá si quiere casarse o no. Isaac, guarda hasta entonces tus joyas y tu dinero para la dote.

100

Se hacía preguntas que no se atrevía a responder

Sahagún. Imperio de León
Invierno del año 1079

Roberto se hacía preguntas que no se atrevía a responder. Toda su vida, desde que tenía memoria, transcurrió junto a don Bernardo. Con él vivió los primeros años de su infancia en Cluny, un monasterio que consideraba su hogar, y luego viajó de un lado a otro mientras crecía y aprendía en la medida de sus posibilidades, que no eran muchas.

Sentía desilusionar a su maestro, a su padre, pero cada vez estaba más convencido de que no servía para muchas cosas a las cuales estaba obligado por su vida monacal. Prefería los espacios abiertos antes que las paredes de una iglesia. Y aunque le habían enseñado a rezar y a honrar a Dios, se preocupaba sobre todo por el mundo, por la tierra que sus pies hollaban cada día, más que por los asuntos del cielo, que para él estaba demasiado alto.

Pero también era consciente de que la vida en el monasterio le garantizaba poder comer con regularidad, y eso era algo que no todo el mundo podía permitirse. El pan de cada día era una de las dos razones que lo mantenían aferrado al hábito, el cual evitaba ponerse cada vez más a menudo con la menor excusa.

La otra razón era el afecto que le profesaba a don Bernardo, si bien se preguntaba cuánto tiempo podría mantener aquella situación. Se interpelaba a sí mismo acuciado por la sospecha de que tal vez llegaría un momento en que las paredes santas que le daban cobijo no serían lo suficientemente gruesas como para impedirle salir al mundo, que cada vez le atraía más con su poderosa llamada. Incluso aunque esta tuviese ecos de aullidos de lobo.

Aquella mañana se encaminó hacia la zona de obras del monasterio en busca del arquitecto franco que las dirigía o del nuevo maestro, recién llegado de Compostela. Cualquiera de los dos hombres le valían. Guiado por un impulso inaudito que hasta aquel día no había logrado identificar, tenía pensado ofrecerse para ayudar en lo que fuera. Ya tendría tiempo de darle explicaciones al abad don Bernardo sobre lo que sentía en el fondo de su corazón. Seguramente, el hombre ya se daba cuenta de su desasosiego.

—Tu espíritu se calmará —pronosticó Bernardo—. Tan solo estás trastornado por los últimos acontecimientos. Pero los días también se vuelven claros, como una nube de tormenta se deshace después de descargar el agua. Ya verás.

Sin embargo, eso no sucedió. No lograba esclarecer los crímenes del lobo ni aplacar la inquietud que también él sentía en el corazón.

¿Eran anhelos de cordero o afanes de lobo lo que sentía? Su deseo de venganza seguramente lo acercaba más al segundo que a los mansos corderos, sospechó.

Por otro lado, el recuerdo de los ojos de la muchacha, Germalie, lo atormentaba. Había algo en ella que le sacudía la conciencia al mirarla. Y no sabía qué podía ser.

Trabajar en las obras lo distraería, lograría que su alma se despejara de tinieblas, aunque solo fuera porque las supliría con el polvo de la cantera.

También sentía añoranza de Cluny, donde vivió buenos tiempos. Aquel monasterio era lo más parecido a un hogar para él. La *maior ecclesia* de su vida. Una Jerusalén celeste cuyo recuerdo siempre conseguía sosegar un poco su ánimo.

El papa Gregorio VII, empeñado en restablecer la disciplina de la Iglesia, convirtió a Cluny en el centro de un movimiento de reforma espiritual, pero también arquitectónica. Las formas poderosas de aquel lugar santo se cincelaron también dentro de Roberto. Las llevaba talladas en su corazón, las añoraba, las dibujaba en su mente con solo cerrar los ojos...

En el fondo de su ser, era consciente, por mucho que dijese don

Bernardo, de que se sentía más atraído por la construcción de los edificios religiosos que por el propósito espiritual que se escondía dentro de ellos. Ahora se daba cuenta y quería enfrentarse a ese hecho. Tenía más inclinación por la albañilería, la escultura y la pintura que enriquecían los edificios, explicando cada una a su manera la historia sagrada, que por la oración misma. Aunque eso contradecía todo lo que había aprendido a lo largo de su vida, era más feliz cuando construía algo con sus manos que cuando rezaba, si bien se hubiese dejado torturar y quemar vivo antes que confesárselo a don Bernardo, para no decepcionarlo.

El maestro de obras le dejó ayudar, complacido con el par de manos extras con las que no contaba.

Roberto pasó el día trabajando en el altar y la jornada transcurrió para él sin apenas darse cuenta. A pesar del trabajo duro, o quizá por eso, su cuerpo y su cabeza permanecían en paz mientras pintaba directamente sobre las paredes o ayudaba a los hombres a construir una estructura de madera, un retablo de pino y castaño. Vio con agrado cómo encajaban todas las piezas al montarlas y se le antojó un hecho milagroso. Los retablos eran como calles que albergaban pequeñas casas, cada una de las cuales daba cobijo a una escultura, a una pintura, a una escena de la historia...

Sí, el día se le pasó sin pensar.

Envidió a los artesanos que trabajaban en su taller y luego llevaban allí sus piezas, o que las doraban y las tallaban, las pintaban o esculpían en el propio lugar donde finalmente iban colocadas.

Se fijó atentamente en cómo dos hombres preparaban un cuadro uniendo unas tablas con unos travesaños que luego sujetaron con clavos. Uno de ellos había dado una cuidadosa capa de yeso y se disponía a pulirla antes de pintar encima. Entonces, un trabajador pasó a su lado con movimientos bruscos y le dio un golpe. Al primero se le escapó un punzón de las manos y dejó una huella incisa sobre la superficie poco antes inmaculada.

—¡Ten cuidado, asno! ¿Qué estás haciendo...?

Pero, cuando quiso darse cuenta, el patoso compañero ya había desaparecido. Roberto solo tuvo tiempo de fijarse en sus ojos feroces, parecidos a los de un animal... Se reprendió a sí mismo por aquella costumbre que tenía, tan inquietante, de fijarse en los ojos de la gente, como si por ellos pudiese asomar su alma. Era una manía que solo le ocasionaba preocupaciones.

El operario se quejó en voz alta.

—¡Franco de mierda! —Su voz enronqueció por la ira. Luego comenzó a reparar el estropicio y se concentró en la tarea.

Roberto continuó ayudando, cada vez más absorto, siguiendo las órdenes de los obreros. Mientras, pensaba que no hallaría nada más importante en el mundo que construir iglesias y se preguntaba qué diría don Bernardo si supiera que su hijo por fin había descubierto que prefería las piedras a los libros de rezos, el mortero a las plegarias.

101

Te convertirás en una señora

Jerusalén
Año 9 después de Cristo

—Madre dice que te convertirás en una señora de la alta sociedad de Jerusalén cuando te cases con Isaac. —Jesús mira hacia otro lado.

—¿Lo dices en serio? ¡Isaac es un viejo! —responde María atacada por un berrinche.

No es normal ver a María en ese estado, y su hermano se sorprende. Ni siquiera cuando la ataca su mal —por fortuna, hace un tiempo que la enfermedad no la visita con tanta frecuencia—, se pone tan alterada.

—Es un viejo sí, pero un viejo rico. Y, desde luego, mucho más joven que Zacarías, con el que te habían prometido.

—¿Y se supone que debo tener hijos con él?

—Se supone que deberías tener hijos con cualquier hombre con el que te casaras. Ya te lo he explicado más de una vez. Las mujeres parecen condenadas. No es fácil la vida para ellas. Para vosotras. Los partos, los bebés...

—No quiero casarme con él, no me da la gana. ¡No quiero casarme ni con él ni con nadie!

—Madre tan solo ha intentado asegurarte un buen futuro.

—Pues dile que se case ella con él. Al fin y al cabo es viuda, podría ocurrir.

—Nuestro padre también era más viejo que nuestra madre.

María pone los ojos en blanco. Sus hermosos ojos dorados, que siempre están risueños, ahora tienen un barniz apagado y un aire de traición, el color de un vidrio fenicio.

Jesús no sabe qué hacer para consolarla. Lo ha intentado casi todo ya.

Se ha levantado un viento suave y cálido que ha aclarado la lejanía, como si los dedos de Dios hubiesen enjugado el horizonte.

Los dos hermanos pasean por el monte de los Olivos. María juguetea nerviosamente con sus mangas y mira a su alrededor, fijando los ojos de manera ruda en la gente con la que se cruzan. Se agarra el vientre como si sintiera una punzada de dolor de esas que suelen abatirla de vez en cuando. Sus dolores de mujer. Jesús ha aprendido a no darles tanta importancia como al principio. El joven piensa a veces que María no soporta su naturaleza y que por eso su cuerpo se resiste. Debería haberse imaginado que no aceptaría de buen grado el matrimonio. Él tampoco lo acepta en realidad, pero su deseo es que ella esté protegida del mundo feroz que los rodea, que devora a las jóvenes como ella con la facilidad con que un lobo descuartiza a un cordero. Con la sencillez con que un sacerdote desmiembra a un cordero pascual.

Isaac la cuidaría, si se casa con él. Lo enfurece la idea, igual que a María. Pero, por otro lado, cree que puede ser una buena forma de vida para su hermana. Si tiene suerte y no muere pronto de parto.

María camina unos pasos detrás de Jesús. Van juntos pero separados. Él es el hombre, ella la mujer.

La brisa mece las hojas de los olivos, que parecen de plata y titilan como la luz de las estrellas.

De pronto, María se queda plantada en mitad del camino. Mira con atención a su hermano, su pelo corto y espeso, a la manera romana, que siempre da la sensación de haberse manchado con una sutil capa de ceniza. Los ojos tan parecidos a los suyos. Las facciones regulares de su cara. Ya ha alcanzado la estatura de un hombre adulto y a veces, si lo mira fijamente, puede adivinar sus pensamientos. No necesita que Jesús diga nada. Ella sabe leer el corazón de su hermano.

—¡Tú estás de acuerdo con ella! También quieres que me case. Así me quitáis de en medio...

Jesús sacude la cabeza y continúa andando.

Este año, Judá y Jesús han acampado en la colina junto a sus hermanos mayores, mientras que ella y su madre han pernoctado, como suele ser costumbre, en casa de unos familiares.

—No es eso María, tú sabes que no es así. Desde que murió nuestro padre, todo es más difícil y si no fuera por nuestros hermanos mayores... Deja de comportarte como una niña mimada.

—No es justo que me digas eso precisamente tú, que has sido consentido primero por nuestra madre y después echado a perder por nuestro padre. El trabajo que inició madre lo completó padre contigo. Has sido siempre el favorito. Pero yo, por ser mujer, no soy nada. Por eso no puedes entenderme. A pesar de que no hay tanta diferencia de edad entre tú y yo, tu voz siempre se escucha, mientras que la mía se apaga a merced del viento.

—Si te casas con Isaac, la mimada serás tú. Dispondrás de dos medidas de vino diarias. Tendrás oro y plata para tus gastos superfluos...

—¡Qué más me da eso!

—Las mujeres mueren todos los días como animales. Sobre todo si son pobres. La pobreza las hiere y luego las mata sin piedad. No quiero eso para ti.

—¡No me importa el oro, hermano! Una vez padre me contó la historia de una mujer que tenía grandes riquezas, muchas monedas y joyas, pero que tuvo que soportar el asedio de la ciudad donde vivía durante todo un año. Resultó que ni su oro ni su plata le sirvieron de nada, de modo que, cuando llegó la hora de su muerte, lo tiró todo a la calle. El oro y la plata no se pueden comer.

—Pero tú, si Dios quiere, no vivirás en sus mismas circunstancias. Padre nos contaba historias para hacernos pensar. No hay que tomárselas al pie de la letra, tan solo meditar sus enseñanzas.

—Nunca pensé que yo acabaría casándome con un negociante ni con un recaudador de impuestos.

—No es lo mismo una cosa que la otra.

—¡Para mí sí!

—¿Y con quién te gustaría casarte?

En realidad, María nunca lo ha pensado. No tiene sueños a ese respecto. El matrimonio es algo que no estaba en sus planes hasta que llegó a su casa Zacarías aquella noche que ahora le parece tan lejana.

—Con nadie.

—Isaac es un gran comerciante de trigo y cebada, pero también de tejidos. Y aun así es generoso y hace actos de beneficencia. Yo te digo que no todos los ricos actúan como él.

—¿Esa será mi vida entonces, hermano? ¿Estar casada con un comerciante y traer al mundo a sus hijos...?

—Hay vidas peores, hermana.

—¿Y cuál será la tuya? ¿Seguirás los pasos de nuestro padre, continuarás trabajando en su negocio junto con nuestros hermanos...? No llegarás a ser tan rico como Isaac, entonces.

—Nunca he querido ser rico.

—¿Y por qué quieres que yo lo sea? ¿Y qué es lo que deseas ser tú?

Jesús sonríe, pero no responde de inmediato.

En Jerusalén, donde ahora se encuentran, la tradición dice que las gentes se enorgullecen de su pobreza, que ser pobre es un honor. Ciertamente, la ciudad parece un centro de mendicidad. Dar limosna es una obligación santa, pero Jesús piensa que hacerlo atrae a más mendigos. Ha recorrido las calles sin cesar, le gusta deambular por ellas. Ha visto el dolor y la miseria humana expuestos. Hay mendigos en la misma medida en que hay simuladores que fingen enfermedades. Contrahechos, cojos, enfermos hinchados como odres de vino a punto de reventar... En el camino al huerto de Getsemaní, los leprosos exponen sus llagas abiertas esperando compasión. No se les permite entrar en la ciudad, de modo que se sientan junto a las puertas. Ese mal no es fácilmente disimulable y a Jesús le hieren las heridas expuestas. Le gustaría hacer algo por curarlas.

Alguna vez ha meditado sobre la injusticia de no dejar que los ciegos y los paralíticos deambulen a sus anchas por el Templo. ¿Por qué no los dejan? O que los mutilados no entren en el atrio interior excepto en ocasiones... Piensa mucho en la impureza, en la enfermedad. Le han enseñado que es cosa del demonio, pero no entiende qué mal puede haber hecho un recién nacido, como el hijo de la prostituta que recogió. ¿Acaso él es responsable del pecado de sus padres? Jesús se dice que sí, pero porque no encuentra otra explicación. Pero luego se rebela contra esa condena. ¿Por qué una criatura que acaba de ver la luz del mundo por primera vez lleva sobre sus hombros el pecado de sus padres? Si estuviera en sus manos, quizá aceptaría el pecado, pero lo perdonaría enseguida.

Le gustaría también poder hacer algo por aliviar el padecimiento de los enfermos y los impuros, por mitigar el dolor y la vergüenza de los bebés que mueren nada más nacer, de aquellos que solo disponen de unos instantes de vida antes de cerrar los ojos para siempre. Aplacar el sufrimiento de los tullidos que no pueden moverse solos y que piden limosna mientras oran torpemente en las horas de más afluencia al Templo; el de los desgraciados que se agolpan en el atrio de los paganos, donde ciegos e impedidos se sitúan juntos.

Le gustaría hacer.

«Hacer.»

Piensa en todos ellos con compasión, pero también se revuelve de rabia cuando evoca la imagen del montón de holgazanes que pululan por todos lados. De los desocupados que renuncian a todo para dedicarse por completo al culto, lo cual le parece un exceso impropio. Por no hablar de todos aquellos que pasan sus días visitando a familias en duelo para luego salir corriendo a un banquete de boda, a una fiesta de circuncisión o a otra de reinhumación.

Desprecia a los parásitos, a los delincuentes y a los terroristas que atemorizan a la ciudad... Los zelotes se dicen libertadores del pueblo, pero llevan consigo la violencia. Aunque Jesús no puede reprochárselo del todo, pues no está libre de culpa; también él siente bullir la ira bajo su pecho. Sabe que curando no conseguiría todo lo que quiere, que necesitaría además un látigo o un hacha.

Sus reflexiones a veces le asustan.

Mira a su hermana de reojo y se avergüenza de sus pensamientos. Pero no los desecha, tan solo los aparta a un lugar oscuro y protegido de su corazón. Como quien guarda alimentos en una despensa.

102

Más de lo que él había imaginado

Sahagún. Imperio de León
Invierno del año 1079

Ver a Matilde lo trastornó todavía más de lo que él había imaginado.

La mujer era tan hermosa que Selomo tuvo ganas de creer en Dios con más fuerzas que nunca. Porque era verdad que su fe iba y venía, crecía en intensidad o disminuía gravemente. Según su humor y, sobre todo, según sus circunstancias.

Siempre se cuestionaba a Dios cuando se tropezaba de frente con el dolor o con la desgracia. Pero en ocasiones como aquella, mirando los graciosos rasgos del rostro de Matilde, sentía más que nunca la necesidad de pensar que un ser tan perfecto como la mujer tenía que haber sido obra de alguien muy grande. Solo Dios podía haberla concebido. No podía ser mérito de su madre.

La mujer se excusó, cerrando los ojos como si acabase de olvidar algo de repente. Selomo se sintió viejo y feo, indigno de estar en presencia de una belleza como aquella.

—Tienes que perdonarme, mi señora doña Constanza ha dado a luz hace poco y he estado muy ocupada. Roberto me habló de que querías verme.

—¿La reina ha dado a luz? —Selomo se mostró extrañado, no tenía ni idea, y le parecía una noticia lo bastante relevante como para haberla conocido de inmediato.

—Una niña.

—Ah, bueno. —Por eso no se había enterado. El rey esperaba un heredero. Las chicas le traían al fresco.

Se encontraban en las puertas del monasterio, a ojos vista de cualquiera que pasara por allí en ese momento. Un incansable trajín de obreros los rodeaba. No era un lugar tranquilo.

—Una niña, sí. Bonita y perfecta, pero, por desgracia, nació muerta. La reina no se encuentra bien desde entonces.

—Oh, vaya... Lo siento. Lo comprendo.

—Me temo que yo he estado demasiado atareada cuidándola desde entonces. Pero dime. Según Roberto, estás enfermo. ¿Es cierto?

Selomo sintió una oleada de vergüenza que casi le impidió seguir respirando. Hasta ese momento, no pensó que tendría que hablar con Matilde de forma sincera. ¡Qué torpe era! No cayó en que tendría que confesarle sus miserias a aquella mujer, y que ese no iba a ser un buen trago. Se sentía tentado a mentirle, pero, por otra parte, sabía que era una estupidez indigna de él. Así que hizo un esfuerzo por contarle la verdad de manera concisa.

Por supuesto, Matilde no se conformó con sus explicaciones, sino que quiso ver por sí misma las ulceraciones de su piel.

Selomo miró con precaución a su alrededor, quería evitar la mirada indiscreta de algún viandante. Se subió con cuidado la manga de su traje y le enseñó el antebrazo.

—No, pues claro que no es lepra. Roberto sospecha que lo es, pero yo puedo asegurarte que no; la he visto y tratado en varias ocasiones. Tienes suerte. ¿Hasta dónde llegan las ulceraciones en tu cuerpo?

—Hasta el cuello... Y de ahí para abajo.

El hombre sonrió con amargura. Mejor dicho, los picos de su boca se curvaron en una mueca y, aunque hizo todo lo posible por mantener la compostura, lo logró a duras penas. ¡Suerte, decía Matilde! Él no llamaría así a esa enfermedad que le daba el aspecto de tener la piel recién desollada. Pero no quiso llevarle la contraria a la beguina. Al fin y al cabo, ella era la sanadora, la médica.

—Tápate, te lo ruego. Me gustaría verte el resto del cuerpo, si estás de acuerdo. Pero este no es el sitio desde luego.

Selomo no supo ni qué contestar. Su azoramiento le impedía pensar con claridad. Aquella mujer tenía en él un efecto inaudito. Jamás le había ocurrido. Era algo por completo diferente. Las mujeres, por lo general, solían ponerlo en guardia, y, tenía que confesarse a sí mismo, en eso se asemejaban mucho a la impresión que le producían los hombres. Pero con Matilde todo era distinto.

Dieron un paseo el uno junto al otro, aunque Matilde procuraba no caminar a la altura de Selomo. Se pararon en un lugar privilegiado desde el que se podía contemplar la excavación de una parte del monasterio, que avanzaba lentamente porque una de las paredes ya se había derrumbado dos veces. Y otras tantas el arquitecto había vuelto a levantarla, entretanto rogaba al cielo que el trabajo no se viniese abajo de nuevo...

Mientras veían trabajar a los obreros, mantuvieron una conversación que a Selomo se le antojó extraña, sobre comida y vestimentas. Matilde quiso saber cuáles eran exactamente los hábitos alimentarios de Selomo.

—¿Sueles comer mucha carne?

Selomo le confesó que, como la mayoría de la gente, lo hacía en muy raras ocasiones, aunque más a menudo desde que había llegado a Sahagún y se alojaba en el monasterio, ya que el cocinero le reservaba, cuando podía, un plato de la olla destinada a los enfermos.

—Los ricos tienen sus cacerías, sus hecatombes de corzos y perdices, de jabalíes y de ciervos. Y los campesinos tienen la carne de cerdo y de corral —le explicó Matilde con sus labios deliciosamente sonrosados y perfectos—. Pero te recomiendo que tengas cuidado al comerla. Tengo entendido que hay una cierta escasez de sal y de pimienta en la región, y la carne seca y ahumada en las chimeneas no se conserva bien si no se dispone de esos ingredientes. Los que la comen, enferman. Aunque no creo que ese sea tu problema.

—Lo tendré en cuenta, por supuesto.

—Ahora, haz memoria, quiero que me digas exactamente lo que has comido la semana pasada. Día tras día. Sin olvidar ni una sola comida.

Selomo se quedó pensativo y se rascó la cabeza, a pesar de que era la única parte de su cuerpo que no le picaba habitualmente.

Cuando acabó su relato, Matilde insistió:

—Tengo que verte el cuerpo. —Al decirlo, miró para otro lado, de modo que Selomo pudo evitar que contemplase el rubor que le cubrió el cuerpo entero como una fiebre. Como su enfermedad, pero sin ningún dolor.

103

Me gustaría ser médico

Jerusalén
Año 9 después de Cristo

—Quiero ser un sanador, me gustaría ser médico —le confiesa Jesús a su hermana María.
—¿Quieres decir que deseas ser un... envenenador?
—Sí, algo así. Aunque mi objetivo no sería matar, sino dar vida. Los venenos sirven para curar muchas veces. Casi siempre.

María se muestra incrédula. Como la mayoría de la gente, no confía en los médicos. Que ella sepa, suelen ser extranjeros, no judíos de la tierra. A pesar de que su hermano busca hierbas para curarla, a María le han enseñado que lo correcto es rezar para obtener salud. Así lo hacía Moisés por los israelitas cuando fueron mordidos por las serpientes. También David acudía a Dios cuando las enfermedades lo abrumaban. Incluso el rey Salomón era partidario de orar para curar a los enfermos, lo mismo que el rey Ezequías, que fue sanado porque rezó. Eso lo sabe cualquiera. Pero... ¿un médico? ¡¿Dónde se ha visto algo así?!

—Ni siquiera el médico del Templo de Jerusalén es de los nuestros. Ha venido de un lugar lejano. De Siria, creo. Aunque no lo aparenta, así es. Me lo ha dicho madre. Y sus prácticas no dan buen resultado.
—Acierta algo más que tus rezos. Y mis hierbas alivian tus dolores cada luna. Por no hablar de los otros, los de los demonios de tu cabeza.
—El dolor es un castigo por el pecado.

—¿Y qué pecados has cometido tú? Dime...

María se para a pensarlo. Se le ocurren mil razones por las cuales podría ser castigada, pero no sabe concretar ninguna. Probablemente sea mala. O no demasiado buena. Es difícil complacer a Dios, ser perfecta. Seguro que ella se merece lo que le pasa. Incluido el tener que casarse con un hombre al que ni siquiera ha visto nunca y que podría ser su padre.

Pasan cerca de un ciego que se encuentra sentado en el camino. Sus ojos vacíos miran en dirección a los dos jóvenes, siguiendo el rastro de sus voces. Miran, pero no ven.

—¿Y este? ¿También ha pecado o fueron sus padres los pecadores, los culpables de que haya nacido ciego? —Jesús señala al hombre con un gesto de su barbilla, pero María desvía la mirada.

—Tú sabes echar fuera los demonios que viven dentro del cuerpo, los espíritus malos... —dice la joven por toda respuesta—. Por eso, cuando seas un hombre mayor, serás sabio. Un rabí. No un envenenador.

Pero Jesús no la escucha.

—Hay rabíes que dan malos consejos. No son tan sabios como los presentan. ¿Recuerdas lo que te recomendó aquel al que consultaste no hace tanto?

María asiente. Incluso ella se sintió ridícula. El rabí le ordenó que cavara siete hoyos y quemase dentro de ellos algunas ramas de parra que no tuvieran cuatro años de edad. Luego, María debía llevar una taza de vino en la mano, situarse al lado de cada uno de los hoyos, sentarse y repetir las palabras: «¡Quédate a salvo de tus enfermedades!».

Por si acaso, María hizo lo que le indicó el hombre, pero los flujos de sus sangres continuaron siendo dolorosos.

—El tanque de Bethesda produce milagros, un ángel remueve sus aguas cada poco y cura las enfermedades de los tullidos y de los pordioseros ciegos.

Jesús se encoge de hombros y no dice nada.

—María, nuestra madre no te obligará a casarte si tú no quieres. Cálmate y perdónala por intentar ayudarte.

Jesús le recuerda también a su hermana que el rey Asa, en el año 39 de su reinado, no buscó a Jehová, sino a los médicos.

—Y tú, ten fe, aunque sea en una piedra —reconviene María a su hermano pequeño empujándolo suavemente.

—Eso hago. Por eso mismo consigo curarte.

104

Mientras se encaminaba a la casa del mercader moro

Sahagún. Imperio de León
Invierno del año 1079

Selomo maldecía su suerte mientras se encaminaba a la casa del mercader moro.

Eso de ser mercader era algo que admiraba, por supuesto, como le ocurría con todo aquello que él era incapaz de hacer: ir a la guerra, asesinar, amar a una mujer, comerciar..., actividades en las que él no era muy ducho.

Un mercader arriesgaba tantas cosas que, solo de pensarlo, Selomo se sentía trastornado. Debía superar caminos inseguros de tierra, inundados de agua, a través de los cuales transportaba sus mercancías. Daba igual si eran paños o cereales, metales o minerales. Él había recorrido los caminos del mundo como un peregrino, sin serlo del todo, llevando consigo tan pocas pertenencias como le era posible. Todo lo que poseía, lo acarreaba de un lugar para otro. Era poco y, por tanto, poco arriesgaba. No necesitaba mucho para vivir. Comía lo justo. No quería ni pensar lo que suponía empeñar fortunas en llevar mercancías atravesando montañas, cruzando los Alpes o los Pirineos, asumiendo riesgos, exponiéndose al cielo abierto por campos y colinas propicias a los pillajes y a las incursiones de los bandoleros... Tirando de pesados carros o carretas, teniendo cuidado de los animales de carga, procurando que no enfermasen o muriesen de hambre o reventados por el esfuerzo. Pagando tributos por cruzar ciudades avariciosas capaces de confiscar legalmente cargamentos que nunca hubieran soñado poseer. Costeando peajes y derechos, impuestos y gabelas, solo por cruzar un puente o un vado...

Y eso sin contar el transporte marítimo, gracias al cual los *mercatores* lograban inmensas riquezas, pero cuyos negocios adolecían de grandes obstáculos, pues estaban expuestos a las tormentas y los naufragios, a los piratas y a las insurrecciones de la propia tripulación. Tenía entendido que los vascos y los catalanes junto con los genoveses eran marinos sabios y osados. Admiraba esas cualidades, pero no eran las suyas. Llevar cosas de un lugar para otro no estaba entre sus actividades favoritas. Y el único bien precioso del que dispuso nunca, su pequeño libro sagrado y mágico, se le cayó por culpa de su torpeza en el momento más inoportuno. Ahora, solo conservaba en su cuello la cadena con la cual lo llevaba atado desde que era niño, colgando negra, herrumbrosa e inútil, como un doloroso recuerdo de su incompetencia y su falta de cautela.

No quería ni pensar lo que hubiese podido ocurrir de haber sido el responsable de transportar trigo y cera, salazones y pieles, o quizá esclavos...

Estaba distraído en sus pensamientos cuando por fin se encontró frente a la casa del mercader musulmán. Se dio cuenta de que le pasó lo mismo que le sucedía tan a menudo: su imaginación echaba a volar igual que un pájaro mientras la realidad a su alrededor se quedaba quieta, sin moverse del sitio. El hombre resultó tener una simple carnicería, que atendía uno de sus criados; no se dedicaba —eso estaba claro— al comercio de piedras preciosas con Oriente ni a traer seda desde los confines de la tierra. Cuando le dijeron que se trataba de un mercader musulmán, Selomo quizá desvarió, como solía ocurrirle.

Un vecino le dijo que el hombre tenía sus propios rebaños y que su material era de fiar, que no vendía carne podrida ni muy especiada para disimular su mal estado.

—Puedes comer con tranquilidad lo que te venda —dijo asintiendo con vehemencia y relamiéndose un poco.

En la puerta, Selomo miró a su alrededor, pero no quedaba rastro ni de Roberto ni de Matilde. Y mucho menos de Samuel, que era imprevisible, como él ya sabía. Maldijo su suerte por llegar el primero a la cita y trató de no perder demasiado tiempo. Se dirigió al criado árabe que atendía en ese momento la carnicería y le preguntó por su dueño en su propio idioma.

—*Salam alaykum!* ¿Está tu amo?

El muchacho tenía un aspecto reservado y hosco. Con el ceño fruncido, golpeaba una pieza de carne. Selomo hizo un esfuerzo por contener la náusea, no le gustaba el olor de la sangre. Se sentía incómodo, pero trató de componer su mejor media sonrisa, ni demasiado grande ni demasiado cicatera. De todas formas, nadie en el mundo sonreía, excepto Matilde, que cuando lo hacía iluminaba el cielo tanto o más que el sol. Nadie apreciaría sus esfuerzos, y menos en una carnicería, pensó dejando que sus labios volvieran a curvarse hacia abajo.

Como protegido del rey, no estaba obligado a llevar ningún distintivo en sus vestimentas que lo significara como hebreo. En ese momento se alegró profundamente de poder disfrutar de tal privilegio. Se rascó disimuladamente la barriga. Aquel día su enfermedad estaba llegando a la apoteosis de la opulencia y la incomodidad. Pensó que, cuando llegara al monasterio, refugiado ya en su cubículo, se quitaría la ropa y se lavaría suavemente las zonas más irritadas. Siempre tenía una jofaina con agua fresca para esos menesteres, más que para saciar la sed. Esa operación lo aliviaba un poco.

El chico no contestó de inmediato.

Selomo tuvo tiempo de observar su alrededor. Desde el umbral de la puerta vio cómo, a pesar de que aún no había llegado el verano, el sol quemaba los tejados de piedra, que despedían destellos grises, del color de una espada. Mientras, el viento, frío y seco, hurgaba las esquinas con la inquietud afiebrada de un enemigo.

Notó cómo la sangre corría sin prisas por dentro de su cuerpo y buscó la sombra lejos de la puerta mientras esperaba a que el mozo lo atendiera. El cielo esa mañana ofrecía un aliento fresco. Por la calle pasaron unos peregrinos que recordaron a Selomo sus pasados días de exploración y viajes por tierras remotas. Aquellos que caminaban con paso despreocupado se dirigían sin duda a Compostela.

Varios jinetes hicieron resonar los cascos de sus monturas. Selomo se apartó para dejarlos pasar. Se fijó en uno de ellos, ataviado con unas vestiduras largas y blancas y con un bonete cubriendo la corona afeitada. Su barba era tan larga que le llegaba hasta el sitio del que colgaba una espada larga. Era tan ondulada y suave que Selomo pensó que podría competir con la cabellera de una mujer. Se sintió turbado por sus pensamientos. Escuchó hablar a gritos el idioma francés normando. A su lado, un joven, seguramente el paje de alguna gran casa, olfateaba una pierna de cordero que no parecía complacerlo demasiado.

Cuando por fin se dignó a atenderlo, el muchacho le hizo saber escuetamente que su amo no estaba en esos momentos.

—Podías haber empezado por ahí —suspiró Selomo en latín. El chico lo miró receloso, sin comprender, por supuesto.

El gramático hizo un esfuerzo por contener su rabia. Se repuso y le explicó brevemente al joven el motivo de su visita, dándole detalles de por qué quería hablar con su amo. Aunque sabía que no era de su incumbencia, prefería ganarse su compasión y por tanto su colaboración. Como parecía que ninguno de sus compañeros llegaría a tiempo, se dijo que lo mejor era llevar a cabo la investigación él solo, hasta donde pudiera. Acabar cuanto antes y volver a su trabajo diario, que tanto le complacía. En cuanto abandonaba los libros y se enfrentaba al mundo real, con su olor a miseria y carnicería, Selomo notaba que su mal empeoraba, su vista se nublaba y su ánimo decaía.

Una vez que lo hubo escuchado, el joven dejó lo que tenía entre manos por un instante y se quedó mirando fijamente a Selomo.

—No es a mi amo a quien estás buscando.

—Pero... ¿Acaso no es él el padre de un niño que encontramos muerto y que...?

—El niño no era de mi amo, sino de su hermano —dijo y señaló con una mano ensangrentada hacia la acera de enfrente, a un taller de piedra del que no dejaban de salir golpes y pequeñas nubes de polvo blanco.

—Ay, entonces me he equivocado...

—De todas formas, el niño tampoco era su sobrino. Quiero decir que no era hijo del hermano de mi amo. Que yo sepa, no era hijo de nadie —explicó en árabe.

Selomo se encaminó hacia el taller. La entrada del establecimiento estaba en otra calle y fue allí donde se encontró con Roberto y Samuel. El más joven comunicó a Selomo que Matilde no había podido ir.

—Me ha mandado recado. La reina se encontraba indispuesta y

no ha podido reunirse con nosotros, pero quiere que la visites una vez terminemos con lo que nos ha traído hasta aquí.

Parecía que tanto Roberto como Samuel habían vuelto a entenderse y estaban de nuevo en actitud amistosa.

—Matilde... Sí, iré a verla.

Cuando por fin el dueño del taller se presentó ante ellos, Selomo no pudo evitar sentir una punzada de íntima satisfacción que lo inundó como un placer inesperado. Sucedió cuando Roberto lo anunció, con un tono que incluso a sus oídos sonó rimbombante, como *Selomo ben Hiza regis Adefonsi grammaticus*.

El gramático del rey Alfonso.

El título, en cualquier caso, no pareció impresionar al dueño del taller, que se limitó a encogerse de hombros y a preguntar qué querían.

—Estoy muy ocupado.

Entre Samuel y Roberto intentaron explicarle por qué estaban interesados en hablar con él.

—No era mi hijo —negó el hombre, llamado Hassan.

—Pero tampoco era tu siervo, ¿verdad?

El hombre confirmó que así era. No, no era su siervo. No era nada. Dijo que él se limitaba a criarlo, ya que lo había recogido cuando apenas sabía andar.

—No me costaba mucho más de lo que me cuesta criar un perro. Y era bien dispuesto. Que Alá el misericordioso lo tenga en la gloria junto a él. —Sus ojos parecían irritados, Selomo no sabía si a causa del polvo que salía por la puerta del taller o por la pérdida del muchacho.

No consiguieron, pues, averiguar mucho más de lo que ya sabían: que el niño fue asesinado y luego devorado. Aunque Selomo no podía asegurar en qué orden sucedieron ambas desgracias.

Mientras Samuel y Roberto daban el pésame al hombre, Selomo se dio una vuelta con aire distraído por el taller, donde estaban trabajando varios operarios que no cesaban de golpear la piedra. Al poco, Roberto se unió a él señalando fascinado las obras que allí se producían.

—Nunca había visto tantas maravillas juntas —dijo el joven monje.

Selomo se dio cuenta de que en la mirada de Roberto brillaba un fuego inesperado, una luz desconocida, mientras admiraba las piezas acumuladas en el local, que tenía varias paredes de mortero derruidas y apalancadas con tablas.

En efecto, los trabajos eran impresionantes, tuvo que reconocer Selomo. Imágenes y series preparadas para adornar las construcciones religiosas que había en la ciudad y, probablemente, para ser exportadas a otros lugares, quizá incluso a algunos tan lejanos como Compostela. El taller albergaba todo un discurso visual antropomorfo y zoomorfo muy del gusto de los peregrinos, de los fieles y de los viajeros que adoraban el lenguaje escultórico que, incrustado en las fachadas esculpidas y en los capiteles, en los murales y dentro de los recintos..., les narraba historias increíbles de fe. Allí, con un cincel y un martillo, se daba forma a distintos discursos apocalípticos, exegéticos y bíblicos. Los animales eran representantes del bien y del mal, personajes principales del relato, con características físicas tanto de su especie como de la humana. Un lenguaje animal persuasivo que, con el color y la línea, la textura y el espacio, acentuaba un simbolismo zoológico cristiano.

Roberto fijó los ojos, inmovilizado, en las figuras malignas: el dragón y la zorra, el lobo y las ranas, y otras criaturas apocalípticas y monstruosas que daban razón del mal en un universo que las ponía al otro lado de la balanza, en el lugar opuesto al de la armonía y el orden, la proporción y el bien.

—La *animalia*... —dijo Roberto con la voz casi enronquecida.

Las cosas malas, deshonestas y torpes, la miseria y el crimen... Todo estaba allí, grabado en la piedra.

Selomo lo observó con curiosidad y no salió de su asombro cuando el joven monje se acercó al dueño del taller y le preguntó si podría tomarlo como aprendiz.

—Domina tus impulsos, Roberto, tendrías que hablar antes con el abad —le recomendó Selomo.

Pero el joven parecía estar sordo. Daba la impresión de que acababa de tener una revelación.

—Me gustaría aprender a darle forma a la piedra. Puedo trabajar aquí el tiempo que consideres conveniente —volvió a insistir ante la mirada de sorpresa del musulmán—. Considérame tu discípulo y también tu esclavo si así lo crees necesario. Pero quiero que me enseñes. Lo necesito.

105

Sin una pizca de luz en sus ojos

Jerusalén
Año 9 después de Cristo

María piensa en el Isaac de las Escrituras. Un ciego sin una pizca de luz en sus ojos.

Abre sus pupilas a la claridad del sol de la mañana y piensa en el Isaac que le está prometido para convertirse en su esposo. El de las Escrituras es un emblema de salvación, un símbolo de la estirpe de los santos. Él fue el primer circunciso, con él se inició una tradición que han seguido todos los hombres de su familia.

No sabe qué pensar.

Se encuentra en un dilema y se siente demasiado joven e insegura como para tomar una decisión. Sabe que casarse con Isaac dentro de un año, tiempo que debe pasar antes de culminar con el matrimonio la promesa que los desposó, supondría para ella la garantía de una vida cómoda, a salvo de peligros, el mayor de los cuales es la pobreza. Sí, quizá también la enfermedad. Una suele ir de la mano de la otra, como dos hermanas que caminan juntas en busca de agua cada mañana.

Cierra los ojos y reza buscando inspiración, la ayuda de Dios. Su gracia.

Usa las palabras del rey David, que era un pecador impenitente, pero también un músico delicado que tocaba el arpa con una habilidad sorprendente. Pecaba y se arrepentía con la misma facilidad.

El pecado y el arrepentimiento le eran familiares a David. El rey poeta, el pastor, pero también el guerrero capaz de empuñar un arma con la que decapitar a un gigante.

—Dios, apiádate de mí, tú, que eres misericordioso y clemente, borra mi iniquidad. Lávame con tus manos la maldad que me cubre, límpiame de mi pecado. Porque reconozco mi perversidad y mis pecados están siempre delante de mí. Peco contra ti y hago mal ante tus ojos. Lo confieso, lo reconozco, Señor. —María anda mientras reza y mueve los labios suavemente—. He sido engendrada en la maldad y, a pesar de todo, comprendo tu sabiduría. Purifícame con tu hisopo divino para que sea limpia, lávame para que mi cabeza y mi alma se queden más blancas que la nieve. Devuélveme el gozo de tu salud. Que tu espíritu me sirva de sustento. Que hasta los cielos lleguen mis oraciones para que tú las oigas. Que un poco de ese manantial de luz que está contigo me aclare los ojos...

María siente que es demasiado pronto.

Que no está preparada para que un hombre la bese en la boca. Para probar el amor y el vino. Su hermano Jesús, y también sus hermanos mayores, alguna vez le han dado un poco de vino. Le sienta mal. No puede soportarlo. María piensa que el amor es como el vino: hay que estar preparada para poder beberlo. Para tomarlo con la boca. Claro que, a veces, muy pocas, ha soñado con el día en que tenga que complacer a un hombre.

Su hermano Judá, que tiene una voz clara y acariciadora, ha leído para toda la familia palabras del Libro de los Reyes que la han perturbado. Palabras que cuentan historias de amor. Los pensamientos del sabio rey Salomón, el que revistió las paredes del Templo con tablas de cedro y cubrió el pavimento con madera de haya. El que amaba los botones de flores silvestres, las maderas de talla de oliva y los cedros del Líbano.

Las palabras favoritas de su hermano son aquellas que dicen: «Los sabios heredarán honra, pero los necios solo encontrarán ignominia. Adquiere sabiduría y engrandece tu inteligencia, que ella te honrará cuando tú la hayas abrazado. Por el camino de la sabiduría te he encaminado y por veredas derechas te he hecho andar. Cuando vayas por ellas, tus pasos no se estrecharán, y si corres, no tropezarás. Toma este consejo, guárdalo. Porque eso es tu vida».

María se las sabe de memoria. A ella también le gustan.

Pero en estos momentos recuerda aquellas que aconsejan alegrarse con mujeres a las que se conoce desde siempre, desde la mocedad. Son palabras que hablan a los hombres, pero no a las mujeres. Que les aconsejan a ellos, no a ellas: «Sea para ti como una cierva amada o una graciosa corza, que sus pechos te satisfagan todo el tiempo y te recrees siempre en su amor».

¿Es eso lo que ella tiene que ser para Isaac? ¿Una cierva amorosa o una corza graciosa? ¿Tendrá que guiarlo, guardarlo mientras duerme, hablar con él cuando despierte? ¿Y qué será Isaac para ella, un marido o un padre? ¿Solo representa riquezas con las que comprar tranquilidad? ¿Va a sustituir el amor de ese hombre mayor el de su padre, ya perdido para siempre?

El amor de José era para ella una piedra preciosa. Lo echa de menos cada día que pasa. Nadie podría sustituirlo. Ni otro padre, ni un marido.

Las palabras del *Cantar de los Cantares* describen a la perfección cómo tiene que ser un esposo. A pesar de que su padre, José, interpretaba los versos de otra manera, María no puede dejar de pensar en ellos literalmente, ¿o acaso las palabras no dicen lo que dicen?

—Mi amado es blanco y rubio, señalado entre diez mil. Su cabeza como oro fino. Sus cabellos crespos, negros como el cuervo. Sus ojos, como de paloma junto a los arroyos de las aguas, que se lavan con leche, y colocados a la perfección.

Esas palabras evocan una imagen muy distinta de la que Isaac transmite a María. Porque Isaac le da miedo. Cuando lo mira, es incapaz de imaginar que sus labios destilen panales de miel. Que haya leche debajo de su lengua. Que bajo sus vestidos se oculte el olor del Líbano. Por el contrario, Isaac es recio, oscuro, barbudo, de ojos indescifrables. Su mirada destila una inquietante sensación de peligro. A veces se retuerce las manos con impaciencia. Es demasiado alto para tener la voz tan suave y su cara está surcada de arrugas. Lleva las manos cubiertas de sortijas y la piel se le ha descarnado debajo del oro. Vive en una gran casa de la ciudad, con salas amuebladas con divanes y pieles de leopardo. Allí hay estatuas de mujeres con los pechos desnudos y esclavas que parecen imágenes que han saltado hasta el suelo de la estancia directamente desde los tapices.

María no comprende la esclavitud y no sabe cómo tendrá que tratar a esas esclavas si es que por fin decide convertirse en la señora de la casa.

María camina sola, en fila detrás de un constante hormigueo de hombres y mujeres bañados por el sol de la mañana. Pronto, el astro rey estará alto en el cielo y será mediodía.

Suenan las trompetas de la fortaleza Antonia, con su sonido acuciante de retreta militar. Se detiene un momento entre unos vendedores de agua y tortas de miel, disimulando como si estuviera pensando en comprar algo mientras mira de reojo a dos prostitutas que van tocadas con una mitra babilónica y sueltan grandes risotadas, bromas y palabras gruesas. Se pregunta cómo serán las vidas de esas mujeres, que hacen cada día las cosas que a ella le atormentan la imaginación. Que tienen intimidad con hombres que van y vienen, y a los que ni siquiera conocen. Se pregunta si sus vidas son ásperas como las laderas de caliza sin pinos, ni senderos ni vegetación, que ascienden desde el valle del Cedrón.

Camina unos pasos distraída y trata de olvidar la imagen de las dos mujeres centrando su curiosidad en los vendedores de fruta, de vinos y pasteles, que se entretienen jugando a la taba. Un miembro del sanedrín, ataviado con su imponente túnica verde y con sus tablillas de punzón, escoge frutas con un tono ácido como los limones que ya ha comprado.

Dos legionarios romanos pasan cerca de ella y la asustan.

Como la mayoría de su pueblo, María también recela de los romanos. A pesar de su corta edad, ha tenido tiempo de escuchar todo tipo de historias terribles sobre ellos. Destrozan chozas y matan ganado, pasean sus picas y sus escudos desde Saab a Tiberíades, arrasando con todo. Siembran el terror entre los pastores y la gente del campo. Llevan estandartes en los que unas soberbias lobas parecen estar aullando de deseo y ansiedad.

Lobas. Qué miedo.

Las mujeres de las aldeas como la suya se esconden como tórtolas asustadas cada vez que las túnicas y los mantos romanos aparecen por el horizonte. Los pueblos y los huertos se quedan en silencio, y sus dueños se resguardan tras los modestos muros de sus viviendas. Las yeguas blancas de los centuriones, con su casco empenachado de plumas blancas, hacen un ruido imponente incluso cuando pisan la tierra mojada de los huertos. Las protestas ante una fuerza poderosa como esa se quedan en nada, como la paja en el granero, como los muertos entre las flores.

Pero, cuando pasan, hasta los viejos y los niños los maldicen. Su pueblo se agita y se revuelve. No se conforma. Es capaz de proferir aullidos fieros, no solamente amenazas con la lengua: también pueden rugir como leones, y con una piedra en la mano.

«Isaac...»

María piensa en su futuro esposo.

Tiembla porque se lo imagina como un lobo.

Y se pregunta si ella, delante de él, siempre será un cordero.

106

Mezcla de paja y lana negra

Monasterio de Sahagún. Imperio de León
Invierno del año 1079

Esa noche en su cubículo, antes de dejarse caer en el humilde lecho, mezcla de paja y lana negra, bajo una manta tiesa pero de lo más conveniente, Selomo se sentó con la mirada perdida en la oscuridad que lo rodeaba y se puso a pensar.

Pensó en el niño devorado en el bosque. Hassan, el dueño del taller de piedra, les dijo que creía que no pertenecía a los suyos, los *muslimin*, los musulmanes árabes.

—Bien podía ser cristiano, o judío, o... Cualquiera sabe. Yo lo tenía aquí, en casa; el sitio de donde salió es lo de menos. Ahora se ha ido al lugar que nos aguarda a todos.

Sin saber por qué, su mente vagó de la imagen *post mortem* y horrible del niño a la que tenía de sí mismo, y se preguntó si, en contra de lo que había creído hasta entonces, estaba a la altura de los demás hombres de su tiempo.

Vivía en un mundo donde todos a su alrededor ostentaban una fe ciega y violenta. Unos levantaban la cruz y, bajo el recuerdo de Cristo, elevaban templos llenos de riquezas y maravillas, como ese en el que en esos momentos él se alojaba. Otros seguían las enseñanzas de Mahoma, quien a pesar de haber reconocido a Jesús como uno de los profetas, aseguraba hablar por boca del verdadero dios, Alá. Asimismo, el pueblo al que él pertenecía tenía una fe antigua y servil, pero a la vez altiva. Las brechas entre unas religiones y otras eran profundas y anchas. Aunque su educación religiosa lo condicionaba como a cualquiera, él no miraba con desprecio las nuevas religiones monoteístas.

Selomo divagó y se dijo que, el día en que las almas se pesaran, los dioses tendrían mucho trabajo para decidirse y emitir un juicio, permitiendo que los verdaderos creyentes gozaran del paraíso y los escépticos enfilaran el camino del olvido.

A veces, caviló con cierta sorna, le asaltaban pensamientos propios de un hereje y se preguntó si tantos dioses no serían al fin y al cabo el mismo. Pero eran elucubraciones que guardaba para sí y que no se hubiese atrevido a confesarle a nadie; ni siquiera se fiaba lo bastante de sí mismo como para ponerlas por escrito. Se daba cuenta de los numerosos abismos que crecían y se hacían más grandes entre los musulmanes y los cristianos, entre los judíos y los demás..., y que solo era cuestión de tiempo, si es que no había llegado ya la hora, que todo estallara en una apoteosis de violencia. Allí, en Sahagún, las cosas parecían tranquilas, pero bajo el manto de los cielos las pasiones hervían. Y la religión, fuera cual fuese, era pasión sobre todo.

El islam, una palabra que significaba «sumisión», se le antojaba una religión poderosa, que llegaba con la fuerza del viento del desierto atravesando montañas y mares, propagándose por Asia central... Él había visto cómo aquella fe era capaz de dar sentido y unidad incluso a los beduinos, que eran duros, feroces. Confeccionaban vestidos con el pelo de sus camellos y tenían mujeres que trabajaban como mulas. Ellas podían amasar ruedas de estiércol para usarlas como combustible una vez secas y luego todavía les quedaban fuerzas para acariciar a sus hijos, que pasaban los días pastoreando el ganado. Los beduinos usaban instrumentos antiguos para cultivar la tierra y no se preocupaban de las cosas del mundo porque confiaban en su dios. Selomo admiraba de ellos el amor que sentían por el agua, la consideraban una fuente de vida. Eran conscientes de que la sequía no traía nada bueno, tan solo peste y el infierno desatado en la tierra; mientras, el agua proporcionaba hierba y hacía crecer jardines en los oasis.

Aquel hombre de aspecto rudo lloraba la pérdida del pequeño criado era un musulmán próspero y decidido. Los árabes como él constituían la aristocracia de los musulmanes, más poderosos y fuertes que los beduinos o que los negros sudani. Amaban el lujo y sabían rodearse de él como nadie.

Selomo no tenía ninguna duda de que, de aquel taller de Sahagún, saldrían auténticas bellezas esculpidas en piedra. Sabía que los árabes podían ejecutar grandes obras de precisión, incluso aunque el destino de sus trabajos fuesen catedrales católicas como la de Compostela.

Él mismo contempló en Damasco una mezquita extraordinaria. Si cerraba los ojos y se concentraba, aún podía rememorar sus grandes muros de piedra coronados con almenas de un negro tan brillante como el cielo nocturno. En el centro del templo se levantaba una gran cúpula. A Selomo le llamó la atención especialmente las ventanas con forma de arco y el pavimento de mármol blanco, sin menospreciar los mosaicos de colores que dibujaban árboles y ciudades ni las inscripciones en árabe, elegantes como rastros de agua negra. Si el latín era el lenguaje de los eruditos y de los reyes europeos, el árabe era el que hablaban las élites de Asia occidental. Su libro, el sagrado Corán, de obligada lectura, no podía copiarse en ninguna otra lengua.

Pensó en la tristeza que había en los ojos del dueño del taller por haber perdido al pequeño huérfano y se dijo que el arte y el horror eran parte del todo que envolvía a las gentes, que las aplastaba, y que formaba el mundo.

Se restregó la cara suspirando hondamente.

Unos instantes después, incómodo por sus dolores habituales, se levantó y tanteó en la oscuridad hasta dar con el lecho, que guardaba su olor y que le resultó agradablemente familiar. A pesar de que sobre los campos y bajo el cielo las temperaturas subían, él sintió frío y se arropó, acurrucándose bajo las mantas deshilachadas y rotas que le dieron los monjes y que eran para él un precioso regalo.

Al parecer, el niño no era un esclavo, recapituló mientras se envolvía bien, remetiendo las piernas bajo la cobija. «Mas tengo entendido que los esclavos musulmanes no son las personas más desgraciadas del mundo. Otros tienen sin duda muchas más quejas que ellos. Es verdad que pueden ser vendidos y que los dueños pueden disponer de sus vidas según su voluntad. Pero el islam considera que la esclavitud es honrosa y obliga al amo a proteger y cuidar de sus siervos. Creo que solo los infieles y las mujeres merecen recibir el mismo trato que las bestias, pero ese no era el caso del muchacho muerto. Aunque no fuese un esclavo, tampoco era libre. Ruego para que, por lo menos, lo sea ahora, tras la hora de su muerte...»

Selomo cerró los ojos finalmente. Estaba nervioso porque, a todo aquel enojoso asunto del niño asesinado, última víctima de la bestia humana que estaban persiguiendo sin éxito, había que sumar el hecho de que al día siguiente iría a ver a Matilde. Pensó que le costaría mucho trabajo dormirse. No fue así. Tan pronto como imaginó los suaves rasgos de la mujer, un agradable cansancio le arrebató la conciencia, sumiéndolo en un pesado sueño.

107

La llegada de la primavera

Jerusalén
Año 9 después de Cristo

En su familia siempre han esperado con delectación la llegada de la primavera. El tiempo de la Pascua. Cuando la naturaleza por fin abre los ojos y los días se hacen apacibles. Entonces, multitudes de gentes judías forman caravanas que llegan desde los cuatro puntos cardinales hasta Jerusalén. Las familias hebreas se encuentran dispersas por toda la tierra. Nunca han tenido empacho en dejar su hogar y emigrar lejos para ganarse la vida o prosperar en ella. Ese es el espíritu de su raza, de su religión, el genio que a todos ellos impulsa: crecer en la tierra del Señor, ser más grandes cada día. Sin olvidar jamás presentar ofrendas y sacrificios a Dios, el protector del pueblo de Israel.

María ha aprendido a amar el camino que lleva de Galilea a Jerusalén. Su amada Galilea, de la que también parten un sinfín de caravanas que recorren los pueblos de la ribera del lago que, vistos desde la distancia, parecen dormidos. Como si en ellos no ocurriera nada. Aunque María sabe que detrás de cada muro, de cada matorral, de cada árbol, tiene lugar una pequeña tragedia de vida o muerte. Que allí transcurre la vida.

En el camino de peregrinación, que ya ha recorrido tres veces en toda su vida, las caravanas constituyen un refugio contra los ataques de los forajidos o de las bestias. María sabe que el grupo es la resistencia. Cuando está con gente, se siente segura, aunque no tanto como cuando se pega a las faldas de su madre.

Sin embargo, hoy va a enfrentarse a su destino, y debe hacerlo sola. Eso le causa pesar e inquietud. Le hubiese confesado a su madre que está desesperada si no fuese porque tiene miedo de decepcionarla. Sabe que su decisión puede salvar a la familia. A María la madre y a sus hermanos Judá y Jesús, que aún viven en el hogar paterno.

María comprende perfectamente el concepto de sacrificio sin que nadie se lo haya explicado y sabe que por lo general se sacrifica a alguien que nada tiene que ver con el pecado que se desea expiar o con el bien que se desea conseguir. Los pichones que arden en el Templo pagan los pecados de su pueblo. Y ella no es más que un pichón dispuesto a consumirse para que su familia pueda comer y vivir.

Si se casa con Isaac, los problemas de María también terminarán. Jesús y Judá trabajan con sus hermanos mayores, que ya tienen sus propios negocios y ocupaciones; el taller de José no puede quedar en manos de quienes todavía son unos niños, poco más que dos muchachos, a pesar de los aires de hombre sabio que ya luce uno y de la sonrisa despreocupada del otro.

Si María se casa con Isaac, su madre y sus hermanos podrán vivir con comodidad con su dote. Por lo menos hasta que Jesús y Judá sean lo suficientemente hombres. Así, con su sacrificio, no echarán de menos a su padre, que los mantenía a todos ellos.

De modo que María piensa en sí misma como en un pichón. En un cordero pascual. En un animalillo inocente y tierno, puro y sin defectos, preparado para el sacrificio.

Podría pasarse el resto de su vida llorando, pero ha decidido reponerse, sobreponerse, elevarse sobre el dolor que siente, sobre el terror que le produce la incertidumbre del matrimonio.

—¿Estás lista? —le pregunta su madre con voz muy suave.

¿Qué puede ella responderle?

—Sí, *ima*, estoy lista.

Como si los cielos se hubiesen puesto de acuerdo con su espíritu, unas nubes negras y tempestuosas cubren hoy el cielo. Aún falta tiempo para que empiece a anochecer, así que se echan a la calle, todos juntos, como si se encaminaran al Templo a realizar una ofrenda por el futuro. A esas horas, clarea la muchedumbre ardorosa que de manera habitual abarrota la ciudad.

Mejor, porque María necesita concentración, soledad.

Caminan los cuatro junto con algunos parientes, algunos bien acomodados, que han querido sumarse a la familia en este día. María sospecha que están haciendo las cosas de manera poco habitual. Ha aceptado la promesa de matrimonio de Isaac y, al cabo de una semana, van a tener lugar los desposorios. Finalmente, no dejarán transcurrir un tiempo prudencial entre una cosa y otra, que, por lo general, suele ser un año. María no ha tenido tantos meses para prepararse. La situación de la familia es apurada y ha decidido que tiene que poner de su parte. No quiere ser una carga, sino ayudar para que todos salgan adelante.

Aunque ella es la novia, no dispone de recursos para comprar un vestido caro y primoroso. Sin embargo, su madre ha puesto mucho empeño en arreglarla. La ha hecho bañarse, en casa de su primo, y luego le ha pulido el rostro hasta casi despellejárselo.

—Madre, déjala ya, va a acabar pareciendo que tiene la cara de mármol —ha dicho Judá entre risas.

—«Que nuestras hijas sean como las esquinas labradas a la manera de las de un palacio» —ha respondido María la madre citando las Escrituras.

Jesús no ha dicho nada.

María sabe que no aprueba la boda. A pesar de que ha intentado consolarla, también él cree que es demasiado pronto para que su hermana se case.

—Aunque pasaran muchos más años, me seguiría pareciendo demasiado pronto —le ha confesado con un nudo en la garganta.

Pero él no le da importancia a la riqueza. Tampoco a la pobreza. Nunca se ha preocupado por lo que hay para comer cada día. María aprecia el descuido de su hermano, que no repara en lo material. Pero ella es una mujer y pisa la tierra con sus pies. Sabe lo que es necesario.

Judá se acerca a ella lentamente y la coge de la mano. Aprieta sus dedos sobre los de su hermana.

—Eres como una piedra preciosa. La joya de nuestra familia —le dice en voz baja con su voz un poco infantil temiendo ser oído por el resto de la comitiva.

María lo mira sonriente. Hace un esfuerzo por reponerse. Piensa en cuántas noches ha pasado sintiendo el calor de Judá a su lado, durmiendo cerca de su estera, cuidándolo de sus fiebres para que su madre se tomara un descanso. Solo se llevan un año de diferencia, pero María tiene un sentimiento maternal hacia su hermano. Sus palabras son para ella como un bálsamo.

Cuando llegan a la casa donde va a celebrarse la boda, todos se quedan boquiabiertos, incluidos los parientes más acaudalados.

—¿Es aquí? ¿Seguro que es aquí...?

No se lo pueden creer.

—Decían que este Isaac era rico, pero esto...

Es un edificio de estilo romano que comprende varias construcciones que rodean un patio. En el centro se eleva una fuente cantarina y elegante cuyos sonidos cristalinos transmiten calma y paz. Algo de lo que, por cierto, María se encuentra en esos momentos muy necesitada.

Han colocado antorchas y candelabros por todos los rincones y una fila de criados esperan atentos la hora de encenderlos. Lo harán cuando caiga la noche. Las mesas del convite se encuentran ya preparadas y las estancias están adornadas con guirnaldas de flores. Tampoco faltará vino, dispuesto en enormes jarrones.

María se fija en cada detalle como si no tuviese que ver con ella, como si se encontrara presenciando la boda de otra persona.

Cuando aparece Isaac, apenas consigue mirarlo. Mantiene la mirada baja, por debajo de su barba, así que solo acierta a distinguir sus ropajes.

—¡Va vestido como un rey! —exclama Judá admirativamente.

Y es cierto, porque incluso lleva una pequeña corona de oro sobre sus cabellos oscuros, bien engrasados con aceite de flores.

María siente el agradable olor a incienso y mirra que desprenden los vestidos de su futuro esposo. Pero no consigue mirar más allá del cinto de seda de brillantes colores.

Su madre le da un pequeño empujón, pero María no reacciona. En ese momento las rodean lo que parece una bandada de mujeres, casi todas jóvenes, que ríen y corren y arman jaleo. María no tiene ni idea de dónde ha salido semejante falange de gritonas. No cree que sean esclavas, deben de ser invitadas a la ceremonia. No son mucho mayores que ella.

Sí, Isaac está vestido como un príncipe. Lo mira de reojo, de forma rápida. Sus ojos roban su imagen un instante, pero luego no sabe qué hacer con ella.

—«Porque me vistió con vestiduras de salvación, me rodeó de

manto de justicia, como a novio me atavió, como a novia adornada con sus joyas» —cita alguien con voz ronca por la emoción—, Isaías 61:10.

María ni siquiera lo oye. No puede dejar de pensar en que esa casa en la que ahora se encuentra se convertirá en su nuevo hogar.

Ella está limpia y perfumada, pero sus adornos dejan mucho que desear. No hay ajorcas en sus brazos ni collares en su cuello. No lleva joyas en su nariz ni zarcillos en las orejas o diademas encima de la cabeza. Está limpia de cuerpo, eso sí. Aunque duda de si, en verdad, está también limpia por dentro, porque su pecho se agita con una conmoción desconocida. Le tiemblan las piernas. Espera no tener uno de sus ataques que la dejan sin conciencia. Disgustaría tanto a su madre que no podría soportarlo.

«Respira, María, respira...», piensa con los ojos cerrados.

Alguna vez, en el pasado, María soñó con el día de su boda. Su imaginación había compuesto un cuadro bien diferente al que ahora la rodea. Se veía a sí misma con una pequeña procesión de vírgenes abriéndole camino, portando lámparas de aceite. Se imaginó entrando en la casa del novio con el cabello suelto flotando y la cara cubierta con un precioso velo. Sus parientes la precedían en la procesión y regalaban mazorcas de maíz tostado a los niños que se encontraban en el camino. Todo el mundo cantaba y reía. Incluso había tambores y otros instrumentos musicales y algunos de los primos de su madre danzaban alegremente.

Hoy, sin embargo, no hay nada de todo eso. Han llegado a esa casa con prisas, como quien va a realizar un buen negocio. No ha oído música de tambores, aunque dentro de la casa, que a partir de ahora será la suya, suena una música delicada y extraña procedente de instrumentos que es incapaz de identificar. Debería sentir gozo y alegría, pero siente incertidumbre. En su vida se ha abierto una puerta que nadie sabe a dónde da.

Pero no puede quejarse de que en esta boda, que no es la soñada sino la real, falte el lujo. Hasta hay un maestro de sala que revolotea entre los invitados y procura complacerlos a todos. Da orden a los sirvientes para que hagan esto y lo otro, pronuncia bendiciones en momentos señalados... Desde luego, no falta de nada allí.

Nada que se pueda comprar.

Como no hay ceremonia religiosa, se compensa con las bendiciones de los parientes y amigos. En primer lugar, de los que han arreglado la boda entre María e Isaac. Y luego, de todos los demás.

Su madre pasa mucho tiempo hablando con Isaac. María se da cuenta de que el hombre que es ya su marido mira a su madre con ojos de adoración, aunque quizá solo sean fantasías suyas. Su imaginación, por lo general, suele andar desbocada, tiene pies que dan pasos por su cuenta...

Si fuese una boda normal, las festividades durarían al menos una semana, pero estas no serán tan largas, lo que evitará que María se sienta incómoda. Una vez que pase esta noche, todo habrá terminado. Dentro de dos días, Isaac saldrá de viaje de negocios por mucho tiempo, al menos un año, dejándola a ella como dueña de esa casa. Y sin saber qué hacer, porque, hasta ahora, María nunca ha sido dueña de nada. Ni siquiera de ella misma.

108

El momento de su cita con la beguina

Monasterio de Sahagún. Imperio de León
Invierno del año 1079

Mientras esperaba el momento de su cita con la beguina, vio a la gente pasar por la calle y se sintió afortunado.

Pese a que se encontraba solo en el mundo, por lo menos no era un campesino. Cierto que no tenía una casa propia, que vivía a salto de mata, yendo de un lado para otro, pero tampoco estaba condenado a cultivar un pequeño trozo de tierra árida y dura ni a dormir en una choza de arcilla, con muros mucho más blandos que sus tierras de labranza.

Selomo se conocía lo bastante —su salud era frágil— como para saber que no hubiera soportado dormir la mayor parte del año en los campos, al lado de las bestias. Muchas de aquellas gentes que contemplaba ir y venir vivían, morían y eran enterradas en el mismo lugar en el que habían visto la luz por primera vez. Sus vidas estaban uncidas a los bueyes y al arado. La mayoría de ellos hablaban como si estuvieran continuamente roncos, por culpa del frío y porque no sabían hacerlo de otra manera que no fuese gritando con todas sus fuerzas. Mover estiércol y dar de beber al ganado eran las actividades más emocionantes de sus existencias. Y, además, no eran libres. Cuando no era un amo, era el hambre quien los hacía esclavos.

«Ya lo creo que soy bienaventurado...»

A veces, cuando salía a pasear, casi siempre arrastrado por la impaciente juventud de Roberto, veía ovejas y vacas agolpadas en los intrincados senderos o levantando con sus pezuñas pequeñas nubes de polvo ceniciento a lo largo de viejas vías romanas, y se congratulaba de su suerte, como ahora. Y eso que regocijarse no era ni mucho menos algo habitual en él.

Entró en el monasterio de nuevo, dirigiéndose en esa ocasión a los aposentos de los reyes.
Se acomodó en una silla después de que una criada le indicase el lugar donde podía aguardar. Era el único mueble de la estancia.
No tuvo que esperar mucho a la beguina. Cuando Matilde irrumpió en el cuarto, tuvo la viva impresión de que aumentaba la intensidad de la luz. Se puso en pie de manera rápida y nerviosa, golpeándose sin querer en una rodilla y frotándola con disimulo. Cada vez que veía a aquella mujer, su desasosiego aumentaba. En ese momento se dijo que si ella le pidiera algo, sin duda él se lo daría. Le daría todo. Todo lo que ella quisiera. ¿Incluido su precioso libro mágico? Sí, seguramente.
Le asustó el calado de sus pensamientos, las consecuencias de descubrir algo así, pero no tuvo tiempo de profundizar en ello.
Se saludaron con torpeza y Selomo pensó que Matilde estaba considerablemente más hermosa que la última vez que la vio. Por supuesto, hubiese preferido ser condenado a la hoguera antes que insinuarle a ella, o a cualquiera, su opinión, de modo que optó por preguntarle por la salud de la reina y por ponerse a su servicio de forma amable pero distante.
—Está bien, dentro de lo que cabe. Quiero decir que su cuerpo es fuerte, pero a veces sus pensamientos la envenenan. No es fácil para una mujer perder hijos. En fin... Acompáñame, Selomo.
El hombre siguió a Matilde a través de un largo pasillo casi en sombra. Allí no llegaba la luz del día y apenas había una vela para evitar que tropezaran contra las paredes. Para su sorpresa, llegaron a una habitación que sí tenía un vano que dejaba entrar la luz y el aire, sin apenas muebles, pero con un camastro dispuesto en el suelo y los útiles necesarios para el aseo.
Matilde le preguntó de nuevo qué comía.
—Normalmente pan, aunque ahora que vivo en el monasterio,

disfruto de cuando en cuando de algo de carne, y de las verduras del huerto. El cocinero no es un hombre del todo desagradable y me ha otorgado algo de su confianza junto con alguna ración extra.

—Si no es molestia, me gustaría que me enseñaras de nuevo tus heridas, que te descubrieras delante de mí. Ya sé que esto es algo poco habitual, por no decir nada corriente, pero aquí estamos seguros, nadie podrá vernos. Puedes mostrarme tu cuerpo. Necesito ver cómo son las manifestaciones de tu enfermedad en toda su extensión.

Selomo estuvo a punto de caerse de la impresión a pesar de que llevaba días preparándose para ese momento. De hecho, tuvo que sujetarse con disimulo, apoyándose en una pared. Aquello le parecía del todo impropio. Quiso protestar, pero misteriosamente su garganta se había cerrado. Por no hablar de que se sentía incapaz de llevarles la contraria a aquellos labios, que le recordaban el color y la textura de un pétalo de rosa.

—¿Quieres decir que me...? No comprendo.

—Puedes tumbarte si quieres. Enséñame tu carne, de la cintura para arriba bastará. No es necesario que me muestres el bajo vientre. Me dijiste que allí no llegaban las úlceras, ¿verdad?

—N-no.

Matilde hizo un gesto tímido, bajó los ojos con recato. Añadió que solo sería un momento. El camastro se encontraba situado debajo de la ventana, por lo que tenía buena luz. Selomo sentía tanta vergüenza que temió desmayarse.

—Te he preguntado por tu alimentación porque he visto a gente enfermar por culpa del pan. Ya sabes que, cuando el hambre se apodera de la tierra con más ambición que la de un rey, los que lo cuecen mezclan yeso con la harina para fabricarlo. Eso debilita a las gentes, que empiezan a enflaquecer y finalmente mueren.

Selomo se tumbó y desplegó una nerviosa locuacidad con la absurda idea de que sus palabras distrajeran a la mujer de la contemplación de su cuerpo.

—No digo que no haya comido alguna vez panes de esos que dices, pero no creo que sea el caso: desde que llegué a Sahagún he vivido casi siempre en el monasterio y los monjes tienen buena harina.

Matilde asintió comprensiva. Por supuesto, en un monasterio la alimentación solía estar siempre garantizada y, por lo general, libre de venenos.

—Además, esta enfermedad me tortura desde que era un niño.

—¿Qué edad tenías cuando comenzaron a salirte estas heridas en la piel?

—Poca. ¿Diez años...? Once a lo sumo. Fue aumentando poco a poco de intensidad y he tenido épocas mejores y otras peores.

Matilde comenzó a explorar a Selomo, que temblaba como un adolescente bajo las yemas de los dedos de la mujer.

—En el mercado, en una ciudad muy cerca de donde yo nací, detuvieron a un hombre que llevaba carne cocida para vender. No era carne de un animal. Lo interrogaron y no negó su crimen. Lo condenaron a morir quemado. La justicia ordenó enterrar la carne que aquel desgraciado quería vender. Esa misma noche, detuvieron a otro hombre que la desenterró para comerla, tal era su necesidad.

—El hambre es la peor de las pestes.

—Sí, aunque de todas formas los cuatro jinetes del Apocalipsis suelen cabalgar sobre la tierra a buen paso...

Mientras hablaban, Matilde exploró con delicadeza la piel descubierta de Selomo. No pudo evitar tropezarse con el hatillo que el hombre llevaba colgando de la cadena que pendía de su cuello, en el cual portaba su precioso libro hasta que el rey se lo quitó. Selomo se sintió tan intranquilo como disgustado por el descubrimiento de la mujer y no supo cómo disculparse.

—¿Qué es esto?

—E-es mi m-monedero. Lo llevo conmigo porque...

Pero Matilde parecía no escucharlo. Tenía agarrada la cadena e intentaba pasarla por el cuello de Selomo para quitársela, de modo que este la detuvo: agarró el brazo de la muchacha, que se quedó mirándolo con una incómoda sorpresa dibujada en los ojos.

—Tranquilo, no te voy a robar.

—N-no es eso, es solo que...

—¿De qué está hecha esta cadena?

—No lo sé. Desde luego, como puedes ver no es oro, pero tampoco es plata.

Matilde la observó con atención. Apretó uno de los eslabones de la cadena entre los dedos y vio cómo soltaba cardenillo.

—¿Cuánto hace que llevas la cadena al cuello?

Selomo cerró los ojos intentando hacer memoria, a pesar de que no lo necesitaba: la tenía desde que su padre, siendo un crío, se la puso y le ordenó que defendiera, con su vida si era preciso, el libro que le entregaba.

—Desde que era niño.

—¿Quizá desde que comenzaste a enfermar?

—Es posible.

—Deshazte de esta cadena, Selomo. Aléjala de tu cuerpo. Puedes sustituirla por un trozo de cuero o de lana. Cualquier cosa parecida. Un cordón de tela... Cuando vuelvas al monasterio, quiero que te laves bien el cuerpo. Calienta el agua hasta que esté hirviendo, déjala que enfríe y luego lávate con ella, con un trapo limpio. Y aleja esta cadena de tu piel. Pasa varios días sin acercarte a ella, llévala lo más lejos posible de donde tú estés; puedes incluso enterrarla en algún sitio. Luego, vuelve a verme.

Por breve que hubiese sido, el momento de tensión que acababan de vivir los dejó a ambos con una sensación de extrañeza incómoda. Los dedos de Matilde se alejaron del torso ulcerado del hombre. Se puso en pie y se dio la vuelta, dejándole un poco de intimidad. Selomo se recompuso y tapó de nuevo sus delgadas carnes. El pudor lo inundaba, convirtiéndolo en un inútil. Además, su torpeza y desconfianza causaron un acto reflejo contra aquella mujer adorable a la que le hubiese entregado no solo el monedero con todo lo que poseía, sino su propia vida. Y sin embargo, demostraba justo lo contrario. Se maldijo a sí mismo entre dientes. «Te mereces todo lo que te pase, por idiota», pensó con la mandíbula tensa y la boca llena de un regusto amargo, sin duda el sabor de la impotencia y de la rabia.

Siguió a Matilde de vuelta por el largo pasillo mal iluminado y no pudo ver la cara de la mujer cuando le dijo:

—Por cierto, mi señora la reina doña Constanza quiere verte. Cuando vengas para que yo te examine, aprovecharemos para que tengas una pequeña audiencia con ella.

109

Una casa grande, llena de esclavos

Jerusalén
Año 9 después de Cristo

Su madre y sus hermanos se quedan a pasar la noche en la casa. Una casa grande, llena de esclavos, que parece no dormir nunca. Las guirnaldas de flores sobre las puertas languidecen a la luz de las lámparas.

María permanece sentada, con la espalda muy recta y las manos juntas sobre el regazo. Vestida con modestia, pero limpia. Se la ve muy distinta de esas jóvenes engalanadas con trajes de colores brillantes y escotes bordados que hasta hace poco la rodeaban con sus gritos y risas. No conoce a ninguna de ellas, no sabe si son parientes de su marido o esclavas. Personas de edad han llevado regalos que todavía reposan sobre una mesa de la planta baja, vigilados por un esclavo.

Ella apenas ha podido probar bocado. Hasta su hermano Jesús la ha animado a hacerlo, pero no se sentía con fuerzas. Jesús, que se alimenta de dátiles e higos, de queso y agua, de pan y vino, que desde hace tiempo no prueba la carne..., incluso él, que es tan especial a la hora de comer, ha intentado que María se alimente. Pero ella no puede. Tiene cerrada la boca del estómago.

María piensa en lo diferente que es Jerusalén de su aldea en Galilea. En su primera noche de casada, la rodean ruidos que se esfuerza por discernir y que no son la clase de sonidos a los que ella está acostumbrada, sino otros bien distintos.

María no sabe qué será de ella dentro de un rato. Intenta concentrarse en imágenes del pasado que la han impresionado. Como ver andar a una muchedumbre esperanzada por los caminos de Emaús, levantando un polvo dorado al compás de sus pisadas. O los hombres de Betania vestidos con túnicas azules y sayales de color pardo. También las mujeres de rostro moreno y curtido que llegan desde Belén envueltas en mantos que les aprisionan la cara. O la escena de aquella tarde en la que vio a pescadores de Tariquea y de Galeb, que parecían dioses paganos recién salidos de las aguas. Y la primera vez que contempló a un mendigo cananeo, apoyado sobre una garrota, doblado por el peso del zurrón que portaba a la espalda, como si, a pesar de ser un hombre pobre, llevase pertenencias tan pesadas que parecían más una penitencia que un bien.

Son imágenes poderosas, circunstancias de la vida, que la rozan sin realmente concernirla. El fondo de su existencia. Son expresiones a las que se aferra para olvidar el simple y tremendo hecho de que ya es una mujer casada y que tendrá que ver a solas a su marido muy pronto.

También recuerda aquella vez, siendo aún muy pequeña, en que se quedó con su madre viendo partir a su padre junto con el resto de los vecinos de su aldea en dirección a Jerusalén. Las mujeres llevaban en brazos a sus hijos y cantaban salmos. Los hijos eran para ellas tan pesados como el zurrón del mendigo, pero en sus caras se dibujaba la alegría, no el rictus amargo de la condena.

Piensa ahora en el tullido que vio la otra tarde paseando por la ciudad de Dios junto a su madre. El hombre se dejó caer a la sombra de una higuera y sus ojos atraparon todos los instantes de congoja del mundo, que reflejaban de manera suave y mansa. La imagen de la enfermedad le traspasó el corazón.

Se dice que no sabe si, ahora, después de casarse, se puede decir que ella es una mujer rica. Siempre ha pensado que esas mujeres opulentas se perfuman las cabelleras y viven entre rosales en flor, se colocan collares brillantes que desprenden luz y las hacen parecer envueltas en una aureola, dejan asomar los brazos desnudos bajo el manto y los llevan adornados de ajorcas como los de una emperatriz. ¿Será así ella a partir de esta noche? No lo cree. No puede creer que su vida cambie por la riqueza. Al fin y al cabo, su hermano Jesús le ha dicho que el alma no puede revestirse de collares. Ni de piedras preciosas. Que el dinero no sirve para adornar el espíritu. Ni siquiera los siclos del Templo consiguen algo así.

Se mira los pies y se da cuenta de que sus sandalias son pobres, desgastadas. Luego mira la noche que se filtra a través de las cortinas entornadas de la estancia. Aquí, en la ciudad, no se oye el rugido de los leones; aquí no llega la atmósfera de los parajes llanos, arenosos y antiguos del desierto. La casa tiene un patio con tamarindos y rosales, nada que recuerde los pequeños matorrales de juncos, los pedruscos y hierbajos comidos por el sol que puntean los paisajes de su vida.

La frescura de la noche la alcanza.

Observa cómo se va consumiendo cerca de ella una lámpara de aceite y siente la tentación de quedarse dormida, envuelta en su túnica, sobre el enorme lecho que de ahora en adelante será el suyo. Cierra los ojos lentamente y, en ese mismo instante, se abre la puerta.

—Buenas noches, María —dice su marido.

CUARTA PARTE

HORTUS CONCLUSUS
Diseño de paisaje

El amor es sufrido, es benigno; el amor no tiene envidia; el amor no es jactancioso, no se envanece; no hace nada indebido, no busca lo suyo, no se irrita, no guarda rencor; no se goza de la injusticia, mas se goza de la verdad.
    Todo lo sufre, todo lo cree, todo lo espera, todo lo soporta.

Corintios 13:4-7

110

Ya no recordaba el rostro de su madre

Dehesa del monasterio de Sahagún
Invierno del año 1079

Ya no recordaba el rostro de su madre. Ni siquiera sabía si podía llamarla madre en realidad.

Las únicas palabras que aún flotaban en su memoria eran las pocas con que ella se había dirigido a él los escasos años en que lo tuvo cerca: «Feo y horrible como un bicho...».

A veces, se preguntaba si la mujer habría muerto y cómo.

También, en ocasiones, recordaba su pueblo natal, tan lejano de aquellos montes y bosquecillos que recorría insaciable esa mañana. Los pájaros huían a su paso. Hacían bien.

En su pueblo, en el corazón de Europa, las gentes se burlaban de él, pero después él rio más. Mucho más. Lo acusaron de brujería, de tratar con espíritus infernales, de haber olvidado a Dios. Por supuesto, él no olvidó jamás a Dios. Era Dios quien lo abandonó por completo a él. Aunque, bien pensado, era cierto que no se cuidó del cielo, no le importaba perderlo. El infierno sería mejor lugar para él.

«Recuerdos, ¿para qué?», se preguntó mientras olfateaba el aire en busca de una presa.

En su pueblo, vivió largos años saludando a los familiares de sus víctimas. Asesinó y desmembró a muchos y luego había recibido los atentos buenos días de sus padres, sus hermanos, sus abuelos... Sí, cuando logró crecer lo suficiente como para vengarse, fue él quien rio el último.

Recordaba que se llamaba Peter. El apellido se lo puso él mismo. Se bautizó con el nombre del animal salvaje que era, pero, al pronunciarlo en otro idioma, allí nadie reconoció su filiación ni lo que ocultaba bajo la capucha que llevaba puesta en todo momento.

Sí, debía reconocer que su alma era sangrienta. Al igual que sus ojos, que eran enormes y brillantes, inyectados de un rojo poderoso, como tizones ardientes. Sus colmillos también se fueron afilando con el transcurrir de los años. ¿Cuántos habían pasado ya desde que dejó su tierra y comenzó a caminar sin rumbo, llevado tan solo por el olor de la sangre? Había surcado montañas y vadeado ríos, cruzado fronteras y atravesado páramos. Había contemplado batallas, rematado a agonizantes, exterminado a muchos infelices.

Pero, de no ser porque en el mundo existían almas negras como la suya, nadie repararía en lo preciosos que eran los inocentes. El mundo se dividía entre lobos y corderos. Los primeros mataban, los segundos morían.

Aquella mañana, él se sentía inmortal.

Porque, como siempre, tenía hambre.

111

Empeñado en hacer de él un hombre de letras

Monasterio de Sahagún. Imperio de León
Invierno del año 1079

Roberto pensó que era una pena. A pesar de que don Bernardo se había empeñado en hacer de él un hombre de letras, un hombre santo que pensara y rezara, él no sentía interés por ese tipo de vida.

Al final, terminó aceptándolo.

Al contrario que el viejo Selomo, que disfrutaba viviendo entre libros, copiándolos y traduciéndolos, componiéndolos e inventándolos, él prefería utilizar sus manos.

La naturaleza se le quedaba pequeña, por más que san Isidoro hubiera dicho todas esas palabras bonitas sobre la naturaleza de las cosas. Porque a Roberto los días y las noches, las semanas y los meses, los años y las estaciones, y todas las cosas que se encuentran bajo el cielo y sobre la tierra le resultaban indescifrables; mientras que las piedras le parecían algo que él podía manejar, algo con lo que podía crear, a través de cuya materia era capaz de hablar.

—Pero, hijo mío, piensa en el firmamento y en todos los elementos —le dijo don Bernardo—. Piensa en el aire, en el cielo y en los siete planetas. En las aguas que están por encima de los cielos, ¿no te llaman la atención esas cosas? Los libros cuentan maravillas sobre los eclipses y el sol y la luna, sobre el curso y la luz de las estrellas y sobre el nombre de los astros. Hay más cosas de las que crees que son transportadas por los vientos o por las nubes. En la biblioteca puedes descifrar algunos de esos misterios. Selomo es un gran maestro que te puede ayudar, con él podrías iniciarte.

—Pero, padre, yo solo aspiro a hablar con las piedras. Estoy convencido de que puedo ayudar a la grandeza de Dios haciendo lo que hago mucho más que leyendo. Además, creo que nunca aprenderé a leer del todo.

El abad suspiró, dándose por vencido a regañadientes.

Era la enésima conversación que tenían al respecto y cada vez se fatigaba antes. Pero no sería la última. Seguiría intentándolo, pese a que sabía que tenía perdida la batalla. No había más que ver a Roberto para darse cuenta de que una especie de euforia lo embargaba desde que trabajaba en las obras, cubierto de polvo de la cabeza a los pies, como un simple albañil, y yendo una o dos veces por semana al taller del moro que lo había tomado como aprendiz para enseñarle a esculpir piedras. Su hermoso y joven rostro, que hasta hace poco aparecía siempre ceñudo y taciturno, ahora lucía esperanzado y ansioso, esperando ir al encuentro de la cantera, de la obra o del taller como un enamorado que tiene una cita con su amada.

—Está bien, hijo. Sigue tu camino.

—Gracias, padre. Os doy las gracias a ti y a Dios Todopoderoso por iluminarme mientras doy mis pasos en esta tierra.

—Pero quiero que acompañes a Selomo a ver a la reina. Dile que lleve su pequeño librito. Su majestad quiere hacerle algunas preguntas. Y toma buena nota de lo que allí se diga y luego cuéntamelo.

—Así lo haré, padre mío.

Esa misma tarde, avisado por el propio abad, Selomo acudió en busca de Roberto para visitarlo durante el tiempo de su quehacer en las obras.

El joven monje estaba trabajando con ahínco, suministrando ladrillos para los muros y tejas planas para los tejados que procedían de un expolio. Los mampuestos los trajeron de un afloramiento de pizarra, un yacimiento romano a dos días de camino, en donde el maestro Atanasios seleccionó dos piezas para grabar estelas funerarias.

Roberto ayudó a tallar los marcos de una puerta, entretenido con las piezas de los pilares y apreciando las dovelas de arcos y bóvedas, sutilmente complejas. El maestro dirigía el trabajo y cortaba las piezas mientras los albañiles realizaban la mampostería y completaban otras labores de cantería, ayudando a colocar los sillares que se habían preparado previamente a pie de obra gracias a la habilidad de los canteros.

A Roberto, con su trabajo, poco especializado aún, en su calidad de aprendiz, se le pasaban las horas sin pensar en nada más. Con las manos manchadas de tierra limpia mezclada con algo de cal, acariciando los suelos de albero con cuidado. Así se sentía en gracia divina, sin necesidad de rezar.

Además, cada trozo de piedra que se ponía en el edificio estaba dedicado a Dios, y eso lo hacía más grande. A Roberto le gustaba ayudar en la obra. Construir le parecía un arte asombroso. Aprendía de todos a su alrededor, pero sentía una especial predilección por los trabajos de ornamentación. Le cortaba el aliento contemplar toda aquella hermosura que cubría los intradoses y las arquivoltas de los arcos del crucero, las pechinas y los tímpanos, y la manera en que los estucadores trabajaban improvisando a pie de obra, componiendo temas decorativos que iban conjugando unos artesanos con los otros hasta formar perfiles que se agarraban al estuco como la hierba a la tierra.

Había descubierto que la misma dificultad que tenía para aprender las palabras en latín de los libros sagrados se convertía en una facilidad asombrosa para retener en su memoria conceptos como «arco de herradura», «platabanda de descarga», «baída», «moldura de imposta», «pilastrilla»...

Precisamente se encontraba trabajando en una pilastrilla bajo la severa mirada del maestro cantero cuando se presentó Selomo, que hizo su aparición con aquella mezcla de elegancia y torpeza que lo caracterizaba y que hizo que tropezara con un andamio, despertando así las quejas de los albañiles y carpinteros a su alrededor.

—Veo que has cambiado el libro de oraciones por un ladrillo.

—Los ladrillos son más fáciles de leer.

—No lo creo, pero allá tú, hermano.

—Don Bernardo me ha dicho que quiere que te acompañe a ver a la reina.

—Eso tengo yo entendido. Nos esperan al caer el sol y, según veo, no falta mucho para eso. Si te parece bien, cuando acabes, iremos juntos.

—Estoy terminando. Mañana será otro día. Esta no es buena luz para el trabajo que me traigo entre manos.

—Sacúdete el polvo, que más que un escultor pareces una escultura. Nos disponemos a ver a una reina...

Roberto dejó lo que estaba haciendo y se adecentó como pudo la vestimenta de obrero.

Bajo su flequillo polvoriento, sus ojos verdes examinaron con precisión al gramático.

—Veo que ya no te rascas tanto como hacías hasta hace poco. ¿Ha mejorado tu enfermedad? ¿Te van bien los remedios de Matilde?

—Ha sido un milagro, sí. Mi piel ya no está enferma y las heridas que quedan se van secando a una velocidad asombrosa.

—Me alegro.

—Y más que me alegro yo. Vamos, no hagamos esperar a la reina. —«Ni a Matilde», pensó Selomo con la mueca de alguien que está a punto de echarse a llorar, pero que en realidad era una sonrisa.

112

Se siente como un pájaro dentro de una casa

Jerusalén
Año 9 después de Cristo

La presencia de Isaac le impone un respeto que es más bien intimidación. Se siente como un pájaro dentro de una casa. Como un niño fuera de una casa, de su hogar.

Traga saliva. Piensa que le gustaría que, en ese mismo instante, dos ángeles bajaran del cielo y se la llevaran. María cree en los ángeles. A veces cree verlos, pero cuando se fija bien, se da cuenta de que tan solo se trata de la sombra de un camello.

Obedecer a su marido es su objetivo, pero no es capaz de responderle. No dice nada, a pesar de que él intenta mantener algo parecido a una conversación.

¿De qué podrían hablar Isaac y ella?

Desnudarse le lleva un rato. No acierta a hacerlo con rapidez y diligencia. Sus dedos están torpes y su mente, pesada. Nunca se había desnudado delante de nadie que no fuese su madre y la vergüenza le traba las manos.

Isaac se da cuenta y apaga dos lámparas, de manera que el ambiente se oscurece, resulta menos grosero. María contiene las lágrimas. Se lleva las manos a la cabeza y se desabrocha el manto. Si pudiese llorar ahora mismo, sus lágrimas serían gruesas gotas de lluvia como las que en ocasiones repiquetean sobre las armaduras de los legionarios romanos, algo caído del cielo que nos recuerda que todos somos pequeños.

Pero hace un esfuerzo de contención. Quiere ser solemne y fuerte. Una mujer, no una niña.

Aún no ha terminado de desnudarse cuando oye el viento haciendo crujir las maderas de la ventana.

Tiene el pecho al descubierto.

No está muy desarrollada ni es muy robusta de cuerpo. Es delgada, tierna como un cordero. Su madre tiene miedo a veces, cuando la mira bañarse, de que no sea capaz de llevar un hijo en sus entrañas. No obstante, es fuerte. Excepto cuando se pone enferma y el mal la devora y la trastorna haciéndole perder el aliento. Ahora, gracias a las infusiones de su hermano Jesús, y a la ayuda de Dios, los ataques son, por fortuna, menos frecuentes.

Con los ojos cerrados, mientras piensa en imágenes de ángeles salvadores y se siente más muerta que viva, oye la voz de Isaac muy cerca de ella. Siente su olor fuerte y lujoso. No se atreve a abrir los ojos de nuevo.

—No sigas —dice su marido suavemente—. Tápate, anda. Tu cuerpo todavía no está preparado. Igual que uno de los pozos de mi casa de Magdala, que está seco y no sirve para sacar agua con que saciar a los camellos. Sin embargo, cada dos años se llena. Entonces, el agua casi desborda e inunda el huerto circundante. Mis esclavos dicen que es un milagro. Pero yo no lo creo. Es solo que el manantial del que se alimenta el pozo está sometido a un ciclo de crecimiento. Las aguas van y vienen, al compás del tiempo. Solo el tiempo consigue que el nivel del agua crezca. Y solo el tiempo hará lo mismo con tu cuerpo.

María no sabe qué responder. Siente que está decepcionando a su marido. Y eso que acaban de empezar su matrimonio...

Esta vez, no puede evitarlo y se echa a llorar.

—Seca tus lágrimas. No has hecho nada malo.

—Pero, mi señor...

Isaac saca de entre su túnica un pendiente de oro, que pesa medio siclo y dos brazaletes que pesan diez.

—Quédatelos, por si tienes algún imprevisto en mi ausencia. De todas formas, mi administrador se ocupará de ti y de tus gastos mientras yo estoy fuera. Le he dado órdenes de que nada te falte. Y él se ocupa de la casa. Tú limítate a ser la señora de mi hogar y...

—Isaac piensa un poco, María no está segura, pero cree ver en sus ojos un rastro de vergüenza— cuida también de tu madre.

María agacha la cabeza, se siente avergonzada. Le gustaría ser una mujer como su madre, hermosa y serena, siempre segura de sí misma. Sabiendo lo que hay que hacer. Sin embargo, ella no es más que una chiquilla asustada, con una enfermedad que probablemente repugnaría a su marido en caso de que conociese sus detalles. Siente que lo está engañando, ocultándole cosas, que su matrimonio comienza eludiendo la verdad. Pero es que ella no quería casarse...

Comienza a taparse y esta vez sus dedos se vuelven más ágiles y cautos. Mientras se desnudaba, sus manos apenas la obedecían; para cubrirse, se adelantan a sus deseos. Se siente culpable, pero también aliviada.

—Quiero hacerte un regalo más. Algo personal para que lo guardes siempre contigo.

Isaac introduce la mano en un pequeño saquito de seda primorosamente bordado que lleva al cinto y extrae de él un libro. Diminuto, como de juguete.

—Yo tengo el original, pero te he mandado hacer una copia —dice y se lo tiende. Es un precioso ejemplar de pergamino, un trabajo casi de miniatura.

María lo coge con manos temblorosas.

—Es un libro mágico. Sirve para adivinar el futuro. Lo adquirí en un viaje a Egipto. Proporciona al azar una respuesta a la pregunta que tú hagas. Es también un amuleto que tiene una gran fuerza protectora. El copista, siguiendo mis instrucciones, lo ha llamado *El libro de las suertes de María* en tu honor, pues no se ha limitado a copiar, sino que ha añadido palabras especiales para ti. Este ejemplar que te doy está limpio, mientras que el mío, que ya es muy viejo y ha sido usado a lo largo de varias vidas, la última de las cuales es la mía, tiene los bordes manchados de grasa y muchas heridas, arañazos y golpes. Igual que la piel de mi rostro. —Isaac contempla fijamente a su esposa, joven y asustada.

—Gracias.

—Tu madre me ha dicho que sabes leer. Eso no es muy habitual en una mujer, pero me alegro de que tú puedas descifrar los signos que representan las palabras. Entre otras cosas, esa habilidad te servirá para no dejarte engañar por mi administrador. Cada vez que te presente un papel para firmar, léelo con atención. Y si no entiendes algo, recurre a mi amigo Claudio. Es romano, pero vela por mis intereses, que también son los suyos, ya que ambos compartimos algunos negocios.

María ojea el ejemplar con los ojos muy abiertos.

Nunca había poseído un libro. Es verdad que sabe leer y también escribir, aunque esto le cuesta mucho más trabajo. Su padre le enseñó los rudimentos de la lectura y de la escritura como a sus hermanos; luego su madre se encargó de darle algunas lecciones más. Pero tiene pocas ocasiones para practicar y en su vida diaria tampoco está obligada a leer. Sus ojos raramente se tropiezan con una palabra escrita.

Contempla fascinada el libro. El rollo está escrito por una sola cara. De repente, sin que sepa de dónde le ha podido llegar a la cabeza esa idea —¿quizá de los ángeles invisibles que la rondan?—, se pregunta si podrá utilizar el reverso para escribir en él sus propios pensamientos...

Sabe que, cuando los escriba, las palabras se volverán magia, obrarán milagros.

Oye un batir de alas a su alrededor, tan suaves y dulces que parecen llegadas del cielo.

Se desmaya. Pierde el sentido. Se ve rodeada de ángeles, pero no sabe si son de verdad o producto del delirio que le causa su enfermedad. Son tan hermosos, su color es tan puro... Seres perfectos. Por fin puede verlos, tocarlos y acariciarlos.

«Debo tomarme las infusiones de Jesús. No puedo olvidarme. Tanto ajetreo... Me he descuidado.»

Pero, sin que ella pueda evitarlo, los ángeles se deshacen uno a uno en el aire y luego se transforman en tinta que dibuja en su libro palabras. Poderosas, tan fuertes como un ejército.

«Aquí está el futuro, el tuyo y el de tu familia, y el de tu pueblo, y el del mundo», oye que uno de los ángeles le susurra al oído.

Cuando recupera la conciencia, Isaac está a su lado con cara de inquietud.

—¿Estás bien? ¿Qué te pasa? ¿Qué te sucede?

—Me he desmayado. ¿He perdido el conocimiento mucho rato?

—Apenas un momento.

—No te preocupes, estoy bien. —María sonríe y se incorpora.

—¿Precisas algo? ¿Qué puedo hacer por ti?
—No necesito nada más que esto. —Sujeta el libro entre las manos como si fuera un tesoro—. Gracias —repite y le sonríe a Isaac con sincero respeto y agradecimiento—. Es un libro precioso. Precioso.

113

Cuando entró en la estancia

Aposentos reales. Monasterio de Sahagún. Imperio de León Otoño del año 1080

Cuando Selomo entró en la estancia, discretamente adornada, se sentía más nervioso que nunca. Si es que eso era posible. Cada vez que se veía obligado a presentarse ante los reyes, le parecía que la agitación rompería su viejo corazón, que estaba alcanzando el cenit de las emociones que era capaz de soportar. Sin embargo, lograba sobrevivir a todas ellas. No se explicaba cómo. La idea de ver también a Matilde no mitigaba su ansiedad, sino que la acrecentaba.

—Deja ya los tiritones, pareces una vieja friolera —le espetó Roberto tan cerca de su oreja que pudo sentir el calor de la boca del monje.

Se fijó en esos momentos en que la tonsura del joven había desaparecido por completo y que un espeso pelo castaño rojizo, crespo y desordenado, ocupaba su lugar.

La reina Constanza los esperaba sentada graciosamente en una silla discreta que para nada recordaba a un trono. A su lado estaba su adorada Matilde.

Alguna vez vio pasear a la reina subida en un caballo por las calles de la ciudad, camino de los campos, pero nunca tuvo ocasión de verla de cerca. Hasta ahora.

Matilde la escoltaba y el corazón de Selomo comenzó a latir como un loco cuanto más se iba aproximando a ella. Estaba más hermosa de lo que la recordaba. Le resultaba increíble que la belleza, en su caso, aumentara en vez de disminuir con el paso de los días. Si bien era cierto que la reina probablemente superaba en hermosura a Matilde, para Selomo no existía otra igual que ella. Además, desde que le curase el mal que lo atormentaba desde niño, se le antojaba que aquella mujer era el culmen de la perfección humana.

Cerca de donde se encontraban situadas ambas mujeres, componiendo una estampa magnífica, bañadas por una luz perlada con tonos azules, había una mesa grande, más pensada para el estudio que para los banquetes. Selomo pudo distinguir sobre ella un enorme pergamino desplegado.

—Oh, mi buen Selomo, la reina estaba deseando conocerte —dijo Matilde obsequiando al hombre con una sonrisa abierta y juvenil.

—Así que tú eres Selomo... He oído hablar mucho de ti. No solo a mi querida Matilde, que cuida de mi salud y de mi vida y a quien tanto debo, sino también al propio rey, que no deja de alabar tus altas cualidades y tu talento para la literatura y las lenguas.

Selomo se inclinó ante las damas, aprovechando así para disimular su rubor. No podía explicarse a sí mismo por qué a lo largo de su ya extensa vida aún no había aprendido a soportar ni el halago ni el desprecio. Ambas cosas lo incomodaban casi por igual.

—Es un honor estar frente a ti, *basilea*.

—Levanta la cara, quiero ver ese milagro de curación que ha conseguido Matilde. Ella es modesta y no quiere reconocerlo, pero, según me ha contado, tenías una enfermedad bastante desagradable. Veo, sin embargo, que no han quedado huellas de tu dolencia gracias a la milagrosa intervención de mi beguina.

—Nada como sus manos y su ciencia para acabar con los tormentos de un pobre hombre como yo, *dominissima*.

Selomo volvió a inclinarse ante la risa mal contenida de la reina. Él no estaba acostumbrado a oír reír a una mujer. Para ser sincero, tampoco a un hombre. La risa le inquietaba, pero debía reconocer que su sonido era cantarín y alegre y confortaba el corazón. Una música nada desagradable. Aunque sospechaba que la monarca podía estar riéndose de él, de su desgarbado aspecto, por una vez sintió que no le importaba. Era preferible aquel sonido a los que habitualmente escuchaba en su día a día.

A pesar de que mantenía la mirada lo más baja posible, procuró no perder detalle. Se fijó en que las ropas de la dama eran lujosas pero sobrias, al igual que todo en la corte de Alfonso, que carecía del brillo de la opulencia, pero que destilaba el apagado resplandor del poder absoluto. También reparó en que, aunque apenas se le notaba, la reina estaba de nuevo preñada. Esperaba que esta vez el embarazo llegase felizmente a término y que fuese un varón que alegrara a su padre.

—Y bien, buen Selomo, supongo que te gustan estas cosas. Ven, ven... Mira qué mapa he recibido como regalo.

La reina señaló la mesa, donde se hallaba extendido un dibujo del mundo que inmediatamente despertó la curiosidad del hombre. Matilde hizo un gesto de aprobación para indicarle que podía acercarse a mirar y tocar si así lo deseaba. ¡Y tanto que lo deseaba! Selomo se olvidó de los convencionalismos sociales y se acercó con un interés ávido y celoso a la mesa.

—Matilde y yo hemos estado jugando, intentando descifrar el dibujo, pero me temo que no lo hemos conseguido del todo. Aunque mi querida Matilde sabe leer y hablar latín mejor que yo, nos parece que todo lo que pone en este trozo de pergamino carece de sentido.

—Selomo, ¿podrías ayudarnos a leer algunas de estas indicaciones sobre el mapa?

El hombre se inclinó sobre la mesa y concentró su atención en los dibujos y en las letras que se agolpaban unos sobre otros. Dejó escapar algunas exclamaciones y casi perdió la noción del lugar donde se encontraba; tan maravillado se sintió.

Aunque había estudiado otros mapas, ese era peculiar, no había visto antes ninguno parecido. Desde hacía tiempo sospechaba que la tierra, el mundo, era pintado de forma diferente según los ojos de quien lo dibujaba. Era muy difícil hacerse una idea correcta de las cosas cuando existían tantas y tan distintas interpretaciones de ellas...

—Sí, es muy hermoso, señora. Me parece un gran regalo digno de una gran reina como tú, si es que hay algo digno de verdad para ti. Quiero decir que..., creo que nada estará a tu altura, majestad, pero, si hubiera algo, seguramente sería este mapa.

Selomo sacudió la cabeza irritado consigo mismo. Siempre le ocurría igual: su pensamiento no se ponía de acuerdo con sus palabras y era capaz de decir lo más inconveniente en el peor momento.

Sin embargo, la reina Constanza y Matilde sonrieron a pesar de su falta de pericia.

—Ayúdanos a descifrar sus secretos, buen Selomo.

—Con mucho gusto, majestad... ¿Ves estos tres trozos de tierra enormes, aquí, junto a la desembocadura del río Sena? Son las islas de los britanos. Dicen que están llenas de niebla. Y, por supuesto, esta otra isla enorme que tiene la forma del corazón de un cerdo, ahí en mitad del mar Mediterráneo, se llama Sicilia. Por todos estos lugares, hay gentes que vienen y van, comerciando de un lugar a otro o moviendo tropas. Sin olvidar a los peregrinos que van a los lugares santos.

—Debe de ser una aventura increíble poder viajar tan lejos.

—Tengo entendido que tú estuviste en Tierra Santa. ¿Qué te llevó hasta allí?

Selomo se guardó bien de responder la verdad. Fue hasta Jerusalén, empleando una buena parte de su vida y de su salud en el viaje, siguiendo las indicaciones del libro que recibiera como herencia de su padre solo para encontrarse con más preguntas que respuestas. Y con Samuel, por supuesto, que terminó por conducirlo hasta donde en ese momento se encontraba.

—Los lugares santos lo son para cualquiera que haya nacido en esta tierra. Yo tenía que verlos y hacer realidad el sueño que a muchos embarga el corazón, sean cristianos o no.

—¿Y qué, es eso de ahí? ¿Lo ves? —La reina cambió de tema volviendo a concentrarse en el mapa.

—Son lugares donde reina lo desconocido, territorios lejos de Europa cuyos caminos están llenos de peligros. Podéis ver que ahí arriba, junto a ese dibujo de Cristo, se encuentra Asia. Es por ahí por donde el sol amanece cada día.

—Claro, como Cristo, que es la luz del mundo. Por eso el cielo se agolpa ahí, porque está lo divino.

—Por supuesto, y la primera escala hacia lo divino y hacia el otro mundo es Jerusalén, la ciudad celestial en la tierra, el lugar santo que a todos nos inspira. A todas las religiones. Hay quien dice que se trata de una segunda Babilonia, aquella mítica ciudad en la que nacieron todas las lenguas. Más allá, algunos aseguran que existen unicornios y pájaros y todo tipo de especies, algunas de las cuales no hemos visto jamás. Es posible que en ese lugar tan remoto se encuentre el jardín del edén, con su manantial del que nacen cuatro o cinco ríos. Los más importantes de la tierra. El Tigris, el Éufrates, el Ganges y el Nilo. Y alguno más que no recuerdo... Siguiendo el camino, más lejos incluso, dicen que, si uno anda lo suficiente, puede llegar hasta el reino de los cielos. Eso dicen, señora mía. Eso dicen.

—Pero, mi buen Selomo, si es verdad que el cielo existe en esta tierra, entonces seguramente también hay un infierno. Pero no lo veo dibujado en el mapa.

—Algunos te dirían, serena majestad, que aquí donde estoy señalando con el dedo, al otro lado del Mediterráneo, en la tierra más calurosa conocida, hay ciudades y reinos importantes que pisan animales increíbles y misteriosos, de esos que nunca hemos visto, ni siquiera en nuestra imaginación. Seres increíbles.

—Dragones y serpientes aladas, zorros con la lengua dividida en cuatro partes... —añadió Matilde con un brillo de excitación en los ojos.

Mientras los tres hablaban, Roberto se mantenía en un prudente y asombrado silencio, siguiendo con ojos ávidos los trazados del mapa. Por lo general, los pergaminos no despertaban demasiado su interés, excepto cuando contenían ilustraciones, como era el caso. Se imaginó el pulso firme que había diseñado aquellas líneas y sintió un profundo respeto por su maestría y sus conocimientos.

—Yo mismo conocí en Jerusalén a un caballero cristiano que luchó en los reinos moros del sur de al-Ándalus —explicó Selomo. Hizo una pausa dramática, disfrutando más de lo que se hubiera reconocido a sí mismo de la expectación que causaba en las dos mujeres y en el joven novicio.

—¿Y qué, te dijo? Cuéntanoslo —se atrevió a hablar por fin Roberto.

—Pues... ¡muchas cosas sorprendentes! Me juró que había conocido a un hombre salvaje que montaba sobre ciervos y que era aficionado a bailar de forma macabra. También me aseguró que, al otro lado del mar, en esa tierra ignota, uno podía llegar a encontrarse con gigantes armados con garrotes, y hasta con sátiros. Por eso aquí, en el mapa, han dibujado una barca y unas llamas en las que arde un hombre. No han representado al infierno, pero ¡han señalado la puerta de entrada!

—Cielo santo, Selomo, has conseguido asustarme.

—Tranquilízate, mi reina. En tu estado no te convienen los pensamientos turbulentos —susurró Matilde.

—¡Tonterías! Al hijo que llevo dentro de mi vientre le gusta escuchar historias interesantes, como a su madre. Y también le gusta que monte a caballo, al contrario de lo que tú me recomiendas. Continúa, Selomo. Dime qué es eso que hay ahí, justo en el centro del mapa.

Selomo entrecerró los ojos tratando de enfocar la vista, que cada día era más débil.

—Eso, mi señora, aunque no han escrito ninguna palabra que identifique el lugar, es Roma. Por eso han dibujado una loba, porque dicen que fue una de esas fieras quien fundó la ciudad que luego se convirtió en un poderoso imperio.

«Una loba...», pensó Roberto con inquietud.

—A veces pienso que mi vida podría haber sido mejor si yo hubiese nacido campesina. Tendría una existencia más sencilla, bailando y cantando y haciendo bromas los días feriados, espantando a la tristeza y celebrando alrededor del camposanto de la parroquia... La vida no es fácil para una reina.

—Pero, mi señora, no creas que los campesinos viven despreocupados. El hambre los atenaza la mayor parte del tiempo —se atrevió a hablar Roberto con la mirada baja, sin atreverse a mirar directamente a doña Constanza.

—Pues mi querida Matilde dice que bailan en corro antiguas canciones paganas que han aprendido de sus antepasados, que les gusta celebrar la primavera mientras entonan canciones de amor tan lascivas que resultan insoportables para la Iglesia, a pesar de que incluso algunos curas se las saben de memoria y disfrutan entonándolas de vez en cuando. —Al reír, la reina dejó al descubierto unos dientes sorprendentemente blancos y bien alineados que encandilaron a Selomo.

—Los campesinos necesitan cuentos para pasar el invierno, que, por cierto, ya se adivina; el otoño pronto quedará atrás —añadió Matilde intentando desviar la conversación de su señora, preocupada por la nostalgia que asomaba en sus ojos.

Y ciertamente el otoño ya se olía en el aire. La hora del crepúsculo del año, cuando la vida empezaba a retirarse a meditar sobre sus cosas igual que hacían los monjes en su monasterio. Cuando todo en el mundo se tomaba un descanso, los árboles y las flores, los animales y hasta las estrellas del cielo; además de la guerra, que prefería el calor y la luz clara del día para librarse. Por eso el rey don Alfonso se retiraba a Sahagún a esperar, igual que una semilla, reanudar su ciclo anual cuando terminase la época fría. Hasta entonces, había un período de reflexión que permitía a las gentes, incluso a las más humildes, apreciar la fuerza de la vida y evaluar todo lo obtenido durante los meses precedentes del año, esperando que mejorasen en el futuro.

A Selomo siempre le agradó el otoño. Los escasos momentos de su vida en que sintió cierta energía procedente de una falsa sensación de libertad tuvieron lugar en esa época del año. Notaba su ánimo más firme y a la vez más delicado, aumentaba la conciencia sobre sus cada día más mermadas fuerzas y saboreaba con paciencia el fruto de su madurez. Le gustaba pasear cerca del monasterio durante las últimas horas del día, dejándose acariciar por el fresco resplandor de la luna y esperando que sus sueños se llenaran de pensamientos capaces de acabar con las sombras.

La reina, Matilde y él pasaron un rato hablando de los temas más variados ante el silencio respetuoso y atento de Roberto.

—Y dime, Selomo, ¿tú crees que esta es la verdadera forma del mundo o que el mapa está equivocado?

El hombre examinó con detenimiento el mapa antes de hablar.

Calculó que tendría cientos de dibujos y, aunque muchos de ellos eran representaciones de pueblos y ciudades, había no menos de veinte que señalaban eventos bíblicos y otras tantas decenas correspondían a pájaros, plantas, animales y criaturas que nadie había visto con sus propios ojos, que él supiera... También se representaba a personas y contenía referencias a la mitología clásica. Él, que viajó a lo largo y ancho de tierras conocidas y de otras tenidas por ignotas por la mayoría, jamás se tropezó con ninguna de esas cosas que aparecían en aquel plano. No vio dragones ni a ninguno de los seres espantosos que asomaban sus fauces en algunos rincones del mapa. Tenía la impresión de que el autor de aquella obra había tratado de dibujar los deseos de Dios y se olvidó de las necesidades de orientación de los hombres. Pero no dijo nada de eso.

—No lo sé, mi señora, pienso que quizá la tierra es un reflejo del cielo. Pero no estoy seguro. Me conformo con saber exactamente cómo es la tierra que pisan mis pies cada día y espero que los sabios me iluminen en todo aquello que a mí se me escapa.

—Por eso amas los libros, ¿verdad?

—Será por eso.

Finalmente, la reina le pidió que utilizara el libro mágico, para responder a una pregunta que la atormentaba.

—Sí, Selomo, conozco la existencia de ese libro tuyo tan especial. Creo que Samuel le ha hablado de sus maravillas al rey, aunque con mucha prudencia y de forma equívoca. Alfonso, que no confía en ningún milagro que no venga avalado por los papas o los santos cristianos, siente una gran curiosidad por las supuestas rarezas de ese objeto sorprendente.

«Del que se ha apoderado, como parece hacer con cualquier cosa que tenga algún valor y que se cruce en su camino...», pensó Selomo, con una viva inquietud.

Matilde le pidió a Roberto que esperase fuera porque el asunto que iban a tratar era particular de la reina, y el joven abandonó la estancia discretamente.

Cuando hubo salido, la reina miró a Selomo muy seria.

—No tengo que decirte, gramático Selomo, que esto debe quedar aquí. Será un secreto que solo conoceremos nosotros tres. Si don Bernardo se enterara de que recurro a este tipo de cosas, me reprendería severamente y es probable que esta debilidad pagana llegara a oídos de mi tío Hugo. Y no tengo que decirte que mi fe es auténtica, ardiente, que soy una buena cristiana. Pero han llegado a mis oídos tantas cosas referentes a tu curioso librito que... me puede la curiosidad.

—No te preocupes, señora, tu secreto estará a salvo conmigo, como si acabara de instalarse en un panteón.

Nada más decir eso, Selomo sintió un escalofrío. Ya no podía echarle la culpa a su enfermedad de los estremecimientos que convulsionaban su cuerpo, así que se sintió inquieto.

—Estate tranquila, mi señora —añadió Matilde con ojos serios y solícitos—, en tu estado es normal sentir el deseo de satisfacer algunos caprichos. Y ya que no los tienes en cuestión de golosinas para el estómago, bien puedes permitirte uno como este.

—Pero, Matilde, ya sabes que siento dudas. Quizá esto sea magia, una herejía, una superchería pagana. Si se enterase mi tío... ¡O incluso mi marido!

—Pero no se enterarán. Ninguno de los dos.

Selomo desenvolvió el pequeño paquete enrollado en blanco

lino en el que guardaba su tesoro. Lo había sacado del monasterio sin permiso del abad. Las manos le temblaban. Procedió a repetir el ritual que él mismo practicara algunas veces a lo largo de su vida.

—Mi señora, dime qué quieres saber sobre tu destino —le preguntó a la reina.

Constanza miró a su alrededor con precaución, temiendo ser sorprendida de un momento a otro. Sus mejillas se tiñeron de rubor. Se frotó las manos la una contra la otra.

—Quiero saber si mi señor el rey duerme con otra mujer.

Matilde le lanzó a Selomo una mirada suplicante, pero el hombre no supo qué significaba. Las manos le trepidaban de una forma horrorosa cuando inició el rito indicándole de manera sencilla a la reina cómo tenía que obrar.

De algún modo, en su fuero interno, Selomo sabía que la reina ya conocía la respuesta a la pregunta que acababa de hacer. Incluso él mismo la sabía, y cualquiera en aquel reino grande, hermoso y confuso que su esposo luchaba por mantener unido a la vez que expandía sus fronteras. Todo el mundo en la ciudad era conocedor de las andanzas amorosas del rey. A nadie le extrañaban, y él hubiera pensado que la reina era la primera en no llamarse a engaño.

Selomo se percató de que la ansiedad, en forma de pequeños fuegos encendidos en sus ojos, atenazaba el ánimo de Constanza. Quizá la reina tenía un exceso de sangre, tal y como había insinuado Matilde en una de sus conversaciones, y ello le impedía, entre otras cosas, llevar felizmente a término sus embarazos. O sencillamente era una ingenua que no sabía con quién estaba casado y que a esas alturas de su vida en común con el emperador todavía no se enteraba de nada...

—Mi señora, hazle la pregunta al libro, no a mí.

Dispuso el libro y todo lo necesario para hacer la consulta, aunque algo en su interior le decía que hacía mal, que se arrepentiría de lo que estaba haciendo. Pero ya era demasiado tarde y tampoco tenía la opción de negarse. Aunque trató de darle largas a Matilde, no se podían desobedecer los requerimientos de una reina.

Le rogó a Dios que aquello que en ese momento parecía una broma de la dama, que podía estar más cerca de la travesura pagana que de otra cosa, no terminara convirtiéndose en un espanto para ella.

Constanza repitió la pregunta y Selomo lo dejó todo en manos

de Dios, aunque sospechaba que este bien podría delegar la respuesta en las garras del azar, siempre afiladas como cuchillos.
—¿Duerme el rey, mi señor, con otra mujer además de conmigo? —La voz de Constanza se convirtió en un susurro ahogado.
Y el libro habló: «Incluso con su hermana».

114

La antesala de la ira

Jerusalén
Año 9 después de Cristo

María y su familia se reúnen con Isaac.

La joven María mira a su hermano Jesús y adivina en él una mezcla de emociones turbulentas. Nota que su hermano está triste, con un temor que probablemente es la antesala de la ira. Ella conoce muy bien sus rabietas, la manera en que a veces se enfrenta al mundo con un puño cerrado y la otra mano detrás de la espalda, como intentando contenerse.

—Mi alma está triste hasta la muerte — se suele decir en su pueblo cuando uno se siente impotente.

Jesús se siente triste cuando no entiende las cosas, cuando la realidad le hiere el alma, siempre que no puede evitar que suceda un mal. La tristeza lo encoge, como si disminuyese un poco su estatura. María sabe que su hermano, por dentro, se cierra como una flor que siguiera el camino contrario al de su naturaleza, que es florecer.

—María se quedará en esta casa mientras yo me voy de viaje. Y vosotros, que sois sus familiares, podéis acompañarla.

Eso dice Isaac.

Judá se muestra alegre, claro que eso no es raro en él. Al contrario que Jesús, Judá siempre encuentra una razón para sonreír.

—¿Podemos quedarnos a vivir en esta casa? ¡Es enorme! Pero

¿qué será de la nuestra, de nuestro hogar en Nazaret? ¿Del taller de nuestro padre y de nuestros animales...?

La recién casada María sonríe ante la posibilidad de vivir junto a su familia en esa casa palaciega de la Ciudad Santa. Pero sus ilusiones se desvanecen en un instante como polvo en el aire cuando habla su madre.

—Agradecemos mucho tu generosidad, pero esta no es nuestra casa. Debemos seguir con nuestra vida, cuidando de nuestra hacienda y del legado de mi esposo, José.

En ese momento a María la invade el temor, siente que su espíritu ha hecho un movimiento dentro de ella y puede notar cómo a su hermano Jesús le ocurre algo parecido. Él mismo se lo ha confesado alguna vez, que el temor camina detrás de la tristeza como dos peregrinos que siguen el mismo camino, dando uno los pasos del otro en dirección al mismo lugar.

Hacia la ira.

A Jesús no le gusta el mundo tal y como es. Le gustaría cambiar las cosas. Ella lo ha visto luchar, de palabra y de obra, intentando restaurar un orden que cree más justo. Sin conseguirlo nunca.

—Entonces, ¿te vas de viaje y dejas aquí a mi hermana? ¿A la que ya es tu esposa?

Su madre hace un gesto para intentar contener la locuacidad de su hijo, pero, como siempre, se ve incapaz de controlar su ímpetu.

—Ya lo hemos hablado. He discutido largamente con tu madre sobre esto. Los dos acordamos, a través de nuestros representantes, que lo mejor sería celebrar la boda antes de mi partida. Por lo que pueda pasar.

María sabe que Jesús teme por ella. Le gustaría decirle que no se preocupe, que sabrá arreglárselas sola, pero no es capaz de abrir la boca. Cree que cualquier cosa que diga será un inconveniente y no quiere convertirse en un estorbo. Ni disgustar a su madre, a quien ama por encima de todas las cosas.

No puede dejar de fijarse en ella, en cómo mira de medio lado a Isaac. No sabría definir esa mirada. Su madre atesora la luz de sus ojos, no suele regalarla como hace ahora mismo mientras mira a ese hombre. De manera rápida, parpadeando, desviando la mirada al momento para que no se note quizá que esa riqueza que son sus ojos se derrama sobre la figura de Isaac.

Nota la turbación del hombre con el que se ha casado. Sabe que podría decirles a sus familiares que, aunque ella es una mujer casada, sigue siendo una virgen, porque el esposo ha considerado que es una niña y la ha dejado madurar, como el que permite que la manzana se siga dorando en el árbol al sol de los días.

Por fin, reúne el valor suficiente para hablar.

—No pasa nada, hermano, puedo quedarme aquí sola. Hay muchas personas en la casa y... mi esposo dice que me cuidarán.

Jesús no ha visto la boda con buenos ojos desde el principio. Aunque se ha sometido a la voluntad de su madre y de sus parientes, que la aconsejaban con empeño, no está contento. En los últimos días, María no ha hablado mucho con él a solas, pero lo conoce bien e imagina lo que siente. Su hermano no es dado a las lamentaciones. Al igual que el profeta Miqueas, las compara con el grito de las bestias montaraces y los pájaros; incluso una vez en que tuvo una dolorosa caída, se negó a gemir como un chacal, a lamentarse como un avestruz... Se ríe de los que él llama «llorones profesionales» y hasta algunos profetas de los que recorren los caminos, yendo de un lado para otro, se le antojan plañideras siempre dispuestas a prestar un servicio fúnebre. Solo le gustan los sonidos escandalosos de la alegría, de la risa. Por eso ama tanto a su hermano Judá, siempre risueño.

Sí, María sabe que Jesús no está contento y no consigue hacer nada para aliviar su pesar.

Por fin, al día siguiente, antes de que su familia se marche y la deje sola, antes de que todos sus seres queridos regresen a Nazaret, María tiene ocasión de hablar con su hermano. Él representa la autoridad en la familia ahora que ya no está su padre. Podría ser Judá quien lo sucediera, pero es demasiado despreocupado para esa tarea que todos han asignado a Jesús de forma tácita.

No sabe cómo expresar esas cosas que tiene que decirle. Preferiría hablarlo con su madre, pero sabe que es a Jesús a quien debe dirigirse.

—¿Recuerdas aquella vez que hablamos sobre la madre del niño que encontraste abandonado?

—Sí, lo recuerdo.

—Era una prostituta.

—Tenía tu edad. No era más que una niña perdida.

—Yo aún no he hecho esas cosas que hacen las prostitutas.

Jesús la mira con curiosidad.

—¿Qué quieres decir?

—Quiero decir que aún soy... Que yo no... Bueno, que si quisiera, Isaac podría reclamar por ello, aplazar la boda hasta su vuelta del viaje. No ha pasado nada.

—No puede aplazar la boda, porque ya ha tenido lugar. Ahora eres su esposa.

—Sí, bueno, es que no sé cómo explicarlo... Me siento en deuda con Isaac. Es bueno. No ha tomado lo que le correspondía. Quedándome en su casa, estoy en deuda con él.

Jesús parece darle vueltas a una idea.

—¡Yo puedo servir a Isaac! Puedo pagar esa deuda. Ponerme a su servicio por ti, igual que Jacob, que cuando no pudo pagar la dote de su matrimonio, sirvió a Labán siete años por Raquel.

Es así como María finalmente es la responsable de que Jesús se vaya, de que inicie un viaje que ni él mismo sabe cuánto durará.

—Me iré con Isaac. Trabajaré con él en su caravana. Yo seré tu garantía. Le serviré. No te preocupes, tu deuda será saldada.

María no está tan segura de que eso sea algo bueno.

—No puedes irte. Es peligroso. En las principales rutas de comercio todavía quedan bandidos. Los romanos no han acabado con ellos. Hay tantos como granos de arena frente al mar. Se esconden en los mares y en los distritos montañosos. Me lo ha dicho Isaac. Por eso ha querido casarse antes de partir. Dice que nunca sabe si habrá un viaje de vuelta.

—No te preocupes. Viajar nunca había sido tan cómodo y seguro como en nuestros días. Los romanos están imponiendo su paz, alguna ventaja tenía que tener eso.

—Te digo que los romanos no lo pueden todo. Ir a tierras lejanas significa encontrarse con lenguas desconocidas, con peligros ocultos...

—Conozco lo bastante de la lengua griega como para poder hacerme entender en todas partes.

—Pero hay tormentas, de agua y de polvo, y la tierra está llena de ladrones, te lo digo.

—Es posible, pero no son suficientes para vencer a la comitiva de tu esposo. No sé si te has dado cuenta, pero es un hombre muy rico. Sabrá defenderse. De hecho, la historia de su vida confirma que si algo sabe hacer, es eso.

—Pero no puedes dejar sola a madre...

—No se quedará sola, tiene a todos sus parientes, que son muchos, y todos la aman. Tiene a nuestro hermano Judá, que pronto será un hombre. Y a nuestros hermanos mayores, incluida Salomé, que la quiere con ternura. ¡Y te tiene a ti!

—Pero ahora estaremos lejos la una de la otra.

—El amor os juntará cada vez que sea necesario.

—Tendré miedo por ti, *aha*, hermano.

María se da cuenta de que hay un brillo de determinación en los ojos de su hermano y de pronto es consciente de que está a punto de perderlo, de que nadie lo detendrá si es verdad que ha tomado la decisión de partir hacia mundos lejanos acompañando a su marido. No sabe de dónde le viene la certeza —¿serán otra vez los ángeles, sus ángeles?—, que de repente la envuelve como aire frío, de que su marido está decidido a volver de su viaje de comercio y negocios, pero no así su hermano.

—Los caminos romanos son buenos. Construidos por tozudos legionarios que han empleado en ellos el tiempo que no dedican a la lucha o a la vigilancia. No te apures, hermana.

—No puedo evitarlo.

A pesar de que Jesús le aconseja que no lo haga, María sabe que esa idea la agota. Como el vino de una copa.

Esa misma noche, cuando se encuentra a solas en su habitación, María decide probar las dotes adivinatorias del libro mágico que le ha regalado su marido.

Apenas puede contener la emoción que le procura poseer un objeto tan maravilloso, tan caro y sofisticado. Ella, que ha sido criada por su madre y que la emula en tantas cosas, suele tener los pies sobre la tierra, pero también está dispuesta a creer en la magia. En las respuestas caídas del cielo.

¿De los ángeles...?

Mira las letras de su pequeño libro admirada. Comprende la maravilla de la escritura, el papel sagrado de las palabras. La idea la llena como gracia de Dios.

Sigue las instrucciones que le ha dado Isaac y formula una pregunta mientras acaricia ese objeto maravilloso, un rollo tan bello que solo puede ser divino.

—¿Cuándo volveré a ver a mi hermano?

Se queda pensativa. Su sentido del deber la obliga a añadir algo más:

—¿Cuándo volveré a ver a mi hermano... y a mi marido?

El pequeño libro abre su sabiduría para ella, que la espera expectante, ilusionada... Cuando lee la respuesta, le falta poco para desmayarse, para tener una de esas crisis en las que pierde el conocimiento. Cierra los ojos con fuerza. Le gustaría no haber aprendido nunca a leer si el resultado es descifrar lo que dice el libro. Le gustaría borrar lo aprendido y no haber hecho esa pregunta. Jamás.

«Muerte.»

Esa es toda la contestación del libro mágico.

115

Toda su vida había huido de ella

Taller de escultura. Sahagún. Imperio de León
Primavera del año 1080

Le daba un miedo cerval la pobreza.

Toda su vida huyó de ella como de una enfermedad. La pobreza era como uno de esos lugares que emiten miasmas que producen olores indescriptibles. Un mal aún peor que el suyo. Aunque quizá Selomo ya debía hablar de su enfermedad en pasado. Desde que Matilde le aconsejara quitarse del cuello la cadena que llevó colgando durante décadas, sin quitársela ni de día ni de noche, desde entonces, su piel había renacido. Selomo no podía creerlo, se miraba la piel con un gesto asombrado, como si estuviera contemplando un milagro. Y desde luego lo era. Se preguntó si sería obra del Dios cristiano o si Matilde era una de esas santas de las que hablaban los seguidores de Cristo. No le extrañaría; al fin y al cabo, a él le curó lo que nadie logró sanar. ¿No era eso lo que hacían los santos? Sí, seguramente.

Volvió a pensar en la pobreza.

Era cosa de desamparados. De viudas y de viejos, de huérfanos... Él conocía a algunos y no era capaz de imaginar una vida así. Había pasado toda su existencia huyendo precisamente de aquellos que yacían en las calles simulando estar enfermos. Porque pobreza y enfermedad solían ir juntas de la mano, como dos prostitutas o como dos ladrones de vidas ajenas.

Y, a pesar de ello, él también era pobre. Quizá de una manera diferente a la de los que estaban tirados en el suelo y que en esos momentos le impedían andar, pero pobre al fin. Porque no tenía nada. Su libro, su único capital, estaba al alcance de sus manos, pero seguía confiscado por el rey mientras él continuaba maquinando la manera de cambiarlo por la copia. ¿Se daría cuenta Alfonso de la diferencia? ¿Y su esposa, la reina Constanza, aún trastornada por la cruda respuesta que le ofreció su sabiduría milenaria...?

Sí, pues claro que él era pobre. Aunque no tanto como los que dormían en la calle, tal vez porque de esa miseria extrema lo habían salvado, durante toda su vida, los libros, las palabras. Si ahora comía y tenía una cama donde guardarse, era porque las palabras que llenaban su cabeza le consiguieron el cargo de gramático real. Se hinchó como un pavo al recordar el honor, no por la vanidad del cargo, sino por la seguridad del pan que se llevaba a la boca cada día.

Mientras andaba, apartó el pie con una sorprendente agilidad para evitar rozarse con la punta de los dedos sucios y temblorosos de uno de los mendicantes.

Allí estaba él, en busca de Roberto, en dirección al que parecía haberse convertido en el lugar de la nueva ocupación del joven: el taller del moro, donde se fabricaban piezas para ornamentar las iglesias. Roberto perdió todo interés por encontrar al ser malvado que hacía estragos por la comarca devorando a inocentes. Absorbido por su pasión, para ejercer la cual había obtenido permiso del abad, no quería pensar en nada más que en las piedras. Le confesó a Selomo que estas guardaban secretos que él quería revelar. Se fiaba más del mármol que de la carne, así se lo dijo ante la insistencia de Selomo por seguir investigando.

—¿A qué viene ese interés tuyo por algo que antes te importaba un bledo? —le preguntó Roberto mientras acariciaba con una mano blanca y polvorienta la figura a la que estaba dando forma en esos momentos.

Selomo se negó a reconocer, incluso ante sí mismo, que quizá mantenía viva la llama de esa inquietud porque eso le permitía ver a Matilde de cuando en cuando.

—Fuiste tú quien dijo que había que encontrar al culpable de esos asesinatos, de esos actos atroces..., y llevarlo ante el rey para que haga justicia.

—Sí, pero la justicia que nosotros no podemos hacer la hará Dios cuando llegue el momento. Eso es lo que piensa todo el mundo, por eso a nadie parece importarle este asunto.

—¿Ya no piensas en los ojos vacíos y sin vida de aquella muchacha, tan parecidos a los tuyos? Recuerdo que te impresionaron vivamente. Creías que se trataba de tu hermana perdida. Llegaste a pensarlo.

—En realidad ni siquiera sé si alguna vez tuve una hermana. Quizá lo soñé todo. —Desde que trabajaba la piedra, las pesadillas de Roberto habían ido disminuyendo hasta desaparecer. Ahora sus noches eran tranquilas y podía descansar—. Lo más probable es que la muchacha fuese una mujer adúltera que murió a manos de su marido. La ley de la Iglesia no consiente ese tipo de crímenes, pero ni tú ni yo podemos hacer nada por evitarlos.

—¿Y no eras tú quien decía que el propio Jesús abolió la pena de muerte por adulterio? ¿Que para un cristiano matar a su mujer, aunque sea una adúltera, es un crimen tan grande como asesinar a su propia madre?

—Eso me enseñó mi maestro Bernardo.

—¿Y Germalie? También te turbaba mirarla.

—Es una mujer que sigue con vida, con su vida.

—No te entiendo, Roberto. Estabas empeñado en atrapar a la bestia que ronda por estos campos y ahora parece que todo te resulta indiferente.

—Quizá ha llegado el momento de dejar que los códigos de justicia se empleen en lo que a mí me resulta imposible solucionar.

—¿Y los niños? ¿Qué me dices de los niños? ¿Cuántos van ya...?

—Dios se ocupará de ellos en la otra vida. Tendrán a un padre en el cielo, algo que no han podido encontrar en esta tierra. Hay demasiados huérfanos, cada día son más numerosos. Los veo rondar las obras del monasterio. Si tuvieran unos padres que los miraran de vez en cuando, quizá no serían cazados como liebres.

—Pues ¿sabes lo que te digo? Que yo creo que ni los azotes, ni el destierro, ni las multas que imponen los alcaldes o los reyes, ni el infierno que prometen tu Dios y el mío como castigo bastan para enterrar con dignidad a esas pobres almas. Por eso te pido que vengas conmigo y sigamos investigando... Vamos a hablar de nuevo con Germalie. Ha pasado más de un año... A lo mejor ha recordado algo más. Sería bueno no olvidar este asunto. No tan fácilmente.

—Desde que ya no te atormenta tu lepra, parece que tienes mucho tiempo libre. ¿No te entretienes bastante en el *scriptorium*?

No hubo manera de convencerlo.

Selomo se dijo que una pasión extraña, parecida a la fiebre, se apoderó del joven monje Roberto. Ya no vestía los hábitos y salía del monasterio cuando todavía era de noche y no había despuntado el sol en el horizonte. Luego se encaminaba a su taller, donde trabajaba duramente realizando las funciones más porfiadas y bastas sin recibir siquiera un mendrugo de pan a cambio. Pero a él no parecía importarle.

Selomo lo contempló con creciente curiosidad. Parecía otro. Daba la impresión de que había madurado. O, mejor dicho, envejecido. Sus ojos tenían un color más oscuro, el verde parecía haberse espesado, y estaban concentrados en un solo objetivo. Selomo pensó con desánimo que no lograría nada con su insistencia, así que se despidió con un hilo de voz y fue en busca de la muchacha, de Germalie... La interrogaría de nuevo, él solo.

116

Lo primero que hace

Jerusalén
Año 9 después de Cristo

Lo primero que hace María es proveerse de material para escribir. Le da la orden al administrador, que la mira con los ojos como platos.

—¿Y para qué quieres algo así, mi señora?

María está a punto de decirle la verdad, pero prefiere ser prudente. Al fin y al cabo, tampoco necesita dar explicaciones. Las explicaciones y las órdenes son algo nuevo en su vida. Hasta ese momento, ha tenido que dar muchas de las primeras y ninguna de las segundas. Ahora las cosas han cambiado, se han vuelto del revés.

—Haz lo que te digo, cuanto antes.

Se sorprende a sí misma. Su voz le parece la de otra persona. Firme y segura, muy diferente de lo que es ella en realidad.

Cuando consigue lo que quiere, el administrador le explica cómo usarlo.

—Uno de mis esclavos fabrica para mí la tinta mezclando varios ingredientes: hollín de resina o de pescado, heces de vino y negro de sepia. También le añade algunas sustancias gomosas. Con todo ello forma una pasta negra que luego se diluye y sirve para escribir. Es un trabajo muy delicado, porque si se aclara demasiado se queda descolorida y gotea de la pluma. Te he traído tinta negra, que es la que se suele usar. La roja también se fabrica, pero solo sirve para realzar los títulos cuando se compone un libro. E imagino que ese no será tu caso. —El hombre la mira con ojos escrutadores intentando traspasar los suyos hasta alcanzar su alma allí, al fondo, al otro lado de los iris aniñados.

María piensa que aquel hombre imagina demasiado.

Pero, de nuevo, guarda silencio.

Esa libertad de obrar que tiene ahora es nueva para ella. La regocija interiormente tanto como la apesadumbra el hecho de que su hermano se haya ido a un largo viaje incierto. Se siente culpable por no pensar en su marido, pero es que lo conoce demasiado poco como para preocuparse por él. Supone que con el tiempo le irá tomando aprecio y que cada vez que salga de viaje, rezará por él, por su seguridad.

—Te he traído también unos papiros egipcios. Supongo que deseas hacer anotaciones administrativas. Pero permíteme recordarte que para eso estoy yo aquí. No hace falta que te preocupes. Ya me ocupo yo. De todo.

—Está bien. No me hacía falta el papiro, pero te lo agradezco.

—Teniendo en cuenta que es un material escaso y precioso, si no te complace lo que anotas en el papiro, te recomiendo que elimines lo que has puesto antes de volver a escribir encima. Le puedes dar con la esponja. Así lo borrarás y podrás usarlo de nuevo... Mi esclavo te enseñará a hacerlo si tienes dudas.

—De acuerdo, lo tendré presente.

Oyendo al hombre piensa en que, después de todo, es inútil borrar las palabras. Nadie puede hacer algo así, excepto Dios, por supuesto. Ni con una esponja ni con nada. Al igual que ocurre en la vida con las palabras dichas, las palabras escritas en los libros tampoco desaparecen del todo nunca.

«Muerte, muerte...», rememora María con un escalofrío. Y luego piensa que ella borrará esa sentencia fatal. Que se rebelará, igual que hace su hermano con la injusticia. Que hará lo posible por que desaparezca esa palabra, incluso de su recuerdo.

117

Antes de despedirse de ella

Sahagún. Imperio de León
Primavera del año 1080

Selomo estuvo hablando con Germalie, pero no sacó nada en claro de su conversación.

Antes de despedirse de ella, señaló al camastro donde reposaba inconsciente su marido, con la respiración agitada y los ojos cerrados, como si fuese presa de un mal sueño.

—Veo que tu marido sigue enfermo.

—Sí, lo cuido mucho, pero no mejora —le respondió la joven bajando la mirada hacia el suelo.

Selomo volvió pronto al monasterio.

Antes de la caída del sol, los monjes le informaron de que habían recogido en el campo los restos de otro niño.

—¿Los restos...?

—Sí, como los otros. Más o menos.

Selomo tuvo la tentación de santiguarse como veía hacer a los monjes a todas horas. Le parecía que ese gesto lo consolaría de alguna manera que no podía comprender.

Y así lo hizo, ante la estupefacción del hermano Isidoro.

Mustafá debía de tener unos ocho o nueve años, aunque nadie lo sabía con exactitud, por supuesto, y tampoco les importaba. Rondaba siempre las caballerizas del rey. Alfonso lo conocía, hacía años que el niño se criaba solo en torno a las cuadras. Jugaba con los perros y cualquier palo le servía de entretenimiento. Los guardias le daban un trozo de pan de vez en cuando; uno de ellos incluso le había regalado una pequeña arma de madera. El chiquillo disfrutaba jugando a la caza seguido por una recua de perros. Pero también ayudaba en lo que podía. Limpiaba las cuadras, llevaba cartas de un lugar para otro, y había confesado muchas veces que soñaba con ser escudero. Tenía unos preciosos y traviesos ojos oscuros y el pelo rizado, siempre sucio. Lo trataban como a un perro más. El niño se afanaba por no recibir golpes y era un experto en esquivarlos y en adular a las cocineras para obtener a cambio un pellizco de pan blanco o un trozo de asado de manera excepcional. Contaba a todo el mundo que quería ser caballero. Pero aunque ese era el más grande de sus sueños, entre medias alimentaba otros, como ese de llegar a escudero.

«Algún día seré tan fuerte que llevaré las armas de mi señor, seré su ayudante y aprenderé todo lo que él sepa», decía convencido de que el futuro se presentaría radiante.

—No es extraño que tuviera tanta confianza. Al fin y al cabo, había logrado sobrevivir él solo siendo huérfano; desde que se movía a gatas hasta ahora. Es una lástima, una lástima...

Quien hablaba así era precisamente uno de los escuderos que conocía a Mustafá. Se llamaba Athanasius. Era joven y se levantaba muy temprano para limpiar y atender a los caballos. Una vez cumplida esa tarea, se dirigía a la armería para pulir las armas de su señor. Algunos días se permitía salir a cazar a los montes de los alrededores y cuando regresaba, con alguna pieza cobrada si había suerte, volvía a las cuadras para revisarlas cuidadosamente. Luego aparecía por el salón, donde podía servirse un poco de carne si había aportado alguna pieza, y escanciaba unos tragos de vino. Al caer la noche, solía preparar la cama de su señor y ayudarle a quitarse las ropas, o la armadura si era el caso. Antes de dormir, volvía a dar un paseo por las cuadras, esta vez haciéndose acompañar por los centinelas y por el resto de los escuderos. Era un muchacho con el pelo del color de la paja a finales del verano y unos ojos de un marrón claro, casi transparentes. Delgado pero fuerte, Athanasius soñaba con el día en que pudiera utilizar una espada con el mismo entusiasmo con que Mustafá había soñado con llegar a ser como él.

Las espadas estaban reservadas a los caballeros. Por lo general, tenían el puño en forma de cruz; las más importantes incluso llevaban una sagrada reliquia encerrada en el pomo.

Él mismo llevó el cuerpecito devorado de Mustafá hasta las cuadras, que al fin y al cabo eran un poco la casa del chiquillo, el único lugar que conocía y al que podría haber llamado su hogar. Lo encontró mientras entrenaba galopando por el campo, cerca del bosque. Le gustaba saltar zanjas y aquel día llevaba puesta una cota de malla. Era un joven hábil, lo bastante diestro como para bajarse de su caballo en pleno galope, y eso que su potro era brioso, un auténtico ejemplar de primera, de raza árabe.

Había paseado desarmado y con la cabeza descubierta, tal y como hubiese hecho en caso de haberse presentado en una batalla. Tenía la suficiente juventud y fuerza como para atreverse a hacer cosas que ni siquiera su caballero haría. Era todo lo contrario a un heraldo melindroso o a un paje asustadizo. Y aunque no tenía un nombre del todo ilustre, confiaba en adquirirlo cuando realizase grandes hazañas, como hacía Sidi, el Cid.

Pero mientras trotaba por el campo, en lugar de encontrarse con un grupo de moros hostiles, se tropezó con el pequeño morito asesinado.

Athanasius había nacido en una casa solariega y, al poco, sus padres lo enviaron con la familia de un mercader para que aprendiese cálculo y todo lo necesario para saber comprar y vender. Pero fue inútil, el chico solo pensaba en las historias que oía sobre guerreros y santos. Se sabía de memoria algunos pasajes de una seductora canción que cantaban los normandos y que hablaba de un viejo conde bravo y fiero, como a él le gustaría llegar a ser. Además, amaba los caballos mucho más que las mercancías.

A pesar de que todo en él traducía la impresión de ser un joven duro y templado, tal y como correspondía a su oficio, no pudo evitar que la emoción le quebrara la voz un par de veces cuando relataba cómo había encontrado el cuerpecito inerte de Mustafá.

—Estaba en medio de un charco de sangre. Es posible que el estado en que lo hallé se deba a que las alimañas lo han devorado.

Los dos hombres que lo escuchaban atentamente pensaron en otra cosa. Selomo y Samuel se miraron consternados al oír el relato del escudero Athanasius.

Aunque era joven, el muchacho ya había tenido ocasión de asistir a acontecimientos espantosos; sin embargo, no cabía duda de que sentía un dolor por la muerte del chico para el cual no se encontraba preparado.

—Deberías confesarte y luego comulgar —le recomendó Samuel mirándolo de soslayo. Parecía que estuviera masticando las palabras.

—Eso será bueno para mi alma. Lo haré.

—Estoy seguro de que hará que se te quite el temblor de las manos cuando menos.

Poco antes de que tuviera lugar esa escena, el rey se enteró de la muerte de Mustafá y montó en cólera. Le gustaba aquel chiquillo y pensaba que no tardaría mucho en convertirse en un buen aprendiz de escudero. Era duro como la piedra. Su pérdida le resultó intolerable.

—¡Quiero saber qué está pasando! —gritó a los que estaban alrededor—. ¿Por qué aparecen mujeres jóvenes y niños destripados? Según tengo entendido, ya son demasiados. Los alcaldes de esta ciudad son unos incompetentes.

—Mi señor, como sabes, la muerte es generosa. No se puede culpar a los alcaldes ni a los alguaciles de no impedir lo que seguramente Dios quiere que suceda.

Pedro Ansúrez llevaba un buen rato tratando sin éxito de calmar al rey.

—Ese monje extraño, el que mandaste como espía hasta Tierra Santa... —Esta vez fue el conde de Urgel, Armengol, quien se dirigió a Alfonso intentando que sus palabras sirvieran de bálsamo a la furia del rey, que salía a borbotones por su boca envuelta en gotas de saliva ardiente.

Todo el mundo conocía los arrebatos de su majestad y procuraba aplacarlos o, por lo menos, no encontrarse al alcance de su mirada cuando se producían.

—Samuel de Solsona —apuntó Pedro Ansúrez.

—Ese mismo —continuó Armengol—. Creo que ha estado haciendo algunas averiguaciones junto con el judío al que has nombrado gramático. Les ordenaré que busquen al culpable y que lo traigan ante ti sin más dilación. No puede andar lejos.

—Decidles también que busquen a un lobero. Un lobero es el

más indicado cuando se intenta cazar a un lobo. Y hay que dar caza al que está haciendo esto.

—Pero, señor, dicen que no es un animal...

—Sí, sí que lo es. —Alfonso meneó la cabeza afligido—. Incluso aunque ande erguido como un hombre, se trata de un animal. Puedes estar seguro. ¡Diles que llamen a un lobero!

118

Flores que crecen en el valle del Jordán

Jerusalén
Año 9 después de Cristo

En casa de Isaac todo es grande y lujoso, muy diferente a como es en su casa familiar de Nazaret. El jardín tiene sicomoros e higueras, arbustos de hoja perenne que resisten al frío, flores que crecen en el valle del Jordán. Un jardinero jefe mima cada una de las flores, de los capullos. El jardín, bajo la claridad de la luna, es una belleza punteada por la luz del cielo.

    A María le gusta refugiarse en él por las tardes. Lleva con ella a todas horas el regalo de su marido, el pequeño libro, que ha conseguido guardar en un hatillo muy cerca de su pecho. Se sienta a la sombra de uno de los árboles y piensa en los paisajes de Galilea, en sus montañas y en el aire que penetra en el cuerpo dándole vida. Añora sus cuevas y fortalezas, incluso los territorios pantanosos cubiertos de cañas donde se refugiaban los bandidos, los proscritos y los caudillos rebeldes, según le contaba su padre cuando era niña. José decía que algunos personajes de las tierras altas de Galilea eran gente de la que había que cuidarse. Sin embargo, conforme se bajaba hacia el sur, las gentes cambiaban a la vez que el paisaje. Al sur del lago de Merom, cerca del Jordán, pasaba una gran ruta de caravanas que unía Damasco con los mercados de Tolemaida, cerca del mar. Desde lejos podían verse las hileras de mulas y de asnos, de camellos cargados de ricas mercancías, yendo y viniendo, trayendo el lujo de oriente a occidente, y viceversa. Conducidas por romanos, por judíos y por griegos. Caminos hollados por extranjeros, y hebreos que emprendían la marcha con los ojos puestos en la lejanía. De la misma manera que ahora hacía su hermano...

María cree que Galilea es el lugar más fértil y hermoso del mundo, allí se pueden mojar los pies en aceite. También es el sitio preferido del vino. Del lino y del trigo. Si de verdad hubo alguna vez un paraíso, debió de estar en Galilea.

«Todo es más barato en Galilea. Lo que allí vale uno cuesta cinco en Judea. Los habitantes de Jerusalén darían cualquier cosa por probar los frutos que allí nacen», piensa con un extraño orgullo.

Galilea también es para María una alta torre desde la cual se pueden ver los puertos llenos de naves mercantes, el mar adornado con las blancas espumas y las velas de los barcos, del mismo color que las nubes.

Piensa en su hermano Jesús, que en esos momentos se mueve en la caravana, junto con Isaac. Pasando al lado de campos y viñas, de plantaciones de frutales, atravesando el Jordán y dejando atrás Capernaúm; quizá haciendo escala en Magdala, la ciudad de los tintoreros, con sus tiendas y sus tejedurías de lana, por no hablar de las relajadas costumbres de sus habitantes. Su marido le ha dicho que allí tiene una casa en la que suele reposar antes de enfrentarse a su destino viajero, con un patio en el que hay un pozo que se llena cada dos años. El mismo tiempo que les falta a sus pechos para llenarse probablemente.

—Magdala es una ciudad espléndida, sería perfecta si no fuese porque es pagana. Hay edificios magníficos, pero también se encuentran las casas más miserables de la región. Pero a mí me viene bien, está muy bien situada para mis negocios. Desde allí me desplazo hasta la gran pesquería de Tariquea, donde compro pescado en conserva dentro de grandes toneles que luego vendo en rincones lejanos.

Eso le ha dicho Isaac. Le habló de su vida y de sus negocios la misma noche en que debió haberla desvirgado y no lo hizo. Ella se limitó a escucharlo. Cree que lo mejor que puede hacer es escuchar, ya que tampoco podría hacer otra cosa. ¿O sí podría hacer algo más?

Aprieta el libro contra su pecho.

Podría escribir las cosas como son, contarlas para ella, quizá para sus hijos, si llegan algún día.

Mira con deleite su libro. Tiene espacio en blanco para escribir. Hay en él palabras mágicas y proféticas sobre el porvenir, a veces aciago, pero en el envés caben otras palabras reales, palabras que den cuenta de toda una vida, que conjuren la fatalidad. Palabras que expliquen toda una existencia. Mientras no la trunque la muerte.

—Lo haré. Yo pondré las palabras. Mis palabras serán más poderosas que las palabras mágicas del libro. Y borrarán la muerte.

119

Más rápidas que el vuelo de los pájaros

Monasterio de Sahagún. Imperio de León
Primavera del año 1080

A pesar de lo difícil que resultaba para las gentes trasladarse de una ciudad a otra, las noticias corrían con rapidez. Más rápidas que el vuelo de los pájaros.

Hasta Selomo sabía que la hermana de Alfonso, Urraca, había hecho todo lo necesario para salvar la vida del rey. Sancho venció a Alfonso en el año 1072, en la batalla de Golpejera, en un lugar próximo a Carrión de los Condes, y lo encarceló en Burgos. Urraca consiguió, con ruegos y lamentos, llantos y amenazas, y todos los recursos de los que pudo disponer, que Sancho liberase a su adorado Alfonso.

Adorado, muy adorado...

Urraca le prometió entonces a su hermano mayor que Alfonso se metería a monje. Y así fue, en cierta manera. Alfonso permaneció en el claustro, aparentando que abrazaba los hábitos y entregado su vida a Dios, hasta que consiguió escapar y refugiarse en la taifa de Toledo bajo el amparo de su amigo Al-Mamún.

Todo el mundo sabía que, desde entonces, Alfonso tenía algo más que una deuda con el conde Pedro Ansúrez y, sobre todo, con su hermana Urraca. Las malas lenguas decían que los dos hermanos se querían tanto que lo hacían de una manera deshonesta, incestuosa. Contaban que sentían un afecto morboso el uno por el otro y que el rey estaba tan agradecido a Urraca que le concedió la consideración y el nombre de «reina», aunque nadie tenía la certeza de que la hubiese convertido también en reina de su cama. No del todo al menos.

Los castellanos, eso era cierto, siempre andaban levantando sospechas sobre Alfonso, como que participó en la muerte de su hermano, entre otras cosas; episodios cruentos, pero por otra parte necesarios para engrandecer el trono... Porque Alfonso era implacable, con la política y con la guerra, con el amor y con la espada. Su extraña personalidad indomable logró la hazaña de reunificar el reino que su padre dividió previamente entre sus hijos a la hora de su muerte.

«Cuánto trabajo inútil. Rehacer lo que otro ha deshecho antes estúpidamente...»

Selomo creía que el error había sido del padre y que el hijo había empeñado sangre y fuego en conseguir algo que ya estaba hecho antes de la desaparición de su progenitor. Un trabajo baldío que se podía haber evitado si el padre no hubiera fraccionado el reino por querer hacer de cada hijo un rey, empequeñeciendo así su legado. La división, que para los romanos era una táctica mediante la cual podía vencerse al enemigo, la aplicó el padre de Alfonso sobre su propio reino. Alfonso trabajó denodadamente para volver al punto de partida y para ello tuvo que matar a uno de sus hermanos y encarcelar al otro de por vida. A pesar de que el rey negaba la injusticia de esos hechos, todo apuntaba a que así fue.

—Lo mejor será que yo me ocupe de mis asuntos... —dijo Selomo concentrado delante de la mesa de su estudio, como cada día, mientras recordaba su último encuentro con Matilde y la reina.

Todavía tenía un mal sabor de boca y una inquietud que le había cerrado la garganta. Como un presagio aciago.

Aunque no quería distraerse con las cuitas de aquel rey poderoso, siguió haciendo memoria mientras contemplaba arrobado el trabajo de copia de su libro que él mismo estaba realizando.

En 1076, el monarca navarro Sancho Garcés IV, el de Peñalén, cayó víctima de una conjura en la que, sin duda, también había participado Alfonso. Sus propios hermanos conspiraron para eliminarlo. Se decía que a su hermano menor, Ramón, y a su hermana Ermesinda, no les tembló el pulso ni un segundo para llevar a cabo el parricidio. Con lo que no contaban era con que los navarros fuesen a negarse en redondo a dejarse gobernar por un fratricida...

Aquel fue un escrúpulo moral que Alfonso no dudó en aprovechar entrando rápidamente en Navarra y nombrándose a sí mismo sucesor de su difunto primo. Así, en 1077 ya se denominaba «emperador de toda España» y, aunque trabajaba por ganarse el favor de Dios, no quiso someterse a los dictados del papa Gregorio VII ni pagarle el censo que antes que él habían pagado todos los reyes de España. El abad don Bernardo, sin embargo, había ejercido su influencia y recurrido a su diplomacia para conseguir que Alfonso aboliera el rito mozárabe y aceptase el romano. Pero eso era todo lo que el rey estaba dispuesto a conceder al poder de Roma.

Selomo admiró la capacidad del rey de tener un ojo mirando al cielo y el otro bien fijo sobre la tierra.

—Como dice la reina, quizá las pobres gentes como yo debamos dar gracias a Dios porque no nos ha hecho parte de la familia de ningún rey, de modo que solo tenemos que luchar contra el hambre, a pesar de que la gazuza sea una monarca bien tirana... Y aunque la necesidad se reparta más pródigamente que los caprichos de un rey.

Estaba trabajando en unos epitafios que le había encargado la reina Constanza. La tarea ya era de por sí bastante funesta, no presagiaba nada bueno. Mirar a aquella mujer hermosa, embarazada y rebosante de vida, y pensar en las palabras que debían recordar su paso por el mundo le ponía los pelos de punta.

Pero a él le mandaban y él obedecía.

Por otro lado, la traducción de su libro mágico, la cual casi había completado para sí mismo —no tenía la menor intención de traducir aquello para la reina, ni para el abad, ni para el rey, ni para nadie—, le quitaba el sueño.

—Pero no quiero pensar en ello. No ahora...

Se concentró en lo que debía hacer, procurando olvidar el resto de las preocupaciones. Estaba redactando con cuidado cinco epitafios en latín para la reina formados por tres dísticos elegíacos y dos poemas compuestos por hexámetros dactílicos. Los leía y reescribía una y otra vez de manera infatigable. Desde que doña Constanza se los había encargado, tuvo que relegar a ratos las tareas de traducción de su precioso libro para ensimismarse en aquellas palabras. Intentaba ponerse en la piel de una dama, comprender los sentimientos femeninos, que se le escapaban por completo. ¿Qué sentía una mujer? ¿Acaso él podía hacerse siquiera una idea? Y una reina, en todo caso, no era una mujer cualquiera, y seguramente también pensaba de manera diferente a las demás. Incluso era posible que sintiera que su lugar en el mundo no cabía en una licencia poética.

Leyó por enésima vez uno de los poemas mientras lo traducía del latín mentalmente en su cabeza: «Si de verdad el linaje y la hermosura fuesen la gloria del mundo y gracias a ellos el ser humano no muriese, yo, Constanza, sangre de reyes y esposa de un rey, que he sido adornada con esos dones tan ricamente, debería creer que sigo viva. Pero ese es un favor que no se concede a los demás y que tampoco pudieron concederme a mí. Sigo, por tanto, la misma suerte que el resto del género humano. Por ello te suplico, quienquiera que seas que estás contemplando estos epitafios, que no busques en mí las riquezas propias de la nobleza; antes bien, acuérdate de rogar piadosamente, con una dulce oración, que el Señor me conceda el perdón por mis culpas».

Selomo hizo unas anotaciones y sacudió la cabeza insatisfecho como siempre que se enfrentaba a una de sus composiciones. Tendría que retocarlo un poco más. No solo este, sino los cuatro restantes. Aunque sabía que sus epitafios no debían complacerlo a él, sino tan solo satisfacer a la reina ahora que todavía estaba viva.

120

La caravana que debe conducirles al más lejano Oriente

Caravana comercial. Palestina
Año 9 después de Cristo

Jesús y José de Arimatea se incorporan a la caravana que debe conducirlos al más lejano Oriente. Isaac se sumará más adelante.

—El camino que vamos a recorrer —le dice José de Arimatea a su pariente, apenas un niño lleno de ansiedad y expectación ante el viaje— no será fácil.

—Lo imagino —asiente el más joven.

En efecto, el terreno es abrupto, muy distinto al que Jesús ha transitado en sus viajes de comercio junto a su padre o en los de peregrinación para cumplir con las celebraciones religiosas anuales. La caravana de la que forman parte le recuerda, en cierto sentido, a aquellas formadas por parientes y amigos junto a los cuales ha peregrinado hasta hace poco. Pero en este camino nadie ha emparejado los cantos rodados o apartado las piedras, de modo que, tras media jornada de recorrido, un burro tropieza con una y se cae. Su amo encuentra el pretexto perfecto para lanzar imprecaciones, juramentos que ofenden los oídos de Jesús, y apalear brutalmente al animal.

Jesús observa con los ojos abiertos, paralizado y mudo, el espectáculo. Hasta que no puede más y se acerca al hombre que agita la vara descargándola sin cesar sobre el lomo del pobre animal, demasiado cansado ya, nada más comenzar el viaje, dado que su amo lo ha cargado de forma excesiva.

—No sigas —le pide con voz firme al amo del asno.

Pero el hombre no le hace caso y continúa azotando al pollino, que resopla resignado. Tiene los ojos llorosos, plagados de moscas. Es un animal viejo. Jesús siente al tocarlo que está cansado de vivir.

—¡Apártate de mí! Es mi burro y hago con él lo que quiero... Se merece una buena reprimenda por haberse caído.

Los ojos del hombre brillan de cólera, una furia antigua y roja que le cuartea la mirada. Están secos, como si el odio que siente por el pollino hubiera consumido toda su humedad. Haciendo acopio de fuerzas, se dispone a descargar su ira de nuevo cuando Jesús le agarra la mano y le impide completar el azote. En el suelo, el asno ha cerrado los ojos y respira tranquilo, dolorido y cansado, sin fuerzas para abrirlos de nuevo.

—¡He dicho que te detengas! —Jesús sostiene la mano del hombre de mediana edad curtido por el sol y envejecido de forma prematura.

—¿Y quién eres tú para impedirme seguir golpeando al animal que es de mi propiedad?

—Nadie, no soy nadie, pero te he dicho que basta. No sigas.

En ese momento, José de Arimatea llega hasta ellos con aire apurado y pide disculpas por el atrevimiento del joven Jesús.

El hombre vuelve a jurar y a maldecir.

—Si tú eres su tutor o su pariente, hazte cargo de los desmanes de este arrapiezo y no permitas que entorpezca la marcha de esta caravana.

Jesús se acerca al asno, que apenas respira. Al poner la mano en su oreja, se da cuenta de que el animal ya no volverá a levantarse. Siente una rabia que bien podría compararse con la del hombre que acaba de matarlo. Con un exceso de carga, con demasiados palos...

Le gustaría castigar al colérico compañero de viaje, pero no quiere comprometer a José de Arimatea. Hace un esfuerzo por contenerse y se pone en pie. Se sacude el polvo, se da la vuelta y abandona el lugar mientras José de Arimatea intenta calmar al irritado comerciante, que ahora farfulla y se queja de que tendrá que repartir la carga del pollino muerto sobre los lomos de sus otros animales.

Más tarde, después de deambular infatigablemente entre la gente de la caravana esperando a que a José de Arimatea se le pase la molestia tras el incidente del asno muerto, Jesús vuelve junto a su pariente con la cabeza gacha y aire apenado. Pero José ya sabe que el muchacho no tiene una personalidad fácil. Su madre le ha advertido y él ha prometido a María que hará lo posible por comprenderlo, aunque también por enseñarle buenos modales.

—Sería mejor que hiciésemos este viaje evitando incidentes —le dice a Jesús.

El chico asiente y le promete que hará un esfuerzo por portarse bien y no meterse donde no le llaman.

—Nuestro camino es antiguo y azaroso, no está trazado como las vías romanas. Cruzaremos por valles y montes acomodándonos a los inconvenientes del terreno. En las llanuras es fácil distinguir huellas que nos indican la dirección, aunque si el invierno ha sido lluvioso, los llanos también pueden convertirse en un marjal que nos impida avanzar.

—Sí, primo.

Andando el uno junto al otro, llegan cerca de la cabecera de la caravana. La abre un camello y los demás siguen sus huellas. Todos los enseres de José y de Jesús van cargados sobre siete camellos que forman parte del cuerpo central de la comitiva, guiados por unos peones a sueldo de José. Las silenciosas pisadas de los animales forman a su vez un sendero que recorren los que van detrás.

José de Arimatea se da la vuelta y señala hacia atrás.

—Como ves, siempre hay un camello díscolo que con su largo cuello se cruza y abandona la fila, buscando quizá una vista que sea de su agrado o respirar otro aire. A esos les pasa como a ti.

Sonríe comprensivamente y alborota el pelo castaño, rebozado del polvo del camino, de Jesús. El sol lo está tostando por las puntas y ofrece un aspecto seco y polvoriento. Un rebelde flequillo casi le tapa los ojos.

—En nuestro camino, a veces tendremos que apartarnos o incluso desviarnos para dejar pasar otras caravanas. Pero en terrenos montañosos, podrás ver huellas que tienen siglos, dejadas por hombres y animales que desde tiempos remotos han hollado los mismos senderos. Tendrás que tener cuidado porque las rocas son resbaladizas, desgastadas por los cascos de las bestias; y eso con suerte, si la roca es dura, porque en ciertos lugares la piedra es blanda y las caravanas pueden hundirla, con el peligro que ello conlleva...

Al día siguiente se encuentran con que deben vadear un río. Procuran siempre seguir caminos que atraviesen fuentes de agua, riachuelos o pozos, pues las bestias deben abrevar diariamente y, aunque acarrean agua, no es suficiente como para abastecer las necesidades de los animales.

—Pero los ríos no son obstáculos para una caravana. Siempre hay un vado por el que podemos cruzar.

—¿Y qué pasará cuando entremos en el desierto?

—Daremos de beber a los burros; por fortuna, los camellos no necesitan beber con tanta frecuencia. Dios los ha dotado de un tanque de almacenamiento propio.

—Pero nosotros no somos tan resistentes a la sed como los camellos...

—No, pero tenemos voluntad. La necesaria para poder trazar un camino, para ir de un lugar a otro, equivocándonos una y otra vez hasta que encontramos un acierto.

Jesús tiene la inquietante sensación de que el viaje no está planificado en su totalidad y así se lo hace saber al joven y decidido José, cuya tez reluce matizada por los brillos del sol de la mañana.

—No te preocupes tanto, muchacho, sabemos a dónde nos dirigimos. Y, en cualquier caso, solo tenemos que seguir a nuestros pies y a las pezuñas de las bestias. Juntos encontrarán el camino.

La caravana, por lo que puede averiguar Jesús, transporta distintos cargamentos. Algunos de los comerciantes que la componen llevan metales, especialmente hierro, bronce y cobre. Esa es una carga pesada y los camellos que la soportan hacen un increíble esfuerzo. Mucho más ligera es la carga de oro y plata, con la que comercian sus dueños, unos metales que sirven para adornar a las personas, o bien sus casas y sus tumbas. Son los materiales más caros y preciosos de todos los que se transportan. También hay quien comercia con piedras y maderas, que sirven para construir bisagras para las puertas, y con lajas de alabastro o diorita y basalto, para las estatuas que adornan los templos y las estelas donde se graba la Ley o la narración de hechos heroicos. Las maderas, por su parte, valen para construir techos de palacios o embarcaciones.

Otras mercancías que suelen encontrarse en una caravana son las telas. Tejidos siempre muy distintos de aquellos que suelen usar las gentes comunes, como la seda, que es cosa de príncipes.

Jesús se asombra cuando José le enumera la lista de mercancías.

—¿Y de dónde salen todas estas materias?

—El oro se encuentra en Nubia y en Armenia. La plata se obtiene, desde los tiempos más antiguos, en Asia Menor, cerca de las Puertas Cilicias —le explica José a un atento Jesús—. El cobre se produce en la isla de Chipre, pero también en la península del Sinaí, entre el mar Muerto y el mar Rojo. Y el hierro se saca de un yacimiento que está en la costa meridional del mar Negro.

—Pero el oro y la plata solo brillan. Me pregunto por qué la gente mata por cosas muertas como esas.

José le explica a Jesús que es debido al lujo.

—¿Y qué es el lujo?

—Los reyes y los nobles no se conforman con alimentos y vestidos sencillos como los que nos sirven a ti y a mí. Ellos quieren diferenciarse de aquellos que consideran inferiores. Necesitan adornos pintorescos que han conocido gracias a extranjeros que viajaron en caravanas como esta. Quieren deleitar los ojos de los demás para que los admiren, y también los propios, porque eso les hace sentirse especiales. Como si de esa manera conjurasen su mortalidad.

—No veo cómo unos adornos de oro pueden espantar a la muerte.

—De hecho, no la alejan, si acaso la convierten en más penosa. Por eso muchos de ellos se hacen enterrar con sus riquezas, tal y como hacen los egipcios. Pretenden llegar al otro mundo acompañados de cofres e incensarios, de mangos y de espantamoscas de oro, de vasijas y copas, cucharones y brazaletes, anillos y, en algunas ocasiones, incluso de mulas y asnos salvajes, gacelas y monos, colmillos de elefante y pavos reales... También de sirvientes; todos ellos acompañan en la muerte a su señor. Los entierran vivos junto al amo muerto.

—Pero eso es otro... sacrificio.

—Es otro disparate, primo mío. Según mi experiencia, todos los bienes de este mundo que no son mortales aquí permanecen, por mucho que se empeñe el rico difunto en llevárselos consigo al otro mundo...

—Pero ¿es que los ricos están locos? ¿No piensan bien?

—No lo creo. Es solo que les cuesta renunciar a lo que han conseguido en este mundo y desean llevarse al otro todas sus ventajas y privilegios para no tener que empezar de cero en el más allá.

121

Él jamás había reparado en ella

Sahagún. Imperio de León
Invierno del año 1080

La joven musulmana llevaba más de diez años al servicio del rey Alfonso. Sin embargo, él jamás había reparado en ella hasta ese momento.

Le preguntó a uno de sus hombres al verla atravesar el patio.

—No tengo ni idea, mi señor. Trabaja junto con el resto de los criados. Pero me enteraré de dónde ha salido.

—Hazlo pronto.

No tardaron en darle cumplida cuenta del origen de la muchacha. El rey oyó a uno de sus caballeros relatarle las incidencias del destino de la joven.

—Llegó hace años junto con algunos otros regalos de tu amigo el rey de Toledo.

—No la había visto hasta el otro día.

—No te habrás fijado, mi señor, porque cuando vino no era más que una chiquilla con el pelo enredado y los ojos salvajes.

—Pues ahora se ha convertido en una bella mujer.

—Sí, una mujer ya madura. Debe de andar por los veinte años.

Alfonso asintió jugueteando con una moneda en la mano.

—Que la laven y la lleven esta noche a mi aposento —le dijo al mayordomo de palacio.

—Quizá no sea virgen, mi señor.

—No estoy interesado en su virginidad.

Alfonso echó a andar con la cabeza alta mientras se decía a sí mismo que para *honesta copulatio* ya existían en ese mundo las reinas.

Sin embargo, después de darle la orden al mayordomo, Diego Muñoz, tuvo un momento de duda. ¿Acaso era él un fornicador a ojos de Dios, que lo juzgaría severamente llegado el día del juicio final? La vacilación le escarbó el pecho unos instantes, como le ocurría siempre que pensaba en la opinión que tendrían de él los hombres de la Iglesia. Don Bernardo, pero, sobre todo, el papa de Roma.

El buen abad pertenecía a una estirpe que podía presumir de tener la sangre pura y que se disponía a renovar el cuerpo enfermo de la Iglesia. Don Bernardo era un hombre de pensamiento elevado, mientras que Roma había caído en lo más bajo, envuelta en unas nieblas inquietantes.

Sus espías, entre ellos el padre Samuel, le habían contado que en la ciudad de Roma los mendigos abarrotaban las avenidas, recostados contra los majestuosos palacios de mármol y no más preocupados por la salvación de sus almas que unas moscas libando de los detritos de las vacas. Allí se cruzaban ladrones con peregrinos, merodeando alrededor del foro vacío mientras los nobles disputaban de colina en colina y los sacerdotes portaban armas con las cuales velaban por la seguridad de la residencia de los papas, del Laterano...

A pesar de que su imaginación era corta y tan previsible como un perro hambriento, el rey no pudo dejar de ver dentro de su cabeza la decadencia del centro del poder de Dios, de la santa Roma, que fue grande, pero cuyos restos se estaban convirtiendo en una muestra insignificante de la gloria de los cielos y del poder de Dios sobre la tierra.

Samuel decía que allí los hombres de armas contaban sus días sin nada que hacer, tumbados a la bartola en los patios de los monasterios. Que había visto conventos rebosantes de prostitutas y que los monjes consumían principalmente carros enteros abarrotados con pellejos de vino que entraban y salían sin cesar de lo que un día fueron recintos santos.

«¿Quiénes son esos papas para decirme a mí lo que tengo que hacer cuando muchos de ellos han construido palacios para alojar a sus mujeres?», pensó Alfonso taciturno.

En Roma, según Samuel, se decía que los hombres de armas se comportaban como perros y que los perros tenían más honor que los hombres de armas. Que algunos papas eran más aficionados al lujo que los propios emperadores. Y que Benedicto IX, para rematar la ignominia, había vendido el papado en la Puerta Latina en el año 1046. Decían que lo hizo porque era joven, pero Alfonso sabía que esa no era la causa. Era un papa y, por lo tanto, sentía que su poder estaba por encima de las leyes humanas, e incluso de las divinas, que estas estaban a su disposición y se hacían según su voluntad; que por encima de él nadie mandaba. Solo Dios, que permanecía callado la mayor parte del tiempo, sin contradecirlo.

El rey meditó sobre el hecho de que era mucho más fácil gobernar según la ley de Dios que seguir las de los hombres.

Él se veía obligado a poner orden en sus tierras, a decidir sobre la vida y la muerte, sobre las haciendas y la miseria de todos aquellos que pisaban el suelo que él se encargaba de guardar y de hacer grande. Mientras, los obispos y los papas tenían potestad sobre el mundo del espíritu, intangible y de sustancia resbaladiza. Los prelados de la Iglesia se habían convertido en auténticos soberanos y, teniendo sus posesiones en el cielo, no dejaban de acumular enormes propiedades en el suelo. Atesoraban siervos y tierras, cobraban tributos y se arrogaban la potestad de hacer concesiones comerciales. Muchos de ellos no tenían vergüenza. Compraban y vendían sus cargos eclesiásticos. Su reino estaba más sucio que el taparrabos de Jeremías.

Alfonso solo confiaba en el impulso regenerador que venía del monasterio de Cluny. A él dedicaba riquezas y concesiones, desvelos y fidelidad.

El invierno ya había comenzado y, como siempre, Alfonso se alegró de poder pasarlo en Sahagún. Estaba agradecido a la ciudad y al monasterio. Allí encontró refugio cuando lo necesitó, y él acostumbraba a devolver los favores que le hacían. Quería que todos los que vivían allí pudiesen comer un poco cada día, pero sabía que esa no era una empresa fácil. En ese momento, los más afortunados, los que tenían alimentos, hacían acopio de ellos y racionaban su consumo esperando que durasen hasta la primavera. Con la primavera, los campos ofrecían sus cosechas y el ganado daba más leche; claro que entonces también llegaba el tiempo de la guerra, las campañas, las razias...

Mientras andaba a buen paso, observó cómo unos criados sacaban brillo a la coraza con mallas de oro de un califa moro que Alfonso guardaba con celo, recuerdo de una de sus conquistas. Él no era muy dado a conservar objetos. Le resultaba incómodo y pesado tener que trasladarlos de un lugar para otro en sus habituales cambios de domicilio a lo largo del año. Pero se había encaprichado con aquella coraza y soñaba con poder regalársela algún día a ese hijo que tanto ansiaba y cuya llegada se retrasaba más de la cuenta...

«Un hijo. Necesito un heredero...», pensó inquieto el rey dando pasos rápidos que sonaban como aldabonazos contra el suelo. Tenía el pensamiento dividido entre la joven mora que acababa de arrebatarle la mirada y sus cuitas de soberano. «Mi madre era capaz de parir hijos sanos sin problemas. Yo parezco inhábil para encontrar a una mujer remotamente parecida a ella. Solo mi hermana Urraca... Urraca, tan bella, tan mujer. Tan hermana mía...»

122

Los primeros días de su nueva aventura

Caravana comercial. Palestina
Año 9 después de Cristo

En los primeros días de su nueva aventura, José le explica a Jesús los secretos de las caravanas. Le cuenta que antes de que los israelitas empezaran a comerciar, ya había muchos pueblos que se dedicaban a ello con éxito. Salomón realizó varias operaciones comerciales buscando la mediación de esos especialistas. El rey financiaba las caravanas y ellos se encargaban de ejecutarlas.

—La palabra «mercader» significa «cananeo».

—Pero había otros que mercadeaban, como los fenicios y los arameos...

—Desde luego. Y nosotros los judíos nos volvimos mercaderes por culpa de la diáspora. O gracias a ella. Sudán mandaba a Siria su oro y colmillos de elefante a través del puente en que se convirtió Palestina. Y Arabia y Asia Menor también comerciaban con Egipto a través de ella.

José comenta que antes de internarse en el desierto, dejarán los asnos y seguirán adelante solamente con los camellos.

—¿Por qué? —pregunta Jesús.

No ha podido olvidar la imagen del asno muerto a golpes por su amo el primer día; el recuerdo de los ojos cansados del animal todavía le encoge el corazón.

—Porque los asnos necesitan agua fresca diariamente, por eso seguimos una ruta en la que hay fuentes y pozos. Una vez que la abandonemos, solo los camellos podrán resistir. Gracias a ellos se pueden recorrer largos tramos de desierto.

Jesús observa los camellos a su alrededor. Se le antoja que tienen una cara cómica en la que nunca se había fijado bien hasta ahora.

—Se dice que la reina de Saba cabalgó mil millas a lomos de un camello para llevarle a Salomón unos recuerdos de su tierra.

—Pero ¡mil millas son un mundo...!

—Te sorprenderás de lo ancho que es el mundo cuando lleguemos a nuestro destino, porque recorreremos más del doble de esa distancia.

Jesús hace un esfuerzo por calibrar tal longitud, pero se dice que no puede alojarla en su cabeza, es demasiado grande.

—Los camellos de esta caravana son buenos; fíjate y verás que son saludables y jóvenes. Provienen de Arabia, donde varias tribus de beduinos los crían. Vienen de un sitio donde hay tantos camellos como granos de arena. Son altos, flacos y de largas patas.

Jesús extiende la mano y toca el lomo de uno de los animales que pasa justamente por su lado en esos momentos. Tiene una giba enorme y su pelaje es pardo y suave. Lo han esquilado para que esté más cómodo, y también por higiene. La noche anterior, vio a los cuidadores frotar con un mejunje alquitranado su piel para espantar a los parásitos y curar las mataduras. Ahora, los animales despiden un inolvidable olor.

En la caravana también hay algunos camellos con dos gibas, de patas más cortas y rechonchas, de pesados cuellos y cabezas, con mechones espesos de pelo negro en el lomo y las patas. Según dice José, están mejor preparados que los otros para avanzar por la nieve.

Por la noche, acampan cerca de un arroyo.

A la mañana siguiente, Jesús se entretiene observando cómo un camellero carga al animal. Con un pequeño golpe en su cuello, le da la señal para que se arrodille. Pero el camello, quizá distraído y cansado de la larga caminata, pues hasta él tiene que estar exhausto, no hace caso de la advertencia, así que el camellero da un tirón al cabestro y por fin la bestia obedece. Cae primero sobre sus patas delanteras, luego sobre las traseras y, después de dar una serie de sacudidas que a Jesús le parecen todo un espectáculo, se acomoda sobre la panza, con las patas recogidas.

Una vez que el animal se encuentra en una posición accesible, el camellero le ata una cuerda alrededor de las patas delanteras, por encima de las rodillas, de manera que el camello no podría levantarse. Es una trabazón que permite al hombre cargar al animal sin que este se mueva. La bestia pone una especie de música a la operación dejando escapar una cadencia altisonante de gruñidos y quejidos. Sin embargo, el camellero no hace mucho caso de las protestas. Está acostumbrado. Se encoge de hombros mientras murmura:

—Esta es la misma letanía de siempre. Lo hacen cuando los cargo y cuando los descargo. No hay de qué preocuparse. —Y sonríe hacia el muchacho que lo examina con atención.

Los ojos del joven galileo le parecen penetrantes como las estrellas y por un segundo se queda como inutilizado, mirándolo y sin decir nada. Jesús aparta la mirada y sonríe también; entonces, el camellero prosigue con su trabajo.

Es un hombre diestro, acostumbrado a su oficio. Lleva escritos en la piel tantos viajes que Jesús siente un ligero mareo solo de pensarlo. Por un momento, sueña con que ha recorrido tanto mundo como aquel hombre rústico y sencillo cuyo único cometido en el mundo es cargar y descargar camellos.

El hombre empaqueta las mercaderías y divide la carga en dos partes bien iguales. Luego la prensa con destreza en los canastos de cuerda y a continuación la ata a la silla de roble que está colocada a horcajadas sobre la giba del camello.

—Has equilibrado el peso de manera exacta —observa Jesús.

El otro sonríe de medio lado indudablemente satisfecho.

Las cuerdas que usa son de pelo de cabra, trenzadas en Damasco. La silla tiene unos salientes laterales y verticales que permiten hacer nudos a su alrededor; está forrada y se adapta con suavidad a la giba del camello. El hombre envuelve la cuerda en un gancho de madera.

Una vez que el camello está cargado, el hombre da un tirón hacia arriba en el cabestro.

—*Khikh...!* —ordena, y, al oírlo, el animal se levanta, poniendo a prueba la estabilidad de su carga.

Se ve imponente, grande y pesado, y el camellero no puede evitar mostrar otra sonrisa, esta vez de picardía.

—Aquí donde lo ves, sería difícil que entrara por el agujero de una aguja, ¿verdad? —Se ríe con ganas y Jesús lo observa divertido. Su buen humor se le ha contagiado.

A veces, los sentimientos y las sensaciones de los demás se pegan al ánimo de Jesús, se trasladan a su ser, a su alma, y siente las mismas cosas que sienten todos aquellos que lo rodean. Le preocupa ser así porque es algo que le procura demasiados problemas... Pero no en este momento, en el que se deja impregnar por las sonrisas de felicidad de aquel hombre humilde y alegre cuyo cometido en el mundo es tan simple como importante.

123

Prefería emplear sus recursos en construcciones

Sahagún. Imperio de León
Invierno del año 1080

Al verlo entrar en la estancia, los criados hicieron ademán de retirarse. No tenía muchos, pero el mayordomo de palacio los mantenía siempre ocupados. Dos de ellos estaban limpiando un Alcorán antiguo, otra de sus escasas posesiones.

Prefería emplear sus recursos en construcciones que dieran testimonio de su fe. Quería asegurarse un lugar preferente en el cielo, donde esperaba que nadie le tuviera en cuenta sus pecados en la tierra, algo que le obsesionaba casi tanto como el deseo de tener un hijo.

—Seguid con lo que estáis haciendo. No hace falta que os retiréis.

Los tres criados, dos hombres jóvenes y una mujer entrada en años, parecían discretos y bien alimentados. Alfonso imaginó que estaban contentos con su destino; de no trabajar allí, probablemente formarían parte de ese batallón de gentes pobres que se alimentaban únicamente de raíces, castañas y, con suerte, de algún rábano. Vivirían aterrorizados por las amenazas de los párrocos de sus aldeas, soñando con un paraíso de miel y pan, de árboles frutales y de un maná inagotable; o con la propia Jerusalén, la ciudad celestial en la tierra, una joya que se dibujaba con muros de oro en la imaginación de toda la cristiandad. Fantasearían con un lugar donde el sol siempre brillara con un fulgor de primavera y en el que el hambre no oprimiese los vientres como una espada de acero. Todo eso soñarían mientras las tripas les rugían como leones.

Cuando el mayordomo de palacio le anunció la llegada de Selomo, Alfonso estaba abstraído en sus propios pensamientos y apenas se dio cuenta de lo que decía Diego Muñoz.

—El hebreo, mi señor. Lo has llamado y ya está aquí.

—Ah, claro que sí. Adelante, adelante, Selomo. Bienvenido seas, en el nombre de Dios. ¿Quieres beber un vaso de vino?

—Mi señor rey Alfonso. —Selomo hizo una inclinación recordando dolorosamente su primer encuentro. Pensó que no dejaría de hacerlo durante el resto de su vida: cada vez que se inclinara ante alguien, sería consciente de que podría perder algo—. Te lo agradezco, señor, pero no me sienta bien el vino. No lo consideres un rechazo a tu hospitalidad. Todo el mundo decide que lo mejor es comer y beber siempre que se puede, y medio vaso de vino es bueno para cualquier persona. A excepción de los enfermos y de mí mismo.

—Quizá llegue un día en que te arrepientas de no haber bebido todas las copas que se te han ofrecido a lo largo de tu vida.

—Seguro que llevas razón. Pero para entonces ya será demasiado tarde.

—Don Bernardo dice que todos los hombres tienen un don divino, unos de una clase y otros de otra, y que el vino se debe beber según el clima y la naturaleza del trabajo que cada uno hace, o bien según el calor del verano. Claro que también sostiene que los monjes no deberían beber y eso no evita que, incluso los más juiciosos, dejen extraviar su mente echando un buen trago de vez en cuando. Monjes y seglares. Reyes y campesinos. Es mejor que falte el pan antes de que falte el vino. Oye bien lo que te digo.

—Tus palabras son las de un sabio, majestad.

Selomo volvió a inclinarse lentamente. Intentaba evitar la mirada directa del monarca, que cortaba como un cuchillo recién afilado. Aquellos ojos claros e inquisitivos eran los de un guerrero acostumbrado a ganar, los de uno de esos hombres que no se detienen ante nada. Y Selomo estaba decidido a no convertirse en un obstáculo para él, ni siquiera para su mirada.

—Tengo entendido que la reina te ha encargado algunos epitafios.

—Así es, mi señor. Y sigo trabajando en ellos. No hay prisa, porque su majestad la emperatriz tiene una larga vida por delante. No los necesitará con urgencia. Si Dios quiere.

Alfonso asintió de manera casi imperceptible.

—Quiero que me digas cómo avanza tu trabajo de traducción. Aquel pequeño librito...

Selomo tomó aire antes de hablar.

—Trabajo infatigablemente en ello, pero no es fácil, pues el libro es muy viejo y las letras no están claras.

Selomo se dijo a sí mismo: «Mentiroso, mentiroso. Si alguien supiera... Si pudieran leer como tú lees esas palabras, se darían cuenta de que permanecen tan nítidas como si hubiesen sido escritas ayer mismo. ¡Mentiroso! Ojalá nadie te descubra, porque no durarías vivo ni el tiempo que tarda en desenvainarse una espada...».

—¿Y has averiguado algo en relación con esos niños que han aparecido medio devorados? Las muchachas muertas y los críos... Selomo, todo eso me preocupa. La vida y la muerte no significan nada, pero para mí lo son todo. Mis tierras necesitan mujeres jóvenes y niños que se conviertan en campesinos o en guerreros. Necesito brazos, necesito vidas. Ya son bastantes las que perecen por causa de la guerra o la enfermedad. Este derroche no es bueno, no solo a ojos de Dios, sino tampoco a los de los hombres.

—Llevas razón, majestad. Estoy... Estamos haciendo todo lo posible por descubrir qué sucede. Pero es complicado, han pasado años entre una muerte y las otras. A veces, suceden varias en la misma época y luego todo se calma hasta al año siguiente, o más. Pero tengo confianza en que...

—¿Sabes, Selomo? A veces tengo la sensación fatal de que no existen la ley ni el orden y de que los necesitamos más que nunca. Pienso en los césares romanos y echo de menos, en estos tiempos y en mi reino, unas normas que hagan poderoso a este imperio que tanta sangre me está costando reconstruir.

—Todo el mundo sabe que eres un gran emperador. Como lo fueron algunos de los romanos, césares que nacieron en esta península. Y tu fama supera las fronteras de tu reino.

—Cuánta sangre cuesta todo...

Selomo no supo si era una afirmación o una pregunta.

—Pero sí que tienes leyes, y son buenas. Hay castigos para todas las infracciones. Para los pecados, quiero decir... Se paga por matar a un plebeyo, y también por cortarle a alguien una mano o por sacarle un ojo. Ahí tienes solo unos ejemplos.

—¿Y quién se encarga de que esos castigos se cumplan realmente, Selomo? Los nobles solo pueden ser juzgados por sus propios pares y solicitan un combate, un juicio de Dios, cuando no están conformes. El vencedor puede ser proclamado inocente, mientras que el vencido muere o resulta ahorcado. En todo caso, acaba siempre humillado. Tú no eres cristiano, imagino que no confías en que la penitencia consiga expiar los pecados de los hombres. Los azotes, los ayunos y las peregrinaciones quizá no sean suficientes. Y yo me pregunto si habría que hacer algo más.

—Señor, tú eres un buen soberano. Haces lo justo y estoy seguro de que seguirás haciéndolo.

Selomo, que confiaba modestamente en el valor de la adulación, también sabía que cuando algo abundaba carecía de valor, de modo que intentó moderar sus lisonjas. No quería convertirlas en puro aire. En nada.

—Claro que... quizá un rey no deba confiar la ley a las manos de un dios que ha puesto como intermediarios a obispos corruptos y a papas que venden su alma a cambio de riquezas y placeres. ¿Tú qué piensas, Selomo?

—La propia Iglesia sabe que los hombres son falibles.

—Solo Dios no se equivoca.

Selomo meditó, con un repullo, que en caso de que ese rey poderoso que tenía frente a él llegase a sospechar ni por un instante que lo estaba estafando, no dudaría ni un momento en hacerlo atravesar por la espada, como si fuera uno de los conejos que Samuel cazaba en los bosques bajos que rodeaban el cauce de los ríos y cuya carne se tronchaba con facilidad bajo el mordisco afilado de los cepos.

—Sea como sea, tú encontrarás la manera de hacer lo correcto, majestad.

—Sí, seguramente llevas razón. Pero si lo hago, si logro hacer lo que es de justicia, tanto a ojos de Dios como de los hombres, ¿quién lo sabrá? ¿Cómo lograré que todo el mundo se entere de mi mérito? ¿De qué manera conseguiré que agradezcan lo que he hecho por ellos? Creo que, si ni tan siquiera las gentes conocen la justicia de mis acciones, quizá el propio Dios también permanece ajeno a ellas... Y si Dios no sabe nada de mí, tal vez me juzgue severamente al final de los tiempos. Sería un esfuerzo inútil por mi parte hacer todo lo que hago por construir un reino y alabar a Dios en él. Eso me preocupa. ¿Tú qué piensas?

Selomo lo miró dubitativo. Realmente no sabía qué decir.

—Yo, majestad, yo...

—Vamos, di algo. No titubees. No es propio de ti, que sabes manejar las palabras con destreza. Al fin y al cabo, eres un hombre sabio. Si algo nos falta en estos tiempos, es gente como tú, hombres que pasen su tiempo entre polvorientos y duros pergaminos, rastreando el conocimiento y la alegría de otros que vivieron antes, el dolor y la confianza de aquellos que supieron luchar mejor que nosotros. Yo, como tú, también tengo sed de conocimiento, pero mi vida no es suficiente para dedicarla a beber de las fuentes del saber. Sin embargo, a ti sí te ha dado tiempo a recorrer esas huellas de inteligencia que han quedado pegadas a las páginas gastadas por dedos que ya no viven, que se han convertido en polvo.

«¿Conocimiento?», se preguntó Selomo mientras permanecía muy callado y atento a cada palabra del rey. A él le parecía que algo le impedía avanzar en el estudio del mundo, que los hombres sabios, como los llamaba el emperador, no eran más que pobres hormigas incapaces siquiera de decidir la cantidad de vino recomendable o de detallar el confín de los mapas.

«Conocimiento dice...»

Selomo estaba convencido de que vivía en un mundo donde todo era desconocido, misterioso, incierto, donde incluso las tabernas y las posadas estaban llenas de enigmas que nadie alcanzaba a comprender. Claro que todo eso a nadie parecía importarle. Solo a él le generaban inquietud ese tipo de asuntos que, por cierto, la requerían. Preocupación, cuidados... Estudio.

Sus pobres huesos lo sabían.

Viajó por casi todo el mundo y todo se le antojó difícil y complicado. Viajar desde París hasta Roma podía llevar meses. Atreverse a cruzar el mar desde el occidente de Europa para llegar hasta Bizancio o Jerusalén era una aventura que ni siquiera él fue capaz de emprender. Prefería los caminos infestados de bandidos antes que las aguas emponzoñadas de piratas.

Selomo vio por primera vez el mar en Galicia y todavía recordaba la impresión contundente que le produjo. A él, que era de tierra adentro, nacido y criado en tierra firme. Pensó que jamás había visto nada tan absurdo y tan inquietante como el mar. Algunos decían que tenía un fin espantoso, que una fuerza tiraba de él hacia lo desconocido y que caía a un abismo sin fondo. El agua de los mares era arrastrada como la de los ríos, por una fuerza que nadie conocía, que nadie sabía de dónde salió. Pero infatigable... Que no lo buscaran a él en el mar. Admiraba a los marineros, su coraje y su valentía, pero él no era capaz de embarcarse. Ni siquiera por el Mediterráneo, que, según tenía entendido, no podía derramarse porque estaba encerrado, rodeado de tierras que le impedían desbordarse. Por eso tal vez los romanos lo llamaron ingenuamente «*mare nostrum*», como si el mar fuese de alguien... En fin, ¿a qué insensato se le podía ocurrir viajar por los mares? El mar era un misterio, como tantas cosas de la vida, indescifrable.

—Tú sabes, Selomo. Conoces los libros...

«¿Conocimiento?», pensó de nuevo el gramático.

Recordó las noches en vela que había pasado a lo largo de su vida traduciendo su libro, intentando resolver los problemas de interpretación, luchando con las *paraphrasis* y el sentido del original... Pero, sobre todo, tratando de vencer el miedo que le producía el mensaje que encerraban aquellas antiguas palabras... El temor que producía la verdad.

—Soy un humilde aprendiz, señor.

El conocimiento era una trampa. Su experiencia personal le decía que, cuanto más conocía, menos sabía.

Era la paradoja del conocimiento.

Cierto que había libros, auténticos tesoros latinos, que explicaban las reglas de la retórica o de la lógica, o aforismos de inusitada profundidad y sutileza. También podían leerse tomos de Aristóteles en griego, pero casi nadie los comprendía.

Los monjes, con mejor criterio, preferían leer la vida de los Santos Padres de épocas remotas y no hacerse demasiadas preguntas. Pero las ciencias continuaban sumergidas en el misterio y la oscuridad. Selomo no imaginaba cómo podrían avanzar cuando el cálculo, que se realizaba con la numeración latina, no conseguía contar más allá de una centena, que, por otra parte, era lo máximo que casi cualquiera conseguía imaginar. Incluido aquel rey que, con toda seguridad, era incapaz de hacerse una idea de lo que sería un millón de monedas o de hombres, de caballos o de estrellas... El signo que representaba al millón, de hecho, era una adaptación de los jeroglíficos y representaba a un hombre mirando hacia arriba con cara de asombro, como si acabase de ver un ángel bajando del cielo o una virgen cristiana.

«Conocimiento dice», Selomo se rascó el pecho de forma instintiva, aunque hacía tiempo que no le dolía ni le picaba. «El mundo es algo incomprensible...»

Alfonso, con todo su poder, con sus lanzas capaces de ensartar musulmanes o enemigos cristianos, sin distinguir el dios al que sus víctimas dedicaban su último pensamiento antes de cerrar los ojos para siempre, el poderoso emperador al que nada ni nadie parecía detener... seguramente no sabía qué era un millón de cualquier cosa. Mas Selomo tenía que confesarse a sí mismo que él tampoco.

—Para eso sirven las palabras, ¿verdad, Selomo?, para dejar testimonio. Yo he grabado palabras en piedra. Muchas, Selomo. En la catedral que estoy construyendo en Compostela he dejado constancia de mi fe en Dios. Pero también me preocupan los hombres. Necesito que conozcan mi mensaje, a ser posible, mientras todavía estoy vivo, mientras gobierno esta tierra siempre con los ojos mirando al cielo.

—Sí, mi señor, pero no comprendo qué...

—Y he pensado: «¿Quién mejor que Selomo para poner en palabras mis logros, mis hazañas?». Tú, que sabes hablar las lenguas cultas y las vulgares, las ibéricas y las extranjeras, las vivas y las muertas.

—Exageras mi capacidad, señor. —A Selomo no le gustaba el giro que tomaba la conversación.

—De manera que he pensado encomendarte a ti esa obra.

—¿Qué obra, mi rey?

—Pues una que no se ha hecho hasta ahora, ni siquiera al otro lado de los Pirineos. Una que ni el emperador germano ha concebido...

—No comprendo...

—Quiero que escribas y cuentes todo lo que he hecho para que el mundo se asombre. Que lo pongas todo en palabras, una detrás de otra, y encierres ese saber en un libro para que todos puedan conocer lo que hice, lo que estoy haciendo.

—Señor, eso me llevaría demasiado tiempo. Quizá puedas encontrar a otro que cumplimente el encargo de forma más rápida y puntual. Y seguramente también mejor que yo. Un poeta árabe de Toledo o quizá...

—No, debes ser tú. No conozco a nadie que pueda hacerlo mejor que tú. Tengo incluso pensado el primer verso.

—¿Y cuál es, si puede saberse, mi señor Alfonso?

—Precisamente ese.

—No comprendo...

—Pues eso: «Mi señor Alfonso». «*Mio cid Alfonxo.*»

124

La caravana se pone otra vez en marcha

Caravana comercial. Palestina
Año 9 después de Cristo

La caravana se pone otra vez en marcha. En ella destaca una impresionante fila de camellos. La rienda del cabestro de cada animal se ata a la silla del que lo precede; la del primer camello se fija a la del asno sobre el cual va montado el guía.

Han pasado ya tres días desde que salieron del *khan*, el almacén en el camino entre Jerusalén y Jericó de donde partió la imponente procesión para emprender un largo viaje. Cada hombre vigila a cinco o seis camellos.

Dentro de unos días, dado que atravesarán regiones peligrosas, llegarán a un lugar donde se han citado con otras doce caravanas en un día determinado. Allí se reunirán con Isaac y su convoy. Durante uno de los trayectos, incluso serán acompañados por un destacamento de soldados. Jesús se sorprende el día en que José le dice que la caravana ha alcanzado el número de dos mil camellos. La mayoría de las personas que componen la inmensa cohorte itinerante son sirvientes que hacen todo el camino a pie.

—Resulta increíble que los camellos puedan pasar tanto tiempo sin beber —le señala Jesús a su tío abuelo, que es muy joven, pero que parece saber tantas cosas que él ignora.

José de Arimatea tiene un porte elegante y unas bellas facciones morenas que parecen cinceladas en su rostro por un artista delicado y amante de los detalles. Jesús sabe que es un hombre importante, pero no por lo que es ahora —que también, dado que es tan próspero—, sino por lo que será en el futuro, cuando madure. Posee riquezas y ha visto mucho mundo. Comercia con bienes preciosos y, a pesar de que no es un hombre viejo, sino todo lo contrario, las arrugas de su frente cuentan todas ellas una historia de lejanías y aventuras que intrigan a Jesús.

—Los camellos tienen dentro de su cuerpo su propio odre de almacenamiento de agua y Dios les ha dado la sabiduría suficiente como para poder beber de él cuando lo necesitan. Cuando abrevan, hacen acopio, acumulan provisiones de agua para cinco o seis días. En una ocasión, yo fui testigo de cómo los camellos pueden llegar a pasar incluso tres semanas sin beber ni una gota.

—Qué animal más extraordinario...

—El mundo está lleno de maravillas, muchacho, y muchas de ellas respiran y sienten como tú y como yo. Por ejemplo, nuestro amigo el camello. Sin él, nada de esto que hacemos sería posible.

—Sí, los animales no son la menor de las maravillas del mundo.

El joven camellero risueño pasa en ese momento al lado de Jesús y de su tío. El chico aprovecha para observar la silla de carga, dos piezas en forma de horca, de madera de roble fuerte, que están colocadas sobre el lomo del camello y unidas por dos estacas rectas situadas a ambos lados del eje central. Un espeso y profusamente decorado tejido acolchado se encuentra bien dispuesto entre el armazón de madera y el lomo del animal, para no molestar a la bestia. José le cuenta una historia en la que un camellero despiadado no le puso a su animal esa barrera de protección, por lo que terminó con el lomo desollado. Mientras José de Arimatea habla, Jesús parece estar viviendo en ese momento los padecimientos del animal. Le gustaría decirle a su tío que puede ahorrarse la historia, pero, por otro lado, tiene necesidad de saber, y entiende que saber es doloroso.

Cierra los ojos y se deja acariciar por el polvo del camino.

—¿Tienes sed? No te veo con el mismo aguante de un camello...

Jesús se pasa la lengua por los labios, algo resecos después de las continuas jornadas a pie.

—No me importaría beber un poco de agua.

—Cuando un hombre tiene sed, incluso el vino es bueno.

Le pasa un pequeño odre lleno de vino y Jesús duda.

—Toma un trago, no te hará daño. Falta poco para que hagamos una parada. Cuando lleguemos, podrás hartarte de beber agua, hay un pozo bien surtido.

Cada día recorren entre quince y veinticinco millas de marcha antes de preparar un campamento seguro en el que pasar la noche. A veces recalan en posadas, en *khans* que brindan refugio a las caravanas. Son lugares enormes, de forma cuadrada, rodeados de paredes y con una sola puerta, lo que los convierte en seguros ante la amenaza de ladrones. En ocasiones, dentro del recinto hay incluso habitaciones donde los hombres y las mercancías encuentran cobijo en caso de tormenta o de que el tiempo sea inclemente.

Siempre hay varios hombres que hacen guardia; la idea es que, aunque alguno de ellos se duerma o se deje vencer por una ligera somnolencia, quede despierto otro que tenga el oído lo suficientemente atento como para oír la llegada de intrusos con malas intenciones. Ladrones harapientos que se confunden con las sombras de la noche, cuchillos bien engrasados que se pueden deslizar sin hacer ruido cortando la carne como si fuese leche cuajada...

Los posaderos viven en el recinto con sus familias y reciben con alegría a los recién llegados.

Cuando ese día llegan al caer el sol, los alberga un hombre orondo de nariz afilada y boca ancha. Sus ojos son brillantes como los de un oso y a su lado una mujer delgada y seria, de la que apenas pueden ver sus ojos, se inclina ante el jefe de la caravana, José de Arimatea. Varios niños, tan delgados como su madre y no menos serios, corretean alrededor de las faldas de la mujer dispuestos a ayudar a los recién llegados.

—¿Sois mercaderes?

—En efecto, somos de Galilea, aunque partimos de Judea con nuestras mercancías.

—¿Y se puede saber con qué mercadeáis?

—Con lo que podemos, con esto y con lo otro. Con aquello y lo de más allá. Como todos los mercaderes del mundo, desde que este fue creado por Dios omnipotente.

—¿Y a dónde viajáis?

Se encuentran cerca de Damasco. Isaac ya se ha unido a ellos junto con sus criados y su carga.

José de Arimatea conoce esa posada, pero es evidente que ha cambiado de dueño desde la última vez que pasó por allí. Así se lo dice al posadero y le pregunta por el anterior encargado del lugar.

El hombre arruga el ceño y, sin quitarle los ojos de encima a quien él considera un intruso, parece meditar antes de hablar.

—En efecto, era mi hermano mayor. Pero Dios se lo llevó con él el invierno pasado, unas fiebres lo consumieron, y ahora soy yo quien regenta el *khan*.

Un niño de ojos tristes y pómulos redondeados se acerca a Jesús y le tira de la manga. Tiene aplastada la nariz como si hubiese recibido un golpe brutal que se la hubiera hundido y despachurrado en el centro de la cara.

—¿Necesitas que engrase la montura de tu camello? ¡Puedo hacerlo, soy muy alto!

Jesús lo mira con curiosidad. Debe de ser de la edad de su hermano Judá, algo mayor que él mismo, pero no parece bien alimentado.

—Gracias, pero yo no tengo camellos cuya montura engrasar.

—Puedo buscarte agua para que puedas saciar tu sed. Agua buena, no contaminada.

El dueño del *khan* continúa hablando.

—Tomé por esposa a la mujer de mi hermano y ahora me hago cargo de sus hijos. Si Dios quiere, ella me dará también mis propios retoños. El segundo de ellos ya está en camino, en realidad.

Compone una tosca sonrisa y mira a José.

—Tengo varias gallinas bien gordas que mi esposa puede guisar para vosotros.

José de Arimatea da su aprobación.

—De acuerdo —dice asintiendo a la vez con la cabeza—, pero trae las gallinas vivas para que uno de mis hombres las sacrifique.

—Ya... —El posadero sacude la cabeza y les hace una señal indicando la puerta de la posada, hacia el norte de donde se encuentran—. Podéis acomodaros como gustéis.

La caravana se instala con una lentitud perfumada de polvo; los animales son obligados a arrodillarse. Se necesitan varios conductores, dos o tres a cada lado del camello, para desatar las sillas y levantarlas del lomo del animal. Así, a la mañana siguiente no será preciso volver a juntar la carga y colocarla sobre las monturas, ya que no se saca de las sillas. Por la noche, se vigila la mercancía, que permanece bien atada en su sitio.

Varios jóvenes reparten alimentos y bebidas entre humanos y bestias. Los camellos son maniatados para pasar la noche.

Se enciende un enorme fuego, a cuyo alrededor se cuentan anécdotas y aventuras.

En esta ocasión, el más charlatán de todos es el propio posadero, que no puede resistirse y les habla de sus hazañas.

—Yo hice... Yo vi... Yo estuve... Yo logré...

Poco a poco, parte de los hombres se recogen en sus grandes gabanes. Otros están provistos de mantas; bajo ellas se envuelven y se echan a dormir en el suelo.

Antes de cerrar la puerta del *khan*, José de Arimatea, como jefe de la expedición, establece un turno de guardia.

Falta poco para que duerman cuando llega un mensajero conocido que le comunica a José noticias de regiones lejanas. Trae con él una oportunidad de negocio y la llamada de un amigo.

José da instrucciones a sus criados. Su ruta cambiará a partir de ahora.

Al día siguiente, se ponen en marcha antes del amanecer.

Todo transcurre con normalidad hasta que un camello tropieza y, aunque consigue mantener el equilibrio, se asusta y echa a correr, con tan mala fortuna que la cuerda que lo ata a su antecesor y a su predecesor se deshace a causa de los tirones de inquietud del animal. Uno de los camelleros lanza juramentos y echa a correr detrás del fugado.

Isaac, que camina al lado de José y de Jesús, suspira con disgusto y resignación.

—Esto supone un largo tiempo de persecución y una carga desperdigada por el camino.

Jesús sale disparado para tratar de ayudar al joven camellero. En efecto, tal y como preveía Isaac, les cuesta meter en vereda al díscolo animal y tienen que recoger los bultos que han quedado dispersos por la tierra seca, como piedras enormes punteando el desierto.

—Peor sería que nos hubiesen asaltado unos bandoleros... Por suerte, somos muchos, no será fácil saquearnos y asesinarnos.

Jesús sabe que la caravana lleva armas suficientes para aprovisionar a un pequeño ejército. A pesar de que no se ven, están bien guardadas y engrasadas. Pero él jamás ha utilizado una espada y no sabría cómo enfrentarse a una ni cómo sujetarla entre las manos...

Por las noches, Jesús presta atención a las conversaciones de los componentes de la caravana. Se da cuenta de que no solo las mujeres comparten chismes en torno a la fuente del pueblo o mientras esperan a que el pan salga del horno; también allí, rodeado de hombres fuertes y sanos, preparados para afrontar grandes distancias y peligros, las conversaciones giran en torno a los temas de siempre: a las sequías y las cosechas, a la forma de esquilar ovejas, a los nacimientos, los casamientos y las muertes. Se cotillea, se especula, se narra. El asunto de los impuestos también es un buen tema para la charla nocturna. Y los viajes, por supuesto.

Ya que los caravaneros son personas que ven más mundo que nadie de su tiempo, pueden llevar y traer noticias desde lugares lejanos. Conocen historias de incendios, de raptos y de secuestros. De príncipes y esclavos. Poseen una memoria en la que habitan los mitos antiguos que hablan de los piratas de Tiro, del comercio de esclavos al por mayor en Idumea y de la crueldad legendaria de sus hombres. Saben relatar historias espeluznantes como la de los amonitas salvajes que abrieron el vientre de las mujeres preñadas de Galaad y ni siquiera así saciaron su hambre de terror y de conquista.

Entre las sombras, esa noche, Jesús permanece atento, emocionado por las historias que escucha y por la incertidumbre y la aventura del viaje, que se acrecienta cuando llega la hora de tomar una decisión con la que no había contado.

—Aquí nuestros caminos se separan. Tendrás que decidir... —le anuncia José de Arimatea saliendo de la oscuridad como un fantasma y sentándose a su lado. Sus ojos risueños despiden una cálida luz.

—¿Qué quieres decir?

José señala a Isaac, que en esos momentos da instrucciones a uno de los criados, que a su vez se afana apretando una cuerda bajo la tripa de un camello.

—Isaac se dirige hacia el Oriente más lejano mientras que yo me encaminaré a Sidón, donde embarcaré. Me han llegado noticias que han hecho que cambie de planes.

—¿Quieres decir que te harás al mar? —Jesús abre mucho los ojos. Para él, el *mare nostrum* es un sueño digno de un gigante y cruzar sus aguas, un acontecimiento magnífico.

—Sí. Mi objetivo es llegar a Chipre y luego... Pero tú te habías comprometido con Isaac, el marido de tu hermana. Él viajará atravesando el desierto. Es un periplo diferente.

—Chipre y el mar... El mar o el desierto... —Jesús se queda pensativo—. Me gustaría acompañarte.

Sabe que en su mano está tomar una decisión e intuye que, a partir de ese momento en que el camino se bifurca, su vida será diferente dependiendo de si continúa con Isaac o de si decide acompañar a José.

—Puedes venir conmigo si eso es lo que quieres.

—Le prometí mi trabajo a Isaac a cambio de tiempo para mi hermana María.

—Le puedes pagar en otro momento. Él es un hombre justo que sabe aplazar pagos si es necesario y cobrar deudas a su tiempo. Piensa, como Tiberio, el hijo de César Augusto, que a las ovejas hay que esquilarlas pero nunca degollarlas. —José deja escapar una risotada que llama la atención de los que están a su alrededor—. Isaac sabrá esperar si ese es tu deseo.

Jesús medita. No sabe qué hacer. ¿Viajar hacia occidente o hacia oriente? ¿En compañía de José o de Isaac? ¿Qué ocurrirá? ¿Qué será de él si toma un sendero o si toma el otro...?

—Déjame pensarlo.

—De acuerdo, pero date prisa. Partiremos al amanecer.

Jesús asiente, sonriendo como suele hacer, sin saber que, a partir de ese instante, su vida cambiará para siempre.

Y su muerte también.

QUINTA PARTE

SOLA LOCUM

Lugar apartado

¡Oh, si mis palabras se escribieran, si se grabaran en un libro!

Job 19:23

125

Siempre de noche

Sahagún. Imperio de León
Invierno del año 1080

De noche, siempre de noche.
Se ocultaban, procuraban no ser vistas. Era normal, intentaban hacer algo que les reprocharían sus vecinos tarde o temprano, por eso pretendían no ser observadas.
La oscuridad protegía con su manto, ocultando todo lo que existía sobre la tierra incluso de los ojos del cielo.
«La maldita oscuridad», pensó la joven con un escalofrío...
Germalie se preguntó si un acto así era algo que ella podría hacer llegado el caso. Claro que estaba decidida a no tener hijos si podía evitarlo, de manera que esperaba no encontrarse en esa situación jamás. Pero cualquiera sabía... Podían tomarla por la fuerza, como ya había ocurrido, aunque ahora que estaba casada eso era más difícil. Su marido, un enfermo inútil gracias a las hierbas que ella le suministraba puntualmente —un brebaje por la mañana y otro al anochecer—, no tenía fuerzas o energía suficiente para violentarla, pero tampoco para defenderla. Daba igual. Ella sabía hacerlo sola. Confiaba en no tener que necesitarlo nunca.
Dio un profundo suspiro y luego miró otra vez al niño que había sido expuesto, abandonado en la calle aprovechando la cerrazón de la noche. Este era el tercero que se encontraba desde que vivía en la casa de su marido. Eran vecinos de una partera y Germalie imaginaba que las parturientas le llevaban a los bebés porque

confiaban absurdamente en que la mujer haría lo necesario para colocarlos en algún sitio antes de que muriesen de frío o de hambre o fueran devorados por las ratas, los gatos o los perros callejeros que circulaban por la noche como sombras hambrientas, buscando algo con lo que saciar su necesidad.

Aunque no solo las bestias buscaban carne fresca, según sabía ella.

El primero de los otros dos niños ya estaba muerto cuando tropezó, literalmente, con él. Este último apenas estaba envuelto, la madre que lo había abandonado escatimó a la hora de proporcionarle algunas telas con que cubrirlo. Seguramente pensó que, para lo que viviría, no merecía la pena el gasto.

Germalie se acercó hasta él.

Parecía intacto y era perfecto, no lloraba. Olía a leche y a cosa tierna, pero también a suciedad. Comprobó que no llevaba pañales y que tenía las piernecitas manchadas de una diarrea apestosa. Dudó en si seguir su camino y dejar que la siguiente persona que pasara por allí se ocupase de él. Pero el bebé era rollizo, estaba bien criado y aún tenía rastros de leche en la boca. Unos mofletes rosados y gordezuelos se percibían bajo el espectral color nocturno del cielo. Ella había salido a arrojar las heces de su marido porque no podía dormir por culpa de aquel olor pestilente. Todavía faltaba tiempo para el amanecer.

Pensó en sus hermanos, ella los había criado dada la diferencia de edad que existía entre ellos. Luego, su pensamiento voló, sin que pudiera evitarlo, hasta los gemelos perdidos en el bosque. Sintió un dolor fuerte en el estómago y le pareció que algo le cortaba la respiración. Se quedó muy quieta hasta que la sensación pasó.

Mirar a la criatura le trajo recuerdos, hermosas memorias del calor de su hogar, antes de que los niños se perdieran, y su madre fuese perdiendo fuerzas, y su padre interés por la familia, y ambos también por la vida.

El otro niño que encontró no era tan bonito como el que en ese momento contemplaba con curiosidad y un cierto e inconfesable interés. El anterior estaba ya difunto y la partera blasfemó cuando Germalie llamó a su puerta con el pequeño hatillo de muerte en brazos, sin saber qué hacer con él.

—¡Es un monstruo! —La joven recordó los gritos de la partera y su enfado con ella—. Si hubiese vivido, crecería y se convertiría en un tullido. Su madre debería haberlo matado, pero no se atrevió y lo ha dejado en mi puerta para que expire delante de mi casa. Es una perra hija de otra perra. Retira esta cosa de delante de mi casa —le gritó a Germalie como si ella tuviera la culpa o fuese la responsable del pequeño bulto que, sin duda, se desgañitó llorando hasta dar el último suspiro, helado y hambriento, al amanecer.

La muchacha se calló. Le debía favores a la partera, entre otros las hierbas que tomaba diariamente su marido. Le respondió con voz calma, no quería contrariarla aún más.

—Pero no podemos dejarlo aquí.

—Pues llévalo a la puerta del monasterio. Ellos lo enterrarán.

—¿Por qué no lo llevas tú? Estaba delante de tu puerta.

—Su madre lo procreó en una noche de domingo, en una fiesta santa, y bien sabía la loca lúbrica que eso es algo prohibido y que así se engendran los monstruos. Si hubiera sido una buena cristiana, se habría abstenido de tener relaciones carnales en un día sagrado. ¡Mira las consecuencias!

La segunda criatura que encontró Germalie aún respiraba, y con gran ansia... A su cuerpecito le faltaba una mano, solo disponía de un pequeño muñón, como si no hubiese reunido bastante fuerza en el vientre de su madre, que no lo quería, para completar la tarea de formarse un cuerpo acabado. Pero toda la fuerza que no había tenido en el útero de su progenitora parecía sobrarle una vez respiró el aire del mundo. Daba briosas patadas y abría su pequeña boca desdentada reclamando alimento.

La escena anterior se repitió con alguna variante.

—Pero el niño ya está aquí. Algo habrá que hacer con él —le había dicho la muchacha a la iracunda partera.

—Déjalo donde estaba hasta que expire él solo. ¡Es un tullido, por si fuera poco!

Quizá fuera tullido, pero tenía fuerza y una garganta poderosa. Pugnaba por vivir a voz en cuello. Sus brazos y piernas tenían nervio y tan solo su muñón y una pequeña malformación debajo del cuello, en la parte de la espalda, hacían sospechar que, en el futuro, podría ser un hombre contrahecho. Si es que lograba sobrevivir.

—No puedo hacer eso.

—Pues llévalo con los monjes.

Así lo hizo Germalie. Al día siguiente, un sacerdote anunció el descubrimiento públicamente, pero nadie reclamó al pequeño.

Crecía aún en el monasterio junto con un buen número de oblatos como él. Por lo que ella sabía, el monasterio se había convertido en una auténtica casa de maternidad.

Germalie se quedó pensando, recordando al relente de la noche cerrada.

Luego, agarró a aquel tercer niño entre sus brazos y volvió a entrar en su casa. Lo limpió lo mejor que pudo y le dio un poco de leche agria de cabra rebajada con agua de pozo hervida y colada, de la que usaba para preparar las pociones venenosas con que mantenía sedado a su marido.

Le echó un vistazo al hombre, que permanecía roncando de manera serena, entregado a las delicias del sueño inducido por las drogas. Ella aumentaba las dosis por las noches porque temía a la oscuridad, a que Otón se espabilara y recuperase la fuerza suficiente como para volver a tomar el control de su vida en medio de las tinieblas nocturnas...

Se acostó y puso al niño junto a ella. Sintió su extraña y agradable calidez, tan parecida a la de sus hermanos. Se preguntó qué diferencia había entre ellos y aquella criatura. Por qué unos tenían que nacer y vivir y otros morir. ¡Eran tantas las preguntas para las que ni ella ni nadie tenían respuesta...!

Pero, de todas formas, se dijo, la muerte quizá no fuera un destino tan malo. «Quien muere escapa de este lugar lleno de sufrimiento y dolor, de lágrimas tan oscuras como trozos del cielo nocturno», pensó apretándose contra el cuerpecillo satisfecho que se había quedado dormido después de llenar el estómago con la leche.

A pesar de que estaba convencida de que la existencia de la mayoría no era más que una larga humillación, algo dentro de sí la empujaba a luchar y a vivir. Y podía sentir que ese mismo impulso latía dentro de aquel bebé abandonado.

Dejó que el pequeño se agarrase a uno de sus dedos. Sintió su brillo y su fuerza. También él tenía ganas de seguir adelante. Por supuesto. Tampoco estaba dispuesto a resignarse tan pronto.

Se quedó dormida con una sonrisa inédita en los labios.

Se despertó antes de que cantara el gallo.

Espabiló, no sin dificultad, a su marido y le dio a beber su dosis matutina de brebaje.

—Vamos, bebe, te sentará bien, así, así, muy bien...

Luego le abrió como pudo la boca y le introdujo un trozo de queso previamente desmenuzado con los dedos. No quería ahogarlo. Aunque algunas veces... El hombre tragó entre ahogos, tenía los ojos cerrados y murmuraba palabras incomprensibles, pero se dejó guiar por su esposa, que le ayudó a hacer sus necesidades para dejarlo listo antes de marcharse a su jornada de trabajo. Igualmente, la mayoría de los días, cuando volvía, lo encontraba rodeado de un charco de orines y heces.

Llevó paja fresca desde el corral y lo dejó caer encima; luego lo oyó roncar de nuevo profundamente mientras ella se preparaba.

También asistió al niño, que no hizo ningún ruido durante toda la noche. Durmió como un bendito, quizá porque se sentía seguro por primera vez en su corta y precaria vida.

Después de pensarlo bien, decidió llevarlo al monasterio. No podía hacerse cargo de él, tenía que trabajar. Y la sola idea de pedirle ayuda a su madre se le antojaba un auténtico disparate. Podría dejarlo en casa, hasta que ella volviera, al caer la noche, pero era demasiado tiempo. La criatura era muy pequeña todavía, necesitaría comer varias veces al día. Les diría a los monjes que era suyo, que no podía atenderlo de momento y que estaba dispuesta a volver a por él; así podría verlo de vez en cuando. Se le ocurrió que tal vez podría contar con la complicidad de aquellos dos religiosos que la habían interrogado cuando se encontró con el lobo.

Sí, eso era. Llamaría al joven monje que la miraba de una forma tan intensa que la ponía colorada, Roberto...

—¡Una solución! Me quedaré contigo, pequeñuelo. Serás mío. Yo no pariré hijos, pero te tendré a ti y tú serás mi hijo... No te preocupes, todo irá bien.

Además, estaba el judío. Él podría hablar bien de ella.

El niño era tan hermoso que le daba pena dejar que muriera o condenarlo a la orfandad. Y algo en su interior le decía que nunca podría tener hijos propios y no solo porque no los quisiera. Los partos le daban miedo y siempre le dijeron que su cuerpo no era bueno para parir. ¿Cuántas veces le reprochó eso su madre?

Cuando el pequeño supiera andar, lo recogería de nuevo, lo criaría sola. Podía hacerlo, estaba ahorrando; desde que trabajaba había conseguido reunir un insignificante, pero para ella enorme, tesoro. Bastaría para alimentarlos a ambos durante un tiempo. Quizá el suficiente antes de que se los llevara la muerte.

El cielo empezaba a adquirir el color de una avellana cuando llegó cerca del monasterio. Unas nubes grises parecían palacios celestiales; eran increíblemente altas e inaprensibles. Seguramente cargadas de lluvia. Como siempre, una corte de indigentes, vagabundos, inmigrantes y lisiados, todos ellos con aspecto afligido y miradas impertinentes, se acuclillaban a las puertas de la iglesia. Muchos habían dormido en los soportales y formaban una comunidad sucia y ansiosa que vivía de las limosnas de los penitentes. Con el niño apretado contra su pecho paseó arriba y abajo mientras esperaba. Lo había envuelto en unos paños que eran una de sus posesiones más preciadas. Así los monjes sabrían que quería a aquella criatura.

«Mi hijo...»

Estaba al tanto de que el padre Roberto trabajaba en un taller al que acudía todas las mañanas recorriendo a pie la distancia que lo separaba del monasterio.

Esperó con paciencia.

Le costó trabajo reconocerlo, pero sin duda era él.

—Señor, padre mío.

Roberto se paró un momento y se giró con lentitud mirándola como si no la reconociera o como si no pudiera creerse que la estaba viendo. Finalmente, sus enormes y profundos ojos verdes parecieron aclararse e incluso sonreír al identificarla.

—Germalie, ha pasado tiempo... ¿Eres tú, verdad? Tus ojos son inconfundibles.

—Sí, mi señor. Soy Germalie.

—¿Has tenido un hijo? Selomo me dijo que estabas casada, pero no sabía que...

—A mí también me ha costado reconocerte. Ya no llevas los hábitos de los hombres santos.

—Trabajo en una cantera, me ensucio mucho. Prefiero guardarlos y usar otras ropas más propias del trabajo que hago. Para servir a Dios, los hábitos están bien, pero para levantar monumentos en su nombre es mejor no llevar sayas de mujer. Tengo el permiso del abad don Bernardo, por supuesto, así que no me mires así.

Roberto se mostró comprensivo con ella. La miraba fijamente a los ojos, como siempre, como buscando algo dentro de ellos.

La acompañó hasta el monasterio y le contó la historia al hermano que se encargaba de los niños oblatos.

—No puede hacerse cargo del niño por ahora...

—Otra boca más —respondió el hombre con una sonrisa no del todo comprensiva.

—Te pagaré para que le des de comer un poco mejor —le suplicó Germalie tendiéndole una moneda oscura y sucia que el otro guardó rápidamente—. Y vendré todas las noches y todas las mañanas a verlo.

—Yo a ti te conozco. Este es el segundo mocoso que nos traes. El otro tenía una mano mala.

—¿Todavía vive?

—Vive y colea, y muerde.

Germalie suspiró aliviada. El monje siguió preguntando.

—¿Lo has parido tú a este?

Ella negó de manera instintiva a la vez que decía:

—Es mío. Es mío.

—Tendremos que anunciarlo, por si alguien lo reclama.

Germalie lo pensó un poco.

—Yo lo reclamo. Te he dicho que es mío. No lo anunciéis. No es necesario.

—Acabas de decir que tú no lo has parido. ¿Pariste al otro?

—Discúlpame, hermano, estoy nerviosa y me he equivocado al hablar. Quería decir que no parí al otro, pero que este es mío.

El monje le dirigió una mirada recelosa, pero finalmente y a regañadientes tomó al niño entre sus brazos y se dejó convencer por las palabras de Roberto.

—Su marido está enfermo y ella tiene que trabajar por él.

—Me gustaría saber entonces si este niño es entregado a Dios o si únicamente pretendes que te lo criemos para luego ponerlo tú a trabajar cuando pueda tenerse sobre sus piernas y obtengas a cambio un beneficio.

—Te pido que lo cuides. Necesita comer pronto. Puedo pagar un ama de cría. —Germalie sabía que varias mujeres iban a amamantar a los oblatos lactantes al monasterio. Incluso conocía a una de ellas, una joven morena, de unos quince años, con la cara más triste del mundo. Ella serviría para amamantar al niño bien—. Si lo pones a él a mamar el primero, te pagaré bien.

El monje arrugó la nariz.

—Hermano Melero, coge al niño. Cuídalo, porque su vida está encomendada a Dios. Ya discutiré contigo los detalles más adelante. Esta mujer te dará dinero para su crianza, ¿no lo has oído?

—Toma esto —dijo la muchacha y le entregó al monje algunas monedas más. Este las recogió con la mano libre, con la otra sujetaba diestramente el bulto del recién nacido, y las hizo desaparecer tan rápido que semejaron una ilusión.

Después de agradecerle el favor a Roberto, la joven se encaminó a su trabajo con un pesar desconocido sobre los hombros. Se preguntaba si había hecho bien haciéndose cargo de la criatura. Ya le costaba bastante salir adelante ella sola. Y ahora que ya no tenía que encargarse de sus hermanos, solo le faltaba estar pendiente de que continuara respirando un bebé que nadie sabía de dónde había salido.

Ensimismada en sus nuevas tribulaciones, estuvo a punto de escapársele algo importante. Ocurrió lo mismo que hacía un rato, cuando le había costado trabajo reconocer al joven monje sin sus hábitos. Un despiste. Un riesgo enorme. Faltó poco para que no se diera cuenta de que se acababa de cruzar con una presencia que la conmovió. Fue el olor lo que le hizo darse cuenta de que estaba allí, mezclado con el resto de los viandantes. Aquel olor...

«El lobo.»

¡El lobo, con su inconfundible olor a sangre fresca, a rabia, a necesidad...!

Miró alrededor buscándolo para ver hacia dónde se dirigía, pero ya había desaparecido.

«Era él, estoy segura. ¡Era él!... ¿Dónde está, dónde se ha metido? ¡Era él! Ha pasado por mi lado.»

Había pasado tan cerca de ella que incluso sus ropas se rozaron por un instante. Germalie pudo sentir que se le erizaba el vello de todo el cuerpo.

De terror.

126

Tumbado en el lecho

Aposentos reales. Monasterio de Sahagún. Imperio de León
Invierno del año 1080

Alfonso cerró los ojos.
Tumbado en el lecho, inspiró profunda y lentamente el aroma un poco pesado y opresivo que desprendía un pebetero de bronce en el que ardía algún tipo de sustancia que no lograba reconocer. Quizá se trataba de un perfume de rosas mezclado con algo de hachís al que era aficionado uno de sus criados moros enviado desde Toledo por su amigo el rey.
Volvió a abrir los ojos y se fijó en el cielo estrellado que se veía al otro lado de la ventana como una deslumbradora pizarra donde las estrellas parecían cinceladas con finura, despidiendo un fulgor de candelabro de plata.
Al poco, entró sin hacer ruido la muchacha musulmana.
Alfonso estaba en el centro de la habitación, acostado en un lecho de madera a cuyas cuatro esquinas un artista carpintero había dado forma hasta arrancarles el perfil exacto de cuatro pequeñas cabezas que recordaban a la de un león. Animales fantásticos que Alfonso observaba fascinado cada noche antes de cerrar los ojos y entregarse a un sueño inquieto. Porque el emperador, en sus sueños, luchaba tanto como en sus batallas reales; y, aunque no se lo hubiese confesado a nadie, aquellas guerras nocturnas las perdía casi todas. Por eso se despertaba a medianoche sintiendo que el

corazón se le había atravesado en la garganta, que se ahogaba. Pasaba un tiempo hasta que lograba apaciguarse. Le costaba creer que la derrota no era de verdad, sino otra mentira de la noche.

—¿Cómo te llamas, muchacha?

—Saida, mi señor emperador.

—Acércate, date la vuelta.

La mujer obedeció en silencio.

Estaba tocada con un velo que dejó caer a su lado a una orden del emperador.

—En verdad eres muy hermosa, ¿lo sabes?

La joven negó de forma tímida bajando los ojos, enormes y de color azabache. A la luz de las lámparas de aceite, también ella parecía desprender un brillo intermitente parecido al de la luna.

El rey se acercó hasta ella y le habló en voz muy baja, con una calidez y suavidad que no utilizaba casi nunca.

—Quiero verte los dientes.

La chica abrió la boca y el rey se aproximó aún más, hasta casi rozar sus labios. La miró y la olió, y creyó adivinar un perfume casi imperceptible a azafrán que no supo si procedía de su boca o de su cuerpo. La muchacha tenía unos lunares pequeños punteando el izquierdo de sus pechos, que bajo la luz tenue de la habitación parecían blancos como la leche de oveja.

—¿De dónde eres?

—No lo sé, mi señor, soy de donde tú digas.

—Pero mi amigo, el rey de Toledo, te envió a mí hace ya mucho tiempo.

—Muchos años, sí. He pasado en tu casa la mayor parte de mi vida, así que quizá pertenezco a este lugar.

—Veo que eres parlanchina.

—Uno de tus caballeros me ha dicho que te entretenga. Dice que te gusta conversar.

Alfonso abrió dulcemente la mano derecha de la joven musulmana, cerrada como si guardase dentro algún objeto mágico. Estiró sus dedos uno a uno y comprobó que el puño no escondía nada dentro. Luego le abrió el manto y apreció la suavidad de su vientre desnudo, el suave y negro vello púbico, que acarició un momento mientras ella entreabría los labios y se abandonaba. Se agachó y le pidió que lo besara en la nuca. Sintió que su piel ardía como las brasas. Alfonso pensó que no había nada más dulce que recibir un beso y que pocas veces había notado en una mujer una saliva tan perfumada como la de Saida.

No le resultó difícil perderse en aquel cuerpo.

Conforme las velas se fueron consumiendo, su piel parecía recibir las caricias como el trigo recibe al sol de la mañana.

Se encontró con ella, se extravió dentro de ella durante toda la noche. Cuando creía desfallecer, las caricias de la joven hacían que de nuevo se agitara su pecho y se iluminaran sus pupilas.

—No, desde luego no eras la virgen que yo supondría —le dijo entre risas el rey cristiano a la amante musulmana.

—No importa lo que yo sea, importa si tú eres feliz.

—Me has hecho siete veces feliz esta noche.

—Pues mañana serán ocho.

Finalmente, se quedó dormido con las piernas entrelazadas con las de Saida. La débil luz del nuevo día había comenzado a entrar por la ventana en pequeños hilos dorados. Alfonso no soñaba. Dormía sin agitación, sin preocuparse por la guerra. Y así, con su nueva amante, fue como lo encontró, poco antes de que el sol saliera, la reina Constanza.

127

Bosques de robles y hayas

Dehesa del monasterio de Sahagún
Invierno del año 1080

Bosques de robles y hayas, chaparros frondosos. La espesa dehesa del monasterio, plagada de viejas encinas y montes de pinos. Árboles helados y silenciosos reflejando el color de la atmósfera.

La nieve comenzó a caer antes del amanecer bajando desde un cielo que ofrecía el mismo tono que una espada. No lejos, se oyó un batir de alas furioso al que siguió la aparición de una bandada de cuervos irritados que chillaban protestando por el hambre.

En la última semana no dejó de nevar. Lo hizo de manera tan abundante que la nieve rellenó los barrancos y cubierto los matorrales en los linderos del bosque, cerca del cauce de los ríos.

Al ver tanta nieve, el lobero chasqueó la lengua fastidiado.

—Se han borrado las huellas y además será difícil encontrar rastros de olores —dijo sujetando a sus perros, que jadeaban acalorados a pesar del frío del ambiente.

Los cuervos batieron sus alas por encima de las cabezas del pequeño grupo de hombres. Habían salido a la caza del lobo. Y habían conseguido encontrar a una manada, pero no con la forma que esperaban.

Eran lobos, animales, no hombres. No aquel hombre al que estaban buscando.

Finalmente, habían abandonado.

Roberto se fue desilusionado y Selomo, aterido por el frío, ambos impacientes por volver a sus tareas, aquellas para las que se sentían más capacitados. Ninguno pudo resistir la decepción junto con la baja temperatura. Solo quedó Samuel, obligado por la encomienda del rey y por su propio afán, que le llevó a decidirse a acompañar hasta el final al lobero y a sus dos ayudantes, apenas unos chiquillos más voluntariosos que fuertes, mal vestidos y temblorosos de frío.

Selomo regresó al *scriptorium* buscando refugio entre sus libros y Roberto, a sus amadas esculturas. En las últimas semanas, había abandonado las piedras al tropezarse con el inesperado placer de tallar la madera. Descubrió con sorpresa que tenía un innato talento para darle forma, así que ahora pasaba sus jornadas esculpiendo figuras sagradas, especialmente vírgenes, por las que sentía una predilección que hacía incluso mover la cabeza, entre admirado y pesaroso, al propio abad don Bernardo.

Así, en el último momento, solo Samuel había tenido el tiempo y los arrestos necesarios para explorar hasta el fondo el bosque en busca del hombre lobo. Además, debía informar puntualmente al rey de lo que ocurría y pagar los servicios de aquella extraña patrulla de caza. Si es que daba buenos frutos.

—Si lo cazamos, te pagaré el doble, y si no lo encontramos, cobrarás lo justo, pero debes estar agradecido de haber servido a tu rey, porque no debes olvidar que este es un encargo personal de don Alfonso —le dijo Samuel al lobero.

El hombre, Ezequiel, era de modales rudos y tenía la cara picada de viruela y unos rasgos endurecidos por una larga vida de dificultades y dolor. Cada vez que lo miraba, Samuel creía ver en él la viva imagen del sufrimiento. Pensó que sería un extraordinario modelo para una de las estatuas de mártires cristianos que moldeaba Roberto.

Llevaban recorriendo los alrededores del río Cea desde mucho antes del amanecer. Samuel empezaba a estar cansado y pensaba en proponerle a Ezequiel que volvieran a la ciudad cuando oyeron a los lobos aullando a lo lejos.

—La manada está por allí —dijo Ezequiel con rostro serio señalando hacia el norte.

Los dos chiquillos, detrás de ellos, se dispusieron a emprender el camino. No tuvieron que andar mucho antes de encontrarse con los restos que habían dejado las fieras. Entre unos matorrales, camuflada entre la nieve, adivinaron la figura de un ciervo.

—Todavía está vivo —dijo uno de los niños y Samuel percibió un timbre de espanto en su voz disimulado con la sorpresa.

En efecto, el corazón de la bestia todavía latía, pero sus entrañas estaban derramadas sobre la nieve.

El lobero señaló los restos de una lumbre, pocos metros detrás de unas rocas.

—No hace mucho que ese fuego estuvo encendido. Quizá al anochecer.

—Pero ese fuego no ha sido encendido por los lobos —apuntó Samuel sintiéndose poco perspicaz.

—Puedes apostar a que no.

—¿Crees que alguien ha cortado un trozo de carne y la ha guisado para comérsela? Mientras...

—No, fraile, mira esas huellas.

Samuel prestó atención al lugar que le señalaba Ezequiel. Unas manchas ensangrentadas recordaban las palmas de las manos de un hombre. Grandes y anchas.

—Apuesto a que alguien se ha dado un buen festín. Ha comido los ojos directamente de las órbitas del ciervo. Sí, mientras todavía estaba vivo. Aún le late el corazón. Anoche estaría más despierto incluso.

Los perros ladraron enloquecidos al olor de la sangre.

—¿Y crees que han sido los lobos quienes han cazado al ciervo?

—No, los lobos que oyes venían a por los restos que quedan, estaban llegando cuando los hemos interrumpido. Esto... Esto es obra de un hombre. El fuego le sirvió para calentarse, no parece que lo haya necesitado para asar la carne. Le gusta cruda, por lo que se ve.

—Es el mismo hombre que estamos buscando.

—Exacto. La misma bestia, diría yo.

Samuel dio unas largas zancadas y examinó con detenimiento el lugar mientras Ezequiel hacía un gesto brusco a los niños para que remataran al ciervo. Ellos se precipitaron a cumplir las órdenes.

—Lo peor de este mundo es el hambre, señor fraile.

—Será mejor que volvamos. Nuestra bestia ya no se encuentra cerca de aquí.

—Seguro que no. Con este tiempo tan malo, debe de tener dificultad para encontrar niños o mujeres tiernas y se conforma con animales.

Oyeron a la manada de lobos, ocultos cerca, esperando a que se fueran para aproximarse y disfrutar de los despojos del ciervo.

Avanzaron a través de la nieve caminando en fila. Primero Ezequiel, luego Samuel y, por último, los niños, que marchaban el uno junto al otro. La nieve les había dejado un manto sobre la cabeza y los hombros, y las barbas de Ezequiel estaban blancas de escarcha. Las ramas de los árboles los acariciaban al paso, dejando caer una lluvia de copos al rozarse con los rostros de los caminantes.

Samuel se restregó la nariz, tenía la impresión de que se le había quedado pegado un cierto olor a sangre, a lodo y a vísceras rellenas de excrementos, a tendones desgarrados y a miedo. De repente se quedó parado en medio de la ventisca y se dirigió a Ezequiel.

—¿Tú crees que si no tiene un motivo para salir a cazar, no podremos pillarlo en todo el invierno? ¿Crees que el frío lo ahuyentará?

—Eso me temo, señor fraile. Este invierno es el más crudo que yo recuerdo, y hace mucho que doy pasos sobre este valle de lágrimas. Nunca había visto tanto hielo y tanta nieve. Puede que ese venado haya sido su última cena por el momento, que no salga hasta que no amaine un poco el tiempo. Las gentes han empezado a hablar además. Todo se sabe ya y pocos se atreven a ir solos al monte, pues temen encontrarse con esa alimaña carnicera. Ahora que he visto lo que he visto, yo mismo sé que no hay que fiarse.

—Pero no podemos esperar, en ningún caso... Hay que atraparlo. Cabe que se vaya de aquí; si fuera así, jamás lo agarraríamos. Si le da por largarse y dirigirse hacia el norte, puede cruzar las montañas y a lo mejor no vuelve nunca más. El rey quiere poner fin a este horror. Este mismo invierno.

—Pues no sé yo...

Siguieron andando en silencio, sin apenas molestarse en apartar las ramas de los árboles y oyendo crujir la nieve bajo sus pies. Cuando tuvieron a la vista las chimeneas de la ciudad, un claro empezó a extenderse en el cielo.

Apresuraron el paso.

Uno de los niños tenía el rostro violáceo por el frío y el otro guiñaba un ojo como si estuviera tuerto. Samuel se dio cuenta de que era su extraña manera de sonreír.

El grupo de los dos adultos y los dos niños se detuvo.

—Y entonces, ¿qué haremos?

El lobero pareció meditar, levantó la cabeza hacia el cielo y se rascó las sienes. Había dejado de nevar y los campos semejaban estar sembrados de un cereal blanco que lo cubría todo. Un humo gris espeso como la nube de una tormenta escapaba de las chimeneas del monasterio.

—Podemos ponerle una trampa. Digo yo...

Samuel, que era trampero, asintió haciendo cálculos mentales.

—¿Quieres decir una trampa como las que yo uso para cazar conejos? Me refiero a algo proporcional a su tamaño, claro.

—No, no bastaría con algo así. Nuestro lobo es demasiado astuto para eso. Demasiado exigente también.

—Entonces...

—Me refiero a una trampa con cebo —dijo Ezequiel mirando de reojo a sus ayudantes, a los dos niños que esperaba sujetando a los perros y abrazándose a sus cuerpos inquietos. Para aprovechar el calor de los animales, se habían acurrucado junto a ellos en un lindero.

128

El original y la copia

Monasterio de Sahagún. Imperio de León
Invierno del año 1080

Selomo contempló los dos libros, el original y la copia, y frunció el ceño embargado de preocupación.

El viento parecía haberse tomado un descanso al otro lado de los muros del monasterio. Un sol frío y débil, que llevaba días oculto por la nieve que envolvía la ciudad como un velo, hacía amagos de aparecer en el cielo.

Hacía tiempo que estaba muy preocupado. Y no solo porque él fuese un hombre con una inclinación morbosa a las tribulaciones, cualquiera que se tomase en serio la idea de sobrevivir tenía que seguir su ejemplo, sino porque además en esos momentos tenía motivos adicionales para sentirse inquieto.

Se inclinó sobre su escritorio y pudo ver, tras una de las ventanas que había lejos de donde él se encontraba, pero lo suficientemente cerca como para ofrecerle su diario espectáculo de atardeceres, cómo los colores se agolpaban en el cielo realizando una composición florida de nubes rosas, verdes y negras.

Como impulsado por un resorte, se rascó la piel de los antebrazos. A veces olvidaba que ya se había librado de la enfermedad y el nerviosismo despertaba en él la necesidad de recurrir a los viejos malos hábitos.

Pensó en Matilde y en cómo su cabello, que asomaba por debajo del pulcro velo, cambiaba de color con la luz, de manera que aparentaba ser algo fantástico, como un icono bíblico que cualquier artista con gusto habría incluido en el dibujo de un mapa, trenzado con sus manos limpias e inflamado de hebras de oro.

Todo lo relacionado con Matilde le parecía puro.

Además, desde que lo había curado, su pasión por ella aumentaba proporcionalmente al alivio que sentía su cuerpo.

Un milagro, eso es lo que Matilde había hecho con su cuerpo.

Cuando la preocupación se hacía insoportable, Selomo procuraba concentrar sus pensamientos en la imagen de Matilde. Ella era para él la consolación, el remedio, la infusión calmante. Sin embargo, en esos momentos, ni siquiera el recuerdo del hermoso rostro y de las suaves manos de Matilde lo tranquilizaron.

Volvió a acercarse hasta el libro original y pegó mucho los ojos a él. Estaba perdiendo visión, lo sabía, y la idea le resultaba insoportable. Casi prefería volver a padecer su antigua infección, por culpa de la cual podían confundirlo con un leproso, antes que perder los ojos. ¿Qué podría hacer en el mundo cuando ya no fuese capaz de descifrar las palabras escritas? Probablemente nada. Si eso llegaba a ocurrir, su vida carecería de sentido.

Aunque ese era el menor de sus problemas en esos precisos instantes.

Lo peor, sin lugar a dudas, era lo que tenía delante de sus torpes ojos.

Pasó los dedos por las hojas ennegrecidas de papiro. Las acarició con el mismo cuidado y delicadeza con que tocaría, aunque solo fuese en sueños, el cutis de Matilde.

«Qué torpe he sido, no he entendido nada. ¡Nada! Hasta ahora, hasta ahora... Aunque habría preferido seguir en la ignorancia», pensó Selomo sintiendo un extraño dolor en el pecho y un ardor en los ojos.

¿Qué podría hacer él, un pobre hombre, judío además, un modesto gramático que vivía de la caridad de hombres poderosos, un protegido del rey, con ese horrible secreto que tenía delante de sus ojos cansados?

No poseía un corazón valiente.

No tanto como otros.

No sabía qué hacer con aquello.

Samuel le había contado con detalle lo ocurrido con Ibn Salib, un súbdito judío al que Alfonso había mandado como embajador a Sevilla para cobrar el tributo al rey Al-Mutamid, que se retrasaba demasiado en los pagos.

—Los reyes musulmanes pagan alquileres por ocupar las tierras de los cristianos, pero los moros piensan que han pagado ya las rentas suficientes como para adquirir el título de propiedad... —le dijo el monje con sorna.

El embajador judío de Alfonso no se conformó con la cantidad que el rey musulmán le proporcionó. Se enfadó y le exigió todas las riquezas que tuviera, incluso la entrega de la propia ciudad. Estaba dispuesto a hacer bien su trabajo, a cumplir la encomienda real más allá del deber.

Por supuesto, el musulmán se negó en redondo. Y para demostrarle que estaba firmemente decidido a no pagar, decidió crucificar al embajador.

De manera que Ibn Salib ya era historia. Estaba muerto y todos sus acompañantes fueron condenados a prisión.

Según le había contado Samuel, el rey enfureció al enterarse de la noticia.

—Los reyes moros creen que esa es la línea de acción de Alfonso. Piensan que a nuestro rey no se le pasa por la cabeza sitiar castillos ni perder sus tropas por ganar una ciudad librando batallas cuerpo a cuerpo, sino que pretende agotarlos sacándoles tributos todos los años y hostigándolos hasta debilitarlos, haciendo que así caigan en sus manos las taifas y ciudades. Los oprime con impuestos porque se ha dado cuenta de que estos son más crueles que una espada. —Samuel tenía los ojos turbios. Últimamente parecía enfebrecido, obsesionado con cazar el lobo, con cumplir con el deber que le había encomendado el rey con la misma devoción o más que el embajador judío crucificado—. Esta vez, a Alfonso la treta le ha salido mal, aunque él cobrará venganza de una manera u otra. Está furibundo con el asunto del embajador.

Selomo recordó las palabras de Samuel y suspiró. Tenía los nervios agotados. Pensó en los tormentos que habría padecido el embajador hasta morir en la cruz y se dio cuenta de la terrible ironía que encerraba ese acto cruel de rebeldía y represalia por parte del rey moro.

«Solo los cristianos parecen haber olvidado que Jesucristo era judío. Desde luego, no lo han olvidado los musulmanes. Y, a partir de ahora, tampoco yo lo haré. No después de haber completado la traducción de mi libro...»

Selomo miró a su alrededor atemorizado.

Estaba solo. Sus compañeros monjes se habían ido poco a poco, en silencio tal y como acostumbraban, para cumplir con sus obligaciones religiosas y tomar una colación antes de dormir. Se alegró de estar dispensado a causa de su religión de seguir los horarios y rutinas del resto de los ocupantes del monasterio.

«De algo me tenía que servir ser un hereje a ojos de estos buenos monjes que me han recogido...»

Lo bueno de lo malo, pensaba Selomo, era que Alfonso se encontraba siempre ocupado, hacía años que maniobraba y luchaba para conseguir recobrar Toledo. Aquella ciudad, al igual que Sahagún, formaba parte de su historia personal. Alfonso se enamoraba de las ciudades de la misma manera que lo hacía de las mujeres. Y siempre tenía varias. Su corazón debía de ser muy grande, porque todas le cabían juntas allí dentro. Ciudades y mujeres.

Selomo murmuró una oración en voz baja rogándole a Dios que el rey se entretuviera con la política, el sexo y la guerra y no le prestase demasiada atención a él.

Y que, por supuesto, nunca descubriera lo que él acababa de saber.

«Lo malo es que estamos en invierno, la época de descanso de Alfonso. En estos meses no lanza raides sobre los alrededores de las taifas, nada de razias para equilibrar el erario y a la vez debilitar la autoridad de los jefes moros, nada de pillajes en tiempo de heladas.» Las razias saqueaban las zonas fronterizas; en cada una de ellas se quemaban casas, se mataban labriegos, había rapiña y devastación. Incluso los sembrados eran arrasados. Hasta hace pocas semanas, el rey cristiano y sus hombres estaban ocupados en destruir minuciosamente los campos alrededor de Toledo, que no tardaría en capitular. «Pero ahora... Pasa el tiempo ocupado en otros menesteres. Fornicando, cabalgando, cazando, planeando, pensando... Para mí, mala cosa», el gramático negó con la cabeza, llena de augurios inquietantes. Podía oír cómo sus pensamientos resonaban dentro de ella, igual que bolas de piedra guardadas en una tinaja.

Alfonso era un rey poderoso, gobernaba unas tierras bien pobladas, que contaban con villas y localidades donde las gentes iban y venían y se afanaban. Pronto sus dominios se extenderían tanto que se perderían en el horizonte. Además, tenía el control sobre las taifas de Granada, Sevilla, Badajoz, Zaragoza —su querida ciudad— y Valencia... Taifas que pagaban puntualmente y cuyos ingresos se sumaban a pagos de otras menores, todo lo cual le generaba a Alfonso ingresos de más de cien mil dinares de oro cada año.

Y eso haciendo un cálculo prudente.

Con esas arcas, el rey bien podía permitirse encargar obras de arte escrito y no solo monumentos para más gloria de Dios en la tierra.

Selomo apreciaba eso de Alfonso. La nobleza en general solo se ocupaba de los documentos escritos cuando tenían que ver con temas de utilidad práctica y material, cuando estaban relacionados con sus donaciones piadosas, sus mandas testamentarias, sus diplomas de compraventa, sus inventarios de bienes, sus cartas de arras, su dotación de iglesias propias... Eso era todo lo que tenía interés para los grandes hombres. Y para los pequeños. No se daban cuenta del valor de la palabra escrita, de que con las palabras todo podía cambiarse.

Pero Alfonso sí lo intuía. Quizá lo había aprendido de los árabes, pensó Selomo.

«Por lo menos mi señora doña Constanza tiene el gusto de la poesía, no como esos aristócratas que solo se fijan en los escritos cuando se trata de papeles que respaldan jurídicamente sus derechos de propiedad sobre algunos bienes adquiridos. Adquiridos... de la forma que sea.»

Claro que la perspicacia del rey también se había convertido en una nueva fuente de inquietud para él.

«Quiere que ponga por escrito sus hazañas, que lo convierta en una suerte de héroe francés, en un Carlomagno hispano... Desea que yo escriba al modo de un monje normando, pero en la lengua romance... El rey pretende que yo transforme su vida en una larga canción que pueda entonarse en mitad de una batalla. Oh, *Elohim*. ¡Es una idea disparatada! Quiere una obra que sea un anal heroico y épico, una crónica y un poema. Todo a la vez. ¿Y cuánto me llevaría hacer algo así? ¿El resto de mi vida...? ¿Y cuánto es eso?» —Selomo se acarició, agitado, la incipiente barba canosa—.

¿Un invierno, cuatro primaveras, dos veranos más...? Debo reconocer que, en los pocos ratos en que no está fornicando o saqueando, ese hombre piensa, mueve su raciocinio. Pero ¿cómo podría hacer yo algo así? Ya tiemblo al pensar en que no le gustase uno solo de mis versos...»

Se estiró en su asiento y se frotó las piernas para entrar en calor. Frente a él tenía en esos momentos el libro que le dio su padre, quien antes que él lo recibió del suyo... Y así sucesivamente durante generaciones. Selomo, hasta hacía poco, no imaginaba cuántas.

Solo ahora comprendía la importancia del paso del tiempo. Únicamente ahora, cuando por fin había logrado hilvanar todas las piezas. Pensó que era una lástima no poder hablar con nadie sobre su descubrimiento. Pero debía ser precavido, salvaguardar su vida en lo posible.

Se ajustó las ropas sobre el pecho y palpó la cuerda con que ahora sujetaba la petaca en la que guardaba sus ahorros. Ya no le picaba la piel ni se le caía a trozos.

«Bendita seas, Matilde, entre todas las mujeres.»

Volvió a mesarse la barba. En los últimos tiempos se había dejado crecer el pelo a la manera de los caballeros cristianos. Tenía una bonita mata de cabello espeso y castaño que no había perdido con la edad y que ahora lucía del color de la plata recién lavada. No quería confesarse a sí mismo lo mucho que disfrutaba haciéndose pasar por un cristiano. Cuando le llamaban «Salomón», se daba la vuelta con naturalidad para atender por un nombre con el que no había nacido. Su aspecto físico era diferente desde que vivía en Sahagún. No solo era su peinado, sus nuevas vestimentas y su barba rala; algo en su apariencia lo hacía parecer distinto, otro hombre, un renacido, a pesar de su edad...

La semana anterior ocurrió que incluso uno de los monjes se quedó mirándolo y le dijo acercándose a su oído, que le humedeció con un aliento agrio: «Salomón, si no fuera pecado, te diría que pareces un vivo retrato de Nuestro Señor Jesucristo, si es que al Señor le hubiese dado tiempo de cumplir tus años...».

Selomo se sintió tan complacido como aterrado por la observación.

«Pues claro, hermano, si tú supieras...», pensó el gramático entornando los ojos y sonriendo tibia y amablemente al monje, que desapareció con paso ligero por el corredor hacia la iglesia en la hora tercia.

Selomo volvió a suspirar ahora y escuchó. Fuera, en la calle, de nuevo aullaba el viento.

Sonaba igual que un lobo herido.

129

Llevaba todo el día llorando

Aposentos de la reina. Monasterio de Sahagún.
Imperio de León
Invierno del año 1080

La reina llevaba todo el día llorando, pero no pensaba ceder al peso de las lágrimas. Se conocía lo suficiente para saber que, llegado el momento, el depósito de agua salada de su alma se quedaría seco. Entonces sería la hora de empuñar la rabia como una espada. Pero hasta ese instante...

Volvió a gemir apesadumbrada.

Matilde hizo hasta lo imposible por consolarla sin ningún resultado.

Constanza lloraba y pensaba en el tiempo de su vida. En el pasado y en el que en ese momento vivía. No podía soportar que los días se fueran y nadie pudiese recuperarlos, ni siquiera ella, que había nacido quizá demasiado tarde, o demasiado pronto.

Tumbada sobre su lecho, recordaba un día de su infancia, una hermosa primavera puede que del año 1065 del Señor. Constanza jugaba en el patio con sus primos. Ella utilizaba el arco y las flechas de madera de uno de los niños. Vestía como un muchacho y tenía una ardorosa imaginación. Estaba en un castillo de Borgoña y por entonces pensaba que el mundo había sido hecho solo para ella, para sus ojos. Las risas y los golpes de las pequeñas armas de madera resonaban por los baluartes, ecos que traían consigo sueños adolescentes y la fuerza que solo puede nacer de la felicidad.

Su padre, Roberto I de Borgoña, era hijo de un rey de Francia, Roberto el Piadoso. Su abuela se llamaba Constanza, el mismo nombre que le pusieron a ella al nacer. Pertenecían a la dinastía de los Capetos. Era nieta y sobrina de reyes, y ella misma se había convertido en emperatriz.

No, no se merecía eso.

Mordió con rabia las ropas de la cama en la que llevaba todo el día tumbada, sin fuerzas para levantarse.

Después de insistir, presionar y amenazar, por fin Matilde se había sincerado contándole algunas de las patrañas que corrían sobre ella por ahí. Por ejemplo, le confesó que una de las criadas iba chismorreando que el rey Alfonso buscaba a sus mujeres más allá de los Pirineos, pero que encontraba fulanas para su cama allí mismo, en su propio reino.

Constanza no solo tenía que aguantar a las hijas bastardas de Alfonso, las que había tenido con esa estirada castellana que era Jimena, sino que ahora se veía obligada a soportar a una concubina musulmana.

—¡No tiene vergüenza! ¡No me merezco esto! *Quel vaillant* —repitió entre sollozos—. *Gentil hume* Alfonso...? ¡Bah!

—Majestad, mi señora, bebe de este caldo, te hará bien.

—No quiero beber nada, vete, Matilde, por favor.

—Señora, tienes que comer algo.

—Así son los hombres, Matilde, todos buscan algo que jamás pueden conseguir. La excusa es un heredero, pero yo no lo creo.

—Mi reina, no pienses en esas cosas. Hay que aceptar el mundo tal como es.

—Hélie de Semur, así se llamaba mi madre. Tú no llegaste a conocerla. Era una señora increíble, la hermana de mi tío Hugo, que es un hombre santo que está devolviendo a la Iglesia la honorabilidad que ha perdido durante siglos... Mi madre le dio cinco hijos a mi padre. El primero de ellos, mi hermano Hugo, el mayor de todos, murió luchando contra un conde más diestro que él con la espada, y con todo lo demás. Yo fui la última, después de cuatro varones. Una mujer para rematar con gloria sus labores de esposa. Nadie podía reprocharle a mi madre no haber cumplido con sus obligaciones. Y, sin embargo, mi padre la repudió, justo cuando yo nací.

—¿Deseas una infusión de hierbas, señora mía? La manzanilla con miel es buena. Te prepararé una. La miel que producen estas abejas que se crían en los alrededores es insuperable.

—Dejó a mi madre por otra mujer que ni siquiera era más joven que ella y que solo pudo darle una hija. ¡Mi madre le había dado cuatro varones! Cuatro hombres como cuatro soles... Pero él no tuvo bastante. Los hombres nunca tienen suficiente.

—No pienses en esas cosas. El pasado está escrito y nadie puede borrar lo que ya ha sucedido.

—No, claro que no. Es una lástima.

Constanza siguió rememorando aquel día de juegos infantiles en la primavera de su vida...

De repente, se oyeron gritos y una algarabía los rodeó a sus primos y a ella. Los niños también chillaron felices mientras veían levantarse estandartes y hacer los preparativos para recibir a uno de los duques, que había estado durante más de un año luchando contra los moros en el norte de esas tierras hispanas de las cuales, en ese momento, ella misma era reina.

—Los musulmanes ocupan una gran parte de la península ibérica y presionan y hostigan la frontera francesa. El duque de Aquitania es un fiel aliado de los reyes de Navarra y de Aragón, y los nobles franceses siempre acuden a la llamada de sus vecinos para luchar contra los árabes.

Eso le contó su aya mientras ella miraba fascinada al caballero que acababa de entrar subido en un corcel de aspecto magnífico y en cuyos ojos se adivinaba el recuerdo de las batallas sangrientas en las que había participado.

Pero a Constanza, los recuerdos de su infancia se le empañaron de repente, teñidos de una oscuridad tenebrosa producto de la memoria terrible que guardaba de su padre. No debería haberle hablado a Matilde de él. Tenía que confesarse a cada momento por las cosas que pensaba de su progenitor...

A pesar de que acababa de mencionarlo, y no para bien, pensó en todas las cosas tremendas que se callaba, aunque eran sabidas por todos. Seguramente, hasta Matilde estaba al tanto.

No, en realidad lo peor no era que su padre hubiese repudiado a su madre.

Había otras cosas peores, espantosas, que ella sabía y que no podía olvidar. Él era un hombre dominado por la cólera, cuya presencia intimidaba hasta a los perros. Constanza no lo quería. Nunca lo amó. Le había pedido muchas veces a Dios que la perdonara por ello, pero era algo superior a sus fuerzas.

Lo odiaba. Con ganas, con furia, con pasión.

Y ahora que era una mujer adulta, ni siquiera podía imaginar cómo su madre pudo abrirse de piernas para concebir con él cinco hijos. O... sí, podía imaginarlo, pero no quería. Se negaba a hacerlo.

Constanza era una niña de unos dos o tres años, cuando su padre, dominado por sus arrebatos violentos, asesinó a su abuelo delante de ella y de su madre; ni siquiera tuvo la compasión de matarlo de manera rápida. Su ira se regodeaba con el dolor ajeno. Dalmace de Semur, el padre de su madre, agonizó entre dolores insoportables delante de todos, sin que nadie pudiese volver a meterle las tripas dentro del cuerpo.

Todavía sentía la quemazón, el arañazo desgarrador en la nariz al sentir el olor de la sangre de su abuelo penetrándole hasta lo más profundo del pecho para luego quedarse allí eternamente.

Pero su padre no se conformó con eso.

Seguramente pensó que todavía había otras cosas malas que podía hacerle a su mujer para provocarle dolor. Si destripó a su suegro, lo hizo para así arrancarle a su madre el corazón sin tener que sacárselo del pecho. Así, poco después de matarlo, sus soldados acabaron también con su cuñado, Jocerand de Semur. Al menos, eso fue lo que dijeron: que fueron sus soldados. Pero la madre de Constanza nunca lo creyó. Sabía que su marido no delegaba ciertos trabajos, no se fiaba. Se encargaba él mismo de llevarlos a término.

El padre de Constanza había asesinado a su tío y a su abuelo, de manera que repudiar a su madre fue lo más caritativo que pudo hacer por ella.

Cierto que el duque fue condenado por sus crímenes, pero ¡menuda triste condena, ridícula, risible! ¡Una afrenta a la justicia de Dios y de la tierra! Su castigo consistió en mandarlo como peregrino a Roma y en ordenarle construir una iglesia en cuyo pórtico unos relieves escultóricos describían sus asesinatos.

Malditos jueces y maldita justicia.

¿Acaso existía la justicia cuando los encargados de impartirla mercadeaban con ella y perdonaban crímenes horrendos a los poderosos como su padre?

Constanza pensó que su marido, Alfonso, con su afán por escribir en la piedra de los templos y lugares santos sus hazañas, también estaba pagando. Por algo. Por algo grande. Ella ni siquiera quería saberlo. En ese momento solo le importaba la amante mora. La mujer con la que se acostaba su esposo.

¡Oh, buen Dios! El dolor que habían traído los hombres a su vida solo era comparable con el placer que le daban.

Constanza se tomó la infusión de Matilde y le pidió que se retirase.

—Intentaré dormir un rato.

—Es una buena idea, mi señora.

Pero cuando la beguina salió de la estancia, ni siquiera hizo un intento por recostarse.

Volvió a pensar en las primaveras de su infancia. En las palabras de su aya enseñándole, abriendo sus ojos al mundo. Unos ojos que ella hubiese preferido mantener cerrados muchas veces.

Recordó cómo contemplaron juntas y embobadas la comitiva del duque que volvía de la guerra, de ayudar a los reyes cristianos del otro lado de los Pirineos, cobrándose un fabuloso botín, por supuesto.

—Mira esos hombres y mujeres.

—Tienen la piel oscura y los ojos muy negros, *m'amie* —le había dicho uno de sus primos.

—Son cautivos sarracenos de España —respondió su aya.

—Ellas llevan la cabeza cubierta con velos mal puestos —señaló Constanza a su aya al darse cuenta de la diferencia de las telas que cubrían a las mujeres cristianas respecto de aquellas que usaban las mujeres de tez oscura.

La niña que era entonces Constanza pensó que las caras de aquellas mujeres parecían cobre brillando frente a las llamas ardientes de una chimenea.

Durante los días que siguieron a ese espectáculo asombroso de la entrada en el castillo de la hueste victoriosa del duque, que todavía podía recordar con sus luces y olores tan vivos como si los estuviese contemplando y respirando en ese mismo momento, Constanza oyó todo tipo de historias respecto a la toma de la ciudad de Barbastro, en el norte de Aragón, donde los franceses consiguieron un rico botín y de donde habían traído a famosos cantantes moros de la corte del califa.

—Cantan *zejels*.

—¿Y qué es eso?

—Son canciones de amor. Las cantan de una manera especial, un poco arabizada, porque quieren ser entendidos tanto por los moros como por los españoles. Algunas son muy hermosas, escritas por un poeta moro ciego de Córdoba, llamado Mukadam. Los cristianos y los judíos de Barbastro creen que esas ideas tan locas sobre el amor las sacan de un filósofo árabe llamado Avicena. Son locuras paganas sin sentido, pues, aunque no dejan de alabar a las mujeres, luego las cubren con velos y las encierran como si fueran esclavas entre los muros de sus casas para que nadie más que ellos pueda verlas.

—O para que no se escapen, supongo...

Constanza también oyó hablar a su aya con uno de los hombres que había vuelto en la expedición del duque, un judío que le regaló el oído a la buena mujer, cuyos ojos se encendían de alegría con sus palabras.

La niña que era Constanza se hacía la dormida mientras escuchaba sus conversaciones, de las que no perdía detalle. El judío contaba que existía una tribu en Arabia llamada Banu Udra y, según él, en ella nacieron algunos de los mejores amantes del mundo, muchos de los cuales eran capaces de morir de amor. Literalmente, sin que nadie los atravesara con un cuchillo. El amor los consumía de tal manera que incluso inspiraron poemas que algunos literatos afamados escribían en lugares como Bagdad, al otro lado del mundo, pues hasta allí era capaz de viajar su fama...

Ahora, Constanza se hacía preguntas. ¿Sería la amante musulmana de su marido un miembro de aquella tribu? Quizá era capaz de cantar y de embelesarlo con cuentos y canciones, con leyendas que no se podían comparar con montañas de oro y joyas, usando palabras que fuesen tan suaves como la seda y los brocados...

Sí, debía de ser eso. Su marido estaba subyugado por la criada mora.

«¿Qué tiene ella que yo no tenga?», se preguntó sorbiéndose las lágrimas saladas y abundantes como el de agua de mar.

Constanza rememoró una canción que se entonaba en todos los castillos del sur de Francia:

> *Toutes notes sarrasinoises,*
> *chansons gascoignes et françoises,*
> *lorraines et lais bretons.*

Quizá la concubina árabe sabía cantar cosas mejores y con una voz acariciadora. Claro que la mora era una belleza morena que ni siquiera necesitaba abrir la boca para seducir al más templado de los hombres. Ella tuvo ocasión de verla. Se notaba que todavía no había parido. Su vientre era suave, terso y aceitunado, y quizá Alfonso, su rey, fantaseaba con la costumbre sarracena de tener un harén.

El dolor se le hizo insoportable y su imaginación regresó a su infancia, a los días perdidos de la inocencia. Al único paraíso en la tierra.

Por aquel entonces, además de jugar como si fuese un varón, luchando con la espada en los patios y persiguiendo a sus compañeros igual que uno más, Constanza se entretenía desmontando las piezas de una armadura y volviendo a montarla. Era muy hábil con ese juego que su aya le había enseñado como un entretenimiento y que ella prefería con diferencia a las labores de bordado habituales que se esperaban de una jovencita.

—Sí, entretente ahora con estos solaces, muchacha, porque cuando te cases, si quieres que tu matrimonio sea feliz, deberás ayudar a tu marido dándole un baño, limpiándole la armadura o las heridas con vendas y agua caliente cuando sea necesario. No tendrás tiempo de desmontar armaduras. Y no te olvides de que tendrás que ponerlo contento rascándole a menudo la espalda. Así él encontrará el deleite a tu lado.

Constanza asentía entre risas.

—Así lo haré, tal y como tú dices.

—Más te vale, porque en estos tiempos que Dios nos ha dado, en todas las cortes abundan los repudios, como bien sabes por el mal ejemplo de tu propio padre. Además, por todos lados, si te fijas bien, predominan de manera generosa las prostitutas y los bastardos.

El pasado y el presente se confundían en la imaginación de Constanza, que no sabía cuál de los dos era más doloroso.

¿El pasado, con su niñez, con los recuerdos vivos como heridas sangrantes de la maldad de su padre? ¿O el presente, con la crueldad de su esposo?

Pasó el tiempo, pautado por el sonido de las campanas de la iglesia del monasterio. Constanza llevaba todo el día tumbada en el lecho, pensando que había llegado hasta el final de la escalera donde se encontraba lo más agudo de su pena, así que le pilló por sorpresa ser consciente de que lo peor aún estaba por llegar.

Al caer la noche, poco antes de dejarse vencer finalmente por el sueño, agotada de no hacer nada que no fuese lamentarse ásperamente y a pesar de que no había querido ver a Matilde siquiera un momento antes de que un sueño compasivo reparase sus heridas, Alfonso entró en su alcoba sin anunciarse. Y lo peor fue que no venía solo: traía a Matilde agarrada por el cuello.

Constanza saltó de un brinco de la cama.

—¿Qué estás haciendo? ¡Suéltala ahora mismo!

Pero el rey no obedeció, ni siquiera pareció considerar sus quejas. Cuando habló, lo hizo con una voz imperiosa que hizo retroceder a la reina en la cama de forma instintiva.

—Tengo entendido que esta bruja, que anda siempre dándote potingues, también suelta su veneno en tu oído. Te dice cosas que no son ciertas y que no deberías escuchar. El peor brebaje que existe es la mentira. Logra resultados fatales.

Constanza miró al rey entre desconcertada y horrorizada.

—No sé de qué estás hablando. ¡Suelta a Matilde ahora mismo, le haces daño!, ¿no lo ves?

—Es una bruja mentirosa.

Matilde permanecía quieta, con cara de espanto y los ojos cerrados, procurando que el rey no le arrancara de cuajo sus hermosos cabellos descubiertos, los cuales tenía apretados con una mano mientras con la otra señalaba acusadoramente a su esposa.

—No lo es, en absoluto. No es bruja ni mentirosa. Es una víctima inocente de tu ira. ¡Déjala en paz! —Constanza bajó de la cama por fin e hizo frente a su marido.

Alfonso obsequió a su esposa con una mirada fría como una madrugada de invierno.

—Yo digo que sí lo es. Y seguro que Dios está de acuerdo conmigo. De manera que lo comprobaremos. —Soltó por fin a Matilde, que rodó hasta el suelo, desmadejada y temblorosa.

—No, mi señora, déjalo, estoy bien...

—¿Y cómo puedes saber que Dios cree que mi dama es una mentirosa y una envenenadora de cuerpos y de espíritus? —Se acercó hasta Alfonso y por un instante pareció que fuera a besarlo—. ¿Acaso te lo ha dicho él mismo?

Alfonso acercó la nariz al cuello de su mujer y aspiró su olor con aparente delicia antes de responder.
—Ya sabes que hay maneras...
—Oh, no, no puedes...
—Sí, claro que puedo. Celebraremos una ordalía. Entonces veremos si esta monja calumniadora es tan inocente como tú dices.

130

Había tardado tiempo en poder comprender

Monasterio de Sahagún. Imperio de León
Invierno del año 1080

Selomo había tardado tiempo en poder comprender bien el libro porque hasta entonces no lo había mirado con los ojos adecuados. Eso le hizo reflexionar largamente.

Todavía recordaba con todo lujo de detalles la expresión en el rostro de su padre el día en que se lo entregó.

—Tenlo contigo. Guárdalo como un tesoro. Lleva en nuestra familia desde hace tantos siglos que nadie podría contarlos. Mi padre me lo dio a mí de la misma manera en que yo te lo estoy dando a ti. Cada uno de nosotros se lo ha entregado a su primogénito varón, para que este, a su vez, se lo diera a su primer hijo. Le pido a Dios que tú tengas un hijo varón al que entregárselo llegado el momento.

Selomo asintió. Solo con mirar a su padre ya sabía cuándo tenía entre manos algo importante. Aunque, en realidad, todo lo que él decía poseía una enorme relevancia siempre. No malgastaba sus palabras hablando de temas vanos.

Su padre también movió la cabeza en señal de asentimiento... Selomo casi podía verlo de nuevo cabeceando suavemente entre las nubes de su memoria. Le resultó impresionante pensar que su progenitor era, por aquella época, más joven de lo que él mismo era ahora.

Había pasado mucho tiempo desde entonces y Selomo se hacía viejo. Pensaba con inquietud que quizá nunca llegaría el momento de ceder aquel precioso tesoro a un hijo varón. Ni siquiera a una hembra. Sus posibilidades de ser padre disminuían cada día, cada luna, cada invierno transcurrido...

Replegó y volvió a desplegar sobre el suelo el trapo de basta tela que estaba utilizando como patrón.

Se sirvió de él para hacer una copia del pergamino. Lo hizo cuando se dio cuenta de que el libro tenía una forma que distaba mucho de la original, pues, en principio, había sido escrito hacía mil años cuando menos. Por entonces los libros carecían de páginas, eran simples pergaminos enrollados. Y así debía de haber sido en origen el que recibió de su padre, ya con otra envoltura.

A pesar de toda su cultura y perspicacia, Selomo había tardado en comprender. No era capaz de perdonarse tamaño despiste, tanta torpeza.

«Por qué no supe verlo antes...»

Lo tenía con él desde hacía tanto tiempo... Intentó justificarse a sí mismo sin conseguirlo. Se dijo que aún era muy joven cuando su padre se lo dio y, por lo tanto, no se había hecho las preguntas correctas en el momento adecuado.

—Pero eso no es excusa suficiente. He estado ciego, he estado sordo y mudo. No tengo perdón de Dios —murmuró con voz ronca.

El libro no solo evolucionó del rollo de papiro a las nuevas formas de los libros actuales, sino que también fue escrito por distintas manos. Aunque, en verdad, había dos que sobresalían.

La primera redactó un libro de adivinaciones a la manera egipcia. La segunda escribió un diario.

Entre ambas existía una gran diferencia.

La primera compuso un libro que supuestamente era mágico, pero que en realidad estaba destinado a entretener el ocio de alguna virgen que preparaba su boda. La segunda era la de una joven que acababa de casarse. Selomo podía imaginar a la muchacha. Leyó las cosas que dejara por escrito. Percibía en ella una belleza que le hablaba a través de los siglos, pero cuyas palabras sonaban con la misma fuerza que tendrían si acabasen de ser pronunciadas en ese mismo instante. La joven aprovechó el precioso papel para narrar en el reverso del papiro sus propias preocupaciones. La historia de su familia, de sus padres y hermanos.

Y si bien la mano que había escrito la primera parte del libro tenía la aspiración de la magia y la adivinación del futuro, fue la artífice de la segunda quien había obrado el verdadero milagro.

—María, se llamaba María...

Él sabía el nombre de la joven. Lo había averiguado hacía años.

Selomo le dio muchas vueltas al asunto y, al final, concluyó algo inquietante.

—Pero el nombre de María no era realmente tan común en aquella época. Entonces ¿por qué hay tantas Marías en la historia cristiana?

Él tenía contadas unas cuantas. María, la madre de Jesús. María de Cleofás, María la hermana de Marta... Y la más importante para él: María Magdalena.

—¿Hay tantas porque los que han escrito la historia del cristianismo no tenían demasiado empeño en distinguir a unas mujeres de las otras? Les daban igual. No les importaban las mujeres. Para los Padres de la Iglesia, todas ellas eran mujeres sin más, nombres prescindibles, personas sin importancia, intercambiables las unas con las otras. Tampoco importan en el Corán, donde se confunde a María, la madre de Jesús, con las hermanas de Aarón y de Moisés, y donde a todas se las llama Miriam. Las Miriam... ¿Qué más daba si se trataba de una o de otra? Como si hubiesen borrado sus nombres del pergamino de cada libro sagrado, aun sabiendo que borrar es una tarea delicada. Como si se hubiesen conformado todos, ¡todos!, con dejar la mancha emborronada en lugar de los nombres de cada una de ellas.

Según le parecía a él, esa actitud había logrado camuflar la relevancia de personajes que debían de haber sido decisivos en su momento, anulándola por completo.

—También es verdad que las familias judías de la época de Cristo solían usar los mismos nombres para denominar a sus familiares: Miriam, María, Herodes, Herodías... Los nombres se repetían de padres a hijos, entre hermanos y primos, como si así lograran formar una entidad que los diferenciase del resto de las familias al tiempo que los unía dentro de la suya. Unidos por las palabras, por los nombres...

Selomo logró descifrar los secretos del libro cuando finalmente comprendió, mientras lo copiaba y lo traducía minuciosamente, que, en origen, el viejo papiro, que primero fue escrito por una cara y después por la otra, en algún momento fue troceado y luego encuadernado de la manera en que se componían los libros más actuales. Con unas solapas y las hojas cosidas una tras otra, un trabajo que quizá fue realizado siglos después. Por eso, al cortar el pergamino, se cambió el orden de las palabras. Por eso, pensó tratando de consolarse por su torpeza, le resultó tan difícil comprender los mensajes que contenía.

Las palabras no casaban porque el cuchillo con que despiezaron el libro las había alterado. El tiempo y las distintas manos que operaron en él cambiaron el mensaje original, lo ocultaron.

Selomo miró el trapo con que hizo la prueba, tratando de imitar los cortes sufridos por el manuscrito. Su cabeza no fue capaz de intuir el cambio de formas, el cambio de palabras y, por tanto, de mensajes, hasta que no emuló el proceso valiéndose del trozo de tela como patrón. Primero un rollo, después una serie de hojas puestas en orden unas tras otras...

Pero por fin lo entendía todo.

Había pasado buena parte de su vida teniendo miedo y, sin embargo, nunca tuvo tanto como en esos momentos. Lo que había descubierto, sin desearlo, era terrible para los cristianos. Para él mismo.

—¿Qué pensaría el papa cristiano, los monjes que me rodean cada día, el propio abad don Bernardo... si llegan a enterarse de que María Magdalena es la autora de la mitad de mi libro mágico? —Tragó saliva y le pareció que intentaba engullir una piedra—. ¿Qué dirían si supieran que Magdalena era la... la medio hermana de Jesucristo y no la prostituta que los prebostes de la Iglesia se han empeñado en decirnos que fue? Una hermana protectora, obediente, amorosa y familiar. Hermana a su vez de Judá, el hermano algo mayor de Cristo que heredó y guardó este libro y fundó una familia que es... —el sudor se le metió dentro de los ojos y los irritó—, que es mi propia familia...

Allí estaba la lista de nombres de la familia de Selomo. Tantas generaciones, una detrás de otra. Los nombres de los primogénitos primorosamente anotados, dando testimonio de una saga que duraba ya más de mil años.

Selomo miró la lista una y otra vez ahora que por fin los nombres aparecían ordenados ante sus ojos.

Eran treinta.

Treinta hombres en mil años.

El último nombre era el de Selomo.

El primero, el de Judá. El hermano querido de Jesús de Nazaret. Magdalena no tuvo hijos a quienes legar su libro, su preciosa e increíble historia, así que se lo regaló a su amado Judá, el único hermano superviviente y padre de un hijo.

Selomo dio gracias a Dios porque ninguna persona en el mundo fuese capaz de leer sus pensamientos en esos momentos.

«Por lo menos, nadie puede hacer algo así todavía...»

Sintió un frío qué hizo que tiritara todo su cuerpo.

Empezó a recoger con cuidado el libro, la copia con que pretendía suplantar al original, la traducción y el trapo del que se sirviera durante tantos días, usándolo como un juego de piezas que debían encajar unas con otras hasta cobrar sentido. No había terminado aún de guardarlo todo cuando uno de los frailes apareció delante de su escritorio como salido de la nada, dándole un susto de muerte.

—Mi buen hermano Fruela, me has asustado.

Fruela ni siquiera movió un músculo de la cara. Todo en él traducía el fastidio que le producía tener que romper la regla del silencio e interrumpir sus propias ocupaciones para comunicarle un recado al sefardita.

—El hermano portero dice que en la entrada hay una mujer que quiere verte. Parece que es importante, o urgente.

—Una mujer, ¿a estas horas?

—Sí. Y es joven y con buena salud. —La envidia se percibió en sus palabras casi como un color que se podía avistar desde lejos.

131

Lo que había ido a decirle

Monasterio de Sahagún. Imperio de León
Invierno del año 1080

Germalie también temblaba, pero ella lo hacía de una manera casi ostentosa. A Selomo le costó trabajo que le contase con detalle lo que había ido a decirle.

—Desde el Día de Todos los Santos tuve la impresión de que rondaba por aquí, pero hasta hoy no estuve segura. Lo he visto esta mañana.

El hombre asintió y dio unos pasos lentos antes de detenerse y mirarla con fijeza. Era una muchacha hermosa, aunque un tanto extraña y con la cara demasiado sucia para su gusto. Aquellos churretes no lograban ocultar del todo las pecas.

—¿Estás segura de lo que dices?

Selomo pensó en Roberto, que estaba convencido de que esos crímenes espantosos eran obra del diablo y no de un ser humano con cara y ojos. Se encontraba tan imbuido de aquella idea que incluso había esculpido varios monstruos en la piedra que utilizaban en el taller para dar forma a los adornos de las iglesias en construcción, como si intentara conjurarlos y evitar que entrasen en los recintos sagrados. Aunque Selomo creía que lo que Roberto trataba de evitar era que esos seres espantosos se colasen dentro de su propia alma.

—Tenéis que cazarlo. Tú me dijiste que el rey quiere acabar con él para que no siga haciendo daño. Que el propio rey desea apresarlo.

—Por supuesto que acabaremos con él. No te quepa duda.

Germalie lo obsequió con una mirada esperanzada. Al devolvérsela, un poco perplejo, Selomo descubrió en los ojos de la muchacha tanta fe, confianza y devoción en su poder que por un momento se notó confuso, azorado. Por la mirada en sí y por la impresión turbadora de que se sentía... halagado. Y esa era una sensación que había experimentado muy pocas veces durante su ya larga vida.

La mirada escrutadora y maliciosa del fraile portero le hizo sentir incómodo.

—Vamos, te acompañaré fuera. Te mantendré informada de lo que hagamos. Está claro que el lobo anda por aquí. Le daremos caza.

Germalie lo siguió en silencio hasta traspasar los muros del recinto sagrado. En la calle, el viento traía copos dispersos de nieve que se le pegaron a la muchacha en el pelo, mal recogido bajo un raído manto.

—Te acompañaré a tu casa. Dentro de poco será noche cerrada.

Ella asintió.

Echaron a andar en silencio, uno detrás de otro, poniendo cuidado en el suelo que pisaban. La oscuridad, en efecto, empezó a cerrarse sobre sus cabezas y Selomo apretó el paso detrás de la joven.

Cuando llegaron a su casa, ya era de noche.

Germalie habló en voz baja.

—Te invito a entrar.

—No sería correcto, creo yo. A estas horas...

—No hay muchas ventanas en esta calle, como ves. Y mi marido está dentro.

—¿Aún sigue enfermo?

—No mejora.

—Bueno, yo...

—No deberías volver a estas horas. Es peligroso, y más con el lobo rondando por ahí.

—No creo que yo sea la víctima deseada para él, sinceramente.

—En cualquier caso. Puedes pasar la noche aquí y salir con el amanecer. Traeré paja fresca y podrás descansar.

Selomo dudó. Desde luego, la idea de volver al monasterio a

aquellas horas era poco razonable. Pensó que la presencia del marido de Germalie lo incomodaría, hasta que se dio cuenta de que su cuerpo no albergaba más vida que un arbusto montañés. Le costó menos de lo que él habría supuesto sentirse cómodo en aquella casa, menos humilde de lo que él esperaba.

Germalie le ofreció una escudilla de sopa que recalentó en el fuego, previamente alimentado con una brazada de leña seca del establo.

—No tenemos animales, así que uso el espacio para almacenar leña. El problema son las ratas, a las que les encanta anidar entre troncos de encina. Pero, al menos, las ramas están secas. Acércate a la lumbre si quieres. Tengo vino también, y no lo he aguado todavía.

Selomo tuvo la impresión de que la muchacha había dicho una enorme cantidad de palabras, algo que le sorprendió, dado que no parecía ser muy parlanchina. Percibió su temor y se dijo que hacían una buena pareja, aterrorizados ambos, cada uno a su manera.

La sopa obró milagros, pues consiguió que Selomo también se mostrara más locuaz que de costumbre. Cuando quiso darse cuenta, estaba compartiendo con Germalie sueños e historias de esas que se cuentan alrededor del fuego, batallas increíbles, aventuras en ciudades lejanas y asombrosas, noticias de caballeros que habían sobrevivido a las hachas sarracenas y encuentros místicos con seres sobrenaturales que, según se decía, podían suceder en el Camino de Santiago.

—Un primo de mi marido tuvo viruela y peste, y ninguna de las dos condenaciones logró llevarlo al cementerio —dijo Germalie con la boca abierta dejando ver restos de sopa entre unos dientes blanquísimos, solo un par de ellos torcidos—. Y su padre, que podemos decir que era mi suegro, aunque yo nunca lo conocí, consiguió vencer las dos lepras, la blanca y la negra. Años después murió de un atracón de vino agrio, en el monte, con la sola compañía de un cerdo trufero.

Oír la palabra «lepra» hizo que el gramático se removiera incómodo.

Fue entonces, al hablar la muchacha someramente de su familia, cuando Selomo notó un ribete familiar de dolor en sus enormes ojos oscurecidos.

—Me dijiste que tenías hermanos.

—Sí. Y tuve más.

—¿Murieron?

Germalie negó con todo su cuerpo.

—Nadie lo sabe.

—¿Qué pasó con ellos? —Selomo dejó su tazón vacío cerca del fuego.

—Los perdí yo.

—Pero...

De repente, un torrente de palabras que habían permanecido ocultas bajo el pecho de Germalie salió por su boca en tromba, igual que una corriente de agua que por fin logra vencer el obstáculo que la atoraba.

—Era pequeña, y ellos más aún. —Germalie sacó unos mechones de pelo castaño dorado, sorprendentemente limpio y sedoso, de debajo de su cofia, casi sin darse cuenta—. Recogíamos bayas o lo que pillábamos. Íbamos de un lado a otro con nuestros padres.

—Ya veo.

—Muchas veces he soñado que se los llevó un lobo.

—¿Ya entonces...?

—¿Conoces el lugar que se llama Calzadilla de los Hermanillos?

—¿En el Camino de Santiago?

—Los hermanillos a que se refiere ese nombre eran mis hermanos. Mis hermanillos. —Los ojos de la chica se llenaron de un agua de lágrimas reluciente a la luz de las ascuas—. Gemelos, aunque mis padres no querían que nadie supiera que habían nacido en el mismo parto. Ya sabes que eso trae mala suerte. Decíamos que la niña era mayor que el niño si alguien preguntaba.

—¿Así que eran dos?

—Se perdieron cerca de ese sitio, en una zona de bosque, cerca del arroyo de la Horcada. Y según parece no fueron los únicos que desaparecieron en los alrededores del lugar. Eso dice mi vecina, que es vieja y conoce todos los chismes.

—¿Cuánto hace de eso?

—Muchos inviernos.

—¿Puedes imaginar cuántos años tendrían ahora?

—Me cuesta pensarlo.

Selomo pareció calcular.

Se quedó mirando las cabriolas de las llamas concentrado, casi sin oír a la muchacha.

—Nunca he podido olvidarlos. Los llevo conmigo a todas horas. Dicen que las vidas pequeñas no pesan, que se dejan pronto de lado, pero yo digo que no es cierto.

El gramático salió por fin de su ensimismamiento. Se levantó con dificultad, sus huesos le pesaban más que nunca, y se acercó a la joven hasta que sus caras estuvieron a punto de rozarse.

—¿Qué haces?

—Miro tus ojos.

—Me estás asustando. ¿Qué les pasa a mis ojos?

—Son iguales que otros que conozco.

—¿De quién?

—¿Tus hermanos serían más o menos de la edad del joven monje que tan bien conoces, Roberto, el que ahora trabaja esculpiendo figuras santas? ¿Te has enterado de que ha aprendido a calcular cómo hacer una bóveda?

—Fray Roberto... No lo sé. Es posible...

—Sí, ya lo creo que lo es —dijo Selomo asintiendo y pasándose las manos por el rostro con fuerza, como si quisiera arrancarse una careta. Se habría quedado congelado de no ser porque lo caldeaba el fuego.

132

En marcha antes del amanecer

Sahagún. Imperio de León
Invierno del año 1080

La partida se puso en marcha antes del amanecer. Finalmente, no podían contar con los niños del lobero como cebos.

—Su madre ha dicho que ni hablar —les dijo Ezequiel encogiéndose de hombros por toda explicación.

—¿Su madre?

—Sí, mi esposa.

—No sabía que los niños eran tus hijos.

—Yo tampoco estoy muy seguro. Lo que sí está claro es que son hijos de su madre, quien, por cierto, es mi mujer. Y ella no quiere exponerlos al ataque de un lobo.

—¿Y ahora qué hacemos? —preguntó Samuel desconcertado.

—Tendremos que buscar otro cebo.

Fue entonces cuando Germalie se ofreció voluntaria.

—Ni hablar —se negó Roberto—. Esa bestia ya estuvo a punto de acabar contigo, ¿no querrás que se repita aquello?

Desde que Roberto descubriera, gracias a Selomo, que Germalie era su hermana, había renovado su empeño de dar caza al lobo, con más ímpetu que nunca.

Ambos hermanos hablaron y se relataron el uno al otro el curso de sus vidas. Germalie lloró mucho.

—¡Émile, Émile, mi querido! *Mon beau* —le dijo abrazándose

con fuerza al corpachón del que ya había dejado de ser el pequeño Émile para convertirse en el monje Roberto. Al menos de momento.

Roberto no tuvo ocasión de conocer a sus padres ni a sus otros hermanos: hacía pocas semanas que la familia había decidido, por fin, ponerse en marcha y tomar otro rumbo, encaminándose hacia Santiago. La ruta más segura y más fácil para dejar atrás el pasado.

—Cuando pueda, me encontraré con ellos. Los buscaré —le prometió el monje a su hermana Germalie.

Por su parte, Germalie decidió unirse a la partida de caza. Quería participar, unir sus fuerzas para terminar con la bestia que, sin duda, había devorado a su hermana pequeña, Alix.

—Ni hablar —insistió Roberto.

—Esta vez será distinto. Vosotros lo cazaréis antes de que pueda hacerme daño. Samuel ya me salvó una vez. No veo por qué no podría hacer lo mismo ahora. Sois más. Estaré más segura.

—Pero ¿y si falla algo? ¿Y si él es más rápido que nosotros? —quiso saber Roberto.

—No lo será. Confío en Dios. Y en vosotros.

133

Cruel y arbitrario

Monasterio de Sahagún. Imperio de León
Invierno del año 1080

—Me parece cruel y arbitrario, por eso no te lo recomiendo, majestad... —dijo el abad don Bernardo procurando dar a su voz un tono de prudencia, un sentimiento que estaba lejos de sentir. Más bien lo invadía la indignación, pero procuró disimular frente al rey.

—¿Te refieres a la ordalía? Permíteme, padre, pero no estoy de acuerdo contigo esta vez. Creo que no puede haber nada mejor para aclarar esta situación.

El abad Bernardo, sin embargo, negó con pesar.

—Incluso el Antiguo Testamento dice que los sospechosos de culpabilidad que se sometían a esa prueba, que entonces consistía en beber una pócima preparada por los sacerdotes, siempre acababan por demostrar su inocencia o culpabilidad. La ordalía dictaminaba claramente si el acusado era o no culpable. —El conde Armengol, que estaba presente, se esforzaba por encontrar argumentos que apoyaran a su señor.

A pesar de todo, don Bernardo era reticente a someter a la mujer, Matilde, que hasta ese momento se había revelado como el mayor apoyo de la reina doña Constanza, a una prueba bárbara que, según él dedujo tiempo atrás, quizá era de origen sospechosamente pagano y que casi siempre se terminaba demostrando innecesaria, funesta e inútil.

—Matilde ha sido acusada por la partera de cometer actos que solo existen en la tortuosa imaginación de la mujer, sin ningún fundamento. Está claro que le tiene envidia. Matilde ha ayudado a parir a su majestad la reina y le ha salvado la vida cuando todo indicaba que debía morir, junto con la criatura malograda... Lo mismo ha hecho con las mujeres de la mayoría de tus caballeros aquí presentes. Ha ejercido de comadrona con un éxito que desde luego no se puede atribuir a esa mujer rencorosa que la acusa y que solo desea verla morir para recuperar su papel protagonista, de privilegio, entre las esposas de tus caballeros. No puedes hacer caso de las habladurías, mi señor emperador.

—Ha sido la beguina extranjera quien ha introducido ideas peligrosas en la cabeza de la reina. Tú lo sabes, mi buen abad Bernardo. Tengo que resolver esta situación. Y no se me ocurre manera más justa que someter a Matilde a una ordalía. Pido tu aprobación para que Dios hable por tu lengua de obispo.

Don Bernardo se sentó, la cabeza entre las manos. Bien sabía él que muy pocos acusados habían podido probar su inocencia sometiéndose a esos juicios de Dios. Ni el hierro al rojo, candente como el fuego, ni el veneno, ni el agua eran medios adecuados para comunicarse con la divinidad.

La ordalía del agua se usaba con frecuencia, era la más habitual. Consistía en atar al penado para que no lograse mover las extremidades, y luego lanzarlo al agua. Los que se ahogaban eran inocentes, y aquellos que flotaban se consideraban culpables. La lógica decía que aquel capaz de nadar estando impedido podría ser protagonista de un milagro, y no el que se ahogaba. Pero la razón no era, precisamente, quien guiaba aquellos juicios enloquecidos...

«Qué estupidez», pensó el hombre desesperado.

La fe de quienes esperaban que Dios hablase en una ordalía era tan ardiente que confiaban en que se obraría el milagro. Si bien, el abad era un hombre leído, que se había dejado los ojos entre estudios y viajes, y sabía que los milagros no abundaban.

—La ordalía es un procedimiento jurídico extraño, mi señor don Alfonso. ¿No sería mejor que...?

—¿Acaso dudas de la ecuanimidad del mismo Dios como juez? —rezongó Alfonso irritado—. No hay nada en el mundo comparable a su justicia. Todo lo humano es falible, mientras que lo divino no admite discusión.

El abad, sin embargo, estaba convencido de que el procedimiento era más propio de pueblos recién salidos de la barbarie o de aquellos que no pensaban abandonarla. Pensó en las ordalías, sobre las que tanto había leído, que tenían lugar en Grecia o que acogía el Código de Hammurabi. Se dijo que, aunque no podía confesarlo abiertamente, se le antojaba absurda la idea de usar el juramento y la recepción de la eucaristía pidiendo a Dios que causara la muerte a quien la recibía en caso de sacrilegio o perjurio... ¿Cómo Dios se iba a tomar la molestia de hablar a través de la muerte, mediante las grotescas ordalías del bocado bendito o de los Evangelios atravesados? Aunque esas eran pruebas inocentes comparadas con las ordalías del agua hirviente, o del hierro en ascuas, o la que obligaba al pobre desgraciado en cuestión a recorrer con los pies descalzos varios metros de leña en brasas o a caminar sobre rejas al rojo vivo...

Se imaginó a Matilde realizando alguna de esas infames pruebas y pensó con horror en las consecuencias que tendría aquello no solo para la acusada, sino también para la reina.

—Insisto en que se trata de una manifestación controvertida. El *judicium Dei* es aconsejable para dilucidar si tu reino debe abandonar el rito mozárabe de la Iglesia y abrazar el rito romano, como yo te propongo y como impulsa Cluny en toda la cristiandad. En eso, la *judicia Dei* puede ayudarte a ver claro, porque se trata de juzgar un libro. Pero no te servirá de nada para el asunto de la dama de la reina, doña Matilde. Las personas arden con más facilidad que los libros, aunque parezca mentira.

En vista de la reticencia del rey, don Bernardo se devanó el pensamiento cavilando qué ordalía sería más favorable a Matilde. ¿Lanzarla a una poza del río...? Quizá así tendría alguna posibilidad de salvarse, porque sin duda se hundiría y eso demostraría su inocencia, aunque también correría el riesgo de ahogarse antes de que la rescataran. El abad no creía que la mujer sobreviviera a la prueba del hierro candente. Y estaba convencido de que Dios no era pródigo haciendo milagros, que se guardaba mucho de convertirlos en algo cotidiano. Los milagros escaseaban, por eso era mejor asegurarse de no necesitar a Dios en aquel procedimiento.

Bernardo miró una cruz de mármol hermosamente cincelada que presidía la estancia. Un eccehomo de piedra le devolvió una mirada tan impasible como doliente. Se oyó zumbar el viento en el exterior. Las sombras de los pinares cercanos parecían haber penetrado hasta el fondo de aquellos aposentos desangelados.

—Mi señor, creo que podríamos realizar la ordalía mediante un combate entre caballeros. Estoy seguro de poder encontrar a alguien dispuesto a batirse por la vida de Matilde —sugirió uno de los hombres de Alfonso, un tal Ferrán de Dueñas, natural de Tordesillas.

—Mi rey, con el debido respeto, estoy seguro de que tu generosidad te hará perdonarla. No es necesario llegar al extremo de una ordalía. Ella te pedirá perdón si es que te ha ofendido —insistió el abad.

Alfonso se acercó al monje, al que sobrepasaba en estatura. Se aproximó tanto que don Bernardo fue capaz de oler su aliento e incluso de adivinar las pitanzas de su última comida.

—Sin embargo, mi buen Bernardo, yo estaba pensando en el aceite, o mejor, en una buena olla de agua hirviendo. Cualquiera de los dos nos servirá, aunque si usamos el agua, podremos ahorrarnos el aceite... Si metemos a esa mujer dentro de una tina de agua ardiendo y sale intacta, nadie dudará de su inocencia, ni siquiera la partera que la acusa...

—Yo entiendo, majestad, que eres un hombre justo y que te esfuerzas por regular los conflictos que se producen en tus dominios mediante recursos mejores que los que usan los bárbaros, y por eso te digo que...

—Tú no tienes que decir nada, obispo; si te he consultado, es por respeto, porque quiero que Dios me dé permiso mediante tu palabra. Te hago caso en todo. En casi todo. Gracias a mí, podría decirse que mandas más que a través del mismo Dios. A veces pienso que tu jurisdicción no hace más que crecer; tú solo tienes que sumar a ella voluntades, mientras que yo tengo que ampliar la mía usando la espada.

—Pero, señor, acabo de decirte que no creo que...

—Te he pedido tu permiso y espero que me lo des. A cambio de simples acciones de consentimiento como esta, yo te he dado más poder del que pueden gozar muchos reyes.

—Y yo te digo, mi señor Alfonso, que la partera miente. No puedo estar de acuerdo con esta decisión... Tú eres un rey justo. No necesitas utilizar la fuerza bruta para decidir lo que es de justicia.

—No encuentro otra manera, Bernardo. Esta discusión me está fatigando.

—Pero podrías, con la ayuda de Dios, y con la mía propia...
—No te pongas a la altura de Dios. Solo eres un mensajero.
—Por supuesto, no pretendía...
—Entonces, ¿tengo tu aprobación? La aprobación del Altísimo.
—Mi señor don Alfonso, yo sugiero que... También puedes condenar a Matilde a hacer una penitencia pública, a retracción. Incluso a unos azotes...
—¿Quieres que sea marcada con un hierro candente en los labios por haber esparcido injurias contra mi persona?
—Mi señor, por supuesto que no, yo...
—No se hable más pues. Vete.
—Entonces, ¿será una ordalía del agua fría, del río...?
—No, no me gusta eso.
—Ya sabes que esa prueba se utiliza sobre todo para aclarar supuestos de patrimonio y paternidad. Y no es el caso —sugirió Pedro Ansúrez.
—Sí lo es, hablamos de la paternidad de las mentiras —argumentó el abad.
—¿Te parece bien que metamos una piedra en una marmita de agua hirviendo? Matilde deberá sacarla. Así tendríamos un juicio del agua, tal como deseas, pero del agua hirviendo.
—Prefiero algo diferente, señor.
—Está bien, Bernardo. —Cansado de discutir, Alfonso terminó cediendo en cierta manera—. Dispongo que sea un combate entre caballeros, aunque no sé si encontrarás a alguno dispuesto a batirse por una beguina.

134

Cuando los apresaron

Cerca de Constantinopla
Verano del año 1065

Samuel se disponía a contemplar el horizonte protegiéndose los ojos con las manos cuando los apresaron. Salieron de la nada, ni siquiera tuvo tiempo de ver de qué dirección provenía el asalto. Viajaba junto al sefardita desde hacía meses. Los atacantes cayeron sobre ambos con la misma delicadeza, pero con igual contundencia con que se desplomaban las sombras de la noche sobre el mundo. Y una vez que lo hicieron, ellos no pudieron evitar que colocaran alrededor de sus cuellos una garra de hierro.

Estaban cerca de Constantinopla cuando sucedió todo.

Eran hombres fieros, que caminaban inclinados, cautelosos, un poco encorvados, como si se sintieran agobiados por un peso invisible. Los llevaron atados a través de los montes hasta un lugar donde los convirtieron en esclavos. Les colocaron un yugo alrededor del cuello y les hicieron faenar como si fuesen bueyes en vez de hombres.

Samuel se mostraba optimista a pesar de todo. Selomo no sabía de dónde le venía la fe y la alegría a aquel cristiano idiota, que, sin embargo, en muchas ocasiones le hacía reír y aliviaba el peso de su soledad. Sonreír un poco, de cuando en cuando, era un gesto desusado no solo para Selomo, sino para cualquier alma que vagara por el mundo en aquel tiempo desolado.

—Hubiese sido peor, muchísimo peor, si estos bandidos nos hubiesen vendido para remar en una galera. En esos sitios sí que no caben las esperanzas —había dicho Samuel animado—. Si te fallan las fuerzas y un día te desplomas porque ya no puedes más, tus propios compañeros te echan por la borda, para que sirvas de alimento a los peces del mar. Así que... ¡alégrate, hombre de Dios!

Durante meses, trabajaron de sol a sol dando vueltas a una noria. A pesar de que cerraba los ojos durante las interminables jornadas, Selomo se mareaba, agobiado a todas horas por un absurdo dolor de cabeza. Le sangraban los brazos e incluso los oídos. El dolor era un viajero infatigable a lo largo y ancho de su cuerpo. Desde los hombros hasta las piernas.

Por fortuna, estaban al cuidado de un viejo árabe con la vista cansada, probablemente medio ciego, que los azotaba para que espabilaran, pero que no tenía muy buena puntería a la hora de descargar sus golpes.

—Solo siento dolor, ninguna otra cosa —le decía Selomo a su compañero.

—Pues aguanta, amigo mío —contestaba Samuel señalando hacia un montículo del sembrado donde se acumulaban varios cuerpos muertos esperando que alguien los recubriese piadosamente de tierra—. Mira a los que nos han precedido y aviva el paso.

No estaban solos en aquel espantoso lugar que Samuel decía que tenía un razonable parecido con el purgatorio. Había algunos prisioneros cristianos más. Cuando terminaban su jornada, se encontraban en un estado tal que bien podrían haber lanzado su último suspiro.

—Mira las mezquitas y los cipreses rodeando ese castillo señorial —decía Samuel, aunque Selomo no tenía fuerzas ni para centrar la vista. Mucho menos a aquellas horas de luz menguante del anochecer.

Sin embargo, era cierto que nunca había visto el cielo tan puro y tan tranquilo; su color contrastaba con la masa verde oscura de los olivos, que parecían de plata cuando los acariciaba el viento.

—Nunca nos iremos de aquí. Moriremos atados a estos yugos, encadenados, y sin que tu Dios o el mío se compadezcan de nosotros. Ninguno de ellos nos verá morir —se quejaba Selomo a menudo.

—No sé qué es más difícil de soportar, si la esclavitud o tus lamentos.

—Soy demasiado viejo para convertirme en esclavo.
—Cállate y sigue tirando...

Fue durante aquellos largos meses cuando Selomo y Samuel forjaron una unión extraña que los mantenía juntos mediante un hilo de camaradería y angustia invisible.

—Nunca hubiera imaginado que la miseria y la fatiga hicieran tan buenos compañeros de viaje.

Comían higos y aceitunas, también uvas cuando llegó el tiempo de la vendimia. A veces, veían pasar cerca de allí a mujeres que se tapaban la cabeza con velos negros. Los días parecían interminables y las palabras de Selomo se fueron volviendo cada día más amargas.

—Si tus reproches fueran uvas, no cabrían en los cestos de carga de esas musulmanas que van y vienen. —Se reía Samuel.

El monje, que vestía como un campesino ya entonces y que hacía tiempo que perdió todo rastro de tonsura, aceptaba su suerte con una resignación que sorprendía a Selomo, como si la indignidad, la esclavitud y el dolor no supusieran para él ningún esfuerzo. Selomo, por su parte, cada noche se dormía tan incrédulo como asombrado y pensativo y sintiendo como si sus huesos acabaran de ser roídos por un perro. Ya se había dado por vencido, asumido que la vida para él tocaba a su fin, cuando sucedió algo inesperado.

Logró ocultar su pequeño libro y con él unas pocas monedas de oro del examen al que lo sometieron sus captores. Su enfermedad lo protegió, porque al verle las llagas se negaron a explorarlo, a acercarse a su piel, y así él pudo salvaguardar su tesoro.

—Es lepra, ¡no lo toques!
—Entonces este no servirá para trabajar. Si es un leproso...
—Sí servirá mientras continúe vivo. Basta con no tocarlo.
—¿Y si contagia la enfermedad?
—¿A ti qué te importa eso? Lo llevaremos y cobraremos por su cabeza. Es viejo, o va camino de serlo, pero está fuerte, míralo. La enfermedad no lo consume tanto como pueda parecer. Si no se levanta el manto, nadie verá que su piel se cae a trozos. Y si contagia a otros, que Dios se apiade de sus almas, si es que son fieles...
—Podemos matarlo, así no propagará la enfermedad.
—¡Claro, idiota, y así tampoco cobraríamos por él! No valdría nada muerto. Tal vez si pudiésemos vender su alma... Pero nadie ha logrado hacer un negocio así nunca. ¡Vamos, no le des más vueltas!

Selomo, que dominaba el idioma árabe, entendió todas y cada una de las palabras que dijeron sobre él. Las escuchó con la vista baja, con los ojos cansados, contemplando atento y aterrorizado cada piedra del suelo frente a él. ¿Lepra? No, pues claro que no tenía lepra, pero le pareció estupendo que los bandidos lo creyeran así. Por una vez, su enfermedad lo protegió. Eso fue lo único bueno de aquella amarga situación, su pequeña venganza contra sus captores, una victoria que le alegraba el corazón, su triste y estúpida venganza. Supuso para él, además, una tabla de salvación. Porque la noche en que se presentaron dos mercenarios, dispuestos a rescatar a uno de los prisioneros cristianos esclavizados junto a ellos, Selomo los convenció con un par de monedas para que soltaran también las ataduras que los mantenían a Samuel y a él encadenados como bestias.

—¿No tienes más monedas?

—Soy un esclavo, ¿qué quieres que tenga? —Les mostró su pecho ulcerado y los otros retrocedieron, asustados ante la idea de la lepra.

—Está bien, ponlas aquí... —Le tendieron un trapo sucio y manchado de sangre en el que envolvieron las monedas.

Luego aflojaron los grilletes de Selomo y de Samuel, liberándolos para siempre. O al menos por un tiempo. Porque la vida era —así lo creía él a veces— una larga serie de encierros sucesivos y nadie sabía dónde aguardaba el próximo.

135

Habían pasado más de quince veranos

Monasterio de Sahagún. Imperio de León
Invierno del año 1080

Habían pasado más de quince veranos desde aquel en que fueran esclavizados juntos en Constantinopla y Selomo se daba cuenta ahora de que Samuel, el viejo monje cristiano, espía y trotamundos, grande e imprevisible como el *mare nostrum* que él admiró y temió sin atreverse a confesarlo nunca, era el único ser humano con quien había establecido una cierta confianza en toda su larga vida.

«¿Podría compartir con Samuel los secretos de mi libro? ¿Qué diría si supiera todo lo que yo sé gracias a esas palabras encerradas en papiro desde hace más de mil años?», meditó con abatimiento y frotándose la piel gastada del cuello.

La única forma de dar respuesta a esas cuestiones era contándoselo todo, confesándole lo que había averiguado. Tenía derecho a hacerlo porque, en el fondo, se trataba de la historia de su propia familia.

Pero sentía terror ante la posible reacción de Samuel. Al fin y al cabo, y a pesar de su estrafalaria manera de vivir, era un servidor del cristianismo.

«El cristianismo... El libro... Qué ironía.»

Sentía una viva curiosidad y no lograba imaginar qué diría Samuel si supiera que él, Selomo ha-Leví, el viejo y achacoso sefardita, gramático y estudioso de las lenguas vivas y de las muertas, célibe como un monje, sin descendencia ni posibilidad de tenerla al parecer..., era el último descendiente de Jesucristo sobre la tierra.

Además, estaba la pregunta esencial, la que más lo atormentaba: ¿sería capaz Samuel de guardar el secreto?

No tardó en descubrir que aquella especulación era por completo inútil, pues ya no tendría ocasión de mostrarle a Samuel, ni a nadie, su precioso libro.

Esa misma noche, Selomo había tenido sueños espantosos. Soñó que dormía en un establo, durante un crudo invierno, cuando dos ángeles bajaron a buscarlo. Tantearon por el suelo, rebuscaron y finalmente lo encontraron y lo besaron en las mejillas. Entonces, él abrió los ojos y comprobó que aquellos seres sobrenaturales tenían la carne completamente muerta y podrida. Se despertó dando boqueadas de angustia y poco después fueron a buscarlo Samuel y Roberto. No eran ángeles, sino hombres con el cuerpo entero. Lo llamaron porque también él se uniría a la partida de caza al lobo que habían preparado. Sin embargo, al final no fue con sus compañeros. Se enteró de algo que le impidió abandonar la ciudad.

Mientras caminaban los tres por el monasterio, con la noche cerrada aún en los cielos, cuya oscuridad parecía traspasar los muros del recinto, Samuel se lo dijo.

—¿No lo sabes? Matilde va a ser sometida a una ordalía.

—Pero ¿por qué? ¿Qué ha hecho?

—La partera que atiende a las mujeres de la nobleza la ha acusado de esparcir habladurías sobre las amantes del rey.

—No puede ser cierto. Matilde no se ocupa de chismes, solo de hacer medicinas.

—Sí, también de eso la han culpado. Dicen que prepara pócimas extrañas, cosas mágicas, propias de brujas.

—¡No es posible! Ella estudia, ella... Matilde tan solo quiere aprender y luchar contra las enfermedades, que son el diablo, como sabéis. A mí me socorrió. Vosotros habéis sido testigos de que me ha curado. Me salvó. —Se tentó el pecho con nerviosismo intentando certificar la ausencia de su mal.

—Pues parece que no es tan aplicada a la hora de salvarse a sí misma —cuchicheó uno de los monjes, que se unió al corrillo de hombres ya cerca de la puerta de la entrada.

El monje que así habló se agarraba delicadamente el hábito, casi con la gracia de una mujer que se dispusiera a saltar un charco, pensó Selomo afligido y distraído, como viviendo un sueño que no le correspondía.

—No puedo irme —le dijo a Samuel cuando salieron a los soportales del monasterio. Sentía un dolor increíble que parecía a punto de romperlo por dentro.

—Pero ¿por qué? Si lo tenemos todo preparado...

Selomo repitió que no podía. Lo hizo con una mano agarrándose el estómago, como intentando que las tripas no se le salieran. Tanto era el dolor que sentía.

—No sería más que una molestia.

Pensó en el rey, que había condenado a su Matilde, y sintió una inmensa fatiga doblándole las extremidades.

—No puedo ir, tampoco tengo fuerzas.

—¿Te ocurre algo? ¿Estás enfermo?

Selomo movió la cabeza negativamente.

—No puedo hablar, perdóname, mi buen Samuel. —La emoción le cortaba el resuello y le provocaba una rara tos.

—Como quieras.

Sin saber qué hacer para calmarse, Selomo se dirigió a su lugar en el *scriptorium*. Ordenó su mesa de trabajo y fue a buscar el libro, la copia y la traducción que mantenía ocultos en su rincón secreto. Al palpar en el hueco, se quedó inmóvil, con los ojos muy abiertos. Unas raras palpitaciones le agitaron el pecho.

—No, no, no... ¡No puede ser, no puede ser!

Elevó la voz y dio un grito desgarrador, pero nadie lo miró ni le reprendió por el escándalo, dado que estaba solo a esas horas en el estudio.

—¡Mi libro..., mis libros! ¡Oh, Señor, oh, *Elohim*, ya no están aquí...! ¡Alguien se ha llevado mis libros! ¿Quién puede haberlos robado, quién, quién...? Maldito seas, maldito por siempre. —Se dejó caer de rodillas y lloró por primera vez desde que tenía memoria, posiblemente desde que era niño—. ¡Quienquiera que seas, yo te maldigo!

136

Si me molesta el pelo para luchar, me lo cortaré

Aposentos de la reina. Monasterio de Sahagún.
Imperio de León
Invierno del año 1080

—Si me molesta el pelo para luchar, me lo cortaré. —La reina Constanza miró a Matilde. La decisión que asomaba en sus ojos incluso asustó a la beguina.
—Señora, ¡no puedes hacer eso! No lo consentiré. No puedes luchar por mí. Pondrías tu vida en peligro.
—La vida siempre corre peligro. La mía y la de todos.
—Es mejor que muera yo a que muramos las dos.
—No es así como yo lo veo, Matilde...
—Insisto en que no es posible. Luchar contra uno de los caballeros del rey no es algo que pueda hacer cualquiera.
—¡Yo no soy cualquiera! —se quejó la reina.
—Lo sé, ¡oh, ya lo creo que lo sé! No he querido decir eso... Mi señora, yo daría la vida por ti, pero no puedo consentir que hagas esto. Es una locura.
—¿Y qué podemos hacer, *m'amie*? Nadie quiere defenderte, el mayordomo real me ha enviado recado confirmándomelo. No se ha presentado ningún caballero para luchar en tu nombre. ¡Mejor, porque de haberlo hecho, combatiría sin ganas! De modo que lo haré yo. Mi furia tiene hambre, puedes estar segura.
—Pero ¡tú eres una mujer! Y noble además. Ni siquiera podrías vestir una armadura.

—Me conoces, Matilde. Desde que andaba a gatas, las armaduras son más familiares para mí que el velo. Me he criado entre hombres salvajes y primos hábiles con la espada. Sé desmontar una armadura y volver a montarla con los ojos cerrados. Conozco cada una de sus partes, cada doblez, cada junta del metal... Es algo que he hecho desde que tengo memoria.

—Pero desmontar una armadura no es lo mismo que llevarla puesta.

—Por eso porque conozco sus secretos, sé que puedo ponerme solo algunas piezas, para que resulte más ligera y el peso no me impida moverme.

—Pero así tendrás menos protección, señora.

—Tal vez, pero a cambio ganaré en libertad de movimiento. Tendré cuidado de resguardar mis puntos débiles.

Matilde negó con los ojos llenos de lágrimas.

—No, no, no...

—Desde que aprendí a caminar, practiqué con la espada, Matilde. ¿En cuántas melés participé siendo apenas una renacuaja? Primero como un juego, después compitiendo...

—Precisamente, señora, eso eran falsas batallas.

—Sí, pero no había reglas. El único objetivo era derrotar al enemigo. Estate tranquila, sé lo que tengo que hacer. No solo sé usar una espada de madera.

«En el fondo, soy digna hija de mi horrible padre», pensó Constanza con un pellizco de amargura en el pecho.

—No estoy segura. ¡Moriremos las dos! Y yo no quiero que tú mueras. Si se pierde mi vida, no importa, pero tú eres una reina.

—Dios no quiere que dejemos este mundo ninguna de las dos. Ambas tenemos cosas que hacer. No podemos irnos. Todavía...

Constanza se acercó a las piezas de la armadura, que se encontraban desordenadas en el suelo, igual que en los juegos de su infancia, y pasó la mano sobre algunas de ellas, acariciándolas.

—El rey no consentirá que luches por mí.

—No tendrá otro remedio. Cuando quiera darse cuenta de que soy yo, será demasiado tarde.

—Mi reina, no merezco tu sacrificio.

—¿Sacrificio? La sacrificada eres tú, ¿no lo ves? Siempre se sacrifica al inocente. Es la única forma de que, según creen los necios, el sacrificio tenga algún valor. Ocurre así desde el principio de los tiempos. El pecador purga sus faltas con la cabeza de un inocente, en vez de poner la suya propia para que lo degüellen, lo que sería, a mi modo de ver, la única manera justa y sincera de pedir perdón.

—No soy tan inocente como crees, he cometido el pecado de la soberbia, por eso me ha denunciado la partera.

Constanza negó con la misma mano con que hacía un instante acariciaba el metal de la armadura, restando importancia al argumento de Matilde.

—No voy a consentir que te sacrifiquen sin intentar evitarlo al menos. Ven, no perdamos el tiempo lamentándonos. Ayúdame a acomodarme el equipo. Me lo voy a probar. Era de mi hermano mayor. Es mío desde que él murió y lo he llevado siempre conmigo, bien envuelto en uno de mis baúles. Pero tú ya lo sabes... Ven aquí, Matilde. Te diré cómo sujetarlo a mi cuerpo. Enjuga tus lágrimas. No podemos cambiar el hecho de que somos simples mujeres. Nada más —dio un golpe de espada sobre el metal de una pieza desechada que sonó estruendoso e hizo estremecer a Matilde— y nada menos.

—Hay tantas cosas que aprender todavía antes de morir.

—Veamos: *le heaume, le haubert et l'écu*... —Constanza repasó las partes de la armadura de la cual pensaba servirse—. Lo primero es protegerse la *tête*, porque sin la cabeza no somos nada...

—¡Que Dios nos ayude! —Matilde contempló el cuerpo desnudo de su señora, del color de la madreperla, y se dijo que nunca había visto una piel tan hermosa como la suya. Parecía desprender luz—. La idea de que puedas morir por mi culpa me saca de quicio.

La reina sonrió y miró los hermosos ojos húmedos de su amiga a la vez que notaba los suyos irritados y secos.

En efecto, ya no le quedaba ni una sola lágrima dentro.

137

Se prepararon para cazar al lobo

Dehesa del monasterio de Sahagún
Invierno del año 1080

Se prepararon para cazar al lobo. Sabían que se enfrentaban a una tarea delicada, que no era la típica batida de caza.

A la partida se sumó un cetrero que acompañaba a Urraca, la hermana del rey, desde hacía dos inviernos y que era natural de Zamora. Urraca había llegado de visita a Sahagún junto con su hermana Elvira, señora de Toro, para ver a Alfonso y darle consejo, como solía hacer a menudo. Al enterarse de que una cuadrilla de rastreadores se dirigía al día siguiente a los montes para dar caza «a la alimaña», como denominaba el rey al lobo, quiso que los acompañara aquel joven que entrenaba y cuidaba a sus halcones y gavilanes.

Salieron a pie, sin monturas que hiciesen resonar sus cascos sobre las piedras, en silencio, como una procesión de penitentes camino del infierno.

El lobero y sus hijos, sus perros sigilosos, los hermanos Roberto y Samuel, el cetrero, de nombre Gastón, y Germalie, que, vestida con ropas masculinas, habría parecido un muchacho delgaducho más de no ser por su larga trenza roja, que llevaba recogida en un moño y que intentaba ocultar bajo una capucha recia y negra, a falta de velo.

Marcharon con la oscuridad de la noche y cuando llegó la hora tercia aún seguían rastreando los bosques sin resultado.

—Ese bicho que andáis buscando —sentenció el joven cetrero— yo creo que no está a la vista. A lo mejor se esconde en una cueva de difícil acceso.

—O quizá está acostado ahora mismo sobre un confortable lecho de paja, oculto en la ciudad, mientras nosotros perdemos el tiempo aquí, helándonos de frío y de impaciencia... —masculló Roberto, que no descuidaba de su vista ni un segundo a su hermana Germalie.

Se sentía casi tan responsable de ella como, en su momento, se había sentido la muchacha de él y de su gemela perdida. No estaba dispuesto a extraviar a Germalie. Esta vez las cosas tenían que ser distintas. Algo en su interior le decía que la misma fuerza tenebrosa y maldita que se había llevado a su hermana gemela cuando ambos eran apenas unos bebés podía arrebatarle a Germalie si él se despistaba.

—Estoy de acuerdo —asintió Samuel—. Hace frío y no hay presas a la vista. El lobo puede estar confortablemente abrigado en algún establo, esperando la primavera.

—Pero por eso mismo tenemos que encontrarlo ahora, antes de que el sol vuelva a brillar y a proporcionarle presas inocentes. —Los ojos de Germalie brillaron de furia y deseos de venganza.

Continuaron marchando hasta divisar un campamento. Un imponente grupo de jinetes, formado en escuadrones cerrados, se disponía a instalarse al otro lado del río. El sol arrancaba brillos diamantinos de las aristas de sus armas y los estandartes ondeaban con la elegante suavidad amenazadora de las alas de un águila.

—¿Qué es eso? —preguntó el lobero.

—Son las tropas del Cid. —El cetrero se apoyó una mano sobre la frente para que el sol inusitadamente fuerte del invierno no lo cegara—. Han acampado aquí. Mi señora doña Urraca fue su madrina de armas cuando lo invistieron en la iglesia de Santiago de Zamora. ¡Dicen que es invencible! —Escuchó encantado a las trompas de latón enroscado que en ese momento tocaban a descabalgar.

—Con toda esta fiesta, no parece que el lobo vaya a rondar por este lugar.

—Bueno, nunca se sabe.

—Los hombres de Sidi tienen la piel muy dura, no creo que despierten su apetito. Ni aunque sus dientes fuesen espadas podrían desgarrar el muslo de ninguno de esos. —El joven Gastón señaló la asombrosa estampa que componía el Cid junto a sus tropas.

—Están muy cerca, a dos tiros de ballesta de aquí. Yo digo que será mejor que volvamos sobre nuestros pasos antes de que los molestemos... —señaló el lobero—. Total, en esta zona ya no hay nada que hacer. Se deben de haber ido hasta las hormigas.

El eco del sonido de los arneses les llegó atravesando el aire limpio. Germalie se fijó en los trompeteros y desde la distancia le pareció poder distinguir a los heraldos del resto de los farautes de aquel majestuoso destacamento.

—Nunca había visto nada igual —dijo con la boca abierta.

—Sí, vivimos en un tiempo de maravillas —asintió su hermano Roberto.

El lobero propuso que se acercaran a un callejo que había a pocas leguas de la ciudad, ya inmerso en la espesura.

—No está muy alejado del lugar donde encontraron a uno de los chiquillos... Lo que quiere decir que el lobo ha debido de pasar por allí en más de una ocasión.

—¿Un callejo? —quiso saber Germalie.

—Es una vieja lobera. Está ahí desde los tiempos de los romanos por lo menos. Allí, en ese hoyo antiguo como el mundo, he atrapado yo a varios animales, incluido un oso grande y negro como la noche.

El hombre se rascó la cabeza y unas volutas de vapor blanco y caliente salieron de su boca contrastando con el pálido gris dorado del aire, suavemente tamizado por un sol yerto. Las comisuras de su boca estaban oscurecidas por la barba y la suciedad y le enmarcaban los labios y el mentón. Les dedicó un silbido a los perros y a sus hijos, que obedecieron a la vez ante aquel sonido, como si fuera una orden expresada en palabras.

Se pusieron en marcha y alcanzaron el lugar, de difícil acceso, cuando el sol empalidecía por momentos.

Cuando llegaron, Germalie reconoció la construcción, en parte socavada por la vegetación.

—Conozco este sitio. Lo he visto muchas veces desde lejos. Hasta ahora nunca me había acercado porque creía que era la casa de alguien...

El cetrero suspiró asintiendo.

—Desde luego, es la última morada del desgraciado que caiga

aquí. En un foso de estos, igual que se pueden atrapar lobos, puede caer cualquier cosa, incluida una persona que no logre trepar y escapar antes de morir de hambre y sed.

—Mira los muros que tiene. ¿Son de la época romana, dices? —preguntó Samuel.

—O de mucho antes.

—Las paredes son tan rectas que da gusto. Si las viera mi maestro de obras... —murmuró Roberto, apreciativamente.

—Tened cuidado de dónde ponéis los pies —advirtió el lobero.

El callejo estaba cerca de un espeso bosque de hayas y un musgo del mismo color verde de los ojos de Germalie y Roberto camuflaba una gran parte de los muros. Las paredes estaban hechas de piedras, unidas sin mortero, encajadas con precisión las unas con las otras; contaba con tres portezuelas, la más pequeña de algo menos de un metro y la más grande de la altura de Samuel, que medía cerca de dos. También había varias cabañuelas dentro y fuera de las paredes, la mayoría de las cuales habían sido engullidas por la vegetación.

—Ni siquiera yo conozco todos los agujeros que tiene este sitio. Pero los dos hoyos que sirven de trampa sí que los tengo bien medidos y ni siquiera tú —dijo el hombre dirigiéndose a Samuel— podrías trepar por ellos y escapar si cayeras ahí dentro y no contaras con ayuda.

—Pero los fosos están llenos de maleza y de piedras.

—Sí, y de huesos también. Pero da igual, aunque los amontonaras todos y te subieras encima, no podrías salir de ahí ni brincando.

—Detrás de esa pared hay un barranco —señaló el cetrero.

—No es un barranco. Es más bien un precipicio. La pared sirve también para evitar que el ganado que pueda pasar ocasionalmente por aquí se despeñe.

—¿Y ahora qué hacemos? ¿Escondernos y esperar? Podríamos estar aquí toda la vida...

—El lobo tiene olfato, nos olería desde lejos. No. Debemos irnos, alejarnos, y dejar aquí a la muchacha hasta que llegue el bicho. Se tiene que quedar sola, es el cebo.

—¿Dejar a Germalie sola? ¡Ni hablar! —se negó Roberto.

Sintió el impulso de acercarse a su hermana y protegerla con sus brazos, pero se contuvo y la contempló de medio lado, estudiando cada gesto de la joven.

—Tiene que olerla a ella; si nos huele a nosotros, no vendrá...

—Me quedaré —dijo Germalie asintiendo y mirando a Roberto con ojos firmes, pero también suplicantes—. Debo hacer esto. Tengo que hacerlo, por nuestra hermana y por todos los niños y muchachas que han sido, que han sido... —Se le estranguló la voz y no pudo terminar de hablar. Miró a su alrededor evaluando las distancias.

—Te enseñaré por dónde tienes que moverte y dónde debes evitar poner el pie. Te diré lo que tienes que hacer cuando llegue la fiera. Dónde situarte para que caiga en la trampa, pero sin que tú te veas arrastrada hasta el fondo del foso con él...

—¿Y cuánto tiempo calculas que tendría que quedarse aquí ella sola? —quiso saber Samuel—. Y con este frío negro que hace...

El lobero se encogió de hombros entrecerrando los ojos, como haciendo un esfuerzo por calcular. Finalmente, habló despacio, dando la impresión de que masticaba las palabras antes de dejarlas salir de su boca.

—No lo sé. Varias noches seguidas. No sé cuántas.

138

Pensó que no sabía llorar

Sahagún. Imperio de León
Invierno del año 1080

Selomo pensó que no sabía llorar. Que ya se le había olvidado.

A pesar de que la vida lo había puesto en situaciones límite en las que sobrevivir fue el único y grandioso premio, nunca hasta ese día tuvo la necesidad imperiosa de llorar. Desde que era un niño de pecho, no lo hacía. Hasta entonces. En ese momento llevaba tanto tiempo llorando que sus ojos estaban hinchados como los de un crío. Le escocían y casi no podía ver.

Cuando logró arrastrarse fuera de su cubículo y salir a respirar el aire del mundo, sintió que ni siquiera los pies le obedecían.

«Debo actuar, ponerme en marcha como sea...»

Lo primero, pensó, era comunicarle al abad el robo. Quizá Bernardo supiera qué hacer. «Es posible incluso que él mismo haya dado orden de que le lleven los libros, que los haya reclamado para comprobar cómo evoluciona mi trabajo», imaginó con un atisbo de esperanza que murió en su interior antes siquiera de nacer. La copia hacía tiempo que estaba terminada y a la traducción le faltaban muy pocas páginas. Realmente, el que se había llevado los tres libros no tardaría en darse cuenta de lo que valían; con que supiera leer un poco... «Encima la traducción que he hecho del original es absolutamente fiel, perfecta, o al menos lo más correcta posible, salvando el tiempo y la diferencia entre los espíritus de los que escribieron el libro y el mío propio, que lo he traducido...», se dijo con el corazón palpitando con furia en su pecho ya limpio de pus y de dolor.

Tenía pensado completar el trabajo de traducción y hacer una selección del texto antes de entregárselo a la reina, guardándose el original para sí. Era impensable que una cristiana se enfrentase a aquel contenido leyéndolo en toda su crudeza.

Por desgracia, no tuvo tiempo de consumar el plan.

El ladrón se había llevado la traducción buena, sin censurar.

No quería ni imaginar las consecuencias que eso podía tener... Todo dependía de en qué manos había caído. «Unas manos malvadas, desde luego. Manos de ladrón.» No se hacía muchas ilusiones al respecto.

Encontró a don Bernardo entre los obreros, enzarzado en una discusión con el maestro de obras. El abad parecía irritado.

—Esta pared se te ha caído ya tres veces. ¿Es que no vas a conseguir que se mantenga en pie nunca?

—Pero, señor, no es culpa mía. Dios no quiere que se quede derecha, es la única explicación que se me ocurre, de modo que he pensado que no debemos seguir intentándolo. He ideado una solución para evitar construir este muro que se nos resiste. Si me dejas que te lo explique... —Desplegó ante el monje unos planos dibujados en un trozo de pergamino tan ajado por las sucesivas escrituras y borrados que ya se transparentaba.

Don Bernardo cerró los ojos, haciendo acopio de paciencia. Cuando los abrió, se encontró con la figura callada y seria de Selomo a dos palmos de distancia.

—Tienes la cara desencajada. ¿Te pasa algo? Hoy parece ser un día en que los problemas se reproducen con la facilidad de las nubes en este cielo de tormenta. —Miró al maestro de obras para agradecerle la excusa que le permitía postergar la discusión—. Luego decidiré qué hacer. Mientras tanto, termina la demolición de lo que queda de la pared; en todo caso, habrá que limpiarlo todo antes de levantarla de nuevo.

—¡No, otra vez no! —se quejó el maestro de obras.

—Bueno, bueno... Tú limpia y ya veremos. Dime, Selomo, ¿qué te trae a esta zona del monasterio? Creí que no había manera de sacarte del *scriptorium* como no fuese para ir a comer. Aunque viendo lo carniseco que estás, cualquiera diría que ni comes ni bebes.

—Mi señor Bernardo. —Selomo se inclinó levemente angustiado y tratando de reunir valor para hablar.

Cuando se dirigían a los aposentos del abad, donde tenía su escritorio y despachaba los asuntos diarios, se cruzaron con un obrero que rozó a Selomo con la rapidez de una sombra. En la parte del brazo donde le tocó le quedó una sensación ardiente, como una quemadura. El sefardita se frotó con sus dedos agarrotados, intentando ahuyentar la impresión de dolor y escozor. Recordó sin querer los días aciagos de su mal, que había durado casi toda su vida, hasta que conoció a Matilde, pero que se iban borrando de su memoria con más rapidez de lo que él hubiese sospechado nunca.

Cuando dejaron atrás las obras, el ruido y el polvo, Selomo hizo un intento desesperado por hablar, sin lograrlo.

—¿Qué te pasa? Te digo, Selomo, que deberías convertirte al cristianismo. Tus contrariedades se verían aliviadas, créeme. Por no hablar de que salvarías tu alma.

Pasaron al cuarto y el abad le indicó que tomara asiento en la única silla disponible para las visitas.

—¿Quieres un poco de agua?

—Sí, gracias.

Don Bernardo le sirvió y esperó a que terminara de beber.

—Es agua de pozo, limpia y pura. Te calmará el corazón, ya que no puedes confesarte y comulgar, lo cual sería mejor remedio para tu mal, sea el que sea. Eso es lo que deberías hacer, confesarte y comulgar, sentir la paz que Dios te regala después de hacerlo. En realidad, desde que te vi por primera vez, he tenido el pálpito de que te convertirías al cristianismo, tarde o temprano.

—Me los han robado.

—¿Qué te han robado...? —Don Bernardo se giró sobre sí mismo y dejó la jarra de agua encima de su mesa atestada de volúmenes dispuestos en un agradable desorden.

—El libro. El mío. Quiero decir... El que era mío y luego me encargó traducir el rey para regalárselo a la reina.

—¿Ese libro? ¿Qué estás diciendo? ¿Un robo? ¿En este recinto sagrado? ¡Estás loco! Eso no puede ser. Dios no consentiría algo así en el caso de que alguien hubiese sentido la tentación de pecar de esa manera.

Selomo le explicó al abad que solía guardar su trabajo en un escondrijo de los muros del *scriptorium*, pero que la última vez que había ido a buscar el original y la traducción, ya no estaban. Omitió hablarle de la copia por precaución, y por miedo.

—¿Dos libros, dices que han desaparecido dos libros? ¿Estás seguro? ¿No los habrás perdido tú mismo, no habrás olvidado dónde los pusiste...?

—Te pido perdón, mi señor abad. Tú que has sido noble y generoso conmigo tienes que perdonar mi descuido. Solo tú puedes hacerlo, porque tu munificencia divina te lo permite.

—Basta de adulaciones, sefardita. Me conoces poco, pero sí lo suficiente como para saber que soy inmune a la lisonja.

Selomo tosió nervioso y luego asintió avergonzado.

Don Bernardo paseó arriba y abajo por la habitación, rezongando y mascullando algo ininteligible. Por su actitud, Selomo dedujo que aquel librito extraño no tenía para él una extraordinaria importancia. No conocía sus secretos, por eso no se hacía una idea de las consecuencias que podía desencadenar el robo.

«Mejor, mucho mejor que el abad no sepa nada sobre el libro...», pensó Selomo.

Lo que le preocupaba a aquel hombre, sin duda, era el hecho del robo.

—¡Un robo en mi monasterio!

—¿Tienes idea de quién puede haber sido, mi señor padre?

—Ninguno de los obreros, desde luego. —El abad tomó asiento y se sirvió un vaso de agua—. No tienen acceso a esa parte del edificio, y mucho menos al *scriptorium*. Por eso me sorprende lo que dices. Si hubiese sido un acto cometido en medio del barullo que envuelve a las obras..., pero esto es diferente. Si tengo que creerte, solo ha podido perpetrar este pecado alguien de dentro. Uno de mis monjes.

Selomo sintió que sudaba a pesar del frío del ambiente.

—¿Hay algún hermano que haya venido nuevo últimamente o que se haya...? —No le dio tiempo a completar la pregunta.

—¿Ido? —Don Bernardo se puso de pie de un brinco haciendo tambalear las pilas de libros que se acumulaban sobre su mesa de trabajo—. ¿Algún monje que se haya ido, que haya abandonado Sahagún? Hummm... Sí, hay uno. Se fue hace dos días con sus dos noches. Lo mandé a Santiago a llevar varios mensajes, unos libros para el obispo e instrucciones para la reforma de la Iglesia que tenemos en marcha, como sabes. Salió en compañía de unos comerciantes de Sahagún que también se dirigían hacia allí.

«Dos noches... El tiempo que yo llevaba sin acudir al *scriptorium*.»

—¿Y sabes cómo se llama ese monje? —La voz de Selomo tembló como la de un chiquillo enfermo.

—Sí, claro. El hermano Silvestre.

139

Y el lobo no cae en la trampa

Dehesa del monasterio de Sahagún
Invierno del año 1080

Lucius Ortiz, el lobero, recibió con ojos de satisfacción uno de los pagos prometidos por sus servicios de manos de Samuel, pero no se contuvo de chasquear la lengua con contrariedad.

—Llevamos ya tres semanas de espera y el lobo no cae en la trampa.

Él, con sus hijos y sus perros, rondaban por turnos en los alrededores del callejo apoyados por el joven cetrero, procurando prestarle sostén a Germalie, pero veían que el invierno iba extremando sus rigores y que el plan no daba resultado.

Germalie, por su parte, estaba inquieta. Y aún más que ella lo estaba Roberto, que andaba preocupado hasta lo indecible por su hermana. La joven llevaba una veintena de días sin ir a su casa ni dormir bajo techo. Aunque la abastecían de comida y tenía varias pieles y mantas para protegerse del frío por las noches, la vida a la intemperie empezaba a dejar huella en su ánimo, cada vez más ansioso y desconfiado.

A media mañana del sábado, se reunieron todos en un claro del bosque para decidir qué debían hacer en adelante, dado que la estrategia no funcionaba.

—Por aquí no viene nadie. Bueno, se ha acercado un oso...
—Germalie, con su cara suavemente tiznada, puso los ojos en blan-

co—. Doy gracias a Dios porque finalmente dio media vuelta y se largó. Si un lobo es un rival temible, no puedo imaginar lo que supondría un oso...

Gastón, el cetrero, tenía una asombrosa habilidad para imitar los trinos de las aves y las voces de animales diferentes que asombraba a todo el mundo. También llevaba consigo unas toscas flautas, ahuecadas por él mismo, con las que lograba reproducir sonidos de animales para servir de reclamo, lo que mejoraba sustancialmente los lances de caza en los que participaba. Esas semanas utilizó hasta la saciedad reclamos que reproducían lamentos lúgubres de liebres y conejos, incluso los sonidos leves y escalofriantes de los lirones y ratones en plena agonía, pero sin resultado. Doña Urraca estimaba tanto las cualidades del joven Gastón que lo llevaba consigo a todas partes. Sin embargo, de nada sirvieron sus destrezas en esa ocasión.

Tenían el callejo sembrado de trampas de lazo realizadas con cordones hechos de gruesas cerdas procedentes de crines de jabalíes; las habían dispuesto entre la tupida maleza. Pero hasta el momento solo habían conseguido atrapar en ellas a un par de gordas y despistadas liebres.

—El lobo no cae —negó el lobero con pesar—. Debe de haberse dado cuenta de que estamos de montería y de que la única presa es él...

—Pues esta será la última noche que Germalie se queda sola en el campo —intervino Roberto dispuesto a poner fin a aquella búsqueda que parecía inútil.

—Pero no está sola, nosotros rondamos alrededor.

—No es suficiente. Si el lobo se presentara y la atacara, no llegaríais a tiempo de librar a mi hermana de sus dientes. Lo hemos intentado y no ha resultado, así que lo dejaremos para más adelante, para cuando la primavera temple el aire y el sol nos caliente a todos los huesos. Esta noche será la última —aseveró convencido de que debía sacar a Germalie de los peligros del monte.

Esa noche, como siempre hacía, Germalie se acurrucó en la base de una enorme encina, en un pequeño hoyo, frente a la lobera. El árbol tenía el tronco divido en tres grandes ramas, entre las cuales había camuflado los enseres que tenía consigo. Se hizo un ovillo y se arropó con las pieles que la protegían del frío. Recordó los olores del taller donde trabajaba y que echaba de menos. Le había dicho al dueño que salía a cazar el lobo y que no sabía cuándo podría volver. El hombre protestó airadamente cuando le comunicaron la noticia, pero se resignó al enterarse de que el rey en persona había ordenado la batida.

Oyó los ruidos del campo, que la atronaban. A pesar de que caía la noche, nunca se hacía el silencio. Los árboles parecían hablar los unos con los otros y Germalie creía sentir cómo las raíces hurgaban bajo la tierra, como dedos de muertos pugnando por salir a respirar de nuevo. El rumor del río se oía en la distancia, un sonido de agua escapando hacia lugares imposibles, incansable y eterna. A veces oía graznar a una corneja, que imaginaba siempre la misma. Las alas de los murciélagos removían el aire por encima de su cabeza, igual que quien sacude una manta antes de arrebujarse en ella. Sentía a los animales hablar y soñar, día y noche, cantando sus trinos brillantes y jóvenes, salvajes y, en ocasiones, aterrados. Alguna noche, un insecto atrevido, prefería no saber de qué clase, intentó colarse bajo las pieles buscando el tentador calor que desprendía su cuerpo. Las noches de lluvia, que no fueron demasiadas, por fortuna, tuvo que refugiarse en una parte cubierta del callejo y rogó a Dios que el lobo no se acercara, pues, en esas condiciones, no tendría la más mínima posibilidad de salir con vida del encuentro. Prefería el hielo a la lluvia.

Solía pasar las noches en vela y aprovechaba para dormir de día, cuando se sentía más segura y confiada en que sus compañeros de batida estaban cerca, vigilando y dispuestos a socorrerla en caso de necesidad. Esa noche, sabiendo que era la última que pasaba allí, concentró su pensamiento y sus oraciones en su pequeña hermana, desaparecida hacía tanto tiempo que se le antojaba imposible. Se durmió sin darse cuenta, con la imagen de aquella adorable carita, sucia e infantil, llenando por completo su memoria. Sintió un golpe, pero al momento se mareó y se desmayó. Pasó del sueño a la inconsciencia y no supo cuánto tiempo transcurrió hasta que, por fin, fue capaz de abrir los ojos.

Su vista estaba acostumbrada a la oscuridad, después de tantas noches al aire libre. Miró la figura que se encontraba cerca de ella, apenas a un par de metros. Era un bulto negro, más pequeño de lo que ella recordaba, que se recortaba contra la claridad de la noche, de luna llena.

Pensó que estaba soñando. Pero no.

De pronto, una punzada de dolor la devolvió a la realidad. Se palpó con cuidado el costado, que notaba caliente, y sus dedos se empaparon de un líquido viscoso y cálido. «Sangre. Mi sangre...»

La figura estaba recogiendo piedras de gran tamaño y amontonándolas en círculo.

«Está haciendo un hogar, para encender fuego.»

Germalie se rebulló con mucho cuidado. Estaba tumbada de costado y el lobo ni siquiera se preocupaba en esos momentos de ella.

La silueta dejó por un instante lo que estaba haciendo y olfateó el aire. Al moverse bajo la tibia luz que dejaban traspasar las ramas del árbol, Germalie pudo distinguir sus facciones, pequeñas y algo desdibujadas por la tenebrosidad nocturna.

«¡Lo he visto! Lo he visto antes... Andando por la ciudad, trabajando. ¡Sí, trabajando...! Más de una vez, más de una lo he visto... No solo cuando chocó conmigo en la calle. Lo he visto y no lo he reconocido, ¿por qué? ¡Qué torpeza la mía! Podía haberlo identificado antes, podríamos haberlo detenido. ¿Cuántas vidas ha costado mi descuido? Lo he visto. Trabajando en el monasterio...»

Germalie sintió que unas lágrimas resbalaban por su cara, tan espesas y calientes como la sangre que le salía suavemente del cuerpo. Hizo un cálculo, aunque se sentía tan confusa que no estaba segura de poder pensar bien. ¿Y si se equivocaba y la bestia la devoraba? Fingió que seguía inconsciente, pero entreabrió los ojos y trató de escudriñar entre las sombras. Escuchó con atención y creyó percibir ruidos metálicos y voces lejanas, de tono firme, marcial. «El campamento. ¡Eso es! No puede tratarse de otra cosa. Quizá no estemos lejos del campamento de Sidi...» ¿Sería capaz de sorprender al lobo y echar a correr hasta llegar al lugar donde los hombres del Cid estaban pertrechados? Su estado no era bueno. La sangre manaba dulcemente de su costado y sentía sueño y debilidad.

Se preguntó a qué estaba esperando el lobo para matarla.

Solo se le ocurrió que estaba esperando a que se desangrara. Pero no... Lo que ella había visto en sus otras víctimas... La sangre le gustaba, aquella abominación que se movía tan cerca de ella que la mareaba con su olor apreciaba el sabor de la sangre. No era eso. ¿Y por qué la había trasladado lejos de donde dormía y relativamente cerca del campamento militar? ¿Por qué preparaba un fuego, que podía ser visto por los hombres del Cid cuando clearease un poco? A esas horas, el humo se confundía con las sombras de la anochecida, pero pronto amanecería y algún vigía del Cid se aproximaría para ver quién había prendido la hoguera. «Le gusta arriesgarse. El peligro lo excita... Y lleva tiempo sin cazar. Está disfrutando todo lo que puede de su última presa. Que soy yo...» Sin quererlo, tembló de pánico de forma ostensible, lo que llamó la atención del lobo, que se acercó a examinarla.

Despedía un olor nauseabundo y Germalie tuvo que hacer un esfuerzo ímprobo por no gritar. La palpó con unas manos sorprendentemente calientes, como tizones de la hoguera. El calor le habría calmado la herida de su costado de no haber sido porque también hervía la maldad dentro de aquel individuo. Una sensación de dolor espeluznante se le transmitió al cuerpo a través de aquellos dedos inquietos y sucios, como un calambre paralizador. El lobo refunfuñó unas palabras que no eran más que interjecciones que a Germalie no le recordaron ningún idioma.

Esperó muy quieta, con la respiración contenida y sus dos manos apretando la herida tibia y húmeda, durante un tiempo que se le hizo interminable.

El hombre —¿se le podía llamar así?— se recostó al lado del fuego, que no ardía ya, que apenas era un montón ardiente de brasas del mismo color que el infierno, y empezó a roncar con un ritmo mal acompasado y a gruñir en sueños. La muchacha respiró hondo, muy profundamente, tratando de hacer acopio de energía junto con el aire ahumado que se tragó a bocanadas. Luego, se levantó de un salto y echó a correr. Apenas se alejó unos veinte pasos, comenzó a gritar, aunque su voz había perdido vigor a causa de la herida y sus pies tropezaban con cada piedra y cada árbol en su camino.

—¡Socorro, ayuda! ¡Ayuda!

Oyó cómo el lobo despertaba y se ponía rápidamente en pie. Fue capaz de imaginar su rostro fiero e incrédulo, tan sorprendido como enfadado porque a la joven aún le quedasen fuerzas para tenerse en pie.

—¡Por favor, ayudadme, por favor! —Germalie sintió que se le rompía la garganta con cada grito que daba, que sonaba débil y apagado incluso a sus propios oídos.

Las piernas le pesaban como si fuesen dos enormes bloques de piedra destinados a servir de pilares para la construcción de una iglesia. «No lo conseguiré. No me oye nadie. Me matará...», pensó la joven mientras chillaba con todo su ímpetu y daba pasos apresurados en la oscuridad.

Notó el cuerpo del lobo abatirse sobre ella, aullando de furia, de indignación, reclamando su presa. Germalie cerró los ojos y se resignó a morir. Solo esperaba que todo fuese rápido, que la bestia no la torturase como había hecho con algunas de las víctimas. Y que el dolor no fuese el único recuerdo, el triste equipaje, que ella pudiera llevarse de ese mundo.

Sintió su aliento en el cuello, apestándola.

«No es un hombre grande y fuerte. No pesa mucho...» La invadió la inconsciencia. Se desmayó poco después de darse cuenta, entre brumas de sueño, de que alguien clavaba una lanza. ¿Sobre su cuerpo ya moribundo? «No, lo han ensartado a él. No a mí. Pero el lobo sigue aquí. Su sangre se está mezclando con la mía. No lo han matado, aún respira. Su respiración pesa, es más pesada que su propio cuerpo. Lo hemos conseguido... Lo hemos atrapado vivo...»

Luego, Germalie cerró los ojos y perdió el conocimiento.

Por eso no pudo ver al lobo incorporarse a pesar de la punzada que acababa de recibir. Era un hombre de complexión pequeña pero fuerte e iba cubierto con una capa de cuero vieja y sucia, casi del mismo color que su propia piel. Su rostro, de no haber sido porque estaba teñido por la ira, no se habría diferenciado mucho de cualquier otro. Todavía era joven, aunque se encaminaba raudo a la madurez.

Miró al Cid, que lo había atravesado con una lanza, y se irguió aún más, ajeno al dolor. Sidi extrajo limpiamente, con un hábil movimiento, la pica de su hombro. El lobo, para demostrar sumisión ante el hombre que lo había capturado, le ofreció entonces su cuello, agachándose ante él. Una sonrisa espantosa apareció en su rostro, en el que destacaban los dientes caninos, enrojecidos y afilados.

—¡Que el Señor nos proteja! —murmuró con voz ronca uno de los oficiales de Rodrigo Díaz. Varios soldados contemplaban en círculo la increíble escena a la luz de unas antorchas—. Se comporta igual que un auténtico lobo. Le está reconociendo a Sidi su jefatura. Se humilla ante él como un animal del bosque que ha perdido el combate por el liderazgo de la manada. —Se santiguó y un sonido metálico acompañó a sus manos enguantadas de metal.

—Encadenadlo. No puede escapar, responderéis de ello con

vuestra vida. Luego metedlo en una de las jaulas —les ordenó el Cid en tono ardiente.

Cuando recuperó la conciencia, Germalie dio un respingo asustada. Un hombre la miraba intensamente con cara de preocupación.

—¿Estás mejor? Ya no sangras.

No sabía si debía hablar o callar por prudencia.

«¿Es Sidi este hombre, es él, ese a quien todo el mundo admira cuando no envidia...?»

Se demoró unos instantes observando su cara. Nunca había visto nada igual, ningún hombre tan hermoso. Nunca en toda su vida. Las cicatrices no habían logrado desfigurar el rostro varonil, que sin ser del todo armonioso tenía un aire indiscutiblemente distinguido. Ya no era un niño. Sus ojos despedían fuego, pero no el fuego del infierno que llevaba consigo el lobo, sino otra clase de ardor, una hoguera en la mirada que serviría para calentar a un ejército. Una que, probablemente, valía para ello.

—Sí, estoy bien. ¿Dónde está...? ¿Dónde...?

—No tengas miedo. Lo tenemos enjaulado. Lo juzgarán. No escapará a la ley. Pude haberlo matado, pero es mejor que se haga justicia. Ya no le hará daño a nadie más.

Germalie asintió y, aunque estaba dispuesta a creerse cualquier locura que saliera por la boca del hombre que tenía frente a ella, dudaba de que todo lo que prometía fuera a cumplirse. O al menos una buena parte.

Lo peor vino después. Los hombres del Cid la llevaron de vuelta a la ciudad, todavía dolorida y confusa, y la muchacha se vio obligada a regresar a su casa. No tuvo tiempo de abrir la puerta siquiera; antes de que pudiera hacerlo, alguien le franqueó la entrada.

—Germalie, esposa mía —dijo su marido. Sonriendo.

«Esposa. Mía...»

140

¿Por qué no se ha casado?

Aposentos de la reina. Monasterio de Sahagún.
Imperio de León
Invierno del año 1080

—¿Por qué no se ha casado? ¿Por qué sigue soltera? ¿Por qué no se ha dejado las entrañas pariendo hijos? —Constanza se mesó los cabellos, que dudaba en cortar hasta quedarse con la cabeza rapada, si fuera necesario, para encasquetarse bien el yelmo.

—¿Te refieres a tu cuñada Urraca? —Matilde trató de calmarla con poco resultado, como venía ocurriendo últimamente.

—¡Y la otra también! Son iguales, aunque no lo parezcan. *Mon Dieu*. Dos arpías controlando incluso lo que escapa a su jurisdicción. Elvira tampoco ha firmado nunca unos esponsales. Las dos están solteras, ¡a su edad! ¿Por qué no han contraído matrimonio como se espera de las hijas de un rey? Tienen un señorío, monasterios, tierras... ¿Por qué, en el nombre de Dios, no han encontrado un hombre que amplíe su hacienda, alguien que les dé hijos, que las entretenga lejos de mi marido...?

—Siéntate, déjame que te peine. El padre, el viejo y difunto rey Fernando I, que sería tu suegro si viviera, dispuso en su testamento que sus hijas no pudieran casarse. Si lo hubiesen hecho, habrían perdido su herencia. Por eso siguen solteras.

—Pero ¿por qué? ¿Por qué...?

—Cálmate, estate quieta. No sé. Quizá para evitar que tuvieran hijos que pudiesen disputar los tronos que salieron de la partición que hizo del suyo propio. Para evitar el probable nacimiento de sobrinos rebeldes que terminasen luchando contra sus tíos. Vete tú a saber... No me parece que las disposiciones que tomó fuesen sensatas. Pero ¿quién soy yo para opinar sobre eso? Una extranjera. Y, además, una mujer.

—¿Acaso no tengo bastante con la amante sarracena? ¿Tenían que presentarse esas dos aquí para torturarme aún más?

—Ya es demasiado tarde para ellas.

—¿Qué?

—No tendrán hijos a su edad. Quizá Elvira podría, lo dudo, aunque no lo sé. Pero Urraca... He podido examinarla de cerca y te digo con seguridad que ya no tiene sus reglas.

—¿Las has visto de cerca? ¿Cuándo?

La beguina bajó la mirada al suelo entre arrepentida de haber hablado y avergonzada de la posible incomodidad que pudiera haber causado a su señora.

—Me mandó llamar hace unos días.

—¿Y qué quería, si puede saberse?

—Tiene unos sudores fríos que yo creo que son producto de la falta de su regla. Y unos dolores que le aturden la cabeza de vez en cuando. Me preguntó si podría calmarlos con algún remedio.

Constanza abrió los ojos escandalizada.

—¡No me habías dicho nada!

—No he querido molestarte, señora mía. Ya tienes bastante preocupación con la ordalía. Le di unas hierbas. Según parece, está mejor.

La reina caminó arriba y abajo nerviosa, vestida tan solo con sus prendas íntimas.

—¿Sabes que el rey se ha ido? ¡No estará presente en la ordalía! No sé si reír o llorar, *m'amie*. No sé qué hacer.

—Debes calmarte. Sí, me he enterado de todo. Doña Urraca me dijo que ella misma presidirá el juicio en lugar de su hermano.

—El rey ha tenido que irse a Toledo. Asuntos de Estado lo reclaman. La guerra, la conquista... El futuro es incierto. Vivimos tiempos difíciles.

—Sí, señora.

—¿Crees que es bueno o malo que presida Urraca el juicio?

—No estoy segura. Aunque quizá don Alfonso vuelva a tiempo

de presenciar tu combate. Si ganas y descubre que eres tú quien me defiende... Y si pierdes...

—Debo seguir entrenando con la espada hasta que llegue el día. —Constanza se recogió el pelo, le hizo una señal a Matilde para que la ayudase.

—Y yo debo insistir en que no tienes que hacer esto. No me merezco que...

—No hay nada que discutir. Está decidido.

—Habrá una ordalía también para el lobo. Lo ha capturado el Cid. Está encerrado en una jaula que han puesto en mitad de una calle, cerca del monasterio. ¿Quieres que vayamos a verlo? Le han puesto una guardia de varios hombres, pero de todas formas la gente se amontona día y noche a su alrededor. No podría escapar de ahí ni aunque lograse deshacerse de sus cadenas. Le tiran excrementos y lo insultan, pero a él no parece importarle nada.

—No quiero verlo. Ya lo veré el día del juicio.

—Lo han interrogado. Ha contado su historia, aunque nadie se atreve a asegurar si es verdad o mentira. Selomo...

—El sefardita, el gramático.

—Sí. Él ha puesto por escrito todo lo que el lobo ha dicho. No ha sido fácil. Le ha llevado muchos días sacar algo en claro. Esa... bestia no tiene costumbre de hablar, más bien gruñe. Y aúlla. Por las noches, oigo sus aullidos desde mi habitación. Toda la ciudad puede oírlos seguramente.

Matilde le recogió el pelo a la reina, peinándolo con suavidad.

—Parecen hilos de seda dorada. —Lo contempló fascinada mientras lo trenzaba—. ¿Sabes? He pensado que no me importa morir. Tarde o temprano, mi hora llegará. No te preocupes por mí. Estoy preparada.

—Pero yo no.

141

Su pensamiento y su deseo se encontraban muy lejos

Monasterio de Sahagún
Invierno del año 1080

Mientras tanto, en su cubículo del monasterio, Selomo miró con melancolía una vez más el pliego que había redactado.

Aunque su pensamiento y su deseo se encontraban muy lejos de allí, persiguiendo al hermano Silvestre —«Ladrón, maldito, traidor...»—, repasó de nuevo el texto, rogando en su fuero interno que no contuviera más errores que precisaran de una dificultosa última corrección que, estaba seguro, acabaría por sacarlo de quicio. Ya eran tres las veces que se había visto obligado a raspar el pergamino y le espeluznaba la idea de hacerlo una cuarta. Además, la mano le temblaba como una pluma al viento, dado el contenido de lo escrito.

Leyó de nuevo en silencio, repasando con cuidado cada palabra:

> En el año del señor de 1080, en el mes de diciembre, de una parte don Pedro Ansúrez, en el nombre de su señor el rey don Alfonso VI, como acusador público y representante de la autoridad, para pedir justicia por los asesinatos cometidos en las personas de varios niños y muchachas solteras, por haberse comido su carne un hombre de carne y hueso bajo la forma de un lobo, además de tantas otras ofensas hechas a Dios y a los hombres cometidas por el acusado, cuyo origen no ha sido posible descubrir, aunque vino según

confiesa de más allá de los Pirineos, y de más allá de las montañas de los francos, y de más allá de los ríos que definen las fronteras del corazón de Europa. Añadimos que se lo conoce por el nombre de *Bleizh*, que quiere decir «lobo» en bretón, en recuerdo de San Blas, celebrado al otro día de la Candelaria, el 3 de febrero, el de los osos y el santo patrón de los benedictinos cristianos, que ellos invocan para proteger el ganado.

—¿Será acaso que Dios se burla de nosotros? —se preguntó Selomo moviendo los labios como si rezara.
Continuó leyendo:

Decimos que ahora ese lobo humano está preso, bajo la custodia de esta ciudad de Sahagún, y que ha sido demostrado que, tomando la forma de un lobo, se apoderó de varios niños de manera sucesiva y a lo largo del tiempo, sin que hayamos podido esclarecer cuántos han sido, que no sabemos el número de niñas y de niños a los que atrapó en el bosque, cerca de los ríos, en sitios con denominaciones de bosque, a un cuarto de legua del monasterio o en lo profundo de la espesura o en otros lugares que ignoramos.

Que mató con sus propias manos, transformadas en garras de lobo, y destrozó a las criaturas con los colmillos, y que arrastrando sus cuerpos al bosque devoró la carne de sus muslos y de sus nalgas, y que en alguna ocasión compartió un pedazo de carne de sus víctimas con sus compañeros de trabajo en las obras del monasterio...

—Dios mío. *Elohim, Elohim!* —Selomo se rascó la barba.
Ahora que nada le picaba ni le dolía, admitió que la enfermedad lo hubiera distraído de aquellos horrorosos males del mundo, pensó con tristeza.
Continuaba una larga relación de hechos escalofriantes, incluidas al menos tres violaciones, que Selomo leyó con el corazón encogido, como si las palabras fuesen capaces de transmitir las sensaciones de las víctimas de aquel monstruo, desgarrando su alma e hiriéndola. Cada palabra escrita convertida en garra y en colmillo. El poder de aquellas palabras, que él mismo había puesto sobre el pergamino, lo sobresaltó, como si hasta ese momento no hubiese sido consciente de su fuerza.

Que unos quince días después de la fiesta de Todos los Santos, una muchacha fue la última de sus víctimas, a la cual arrastró, desgarró el costado e intentó estrangular con intención de devorarla, queriendo Dios que varios soldados del destacamento del Cid, encabezados por este mismo, acudieran en su auxilio, impidiendo que la infortunada corriese la misma suerte que las anteriores que mató.

Que una vez apresado el lobo, adoptó la forma humana, aunque tiene dificultades para hablar y comunicarse.

Que actuaba de noche y le gustaba el plenilunio, que prefería la primavera al invierno, aunque durante los días de luna llena de la estación más fría del año también se atrevía a salir, actuando con su malicia de animal salvaje sobre mujeres y niños para llevar a cabo sus empresas sangrientas.

Que según confiesa se sintió tentado por el mal desde los doce años, siendo llevado por la posesión de un espíritu infernal sin que le importase en ningún momento la salvación de su alma, entregándose al placer de una carnicería que estremece a cualquier hombre temeroso de Dios nuestro creador por su condición sangrienta.

Que el acusado tiene ojos grandes y brillantes y una boca ancha con colmillos largos, y que sus uñas cuando no trabaja parecen garras largas y aceradas.

Que también solían matar en su avidez de sangre a corderos y ciervos y a cualquier otro animal salvaje que encontrase vagando por el bosque o los campos.

Que este engendro, autor de tantos crímenes que ni él mismo es capaz de recordar, sí guarda memoria rencorosa de su madre, que se negó a darle de mamar y lo trató como a un perro. Que dice que tuvo que alimentarse él mismo de los restos que conseguía encontrar en el suelo de la casa donde nació y creció, pero que no es capaz o no desea recordar en qué momento o lugar vino al mundo.

Que los hombres más sabios de la ciudad de Sahagún han decidido ejecutarlo colgándolo de la cabeza hasta que muera, boca abajo, después de partirle los brazos y las piernas, pero que doña Urraca, señora de Zamora, ejerciendo la autoridad real en sustitución de su hermano el rey Alfonso, ha dispuesto que se le someta a la ordalía del agua, rompiéndole las piernas y atándole los brazos, y arrojándolo al río para conocer la voluntad de Dios y que Él decida si debe morir ahogado o si se le perdona la vida después de mostrar arrepentimiento, encomendarse al Altísimo y sobrevivir en las aguas.

—Ya está. No voy a leer esto más veces. ¡Ya está! Ruego por que no contenga ninguna falta...

Aunque estaba próxima la hora de comer, pensó en salir del monasterio y estirar las piernas. No tenía apetito.

Selomo salió y echó a andar sin pensar. Abandonó la comunidad religiosa, demasiado agitada para su gusto desde el apresamiento del lobo.

«Resulta curioso: todos nos referimos a él como si fuera un animal. Nadie quiere recordar que es un hombre, un simple hombre, lo que lo convierte en algo peor que una bestia...»

La ciudad se encontraba asimismo trastornada por la captura y porque al día siguiente se celebraría la ordalía, en la cual también sería juzgada Matilde y algunos delincuentes más.

Pensó en la beguina y le dolió imaginar siquiera la posibilidad de haber tenido con ella amores. Conocer el sabor de los besos de su boca, el olor de su perfume, la intimidad de su alcoba... Eso ya nunca sería posible salvo en su cabeza, porque ella moriría al día siguiente con seguridad. Nadie salía vivo de una ordalía. Si aquel aquelarre era una llamada de atención a Dios, siempre obtenía la misma respuesta.

Desde que Matilde fue condenada, Selomo desarrolló un rencor arrollador hacia el rey. ¿Cómo, por qué se atrevió a hacer eso con la beguina? No podía soportar la idea y solo oír el nombre de Alfonso le revolvía las tripas. Si pudiera, si tuviera poder o fuerza suficiente..., se batiría contra él. Lucharía hasta morir contra aquel hombre poderoso. Por Matilde. Por hacerle justicia.

Meneó la cabeza abrumado.

La impotencia lo devoraba más de lo que lo había hecho la enfermedad. Además, estaba enfadado consigo mismo por no ser capaz de conservar sus tesoros: su libro sagrado y el amor que sentía por Matilde. La más bella de las mujeres, que destacaba sobre la tierra como la yegua de la carroza del faraón. Con el cuello tan blanco como una rosa de los valles, tanto que no necesitaba perlas para brillar compitiendo con la luz.

Echó a andar en dirección al bosque.

Se sentía profundamente desgraciado.

Ahora que el lobo había sido encerrado, las tierras que se abrían a su mirada se le antojaron más hermosas y cálidas que nunca a pesar del invierno, libres ya de todo mal. Incluso el sol se atrevió a brillar aquella mañana, caldeando los árboles y la hierba que matizaba los montes.

Sin darse cuenta, sus pasos lo encaminaron hacia el lugar donde el lobo había atacado a Germalie. Le pareció un extraño destino en aquel día de confusión y miedo. Aun así, suspiró y dirigió su mirada hacia los cielos. Amenazaban tormenta, una de esas borrascas rápidas de invierno que dejan una descarga de rayos y el barro de las calles enternecido y más negro y repugnante todavía.

Se sentó bajo una encina y cerró los ojos, tratando de pensar.

Pero no pudo meditar durante mucho tiempo porque alguien lo sacó de su ensimismamiento.

—Selomo...

—¡Germalie!, ¿qué haces aquí?

La joven se quedó callada. Era evidente que deseaba contarle algo, pero no se atrevía. Selomo insistió.

—¿Te ocurre algo? ¿No deberías estar en el trabajo o en tu casa, cuidando de tu marido?

Al oír aquella palabra, la chica dio un respingo.

—Mi marido se encuentra mucho mejor. De hecho, cualquiera diría que se ha curado del todo.

—¿Y eso?

Germalie se encogió de hombros. Se guardó bien de decir que, en su ausencia, su esposo no había tomado la poción que lo mantenía en estado de postración. Ella le había dejado a una de sus vecinas instrucciones precisas para que continuase dándole el brebaje, pero la mujer solo lo hizo el primer día. Cuando se dio cuenta de la situación en que se encontraba el hombre, indispuesto y sin poder valerse por sí mismo ni para comer ni para hacer sus necesidades, decidió no volver a visitarlo. Y una vez libre su cuerpo del veneno, el marido no tardó en reponerse.

—No quiero volver a mi casa. No con ese hombre. No volveré.

—¿Qué dices? ¿A qué viene eso? Siéntate aquí. Dime qué te ha pasado.

Y entonces, en un impulso, Germalie se lo contó todo. A pesar de que no solía hablar mucho, las palabras acudieron en torrente hasta su boca, en todos los idiomas que sabía, mezclando unos con otros. Se vació de secretos y, cuando terminó, se sintió aliviada.

—Lo que te he dicho a ti no se lo he contado ni siquiera al cura en confesión.

Selomo asintió.

—¿No te fías de él?

—Solo confío en Dios.

—Pero me acabas de decir cosas que...

Ella sintió que la sangre teñía sus mejillas.

—Supongo que, a partir de ahora, tendré que confiar también en ti.

Se sentó al lado del sefardita. Él miró su perfil con detenimiento mientras ella mantenía la mirada perdida en la espesura.

—Déjame limpiarte la cara... —Sacó el único pañuelo que poseía, pulcramente doblado, y lo acercó a la cara de la joven—. ¿Estás ya recuperada de tu herida?

—Sí, más o menos. Uno de los hombres de Sidi me hizo una buena cura. La hemorragia cesó y la herida se ha cerrado. La tengo seca. ¿Quieres verla?

Selomo no tuvo tiempo de negarse. La muchacha, de manera inocente, se abrió el manto y mostró la herida que le había dejado el lobo.

—No me gusta llevar la cara limpia —confesó mientras le mostraba el costado a Selomo, que no sabía a dónde mirar.

—¿Por qué?

—Porque no quiero atraer las miradas de los hombres.

Entonces le contó de forma sucinta la manera en que había *conocido* a su marido. Luego se echó a llorar quedamente, como una niña que arrastra un dolor demasiado viejo. Selomo utilizó sus lágrimas para limpiarle la cara, a falta de agua.

—Eres muy hermosa. Dios te ha hecho bella para que el orbe entero pueda contemplarte. No pongas carbón entre la belleza de tu rostro y el mundo.

De repente, se encontraron muy cerca el uno de la otra. Podían sentir sus respiraciones, la tibieza del aliento del otro. Germalie, con los ojos muy abiertos, depositó un beso en los labios del gramático.

—¿Te han besado alguna vez en la boca? A mí nadie me había besado los labios.

El hombre negó lentamente, confuso y avergonzado.

«¿Qué es esto? ¿Qué es...?»

Las emociones de ese primer beso fueron tan violentas que él no habría podido traducirlas en palabras. Su cabeza tampoco estaba preparada para alojar los pensamientos que tuvo en esos instantes.

La muchacha alargó la mano y le rozó la barba con las yemas de unos dedos tan ligeros que al hombre se le antojaron de aire. El pecho del gramático no tenía la constitución adecuada para alojar el temblor que subió desde su estómago hasta la punta de su lengua. Todos los olores y sabores que aún no había conocido recorrieron su cuerpo por dentro, colmándolo y provocándole un estremecimiento inédito. Le pareció que la muchacha le dejaba en la piel un olor a nardo cada vez que lo rozaba con las yemas de sus dedos. A su alrededor olió a viña madura en pleno invierno. A alheña y enebro partido y abierto.

Se oyeron unos truenos lejanos, como si el firmamento crujiera, como si se estuviera derrumbando, o quizá abriendo sus gigantescas puertas a la mirada humana.

Selomo estaba paralizado como una cierva en mitad del campo. Como un cervatillo recién nacido. Pero supo que su corazón saltaba por los montes y se elevaba por encima de las colinas hasta el cielo.

Cuando consiguió salir de su inmovilidad, depositó sus labios en el cuello de la joven. Lo rondó como se hace con una ciudad extranjera. Buscando y encontrando. Ansiando y descubriendo. Finalmente logró que sus manos le obedecieran, las acercó a la herida de la muchacha y la acarició como si pudiese curarla con amor, hacerla desaparecer del todo.

Se dio cuenta de que en su corazón era un día de fiesta, un día propio del *Cantar de los Cantares*. Había llegado el día en que por fin dejaría de ser una oveja solitaria, la hora de descender del monte para pagar el precio del mundo con una mirada.

El rostro de Germalie aún conservaba rastros de lágrimas.

—Yo no sé, no sé...

—Calla, hermosa, dulce amor, mi bálsamo, miel bajo mi lengua... No digas nada.

Selomo, que no había conocido besos ni abrazos de amor, le habló a Germalie en hebreo, aun sabiendo que ella no lo comprendía. Le dijo las palabras más embriagadoras y la llamó «hermana mía, mi paloma».

Ninguno de los dos era experto en amor carnal y, sin embargo, encontraron la manera de amarse sobre la hierba en aquel día de invierno.

Selomo ni siquiera pensó en el tesoro del vientre de la muchacha o en sus piernas esbeltas como cedros. Solo era capaz de sentir, de perderse en el jardín turbador de sus senos, pequeños y blancos, dulces como dátiles. Usó los labios para acariciarla con ternura y darle sus amores, para encontrar frutos deliciosos bajo la barbilla, en la muñeca, en el cuello, en el costado herido, entre sus piernas...

Y fue entonces cuando entendió que venía del desierto para encontrar la recompensa de un río de aguas caudalosas. Comprendió que había subido una muralla alta como una montaña y que en ese momento, desde allí, era capaz de tocar el cielo.

142

La ciudad aguardaba impaciente la ordalía

Sahagún, junto al río Cea
Invierno del año 1080

La ciudad aguardaba impaciente la ordalía.

Don Bernardo no se resignaba a anularla, aunque fuese en el último instante, pero doña Urraca se mantenía firme. El hombre miró el *cadafalcum*, su inequívoco aspecto patibulario de madera húmeda, situado a pocos metros de donde se encontraban, y musitó una oración rápida en su lengua natal.

—Hoy haremos justicia —aseguró Urraca con una mueca torcida.

Emanaba autoridad y las líneas que enmarcaban su boca eran tan rectas como la posición de su espalda.

—Esto... estos actos... —se quejó el abad frotándose las manos con impaciencia—. Me parecen más propios de Simón el Mago que del gusto de Nuestro Señor Jesucristo.

—Pero el desafío, el riepto, ya se menciona en el Fuero de León. Es una ley antigua y bien probada. Si lo que te preocupa es el destino de esa monja al servicio de mi cuñada Constanza, olvida todas tus cuitas. Tendrá oportunidad de probar su inocencia mediante un combate armado. —Urraca miró a la beguina, arrinconada unos pasos detrás de ella, por el rabillo del ojo—. El Imperio de León ha dispuesto un caballero; ella solo tiene que luchar por su absolución, elegir a alguien que la defienda... Me parece que es justo. Deja de quejarte. Dios está conforme. Además, no sé por qué lo que era bueno para Héctor y Aquiles no va a serlo para una monja de Amberes.

Se había levantado una barraca en una explanada cerca del río Cea, desde la cual tanto Urraca como su hermana Elvira, el abad y varios notables de la ciudad se disponían a impartir justicia frente a la muchedumbre, que se agolpaba tras una empalizada provisional hecha con tablas y restos de madera de diferente altura.

No muy lejos de Urraca, se encontraba Matilde, vestida de negro y con un aspecto tan abatido que infundía lástima a casi todos los que la rodeaban. A mitad de camino entre chamizo, o palco de autoridades, y la multitud, Selomo y Samuel no perdían detalle de lo que ocurría. El gramático intentó llamar la atención de Matilde, sin resultado. La joven estaba abstraída, con la mirada baja, y tan solo movía a veces los labios, como si rezara.

Un gentío de rostros serios y expectantes aguardaba el comienzo de la ceremonia desde primera hora, desde antes del alba. Campesinos, comerciantes, damas de alcurnia, criados, siervos y pobres..., todos sentían la misma curiosidad y permanecían atentos a la ceremonia. Los que podían comían o bebían, se empujaban unos contra otros y subían a hombros a los niños para proporcionarles una buena visión de la escena. Muchos jóvenes campesinos estaban encaramados a las ramas de grandes chopos que cercaban el prado para no perderse nada de lo que iba a suceder. Los de la primera fila sabían que olerían la sangre que había de derramarse aquel día. Quizá, incluso, les salpicaría. Las vestimentas de las gentes allí congregadas eran variopintas y de muy diferente calidad, según su posición social. Desde los sencillos y raídos trajes de los campesinos, que diferían poco entre los usados por hombres o por mujeres, hasta los vestidos más elaborados, con adornos de perlas e hilos de oro, de las damas más relevantes de la ciudad. Algunas mujeres hasta lucían brazaletes, lazos y adornos que las campesinas observaban con la boca abierta, de la misma manera que admiraban las gargantas desnudas de las hermanas del rey y sus cabellos espesos y sueltos asomando por debajo del velo. Movidos con suavidad por el viento fresco de la mañana, caían en rizos elegantemente desaliñados.

Pero sin duda el centro de atracción de los congregados era la jaula desde donde el lobo miraba, girando su cuerpo a un lado y a otro, con ojos amarillos y fieros inyectados en sangre. Durante los días que llevaba encerrado, había comido poco. Los guardias solo le habían servido pan mohoso y agua sucia, y el armazón donde continuaba encerrado estaba rebosante de orines y heces; no solo de las suyas, sino también de las que le habían tirado a todas horas los viandantes que se acercaban a verlo. A pesar del pestilente olor que despedía, seguía acaparando la atención de todo el mundo y pocos podían evitar acercarse a curiosear mirándolo de reojo o de frente, insultándolo y maldiciéndolo.

Sonaron clarines y el murmullo expectante de la masa fue bajando de intensidad.

Urraca arrugó el ceño, concentrando la vista sobre el abad.

—En algo estoy de acuerdo contigo, excelencia: hay que procurar mantener el orden. Voy a recomendarle al rey, mi hermano, que cree grupos de gente armada que persigan a los criminales. Pueden empezar en los montes. Los caminos son inseguros. Así evitaremos tener que afrontar muchas situaciones como esta.

—No me parece mala idea... —meditó el abad—. Podrían ser cofradías que tuvieran algún tipo de privilegio a cambio de encargarse de la seguridad de campos y caminos. Y también de los municipios, llegado el caso.

—Claro, pero hoy estamos aquí, que Dios nos asista y que gracias a Él podamos hacer justicia.

—Ya sabes que abomino de las ordalías, me parecen bárbaras.

Por su parte, Elvira presenciaba con cara de perplejidad todo lo que sucedía a su alrededor. Las mangas de su túnica estaban decoradas con ricos bordados de hilos de plata que competían con algunos cabellos de un blanco reluciente que podían verse por encima de la cintura saliendo de su velo. No era una mujer parlanchina y apenas pronunció unas pocas palabras en toda la mañana.

En primer lugar, juzgaron a un hombre de aspecto moribundo al que presentaron dos guardias que lo trajeron a rastras y lo dejaron tirado en el suelo, a pocos metros de donde se encontraban Urraca y sus acompañantes.

—Ha perdido la nariz —señaló uno de los hombres que lo custodiaban—. Violó a una mujer —añadió dirigiéndose a la primera línea de la empalizada, detrás de la cual se podía ver a una joven de aspecto ojeroso y triste que asintió mientras el hombre hablaba—. Ella se defendió como una leona, le mordió la nariz y se la arrancó de un bocado. Como consecuencia, la herida se le ha infectado y ahora... Vosotros mismos podéis ver su estado.

Urraca miró largo rato al sujeto y en su cara se dibujó una mueca de profundo desagrado, no se sabía si por el delito que el hombre había cometido o por la repugnante herida, llena de abscesos, sangre y pus. Era evidente que el hombre no tardaría en morir.

—Lo condenamos a muerte. ¡Que lo cuelguen! —dispuso la hermana mayor del rey.

—Así dejará de sufrir —murmuró Elvira. Algo que sorprendió a todos los que la rodeaban.

En el centro de la explanada, compartiendo protagonismo con la jaula del lobo, se había levantado un tablado para la ejecución de la pena de muerte. Un baluarte de madera, con una plataforma alargada, adosado a un tablero algo más alto que el condenado.

El hombre, que llevaba sangrando al menos dos semanas y apenas tenía fuerzas para mantenerse en pie, no opuso demasiada resistencia cuando le pasaron la soga por el cuello.

—¡Dadme un abrazo! ¡Dadme un abrazo! —fueron sus últimas palabras.

Ni el encargado de pasarle la soga por el cuello, ni ninguno de los que lo rodeaban, accedió a cumplir su último deseo.

Su víctima, la muchacha de aspecto desconsolado, permaneció de pie detrás de la barrera con la mirada perdida. Cuando el encausado dio los últimos estertores, alguien le dijo al oído unas palabras y ella se dio media vuelta y desapareció entre la multitud.

El siguiente procesado fue un hombre joven y extranjero. Estaba acusado de robo de ganado. Urraca habló brevemente con los notables de la ciudad que la circundaban. Luego, en voz alta y firme sentenció:

—Que le corten la mano y el pie derechos y que luego le cautericen las heridas con un hierro candente, para que no se le infecten y pueda seguir viviendo. Esperamos que la falta de sus miembros le recuerde cada día que hay cosas que nadie puede hacer en esta vida porque ni Dios ni nosotros las toleramos.

Le siguió el proceso del lobo, que no fue tan rápido como los anteriores porque previamente Selomo leyó en voz alta, para toda la concurrencia, el documento en lengua romance que había redactado siguiendo la orden real y en el que se narraba la terrible historia del condenado. Mientras lo hacía, las exclamaciones de horror y de asombro de los allí reunidos en ocasiones no permitían escuchar bien la voz estrangulada del gramático. Cuando terminó, se inclinó en dirección a Urraca y volvió a su sitio, junto a Samuel, que a su lado era como un árbol proyectando buena sombra.

—Que le corten una pierna y que aten el resto de sus miembros con cadenas. Lo lanzaremos al río. Si no se ahoga, le perdonaremos la vida y vivirá encerrado por el resto de sus días en la misma jaula que ahora ocupa.

Así se hizo.

Cuatro hombres sacaron al lobo, atado como estaba, y le echaron una capota para evitar que mordiera. Lo sujetaron sobre un carro y un quinto le aserró la pierna derecha. La sangre, finalmente, acabó salpicando y saltando por encima de la barrera que contenía a los vecinos.

El lobo aulló, tal y como se esperaba de él. No soltó ni una palabra, a pesar de que un niño, de aire curioso y decidido y con aspecto de estar bien alimentado, le tiró de la manga a su hermana mayor y le dijo que creía haberle oído decir algo.

—¿Hermana, ha dicho *mère*, o *mer*? ¿Madre o mar...?

—No ha dicho nada. ¡Cállate! ¿No ves que es una bestia? No sabe hablar. Ni los animales ni los monstruos hablan.

Después de mutilarlo, lo envolvieron en un saco y lo lanzaron sin más al río.

—¿Crees que Dios le salvará la vida? —le preguntó una niña a su madre con voz asustada.

—No lo creo —contestó ella.

Todos esperaron durante mucho tiempo, hasta que fue evidente que el lobo no emergería de aquellas aguas verdes y agitadas, por muy decidido que estuviera a pasar el resto de su vida confinado en una jaula inmunda.

Prosiguieron con dos juicios más, ambos con condenas a muerte, y, por fin, llegó el turno de la ordalía de Matilde.

—¿Hay alguien que quiera batirse por esta mujer para demostrar su inocencia en este juicio de Dios? —preguntó Urraca alzando la voz tanto como le permitió su garganta.

Uno de los paladines más jóvenes de Alfonso salió a la explanada cubierto con una armadura y dispuesto a batirse contra quienquiera que fuera a defender a la beguina. Presentó su respeto a la autoridad y aguardó a que apareciera un contrincante.

Entre los espectadores se hizo un silencio expectante.

—¿Crees que Sidi luchará por esa mujer? —preguntó un niño a su padre, que lo sujetaba sobre sus hombros, aunque la criatura se movía tanto que a veces le impedía ver bien.

—No, claro que no. El Cid ya se ha marchado de aquí. Se fue hace días. Y dicen que esa mujer es una bruja. Si nadie la defiende y logra vencer, la lanzarán al agua. A la poza profunda, más allá del puente de los romanos, donde el agua corre rápida y furiosa... Se ahogará, ya lo verás. ¡Estate quieto, venga!

Cuando Constanza apareció, vestida con solo algunas partes de la armadura, una exclamación de asombro se levantó por encima de la multitud.

—¡Es una mujer!

—¡Imposible! Estás mintiendo.

—Mira la forma de sus piernas. Te digo que es una mujer.

—Cielo santo, pues va a durar poco...

—Pero lleva una hermosa espada, y hacha y daga.

Un aplauso atronador anunció la entrada de Constanza en el prado, con la cabeza cubierta por un yelmo ligero pero fuerte, como ella.

—Dios mío, ayúdame a salir viva de aquí —murmuró la reina preparándose para la justa.

Un heraldo dio la orden de que comenzase el combate y la reina y el caballero se acercaron el uno al otro con pasos lentos y precavidos, como dos fieras a punto de atacarse.

Constanza se había protegido el cuello y la cabeza, el torso, los brazos, las piernas y las manos, pero no había podido ajustarse la cota de malla y, finalmente, Matilde y ella decidieron que no la usaría. Sabía que sus puntos flacos eran las rodillas y las ingles, las cuales llevaba demasiado expuestas.

Flexionó las piernas, agarró la espada con las dos manos y se concentró en su frío acero de crisol. Aquella espada había viajado desde las crudas estepas orientales del fin mundo hasta acabar en manos de su hermano muerto. Sintió su poder brillando a la luz gris de la mañana. Calibró los movimientos de la figura del contrincante como si no se tratase de un ser humano, sino tan solo de un montón de hierros que ella se disponía a desmontar para volver a unir de nuevo en un juego infantil.

El caballero lanzó un golpe que ella consiguió esquivar por

poco. Debido al movimiento brusco, la maza le golpeó la cadera, así que la arrojó al suelo, para sentirse más ligera.

Se giró mientras su contendiente intentaba recuperar el equilibrio y le asestó con todas sus fuerzas un golpe en la espalda. El hombre cayó de rodillas y ella vio la oportunidad de hincarle el acero en la corva, para herirlo y alzarse con la victoria, pero no quería hacer un combate sucio, de manera que dejó que su oponente se levantara. El caballero, por su parte, no tenía tantos escrúpulos como la reina, de modo que le dirigió una estocada a la ingle, demostrando un carácter marrullero y poco noble. La espada no entró porque ella dio un salto hacia atrás, pero le desgarró la piel con una suavidad espeluznante. La sangre empezó a chorrear por su pierna manchando la armadura y luego el suelo.

Constanza elevó su escudo para protegerse del siguiente golpe, que llegó sin solución de continuidad. Aquel hombre, al que ella le había dado la oportunidad de reponerse para no atacarlo a traición, se revolvía ahora como una serpiente, aprovechando su debilidad y su sorpresa y golpeándola en lugares prohibidos en una justa. O por lo menos, eso le habían enseñado a ella desde que tenía memoria. Aquel guerrero que ahora la amenazaba al parecer no había oído hablar de que incluso en un combate existían ciertas reglas. Calculó que serían casi de la misma edad, si bien era evidente que Constanza lo superaba en agilidad, en reflejos y en flexibilidad, pero no en fuerza.

La reina giró muy despacio y pudo oír el crujido de la hierba bajo sus pies. Todos los ruidos que la rodeaban envolvieron sus sentidos de uno en uno. Dio unos cuantos pasos y se detuvo, observando a su rival. El hombre hizo una finta con la espada, amagando un golpe sobre el hombro de la reina para, en el último instante, desviar el brazo y cargar de nuevo contra su ingle. A pesar de que Constanza logró parar el choque, el esfuerzo hizo que la herida se le abriese más.

La mujer devolvió, a su vez, varios golpes furiosos que acertaron contra el pecho del caballero; sus espadas entrechocaron, apagando con su estruendo el resto de los sonidos del mundo.

Constanza no oía nada más.

Salvo su sangre, brotando lentamente.

«*Le sang clair ruisselle sur l'herbe verte.*»

Notó que se le escurría pierna abajo y sintió cómo se le pegaba a la piel y a la armadura. Se dijo que estaba cerca de la derrota. Seguramente, de la muerte.

—Pero no me iré de este mundo sin antes retribuir tus maneras como mereces, *moi, la reine d'Espagne*, ¡maldito cobarde, *félon*...! —le habló en su lengua romance, la de los francos, y, por un instante, le divirtieron la sorpresa y la confusión que adivinó en el rostro del caballero a pesar de estar oculto bajo el yelmo—. *Dieu! Quelle fin...*

Dejó escapar un grito angustioso cuando atacó y los espectadores más cercanos a ella, al oírla, tuvieron la certeza de que era una mujer, de manera que comenzaron a soltar baladros y clamores de entusiasmo, terror y asombro.

El contendiente vio venir el ataque, se cubrió y con un golpe artero la tumbó. Constanza se quedó en el suelo, aturdida, herida e incapaz de moverse. El otro aprovechó para levantar la espada y se dispuso a clavarla en algún lugar libre de protección del cuerpo de la reina.

Constanza cerró los ojos y se despidió del mundo.

No tuvo tiempo de rezar siquiera.

Entonces, los gritos de la gente aumentaron en intensidad. Unos cascos de caballo resonaron y voces imperiosas de mando se propagaron por el aire. Para Constanza no fue más que el ruido de un sueño. Del sopor del final de una vida.

—¡Alto!

—¡Detente!

—¡No lo hagas!

Pero el caballero ya había descargado la espada.

—¡Por Dios, no, no, no! —Matilde gritó desesperada.

El guerrero consiguió desviar la trayectoria del golpe y la espada finalmente se encajó, rozando el cuello de Constanza, en la tierra. Solo el puño quedó a la vista.

El rey Alfonso irrumpió en el prado. Se acercó a Constanza, que continuaba tendida en el suelo, y le quitó el yelmo con mucho cuidado. Matilde ya estaba llegando a su lado para socorrer a su señora, cuando él pidió ayuda.

—¡Estás loca, mujer! ¿Qué has hecho...? ¡Favor aquí, rápido! —Alfonso, con el pelo desordenado y los ojos ardientes, se veía contrariado y vehemente; sin embargo, la besó con una pasión que la reina nunca antes había sentido en sus labios.

143

La ruta final hacia Santiago

Afueras de Sahagún. Imperio de León
Invierno del año 1080

Esa misma noche se vieron en un lugar seguro del huerto del monasterio y él le contó a la muchacha todos sus secretos, o casi todos; a cambio, ella le ofreció una cumplida relación de los suyos.

—Debo recuperar el libro que me han robado. Y quizá también escribir uno yo mismo.

—¿Escribir un libro? ¿Tú? Yo creía que todos los libros estaban ya escritos y que los monjes se dedicaban a copiarlos y traducirlos una y otra vez.

—No, no. Aunque puede que todo haya sucedido ya en el mundo, lo cierto es que no todo está escrito.

—¿Y qué pondrías en tu libro?

Selomo había pensado en ello. Recordó a Matilde y al rey.

Un latigazo de rabia lo sacudió.

¿Qué mejor venganza podría cobrarse él contra Alfonso que poner por escrito las hazañas de Sidi en lugar de las suyas, como el propio soberano había soñado? Rodrigo Díaz tenía todo aquello de lo que Alfonso carecía. Mientras que al rey, eso también era verdad, le sobraban muchas cosas que al Cid le hubieran venido bien. Selomo no conseguía perdonarlo por lo que le había hecho a Matilde. Y a él mismo. Si no fuera por el rey, aún conservaría su libro. El hermano Silvestre no se lo habría robado... Sintió un malestar casi físico al pensarlo. Era cierto que Alfonso no era como otros monarcas europeos que odiaban a los judíos, o eso tenía entendido, pero su apetito de bienes terrenos y celestiales era capaz de arrollar lo que fuera y a quien fuera con tal de ser saciado.

La sensación de ser un pobre tardo, un desastre para las cosas del mundo, alguien que se dejaba robar y manipular, le resultó enojosa. Solo el recuerdo de la gentileza y la gracia de la beguina moderaron su cólera y aplacaron sus pensamientos.

«Matilde, adorada Matilde, la reina te cuidará. Eso espero...»

Concluida la ordalía, doña Urraca cerró el juicio mutando la pena de muerte de la beguina por encierro perpetuo, ya que Constanza había perdido el combate. Se murmuraba que la hermana del rey iba a llevarse a Matilde con ella a Zamora para que cumpliera allí la pena.

—Dímelo.
—¿Qué quieres que te diga?
—¿Qué había en tu libro?

Germalie no sabía leer, pero trabajar haciendo papiros había despertado en ella un respeto reverencial por aquellos ejemplares que atesoraban los monjes. Solo había visto un volumen en toda su vida, pero le resultó tan hermoso que no lo olvidaba.

—No lo sé todavía. Aunque sí imagino cuáles serían las primeras palabras: «*Mio Cid Rodrigo Diaz de Vivar...*».

Germalie asintió.

—Me gusta.
—¿Sabes? Antes era rico. De alguna manera, lo era... —le dijo Selomo después de besarla—. Pero lo he perdido todo.
—No importa lo que hayas perdido.
—Sí que importa. No imaginas cuánto... Aunque, a cambio, te he encontrado a ti. ¡Nunca lo hubiese creído!

Al día siguiente de la ordalía, antes del canto del gallo, Selomo se puso en marcha. No se despidió del abad ni de nadie.

Tenía que encontrarse con Germalie al borde del camino cuando ya clarease. El plan era seguir el curso del río Cea, encaminarse hacia la montaña de la Luna y dirigir sus pasos a León y luego a Astorga antes de emprender la ruta final hacia Santiago.

«Tengo que encontrar al hermano Silvestre... Debo recuperar mi libro...»

Aunque todavía no se notaba en el aire, él sospechaba que la primavera estaba deseosa de asomar junto con las flores y los frutos, que aguardaban bajo tierra o encerrados en los nudos y tallos de los árboles y los arbustos del campo.

El sefardita respiró hondo procurando meter dentro de su cuerpo algo del olor y del aire de aquel lugar increíble para llevarlo consigo. Se sorprendió al ver que Germalie no acudía sola a la cita.

—¡Roberto!

—Le he pedido permiso a mi padre el abad. Me voy con vosotros a Santiago. Quiero trabajar como artesano en la catedral.

—Y, supongo, también deseas asegurarte de que tu hermana se encuentra bien.

—Es posible que nuestros padres anden por allí. Me gustaría conocerlos.

Germalie señaló un bulto que llevaba con ella. Apartó la tela y le enseñó el niño a Selomo.

—He tenido que traerlo conmigo. No podía dejarlo atrás. No estoy segura de si algún día podré volver... Le pedí a Roberto que lo sacara del monasterio. El monje que cuida de los oblatos puso algunos reparos, pero al final nos lo ha dado. Una boca menos...

Selomo contempló a la criatura, que dormía plácidamente envuelta en una tela recia de color indefinido.

—¿Y cómo vas a alimentarlo?

—Me las arreglaré.

—Vamos, pongámonos en marcha. El camino es largo.

No habían dado muchos pasos cuando una voz los detuvo.

—¡Quietos ahí!

Se giraron y pudieron distinguir la figura de gigante de Samuel saliendo presurosa de entre las brumas de la mañana, como una aparición, y exclamando con tono indignado:

—¿Pensabais marcharos sin decir nada? ¿De verdad creíais que os ibais a librar de mí tan fácilmente? —refunfuñó unas palabras en latín que recordaban vagamente a una corta oración y luego dejó escapar un ruido extraño. Algo parecido a una carcajada.

EPÍLOGO

144

Le pidió a su visir que leyera

الزلاقة
Batalla de Sagrajas. Sagrajas. Badajoz
Finales de verano del año 1086

Al-Mutamid le pidió a su visir que leyera en voz alta la carta del rey Alfonso VI. A pesar de que casi se la sabía de memoria, no dejaba de repasarla una y otra vez. Era una vieja carta, pero él creía leer entre líneas la personalidad del rey cristiano. Descubría sus secretos a través de sus palabras. De su altivez y su desdén podía extraer lecciones.

> Del emperador de las dos religiones, el poderoso y excelente rey Alfonso ben Fernando, al rey Al-Mutamid ben Abbad, que Dios fortifique y alumbre tu entendimiento para que te determines a seguir el verdadero camino que te conviene. Saludos y buena voluntad de parte de este rey engrandecedor de reinos y amparador de pueblos, que ha encanecido en el conocimiento y prudencia de las cosas, en el ejercicio y destreza de las armas y en la perpetua consecución de victorias. Yo soy el que blande las lanzas con esforzadas manos, el que hace vestir de luto a las dueñas y doncellas muslímicas, el que llena de lamentos y alaridos vuestras ciudades...

Con cada palabra, con cada frase de aquella carta, el rey moro asentía, pero ponía un gesto agrio, como si acabase de recibir un latigazo consentido. Notaba el dolor, el escalofrío que le producía tanta soberbia. Las amenazas carecían de sutileza y habían llegado a obsesionarlo. Sabía que sin la ayuda de los almorávides, al-Ándalus terminaría cayendo en manos de los infieles como Alfonso. Pero él no estaba dispuesto a someterse, no al menos fácilmente.

—Si tengo que elegir, prefiero ser camellero en África antes que porquero en Castilla —dijo escupiendo las palabras mientras notaba la rabia como una flema atrofiándole la garganta.

—Mi señor, los castellanos nos acosan. Con la ayuda de los africanos los podremos detener, pero sin ellos...

—Lo sé, lo sé... —Hizo un gesto de desdén y cansancio—. Convocaremos a todas las taifas, ¡que vengan los representantes a Sevilla! Y envía una vitela al emir almorávide Yusuf ben Tasufin.

—Así se hará, mi señor.

No tardó en tener noticias del africano, que vivía días triunfantes. Acababa de apoderarse de la plaza de Ceuta y había puesto condiciones para pasar a la península.

—Quiere a cambio la ciudad de Algeciras —le comunicaron a Al-Mutamid.

—Sea.

Una vez que se produjo el desembarco almorávide, Alfonso VI trazó un plan. En primer lugar, liberó Zaragoza del asedio que sufría y luego se dirigió con su ejército hasta Toledo. Reunió tropas, a su regimiento se unieron catalanes y francos, aragoneses y la mesnada de Álvar Fáñez, que venía de Valencia. Una vez agrupados, pusieron rumbo a Coria, una plaza de Badajoz, donde se les sumarían las huestes cristianas de León, Galicia y Portugal.

Los almorávides de Yusuf ofrecían un aspecto impresionante, con sus turbantes negros y un velo cubriendo los rostros con solo una delgada ranura que dejaba al descubierto los ojos. Mantenía una caballería de diez mil jinetes que avanzaban sin titubeos, al son de los tambores, precediendo a los arqueros y peones. En último término, iban los voluntarios de las huestes andalusíes de Málaga, al-Garb y Almería.

Al final del verano, después de días de acampada, las fuerzas musulmanas abandonaron Sevilla y pusieron rumbo hacia el norte.

Estaban unidos, por una vez.

Hacia la mitad del camino de Badajoz, el ejército de Granada los alcanzó. A la cabeza, iba su rey, Abdallah. Fueron recibidos por Ben al-Aftas de Badajoz, su aliado.

Los muslimes formaron un ejército compuesto por varias facciones, pero unidos por un solo propósito. Se repartieron en dos campos; mientras que los almorávides se resguardaron en las murallas de la ciudad, las jaimas andalusíes se situaron en una posición de vanguardia.

—Alfonso está enardecido, sus recientes victorias le han otorgado una fuerza y un deseo como nunca había tenido. Está ansioso por entrar en combate. Incluso se ha adelantado con sus caballeros, dejando detrás a su ejército, en mitad de la sierra. Está convencido de que nuestras fuerzas están divididas y de que por eso serán fáciles de derrotar —dijo uno de los espías reportando su informe delante de los jefes musulmanes.

Se habían asentado en el paraje de al-Zallaqa, a quienes los cristianos en su lengua romance denominaban Sacralias.

Uno de los jeques envió un correo al rey castellano, pues así lo indicaba el protocolo de la Sunna:

> En el nombre de Alá, el clemente, el misericordioso, me dirijo a ti para hacerte las proposiciones a que me obliga la ley. Te sugiero en primer lugar que te conviertas a la fe del único Dios. Y si en tu ceguera no consientes hacerlo, que te sometas a mí por el pago de un tributo. Y que de no acogerte a ninguna de estas alternativas, aceptes el combate.

El mensajero entregó su carta a uno de los caballeros de Alfonso, que la leyó en voz alta mientras el *alqatib* permanecía de rodillas frente a él.

Al oír el mensaje, Alfonso enmudeció de rabia. Sus caballeros temían más su silencio contenido, lleno de furia, que las efusiones verbales del rey.

Dio unos pasos retorciéndose las manos, pensando quizá en estrangular con sus propias manos el cuello del pobre hombre que acababa de traerle la misiva. Finalmente, dijo unas palabras en dirección a sus hombres.

—Hace ya ochenta años que, primero mi padre y luego yo, imponemos las parias a estos muslimes, ¡y se atreven a decirme que renuncie a ellas y me convierta a su fe! Muy al contrario, estoy dispuesto a enfrentarme a ellos cara a cara. ¡Secretario, escribe mi respuesta!

Y dictó sin un solo titubeo:

> Soy yo quien ha venido a buscarte. He venido a pisar la tierra de tu fe. Soy yo quien no evita el encuentro, mientras que tú te has quedado esperando al pie de la ciudad a ver qué pasa. Has buscado cobijo en las murallas. Pero escucha bien lo que te digo: entre tú y yo no hay más que una llanura muy ancha, demasiado ancha...

El emir almorávide leyó el mensaje y no se molestó en contestar propiamente a Alfonso. Hizo que el escribiente anotara en el anverso del pergamino una única frase: «Pues ya verás lo que pasa...».

Acordaron un día para la batalla. Alfonso hizo saber a los muslimes que, por respeto al viernes musulmán y al domingo cristiano, la contienda tendría lugar el sábado día 24 de octubre. Al-Mutamid, que conocía bien al rey cristiano, receló de sus palabras.

—¡Miente, está mintiendo! Lo comprendo como si fuera una parte de mi cuerpo. Es artero y embustero. Presentará batalla mañana viernes, en nuestro día santo, así lo hará, esperando sorprendernos.

En efecto, al despuntar el alba del viernes, aparecieron en el campamento unos jinetes al galope.

—¡Alerta, nos atacan!

Detrás de ellos, toda la caballería enemiga, a la cabeza de la cual se encontraban la mencionada mesnada de Álvar Fáñez, que irrumpió con un pesado sonido de entrechocar de hierros y armas.

El choque fue brutal.

A pesar de todo, los muslimes se repusieron y presentaron armas. Al-Mutamid, herido pero lleno de ardor, pidió refuerzos a los almorávides, que no llegaron.

Durante varias horas, los flancos andaluces se deshicieron bajo los golpes de la caballería castellana. Muchos de los guerreros islámicos se dieron a la fuga, desesperados al ver que los africanos no acudían en su ayuda y dando la batalla por perdida.

Los cristianos habían recorrido la distancia que separaba los dos campamentos del enemigo con la carga enorme de sus herrajes.

El olor a sangre y hierro impregnaba el ambiente como nubes de espeso polvo perfumado.

Yusuf tardó una eternidad en enviar una división de almorávides para reforzar la segunda línea de los musulmanes. Una hilera de lanceros sudaneses se desplegó hincando sus lanzas en la tierra con una inclinación suficiente para que la caballería de Castilla acabase ensartada en ellas. Las bestias no tardaron en destriparse contra las afiladas cuchillas. Los arqueros lanzaron una carga de saetas que por un momento oscureció el cielo. Al poco, la caballería ligera almorávide entró a rematar a la cristiana, que había sufrido demasiadas bajas como para poder hacerle frente con éxito.

El jeque Yusuf contempló desde la colina donde se había refugiado con una guardia de quinientos guerreros sudaneses la debilidad de los cristianos. Mandó al resto de sus escuadrones sumarse a la batalla.

El ruido de los tambores era ensordecedor. Parecía rebotar contra los montes y multiplicarse con ecos espantosos. El sonido de la guerra recorría leguas.

Los infantes castellanos no fueron capaces de socorrer a su caballería; los animales estaban encabritados e intentaban, como siempre, huir de la carnicería. Muchos tenían las tripas fuera y otros agonizaban rebozados en sangre.

La masa negra de los almorávides se situó en formación y avanzó balanceándose al ritmo descabellado de los tambores.

Los cristianos creyeron que el infierno se había apoderado del cielo que resplandecía furioso por encima de sus cabezas.

La infantería almorávide estaba formada por hombres que parecían hechos de acero, que traían consigo la dureza del norte de África, con su urgencia de desierto: masamudas, lamtunas, ghomaras, cenetes... que no tenían miedo a la muerte y que rodearon los flancos castellanos regando la tierra con la sangre de los que denominaban infieles.

Durante mucho tiempo, pisaron un suelo enfangado de vísceras sanguinolentas mientras sembraban el miedo y el horror entre los cristianos con una disciplina que sorprendió a Alfonso, cuyos hombres, a la caída del sol, empezaron a darse a la fuga.

Los lanceros de rostro negro de Sudán, protegidos por adargas hechas de piel de hipopótamo teñidas de colores vivos que contrastaban con su piel resplandeciente como un trozo de cielo nocturno, cayeron de manera despiadada arrojando sus certeras armas mortales, que partían en dos el tronco de los recios guerreros castellanos.

Parecía que no quedaría nada vivo sobre la tierra.

Incluso las bestias de los campos habían huido espantadas.

Varios caballeros rodearon a Alfonso y lo sacaron a duras penas de aquel infierno.

—Mi señor, estás herido —dijo su fiel Pedro.

Alfonso tenía el muslo reventado de una puñalada.

Recorrieron decenas de leguas en una situación precaria. Alfonso, derrumbado sobre un caballo que también presentaba heridas de guerra, pero que, por fortuna, mantenía las piernas intactas a pesar de sangrar profusamente confundiendo su sangre con la del rey. El costado del animal estaba empapado y brillaba con tonos siniestros a la luz de la luna.

El rey tenía sed, pero no llevaban agua para calmarla.

Y creyó que había llegado su hora.

Uno de sus hombres le dio a beber algo de vino y Alfonso pensó que aquel líquido ardiente que bajaba por su garganta le recordaba al vinagre con que los soldados romanos torturaron a Cristo en la cruz.

Sin embargo, milagrosamente, sobrevivió.

Más tarde, cuando recordara aquella humillante derrota, no sabía explicarse con certeza cómo había logrado vivir. En cierto modo, hubiese sido mejor morir que tener que aceptar la victoria de los andalusíes.

Luego supo que los vencedores cortaron la cabeza de todos los cristianos que quedaron en el campo de batalla, muertos o heridos, dio igual. Las amontonaron hasta hacer con ellas pequeñas torres sangrientas de una siniestra fortaleza en el desolado campo de batalla.

Aquel mismo año, de tan infausto recuerdo, Petrus Clericus terminó de copiar en Sahagún el *Beato de Burgo de Osma*, miniado por Martín, a instancias del nuevo bibliotecario.

Y, mientras curaba sus heridas, Alfonso no paró de darle vueltas a una idea que lo perseguía.

Necesitaba ayuda. Pero no le gustaba pagar grandes facturas y sabía que los favores que iba a solicitar tendrían un alto precio. Los franceses sin duda cruzarían los Pirineos en su ayuda. Raimundo de Toulouse y Eudes de Borgoña... Y tarde o temprano se vería obligado a llamar a Rodrigo Díaz. Solo él podía prestarle la mejor ayuda contra los almorávides, porque nadie como él los comprendía.

145

Por la fuerza de sus espadas

Afueras de Sahagún. Imperio de León
Año 1091

Había pasado el tiempo y las cosas cambiaron.

Olió el aire buscando señales, reteniendo los contornos y los colores dentro de sus ojos, deseando guardarlos consigo para siempre.

Su tierra.

Su cielo...

Tenía el buen olfato de un perro lobo.

Rodrigo Díaz, Sidi, era como Alfonso en muchos sentidos. Ambos entendían bien a los musulmanes y los respetaban por el poder de su religión, aunque, sobre todo, por la fuerza de sus espadas. Habían aprendido que su dios era poderoso y que era mejor no ofenderlo si no era estrictamente necesario. Los dos eran también hombres de guerra, pero esta no les impedía ver los problemas del Estado. Los encuentros que ambos habían mantenido estaban grabados en la memoria de Alfonso como hitos en su trayectoria política.

Recordó la ocasión en que se vieron antes de que las Cortes se reunieran para proclamarlo emperador. El Cid escogió un lugar junto al Tajo para su encuentro con Alfonso y a través de Álvar Fáñez, Minaya, y de Pedro Bermúdez, le mandó recado sobre el lugar elegido para devolverle su respeto. Y hasta allí se desplazó el rey con su séquito.

En todas las ocasiones en que se citaron, el rey siempre llegó primero. En una ocasión, porque se adelantó un día, y en otra, porque Rodrigo se retrasó; aunque el Campeador había enviado a Minaya para avisar de la tardanza, temiendo con razón que el rey se intranquilizara.

Después del episodio de las Cortes, no cabía duda de que Rodrigo quería hacerle llegar a Alfonso su deseo de honrarlo, de mostrarle sus respetos y de pedirle perdón. Alfonso, a pesar de aquellos esfuerzos, no había logrado olvidar la imagen de Rodrigo hincándose de rodillas frente a él y humillándose hasta el punto de morder la hierba bajo sus botas. Le resultó tan turbadora la escena que se vio obligado a decirle que se levantara, que era suficiente con realizar un besamanos y un saludo de rigor.

Claro que eso fue en el pasado.

En esa ocasión, las cosas eran diferentes.

Alfonso esperaba al Cid y sabía que esa vez Rodrigo no estaba dispuesto a humillarse.

—El Campeador está fuera de sí. Como sabes, mi señor, los condes de Carrión han violado a sus hijas. Sus hombres dicen que nunca lo habían visto tan enfurecido...

—¿Y tengo yo la culpa de eso?

—Fuiste tú, majestad, quien dio permiso para que esos infantes ruines se casaran con las hijas del Cid. Muchas malas lenguas aseguran que has sido tú el causante de la desgracia del Campeador.

—Así que esta vez no viene con la cabeza gacha. Pues veamos lo que tiene que decir...

El encuentro se produjo a las afueras de la ciudad.

El día era tan claro como un reflejo del azul del cielo. Y frío como un puñal.

Cuando por fin se vieron, el uno frente al otro, como dos rivales dispuestos a citarse para una próxima batalla, Alfonso se fijó en la cara de su amigo. Porque eran amigos. Aunque también fuesen enemigos. Juntos habían combatido, contra otros y entre sí, y cada vez que lo miraba, teniéndolo tan cerca como ahora, Alfonso pensaba en su hermano Sancho. Rodrigo le recordaba a él. Su valor y su tozudez. Su ambición y su furia, siempre bien canalizadas para la conquista de sus objetivos políticos. Incluso físicamente había algo en aquel hombre que le evocaba a su hermano. Pero se guardó muy bien de que se notara el agitado sentimiento que le producía mirarlo.

Esa vez, Rodrigo no mordió la hierba. Aunque parecía masticar el aire con furia contenida.

—Mi señor, hace tiempo que te pedí justicia, y antes de aquello te di las gracias por concederme tu perdón. Siempre he agradecido tu presencia y hoy no iba a ser menos...

Se besaron fugazmente en la boca para sellar su amistad. Y Dios era testigo de que tal amistad necesitaba ser reafirmada a menudo. No era lo bastante sólida como creían algunos.

Alfonso admiró el magnífico caballo de Rodrigo. Tenía entendido que se llamaba Babieca. Era un ejemplar increíble que despuntaba por su elegancia y su belleza entre todos los demás. Al rey le hubiese gustado poseerlo, pero sabía que Rodrigo antes se dejaría atravesar por una espada que ceder su montura.

La imponente presencia física de Sidi transmitía una sensación de autoridad a los hombres de Alfonso, que lo miraban fascinados. A pesar de que aquel no era un encuentro para iniciar hostilidades, todos tenían la impresión de que Rodrigo estaba preparado para la lucha. Y era conocido su objetivo.

—Mi señor, tienes un reino grande, que cada vez lo será más con la ayuda de Dios y de nuestras espadas. Precisamente por eso no puedes consentir que bajo estos cielos, en la tierra que tú gobiernas, se produzcan atentados como los que mis hijas han sufrido a manos de los desgraciados condes de Carrión. Te he mostrado mi agradecimiento por permitir que me reúna con mi familia en Valencia. Tengo tanto que agradecerte...

—Olvídalo, Rodrigo. He levantado el castigo que seguro que tus hombros llevaban como una pesada carga. Incluso tus hombres se encuentran libres de él. Y te confieso que lamento haber mandado que tus hijas contrajeran matrimonio con esos infames. No hay peor pecado que la cobardía.

—No, mi señor, hay pecados peores. Y esos desalmados los han cometido todos.

El conde Ansúrez le susurró al oído a Alfonso que las jóvenes hijas del Cid habían estado a punto de ser devoradas por los lobos.

El rey asintió con aire grave.

—Hijas, eso es lo que nos manda Dios... Mujeres siempre en peligro de ser despedazadas, por lobos o por hombres...

—Mis hijas son como mi piel y como mi carne. Esos mal nacidos, haciéndoles daño a ellas, me lo hacen a mí, que tengo mucha menos paciencia que una mujer, como bien sabes.

En ese momento, el rey dio una orden y dos de sus hombres trajeron a los maltrechos condes de Carrión. Su aspecto era lamentable. Estaban sucios y heridos. Acostumbrados a lucir acicalados y a mirar al resto de la humanidad por encima del hombro, desde la superioridad de su rango, no quedaba de ellos nada que pudiese hacerlos pasar por nobles.

Si Rodrigo Díaz sintió que la sangre le hervía, logró disimularlo. Únicamente su mirada fría los traspasó como el acero de una espada.

El rey volvió a hablar.

—Convocaré a las Cortes en Toledo. Te prometo que habrá un juicio y que los encausaremos. Tus hijas serán reparadas. Haré que les devuelvan la dote que les entregaste.

—Quisiera recuperar mis espadas. Tizona y Colada. Pero sobre todo quiero recuperar la honra de mis hijas.

—Estoy seguro de que en realidad nunca la han perdido. La honra quiero decir. Las espadas volverán a tus manos. Nadie mejor que tú les dará uso.

Se despidieron de nuevo como hermanos.

Su historia común no era fácil, estaba llena de giros bruscos. Como uno de esos caminos hacia Tierra Santa que seguían los peregrinos. Alfonso pensó que envidiaba el comedimiento de Rodrigo. Lo conocía bien, lo suficiente como para saber que dentro de su corazón ardía un fuego que nada tenía que envidiar al del infierno. Y, sin embargo, su cara no denotaba la violencia que le agitaba el ánimo. Templado, considerado y prudente como un héroe. Mirándolo no se le podía poner ni una sola tacha. Era la viva imagen del decoro. Del respeto a la justicia de los hombres. Alfonso, que se esforzaba más que nadie en complacer los designios y exigencias de la justicia divina, parecía a su lado inestable e ingenuo como un enamorado palaciego. Y es que Rodrigo respetaba sobre todo la justicia humana. Ni siquiera pensaba que tuviese otra opción. Era así porque no podía ser de otro modo.

A pesar de que le recordaba a su hermano Sancho, Rodrigo era muy diferente de aquel. El rey Sancho había sido arrogante y fanfarrón, mientras que el Sidi que ahora tenía delante prefería usar las leyes antes que la espada. Podría haber cortado en pedacitos a los infantes de Carrión junto con todos sus familiares, nada le hubiera resultado más sencillo que quemar sus palacios y sus tierras... Sin embargo, Rodrigo se mantenía sereno y a la espera de una reparación jurídica.

Si Dios hubiese sido capaz de fusionar en uno solo a su hermano Sancho y a Rodrigo Díaz, probablemente el mundo habría visto cómo nacía un hombre superior, uno que lo hubiese tenido todo. Todo lo que Alfonso apreciaba y anhelaba para sí mismo, lo que envidiaba de manera ardiente.

Una vez concedido el deseo de justicia que lo había llevado hasta allí, Rodrigo Díaz le comunicó al emperador que él y sus capitanes y el resto de sus hombres acamparían unos días allí, cerca de la ciudad de Sahagún, antes de emprender camino hacia Toledo. El rey no puso ninguna objeción.

—Estas tierras pertenecen al coto del monasterio, pero no creo que el abad tenga ningún problema en que os acuartéleis aquí un par de noches. Mandaré a mi fiel Ansúrez a que se lo comunique y le avise de vuestra presencia.

Por una vez, la reunión había acabado en paz, se dijo Alfonso inquieto. Recordó su furia contra Sidi cuando, en el pasado, mientras rechazaba a un contingente de tropas andalusíes, se había adentrado junto a sus hombres en la taifa toledana, saqueándola con una eficacia militar implacable, tal y como era su estilo.

Pero el rey, en esos precisos momentos, no estaba enfurecido y rabioso por culpa de Rodrigo como otras veces, no pensaba en desterrarlo ni en poner fin a su relación de servicios mutuos. El Cid era un fiel vasallo de Alfonso y este, su señor indiscutible. ¿Cuánto duraría esa situación? Mejor sería no pensarlo.

Porque, dentro de poco, quizá todo cambiara de manera drástica para ambos. Solía ocurrir, era algo que había pasado muchas veces ya en su larga relación, tan difícil desde hacía años... Pero en ese instante en que se miraron largamente a los ojos, ni Rodrigo ni Alfonso sabían qué les traería el futuro, tan solo vieron el uno en el otro abismos que les desgarraban sutilmente la mirada, inmensidades angustiosas en el fondo de los ojos, de un color casi idéntico.

146

Cerca de donde las dos niñas habían sido abandonadas

Robledal de Corpes. Castilla
Año 1091. Pocas semanas antes

Cerca de donde las dos niñas habían sido abandonadas, un grupo de viajeros se desplazaba con lentitud y cuidado. Empapados por la nieve, temblaban de frío.

Un destacamento de soldados musulmanes caminaba acompasado en lo posible y en silencio, tirando de sus monturas, adaptando sus pasos a los dibujos que la nieve hacía en el suelo. A la cabeza del cortejo, un anciano caminaba con dificultad llevando el ronzal de una yegua joven. A pesar de ir protegida por alquiceles de pelo de camello, una tela impermeable a la lluvia, en esos momentos, parecía tan empapada como el resto del mundo. El hombre iba vestido con un traje de beduino y cubierto con una piel de apariencia tiesa que lo protegía malamente de la nieve. Se apoyaba en un bastón y a la luz de la luna fulguraba su barba tan blanca como el hielo que cubría la tierra que pisaban y que, de cuando en cuando, hacía que se escurriera, recordándole lo peligroso del viaje a aquellas alturas del año, y de su vida. Tenía un rostro aguileño y de color aceitunado en el que destacaban dos ojos torvos, de mirada airada y poderosa. Se cubría la cabeza con un capacete de guerra y llevaba brazaletes y un peto que asomaban bajo el pellejo que él maldecía por resguardarlo tan precariamente del crudo ambiente invernal.

A su lado, un hombre mucho más joven, su hijo Ibn Galbun,

o Abengalbón, líder militar y señor de Molina, amigo fiel de Sidi —por conveniencia, por convencimiento y por temor a que su ciudad fuese arrasada por Rodrigo—, hacía un ruido persistente que provenía de las largas espuelas y la espada que portaba, que daba golpes incansables contra el peto al compás de sus movimientos sobre un caballo árabe de batalla. El animal, magnífico, estaba preparado con una silla de acero, sobre la que se atisbaba también una lanza de dos hierros y un escudo redondo.

Mediante un ronzal, iban atados al caballo tres asnos de apariencia sufrida y robusta que caminaban resignados uno detrás de otro. Tenían las cabezas ataviadas con alhamares y copetes de seda, arrugada por la humedad. Detrás, iban los soldados, unos a pie y otros sobre su montura, pero todos con un aire entre conformado y fastidiado.

El hombre joven y el viejo no hablaban. Se dirigían a casa, a la ciudad de Molina, cuando se quedaron quietos al ver aparecer de la nada a dos hombres jóvenes, agitados, tropezando y riendo de manera ahogada, febriles incluso pese al frío del ambiente, quizá dos malhechores, que semejaban estar huyendo de algo.

—¡Alto! —dijo el musulmán más joven desenvainando la espada.

—Solo Alá sabe que pocos hombres podrían responder cabalmente a la pregunta que os voy a hacer —suspiró y se resguardó las manos del frío debajo de la tosca capa—, pero, aun así, lo intentaré. Decidme, ¿quiénes sois vosotros, de dónde venís y hacia dónde vais? —les preguntó el mayor de los hombres que encabezaban la comitiva a los infantes de Carrión, que temblaron ante el hosco acento del viejo, que emanaba autoridad.

Callaron.

Se guardaron bien de responder que, poco antes de tropezarse con ellos, poco antes de darse de bruces con Abengalbón, su padre y sus hombres, la noche había propiciado un crimen cometido por los dos hermanos.

Y de eso huían, ebrios de crueldad, altaneros ante la superioridad de la afrenta que acababan de perpetrar.

Cuando la oscuridad los envolvió como aire negro, fue difícil incluso para ellos distinguir las figuras ateridas de las niñas. Solo la luz de la luna aclaraba el paisaje por instantes, cuando el viento despejaba el cielo de nubes pardas y amenazadoras.

—¡Azótalas hasta que se desangren! —le ordenó Fernando a su hermano, Diego González—. Su sangre atraerá a los lobos, que acabarán el trabajo que nosotros hemos comenzado.

Los infantes de Carrión tenían una mueca en sus bocas que las hacía parecer torcidas, punteadas por las sombras de la anochecida, asemejándose entre ellos más que nunca, elaborando un indiscutible parentesco físico. La rabia y la saña los hermanaba aún más.

La nieve caía en silencio sobre los árboles y las niñas pensaron que quizá estaría acariciando también los tejados de la aldea que habían dejado atrás no hacía mucho. Tenían once y dieciséis años y no habían pasado muchos días desde que celebraran sus esponsales con aquellos dos que, en esos momentos, intentaban matarlas a golpes. Por fortuna, la boda aún no se había oficiado. A pesar de ello, los infantes las manosearon en la penumbra tenebrosa del bosque, entre risas y gritos ahogados que sonaron como rugidos de alimañas impotentes en los oídos de las muchachas. Mientras, dos criados asistían a la escena, silenciosos e impasibles, camuflados en las tinieblas del bosque. Parecían trasgos de mal agüero saliendo de la corteza de los árboles.

—¡Córtanos la cabeza! ¡No nos azotes! —María, la mayor de las dos, atinó a gritar con las pocas fuerzas que aún le quedaban. Tenía el pelo rubio al aire, descubierto por completo y lleno de copos de nieve que brillaban ocasionalmente con reflejos de luna y que la iban empapando poco a poco con un frío mucho menos insoportable que el que ella sentía por dentro, en su alma.

En un momento dado, Cristina casi pudo contar los pasos crujientes y cautelosos de uno de los criados, que le susurró al otro: «Vámonos de aquí. ¿Se te ha olvidado que son las hijas del Cid...?». María y Cristina se abrazaron aterradas mientras el látigo caía sobre ellas, inmisericorde, dando golpes a ciegas y arrancándoles del cuerpo hilos de sangre caliente y joven. Se taparon la cara la una a la otra para protegerse y no pudieron ver a los criados, con zurrón y báculo a la espalda, escabullirse pisando sobre la nieve y agachándose para no rozarse contra las ramas heladas.

Una bruma negra y sucia envolvía el lugar y las piedras lucían como quemadas a la intermitente luz de la luna, que aparecía y desaparecía, como si estuviera indecisa, al contrario que el látigo de Diego.

—Déjalas ya, vas a matarlas.

—¡Eso es lo que quiero! ¡Pequeñas zorras, tenéis los mismos ojos que vuestro padre! Y su misma terquedad. —Se oyó un último chasquido feroz del látigo—. ¿Por qué no lloráis? ¿Acaso estáis esperando que os sacuda más fuerte?

—Los lobos terminarán esta tarea, date prisa, vayámonos de aquí antes de que vuelva alguno de sus parientes para ver cómo andan las chicas... Oí al primo de su padre decir que iba a vigilarlas.

Finalmente, el látigo cayó al suelo, como una serpiente muerta.

A pesar del dolor, del frío y de la humillación, María y Cristina no se quejaron, no gimieron ni derramaron una sola lágrima. No hasta que dejaron de oír los pasos atropellados de los infantes alejándose hasta que se los tragó la noche.

Luego, cuando sus respiraciones se tranquilizaron y estuvieron seguras de que Diego y Fernando no iban a regresar, pudieron escuchar claramente los aullidos de los lobos. Muy cerca. No tardaron en sentir la presencia de una bestia en el borde del claro donde se encontraban, heridas y desarmadas.

—Hermana, es un lobo, he visto su figura moverse entre la maleza. Su piel negra contrasta con la nieve. Dame la mano, tengo miedo.

María trató de agarrar fuerte las manos ensangrentadas y resbaladizas de Cristina mientras esta última se deshacía de ellas con una firme suavidad para tentar a su alrededor hasta dar con un leño del tamaño de una espada.

—No es un lobo, María. —Cristina susurró con voz ronca mientras su pecho subía y bajaba deprisa y con dificultad, como si estuviese respirando nieve—. Ten, sujeta esto con fuerza, estate atenta y disponte a defenderte a golpes. Porque no es un lobo, querida.

—Pero lo he oído hace un rato, tú también has podido escuchar cómo aullaba, y ahora está ahí, rodeándonos, observándonos para...

—No, mira bien. ¡Chis...! Calla, no hables en voz alta. Mira mejor y verás que, eso que hay enfrente, en la espesura, no es un animal.

—¿Y qué es entonces?

—Es... humano.

Aclaraciones históricas

El censo de Publio Sulpicio Quirino no se ajusta temporalmente a lo escrito en este libro, pero lo he acomodado a las intenciones narrativas del relato.

En esta ficción histórica, María lee la Biblia siendo niña, pero no la Biblia que conocemos hoy, sino una versión que engloba libros sagrados del judaísmo, entre los cuales aún no se encuentra, como es lógico, el Nuevo Testamento (referido a los hechos, la vida y la obra de Jesucristo).

En cuanto al lenguaje utilizado para recrear la vida del siglo XI, y teniendo en cuenta que en la época se estaba gestando una lengua romance de la que derivaría el castellano, además de otras variantes vulgares del latín, pero sabiendo que también se hablaba latín, variedades del latín visigodo, leonés, catalán, vascuence, mozárabe..., he optado por facilitar la lectura sin hacer más que algunos apuntes sobre la complejidad del asunto, que, de todas formas, está presente en el libro de muchas maneras, casi todas relacionadas con el complicado problema de la comunicación y la traducción. Además, decidí no utilizar el voseo ni expresiones que tradicionalmente se emplean para dar impresión «de épocas lejanas». Es una elección personal que tiene por objeto modernizar la escritura y hacerla viva y asequible para el lector contemporáneo, liberándola de arcaísmos que no considero relevantes ni imprescindibles.

La escena en que un condenado le pide a su verdugo que lo abrace puede parecer, a ojos de los lectores de hoy, una nota emocional propia de nuestros tiempos más que de aquellos que se tratan de revivir en la novela; sin embargo, el episodio está basado en un hecho real, documentado por Sean McGlynn y ocurrido en el París de 1411, que despertó la más intensa conmoción entre el público que asistía a las ejecuciones, que lloró a lágrima viva al contemplar la escena, algo que, por otra parte, ocurría a menudo. La compasión suele abundar tanto como la crueldad en la historia del ser humano. Y menos mal.

Agradecimientos

He contraído una ingente deuda con Érika, Ricardo y Miko por muchas cosas que solo ellos saben.
    Gracias a mi editora, Carmen Romero, que posee el instinto y la fuerza, que ha puesto en este proyecto riesgo y confianza en tiempos de oscuridad.

Salud y poesía para ellos.
Y para los lectores presentes y futuros de este libro.
De todos los libros.

Bibliografía básica

Anónimo, *La chanson de Roland*, Tours, Alfred Mame et fils, 1875.
Bertholet, Alfred, «History of Hebrew Civilization», en *Cambridge Ancient History*, vol. III, Cambridge, Cambridge University Press, 1926.
Dalman, Gustaf, *Sacred Sites and Ways*, Nueva York, Macmillan, 1935.
—, *Work and Customs In Palestine*, vol. I, Ramallah, Dar Al Nasher, 2013.
De la Calzada Rodríguez, Luciano, *Alfonso VI y la crisis occidental del siglo XI*, Murcia, Sucesores de Nogués, 1953.
De Vaux, Roland, «Les institutions de l'Ancien Testament, t. I», en *Revue de l'histoire des religions*, París, Armand Colin, 1960, pp. 157-161.
Fernández González, Etelvina, et al., *Alfonso VI y su época. Los precedentes del reinado (966-1065)*, León, Universidad de León, 2007.
Gottheil, Gustav, *The Reformer and Jewish Times*, Nueva York, 1878.
Keen, Maurice, *La caballería. La vida caballeresca en la Edad Media*, Barcelona, Ariel, 2010.
Martín Cea, Juan Carlos (coord.), *Convivir en la Edad Media*, Burgos, Dossoles, 2010.
Piñero, Antonio, *Aproximación al Jesús histórico*, Madrid, Ediciones Trotta, 2018.
Viña Liste, José María (ed.), *Mío Cid Campeador y otros*, Fundación J. Antonio de Castro, Madrid, 2006.